KB042083

루소전집
2

Jean-Jacques Rousseau

라 투르가 그린 루소의 초상화
루소는 라 투르가 그린 초상화가 자신의 모습과 가장 흡사하다고 생각했다.

베네치아 주재 프랑스 대사관의
서기로 일하던 시절의 장 자크 루소
1744년 루소는 대사인 몽테귀 씨와의 갈
등 끝에 베네치아를 떠나 파리로 간다.

1 베네치아 주재 프랑스 대사관
1743년 루소는 베네치아 주재 프랑스 대사관에서 서기로 일한다.

2 생플롱 고개
베네치아 주재 프랑스 대사관의 서기를 그만둔 루소는 이탈리아와 스위스를 잇는 생플롱
고개를 넘어 제네바로 간다.

1	
2	3

1 테레즈 르 바쇠르

1745년 루소는 파리에서 여관 세탁부 테레즈 르 바쇠르를 만난다. 그는 33세였고 그녀는 24세였다. 루소는 그녀를 평생의 반려자로 여기며 죽을 때까지 함께 산다.

2 데피네 부인의 초상

제네바 미술 역사 박물관 소장. 데피네 부인은 루소에게 라 슈브레트에서 가까운 곳에 '레르미타주'라는 작은 집을 마련해준다. 데피네 부인은 1757년 루소가 레르미타주를 떠나고 그녀와 결별하기 전까지 그의 후원자였다.

3 디드로의 초상

루소는 디드로와 결별하기 전까지 오랫동안 그를 사랑하고 존경했다.

1 생피에르 섬

1765년 3월《산에서 쓴 편지》가 불태워지고 집에서도 돌팔매질을 당하게 되자 같은 해 9월 루소는 모티에를 떠나 비엔 호수 한가운데 있는 생피에르 섬으로 거처를 옮긴다. 루소는 생피에르 섬의 자연을 만끽하며 모처럼 안식을 취한다.

2 모티에에 있는 루소의 집

끊임없이 거주지를 옮겨야 했던 루소는 1762년 7월 모티에에 도착하여 생피에르 섬으로 떠나기 전까지 거주한다.

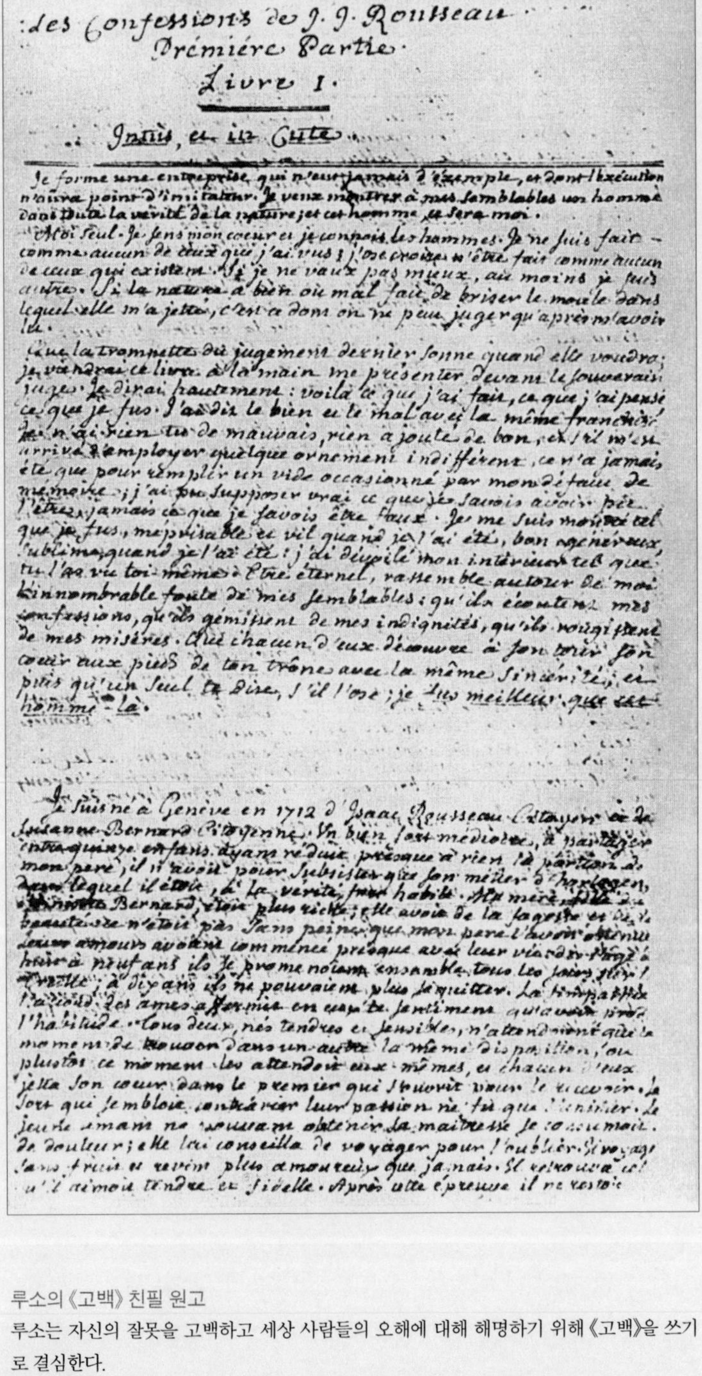
Les Confessions de J. J. Rousseau
Première Partie
Livre I.
Intus, et in Cute.

Je forme une entreprise qui n'eut jamais d'exemple, et dont l'exécution n'aura point d'imitateur. Je veux montrer à mes semblables un homme dans toute la vérité de la nature; et cet homme, ce sera moi.

Moi seul. Je sens mon coeur et je connois les hommes. Je ne suis fait comme aucun de ceux que j'ai vus; j'ose croire n'être fait comme aucun de ceux qui existent. Si je ne vaux pas mieux, au moins je suis autre. Si la nature a bien ou mal fait de briser le moule dans lequel elle m'a jetté, c'est ce dont on ne peut juger qu'après m'avoir lu.

Que la trompette du jugement dernier sonne quand elle voudra; je viendrai ce livre à la main me présenter devant le souverain juge. Je dirai hautement: voila ce que j'ai fait, ce que j'ai pensé, ce que je fus. J'ai dit le bien et le mal avec la même franchise. Je n'ai rien tu de mauvais, rien ajouté de bon, et s'il m'est arrivé d'employer quelque ornement indifférent, ce n'a jamais été que pour remplir un vide occasionné par mon défaut de mémoire; j'ai pu supposer vrai ce que je savois avoir pû l'être, jamais ce que je savois être faux. Je me suis montré tel que je fus, méprisable et vil quand je l'ai été, bon, généreux, sublime, quand je l'ai été: j'ai dévoilé mon intérieur tel que tu l'as vu toi-même. Être éternel, rassemble autour de moi l'innombrable foule de mes semblables: qu'ils écoutent mes confessions, qu'ils gémissent de mes indignités, qu'ils rougissent de mes misères. Que chacun d'eux découvre à son tour son coeur aux pieds de ton trône avec la même sincérité; et puis qu'un seul te dise, s'il l'ose; je fus meilleur que cet homme-là.

루소의 《고백》 친필 원고
루소는 자신의 잘못을 고백하고 세상 사람들의 오해에 대해 해명하기 위해 《고백》을 쓰기로 결심한다.

1   **1 루소의 마지막 말**

2   1778년 7월 2일 루소는 점심식사 전에 혼자 산책을 하고 돌아와 심한 두통을 호소한다. 테레즈는 루소를 의자에 앉게 하지만 그는 곧바로 바닥에 쓰러진다. 급히 달려온 의사는 루소가 사망했음을 확인한다.

2 팡테옹에서의 영예

오랫동안 박해를 당했던 루소는 1794년 10월 사후 16년이 지나 최고의 예우를 받으며 팡테옹에 안장된다.

JEAN-JACQUES ROUSSEAU

루소전집
2

고백 2

장 자크 루소 지음 | 박아르마 옮김

책세상

일러두기

1. 이 책은《루소 전집Jean-Jacques Rousseau. Œuvres complètes》1부(Paris : Gal-
   limard, 1959)에 수록된《고백Les confessions》을 옮긴 것이다.
2. 본문의 각주는 원작에 속하는 것이며 미주는 옮긴이의 주이다.
3. 책(단행본)·잡지·신문은《 》로, 논문·희곡·시·연극·오페라 등은〈 〉로 표시했다.

차례

———

이 내면 일기는 온갖 종류의 오류가 넘쳐나고 내가 다시 읽을 시간조차 없지만, 진실을 사랑하는 모든 사람들이 진실의 자취를 따라가고 그들에게 자기 자신의 정보를 통해 진실을 확인할 방법을 찾게 해주기에 충분하다. 불행히도 내가 보기에 이 내면 일기는 내 적들의 감시를 피하기가 어렵고 아예 불가능하기까지 하다. 만약 이것이 어떤 정직한 사람의 손에 들어간다면,〔슈아죌Choiseul 씨의 친구들이나 슈아죌 씨 자신에게 들어간다면 나의 기억에 대한 명예가 속수무책인 채로 무너지지는 않으리라고 믿는다. 하지만 오, 결백의 보호자이신 신이시여, 나의 결백이 담겨 있는 이 마지막 자료들을 부플레르Boufflers 부인과 베르들랭Verdelin 부인, 그리고 그 친구들의 손에서 지켜주소서. 적어도 복수에 사로잡힌 그 두 여자가 한 불우한 인간을 기억하지 못하게 해주소서. 바로 당신께서 그녀들에게 살아생전의 그를 넘겨버리셨으니 말입니다.〕[1]

2년 동안의 침묵과 인내 끝에 결심을 바꾸어 다시 펜을 든다. 독자들이여, 내가 그렇게 할 수밖에 없는 이유에 대해서는 아직 판단하지 말기 바란다. 여러분은 내 이야기를 읽은 뒤에야 그 이유를 판단할 수 있다.

여러분이 보아온 것처럼, 평온한 내 청춘은 큰 난관도 없고 그렇다고 큰 행운도 없이 대체로 평탄하고 제법 안락한 삶 속에서 지나갔다. 이와 같은 평범함은 대부분 열정적이지만 나약한 내 성격에서 비롯된 것이다. 걸핏하면 덤벼들기보다는 곧잘 낙담하는 그 성격 말이다. 심리적 동요가 일면 잠잠하다가도 불쑥 튀어나오지만 싫증이 나거나 그때그때 기분에 따라 원래 상태로 되돌아가곤 한다. 대단한 미덕과는 거리가 있고 대단한 악덕과는 더더구나 거리가 멀어서 늘 한가하고 조용한 삶으로 돌아간다. 나는 그런 삶을 위해 태어났다고 느꼈으며 그런 성격 탓에 선이든 악이든 결코 큰일을 저지르지는 못했다.

이제 곧 얼마나 다른 장면을 펼쳐놓아야 한단 말인가! 지난 30년 동안 내 천성에 순응하던 운명이 다음 30년 동안은 내 천성을 거슬러버렸다. 내가 처한 상황과 내 성향의 지속적인 대립 속에서 크나큰 과오와 믿기지 않는 불행 그리고 역경을 영광스럽게 만들, 정신력을 제외한 일체의 미덕이 태어나는 광경을 보게 될 것이다.

1부 전체를 기억에 의존하여 쓴 탓에 당연히 수많은 실수들이 난무했을 것이다. 2부 역시 기억만으로 쓸 수밖에 없어서 아마도 더 많은 실수를 저지르게 될 것이다. 순수한 만큼이나 평온하게 보낸 내 아름답던 시절의 감미로운 추억 속에는 줄곧 떠올리고 싶은 유쾌한 인상들이 수없이 많다. 이후 내 나머지 삶에는 얼마나 다른 기억들이 있는지 이제 곧 알게 될 것이다. 그 기억들을 불러낸다는 것은 쓰라린 경험을 되새기는 일이다. 나는 그와 같은 서글픈 회상으로 내가 처한 쓰라린 상황을 더 악화시키기보다는 차라리 될 수 있는 대로 그 기억을 떨쳐버리려고 한다. 그러다 보면 이따금 그 기억들이 더 이상 떠오르지 않는 데 성공하기도 한다. 그렇게 쉽사리 괴로운 일을 잊는 것은 운명적으로 언젠가 내게 잔뜩 몰려올 그 불행들 가운데 그나마 하늘이 베풀어준 위안이다. 나의 기억은 오직 유쾌한 것만 떠올라 잔인한 미래만을 내다보는 겁에 질린 내 상상력과 다행히도 균형을 맞춘다.

내가 그와 같은 시도를 하면서 기억을 보충하고 내 길잡이 역할을 하도록 모아두었던 일체의 자료들은 다른 이들의 손에 넘어가 더 이상 내 수중에 돌아오지 않을 것이다. 이제 내게는 그저 단 하나의 충실한 길잡이가 있을 따름이다. 나는 그 길잡이에게 기댈 수밖에 없는데, 그것은 바로 지금까지 이어온 내 삶에 점철된 감정의 고리들이다. 그리고 그 감정의 원인 혹은 결과가 된 여러 사건들도 있다. 나는 내 불행을 쉽게 잊곤 한다. 하지만 내 잘못까지 잊지는 못한다. 좋은 감정은 더더욱 잊을 수 없다. 내 마음속에서 영영 지워버리기에는 그 추억이 너무나 소중하다. 나는 있는 사실을 빠뜨린다거나 순서를 바꾼다거나 날짜를 착각하는 오류를 범할 수도 있다. 하지만 내가 느꼈던 것은 물론 내 감정으로 한 일만큼은 실수를 범할 수 없다. 이것이 바로 주된 문제였다. 내 고백의 본래 목적은 내 삶의 모든 상황 속에서 나의 내면을 정확히 알리는 것이다. 내가 약속한 것은 내 영혼의 이야기이다. 그러니 내가 그 이야기를 충실하게 쓰는 데 또 다른 기억이 필요하지는 않다. 지금까지 해왔듯이 내 안으로 들어가기만 하면 충분한 것이다.

그렇지만 천만다행히도 내게는 뒤 페루du Peyrou 씨가 보관하고 있던 원본들을 옮겨 적어둔 서간집에 지난 6, 7년 동안의 확실한 자료들이 있다. 1760년으로 끝이 나는 이 자료들에는 레르미타주[2] 체류 시절과 소위 친구라는 작자들과의 엄청난 불화가 있던 시절이 모두 담겨 있다. 말하자면 그 시절은 내 생애에서 기억할 만한 시기로 내 모든 또 다른 불행의 근원이었다. 내 수중에 남아 있을 수 있고 그 수가 매우 적은 더 최근의 원본 편지들은 앞서의 자료들에 이어 옮겨 적지 않겠다. 그 편지들은 너무 부피가 커서 내 감시자들의 눈을 피하리라 기대할 수 없기 때문이다. 대신에 그 편지들을 바로 이 글 속에 옮겨 적을 생각이다. 그 원본 편지들은 내게 이익이 되든 부담이 되든 내 의문점을 어느 정도 풀어줄 것이다. 행여 독자들이 내가 고백할 생각은 도무지 하지 않고 변명만 늘어놓는다고 믿더라도 나는 두렵지 않기 때문이다. 다만 독자들은 진실이 내게 유리할 때도 내가 진실에 입 다물기를 기대해서는 안 될 일이다.

게다가 2부는 1부와 마찬가지로 진실만을 지니며 사실의 중요성에서만 더 나을 뿐이다. 그 점 이외에는 2부가 1부보다 모든 면에서 더 부족할 수밖에 없다. 나는 우턴[3]에서 혹은 트리에 성[4]에서 즐겁고 기분 좋게 심지어 마음 편하게 1부를 썼다. 내가 기억해야 할 일체의 추억은 그만큼 새로운 즐거움이었다. 나는 새로운 기쁨을 느끼며 그 기억으로 돌아갔고 만족할 때까지 거리낌 없이 쓸 수 있었다. 지금은 내 기억도, 내 머리도 흐릿해져서 어떤 작업도 좀처럼 할 수 없다. 다만 이 일만은 마지못해 그리고 괴로움으로 마음을 옥죄며 할 따름이다. 나는 그 일 때문에 불행과 부정과 배신을, 그리고 슬프고 애통한 기억만을 얻었다. 앞으로 해야 할 말을 시간의 어둠 속에 묻어둘 수만 있다면 무슨 일이든 하고 싶다. 내 의지와 무관하게 말해야 하는 까닭에 아직은 나 자신을 감추고 속임수를 쓰며 내 본성이 아닌 일들을 하느라 나 자신을 타락시킬 수밖에 없다. 내 머리 위 천장에는 눈이 있고 나를 둘러싼 벽에는 귀가 있다. 호시탐탐 노리는 악의적인 염탐꾼들과 감시자들에게 둘러싸인 나는 불안하고 얼이 빠져 있다. 종이 위에 이내 중단되고 마는 몇 마디 말을 허둥지둥 써내려간다. 그 말들을 다시 읽어볼 시간이 거의 없을 뿐 아니라 고칠 시간은 더더욱 없다. 내 주위를 줄곧 둘러싸고 있는 엄청난 방책에도 불구하고 나는 진실이 어떤 작은 틈으로 빠져나가지 않을까 염려하는 시선들을 알고 있다. 진실을 알리려면 도대체 어떻게 해야 하나? 성공할 희망이라고는 거의 없지만 그래도 시도해본다. 이런 상황에 무엇으로 마음에 드는 그림을 그리고 아주 매력적인 색채를 입힐 것인지 생각해보기 바란다. 그래서 이 책을 읽고자 하는 사람들에게 일러두는 바이다. 만일 한 인간을 끝내 알려는 욕구가 아니라면, 정의와 진실에 대한 진정한 사랑이 아니라면 이 책을 읽어나간다 해도 지루함을 떨쳐버릴 수 없다는 것을 말이다.

내가 글을 멈춘 1부의 내용은 다음과 같다. 나는 마음을 레 샤르메트[5]에 둔 채 마지못해 파리로 떠났다. 그곳에서 나는 마지막으로 헛된 계획을 세웠고, 내 음악 이론을 확실한 자산이라 여기며 앞으로 얻게 될 재물을 제정신이 든 엄마 앞에 언젠가는 가져오리라 결심했다.

나는 잠시 리옹에 머물면서 몇몇 지인들을 만나 몇몇 추천장을 얻기도 하고 가져온 내 기하학 책들을 팔기도 했다. 모든 사람들이 나를 환대해주었다. 마블리Mably 씨 내외는 나를 다시 만나 기뻐하며 내게 여러 차례 점심식사를 대접했다. 그 집에서 나는 마블리 신부[6]와 알게 되었다. 콩디야크Condillac 신부와는 이미 안면이 있었는데 두 사람 모두 자기 형을 만나러 온 것이었다. 마블리 신부는 내가 파리로 갈 때 필요한 소개장을 몇 통 써주었다. 그중 하나는 퐁트넬Fontenelle 씨에게, 다른 하나는 켈뤼스Caylus 백작에게 쓴 편지였다. 나는 두 사람과 모두 매우 좋은 관계를 유지했다. 특히 퐁트넬 씨는 죽을 때까지 줄곧 내게 우정을 보여주었고 함께 있을 때면 늘 조언을 해주었다. 그의 조언을 좀 더 잘 이용했어야 했는데 못내 아쉽다.

나는 오래전부터 알고 지내던 보르드Bordes 씨[7]와 다시 만났다. 그는 진심 어린 마음과 더없이 진정한 태도로 나를 대했다. 이번에도 항상 변함없는 그와 만날 수 있었다. 그가 내 책을 팔 수 있도록 주선해주었고 파리에 가져갈 훌륭한 추천장을 직접 써주기도 하고 받아주기도 했다.

보르드 씨 덕분에 알게 된 지방 총감과도 다시 만났다. 그리고 그분 덕택에 그 무렵에 리옹을 지나던 리슐리외Richelieu 공작[8]을 알게 되었다. 팔뤼Pallu 씨는 나를 공작에게 소개했다. 리슐리외 공작은 나를 환대해주었고 내게 파리에서 찾아오라고 말했다. 나는 여러 차례 그렇게 했고 다음에 계속 말할 테지만, 이 고위층 지인은 내게 아무런 도움이 되지 않았다.

음악가 다비드David[9]도 다시 만났다. 그는 내가 전에 여행하던 중 어려움에 놓였을 때 도움을 준 적이 있다. 그는 나에게 모자나 양말을 빌려주거나 그냥 주기도 했다. 우리는 이후에도 자주 만났지만 나는 그에게 그것을 돌려주지 않았고 그도 나에게 돌려달라고 요구하지 않았다. 하지만 그 뒤에 나는 그에게 거의 그에 상당하는 선물을 했다. 여기서 내가 신세를 진 것이 문제가 되었다면, 나는 그 일을 더 소상히 말했을 것이다. 그러나 내가 했던 일이 문제가 되니 그렇게 하지 않겠다. 불행히도 둘은 별개의 사안이다.

고상하고 관대한 페리숑Perrichon 씨와도 다시 만났다. 이번에도 그의 변함없는 호의를 느끼지 않을 수 없었다. 그는 이전에 '친절한 베르나르'[10]에게 한 것과 같은 선물을 나에게도 했던 것이다. 뿐만 아니라 그는 합승

마차에서 내 자릿값을 치르기도 했다. 외과의사 파리조Parisot도 다시 만났다. 그는 다른 누구보다도 훌륭한 사람이다. 또한 그가 사랑하는 고드프루아Godefroi도 만났는데, 파리조는 그녀와 10년을 함께 살았다. 그녀는 장점이라고 해야 온화한 성품과 선량한 마음씨가 거의 전부였지만 폐병 말기였는지라 그녀를 만날 때면 관심이 갔고 헤어질 때면 연민이 들지 않을 수 없었다. 그리고 얼마 지나지 않아 그녀는 그 병으로 죽고 말았다. 한 사람의 진정한 성향을 잘 보여주는 데는 그의 애정만 한 것이 없다.* 다정한 고드프루아를 보면서 파리조의 선량함을 알게 되었다.

나는 이 신사들 모두에게 신세를 졌다. 뒤이어 이들 모두를 소홀히 대했다. 분명 배은망덕해서는 아니지만 자주 그렇게 비췄던 어쩔 수 없는 게으름 때문이었다. 나는 그들이 베풀어준 친절에 감사하는 마음을 결코 밖으로 내비치지 못했다. 다만 그 감사하는 마음을 끊임없이 그들에게 나타내기보다는 그것을 입증하는 편이 더 수월했다. 제때에 꼬박꼬박 편지를 쓰는 일은 내가 감당할 수 있는 게 아니었다. 편지 쓰기에 나태해지자마자 이내 부끄럽고 당황스러워 잘못을 바로잡으려 했지만 그 때문에 잘못이 더 무겁게 느껴졌고 나는 더 이상 아무것도 쓰지 못하게 되었다. 그래서 나는 침묵을 지켰고 그들을 잊은 것처럼 보였다. 파리조와 페리숑은 그런 것에 신경조차 쓰지 않았고 늘 한결같은 태도로 나를 대했다. 하지만 20년 뒤 자신이 무시당했다는 생각이 들었을 때 재기와 학식

---

* 그가 처음에 잘못된 선택을 하거나 애정을 쏟은 여자가 여러 특별한 이유가 쌓여 나중에 성격이 변하면 모를까, 그것은 완전히 불가능한 일이 아니다. 만약 이 결과를 있는 그대로 인정하려고 한다면 소크라테스는 그의 아내 크산티페를 통해, 디온은 그의 친구 칼리포스를 통해 판단해야 할 것이다(시라쿠사의 재상이던 디온은 플라톤의 친구이기도 했는데, 친구인 칼리포스에게 죽음을 당했다―옮긴이). 그것은 가장 불공정하고 가장 잘못된 판단일 것이다. 그런데 여기서 내 아내에 대한 부당한 적용은 모두 배제하기 바란다. 그녀는 내가 생각한 것보다 더 머리가 둔하고 속이기 쉬운 것이 사실이다. 하지만 악의 없는 순수하고 훌륭한 성품으로도 나의 모든 존경을 받을 만하고 내가 살아 있는 한 계속 그렇게 할 것이다.

을 겸비한 사람의 자존심이 어느 정도까지 복수심으로 나타날 수 있는지는 보르드 씨에게서 보게 될 것이다.

리옹을 떠나기 전에 사랑스러운 한 여인이 있었음을 잊지 않고 말하려 한다. 나는 더할 나위 없는 기쁨으로 그녀를 다시 만났고 그녀는 내 가슴 속에 무척이나 다정다감한 추억으로 남아 있다. 그녀는 세르Serre 양이며, 1부에서 그녀에 대해 언급한 바 있다. 나는 마블리 씨 댁에 있으면서 그녀를 새롭게 알게 되었다. 이번 여행은 한층 여유가 있었기 때문에 그녀를 더 자주 만났다. 내 마음은 그녀에게 사로잡혔다. 그것도 아주 강렬하게 말이다. 나는 당연히 그녀의 마음도 나와 다르지 않다고 생각했다. 하지만 그녀는 나를 신뢰했기 때문에 나는 그 마음을 악용하려는 충동을 버렸다. 그녀는 수중에 아무것도 가진 게 없었고 나 역시 마찬가지였다. 우리의 처지는 너무나 닮아 있어서 서로 결합할 수 없었다. 게다가 나는 몰두하고 있던 계획들이 있어서 결혼할 생각이 전혀 없었다. 그녀는 주네브Genève 씨라는 젊은 사업가가 자신에게 무척 관심이 있는 것 같다고 내게 귀띔해주었다. 나는 그 사람을 그녀의 집에서 한두 번 보았다. 내가 보기에 그 사람은 신사였다. 사람들도 그렇게 생각했다. 나는 그녀가 그와 함께 행복할 수 있겠다는 확신이 들어 그가 그녀와 결혼하기를 바랐다. 얼마 후에 그는 그녀와 결혼을 했고 나는 그들의 순수한 사랑을 방해하지 않으려고 서둘러 떠났다. 이 매력적인 여인의 행복을 빌면서 말이다. 하지만 그 기원은 이 세상에서 짧은 시간 동안밖에 이루어지지 않았다. 아아! 이토록 짧을 수가. 그녀가 결혼한 지 2, 3년 만에 죽었다는 소식이 뒤이어 들려온 것이다. 여정 내내 가슴 저린 회한에 사로잡혀 있던 나는 그때부터 그 일을 곰곰이 생각하며, 의무와 미덕으로 행한 희생은 고통이 따르지만 그것이 가슴 깊이 남겨둔 감미로운 추억으로 충분히 보상받는다는 것을 느꼈고 그 이후로도 종종 느꼈다.

이전의 여행에서 파리의 부정적인 측면을 보았다면 이번 여행에서는 파리의 화려한 면모를 보았다. 그렇지만 내 숙소는 그렇지 못했다. 보르드 씨가 알려준 주소를 따라 소르본 대학 근처 코르디에 거리에 있는 생캉탱 호텔에서 묵게 되었는데, 그곳은 지저분한 거리만큼이나 방도 지저분했다. 하지만 그 호텔은 그레세Gresset, 보르드, 마블리 신부, 콩디야크 신부 등과 같은 재능 있는 인물들이 머무르던 곳이었다. 불행히도 내가 머물렀을 때는 아무도 없었다. 그러나 그곳에서 다리를 저는 본느퐁Bonnefond 씨를 알게 되었다. 시골 유지인 그는 소송을 좋아하는 고지식한 사람이었는데, 그 덕분에 나는 지금 내 친구들 가운데 가장 연장자인 로갱Roguin 씨를 사귀게 되었다. 또한 그를 통해 철학자 디드로Diderot와도 알게 되었는데, 그에 관해서는 나중에 많은 이야기를 할 것이다.

1741년 가을에 나는 파리에 도착했다. 그때 가져온 현금 15루이와 내가 쓴 희극 〈나르시스Narcisse〉 그리고 악보의 초고가 내 밑천의 전부였으므로, 지체할 시간 없이 이것들을 활용해 수입을 가져야 했다. 나는 서둘러서 추천장을 이용했다. 무난한 얼굴에 재능이 있어 보이는 젊은이가 파리에 오면 당연히 환대를 받는다. 내가 그러했다. 그런 점에서 나는 인정은 받았지만 출셋길 같은 큰 실속을 챙기지는 못했다. 추천으로 만나게 된 사람들 가운데 세 사람만이 도움이 되었다. 사부아 지방 귀족인 담므쟁Damesin 씨는 당시 시종무관이었고 카리냥Carignan 공주의 총신이었던 것으로 짐작된다. 금석학 아카데미의 책임자인 보즈Bose 씨는 왕실 훈장 담당관이었다. 그리고 예수회 소속으로 《눈으로 보는 클라브생 Clavecin oculaire》의 저자인 카스텔Castel 신부[11]가 있었다. 그 추천장들은 담므쟁 씨만 빼고는 전부 마블리 신부가 내게 써준 것이었다.

담므쟁 씨는 우선 다급히 두 사람의 지인을 나에게 소개해주었다. 한 사람은 보르도 고등법원 수석 판사 가스크Gasc 씨로 바이올린을 무척 잘 연주했다. 다른 한 사람은 레옹Léon 신부로 당시 소르본에서 거주하던 매우 친절한 젊은 귀족이었다. 그는 '로앙Rohan 기사'라는 이름으로 사교계에서 잠시 빛을 발했으나 한창 나이에 죽고 말았다. 두 사람 모두 작곡을 배우려는 생각이 있었다. 나는 그들에게 몇 달 동안 음악 레슨을 해주고 비어가던 지갑을 어느 정도 채웠다. 레옹 신부는 나를 좋아해서 자기 비서로 쓰고 싶어 했다. 하지만 그는 부자가 아니어서 기껏해야 800프랑밖에 내놓을 수 없었다. 그 정도로는 집세며 식비, 생계비를 감당할 수 없었으므로 나는 어쩔 수 없이 그 제의를 거절했다.

보즈 씨는 나를 환대해주었다. 그는 학문을 사랑하고 학식이 있었지만 다소 현학적이었다. 보즈 부인은 그의 딸이라 해도 될 정도였는데, 재치가 넘치고 화려하게 멋을 부리는 여인이었다. 나는 그의 집에서 가끔 점심식사를 했다. 내가 그녀와 마주하고 있을 때만큼 서투르고 어리석은 모습은 아마도 찾아보기 어려울 것이다. 그녀의 자유분방한 태도는 나에게 위압감을 주었고 나의 몸가짐을 더욱 우스꽝스럽게 만들었다. 그녀가 나에게 요리 접시를 건네면 나는 포크를 내밀어 그녀가 나에게 준 요리의 작은 조각 하나를 얌전하게 찍었다. 그러면 그녀는 나에게 주려고 했던 접시를 하인에게 돌려주었다. 그녀는 나에게 웃는 모습을 들키지 않으려고 등을 돌렸다. 그녀는 이 시골뜨기의 머릿속에 재치가 있으리라고는 거의 믿지 않는 눈치였다. 보즈 씨는 나에게 자신의 친구인 레오뮈르 Réaumur 씨를 소개해주었다. 레오뮈르 씨는 프랑스 과학 아카데미가 열리는 금요일 저녁마다 그의 집에 저녁식사를 하러 왔다. 보즈 씨는 그에게 나의 논문 초고에 대하여 그리고 내가 그것을 아카데미 심사에 제출하고 싶어 한다고 말해주었다. 그리하여 레오뮈르 씨는 그것을 제안하는 일을 맡았고 그 제안은 받아들여졌다. 나는 정해진 날에 레오뮈르 씨의 안내를 받아 아카데미에 소개되었다. 같은 날인 1742년 8월 22일, 영광스럽게도 나는 아카데미에서 내가 준비한 논문을 읽게 되었다. 이 유명한 모임은 확실히 위압적이었지만 나는 보즈 부인 앞에서만큼 압도되지는 않았다. 무난하게 발표와 질의응답을 끝냈다. 논문은 통과되었고 나는 찬사를 받았다. 나는 우쭐했지만 한편으로는 놀라기도 했다. 아카데미 앞에서 회원도 아닌 사람이 평상심을 유지하리라고는 거의 생각지도 못 했으니 말이다. 내게 배정된 위원은 메랑Mairan, 엘로Hellot, 푸쉬Fouchy 씨였다. 세 사람 모두 확실히 뛰어났지만 그들 중 단 한 명도 음악을 알지 못했고, 적어도 내 계획을 평가할 만한 지식은 없었다.[12]

　이 나리들과 토론을 하는 동안 확신하게 된 한 가지 놀라운 사실이 있는데, 학자들이란 보통사람보다 편견이 적기는 하지만 대신 그들은 일단 자신이 갖게 된 편견에는 더 강하게 집착한다는 것이다. 그들이 제시한 반박은 대부분 논거가 빈약하고 틀린 것임에도 불구하고, 나 역시 반론에 머뭇거리며 서툰 표현으로 답변한 것은 사실이지만 단호하고 결정적인 논거로 반박했음에도 불구하고, 나는 단 한 번도 그들을 이해시키고 만족시키는 데까지는 이르지 못했다. 나는 그저 그들이 내 생각을 이해하지 못한 채 몇 마디 그럴싸한 문장들로 쉽사리 나를 반박하는 안이함에 매번 놀랄 따름이었다. 어디서 찾아냈는지는 모르지만, 그들은 과거에 수에티Souhaitti라는 수도사가 숫자로 음계를 적는 법을 고안해냈다고 말했다. 내 방식이 새로운 것이 아니라고 주장하는 데는 그것으로 충분했다. 그 사실은 일단 덮어두기로 하자. 왜냐하면 나는 수에티 신부에 대해 말하는 것을 결코 들어보지 못했을뿐더러 옥타브를 고려하지 않은 채 단선율 성가의 일곱 음을 기록하는 그의 방식은 생각할 수 있는 모든 악보, 즉 기호, 쉼표, 옥타브, 소절, 박자, 음가 등을 숫자로 쉽게 기록할 수 있는 나의 간단하고 편리한 고안물과는 어느 모로 봐도 비교가 안 되기 때문이다. 수에티는 그것을 생각조차 못 했지만 그럼에도 일곱 음의 기본적인 표현법에 관해서는 그가 최초의 고안자였다고 말하는 것도 충분히 있을 법하다. 하지만 위원들은 그 초보적인 고안물의 가치를 지나치게 중요시할 뿐 아니라 거기서 그치지 않고 내 방법의 근본적인 체계를 언급하면서부터는 얼토당토않은 말만 해댔다. 내가 만들어낸 방법의 가장 큰 장점은 조옮김과 기호를 폐지한 것이었다. 그래서 곡의 첫머리에 있는 단 하나의 첫 글자를 가상으로 변경시키기만 하면 동일한 곡이 기대하는 어떤 조로든 마음대로 기록되고 조옮김된다. 심사위원 나리들은 파리의 어쭙잖은 음악가들에게서 조옮김으로 연주하는 방법은 아무 가치가 없다는 말을 들었다. 그리고 그들은 그 말을 근거로 내 방법의 가장 두드러지는 장점을 나의 체계에 대한 반박할 수 없는 반론으로 만들어버렸다. 그들은 내 음표가 성악에는 좋으나 기악에는 나쁘다는 결론을 내렸다. 그들은 그와 반대로 내 음표가 성악에 좋고 기악에는 더 좋다는 결론을 내렸어야 마땅하다. 그들의 보고를 받고 아카데미는 대단히 훌륭한 찬사로 가득 찬 증명서를 내게 발급해주었다. 그 찬사를 통해 보자면 그 바탕에는 아카데미가 나의 체계가 새롭지도 유용하지도 않다고 판단하고 있음이 드러났다. 이후 나는 《근대음악론*Dissertation sur la musique moderne*》이라는 제목이 붙은 저술로 대중에게 호소한 적이 있는데, 그 저술을 이와 같은 증명서로 장식해야 할 줄은 꿈에도 생각하지 못했다.

이번 기회에 편협한 사람들을 대하면서 어떤 문제를 잘 판단하기 위해서는 그 문제에 대한 유일하고도 깊은 지식이, 그 문제에 대해 별도로 연구를 더 하지 않았을 경우에 여러 학문들을 넓게 공부하여 얻은 지식보다 얼마나 나은지 분명히 알게 되었다. 나의 체계에 유일하게 확실한 반박을 한 사람은 바로 라모Rameau였다. 내가 그에게 내 체계에 대해 설명하자 그는 곧바로 약점을 찾아냈다. 그는 내게 말했다. "당신의 기호는 음가를 간단하고 명료하게 구분하며 음정을 명확하게 표시하고, 복음에서 단음을 나타낼 뿐 아니라 보통의 음표가 만들어내지 못하는 모든 것들을 보여주고 있다는 점에서 좋습니다. 하지만 그 기호들은 읽는 데 머리를 써야 하고 그렇게 되면 빠른 연주를 항상 따라갈 수 없다는 점에서 좋지 않습니다." 그는 계속해서 말했다. "우리가 쓰고 있는 음표의 위치는 그렇게 머리를 쓰지 않아도 눈앞에 잘 드러납니다. 만일 하나는 매우 높고

다른 하나는 매우 낮은 두 개의 음표가 매개 음표의 장식음을 통해 결합
된다면, 나는 한눈에 순차 행진하는 음계에 의해 한 음표에서 또 다른 음
표의 진행을 봅니다. 하지만 당신의 체계에서 그 장식음을 확인하기 위
해서는 당신이 만든 모든 숫자를 일일이 차례로 읽어야만 합니다. 얼핏
보아서는 아무것도 대체할 수 없으니까요." 내가 보기에 그 반론은 반박
의 여지가 없었다. 그래서 곧 그 반론을 인정했다. 그 반론은 단순명쾌하
지만 그런 생각을 해내려면 음악에 대한 조예가 상당히 깊지 않으면 안
되었다. 따라서 그러한 반론이 어떤 아카데미 회원에게도 떠오르지 않았
다는 것은 그리 놀라운 일이 아니다. 하지만 많은 것을 알고 있는 그와 같
은 대학자들이 하나같이 오직 자신의 전문 분야만을 평가해야 한다는 것
조차 잘 모른다는 사실은 참으로 놀라운 일이다.

　이 세 명의 심사위원과 다른 아카데미 회원들을 자주 만나다 보니 파
리 문학계의 저명인사들 모두와 교류하게 되었다. 그래서 나중에 갑작스
럽게 그들 가운데 내 이름을 올리게 되었을 때는 이미 서로가 알고 있었
다. 당장은 음악 체계에 몰두하여 그 기법에서 혁신을 일으키고 그리하
여 명성을 얻으려고 끈질기게 노력했다. 파리에서라면 예술계에서의 명
성이 늘 세속적인 부와 결부되었으니 말이다. 두세 달 동안은 방에 틀어
박힌 채 앞서 아카데미에서 발표한 논문을 세상에 내놓으려고 이루 말할
수 없는 각고의 노력으로 고쳐 썼다. 정작 어려움은 내 원고를 맡아줄 출
판업자를 찾는 데 있었다. 새로운 활자를 만들려면 어느 정도 비용이 드
는데다, 출판업자들이 초보자의 생각을 믿고 돈을 쓰지는 않기 때문이었
다. 게다가 내 생각에도 글을 쓰는 동안 내가 먹은 빵 값 정도는 저작에
포함되는 것이 지극히 당연했다.

　본느퐁은 내게 아버지 키요Quillau와 만나도록 자리를 주선해주었고,
그는 나와 수익을 절반씩 나누기로 계약을 맺었다. 내가 단독으로 비용
을 지불한 출판특허권은 제외하고 말이다. 앞서 말한 키요가 부린 농간

으로 나는 특허권에 돈만 들이고 이 출판으로 결코 돈 한 푼 벌어들이지 못했다. 데퐁텐Desfontaines 신부가 책의 유통을 나에게 약속하고 다른 언론인들도 상당히 호평을 했음에도 불구하고 판매량은 정말 보잘것없었다.

내 체계를 시험하면서 겪은 가장 큰 장애는 그 체계를 인정받지 못한다면 그것을 배우는 데 들인 시간이 헛수고가 되지 않을까 하는 염려였다. 나는 내가 만든 음표를 연습하면 개념들이 명료해지고, 보통의 기호로 음악을 배우기보다 시간을 더욱 절약할 수 있다며 말하고 다녔다. 나는 그 증거를 실제로 입증하기 위해 로갱 씨가 소개해준 데룰랭Desroulins 양이라는 미국인 아가씨에게 음악을 무료로 가르쳤다. 석 달이 지나자 그녀는 내 음표로 어떤 곡이 되었든 읽어낼 수 있게 되었고 심지어 어렵지 않은 곡은 악보를 처음 보고도 나보다 더 잘 노래하게 되었다. 이 같은 성공은 놀라웠지만 널리 알려지지는 않았다. 다른 사람의 경우라면 신문 지면을 온통 다 차지했을 것이다. 하지만 나는 유용한 것을 찾아내는 재능은 상당히 뛰어났으나 그것을 활용하는 면에서는 영 형편이 없었다.

이렇게 해서 내 헤론의 분수[13]는 또다시 깨지고 말았다. 하지만 이 두 번째 실패 때 내 나이는 서른 살이었다. 나는 파리의 거리에 서 있었고 그곳에서 무일푼으로 살 수는 없었다. 나는 이 같은 궁지에 몰린 채 결단을 내렸다. 그 결단을 보고 놀라는 사람은 아마 《고백》 1부를 제대로 읽지 않은 이들뿐일 것이다. 나는 대단히 분주하게 움직였고 그만큼 실속이 없었다. 이제는 여유를 갖는 것이 필요했다. 나는 절망에 빠지는 대신 게으름과 신의 배려에 조용히 나 자신을 맡겼다. 그리고 그 효과가 나타날 시간을 벌기 위해, 아직 남아 있던 금화 몇 닢을 서두르지 않고 까먹기 시작했다. 다만 무기력한 즐거움을 위한 소비는 완전히 금하지는 않더라도 어느 정도 자제하기로 했다. 카페에는 이틀에 한 번만 가고 극장에는 일주일에 두 번만 가기로 했다. 몸 파는 여자에게 쓰는 비용이라면 그럴 필요가 없었다. 그런 데 쓰는 돈이라면 평생 한 푼도 지출한 적이 없기 때문이다. 단 한 번의 예외가 있는데 그 일에 대해서는 곧 말하게 될 것이다.

고작 석 달 생활할 돈도 변변히 없으면서 안도감과 즐거움과 자신감을 갖고 무기력하고 고독한 이 삶에 나를 맡기는 것은 내 삶의 독특한 점이자 내 별난 기질 가운데 하나였다. 나는 사람들이 나에 대해 생각해주기를 몹시도 바랐고, 바로 그런 욕구 때문에 남들 앞에 나 자신을 드러낼 용기를 잃어버렸다. 또한 사람을 만날 필요성이 생겨도 그것은 견딜 수 없는 일이 되어버렸다. 아카데미 회원들이나 이미 사귀어둔 문학계 인사들과도 만나기를 중단했을 정도로 말이다. 마리보Marivaux,[14] 마블리 신부, 퐁트넬 등은 내가 이따금 집으로 찾아가는 거의 유일한 사람들이었다. 마리보에게는 내 희곡 〈나르시스〉를 보여주기도 했다. 그는 그 작품을 마음에 들어 했고 수정을 해주는 호의도 베풀었다. 그들보다 젊은 디드로는 거의 내 연배였다. 그는 음악을 좋아했으며 음악 이론도 잘 알았다. 우리는 함께 음악 이야기를 나누었다. 그는 나에게 자신의 작품 계획에 대해 말하기도 했다. 그 일로 우리는 이내 더욱 가까운 사이가 되었고 그 관계는 15년간 지속되었다. 분명 그의 잘못 때문이긴 하지만, 내가 불행히 그와 같은 직종에 몸담지만 않았어도 아마 그 관계는 지금도 계속되었을 것이다.

빵을 구걸할 수밖에 없는 처지에 빠지기 전까지 아직 내게 남은 이 짧고 소중한 기간을 무엇을 하는 데 썼는지 아무도 짐작하지 못할 것이다. 나는 시인들의 시구를 백번 외우고 또 그만큼 잊어버리면서 철저하게 연구하는 데 시간을 썼다. 매일 아침 열 시경이면 베르길리우스나 루소[15]의 시집을 주머니에 넣고 뤽상부르 공원으로 산책을 가곤 했다. 그곳에서 점심식사 전까지 때로는 성가(聖歌)를 때로는 목가를 기억으로 되살렸다. 오늘의 시를 외우면서 전날의 시를 틀림없이 잊어버렸지만 그렇다고 짜증이 나지는 않았다. 나는 시라쿠사에서 니키아스가 패배한 후에 포로

가 된 아테네인들이 호메로스의 시를 암송하며 목숨을 부지했다는 일화를 떠올렸다. 역경에 대비하기 위해 내가 이러한 고증학적 지식에서 얻은 유용함은 모든 시인들을 철저하게 암기할 수 있도록 내 좋은 기억력을 훈련시킨 것이었다.

체스게임은 그에 못지않은 또 다른 확실한 생계 방편이었다. 공연을 보러 가지 않는 날 오후가 되면 나는 체스를 두러 카페 모지에 자주 갔다. 그곳에서 레갈Légal, 위송Husson, 필리도르Philidor 씨 등과 알고 지냈다. 나는 이 체스의 대가들과 함께 게임을 했지만 더 이상은 실력이 늘지 않았다. 하지만 마지막에 가서는 그들 모두보다 내가 더 잘하리라는 점을 믿어 의심치 않았다. 그렇게 되면 먹고살기에는 충분하다고 생각했다. 어떤 터무니없는 일에 심취하더라도 늘 그런 식으로 생각하곤 했다. 내 생각은 이러했다. '누구든지 어떤 일에서 최고가 되면 언제나 인기를 얻기 마련이다. 기회가 찾아올 것이고 내 재능만 유감없이 발휘하면 된다.' 이와 같은 유치한 행동은 내 이성에서 비롯된 궤변이 아니라 나의 나태함에서 나온 궤변이었다. 나는 있는 힘을 다해 경주해야 할 크고 신속한 노력에 지레 겁을 먹고 내 게으름에 비위를 맞추기 위해 애썼고 게으름에 걸맞은 그럴듯한 평계로 그 수치스러움을 감추었다.

나는 이렇듯 태평스럽게 돈이 전부 바닥나기를 기다렸다. 만약 카페를 오가며 이따금 만나던 카스텔 신부가 이런 얼빠진 상태에서 나를 꺼내주지 않았다면 꿈쩍도 않고 마지막 한 푼까지 다 써버렸을지도 모른다. 카스텔 신부는 엉뚱한 면이 있지만 그래도 좋은 사람이었다. 그는 내가 아무 일도 하지 않은 채 돈만 쓰는 것을 보고 화를 냈다. 그는 내게 말했다. "음악가들과 학자들은 자네 비위를 맞추어주지 않으니 길을 바꾸어 여자들을 만나보게. 자네는 그쪽 방면에서 더 성공할 걸세. 내가 자네 이야기를 브장발Besenval 부인에게 해두었으니 부인을 찾아가서 내 이야기를 하게. 좋은 여자이니 아들과 남편의 동향 사람이라면 기꺼이 환대할 걸세. 그 집에서 딸인 브로이유Broglie 부인도 만나보게, 참 재치 있는 여자일세. 뒤팽Dupin 부인에게도 자네 이야기를 해두었네. 그녀에게는 자네의 저서를 가져가게. 그녀가 자네를 만나고 싶어 하니 아마 잘 맞아줄 걸세. 파리에서는 여자들을 통하지 않고는 아무것도 하지 못한다네. 여자들은 곡선과 같고 현명한 남자들은 그 점근선이지. 남자들은 끊임없이 곡선에 다가가지만 결코 곡선에 닿지 못하는 법이네."

하루하루 그 끔찍한 고역을 미루던 끝에 마침내 용기를 내어 브장발 부인을 만나러 갔다. 그녀는 나를 친절하게 맞았다. 그녀는 브로이유 부인이 자신의 방으로 들어오자 말을 건넸다. "애야, 카스텔 신부님이 우리에게 말했던 루소 씨가 오셨구나." 브로이유 부인은 내 저서에 대해 칭찬을 했다. 그리고 나를 클라브생이 있는 방으로 데려가더니 자신이 내 방법에 몰두하고 있음을 보여주었다. 추시계를 보니 한 시쯤 되어 나는 가려고 했다. 브장발 부인이 내게 말했다. "사시는 곳에서 머니 여기 계시다 식사라도 하시지요." 나는 마다하지 않았다. 15분이 지나고 이야기를 몇 마디 나눈 끝에 나는 그녀가 나를 점심식사에 초대한 장소가 부엌이라는 사실을 알았다. 브장발 부인은 아주 좋은 여자였지만 속이 좁고 폴란드의 유명한 귀족이라는 자부심이 너무 강했다. 그녀는 재능 있는 사람들에게 응당 표해야 할 존경심에는 별로 관심이 없었다. 이번 경우에 그녀는 나를 옷차림보다는 몸가짐으로 판단했다. 내 옷차림은 매우 소박했지만 아주 점잖아서 점심식사를 부엌에서 할 만하게 보이지는 않았다. 그런 대접은 이미 오래전에 받은 터라 또다시 되풀이하고 싶지 않았다. 나는 기분 나쁜 모습을 보이고 싶지 않아서 소소한 일이 문득 떠올라 집으로 가야겠다고 브장발 부인에게 말했다. 정말이지 이 집을 떠나고 싶었다. 브로이유 부인이 어머니에게로 다가가더니 귀에 대고 몇 마디 하자 당장 효과가 나타났다. 브장발 부인이 일어나더니 나를 붙들고 말했다. "당신이 우리와 함께 식사를 하신다면 영광으로 알겠어요." 나는 우쭐해지면 어리석은 짓이라고 생각해 그대로 남기로 했다. 더구나 브로이유 부인의 친절에 감동을 받아 그녀에게 관심을 갖게 되었다. 그녀와 함께하는 식사는 상당히 만족스러웠고 그녀가 나를 더 잘 알게 될 때 이런 영광을 나에게 베푼 것을 후회하지 않기를 기대했다. 집안의 절친한 친구로 고위 법관인 라무아뇽Lamoignon 씨[16]도 함께 식사를 했다. 그도 브로이유 부인과 마찬가지로 잡담과 온통 별것 아닌 세련된 암시로 이루어진, 파리의 그 시시껄렁한 은어를 썼다. 그 자리에서 가엾은 장 자크가 빛을 발할 기회는 없었다. 나는 재기나 지식도 없으면서 남의 비위를 맞추려고 할 만큼 분별력이 없지는 않았으므로 입을 다물고 있었다. 내가 항상 이렇게 현명했더라면 얼마나 다행일까! 적어도 오늘날 내가 처한 난관에 빠져 있지는 않았을 것이다.

나는 나의 우둔함이, 브로이유 부인이 내게 베푼 호의가 정당했음을 그녀의 면전에서 입증할 수 없었던 것이 못내 유감스러웠다. 식사가 끝나자 문득 평소에 갈고닦았던 재주에 생각이 미쳤다. 리옹에 머무르는 동안 나는 호주머니에 파리조에게 쓴 서한시를 지니고 다녔다. 그 시의 구절은 열정만큼은 부족함이 없었고, 게다가 내가 그 시를 열의를 다해 낭송하자 세 사람 모두 눈물을 흘렸다. 자만심인지 실제로 그런지 모르겠으나, 내가 보기에 브로이유 부인이 자기 어머니에게 이렇게 말하고 있는 것 같았다. "보셔요, 어머니! 이 사람은 하녀들이 아니라 우리와 함께 식사를 하는 편이 더 어울린다는 제 말씀이 맞지 않나요?" 그 순간까지도 내 마음은 편치 못했다. 하지만 이렇게 되갚아주고 나니 한결 후련했다. 브로이유 부인은 나에 대해 내린 자신의 호의적인 판단을 조금 과장한 나머지 내가 곧 파리에서 선풍적인 인기를 모으고 여자들이 많이 따르게 될 것이라고 생각했다. 그녀는 미숙한 나를 이끌어주려는 의도로 나에게 《모(某) 백작의 고백Confessions du Comte de ˣˣˣ》[17]을 선물하며 이렇게 말했다. "이 책은 당신이 사교계에서 필요로 할 멘토가 되어줄 거예요. 이따금 참고하시면 좋을 겁니다." 이 책을 준 부인에 대한 감사의 표시로 나는 이것을 20년 이상 간직했다. 하지만 부인은 내게 여자의 환심을 사는 능력이 있는 것 같다고 생각하는 듯했는데, 그 생각에 대해서는 웃음이 났다. 나는 이 작품을 읽는 순간부터 저자와 친해지고 싶었다. 그런 호감 덕분에 나는 아주 좋은 감정을 지니게 되었다. 문인들 중에서는 그가 유일한 진정한 친구였기 때문이다.*

그때부터 나는 브장발 남작부인과 브로이유 후작부인이 내 처지에 관심을 갖고 나를 오래도록 무일푼으로 내버려두지는 않을 것이라고 뻔뻔하게 기대했다. 그리고 내 생각은 틀리지 않았다. 이제 내가 뒤팽 부인의 집에 가게 된 이야기를 하기로 하자. 그 이야기는 훨씬 더 길게 이어진다.

알려진 대로 뒤팽 부인은 사뮈엘 베르나르Samuel Bernard와 퐁텐Fontaine 부인의 딸이었다. 그녀와 그녀의 두 자매는 미의 3여신이라 부를 만했다. 라 투슈la Touche 부인은 킹스턴Kingston 공작과 함께 영국으로 도망을 쳤다. 다르티D'Arty 부인은 콩티Conty 대공의 애인일 뿐 아니라 유일한 진정한 친구였다. 그녀는 기지가 넘치고 한결같은 쾌활한 성격만큼이나 매력적인 성품에서 비롯된 상냥함과 친절함을 지닌 사랑스러운 여자였다. 끝으로 세 사람 가운데 가장 아름다운 뒤팽 부인이 있는데, 잘못된 품행으로 비난받지 않는 유일한 여자였다. 그녀는 뒤팽 씨의 호의에 대한 사례였다. 그녀의 어머니는 그가 시골에서 자신에게 베푼 호의에 대한 보답으로 그에게 징세청부인의 자리, 막대한 재산 등과 더불어 자기 딸까지 내주었다. 그녀는 내가 처음으로 보았을 때도 여전히 파리에서 가장 아름다운 여자들 중 한 사람이었다. 그녀는 화장을 하던 중에 나

---

* 나는 그를 아주 오랫동안 전적으로 믿고 있어서 파리에 돌아온 이후 내 《고백》의 원고를 바로 그에게 맡겼다. 의혹을 품고 있던 장 자크는 자신이 희생자가 될 때까지도 배신과 거짓말을 결코 믿지 못했다.

를 맞았는데, 두 팔을 드러내고 헝클어진 머리카락에 흐트러진 실내복 차림이었다. 그녀의 이와 같은 응대는 내게 무척 색다른 것이었다. 나는 정신을 차릴 수 없었다. 당황스러워 어찌할 바를 몰랐다. 한마디로 부인에게 반해버린 것이다.

나는 당황하긴 했지만 그녀에게 나쁘게 보일 정도는 아니었으며, 그녀는 그 모습을 조금도 눈치채지 못했다. 그녀는 책과 그 저자를 맞아주었고 교양인으로서 나의 계획에 대해 이야기했으며 클라브생을 반주로 노래를 불렀다. 또한 그녀는 식사를 하도록 나를 붙들고 식탁에서 자기 옆에 앉게 했다. 그렇지 않아도 정신이 없는데, 그 바람에 나는 완전히 얼이 빠지고 말았다. 그녀는 내게 자신을 만나러 와도 좋다고 허락했다. 나는 그녀의 허락을 이용하고 또 남용했다. 나는 그곳에 거의 매일 갔고 일주일에 두세 번은 함께 식사를 했다. 나는 말을 건네고 싶어 죽을 지경이었지만 감히 그러지 못했다. 여러 가지 이유로 내 타고난 소심함은 더 심해졌다. 부잣집에 드나든다는 것은 행운의 문이 열린 것과 다를 바 없었다. 지금의 내 처지에서 그 문이 닫힐 위험을 무릅쓰고 싶지는 않았다. 뒤팽 부인은 무척 상냥했지만 단정하고 차가웠다. 그녀의 태도에 교태라고는 일절 보이지 않았으므로 내가 대담하게 행동하는 것은 무리였다. 파리의 여느 저택들 못지않게 화려한 그녀의 저택은 사교계와 같았는데, 그 수만 다소 적을 뿐이지 모든 방면의 엘리트들이 그곳에 모였다. 그녀는 귀족, 문인, 미인과 같이 명성이 드높은 모든 사람들과 만나는 것을 좋아했다. 그녀의 집에는 공작, 대사, 고위 인사들밖에는 눈에 띄지 않았다. 로앙Rohan 공작부인, 포르칼키에Forcalquier 백작부인, 미르푸아Mirepoix 부인, 브리뇰레Brignolé 부인, 귀부인 에르베Hervey 등이 그녀의 친구로 통했다. 퐁트넬Fontenelle 부인, 생피에르St. Pierre 신부, 살리에Sallier 신부, 푸르몽Fourmont 씨, 베르니스Bernis 씨, 뷔퐁Buffon 씨, 볼테르Voltaire 씨 등이 모임과 식사를 함께하는 인사였다.

그녀의 조심스러운 태도 때문에 많은 젊은이들이 몰려들지는 않았지만 그만큼 잘 구성된 그녀의 사교 모임은 그래서 더욱 위엄이 있었다. 가없은 장 자크는 그 가운데서 환한 빛을 발할 엄두조차 내지 못했다. 그래서 감히 입 밖에 꺼내지는 못했지만 더 이상 잠자코 있을 수 없어서 나는 대담하게 편지를 쓰기로 했다. 그녀는 내 편지를 이틀 동안 가지고 있으면서 그것에 대해 말하지 않았다. 사흘째가 되어 그녀는 편지를 내게 돌려주며 충고의 말 몇 마디를 건넸는데 그 말을 전하는 차가운 어조에 나는 몸이 얼어붙었다. 말을 하고 싶었지만 차마 입 밖으로 뱉지 못하고 삼키고 말았다. 순간적인 내 열정은 희망과 더불어 사그라지고 말았다. 나는 격식을 갖추어 몇 마디 말을 하고 이전처럼 관계를 지속했지만 그녀에게 더 이상 아무 말도 하지 않았고 심지어 눈길조차 보내지 못했다.

나는 내 어리석은 짓이 잊혔다고 생각했지만 그것은 착각이었다. 뒤팽 씨의 아들이자 부인의 의붓자식인 프랑쾨유Francueil 씨는 부인이나 나와 같은 연배였다. 그는 재치가 있고 인물도 좋은 터라 자부심을 가질 만했다. 세간에서는 그가 부인에게 마음을 품고 있었다고 하는데, 그 소문은 아마도 그녀가 아주 못생겼지만 착한 아내를 그에게 얻어주고 그 부부와 아주 완벽하리만치 잘 지내고 있다는 사실 하나 때문에 났을 것이다. 프랑쾨유 씨는 재능 있는 사람들을 좋아하고 그들과 즐겨 교제했다. 그는 음악에 상당한 조예가 있었고 우리는 음악을 매개로 서로 어울렸다. 나는 그와 자주 만났고 그를 무척 좋아했다. 그런데 그가 갑자기 내 방문이 너무 잦으니 방문을 중단해달라는 뒤팽 부인의 말을 전했다. 그와 같은 인사말이라면 그녀가 내 편지를 돌려줄 때 했더라면 좋았을 것이다. 하지만 일주일이나 열흘이 지나서 별다른 이유도 없이 그런 말을 한다는 것은 경우에 없는 일인 듯싶었다. 나는 프랑쾨유 부부의 집에 전과 다름없이 드나들었으므로 그 일로 입장이 더욱더 난처해졌다. 그 집에 가긴 했지만 전보다 훨씬 덜 가게 되었고, 예기치 못한 또 다른 변덕으로 뒤팽 부인이 자기 아들을 일주일에서 열흘 정도 봐달라고 내게 부탁하지 않았다면 아예 발길을 끊었을지도 모른다. 그녀가 이런 부탁을 한 이유는 아들의 가정교사가 바뀌어 그 기간 동안 혼자 있게 된 데 있었다. 나는 그 일주일 동안을 고통 속에서 보냈다. 그나마 뒤팽 부인에게 복종한다는 즐거움 하나로 이 고통을 견딜 수 있었다. 아닌 게 아니라 이 딱한 아들 슈농소Chenonceaux는 이때부터 성질이 고약해서 집안의 명예를 더럽힐 뻔했고 그 성질 탓에 결국 부르봉 섬에서 죽었다. 내가 그와 있으면서 한 일은 그가 자기 자신이나 남에게 해를 끼치지 못하도록 막는 것이었고 그게 전부였다. 하지만 그 일만 해도 여간 고역이 아니었다. 뒤팽 부인이 보답으로 내게 몸을 준다고 해도 그 일은 일주일도 더 할 수 없었을 것이다.

프랑쾨유 씨는 나를 좋아했고 나는 그와 함께 공부를 했다. 우리는 함께 루엘Rouelle에게서 화학 수업을 들었다. 나는 그와 친해지기 위해 생캉탱 호텔을 떠나 베르들레 거리의 죄드폼에 숙소를 정했다. 그곳은 뒤팽 씨가 살고 있는 플라트리에르 거리로 이어져 있었다. 나는 그곳에서 감기를 소홀히 한 탓에 폐렴을 얻었고 그 병으로 하마터면 죽을 뻔했다. 나는 젊어서 염증성 질환과 늑막염 등을 달고 지냈고 특히 인후염에 아주 잘 걸리곤 했다. 그 병들에 대해 여기서는 기록하지 않겠지만 모든 병은 죽음을 아주 가까이에서 생각하게 만든다. 죽음의 이미지와 친숙해질 정도로 말이다. 병에서 회복되는 동안 내 처지에 대해 곰곰이 생각하고 나의 소심함과 허약함, 게으름을 한탄할 시간을 가졌는데, 마음에 불타오르는 정열을 느끼면서도 게으름 때문에 늘 빈곤한 처지에 처하고 나서야 정신의 나태함을 탓하고 괴로워했다. 몸이 아프기 전날 밤에 제목은 기억나지 않지만 당시에 공연되던 루아예Royer[18]의 어떤 오페라를 보러 갔다. 나는 다른 사람들의 재능과 비교해 나의 재능에 의심을 품는 편견이 있었지만 그 음악은 무기력하고 열정도, 창의성도 없다고 생각할 수밖에 없었다. 이따금 이런 생각까지도 했다. '저것보다는 내가 더 잘 만들 것 같군.' 하지만 오페라를 작곡하려니 끔찍한 생각이 들고, 음악계 사람들이 부여하는 이 기획의 중요성을 이해하고 있던 터라 바로 그 순간에 그 생각을 포기하며 감히 그런 생각을 했다는 사실에 얼굴이 붉어졌다. 더구나 나에게 가사를 써주고 내 생각에 맞게 다듬는 수고까지 해줄 사람을 어디서 찾는단 말인가? 병을 앓는 동안 음악과 오페라에 대한 생각이 다시 떠올랐고 나는 열이 오르는 와중에 독창, 이중창, 합창곡 등을 작곡했다. 확신컨대 대가들이 그 연주를 들었다면 찬사를 보내 마지않았을 두세 곡의 초안을 만들었다. 오! 열병에 사로잡힌 사람의 꿈을 기록할 수만 있다면 그의 열광에서 이따금 얼마나 위대하고 숭고한 결과가 나오는지 알게 될 것이다!

회복 중에도 나는 작곡과 오페라에 여전히 몰두했지만 좀 더 차분해져 있었다. 그 생각에 사로잡힌 나머지 본의 아니게도, 그것이 사실인지 확인하고 싶어 홀로 오페라의 작사, 작곡을 시도해보려 했다. 그렇다고 이것이 내가 처음 시도한 습작은 아니었다. 샹베리에서 〈이피스와 아낙사레트Iphis et Anaxarète〉라는 제목의 비극 오페라를 만든 적이 있는데, 지각이 있었는지 나는 그 작품을 불 속에 던져버렸다. 리옹에서는 〈신세계의 발견La découverte du nouveau monde〉이라는 작품도 만든 바 있다. 나는 이 작품을 보르드 씨와 마블리 신부, 트뤼블레Trublet 신부와 그 밖의 사람들에게 들려준 다음 전작처럼 처리해버렸다. 비록 서막과 1막을 이미 작곡했고 다비드도 그 곡을 보고 보논치니Bononcini[19]에 필적할 작품성이 있다고 내게 말해주었지만 말이다.

이번에는 작품에 착수하기 전에 내 계획을 심사숙고할 시간을 가졌다. 나는 서정적 발레에서 세 가지 서로 다른 주제를 각각 떨어진 3막으로 기획했다. 3막은 서로 다른 성격의 음악으로 이루어졌고, 각 주제마다 한 시인의 사랑으로 생각하여 오페라의 제목을 〈바람기 많은 뮤즈들Les

Muses galantes)로 붙였다. 강렬한 음악 형식으로 된 1막은 '타소Tasso'[20]이다. 부드러운 음악 형식으로 된 2막은 '오비디우스Ovidius'이다. '아나크레온Anacreon'[21]이라는 제목이 붙은 3막은 열렬한 찬사의 쾌활함을 풍기게 했다. 우선 1막을 시도해보았다. 작업에 열정적으로 몰두하다 보니 난생처음 작곡으로 얻는 즐거운 영감을 맛보기도 했다. 어느 날 저녁 오페라 극장에 들어가려는데 여러 생각들이 요동을 치고 나를 꼼짝할 수 없게 만들어 급기야 돈을 호주머니에 다시 집어넣었다. 나는 집으로 달려가 방에 처박힌 채 커튼을 전부 내리고 빛이 들어오지 못하게 한 다음 침대에 누워 시적이고 음악적인 열정에 완전히 빠져들었다. 그리고 일고여덟 시간 만에 내가 만든 막 중 가장 뛰어난 부분을 빠르게 만들어냈다. 페라르Ferrare 공주에 대한 나의 사랑과(그때 나는 타소였으므로) 그녀의 부정한 오빠에게 느끼는 나의 고결한 감정과 자부심은 내가 공주의 품에서 느꼈을 것보다 백배는 달콤한 하룻밤을 나에게 주었다고 말할 수 있다. 아침이면 머릿속에는 내가 생각한 것들의 지극히 일부밖에 남지 않았다. 그나마도 피로와 잠으로 대부분 잊어버려 남은 잔상의 조각들이 다시 힘을 발휘하지 못했다.

이번에는 또 다른 일에 정신이 팔려 이 작업을 더 이상 진척시키지 못했다. 뒤팽 집안에 열심히 드나들면서도 브장발 부인과 브로이유 부인을 이따금 계속 만났으므로 그들은 나를 잊지 않고 있었다. 이즈음 근위대장인 몽테귀Montaigu 백작이 베네치아 주재 대사로 막 임명되었다. 그 자리는 그가 줄곧 찾아다니던 바르자크Barjac가 만든 자리였다. 몽테귀 백작은 그의 환심을 사려고 끊임없이 노력했다. 그의 형제인 몽테귀 기사는 황태자의 총애를 받는 귀족으로, 그 두 부인과도 아는 사이였고 내가 이따금 찾아가는 아카데미 프랑세즈의 알라리Alary 신부와도 잘 알고 있었다. 브로이유 부인은 대사가 서기관을 구한다는 소식을 듣고서 그에게 나를 추천했다. 우리는 협상에 들어갔다. 나는 봉급으로 50루이를 요구했는데, 중요한 역할을 해야 하는 자리로는 상당히 적은 액수였다. 그는 나에게 단지 100피스톨만을 주려 했고 여비도 자비로 부담하라고 말했다. 터무니없는 제안이었다. 우리는 합의를 볼 수 없었다. 그때 프랑쾨유 씨가 나를 붙들려고 애를 썼고 마침내 성공했다. 나는 남기로 했고 몽테귀 씨는 외무성에서 파견해준 폴로Follau 씨라는 다른 서기관을 데리고 떠났다. 그들은 베네치아에 도착하자마자 사이가 틀어졌다. 폴로는 자신이 미치광이를 상대해왔음을 알고 그를 버리고 떠났다. 몽테귀 씨에게는 비니Binis라 불리는 젊은 신부밖에 없었는데, 그는 서기관 밑에서 글을 쓰는 사람으로 서기관 자리를 대신할 만한 처지는 아니었으므로 나에게 도움을 청했다. 그와 형제인 기사는 재치 있는 사람으로, 서기관 자리에는 여러 권한이 있음을 이해시켜 나를 움직여놓았다. 나에게 1,000프랑을 받아들이게 했을 정도로 말이다. 나는 여행 경비로 20루이를 받고 길을 떠났다.

리옹에서는 가는 길에 내 가엾은 엄마를 보려고 몽스니 쪽으로 접어들고 싶은 생각이 들기도 했다. 하지만 론 강으로 내려가 툴롱에서 배를 타기로 했다. 전쟁통인데다 경제적인 이유도 있었지만 무엇보다 미르푸아 씨에게 여권을 받아야 했기 때문이다. 그는 당시 프로방스 지방의 사령관이었고 나는 그에게 소개가 된 터였다. 몽테귀 씨는 나 없이는 일을 해나갈 수 없었으므로 나에게 편지를 연신 써대며 길을 재촉했다. 그런데 우연한 사고로 여행이 지체되었다.

그때는 이탈리아의 메시나에서 페스트가 발생한 시기였다. 영국 선단이 그곳에 정박해 있어서 내가 탄 지중해식 소형 범선인 텔러카 선(船)을 조사했다. 그 때문에 우리는 길고 고통스러운 항해 끝에 제노바에 도착하여 21일간의 검역을 받을 수밖에 없었다. 승객들은 배에 머물거나 격리시설로 가는 선택을 해야 했다. 격리시설에는 가구를 갖출 시간이 아직 없어서 사방의 벽 말고는 아무것도 없다는 사전경고가 있었다. 모든 사람이 배를 선택했다. 나는 견딜 수 없는 더위와 걷기도 힘든 좁은 공간과 벌레보다는 온갖 위험을 무릅쓰더라도 격리시설을 선택하기로 했다. 나는 완전히 비어 있는 3층짜리 큰 건물로 안내되었다. 그곳에는 창문도 침대도 탁자도 의자도 심지어 겨우 걸터앉을 민걸상 하나 없고 깔고 누울 짚한 다발조차 없었다. 내 외투와 여행용 가방과 트렁크 두 개가 운반되었다. 큰 자물쇠가 달린 커다란 문이 눈앞에서 닫혔다. 나는 그곳에 머물렀다. 마음 내키는 대로 이 방에서 저 방으로 이 계단에서 저 계단으로 옮겨 다닐 수 있었지만 어디나 한결같이 고독하고 무미건조할 뿐이었다.

이 모든 어려움에도 불구하고 선박보다 격리시설을 선택한 것을 후회하지 않았다. 나는 현대판 로빈슨 크루소가 되어 마치 여기서 평생을 보낼 것처럼 21일을 보낼 채비를 했다. 우선 배에서 옮겨 온 벼룩을 잡는 즐거움을 누렸다. 속옷과 겉옷을 갈아입은 덕분에 마침내 몸이 말끔해지자 선택한 방에 가구를 설치하기 시작했다. 상의와 셔츠로 매트리스를 만들고 여러 장의 타월을 꿰매서 시트를 만들었다. 실내복으로는 담요를, 둘둘 만 외투로는 베개를 만들었다. 트렁크 하나는 평평하게 놓아 의자를 만들었고 다른 하나로는 임시 탁자를 만들었다. 종이와 필기도구를 꺼내고 함께 가져온 열두 권 정도의 책을 서가의 형태로 정리했다. 요컨대 나는 커튼과 창문을 제외하고는 베르들레 거리의 내 거처인 죄드폼와 거의 다름없이 대단히 잘 적응했고 완전히 빈 이 격리시설에서 편안하게 지냈다. 내 식사는 요란한 의식과 함께 제공되었다. 두 명의 정예병이 총 끝에 착검을 하고 배식을 했다. 계단이 내 식당이었고 층계참은 탁자였으며 아래 계단은 의자로 사용되었다. 식사가 차려지면 그들은 물러나며 작은 종을 울려서 내게 식사 시간임을 알렸다. 식사 시간 사이에 책을 읽거나 글을 쓰거나 가구를 배치하는 따위의 일을 하지 않을 때면 내가 안뜰로 쓰는 프로테스탄트들의 묘지에 산책을 하러 가거나 옥상에 올라가곤 했다. 옥상에서는 항구가 내려다보였고 나는 그곳에서 배들이 오가는 것을 볼 수 있었다. 그런 식으로 2주를 보냈다. 프랑스에서 파견한 종빌Jonville 씨에게 식초와 향수를 뿌리고 반쯤 불태운 편지 한 통을 보낸 덕택에 그는 내 억류 기간을 일주일 단축시켜주었다. 하지만 그렇지 않았다 하더라도 나는 20여 일 전부를 한시도 지루하지 않게 보냈을 것이다. 나는 남은 날을 그의 집에서 보내기로 했다. 솔직히 말하면 격리시설보다는 그의 집에 있는 것이 더 좋았다. 그는 나에게 상당한 호의를 베풀었다. 그의 서기관인 뒤퐁Dupont은 착한 젊은이로 시골은 물론 제노바에서도, 제법 즐겁게 지낼 수 있는 여러 집들로 나를 데려갔다. 나는 그와 상당히 오랫동안 교류를 하고 편지를 교환했다. 나는 롬바르디아 지방을 지나 즐겁게 여정을 이어갔다. 밀라노, 베로나, 브레시아, 파도바를 보았다. 마침내 베네치아에 도착했는데 대사 나리는 나를 초조하게 기다리고 있었다.

나는 다른 여러 대사들과 궁정에서 보내온 수많은 공문들을 보았다. 대사는 공문을 읽는 데 필요한 모든 암호를 갖고 있으면서도 암호로 쓴 부분은 통 읽지 못했다. 나는 관공서에서 일한 경험이 없을뿐더러 살면서 암호를 본 일이 없었으므로 처음에는 쩔쩔맬까 봐 걱정했다. 하지만 이보다 더 간단한 것은 없다는 것을 알고 일주일이 채 안 되어 전부 풀어낼 수 있었는데 확실히 그 일은 수고랄 것도 없었다. 왜냐하면 베네치아 대사관은 항상 여유로운데다가 대사와 같은 사람에게는 사소한 협상이라도 맡기지 않았기 때문이다. 그는 내가 도착할 때까지 대단히 곤란한 처지에 놓여 있었다. 그는 받아 적을 줄도, 읽을 수 있게 쓸 줄도 몰랐던 것이다. 나는 그에게 상당히 필요한 사람이었다. 그도 그것을 느끼고 있어서 나에게 잘해주었다. 그가 그렇게 하는 데에는 또 다른 동기가 더 있었다. 그의 전임자인 프룰레Froulay 씨는 정신이 나가서 르 블롱Le Blond 씨라는 프랑스 영사가 대사관 업무를 보고 있었다. 그는 몽테귀 씨가 도착한 다음에도 인수인계를 할 때까지 하던 일을 계속했다. 몽테귀 씨는 다른 사람이 제 업무를 한다는 것을 시샘하여 정작 본인은 능력도 없으면서 영사를 곤란에 빠뜨렸다. 그는 내가 도착하자마자 대사관의 서기관 업무를 그에게서 빼앗아 나에게 주었다. 그 업무는 직함과 별개의 것이 아니므로 그는 나에게 그 직함을 맡으라고 말했다. 내가 그와 가까이 있는 동안 언제나 그는 꼭 나만을 그 직함으로 상원과 각국 대표에게 보냈다. 사실 그가 대사관의 서기관을 쓰면서 영사나 궁정에서 임명한 관청의 관리보다 측근 인물을 선호하는 것은 너무나 당연했다.

그런 대접 덕에 내 처지가 상당히 좋아졌고, 이탈리아인인 그의 시종들과 시동들, 하인들도 대부분 나와 그의 집에서의 주도권을 두고 다투지 못했다. 나는 그 지위와 결부된 권한을 효과적으로 이용하여 그의 명부에 관한 권한, 즉 관내 자치권을 유지했다. 그 자치권에 대해 그것을 위반하려는 여러 차례의 시도가 있었고 베네치아의 관리들은 그 시도에 맞서려 하지 않았다. 하지만 나는 악당들이 피신해 오는 것을 결코 용납하지 않았다. 비록 나에게 이익이 돌아올 수도 있고 대사 각하도 자기 몫을 거부하지는 않았을 터이지만 말이다.

각하는 뻔뻔하게도 사무국이라 부르는 서기관의 권한에 대해서도 자기 몫을 요구했다. 전쟁이 벌어진 와중이지만 사무국은 여전히 여권을 발급했다. 여권을 발급받으려면 여권을 발부하고 서명을 하는 서기관에게 금화를 지불해야 했다. 나의 모든 전임자들은 외국인이건 프랑스인이건 구별 없이 금화를 지불하게 했다. 나는 그 관행이 부당하다고 생각했다. 그래서 나 자신은 프랑스인이 아니지만 프랑스인들에 대해서는 그것을 폐지했다. 하지만 다른 사람들에게는 아주 엄격하게 내 권리를 주장해서, 스페인 여왕의 총애를 받는 사람과 형제인 스코티Scotti 후작이 나에게 돈을 보내지 않고 여권을 요구했을 때에도 그 금액을 그에게 청구했다. 복수심 강한 이탈리아 사람은 이런 단호함을 잊지 않았다. 내가 여권 비용을 개선한 것이 알려지자마자 여권을 발급받으려고 나타난 사람은 자칭 프랑스인들밖에 없었다. 그들은 알아들을 수 없는 고약한 말투로 각기 프로방스 사람, 피카르디 사람, 부르고뉴 사람을 자칭하며 몰려들었다. 나는 귀가 예민했으므로 그 말투들에 거의 속지 않았다. 그래서 단 한 명의 이탈리아인도 수수료를 내지 않거나 단 한 명의 프랑스인도 수수료를 내게 한 일이 없다고 생각한다. 어리석게도 나는 일이라고는 쥐뿔도 모르는 몽테귀 씨에게 내가 한 일을 보고하고 말았다. 그는 금화라는 말에 귀를 쫑긋했다. 그는 프랑스인의 수수료 폐지에 관해서는 별다른 말을 하지 않은 채 다른 사람들에게서 받는 수수료에 대해 자신의 이익도 생각해줄 것을 요구하며 나에게 균등한 이익을 약속했다. 나는 내 이익 때문이라기보다는 그 비열함에 분개하여 그의 제안을 소리 높여 거절했다. 그가 집요하게 요구하자 그만 흥분하고 말았다. 나는 그에게 아주 강하게 말했다. "안 됩니다, 대사님. 각하께서는 각하의 권한을 지키시고 제 일은 제게 맡겨두십시오." 나는 그에게 단 한 푼도 넘겨주지 않았다. 그는 이런 방법으로는 아무것도 얻지 못한다는 것을 알고 다른 방법을 찾아 뻔뻔스럽게 나에게 이렇게 말하기까지 했다. 내가 대사관 사무국의 이익을 쥐고 있으니 내가 부대 비용을 부담하는 것이 당연하다고 말이다. 나는 그 문제로 말다툼을 하고 싶지 않았다. 그래서 그때부터 잉크, 종이, 밀랍, 초, 가는 리본, 도장까지도 내 돈으로 마련했다. 내가 그것들을 다시 조달해도 그는 결코 비용을 단 한 푼도 지급하지 않았다. 그런 일이 있었지만 나는 여권 발급 수익의 일부를 비니 신부에게 나누어 줄 수 있었다. 신부는 좋은 사람으로 그와 같은 일에는 조금도 바라는 것이 없었다. 그가 나에게 호의를 베풀면 나도 못지않게 관대하게 대했으므로 우리는 항상 사이좋게 지냈다.

나는 경험이 없는 사람이지만 나보다 더 나을 것도 없는 대사를 모시고 업무를 수행하는 것이 걱정했던 것보다 그리 어렵지 않다는 사실을 알았다. 특히 그는 무지하고 고집이 세서 이유도 없이 모든 일에 반대했다. 내가 양식과 상당한 지식을 갖고 그와 국왕을 돕기 위해 하려는 일에 대해서도 말이다. 그나마 그가 행한 가장 이치에 맞는 일이라고는 마리Mari 후작과 친분을 맺은 일이었다. 그는 스페인 대사로 눈치가 빠르고 빈틈없는 인물이어서 마음만 먹으면 대사를 마음대로 요리할 수도 있었다. 하지만 그는 두 왕국의 이해가 일치함을 알고 평소에 그에게 상당한 조언을 해주었다. 비록 한쪽이 조언을 이행하면서 자기 의견을 끌어넣어 상대방의 그것을 망쳐버렸지만 말이다. 그들이 협력해야 하는 유일한 일은 베네치아 사람들이 중립을 지키도록 만드는 것이었다. 베네치아 사람들은 충실히 중립을 지키겠노라고 약속하면서도 공공연하게 오스트리아 군대에 탄약을 보급해주곤 했다. 심지어는 탈영을 구실 삼아 신병을 지원해주기도 했다. 내 생각에 베네치아 공화국의 환심을 사려 한 몽테귀 씨는 나의 충고에도 불구하고 공화국은 결코 중립을 위반하지 않을 것이라는 모든 공문서에 나를 반드시 개입시켰다. 고집스럽고 어리석은 이 불쌍한 인간은 매 순간 나에게 부조리한 것들을 쓰고 행하게 만들었고, 그가 그런 일을 원하는 이상 나는 그런 행위의 주동자가 될 수밖에 없었다. 하지만 그런 일들 때문에 나는 가끔 내 업무가 견딜 수 없게 되었고 거의 수행이 불가능할 지경에까지 이르렀다. 예를 들자면 그는 왕과 대신에게 보내는 공문서의 대부분을 암호로 작성할 것을 단호하게 원했다. 비록 둘 다 주의를 요할 만한 것은 전혀 없었음에도 말이다. 나는 그에게 궁정의 공문서가 도착하는 금요일과 우리 편의 공문서를 발송하는 토요일 사이에 그렇게 많은 암호를 사용해 문서를 작성하기에는 시간이 충분하지 않다는 점을 지적했다. 게다가 같은 우편물로 내가 맡고 있는 다량의 서간을 보내려면 말이다. 그는 그 점에 대해 기막힌 궁여지책을 찾아냈다. 그 방법이라는 것이 다음 날 도착하게 될 공문서에 대해 목요일부터 답신을 하라는 것이었다. 그는 그 같은 생각을 해낸 것이 아주 다행스럽다는 듯이 내가 그에게 불가능한 일이고 실행에 옮기기에 터무니없다고 아무리 말해도 그 일을 참고해보라고 내게 명령했다. 그래서 나는 그와 함께 있는 동안 늘 그가 그 주에 나에게 대뜸 했던 말과 내가 이곳저곳에서 주워 모으게 될 잡다한 소식들을 기록하여 목요일 아침마다 그 자료만으로 공문서 초안을 만들어 그에게 잊지 않고 가져다주었다. 우리가 보내는 문서는 금요일에 오게 되어 있는 공문서들의 답신이어서 토요일에 발송을 해야 했기 때문에 서둘러서 첨삭을 해두었다. 그는 상당히 재미있는 또 다른 버릇이 있어서 상상하기 어려울 정도로 우스꽝스럽게 통신을 했다. 말하자면 정보가 올 때마다 그 정보를 정해진 곳으로 보내는 대신에 발신자에게 돌려보내는 식이었다. 그는 궁정에서 온 소식을 아믈로Amelot 씨에게, 파리에서 온 소식을 모르파Maurepas 씨에게, 스웨덴에서 온 소식을 다브랭쿠르D'Havrincourt 씨에게, 페테르부르크에서 온 소식을 라 슈타르디la Chetardie 씨에게 보냈다. 이따금 그는 자신에게 온 정보를, 내가 표현을 조금 다르게 바꾸어주면 각 발신자에게 보냈다. 내가 그에게 서명을 받으러 가져다준 모든 문서 가운데 그는 궁정으로 가는 공문서만을 훑어보고 다른 대사들의 문서는 읽지 않고 서명을 했으므로, 나는 주도권을 쥐고 그 문서들을 내 마음대로 바꾸었다. 어쨌든 나는 그 정보들을 주고받도록 했다. 하지만 중요한 공문서에 그럴듯한 표현을 마음대로 쓸 수는 없었다. 그가 자기 생각대로 몇몇 구절을 즉흥적으로 끼워 넣을 생각을 하지 않으니 참 다행이었다. 그런 구절이 있으면 나는 엉뚱한 내용으로 작성된 문서를 서둘러서 다시 쓰려고 돌아올 수밖에 없었다. 그 문서는 수고스럽게도 암호로 작성해야만 했는데 그렇지 않으면 그는 문서에 서명을 하지 않았을 것이다. 나는 그의 명예욕을 고려하여 그가 한 말과 다른 것을 암호로 쓰려고 수없이 시도했다. 하지만 그 같은 불충함을 도무지 용납할 수 없다는 생각에 그가 스스로 알아서 정신 나간 소리를 하도록 내버려두었다. 나는 그에게 솔직하게 말하고 그에 대해 내 의무를 다하는 것으로 만족했다. 나는 항상 정직하고 열심히 그리고 용기 있게 일을 했다. 그러한 가치들은 내가 그에게서 결국 받게 된 보수와는 또 다른 보답을 가져다줄 만했다. 하늘이 나에게 부여한 탁월한 기질과 내가 가장 훌륭한 여인들로부터 받은 교육과 나 스스로 닦은 수양이 나를 있게 한 셈인데, 지금이야말로 한번 내가 그런 사람이어야 했고 나는 그렇게 되었다. 나는 혼자 남았고 친구도 조언도 경험도 없이 외국에서 이민족에게 봉사하며 사기꾼들의 무리 속에 있었다. 그들은 자신들의 이익을 위해, 또한 추문을 감추기 위해 나로 하여금 그런 행동을 따라 하도록 부추겼다. 나는 무위도식하기는커녕 아무런 의무도 없는 프랑스에 성심껏 봉사했을 뿐 아니라 대사에게도 응당 내게 주어진 책무를 다했다. 나는 상당히 주목받는 자리에 있었으면서도 나무랄 데가 없었고 공화국으로부터도, 우리가 연락을 주고받는 모든 대사들로부터도 좋은 평가를 받았으며 베네치아에 자리를 잡은 모든 프랑스 사람들로부터도 사랑을 받았고 그럴 자격이 있었다. 영사도 예외는 아니었다. 나는 마지못해 영사의 일을 대신했고 그 일은 그가 해야 할 업무임을 알고 있었으며 나는 그 일로 인해 즐겁기보다는 곤혹스러웠다.

몽테귀 씨는 전적으로 마리 후작에게 의지했는데, 후작은 자기 직무의 세세한 부분에 대해서는 신경 쓰지 않고 소홀히 했다. 그래서 만약 내가 없었다면 베네치아에 온 프랑스 사람들은 자기 나라의 대사가 있는지도 몰랐을 정도였다. 그들은 대사에게 보호를 요청해도 그가 자신들의 말을 들으려 하지 않고 돌려보냈기 때문에 반감을 갖게 되었다. 대사를 수행하는 사람도 식사를 함께하는 사람도 더 이상 찾아볼 수 없었으며 그도 그들을 초대하는 법이 결코 없었다. 나는 이따금 그가 했어야 하는 일을 내 마음대로 처리했다. 나는 대사나 나에게 도움을 청하는 프랑스 사람들을 내 힘이 닿는 한 도와주었다. 다른 나라에서라면 더 많은 일을 했을 것이다. 하지만 나는 내 위치 때문에 요직에 있는 사람을 만날 수 없어서 이따금 영사에게 도움을 청할 수밖에 없었다. 영사는 이 나라에서 자리를 잡고 있으며 가정이 있고 신중해야 했기 때문에 자신이 원하는 것을 할 수 없었다. 그렇지만 나는 이따금 그가 주저하며 감히 말하지 못하는 것을 보고 무모하다 싶은 교섭을 감행했고 여러 차례 성공을 거두었다. 한 가지 일이 떠오르는데 그 생각을 하면 웃음이 난다. 파리의 연극 애호가들이 코랄린Coralline과 그녀의 자매인 카미유Camille를 보게 된 것이 내 덕분이라고 생각하는 사람은 거의 없을 것이다. 그렇지만 그것은 분명한 사실이다. 그녀들의 아버지인 베로네즈Veronese는 딸들과 함께 이탈리아 극단에 고용되어 있었다. 그는 여비로 2,000프랑을 받고도 출발하지 않고 베네치아의 성 누가 극장*에 태연하게 있었다. 코랄린은 아직 어린아이였지만 극장에서 무척 인기를 끌었다. 제브르Gesvres 공작은 왕실의 시종장으로 대사에게 편지를 써서 아버지와 딸을 불렀다. 몽테귀 씨는 나에게 편지를 건네며 "이것 좀 보게" 하고 지시할 따름이었다. 나는 르 블롱 씨의 집으로 가서 성 누가 극장의 주인인 주스티니아니 Zustiniani라는 귀족에게 말을 해달라고 부탁했다. 말하자면 그에게 왕을 섬기도록 되어 있는 베로네즈를 돌려보내 달라는 요청이었다. 르 블롱 씨는 그 임무에 그다지 관심이 없어서 일을 성사시키지 못했다. 주스티 니아니는 말도 안 되는 소리를 했고 베로네즈는 전혀 돌아올 기미가 없 었다. 나는 화가 치밀어 올랐다. 때는 카니발 기간이었다. 나는 두건이 달 린 망토에 가면을 쓰고 주스티니아니의 저택으로 안내를 받았다. 내 곤 돌라가 대사의 하인들과 함께 들어오는 것을 본 모든 사람들이 깜짝 놀 랐다. 베네치아 사람들은 이와 같은 광경을 한 번도 본 적이 없었다. 나는 들어가서 '가면을 쓴 여인una Siora Maschera'의 이름으로 나를 소개했 다. 나는 출입을 허락받자마자 가면을 벗고 이름을 밝혔다. 의원은 얼굴

---

* 나는 이곳이 성 사무엘 극장이 아니었는가라는 생각이 들기도 한다. 고유명사는 확실히 기억나지 않는다.

이 창백해져서 기가 질렸다. 나는 베네치아어로 그에게 말했다. "의원님, 유감스럽게도 제가 방문하여 각하를 성가시게 했지만, 의원님의 성 누가 극장에는 왕을 섬기도록 되어 있는 베로네즈라는 사람이 있습니다. 의원님께 요청을 해도 소용이 없어서 제가 폐하의 이름으로 그 사람을 요구하러 왔습니다." 나의 짧지만 엄숙한 연설은 효과가 있었다. 내가 떠나자마자 그 사람은 재판관에게 달려가 그 사건을 설명했다. 재판관은 오히려 그를 혹독하게 질책했다. 베로네즈는 그날로 쫓겨났다. 나는 그가 일주일 내로 떠나지 않으면 그를 구속시키겠다는 말을 그에게 전하게 했다. 그러자 그는 출발했다.

또 다른 기회에는 상선의 선장을 나 혼자서 누구의 도움도 없이 어려움에서 구한 적이 있다. 그는 마르세유 출신의 올리베Olivet 선장으로 불렸다. 배의 이름은 잊었다. 그의 선원이 공화국에 도움을 주러 온 슬라보니아 사람들과 다툼을 벌였다. 폭행사건이 일어나고 선박은 아주 엄중하게 억류되었다. 선장을 제외하고는 아무도 허락 없이 배에 접근하지도 배에서 나오지도 못했다. 선장은 대사에게 도움을 청했으나 대사는 그를 돌려보냈다. 이번에는 영사에게 갔지만 영사는 통상과 관련된 사건이 아니기 때문에 관여할 수 없다고 말했다. 그는 더 이상 어떻게 해야 할지 몰라서 나를 찾아왔다. 나는 몽테귀 씨에게 이 사건에 관한 보고서를 상원에 제출할 수 있도록 해달라고 요구했다. 그가 이에 동의를 했는지 내가 보고서를 제출했는지 기억이 나지는 않는다. 하지만 내가 벌인 교섭이 아무런 성과를 거두지 못했고 출항금지는 계속되었으며, 다른 방법을 써서 성공했다는 것은 또렷이 기억한다. 나는 모르파 씨에게 보내는 공문서에 이 사건에 관한 진술을 적어 넣었다. 또한 이 조항을 보내는 것에 대해 몽테귀 씨에게 동의를 받는 데 상당한 어려움을 겪었다. 나는 우리 공문서가 개봉되는 것이 그다지 가치가 있지는 않지만 베네치아에서는 상당한 의미가 있음을 알고 있었다. 내가 신문에서 한마디도 빼지 않고 찾아낸 기사를 그 증거로 가지고 있다. 나는 부당한 행위라고 항의할 것을 대사에게 건의했으나 소용이 없었다. 내 계획은 공문서에서 그와 같은 학대에 대해 말함으로써 당국의 관심을 이용하여 겁을 먹게 하고 그들로 하여금 선박을 풀어주도록 하는 것이었다. 왜냐하면 배를 풀어주려고 궁정의 대답을 기다려야만 한다면 선장은 대답을 듣기도 전에 파산할 것이었기 때문이다. 나는 한 발 더 나아가 선박으로 가서 선원들을 심문했다. 영사관 서기인 파티젤Patizel 신부와 함께 갔다. 그는 마지못해 왔다. 그 불쌍한 사람들은 모두 상원을 화나게 할까 봐 두려워했다. 나는 금지령 때문에 배에 오를 수 없었으므로 곤돌라에 머물면서 말을 건넸다. 큰 소리로 모든 선원들을 차례로 심문하고 그들에게서 유리한 답변이 나오도록 질문을 유도했다. 나는 심문과 진술서 자체는 파티젤을 시키고 싶었다. 사실 그 일은 나보다는 그의 업무에 가까웠다. 그는 그 일에 결코 동의하지 않았고 단 한 마디도 하지 않았으며 내가 진술서에 서명한 다음에야 겨우 서명을 하려 했다. 그렇지만 그와 같은 다소 대담한 방법은 다행히 성공을 거두었다. 배는 대신의 대답을 듣기 오래전에 석방되었다. 선장은 내게 선물을 하고 싶어 했다. 나는 화를 내지 않고 그의 어깨를 두드리며 말했다. "올리베 선장, 스스로 규정이라고 생각하고 프랑스 사람들에게 여권 수수료를 받지 않는 사람이 왕의 보호를 팔리라고 생각하시오?" 그는 최소한 배에서 식사 대접이라도 하고 싶어 했다. 나는 초대를 받아들여 카리오Carrio라는 이름의 스페인 대사관 서기관을 데리고 갔다. 그는 재치 있고 매우 친절한 사람으로 훗날 파리 주재 대사관의 서기관이자 공사가 되어 만났다. 우리 대사들이 가까웠던 것처럼 나도 그와 허물없이 지냈다.

나는 할 수 있는 모든 선행을 사리사욕 없이 가장 완벽하게 했는데, 작은 일까지도 순서를 지키고 주의를 기울여 속임수에 넘어가지 않고 사비까지 들여가며 다른 사람들을 도와주지 않았더라면 얼마나 다행이겠는가! 그런데 내가 일하는 곳과 같은 자리에서는 아주 사소한 실수라도 대수롭지 않을 수가 없었다. 나는 모든 주의를 기울여 업무를 망치지 않으려고 했다. 내 고유한 업무와 관계있는 모든 일에 대해서는 마지막까지 최대한 순서를 지키고 정확하게 처리했다. 몇 가지 실수가 있다면 불가피하게 서둘러 암호문을 만들다 보니 아믈로 씨의 서기들이 한 번 불평을 한 정도였다. 대사는 물론 다른 누구도 내 임무 중 어떤 부분에 대해서도 근무 태만으로 나를 비난한 적이 없었다. 그것은 나처럼 태만하고 경솔한 사람에게는 특기할 만한 일이다. 하지만 내가 맡은 개별적인 일에서는 이따금 잊어버리거나 미흡한 점이 있었다. 그래서 정의를 사랑하는 나는 누구든지 불평할 생각이 들기도 전에 내 행동으로 생긴 피해를 항상 감당했다. 그중 한 가지 일만 예로 들어보겠다. 이 일은 내가 베네치아를 떠났을 때의 상황과 관련이 있다. 나는 훗날 파리에서도 이 일의 영향을 느꼈다.

루슬로Rousselot라는 이름의 우리 요리사는 프랑스에서 200프랑의 오래된 어음을 가져왔다. 그 어음은 그의 친구들 중 한 사람인 가발 제조업자가 가발을 납품하고 자네토 나니Zanetto Nani라는 이름의 베네치아 귀족에게서 받은 것이었다. 루슬로는 나에게 그 어음을 가져와서 조정을 통해 그중 얼마라도 찾을 수 있도록 노력해줄 것을 부탁했다. 나는 물론 그도 알고 있는 사실이지만, 베네치아 귀족은 자기 나라로 돌아오면 외국에서 맺은 채무는 결코 변제하지 않는 공공연한 관례가 있었다. 법적으로 그 사람들을 강제하려면 그들은 오랜 시간과 많은 비용으로 불쌍한 채권자를 지치게 만든다. 그러면 채권자는 지쳐버린 나머지 마침내 모든 것을 포기하거나 푼돈이라도 달게 받게 된다. 나는 르 블롱 씨에게 자네토에게 말해줄 것을 청했다. 자네토는 어음을 인정했지만 지불은 거절했다. 논쟁을 한 끝에 그는 마침내 금화 세 개를 약속했다. 르 블롱 씨가 그에게 어음을 내밀었지만 금화 세 개는 준비되어 있지 않았다. 기다려야만 했다. 기다리는 중에 나와 대사 사이에 싸움이 일어나서 나는 그를 떠나버렸다. 나는 대사관의 서류를 최대한 잘 정리해두었지만 루슬로의 어음은 어디에도 없었다. 르 블롱 씨는 나에게 그것을 분명히 돌려주었다고 말했다. 나는 그가 아주 정직한 사람이라는 점을 알고 있어서 그 사실을 의심하지 않았다. 하지만 그 어음이 어떻게 되었는지는 기억하기 어렵다. 자네토가 채무를 실토했으니 나는 르 블롱 씨에게, 영수증을 써주고 금화 세 개를 받아오든지 상대에게 어음을 사본으로 바꾸도록 하든지 노력해줄 것을 부탁했다. 자네토는 어음이 사라진 것을 알자 둘 다 해주려 하지 않았다. 나는 루슬로에게 내 돈으로 금화 세 개를 주어 어음을 대신하려 했다. 그는 그것을 거절하고 내가 파리에서 채권자와 합의를 보라고 말했다. 그리고 그의 주소를 주었다. 가발 제조업자는 사태의 전말을 알고 어음이나 자신의 돈 전부를 원했다. 나는 그 빌어먹을 어음을 다시 찾기 위해 분노에 사로잡혀 무슨 짓이든 다했을 것이다! 나는 200프랑을 지불했다. 그 일은 내가 가장 궁핍한 가운데 일어났다. 이것이 바로 어음의 분실로 채권자에게 전체 금액을 지불하게 된 사건의 전말이다. 반면에 그에게 불행히도 그 어음이 다시 발견되었다면 그는 자네토 나니 각하로부터 약속된 10에퀴도 받아내기 어려웠을 것이다.

나는 일에 수완이 있다고 생각했기 때문에 의욕을 지니고 일할 수 있었다. 친구인 카리오와의 친교, 곧 언급하게 될 덕이 있는 알투나Altuna와의 교류, 산마르코 광장과 공연, 우리가 거의 항상 함께한 몇 차례의 방문 등에서 맛본 정말 순수한 여흥을 제외하고는 내 의무를 유일한 즐거움으로 삼았다. 내가 하는 일이 그다지 힘들지 않고 특히 비니 신부의 도움이 있었지만 서신 교환의 범위가 너무 넓고 전쟁 중이었으므로 나는 상당히 바빴다. 매일 아침나절 대부분을 일하면서 보냈고 특히 우편물이 도착하는 날은 자정까지 일하기도 했다. 나머지 시간은 내가 시작한 업무를 연구하는 데 할애했다. 나는 그 일을 성공적으로 시작하여 그 후에는 더욱 유리한 조건으로 고용되리라고 생각했다. 사실 나에 대해서는 대사를 비롯하여 누구도 별다른 말이 없었다. 대사는 내가 한 업무에 대해 솔직하게 칭찬을 했으며 결코 불평을 한 적이 없었다. 대사가 화를 내게 된 것은 그 후 나 자신이 공연히 불평을 했기 때문이다. 나는 결국 퇴직을 원했다. 우리가 서신을 교환하는 대사들과 왕의 대신들은 그에게 그의 서기관의 공적을 칭찬했다. 그는 그 칭찬을 듣고 기분이 좋아졌어야 했는데 심술궂은 마음으로 실상은 아주 다르게 생각했다. 그는 특히 어떤 중요한 상황에서 나에 대한 칭찬을 듣게 되었는데 그것 때문에 결코 나를 용인하는 법이 없었다. 그 문제는 반드시 설명이 필요하다.

　그는 갑갑함을 좀처럼 견디지 못해서 거의 모든 우편물을 보내는 토요일이면 업무가 끝날 때까지 퇴근을 기다릴 수 없었다. 그는 왕과 대신의 공문서를 발송하도록 나를 들볶으며 문서에 서둘러 서명을 하고 어디론가 달려갔다. 대부분의 다른 문서들은 서명을 하지 않은 채 그대로 두고 말이다. 어쩔 수 없는 일이었고, 단지 근황 정도라면 공적인 보고서로 돌려버리면 되었다. 하지만 국왕의 일과 관계되는 업무가 문제 될 때는 누군가가 서명을 해야 해서 내가 서명을 했다. 나는 비엔나 주재 국왕 대리 대사인 뱅상Vincent 씨로부터 막 받은 중요한 의견서에 대해 대사의 역할을 대신 행사했다. 바로 그 시기에 로브코비츠Lobkowitz 대공이 나폴리로 진군해 와서[22] 스페인의 가주Gages 백작이 그 기념비적인 퇴각을 했다. 금세기 전쟁에서 가장 훌륭한 군사작전이었는데 유럽에서는 그다지 주목을 받지 못했다. 의견서에 따르면 뱅상 씨가 우리에게 인상착의를 보낸 바 있는 한 사람이 비엔나를 떠나 베네치아를 거쳐 아브루초로 몰래 숨어들었는데 오스트리아군이 접근해옴에 따라 그곳에서 민중을 선동할 임무를 맡았다는 것이다. 나는 아무 일에도 흥미가 없는 몽테귀 백작이 없던 터라 로피탈l'Hôpital 후작에게 그 의견서를 아주 적절한 때에 보내주었다. 부르봉 왕가가 나폴리 왕국을 지킬 수 있었던 것은 그토록 무시만 당하던 이 가엾은 장 자크 덕분인지도 모른다.

로피탈 후작은 적절한 행동을 한 자신의 동료에게 감사하며 그의 서기관에 대해 그리고 서기관이 공동전선을 펴는 데 기여한 것에 대해서도 그에게 말했다. 몽테귀 백작은 이 사건에 관해서라면 자신의 태만을 자책해야 했는데 칭찬 속에 비난이 숨어 있다고 생각하고 나에게 화가 나서 말을 했다. 나는 로피탈 후작에게 한 것과 마찬가지로 콘스탄티노플 주재 카스텔란Castellane 백작에게도 똑같은 일을 했다. 좀 덜 중요한 일이었지만 말이다. 콘스탄티노플로 가는 우편은 상원이 콘스탄티노플 주재 베네치아 대사에게 이따금 보내는 우편물 외에는 전혀 없었으므로 프랑스 대사에게도 그 우편물의 발송을 알려주어서 그가 일정이 맞는다고 생각하면 그 편에 동료에게 편지를 쓸 수도 있었다. 그 통지서는 보통 하루나 이틀 먼저 도착했다. 몽테귀 씨는 무시당하고 있었으므로 간신히 인사치레로 우편물이 떠나기 한두 시간 전에 대사관에 사람을 보내는 정도였다. 그래서 그가 없을 때는 내가 공문을 만들어야 하는 경우가 여러 차례 있었다. 카스텔란 씨는 공문에 회신을 하면서 나에 대해 정중한 표현으로 언급했다. 제노바에 있는 종빌 씨도 그렇게 했는데 그만큼 새로운 불만이 쌓였다.

솔직히 말하면 나는 유명해질 기회를 피하지는 않았지만 당치 않게 그것을 찾아 나서지는 않았다. 나는 일을 잘함으로써 잘한 일에 대해 합당한 보상을 바라고, 그 일을 판단하여 보상할 수 있는 사람들의 평가를 받는 것이 매우 당연하다고 생각했다. 내 임무를 정확히 완수하려는 것이 대사에게 불만의 정당한 이유였는지는 말하지 않을 것이다. 하지만 그것이 우리가 헤어지는 날까지 그가 강조했던 유일한 이유라고 말할 수 있을 것이다.

그는 대사관을 그다지 중요하게 생각하지 않아서 그곳은 불한당으로 가득 차 있었다. 프랑스 사람들은 대사관을 혹독하게 평가했고 이탈리아 사람들이 주인 행세를 했다. 그중에서 오래전부터 대사관에 충실한 공복들은 모두 부정하게 쫓겨났다. 특히 그의 시종장이자 프룰레 백작 때에도 시종장이었던 페아티Peati 백작이었는지 혹은 그와 아주 비슷한 이름의 사람도 심지어 쫓겨났다. 몽테귀 씨가 선택한 부시종장은 도미니크 비탈리Dominique Vitali라는 이름의 만토바 출신의 망나니였는데, 대사는 그에게 대사관 관리의 책임을 맡겼다. 그는 번지르르한 언행과 지독한 인색함 덕분에 대사의 신뢰를 얻고 총애를 받았다. 반면에 아직 그곳에 남아 있던 소수의 정직한 사람들과 그들의 상사인 서기관은 막대한 피해를 입었다. 정직한 사람의 공정한 눈은 사기꾼들에게는 항상 근심거리이다. 그자가 나에게 반감을 품는 데 그 이상의 이유는 필요하지 않았을 것이다. 하지만 그 증오는 또 다른 원인이 있어 더욱더 가혹해졌다. 만약 내가 잘못했다면 비난을 받기 위해서라도 그 이유를 말해야만 한다.

대사는 관례에 따라 다섯 곳의 극장에 각기 특별석을 가지고 있었다. 그는 매일 식사 때마다 자신이 그날 가고자 하는 극장을 지정했다. 나는 대사 다음으로 선택을 했다. 시종들이 나머지 자리를 사용했다. 나는 외출을 하면서 내가 선택한 자리의 열쇠를 가지고 갔다. 어느 날 나는 비탈리가 없어서 나를 위해 일하는 하인에게 내가 지시한 극장으로 열쇠를 가져오라고 시켰다. 비탈리는 열쇠를 내게 보내는 대신에 자기 마음대로 사용하겠다고 전해왔다. 나는 하인이 여러 사람들 앞에서 내가 시킨 심부름의 결과를 알려주었기 때문에 더욱더 격분했다. 저녁때 비탈리는 나에게 무언가 변명의 말을 하고 싶어 했는데 나는 조금도 받아들이지 않았다. 내가 그에게 말했다. "이보시오, 당신은 내일 내가 모욕을 당한 장소에서 그것을 본 사람들 앞에서 그 시간에 사과를 해야 할 것이오. 그렇지 않으면 내가 분명하게 말하지만 모레 무슨 일이 일어나든 당신이나 나 둘 중 한 사람은 이곳을 떠나야 할 것이오." 그 단호한 말투에 그는 결정을 내릴 수밖에 없었다. 그는 그 장소, 그 시간에 와서 그다운 비굴한 모습으로 공개 사과를 했다. 하지만 내게 그렇게 한껏 굽실거리면서도 그는 나름대로 꿍꿍이수작을 부리고 있었다. 그는 어쩌나 이탈리아 사람처럼 일을 하는지 대사를 움직여 나를 그만두게 할 수 없게 되자 내가 사직할 수밖에 없게 만들었다.

그처럼 비열한 인간은 나를 제대로 알 형편이 못 되는 게 분명했다. 하지만 그는 내가 자신의 목적에 어떻게 이용될지는 알고 있었다. 그는 내가 지나칠 정도로 선량하고 온화하다는 점을 알고 있었다. 내가 의도적이지 않은 잘못에 대해서는 잘 참되 계획적인 모욕에 대해서는 자존심이 강하여 잘 참지 못한다는 것과 필요한 상황에서는 예의와 품위를 좋아하며 다른 사람들에게 갖추어야 할 존경에 대해서 마음을 쓸 뿐 아니라 마땅히 받아야 할 존경에 대해서도 그에 못지않은 요구를 한다는 것 등을 잘 알고 있을 정도였다. 그는 바로 그 점을 이용하여 공격을 해왔고 마침내 내가 물러서도록 만들었다. 그는 대사관을 엉망으로 만들어버렸다. 그는 내가 애써서 유지시켜놓은 규칙과 위계서열, 청결함, 질서 등을 없애버리고 말았다. 여자가 없는 집은 조금은 엄격한 규칙이 있어야 위엄과 불가분의 관계인 절제를 지킬 수 있다. 그는 곧 우리 대사관을 방탕과 방종의 장소로, 사기꾼과 난봉꾼의 소굴로 만들어버렸다. 그는 대사 나리의 부시종 자리에 자신이 내쫓은 사람 대신 자신과 마찬가지로 몰타 십자거리에 공창(公娼)을 열고 있는 또 다른 포주를 데려다 앉혔다. 죽이 잘 맞는 이 두 망나니는 외설스럽기가 오만방자함 못지않았다. 대사의 방을 제외하고는, 그 방도 그다지 하자가 없지는 않았지만, 집 안 어디에도 점잖은 사람이 견딜 만한 곳은 한구석도 없었다.

각하는 관저에서 저녁식사를 하지 않았으므로 저녁에는 시종들과 내가 다른 자리에서 식사를 했고 비니 신부와 하인들도 함께했다. 정말 형편없는 싸구려 식당에서도 이보다는 깨끗하고 예의 바르게 대접받을 것이고 이 정도로 더럽지 않은 식탁보를 깔고 더 좋은 식사를 할 수 있을 것이다. 우리에게는 새까맣고 작은 초 하나와 주석으로 만든 접시, 쇠로 된 포크 등이 나왔다. 조용히 이루어진 일은 그래도 참을 만했다. 하지만 나는 곤돌라를 빼앗겼다. 대사들의 전체 서기관들 가운데 내가 유일하게 곤돌라를 빌려 타거나 걸어가야 했다. 나는 각하의 하인도 상원에 갈 때를 제외하고는 데리고 있지 못했다. 더욱이 내부에서 일어나는 일치고 바깥세상에 소문이 퍼지지 않은 것은 하나도 없었다. 대사관의 모든 직원들이 목소리를 높였다. 모든 일의 유일한 원인 제공자인 도미니크가 가장 언성을 높였는데, 그는 우리가 받는 추잡한 대접으로 다른 누구보다도 내가 고통스러워한다는 사실을 잘 알고 있었다. 나는 대사관에서 유일하게 바깥에 나가 아무 말도 하지 않는 사람이었지만 대사에게는 다른 일이나 그에 대해서 격한 어조로 불평을 했다. 악마의 은밀한 꼬임에 빠진 그는 매일같이 나에게 어떤 새로운 모욕을 가해왔다. 다른 동료들에게 지불하는 수준에서 내 지위에 걸맞은 돈으로 나를 잡아두려면 많은 비용을 써야 하지만, 나는 내 봉급을 한 푼도 받아낼 수 없었다. 내가 그에게 돈을 요구하면 그는 나에게 자신의 평판과 신뢰에 대해서만 이야기했다. 마치 그것이 내 지갑을 채워주고 모든 것을 마련해주기라도 한다는 듯이 말이다.

이 두 악당은 안 그래도 잘 돌아가지 않는 자기 주인의 머리를 끊임없이 혼란스럽게 만들었다. 그들은 속임수를 써서 그로 하여금 골동품 거래를 계속하게 만들었고 결국 그를 파산시켰다. 그들이 그를 사기꾼과 거래하도록 만든 것이다. 그들은 그에게 브렌타 강가의 저택을 원래 가격의 두 배에 임대하게 만들었다. 더 받은 웃돈은 집주인과 함께 나누어 가졌다. 저택은 공간마다 모자이크 장식을 박아 넣었고 이 나라의 양식에 따라 대단히 아름다운 대리석 기둥과 장식 기둥을 갖추었다. 몽테귀 씨는 이 모든 것을 전나무 내장재로 멋지게 가려버리고 말았다. 파리의 방들은 이렇게 내장판을 댄다는 단 하나의 이유로 말이다. 같은 이유에서 그는 베네치아에 주재하는 모든 대사들 중 유일하게 시동들에게서 검을 빼앗고 하인들에게서 지팡이를 치워버렸다. 바로 그런 사람이었으니 아마도 항상 같은 이유에서 나에게 혐오감을 느꼈을 것이다. 단지 내가 자신을 충실하게 보좌한다는 이유로 말이다.

나는 그의 경멸과 난폭함과 학대를 끈기 있게 참아냈다. 내가 그것을 그의 기질 탓으로 여기고 증오심 때문은 아니라고 믿은 동안에는 말이다. 하지만 내 훌륭한 직무에 걸맞은 명예를 내게서 빼앗아가려는 의도를 알아차리자마자 일을 그만두기로 결심했다. 그가 악의를 가지고 있다는 사실을 처음으로 알아차린 것은 그가 당시 베네치아에 머물던 모데나 Modène 공작과 그의 가족을 초대하기로 되어 있던 오찬 때였다. 그는 오찬에 내 자리는 없을 것이라고 내게 알려왔다. 나는 그에게 가시 돋친 대답을 했지만 화를 내지 않은 채 말했다. 내가 대사와 늘 식사를 함께하는 영광을 누리는 만큼 모데나 공작이 자신이 있는 자리에 내가 빠지기를 요구한다고 해도 그것에 동의하지 않는 것이 각하의 체면과 나의 의무를 지키는 것이라고 말이다. 그가 격노하여 말했다. "뭐라고! 시종도 아닌 서기관이 내 시종들도 식사를 하지 않는데 감히 군주와 오찬을 함께하겠다고 주장하는 것인가?" 내가 그에게 대답했다. "예, 각하께서 제게 영광스럽게 주신 자리는 제가 차지하고 있는 한 저를 돋보이게 하기 때문에 저는 각하의 시종들보다 위에 있는 것이고, 말하자면 그들이 올 수 없는 자리도 허용되는 것입니다. 각하께서는 공식 접견을 하는 날에 제가 예법으로도, 오랜 관행으로도 예복을 입고 수행하라는 지시를 받았고 산마르코 궁에서 각하와 오찬을 함께할 영광이 있었음을 모르지 않으실 것입니다. 또한 저는 베네치아 총독이나 상원의원과 공적으로 식사를 할 수 있고 또 해야 하는 사람인데 어째서 모데나 공작과는 개인적으로 식사를 할 수 없는지 알기 어렵습니다." 논거는 반박의 여지가 없었지만 대사는 뜻을 굽히지 않았다. 하지만 우리는 논쟁을 되풀이할 기회가 없었다. 모데나 공작이 대사관에 아예 식사하러 오지 않았기 때문이다.

그때부터 그는 끊임없이 내게 불쾌감을 드러냈고 차별을 했다. 내 지위와 관련된 사소한 특권까지도 내게서 빼앗아 자기가 좋아하는 비탈리에게 주려 했다. 확신하건대 그가 할 수만 있었다면 비탈리를 나 대신 상원에까지 보냈을 것이다. 그는 보통 비니 신부를 고용하여 자신의 사무실에서 개인적인 서신을 쓰게 했다. 또 신부를 시켜서 모르파 씨에게 보내는 올리베 선장 일의 보고서도 쓰게 했다. 보고서에서 그 일과 유일하게 관련된 사람인 나에 대해 언급하기는커녕 진술서와 관련된 명예마저 나에게서 빼앗았다. 그는 그 명예를 단 한 마디도 하지 않은 파티젤에게 돌리려고 진술서의 사본을 그에게 보내기까지 했다. 그는 나를 괴롭혀 자신의 귀염둥이를 기쁘게 해주려 했지만 나를 내쫓지는 않았다. 그는 이미 자신에 대한 소문을 낸 폴로 씨의 후임을 찾을 때만큼 내 후임자를 찾는 것이 그리 쉽지는 않다는 점을 알고 있었다. 그에게는 이런 서기관이 절대적으로 필요했다. 서기관은 상원에 회신을 해야 하기 때문에 이탈리아어를 알아야 하고 모든 공문서와 일을 그가 전혀 관여하지 않아도 알아서 처리해야 했다. 게다가 비열하게 굴며 그를 보좌하고 망할 놈의 시종들의 비위까지도 맞출 만한 사람이어야 했다. 그래서 그는 내 나라와 그의 나라에서 먼 곳에 나를 붙들어놓고 돌아갈 돈도 주지 않음으로써 나를 잡아두고 꼼짝 못 하게 만들려 했다. 만일 그가 적당하게 처신했더라면 그 일은 성공했을지도 모르겠다. 하지만 비탈리는 또 다른 생각을 품고 내가 결심하도록 만들려고 일을 밀어붙였다. 나는 모든 노력이 소용없어지자, 그가 나의 도움에 감사하기는커녕 도리어 악행을 일삼자, 내가 대사관에 있으면서 내부에서는 불쾌감을, 외부에서는 부당함만을 기대할 수 있게 되자, 그가 비난을 받으면서도 악행으로 나에게 해를 끼치는 마당에 선행이 나에게 도움이 될 수 없게 되자, 나는 결심을 하고 그에게 비서를 구할 시간은 남겨둔 채 그에게 사직서를 냈다. 그는 나에게 긍정도, 부정도 하지 않은 채 항상 자기 식대로 이야기를 끌고 갔다. 나는 어느 것도 나아지지 않고 그가 사람을 구할 생각이 없다는 사실을 알았으므로 그의 형에게 편지를 써서 내 사정을 자세히 알렸다. 나는 각하가 내 사직을 받아들이도록 해달라고 그에게 부탁을 했다. 어찌 되었건 나는 이대로 머물러 있을 수 없다는 사실을 덧붙였다. 한참을 기다렸지만 전혀 대답이 없었다. 나는 몹시 난감해지기 시작했는데, 대사가 마침내 그의 형의 편지를 받았다. 편지 내용은 호된 질책임이 분명했다. 왜냐하면 그는 평소에도 대단히 사납게 격노하는 사람이었지만 이처럼 화를 내는 모습은 한 번도 보지 못했기 때문이다. 그는 입에 담지 못할 욕설을 쏟아놓더니 더 이상 할 말이 없어지자 내가 암호를 팔아먹었다고 비난했다. 나는 웃음을 터뜨리며 빈정거리는 어조로 그에게 물었다. 베네치아 어느 구석에 암호를 돈으로 사려고 하는 바보가 있다는 생각을 하느냐고 말이다. 그는 이 대답을 듣자 광분하여 입에 거품을 물었다. 그는 사람들을 불러 나를 창밖으로 내던지려는 시늉까지 했다. 여기까지는 내가 상당히 침착하게 있었다. 하지만 그 같은 위협을 당하자 내 편에서 분노와 울화가 치밀어 이성을 잃었다. 나는 문 쪽으로 달려가 손잡이를 잡아당겨 안에서 문을 잠가버렸다. 나는 무게 있는 걸음으로 그에게 돌아와 말했다. "그러시면 안 됩니다, 백작님. 당신 부하들이 이 일에 끼어들어서는 안 됩니다. 잘 생각해보십시오. 우리 사이에 일어난 일이잖습니까." 그는 내 행동과 태도에 곧바로 흥분을 누그러뜨렸다. 그의 태도에 놀라움과 두려움이 역력했다. 나는 그에게서 분노가 사라진 것을 보자 그에게 한마디로 작별을 고했다. 그리고 그의 대답을 기다리지 않은 채 문을 열고 나와서 서두르지 않고 대기실에 있는 그의 하인들 사이를 지나갔다. 그들은 여전히 일어서 있었는데, 내가 보기에 나에게 대항해 그를 돕기보다는 오히려 그에게 대적해 나를 도왔을 것이다. 나는 대사관으로 다시 가지 않고 곧장 계단을 내려가 당장 관저를 나온 다음 다시는 그곳에 돌아가지 않았다.

　나는 곧장 르 블롱 씨 집으로 가서 내가 겪은 일을 그에게 전부 이야기했다. 그는 그 이야기를 듣고 거의 놀라지 않았다. 이미 그 위인에 대해 알고 있었기 때문이다. 그는 식사를 하도록 나를 붙들었다. 식사는 준비 없이 이루어졌지만 훌륭했다. 베네치아에서 존경받는 프랑스 사람들이 그곳에 전부 모여 있었다. 대사와 관련된 이는 고양이 한 마리도 없었다. 영사는 내 상황을 동료들에게 이야기했다. 그 이야기를 듣고 각하에 대해 좋은 말을 하는 사람은 한 명도 없었다. 그는 내게 줄 돈을 전혀 지불하지 않았고 단 한 푼도 준 적이 없어서 돈이라고 해봐야 내 수중에 몇 루이밖에 없었으므로 귀국하기 어려운 처지에 있었다. 모든 사람들이 내게 지갑을 열었다. 나는 르 블롱 씨에게서 금화 스무 개와 생시르Saint-Cyr 씨에게서 또 그만큼의 돈을 받았다. 생 시르 씨와는 르 블롱 씨 다음으로 가장 가깝게 지내던 터였다. 나는 다른 모든 사람들에게도 감사했다. 떠날 날을 기다리며 영사관의 서기관 집에서 묵었다. 같은 나라인 프랑스의 국민들이 대사의 부당한 처사에 공모하지 않았음을 사람들에게 증명하기 위함이었다. 대사는 내가 불행한 가운데서도 환대를 받고 있음을 알고 불같이 화를 냈다. 반면에 자신이 대사임에도 외면당하고 있음을 알고 이성을 잃은 듯이 행동했다. 그는 상원에 나를 체포하라는 진정서를 제출할 정도로 자제력을 잃고 있었다. 나는 비니 신부가 내가 전해준 충고를 듣고 예정대로 그다음 날 떠나는 대신에 두 주를 더 머물기로 결정했다. 모두가 내 처신을 이해하고 인정했다. 나는 어디서나 좋은 평판을 얻었다. 시의회는 대사의 도를 벗어난 진정서에 회답조차 하지 않고 영사를 통해 내가 베네치아에 원하는 만큼 오래 머물러도 좋다는 말을 전해왔다. 미치광이가 하는 짓은 신경 쓰지 말라고도 했다. 나는 계속 친구들을 만났다. 스페인 대사에게도 작별인사를 하러 갔는데 그는 나를 대단히 반겼다. 나폴리 공사인 피노키에티Finochietti 백작은 만나지 못했지만 편지를 쓰자 더없이 친절한 답장을 보내왔다. 마침내 나는 떠났다. 경제적인 어려움이 있었지만 내가 앞서 이야기한 돈과 모란디Moran-di라는 상인에게 빌린 50에퀴 말고 다른 부채는 없었다. 카리오가 맡아서 그 돈을 지불했다. 나는 그 시절 이후 그와 자주 만났지만 그 돈을 돌려주지는 못했다. 하지만 앞서 말한 두 건의 부채는 상황이 좋아지자마자 틀림없이 갚았다.

베네치아를 떠나기 전에 이 도시의 유명한 즐거움에 대해, 적어도 내가 체류하고 있는 동안 누렸던 아주 작은 부분에 대해 한마디 하지 않을 수 없다. 내 청춘 시절을 통해 내가 그 나이에 누릴 수 있는 즐거움을, 적어도 세상에서 그렇게 부르는 쾌락을 거의 추구하지 않았음은 알려진 바이다. 나는 베네치아에서도 그런 취향을 바꾸지 않았다. 내 직책 때문에 그런 즐거움을 방해받기도 했지만 또한 그것은 내게 허락되던 단순한 기분전환을 더욱 짜릿하게 만들기도 했다. 우선 가장 기분 좋은 즐거움은 능력 있는 사람들인 르 블롱, 생 시르, 카리오, 알투나 씨 등과 더불어 프리오울 지방 출신인 어떤 귀족과 교제하는 일이었다. 대단히 아쉽게도 그 귀족의 이름은 기억나지 않는다. 그를 떠올릴 때면 항상 감동과 기분 좋은 추억에 잠긴다. 내가 살아오는 동안 알고 지낸 모든 사람들 가운데 나와 마음이 가장 잘 통하는 사람이었다. 우리는 영국 사람 두세 명과 더불어 교제를 했는데, 그들은 재기와 지식이 넘치고 우리와 마찬가지로 음악에 열정적이었다. 그 사람들은 모두 아내와 친구들, 애인이 있었다. 애인들은 하나같이 재능 있는 아가씨들이었는데 자신들의 집에서 음악회나 무도회를 열었다. 그곳에서는 노름도 벌어졌지만 아주 드문 편이었다. 우리는 활기 넘치는 취미, 예능, 공연 덕분에 그와 같은 즐거움은 무미건조하게 여겼다. 노름은 원래 권태로운 사람들의 방편에 불과하다. 나는 파리에 있을 때부터 그곳 사람들이 이탈리아 음악에 갖고 있는 편견을 그대로 지니고 있었다. 하지만 동시에 편견에 사로잡히지 않는 직관적 감각을 타고날 때부터 부여받았다. 나는 곧 이탈리아 음악에 열정을 품게 되었다. 그 음악을 평가하기 위해 태어난 사람들에게 불러일으키는 열정 말이다. 나는 곤돌라 뱃사공의 뱃노래를 들으며 지금까지 이렇게 노래 부르는 것을 들은 적이 없다는 생각을 했다. 또한 오페라에도 곧 너무나 심취한 나머지 그저 음악만을 듣고 싶을 때는 칸막이 좌석에서 수군거리고 먹어대며 장난하는 것이 귀찮아서 종종 일행들을 피해 다른 쪽으로 갔다. 그곳에서 혼자 틀어박혀 긴 공연 시간에도 불구하고 끝날 때까지 마음껏 공연을 즐기는 일에 몰두했다. 어느 날 나는 성 크리소스톰 극장에서 잠이 들었다. 내 침대에서 잘 때보다도 더 깊게 말이다. 요란하고 화려한 소리도 도무지 나를 깨우지 못했다. 하지만 나를 깨운 아리아의 감미로운 화음과 천상의 노래가 내게 일깨워준 관능적 매력을 그 누가 표현할 수 있겠는가? 내가 귀와 눈을 동시에 떴을 때의 깨어남과 황홀경과 도취란! 그때 처음으로 든 생각은 내가 천국에 와 있다는 것이었다. 나는 그 매혹적인 곡을 아직도 기억하고 평생 잊지 못할 것이다. 그 곡은 이렇게 시작된다.

나를 지켜주오, 아름다운 여인이여
그대는 내 마음을 이토록 불타오르게 하는구나.

나는 이 곡을 간직하고 싶었다. 그래서 그 곡을 손에 넣었고 오래도록 간직했다. 하지만 그 곡은 내 기억에서처럼 종이 위에 남아 있지는 않다. 분명히 같은 음인데도 같지가 않다. 단연코 그 신성한 곡조는 오직 내 머릿속에서만 연주될 수 있다. 그 곡이 나를 깨웠던 바로 그날 그랬던 것처럼 말이다.

내가 생각하기로 오페라보다 뛰어나며 이탈리아에서도 세계 어디에서도 비할 바 없는 음악이 바로 스쿠올레Scuole의 음악이다. 스쿠올레는 자선단체로 돈이 없는 소녀들을 교육시키기 위해 설립되었다. 공화국은 소녀들이 결혼을 하거나 수도원에 들어가게 되면 보조금을 주었다. 소녀들이 열중하여 갈고닦는 재능 가운데 음악은 단연 일순위였다. 매주 일요일이면 이 네 군데의 스쿠올레가 속한 각각의 교회에서 저녁예배 시간 동안 대관현악단의 반주로 대합창단이 라틴어로 된 짧은 성가를 불렀다. 성가는 이탈리아에서 가장 뛰어난 대가들이 작곡을 하고 지휘를 했으며, 아무리 나이가 많다고 해도 스무 살이 넘지 않은 소녀들만이 철책을 친 특별석에서 연주를 했다. 나는 그 음악만큼 관능적이고 감동적인 음악은 없다고 생각한다. 말하자면 풍부한 기교, 세련된 노래의 멋, 아름다운 목소리, 정확한 연주 등 이 모든 것이 감미로운 합주 속에서 어떤 인상을 만들어내는 데 기여했다. 그 인상은 확실히 이 장소와는 어울리지 않지만 나는 어떤 인간의 마음도 편안함을 느끼지 않을 리 없다는 생각을 했다. 카리오도 나도 베네치아 멘디칸티 교회의 저녁예배를 거르는 법이 결코 없었다. 우리만이 아니었다. 교회는 항상 애호가들로 가득 차 있었다. 오페라의 배우들조차 그 뛰어난 본보기를 따라 노래의 진정한 취미를 가지려 했다. 다만 그 가증스러운 쇠창살 때문에 나는 그들과 떨어져 있어야 했고 단지 소리만 통과하여 들릴 뿐 그에 합당한 아름다운 천사들의 모습은 전혀 볼 수 없었다. 나는 다른 일에 대해서는 말하지 않았다. 어느 날 나는 르 블롱 씨 집에서 합창에 대해 이야기했다. 그가 나에게 말했다. "당신이 그렇게 그 소녀들을 만나고 싶다면 그 뜻을 들어주는 일은 어렵지 않소. 나는 자선단체의 임원 중 한 사람이니까. 당신에게 소녀들과 함께 간식을 먹을 수 있도록 해주겠소." 나는 그가 약속을 지킬 때까지 그를 잠시도 내버려두지 않았다. 드디어 그토록 갈망하던 아름다운 소녀들이 갇혀 있는 거실에 들어섰다. 나는 결코 느낀 적이 없는 사랑의 감정으로 몸이 떨리는 것을 느꼈다. 르 블롱 씨는 나에게 차례로 그 유명한 가수들을 소개해주었다. 내가 그 목소리와 이름만 알고 있던 소녀들 말이다. "이리 와봐요, 소피……." 그녀는 소름이 끼쳤다. "이리 와봐요, 카티나……." 그녀는 애꾸였다. "이리 와봐요, 베티나……." 그녀는 천연두로 얼굴이 온통 일그러져 있었다. 어느 누구도 눈에 띄는 결함이 없는 사람은 거의 없었다. 르 블롱 씨는 학대자가 되어 내가 쓰라린 마음으로 놀라는 것을 마음껏 비웃고 있었다. 그나마 두세 명은 그런대로 봐줄 만해 보였다. 소녀들은 오직 합으로만 노래를 불렀다. 나는 애석한 생각이 들었다. 간식을 먹는 동안 소녀들에게 장난을 쳤더니 그녀들은 즐거워했다. 얼굴이 추하다고 매력이 없는 것은 아니었다. 나는 온전한 영혼 없이 그렇게 노래 부를 수는 없다고 생각했다. 그녀들은 영혼을 지니고 있었다. 결국 나는 그녀들에 대한 생각을 바꾸어서 그 못생긴 여자들에게 거의 애정까지 느끼며 돌아왔다. 그녀들의 저녁예배에 다시 갈 생각이 더는 들지 않았지만 안심할 만한 이유는 충분히 있었다. 나는 여전히 그녀들의 노래가 매력적이라고 생각했다. 그녀들의 목소리는 자신들의 얼굴을 너무나 잘 감추어주어서 나는 그녀들이 노래를 부르는 한 두 눈으로 보고 있음에도 불구하고 여전히 그녀들이 아름답다고 생각했다.

이탈리아에서 음악은 돈이 거의 들지 않아서 음악을 취미로 하는 데 망설일 필요가 없다. 나는 클라브생 한 대를 임대하고 1에퀴의 소액으로 네댓 명의 연주자들을 집에 데려왔다. 나는 그들과 함께 오페라 극장에서 내게 가장 큰 즐거움을 주었던 곡을 일주일에 한 번씩 연습했다. 내 자작 오페라인 〈바람기 많은 뮤즈들〉의 기악곡을 몇 곡 연습해보기도 했다. 그 곡이 마음에 들어서인지 아니면 내 비위를 맞추려고 한 것인지 모르지만 성 요한 크리소스톰 극장의 발레 책임자가 나에게 곡 두 편을 부탁해왔다. 기쁘게도 나는 그 놀라운 오케스트라가 내 곡을 연주하는 것을 듣게 되었고, 베티나Bettina라는 귀여운 여인이 곡에 맞추어 춤을 추었다. 그녀는 귀엽고 사랑스러운 아가씨로 파고아가Fagoaga라는 이름의 스페인 친구의 정부(情婦)였는데 우리는 그녀의 집에 가서 꽤 자주 저녁

모임을 가졌다.

그런데 아가씨들에 대해 말하자면 베네치아와 같은 도시에서는 여자를 멀리하며 지내기가 어렵다. 그 점에 대해 고백할 것이 없느냐는 질문을 할 수 있을 것이다. 있다. 사실은 무언가 할 말이 있다. 그 고백도 내가 다른 모든 이야기를 할 때와 마찬가지로 솔직하게 하려고 한다.

나는 몸을 파는 여자들에 대해 항상 혐오감을 느꼈다. 그런데 베네치아에서는 그 외에 다른 여자들에게는 접근할 수 없었다. 내 신분상 이곳 대부분의 집들에 출입할 수 없었기 때문이다. 르 블롱 씨의 딸들은 무척 사랑스러웠지만 접근하기가 어려웠다. 나는 그 부모를 너무나 존경하고 있었으므로 그녀들을 탐낼 생각조차 하지 못했다. 차라리 프로이센 왕의 외교관의 딸인 카타네오Cataneo 양이라는 젊은 아가씨에게 더 관심을 두었을 것이다. 하지만 카리오가 그녀를 사랑했고 결혼 이야기까지 오가고 있었다. 그는 형편이 넉넉했고 나는 아무것도 가진 게 없었다. 그는 100루이의 봉급이 있었고 나는 금화 100피스톨밖에 없었다. 게다가 나는 친구의 애인을 두고 경쟁하고 싶지는 않았다. 나는 어디서든지 특히 베네치아에서는 지갑에 돈푼 없이 여자에게 수작을 부릴 생각은 아예 해서는 안 된다는 사실을 알고 있었다. 나는 내 육체적 욕구를 속이는 나쁜 습관을 버리지 못하고 있었다. 게다가 너무 바빠서 이곳 풍토가 만들어낸 욕구도 그다지 강렬하게 느끼지 못했다. 거의 1년 동안 이 도시에서 나는 파리에서와 마찬가지로 분별 있게 살았다. 18개월 후에 이곳을 다시 떠나게 되었는데, 특이한 기회를 통해 단 두 번을 제외하고는 여성을 접한 적이 없다. 그 이야기를 하려고 한다.

첫 번째 기회는 그 점잖다는 시종 녀석 비탈리가 내게 만들어준 것인데, 내가 그에게 온갖 방식으로 사과를 하지 않을 수 없게 만든 이후에 주어졌다. 식사 자리에서 베네치아의 즐길 거리에 관한 이야기가 나왔다. 그 한량들은 베네치아 화류계 여자들의 사랑스러움을 치켜세우고 세상 어디를 가도 그들보다 나은 창녀는 없다고 말하면서 가장 짜릿한 재미에 무심한 나를 힐난했다. 도미니크는 내가 창녀들 중에서 틀림없이 가장 사랑스러운 여자와 사귈 것이고 자신이 나에게 그 여자를 소개해줄 것이 며 나도 만족하게 될 것이라고 말했다. 나는 이 같은 호의적인 제안에 웃음을 터뜨렸다. 나이가 지긋하고 존경할 만한 피아티Piati 백작은 이탈리아 사람답지 않아 보일 정도로 솔직하게 나에게 말했다. 내가 너무 사려 깊어서 내 적수의 안내를 받아 화류계에 발을 들일 만큼 어리석어 보이지는 않는다고 말이다. 사실 나는 그럴 생각이 없었고 그럴 욕구가 생기지도 않았다. 어쨌든 나 자신도 좀처럼 이해하지 못할 수많은 모순 중 하나 때문에, 나는 내 취향과 심성, 이성까지도 거스르며 마침내 유혹에 빠져들고 말았다. 그저 의지가 약해서, 자신 없음을 드러내는 것이 창피해서, 이 나라 사람들이 말하듯이 '얼간이처럼 보이지 않기 위해서' 말이다. 우리가 들른 집에 있던 '파도아나Padoana' 여자는 상당히 귀여우면서 예쁘기까지 했지만 내 마음에 드는 미녀는 아니었다. 도미니크 비탈리는 나를 그녀의 집에 남겨놓고 가버렸다. 나는 소르베를 가져오게 하고 그녀에게 노래를 시켰다. 30분이 지나고 나는 탁자 위에 금화 한 닢을 두고 나가려 했다. 그녀는 이상하리만치 주저하며 한사코 돈을 받으려 하지 않았다. 나도 이상하리만치 어리석게도 그녀의 꺼림칙한 마음을 덜어주고 싶었다. 관저에 돌아온 나는 내가 성병에 걸린 게 틀림없다고 굳게 확신한 나머지 도착하자마자 곧바로 외과의사를 불러 약을 달라고 청했다. 나는 어떤 실제적인 불편함도 없고 어떤 명백한 증상이 나타나지 않았는데도 3주 동안 무엇과도 비견할 데 없는 정신적 불안으로 괴로워했다. 나는 파도아나 여자의 품에서 탈 없이 벗어날 수 있으리라고는 생각할 수 없었다. 외과의사도 생각해낼 수 있는 온갖 노력을 다해 나를 안심시켰다. 그는 내가 쉽게 감염되지 않는 특이한 체질이라고 나를 설득하고 나서야 목적을 이룰 수 있었다. 비록 이런 경험은 다른 어떤 사람보다 덜 겪었지만, 그런 방면에서 내 건강에 해를 입지 않은 것을 보면 외과의사가 옳았다. 설사 그런 의견이 있었어도 결코 경솔하게 행동하지 않았다. 사실 나는 그런 타고난 특권을 누릴 수 있다 하더라도 결코 남용한 일이 없다고 확신할 수 있다.

나의 또 다른 모험담도 창녀와의 연애이지만 그 시작과 결과에 있어서 상당히 다른 종류의 것이었다. 나는 올리베 선장이 선상에서 내게 식사 대접을 해서 스페인 서기관을 데리고 그곳에 갔던 일에 대해 말한 바 있다. 나는 예포를 기대했다. 승무원들이 우리를 도열해서 맞아주었다. 하지만 총 한 방 쏘지 않았다. 카리오가 그 때문에 약간 감정이 상한 것을 알고 나는 더 자존심이 상했다. 사실 상선에서는 분명히 우리 정도도 안 되는 사람들에게도 예포를 울렸다. 더구나 나는 선장의 특별대접을 받을 만하다고 생각했다. 나는 평소와 마찬가지로 내 감정을 숨길 수 없었다. 비록 식사가 대단히 훌륭하고 올리베 선장이 마땅한 예우를 갖추었다고 해도 나는 처음부터 기분이 나빴고 거의 먹지 않고 말도 많이 하지 않았다. 적어도 나는 첫 번째 건배를 할 때 예포를 기대했다. 아무것도 없었다. 내 마음속을 속속들이 알고 있는 카리오는 내가 어린아이처럼 투덜대는 모습을 보고 비웃었다. 식사가 시작되고 있는데 곤돌라 한 척이 가까이 오는 것이 보였다. "저런, 선생." 선장이 나에게 말했다. "조심하세요. 적이 있습니다." 나는 그에게 무슨 말이냐고 물었다. 그는 농담을 하며 대답했다. 곤돌라가 배에 접안하자, 눈이 부실 만큼 요염하게 차려입고 잔뜩 멋을 부린 아가씨가 곤돌라에서 내리는 것이 보였다. 그 아가씨는 세 번 정도 뛰어오르더니 선실에 와 있었다. 그녀는 식탁이 차려지기도 전에 내 옆에 앉아 있었다. 그녀는 생기 넘치는 만큼 매력적이었고 기껏해야 스무 살 먹은 갈색머리 여자애였다. 그녀는 이탈리아 말밖에 하지 못했다. 나는 그녀가 하는 말의 억양만으로도 정신을 잃을 뻔했다. 그녀는 먹고 이야기하면서 나를 잠시 뚫어져라 쳐다보더니 소리쳤다. "어머나! 아! 내 사랑 브레몽Brémond. 당신을 만난 게 얼마 만인지 모르겠 군요!" 그녀는 내 품에 와락 안기더니 입을 맞추고 숨이 막힐 정도로 나를 껴안았다. 그녀의 동양적인 검은 눈이 내 마음속에 불꽃을 일으켰다. 무엇보다도 뜻밖의 일에 분위기가 싹 바뀌었지만 나는 욕망이 엄습해오는 것을 느꼈다. 지켜보는 사람들이 있었음에도 말이다. 이 미녀가 곧바로 나를 말려야 할 정도였다. 나는 도취해 있었다. 아니, 더 정확히 말해 광기로 고조되어 있었던 것이다. 그녀는 내가 자기 뜻대로 달아오른 것을 알자 애무를 좀 더 자중했다. 하지만 여전히 활기에 넘쳤다. 그녀는 그와 같이 격정에 사로잡히게 된 진짜 같기도 하고 거짓말 같기도 한 이유를 우리에게 설명하고 싶어 했다. 그녀가 우리에게 말하기를, 내가 토스카나의 세관장인 브레몽 씨와 착각할 정도로 꼭 닮았다는 것이다. 그녀는 브레몽 씨라는 사람을 열렬히 좋아했고 아직도 그렇다는 것이다. 그녀가 그를 떠나게 된 것은 자신이 어리석었기 때문이라면서 그 사람 대신 나를 선택하겠다고 말했다. 그녀는 나를 사랑하고 싶다고도 속삭였다. 그렇게 하는 것이 자기 마음에 들기 때문이라고 했다. 같은 이유로 나도 그녀 자신을 사랑해야만 한다고 말했다. 그렇게 하는 것이 자기 마음에 드는 한 말이다. 또한 자신이 나를 버리고 가버린다고 해도 나는 브레몽 씨와 마찬가지로 참아야 한다는 것이다. 그 일은 정말 그녀의 말대로 되어버렸다. 그녀는 나를 완전히 자기 남자처럼 다루었다. 나에게 자신의 장갑, 부채, 허리띠, 머리쓰개를 들고 있게 하고 이리저리 가라고 지시했으며 이런저런 일을 하라고 명령하기도 했다. 나는 복종했다. 그녀는 나의 곤돌라를 이용하고 싶으니 자기 것은 돌려보내라고 말했다. 나는 알았다고 답했다. 그녀는 나에게 내 자리를 비켜달라고 하고 카리오에게 그 자리에 앉으라고 말했다. 그녀는 그에게 할 말이 있었던 것이다. 나는 그렇게 했다. 그들은 아주 오랫동안 함께 아주 낮은 소리로 밀담을 나누었다. 나는 그들을 내버려두었다. 그녀가 나를 불렀고 나는 다시 왔다. 그녀가 나에게 말했다. "이봐요, 자네토Zanetto,[23] 난 프랑스식으로는 절대 사랑받고 싶지 않아요. 그런 방식은 전혀 내키지 않아요. 따분해지면 바로 가보세요. 어물쩍하게 있지 말고요. 내가 분명히 말했어요." 우리는 식사를 마치고 무라노에 있는 유리 제조공장을 보러 갔다. 그녀는 작은 장신구를 엄청나게 많이 샀다. 그녀는 거리낌 없이 우리에게 비용을 지불하게 했다. 게다가 우리가 소비한 액수 전체보다도 훨씬 많은 웃돈을 사방 군데에 뿌렸다. 그녀는 무심하게 돈을 썼고 우리에게도 우리 돈을 쓰게 만들었다. 그녀에게 돈은 아무 가치도 없는 것 같았다. 내가 보기에 그녀가 다른 사람으로 하여금 돈을 지불하게 만드는 것도 인색해서라기보다는 허영심 때문이었다. 그녀는 사람들이 자신의 사랑을 받으려고 베푸는 대가를 자랑스러워했다.

저녁때 우리는 그녀를 집에 바래다주었다. 나는 이야기를 나누는 중에 경대 위에 피스톨 두 자루가 놓여 있는 것을 보았다. 나는 그중 하나를 집어들며 말했다. "아! 아! 새로 제조된 장식품 보관상자가 있군요. 사용법을 알려주겠소? 내가 알기로 당신은 이것보다 훨씬 불을 잘 뿜을 수 있는 다른 무기가 있더군." 같은 어조의 농담이 몇 번 오간 뒤 그녀는 우리에게 순진한 자만심이 묻어 있는 말을 건넸다. 그녀는 그 말투 때문에 더 매력적으로 보였다. "내가 조금도 좋아하지 않는 사람들에게 친절을 베푼다면 나는 그들에게 나를 지루하게 만든 대가를 치르게 할 거예요. 이보다 당연한 일은 없지요. 그들의 애무는 견딜 수 있지만 모욕은 참고 싶지 않아요. 그러니 내게 결례를 한 사람은 누구라도 가만두지 않겠어요."

나는 그녀와 헤어지면서 이튿날로 약속 시간을 잡았다. 나는 약속 시간에 맞추어 그녀에게 갔다. 나는 그녀가 대담한 것 이상의 은밀한 실내복 차림을 하고 있는 것을 보았다. 그런 옷은 남쪽 나라에서나 볼 수 있었다. 그 옷에 대해 너무나 잘 기억하고 있지만 그것을 묘사하고 싶은 생각은 없다. 다만 그 장식 소맷부리와 목둘레에 장밋빛 방울 술이 달린 명주실로 수를 놓은 옷이었다고만 말할 것이다. 내가 보기에 그 장식은 아름다운 피부를 더욱 돋보이게 하며 생동감을 불러일으켰다. 나는 그것이 베네치아에서 유행하고 있음을 곧 알게 되었다. 그런데 그 효과가 상당히 매력적인데도 프랑스에서는 전혀 유행하지 않은 점이 지금도 놀라울 따름이다. 나는 이런 쾌락이 기다리고 있을 줄을 전혀 생각하지 못했다. 전에 라르나주 부인에 대해 말한 바 있다. 아직도 그녀를 생각하면 이따금 격정에 사로잡힌다. 하지만 그녀는 나의 쥘리에타Zulietta에 비하면 늙고 추하고 차갑다! 여러분은 황홀함을 주는 이 방탕한 여자에게서 매력과 우아함을 상상하려고 애쓸 필요는 없다. 너무나 터무니없는 일이 될 터이니까. 수도원의 젊은 처녀들도 이만큼 신선하지는 못하며 하렘의 미녀들도 이만큼 발랄하지는 못하다. 독실한 회교도에게 약속된 천상의 미녀들도 이만큼 자극적이지 못하다. 이토록 감미로운 즐거움이 사람의 마음과 감각에 일어날 수 있다니! 아! 단 한 순간이라도 그 즐거움을 온전하고 완전하게 맛볼 수 있었더라면……! 나는 그것을 맛보았지만 매혹되지는 못했다. 나는 그 일체의 즐거움을 약화시키고 그 즐거움을 제멋대로 죽여버렸다. 아니, 자연은 애초에 내가 즐기기 위해 태어나도록 만들지 않았다. 자연은 이 말로 표현할 수 없는 행복에 대한 갈망을 내 가슴속에 심어두고 이 괴팍한 사람의 머릿속에는 그 행복을 죽이는 독을 넣어놓았다.

나의 천성을 잘 나타내는 삶의 상황이 있다면 이제부터 그 이야기를 하고자 한다. 지금 이 순간에도 여전히 이 책의 목적은 또렷하게 기억하고 있으니 그 목적을 이루는 데 방해가 되는 위선적인 예의범절 따위는 벗어버릴 것이다. 여러분은 누가 되었든 한 사람에 대해 알려고 한다면 부디 다음에 이어지는 두세 장을 읽기 바란다. 여러분은 장 자크 루소를 온전히 알게 될 것이다.

나는 사랑과 미의 성소에 들어가듯이 매음녀의 방에 들어갔다. 나는 그녀의 몸속에 사랑과 미의 성소가 있다고 믿었다. 존경과 숭배가 없었다면 그녀가 내게 느끼게 한 그와 같은 것을 전혀 느낄 수 없음을 나는 너무나 잘 알고 있었다. 나는 처음부터 허물없어져서 그녀의 매력과 애무의 가치를 알게 되자마자 지레 그 열매를 잃을까 겁이 나서 그것을 서둘러 따려고 했다. 갑자기 나를 집어삼키는 불길 대신에 혈관 속에 견디기 힘든 냉기가 전해지는 것을 느꼈다. 다리가 후들거렸고 정신을 잃기 직전이었다. 나는 어린아이처럼 울었다.

내가 왜 눈물을 흘렸고 그 순간에 무슨 생각을 했는지 과연 누가 알 수 있겠는가? 나는 이런 생각을 했다. 내가 마음대로 다루려는 이 대상은 자연과 사랑의 걸작이다. 그녀의 정신과 육체는 모두 완벽하다. 그녀는 사랑스럽고 아름다운 만큼 착하고 너그럽다. 위인들도 군주들도 죄다 그녀의 노예가 되었을 것이다. 왕의 지배력도 그녀의 발아래 놓일 것이다. 하지만 그녀가 여기에 있다. 비천하고 바람둥이에다가 누구에게나 몸을 맡긴 채 말이다. 상선의 선장도 그녀를 마음대로 농락할 수 있다. 그런 그녀가 나에게 불쑥 나타난 것이다. 내가 무일푼이라는 사실을 알면서도 나에게 온 것이다. 그녀가 알 수 없는 내 재능은 그녀가 보기에 별 가치가 없는 게 틀림없는데도 말이다. 그 점에서 도무지 이해가 가지 않는 무언가가 있다. 다시 말하면 내 마음이 나를 속이고 내 감각을 홀려서 보잘것없는 천한 여자에게 속아 넘어가게 만든 것이다. 그것이 아니라면 내가 모르는 비밀스러운 어떤 결점이 그녀가 지닌 매력을 망쳐버리고, 그녀를 차지하려고 서로 다툴 사람들로 하여금 그녀를 지긋지긋하게 생각하도록 만드는 것이 분명하다. 나는 이상하리만치 온 신경을 집중하여 그 결점을 찾기 시작했고 거기에 매독이 관련되어 있으리라고는 생각조차 하지 못했다. 그녀의 싱싱한 피부, 화사한 얼굴빛, 하얀 치아, 부드러운 숨결, 온몸을 휩싸고 도는 청결함 때문에 그런 생각을 전혀 하지 못했다. 나는 파도아나 여자와 관계를 한 뒤 나의 상태에 대해 여전히 의심을 품고 있던 터라 그녀를 상대할 만큼 내가 충분히 건강한지 오히려 망설여질 정도였다. 그리고 이 점에 대해서는 착오가 없음을 분명히 확신한다.

때마침 그런 생각이 들자 나는 극심하게 동요되어 울음을 터뜨렸다. 쥘리에타에게는 그 상황에서의 그런 행동이 아주 생소한 광경이었으므로 그녀는 잠시 어안이 벙벙했다. 하지만 방 안을 한 바퀴 돌고 거울 앞을 지나더니, 그녀는 그 거부감이 자신과 전혀 관계가 없다는 것을 알게 되었고 내 눈을 통해서도 그것을 확인했다. 그녀는 어렵지 않게 나의 그런 느낌을 진정시켜주었고 그 사소한 수치심마저 잊게 해주었다. 하지만 남자의 입술과 손을 처음으로 받아들이는 것 같은 그녀의 젖가슴에 넋을 잃으려는 순간, 나는 그녀의 유방이 한쪽뿐임을 알아차렸다. 나는 그것이 상당한 정도의 선천적 기형 때문임을 확신했고 그러한 생각에 몰두하고 또 골몰한 나머지 내가 그려낼 수 있는 가장 매력적인 사람 대신 자연과 인간과 사랑의 폐기물에 지나지 않는 일종의 괴물을 품에 안고 있음을 명백하게 깨달았다. 어리석게도 나는 한쪽밖에 없는 유방에 대해 그녀에게 말하고 말았다. 처음에 그녀는 농담을 하며 상황을 받아들였다. 그녀는 쾌활한 성격을 드러내며 말을 하더니 내 애간장을 녹이려고 애를 썼다. 하지만 나는 마음속 깊은 곳에 있는 불안을 감추지 못했고, 그녀가 마침내 얼굴을 붉히고 옷매무새를 고친 뒤 다시 일어나서 한마디도 하지 않은 채 창가로 가 앉는 것을 보았다. 내가 그녀 곁으로 가려 하자 그녀는 물러서더니 소파에 앉았다. 다음 순간 일어서더니 부채질을 하면서 방을 서성거렸다. 그녀는 차갑고 거만한 이탈리아어로 내게 말했다. "자네토, 여자들은 내버려두고 수학 공부나 하시지."

나는 그녀와 헤어지기 전에 내일 다시 만날 것을 청했다. 그녀는 약속을 모레로 미루고 알 듯 모를 듯한 미소를 지으며 내게 휴식이 필요하다는 말을 덧붙였다. 나는 그 시간을 편안하게 보내지 못했다. 내 마음은 그녀에 대한 매력과 애교로 넘쳤고 나는 내 엉뚱한 행동을 생각하며 스스로를 자책했고 그토록 잘못 처신한 순간들을 후회했다. 평생 가장 달콤해질 수 있었던 시간을 스스로 망친 것에 대해 말이다. 나는 그 손해를 만회할 시간을 오매불망 기다렸지만 그러면서도 어쩔 수 없이 그 여자의 완벽함과 수치스러운 신분을 어떻게 일치시킬지 근심했다. 나는 달려갔다. 부리나케 달려서 약속된 시간에 그녀의 집으로 갔다. 이 방문으로 그녀의 불같은 기질이 더 진정되었는지는 알지 못한다. 적어도 그녀의 자존심은 만족했을 것이다. 나는 어떻든 간에 내가 얼마나 잘못을 만회할 수 있는지 그녀에게 보여주려는 생각에 미리부터 그윽한 즐거움에 사로잡혔다. 그녀는 나에게 그 같은 시험을 치를 기회를 주지 않았다. 배가 접안하자 나는 곤돌라 뱃사공을 그녀의 집으로 보냈다. 뱃사공은 그녀가 전날에 피렌체로 떠났다고 내게 말해주었다. 그녀를 소유했을 때는 사랑을 온전히 느끼지 못했지만 막상 그녀를 잃게 되자 몹시도 절절한 사랑을 느꼈다. 엄청난 후회가 내내 나를 사로잡았다. 그녀는 내 눈에 너무나 사랑스러웠고 너무나 매력적이었지만, 그래도 그녀를 잃은 것을 잊을 수 있었다. 하지만 내가 마음을 달랠 수 없었던 것은 고백하건대 그녀가 나에 대해 단지 경멸스러운 추억만을 갖게 되었다는 사실이다.

이상이 바로 내가 말하고자 했던 두 가지 이야기이다. 나는 베네치아에서 18개월을 보냈지만 기껏해야 단순한 계획에 그친 일 말고는 더 이상 말할 것이 없다. 카리오는 바람둥이였다. 그는 늘 다른 남자에게 매여 있는 여자들의 집에만 가야 하는 것에 진저리를 냈다. 그래서 이제 그는 자신만의 여자를 얻고 싶은 생각을 했다. 우리는 서로 떨어질 수 없는 사이였으므로 그는 나와 둘이서 한 여자를 공유하자는, 베네치아에서는 그리 드물지 않은 타협안을 나에게 제시했다. 나는 그 의견에 동의했다. 믿을 만한 여자를 찾는 것이 문제였다. 그는 열심히 찾아 나선 끝에 열한 살에서 열두 살 사이의 소녀를 알아냈다. 비정한 엄마가 팔아넘기려 한 아이였다. 우리는 아이를 함께 보러 갔다. 아이를 보자 마음속 깊은 곳이 격해짐을 느꼈다. 아이는 금발에 양처럼 순했다. 우리는 그 아이가 이탈리아 여자아이라고는 전혀 생각할 수 없었다. 베네치아에서는 생활비가 아주 적게 들었다. 우리는 아이의 엄마에게 돈 몇 푼을 주고 아이의 양육비에 쓰게 했다. 아이는 목소리가 좋았다. 그래서 우리는 아이의 재능을 키워주기 위해 스피넷²⁴과 노래 선생을 구해주었다. 전부 해봐야 각자 한 달에 금화 두 닢밖에 쓰지 않았다. 다른 지출을 더 줄이면 되었다. 하지만 아이가 성숙하기를 기다려야 했으므로 수확을 하기 전에 씨를 많이 뿌려두는 셈이었다. 그래도 우리는 그 집에서 저녁 시간을 보내고 아이와 이야기하며 아주 천진난만하게 노는 것에 만족했다. 우리가 아이를 소유했다 하더라도 이보다 더 즐겁게 놀지는 못했을 것이다. 우리를 여자들에게 열중하게 만드는 것이 방탕한 짓이 아닌 아이 옆에서 지내는 어떤 즐거움이라고 하는 것이 사실일 정도로 말이다. 나도 모르는 사이에 어린 안졸레타Anzoletta에게 마음을 쏟게 되었다. 하지만 그것은 아버지의 애정으로, 관능은 거의 없었으며 애정이 커짐에 따라 관능을 개입시키는 것은 더욱더 불가능해졌다. 나는 처녀가 된 아이에게 다가가는 것을 가증스러운 근친상간처럼 나 스스로가 혐오했을 것이라고 느꼈다. 나는 선량한 카리오의 감정도 부지불식간에 같이 움직이는 것을 알았다. 우리는 처음의 기대에 못지않은 감미로운 즐거움을 우연찮게 맛보았다. 우리가 처음에 가졌던 생각과는 아주 달랐지만 말이다. 이 가엾은 소녀가 아무리 미녀가 되더라도 우리는 아이를 타락시키기보다는 보호자가 되었을 것이라고 확신한다. 얼마 지나지 않아 큰일이 일어나고 나는 자선사업에 관여하지 못하게 되었다. 또한 이 사건에 대해서는 그저 내 마음 씀씀이에 만족할 따름이다. 내 여행 이야기로 돌아오기로 하자.

몽테귀 씨의 집을 나올 때 나의 처음 계획은 제네바에 틀어박혀 여러 난관을 제거함으로써 최선의 기회를 얻고 가엾은 엄마와 재회하는 것이었다. 하지만 우리의 다툼은 소동을 불러일으켰고 그가 어리석게도 그 일을 궁정에 편지로 알리는 바람에 나는 내 행동을 해명하고 정신 나간 사람의 처신에 대해서도 항의하러 직접 그곳에 갈 결심을 했다. 베네치아에서 나의 결심을 르 테이유le Theil 씨에게 밝혔다. 그는 아믈로 씨가 죽은 뒤에 외무대사 대리를 맡고 있었다. 나는 편지 쓰기를 마치자마자 떠났다. 베르가모, 코모, 도모도솔라를 거쳐 갔고 생플롱 고개를 지났다. 시옹에서는 프랑스 대리공사인 셰뇽Chaignon 씨가 나를 무척이나 친절하게 대해주었다. 제네바에서는 라 클로쥐르la Closure 씨가 그에 못지않게 친절하게 대해주었다. 그곳에서 고프쿠르Gauffecourt 씨와 다시 만남을 가졌다. 그에게서 받아야 할 돈이 조금 있었다. 니옹을 지나면서 아버지를 만나지 않았다. 그것이 그렇게 힘든 일은 아니었지만 참담한 실패 끝에 의붓어머니에게 모습을 나타낼 수는 없는 일이었다. 그녀는 내 이야기를 들으려고도 하지 않은 채 나에 대해 판단할 것이 뻔했다. 내 아버지의 오랜 친구이자 서점 주인인 뒤빌라르Du Villard는 내 잘못을 엄하게 꾸짖었다. 나는 그에게 그 이유를 말해주었다. 나는 의붓어머니를 보게 되는 위험을 무릅쓰지 않고도 잘못을 바로잡을 수 있도록 마차를 잡아탔다. 우리는 함께 니옹에서 선술집으로 내려갔다. 뒤빌라르는 나의 불쌍한 아버지를 찾으러 갔다. 아버지는 한걸음에 달려와 나를 끌어안았다. 우리는 밤참을 함께 먹었고 마음이 복받치는 무척이나 포근한 밤을 보냈다. 이튿날 아침 나는 뒤빌라르와 함께 제네바로 돌아왔다. 이때 그가 나에게 보여준 호의에 대해 나는 항상 감사한 마음을 지니고 있다.

지름길로 가자면 리옹을 지나서는 안 되었다. 하지만 몽테귀 씨의 대단히 비열한 사기 행각을 밝히기 위해 그곳을 지날 생각이었다. 전에 나는 금실로 수놓은 웃옷 한 벌과 커프스단추 몇 쌍, 하얀 비단으로 된 스타킹 여섯 켤레가 들어 있는 작은 상자를 파리에서 보내게 한 적이 있었다. 더 이상은 아무것도 없었다. 나는 그가 직접 내게 한 제안에 따라 그 상자를, 보다 정확히 말해서 그 통을 그의 짐과 함께 부쳤다. 그는 내 봉급을 지불하면서 나에게 주려고 손수 써두었던 터무니없는 계산서에, 자신이 봇짐이라 부르던 그 상자의 무게가 11켕탈[25]이 나간다고 기입하여 엄청난 액수의 배송료를 나에게 물렸다. 로갱 씨가 나에게 소개해준 그의 조카인 부아 드 라 투르Boy de la Tour 씨의 도움으로 리옹과 마르세유 세관의 기록을 확인해보니, 전술한 봇짐은 45리브르[26]밖에 나가지 않았고 그 무게만큼의 배송료를 지불했다는 것이다. 나는 확실한 증명서를 몽테귀 씨의 계산서에 동봉하여 그 서류와 같은 효력을 지닌 또 다른 서류를 갖추고 이것들을 이용하고 싶어 매우 안달 내면서 파리로 갔다. 긴 여정 내내 코모와 발레에서 그리고 다른 곳에서도 얼마간의 우여곡절을 겪었다. 나는 여러 가지 것들을 보았다. 그중에서도 보로메 섬에 관한 이야기는 기록할 만한 가치가 있다. 하지만 시간이 촉박하고 스파이들이 나를 끊임없이 따라다니고 있다. 그래서 내게 결여된 여가와 안정을 요구하는 작업이지만 불완전하게라도 서둘러 진행하지 않을 수 없다. 나를 지켜보시는 신께서 언젠가 보다 평온한 나날을 나에게 마련해주신다면 나는 그 시간을 이 책을 개정하는 데 바칠 것이다. 내가 그럴 수만 있다면 말이다. 아니면 적어도 내가 그 필요성을 느끼는 부록이라도 덧붙이려 한다.*

내 사건에 관한 소문은 내가 도착하기 전에 이미 퍼져 있었다. 도착해서 보니 관청에서든 세간에서든 모든 사람들이 대사의 미친 짓에 분노하고 있었다. 그런 상황에도 불구하고, 베네치아에서의 여론에도 불구하고, 내가 제시한 반박의 여지가 없는 증거들에도 불구하고, 나는 어떤 정당성도 인정받지 못했다. 보상이나 변상은커녕 내 월급마저 대사의 재량에 맡겨지고 말았다. 내가 프랑스인이 아니어서 국가의 보호를 받을 권리가 없고 그 일은 대사와 나 사이의 개인적인 문제라는 단지 그 이유 때문이었다. 모든 사람들은 내가 모욕을 당하고 권리를 침해당했으며 운이

---

* 나는 그 계획을 포기했다.

나빴다는 점에 동의했다. 뿐만 아니라 대사는 상식이 없고 잔인하며 편파적이라는 데, 이 사건 전체는 두고두고 그에게 불명예가 되리라는 데 동의했다. 하지만 어쩌랴! 그는 대사였고 나는 서기관에 불과한 것을. 규범 혹은 그런 식으로 부르는 것에 따르면 나는 어떤 정당성도 인정받지 못하며 어떤 권리도 얻을 수 없었다. 내가 큰소리로 떠들어대고 그 미친 놈을 그에 걸맞게 공공연하게 취급하면 결국에는 내가 입 다물라는 말을 들을 것 같다는 생각이 들었다. 그것이야말로 내가 기대하던 바였다. 나는 선고를 받을 때까지는 받아들이지 않기로 결심했다. 하지만 당시 외무부 장관은 부재중이었다. 사람들은 내가 마음껏 떠들어대도록 내버려두었다. 나를 격려하기까지 했다. '합심하여' 그를 비난하기도 했다. 하지만 사건은 여전히 제자리걸음이었다. 내가 항상 옳은데 정당성을 전혀 인정받지 못하고 지친 나머지 마침내 용기를 잃고 모든 것을 포기할 때까지 말이다.

나를 홀대한 사람은 유일하게 브장발 부인 한 사람이었는데, 나는 그녀로부터 그런 부당한 대접을 받으리라고는 전혀 생각하지 못했다. 계급과 귀족의 특권의식으로 똘똘 뭉쳐 있던 그녀는 대사라는 사람이 서기관에게 잘못을 할 수 있다는 생각을 결코 할 수 없었다. 나에 대한 그녀의 대접은 정확히 그와 같은 선입관에서 나온 것이다. 나는 너무나 화가 나서 그녀의 집을 나오면서 지금까지 내가 쓴 편지들 가운데 가장 신랄하고 격한 축에 드는 편지 한 통을 그녀에게 보냈다. 그리고 그 집을 다시는 방문하지 않았다. 카스텔 신부는 그보다는 나를 환대해주었다. 하지만 예수회 특유의 번지르르한 언행 속에서 그가 사회의 대원칙 중 하나를 충실하게 따르고 있음을 알았다. 가장 약한 자는 가장 강한 자에게 항상 희생당해야 한다는 원칙 말이다. 나는 내 입장이 정당하다는 강한 생각과 타고난 자존심 때문에 그와 같은 부당함을 인내심 있게 견뎌낼 수 없었다. 나는 카스텔 신부를 더 이상 보러 가지 않았다. 예수회 사람들에게 가게 되면 내가 아는 사람이라고는 신부밖에 없었다. 더구나 그의 동료들의 폭압적이고 모사꾼 같은 생각은 선한 에메 신부의 순박함과는 너무나 달라서, 나는 그들과 거리를 두었고 그때부터 아무도 만나지 않았다. 내가 뒤팽 씨 댁에서 두세 번 만났던 베르티에Berthier 신부는 예외였지만 말이다. 그는 뒤팽 씨와 함께 몽테스키외Montesquieu를 반박하는 데 전력을 다하고 있다.

몽테귀 씨에 대해 남은 이야기를 더 이상 반복하지 않도록 여기서 마치기로 하자. 나는 우리가 다투던 중에 그에게는 서기관이 아니라 법률 대리인 서기가 필요하다는 말을 한 적이 있다. 그는 그 의견을 따라서 실제로 내 후임으로 진짜 법률 대리인을 구했다. 그자는 1년도 안 되어 2만인가 3만 리브르를 훔쳤다. 대사는 그를 쫓아내고 감옥에 가두었다. 시종들을 내쫓아서 소란과 추문을 일으키기도 했다. 그는 어디서나 분란을 일으켰고 하인조차 참을 수 없는 모욕을 당했으며 마침내 광기가 심해져서 소환을 당한 뒤 한직으로 내몰렸다. 아마 그가 궁정에서 받은 징계 중에는 십중팔구 나와 관련된 일도 있었을 것이다. 어쨌든 그는 귀국한 지 얼마 지나지 않아 나에게 급사장을 보내어 줄 돈을 계산하고 지불했다. 그 무렵 나는 돈에 쪼들렸다. 베네치아에서 진 빚, 혹시라도 있었을 명예상의 빚으로 인해 내 마음은 짓눌려 있었다. 나는 이 기회를 놓치지 않고 빚을 청산하기로 했다. 자네토 나니의 어음도 마찬가지였다. 나에게 지불하겠다는 돈을 받고 빚을 모두 갚고 나니 이전과 마찬가지로 무일푼이 되었다. 하지만 나를 견딜 수 없게 만들던 무거운 짐을 덜어냈다. 그 이후로 몽테귀 씨에 대한 소식은 더 이상 듣지 못했다. 다만 소문을 통해 그가 죽었다는 사실을 알게 되었을 뿐이다. 이 가엾은 자에게 신의 평화가 있기를! 내가 어린 시절에 법무사라는 어울리지 않는 직업을 가졌듯이 그도 대사라는 어울리지 않는 직업을 가졌던 것이다. 그렇지만 나의 봉사 덕분에 명예를 지키며 지내는 것은 전적으로 그에게 달린 일이었다. 또한 구봉Gouvon 백작이 내 어린 시절에 마련해놓은 길로 나를 급작스럽게 가게 만든 것도 바로 그였다. 나는 좀 더 나이가 들어서는 오직 내 힘만으로 그 길을 갈 수 있었다. 나는 내 고소가 정당함에도 불구하고 소용이 없었다는 사실 때문에 마음속으로 이 불합리한 민사제도에 분노의 싹을 품게 되었다. 이와 같은 제도에서는 진정한 공익과 참다운 정의도 나도 모르는 허울뿐인 질서에 항상 희생당하고 만다. 그런 가식적 질서는 실상 모든 질서를 파괴하며, 단지 약자에 대한 억압과 강자의 부정을 공공연하게 인정하여 부추기는 것에 지나지 않는다. 당시 그 싹이 어떤 결과로 나타나려 했지만 그 후에 있었던 두 가지 일 때문에 여의치 못했다. 한 가지 일은 내가 당사자가 된 사건이었다. 사적인 이익은 결코 위대하고 숭고한 것을 낳지 못한다. 또한 내 마음에서 신성한 비약을 끌어낼 수 있는 것은 오직 그것을 낳는 정의와 미에 대한 순수한 사랑이 있을 때뿐이다. 또 다른 한 가지는 마력과 같은 호의적 감정 때문이었다. 그 감정은 좀 더 온화한 기분을 고양시킴으로써 나의 분노를 진정시키고 완화시켰다. 나는 베네치아에서 스페인 비스카야 출신의 한 사람과 알게 되었다. 그는 내 친구인 카리오의 친구로 모든 선량한 사람의 특징을 지닌 사람이었다. 이 다정한 젊은이는 일체의 재능과 미덕을 지녔고 미술에 취미를 갖고 막 이탈리아를 여행하고 온 터였다. 또한 그는 더 이상 얻을 것이 없다고 생각하고 곧장 고국으로 돌아가려 했다. 나는 그에게 예술은 당신과 같이 학문에 열중하기 위해 태어난 사람에게는 단지 재능으로 얻은 오락거리에 지나지 않는다고 말해주었다. 그리고 학문에 취미를 들이려면 여행을 하여 6개월 동안 파리에 체류해보라고 조언해주었다. 그는 나를 믿고 파리로 갔다. 그는 그곳에 있으면서 내가 도착할 때를 기다렸다. 그의 숙소는 그가 혼자 쓰기에는 너무 컸다. 그는 나에게 숙소의 절반을 제공해주었다. 그의 능력은 모든 것을 능가했다. 그는 경이로운 속도로 모든 것을 삼키고 소화시켰다. 그는 자기 정신의 양식을 구해준 데 대해 나에게 얼마나 감사했는지 모른다! 지식욕에 대해 자기 자신도 확신하지 못한 채 마음이 동요되었는데도 말이다. 나는 이 강렬한 영혼 속에서 빛과 미덕의 보물을 얼마나 많이 발견했던가! 나는 이 친구가 나에게 꼭 필요하다고 생각했다. 우리는 가까워졌다. 우리는 취미가 같지 않았다. 우리 사이에는 항상 논쟁이 끊이지 않았다. 둘 다 고집이 세어서 어떤 일에도 결코 동의하는 법이 없었다. 그렇다고 서로 헤어질 수는 없었다. 우리는 끊임없이 서로 대립하면서도 둘 중 어느 누구도 다른 한 사람이 의견을 달리하기를 원치 않았다.

이그나시오 엠마누엘 데 알투나Ignacio Emanuel de Altuna는 스페인만이 배출할 수 있는 보기 드문 인물이었다. 스페인의 영광인 그런 인물은 아주 드물었다. 그는 자기 나라의 공통된 국민성인 격렬한 열정을 지니지 않았다. 복수의 욕망이 그의 마음에 들어서지 못하듯이 복수에 대한 생각도 그의 머릿속에 생기지 않았다. 그는 복수심을 품기에는 너무나 자존심이 강했다. 인간은 자신의 영혼에 상처를 줄 수 없다고 그가 무척이나 침착하게 하는 말을 나는 자주 들었다. 그는 여자에게 친절하면서도 쉽게 유혹에 빠지지는 않았다. 그는 귀여운 아이들 대하듯이 여자들과 함께 놀았다. 그는 친구들의 애인들과도 잘 지냈다. 하지만 나는 그가 애인을 차지하거나 차지하려고 어떤 욕망을 품는 것을 결코 보지 못했다. 그는 마음속에 미덕의 불꽃을 지니고 있어 관능의 불꽃이 일어나는 것을 결코 용납하지 못했다. 그는 여행을 끝낸 뒤에 결혼을 했다. 그는 젊은 나이에 죽었다. 그는 아이를 남겨두었다. 나는 그의 아내가 그에게 사랑의 즐거움을 알게 해준 처음이자 유일한 여자였음을 나 자신에 대해서와 마찬가지로 확신했다. 그는 외적으로는 스페인 사람처럼 경건했고 마음속으로는 천사와 같은 신앙심을 지니고 있었다. 나는 나 자신을 제외하고는 살아오면서 그 사람만큼 사상과 신앙에 관대한 사람을 보지 못했다. 그는 어떤 사람에게도 종교에 대해 어떻게 생각하는지 결코 묻지 않았다. 자신의 친구가 유대인이든, 개신교도이든, 터키인이든, 편협한 신앙심을 가진 사람이든 무신론자이든 그에게는 중요하지 않았다. 그 친구가 교양 있는 신사라면 말이다. 그는 의견이 서로 다를 때 고집을 부리고 완고하지만 종교, 더구나 도덕이 문제가 되면 생각에 잠겨 입을 다물거나 이렇게 말했다. "나는 내 일밖에 모르네." 그토록 고매한 영혼이 사소한 것에까지 영향을 미치는 세심한 정신을 지니고 있다는 것이 믿어지지 않았다. 그는 하루 계획을 몇 시간, 몇십 분, 몇 분 단위로 나누어 정해두고 상당히 세심하게 그처럼 나누어진 시간을 지켰다. 그는 한 구절을 읽다가도 정해진 시간이 되면 책을 읽다 만 채 덮어버렸다. 이와 같이 나뉜 시간의 기준 속에 이런 연구 시간, 저런 연구 시간은 있었다. 그 밖에도 명상, 대화, 기도, 철학자 로크Locke, 묵주기도, 마실, 음악, 그림 등을 위한 시간은 있었다. 즐거움도, 유혹도, 자기만족도 이와 같은 질서를 뒤바꿀 수는 없었다. 다만 지켜야 할 의무만이 용납될 수 있었을 것이다. 그가 나에게 시간 배분 목록을 만들어주며 지키라고 권하자 나는 웃기 시작했고 마침내 감탄하여 눈물까지 흘렸다. 그는 결코 어느 누구도 구속하지 않았고 구속을 참지도 못했다. 그는 예의상 자신을 구속하려는 사람들에게 무례하게 대했다. 그는 화를 내면서도 꽁하지는 않았다. 나는 그가 화내는 모습은 자주 보았지만 불만을 품고 있는 경우는 결코 보지 못했다. 그만큼 유쾌한 기질을 지니기는 힘들었다. 그는 농담을 잘 받아주었고 농담하는 것도 좋아했다. 그는 그 점에서 빛이 났고 풍자에도 능했다. 사람들이 그를 부추기면 그는 시끌벅적하게 떠들었고 쉴 새 없이 말을 해댔다. 그의 목소리는 멀리서도 들렸다. 하지만 그는 소리를 치는 동안에도 미소를 지었다. 그는 열광적인 가운데서도 어떤 우스꽝스러운 말이 튀어나와 모든 사람들을 웃게 만들었다. 그는 냉정함은 물론 스페인 사람의 인상도 지니지 않았다. 그는 하얀 피부에 혈색 좋은 뺨, 거의 금발에 가까운 밤색 머리를 지녔다. 그는 키가 컸고 체격이 좋았다. 그의 육체는 그의 영혼이 깃들기에 제격이었다.

　머리는 물론 마음도 현자이며 사람을 잘 이해하고 있는 그가 바로 나의 친구였다. 이것이 바로 내 친구가 아닌 모든 사람들에게 들려주는 내 대답이다. 우리는 서로 아주 가까워져서 여생을 함께 지내려는 계획을 세웠다. 나는 몇 년 후에 스페인의 아스코이티아로 가서 그의 소유지에서 함께 살려고 했다. 이 계획의 모든 부분은 그가 출발하기 전날 우리 두 사람이 서로 합의를 보았다. 합의를 가장 잘 본 이 계획에서 인간이 할 수 있는 부분은 다한 셈이다. 그 후에 일어난 사건들, 내가 겪은 큰 어려움들, 그의 결혼, 결국에는 그의 죽음 때문에 우리는 영원히 헤어지게 되었다. 성공하는 것은 악한들의 음험한 음모밖에 없다고들 말한다. 반면에 선한 사람들의 순수한 계획들은 항상 이루어지지 않는다.

　나는 남에게 의존하는 일을 불편하게 느꼈고 다시는 그렇게 되지 않기로 굳게 결심했다. 기회가 되어 잡았던 야심찬 계획들이 그 시작부터 뒤집어지는 것을 보고 난 후, 잘 시작했지만 곧 쫓겨나 버린 직업에 일생을 바친다는 게 싫어져서 나는 누구에게도 의지하지 않고 내 재능을 이용하여 독립적으로 살기로 결심했다. 마침내 나는 지금까지 내가 너무나 보잘것없이 생각했던 내 재능의 역량을 알게 되었다. 나는 베네치아에 가느라 중단했던 오페라 작업을 다시 시작했다. 좀 더 조용히 오페라 작곡에 몰두하기 위해 알투나가 떠난 이후 뢱상부르 궁에서 그리 멀지 않은 조용한 거리에 있는 예전의 생캉탱 호텔에 돌아와 묵었다. 그 호텔이 시끄러운 생토노레 거리보다 마음 내키는 대로 작업을 하기에는 더 편리했다. 이곳이야말로 내가 불행할 때 하늘이 내게 맛보게 한 유일하고 참된 위안이 기다리고 있던 장소였다. 또한 그 위안만이 나의 불행을 견디게 해주고 있다. 이것은 일시적인 교제가 아니다. 이 교제가 어떻게 이루어졌는지 더 상세하게 이야기해야만 한다.

　호텔의 새 여주인은 오를레앙 출신이었다. 그녀는 세탁 일을 시키려고 같은 고향 출신의 아가씨 한 명을 썼다. 그 처녀는 스물두세 살 정도 되었는데 여주인과 마찬가지로 우리와 함께 식사를 했다. 그녀의 이름은 테레즈 르 바쇠르Thérèse Le Vasseur[27]였고 좋은 가정 출신이었다. 그녀의 아버지는 오를레앙 조폐국의 관리였고 어머니는 상인이었다. 그들에게는 자녀가 많았다. 오를레앙 조폐국이 잘되지 않아서 아버지는 일자리를 잃었다. 어머니는 사업에 실패하자 일을 감당할 수 없게 되어 장사를 그만두고 남편과 딸을 데리고 파리로 왔다. 딸이 일을 해서 세 식구가 생계를 꾸려가고 있었다.

나는 그 처녀가 식탁에 나온 것을 처음 보고 그녀의 겸손한 태도와 더구나 강렬하면서도 부드러운 시선에 깊은 인상을 받았다. 내가 보기에 그녀의 그와 같은 눈에 비길 만한 것은 없었다. 식탁에는 본느퐁 씨 이외에 아일랜드와 프랑스 서남부 가스코뉴의 여러 신부들, 그 밖에 여러 신분의 사람들이 앉아 있었다. 여주인조차도 품행이 단정하지 못했으므로 그곳에서 예의 바르게 말하고 행동하는 사람은 나밖에 없었다. 사람들은 그 처녀를 성가시게 했다. 나는 그녀의 편을 들어주었다. 곧장 나에게 조롱이 이어졌다. 이 가엾은 아가씨에게 원래 아무런 관심이 없었더라도 그녀를 동정하고 그녀를 위해 항변하다 보니 자연히 그녀에게 마음이 가게 되었을 것이다. 나는 항상 품행과 언사가 정숙한 것을 좋아했다. 특히 이성에 대해서는 더욱 그러했다. 나는 대놓고 그녀를 편들게 되었다. 나는 그녀가 나의 배려에 신경을 쓰고 있음을 알았다. 그녀의 시선은 감사하는 마음으로 생기가 넘쳤다. 그녀는 감사의 말을 감히 입으로는 내뱉지 못했기 때문에 그 시선이 더욱더 내 마음을 파고드는 듯했다.

그녀는 매우 내성적이었다. 나도 마찬가지였다. 이와 같은 비슷한 성향 때문에 둘의 관계는 서로 멀어 보였지만 아주 빠르게 맺어졌다. 여주인은 이 사실을 알아채고 몹시 화를 냈다. 그녀의 난폭한 태도로 아가씨에 대한 내 관심은 더욱 커졌다. 처녀는 집 안에서 의지할 사람이라고는 오직 나밖에 없었고 내가 외출하는 것을 아주 힘들어하며 지켜보았다. 그녀는 자신의 보호자가 어서 빨리 돌아오기를 갈망했다. 우리 마음의 공통점과 일치된 기질은 곧 예측할 수 있는 결과로 나타났다. 그녀는 나의 내면에서 신사와 같은 남자를 보았다고 생각했다. 그녀는 잘못 생각하지 않았다. 나는 그녀에게서 감수성이 예민하고 소박하지만 그렇다고 멋을 부리지는 않는 성향을 알아보았다. 나 역시 잘못 생각하지 않았다.

나는 그녀에게 내가 그녀를 버리는 일도 없겠지만 결코 그녀와 결혼하지도 않을 것임을 미리 밝혀두었다. 사랑, 존경, 순진한 진정성이 나의 승리를 이끄는 수단이었다. 또한 그녀의 마음이 다정다감하고 정숙했기 때문에 나는 유혹하지 않고서도 행복할 수 있었다.

그녀의 근심은 내가 찾으리라고 생각한 것을 발견하지 못해 기분이 나빠지지 않을까 하는 것이었다. 그러한 근심 탓에 내 행복은 다른 어떤 것보다 늦추어졌다. 나는 그녀가 받아들이고 납득하기를 바라서 감히 설명하려고 하면 기어코 당황하고 부끄러워하는 것을 보았다. 나는 그녀가 당황하는 진짜 이유를 생각해내기는커녕 그녀의 품행에 대해 아주 잘못되고 모욕적인 이유를 생각했다. 그리고 내 건강이 악화될까 봐 그녀가 나에게 주의를 주는 것이라고 믿었다. 나는 참기 어려운 난처한 상황에 빠졌다. 그리고 그러한 난처함 때문에 여러 날 동안 행복을 움켜쥐지 못했다. 우리는 서로를 전혀 이해하지 못했으므로 그 문제에 대한 우리의 이야기는 우스꽝스러울 뿐 아니라 상당히 수수께끼 같았고 그 뜻을 도무지 알 수 없었다. 그녀는 내가 완전히 미쳤다고 생각할 정도였다. 나 역시 그녀를 어떻게 생각해야 할지 도무지 알 수 없을 지경이었다. 마침내 우리는 서로 이야기를 주고받았다. 그녀는 울면서 어릴 적에 무지와 유혹자의 꾐으로 빚어진 자신의 유일한 잘못을 나에게 고백했다. 나는 그녀의 말을 이해하자마자 기쁨의 환호성을 질렀다. "처녀라니!" 하고 나는 소리쳤다. "그것도 파리에서, 그것도 스무 살이라는 나이에 처녀를 찾다니! 나의 테레즈, 정숙하고 건강한 너를 가질 수 있다니. 나는 처녀를 찾은 것이 아닌데. 그런 여자가 아닌 것을 알게 되어 너무 행복하구나!"

처음에는 그저 즐거움을 얻으려고만 애썼다. 하지만 내가 그보다 더한 일을 했고 동반자를 얻었음을 알게 되었다. 이 훌륭한 아가씨와 어느 정도 익숙해지고 내가 처해 있는 상황에 대해 어느 정도 심사숙고해보니, 나는 내 즐거움을 생각하는 것만으로도 행복을 위해 많은 것을 했음을 느꼈다. 나에게는 식어버린 야심 대신에 내 마음을 채워줄 강렬한 감정이 필요했다. 한마디로 말해서 엄마를 대신해줄 사람이 필요했다. 엄마와는 더 이상 함께 살 수 없게 되었기 때문에, 그녀의 제자와 함께 살 어떤 사람이, 엄마가 나에게서 발견했던 순박함과 온순한 마음을 내가 찾아낼 수 있는 바로 그런 사람이 필요했다. 가정에서의 사생활이 주는 즐거움이 내가 포기한 찬란한 운명을 보상해주어야 했다. 내가 완전한 외톨이였던 시절 내 마음은 텅 비어 있었다. 하지만 그것을 채우는 데는 단 하나의 마음만 있으면 되었다. 운명은 그 마음을 빼앗아서 적어도 부분적으로는 나에게서 멀어지게 했다. 자연이 나에게 만들어준 그 마음을 말이다. 그때부터 나는 혼자였다. 왜냐하면 나에게는 전부(全部) 아니면 전무(全無)일 뿐 중간이란 없었기 때문이다. 나는 테레즈에게서 내가 필요로 했던 부족함을 발견했다. 나는 그녀 덕분에 여러 사건을 겪으면서 내가 행복할 수 있는 만큼 행복하게 살았다.

나는 우선 그녀의 정신을 고양시키고 싶었다. 그러나 헛수고였다. 그녀의 정신은 자연이 만들어놓은 그대로여서 수양과 정성이 통하지 않았다. 고백한다 해도 전혀 부끄럽지 않지만 그녀는 도대체 통 읽지를 못했다. 비록 그럭저럭 쓰기는 했지만 말이다. 나는 뇌브 데 프티 샹 거리에 묵게 되었는데 내 방 창가에서는 맞은편에 있는 퐁샤르트랭 저택의 큰 시계가 보였다. 나는 한 달 이상 그녀에게 시계를 보는 법을 가르쳐주려고 애썼다. 그녀는 지금까지도 시간을 거의 알지 못한다. 그녀는 1년 열두 달을 아예 순서대로 따라가지 못했으며 숫자 하나도 제대로 알지 못했다. 내가 그것을 알려주려고 온갖 정성을 기울였음에도 불구하고 말이다. 그녀는 돈을 알지도, 셈하지도 못했고 어떤 물건의 가격도 제대로 알지 못했다. 대화를 하다가 문득 튀어나온 말도 뜻하는 바와 다를 때가 종종 있었다. 예전에 나는 그녀가 쓰는 말 사전을 만들어 뤽상부르Luxembourg 부인을 즐겁게 해준 적이 있다. 그녀의 엉뚱한 생각은 내가 드나드는 사교계에서 유명해졌다. 하지만 그렇게 우둔하고 말하자면 그렇게 어리석은 사람도 어려운 경우에 처하면 훌륭한 조언자가 되었다. 그녀는 내가 이따금 스위스, 영국, 프랑스에서 큰 곤경에 처하게 되면 나 자신도 보지 못하는 것을 보고, 내가 따라야 할 최선의 의견을 제시해주었다. 그녀는 내가 어리석게 빠져 있던 위험에서 나를 꺼내주었다. 가장 높은 신분의 귀부인 앞에서도, 귀족과 군주 앞에서도 그녀의 감정과 양식, 대답과 처신은 그녀에게 일치된 평판을 불러일으켰고 나에게도 그녀의 미덕에 진정성이 느껴지는 칭찬을 쏟아내게 했다.

사랑하는 사람 옆에 있으면 감정은 마음뿐 아니라 정신도 풍요롭게 만들어준다. 좋은 착상을 다른 곳에서 찾을 필요가 거의 없다. 나는 세상에서 가장 아름다운 천재와 사는 것과 다름없이 테레즈와도 즐겁게 살았다. 그녀의 어머니는 예전에 몽피포Monpipeau 후작부인을 모시고 자란 배경을 자랑스럽게 생각하여 재치 있는 척 딸의 생각을 좌지우지하려고 했다. 그녀는 계략을 써서 순박한 우리의 관계를 망쳐놓았다. 나는 그런 성가신 적 때문에, 테레즈와 함께 사람들 앞에 감히 나서지 못했던 어리석은 부끄러움을 어느 정도 이겨내고 단둘이서 교외로 나가 가벼운 산책을 하고 가벼운 간식을 먹기도 했다. 나는 그런 일들이 즐거웠다. 나는 그녀가 나를 진심으로 사랑하고 있음을 알았다. 나의 애정은 그녀의 그런 태도 때문에 더욱 커졌다. 그러한 감미로운 친근감이 나의 모든 것을 차지했다. 내게 미래는 더 이상 의미가 없거나 현재의 연장으로서만 가치가 있었다. 나는 시간을 연장하는 것밖에는 아무것도 바라지 않았다.

이와 같은 애착 때문에 내게 일체의 다른 관심은 쓸데없고 무미건조했다. 나는 테레즈의 집에 갈 때만 외출을 했다. 그녀가 사는 집은 곧 거의 내가 사는 곳이 되었다. 이 같은 칩거 생활은 내 작업에 아주 도움이 되었고 3개월이 채 안 걸려 내 오페라 작업 전체가 끝이 났다. 가사와 음악까지도 말이다. 이제 몇몇 반주 부분과 중음부만 만들면 되었다. 그런데 이것을 손보는 작업이 상당히 곤혹스러웠다. 나는 필리도르에게 이익이 나면 몫을 주기로 하고 그 일을 맡아줄 것을 제안했다. 그는 두 번 방문하여 오비디우스의 막에서 중음부를 조금 만들어주었다. 하지만 그는 앞으로 언제 받을지도 모르고 확실치도 않은 수익을 위해 끈덕지게 붙들어야 하는 그 일에 몰두하지 못했다. 그는 더 이상 오지 않았고 나는 작업을 혼자서 끝마쳤다.

오페라가 만들어졌으니 이제 어떻게 활용하느냐가 문제였다. 그 일은 또 다른 오페라를 만드는 것만큼이나 어려웠다. 파리에서는 혼자서는 아무것도 해결할 수 없었다. 나는 라 포플리니에르la Poplinière 씨를 통해 길을 찾아보려고 했다. 고프쿠르가 제네바에서 돌아오는 길에 나를 그의 집에 소개해주었다. 라 포플리니에르 씨는 라모의 후원자였으며 라 포플리니에르 부인은 라모의 아주 공손한 제자였다. 라모는 말하자면 이 집을 쥐고 흔들었다. 나는 그가 자기 이론을 계승한 사람의 작품을 기꺼이 밀어주리라고 생각하고 그에게 나의 작품을 보여주려 했다. 그는 악보를 읽을 수 없으며 그런 일이 너무나 피곤하다고 말하면서 작품 보는 일을 거절했다. 그런 일이 있고 나서 라 포플리니에르 부인은 그 작품을 그에게 들려줄 수 있을 것이라고 말했다. 그녀는 나에게 음악가들을 불러서 작품 몇 부분을 연주해보도록 제안했다. 나도 더 좋은 방법은 찾을 수 없었다. 라모는 투덜거리면서 동의했다. 그는 재주를 물려받지 않고 완전히 혼자서 음악을 배운 사람의 작품은 훌륭할 수밖에 없다고 되풀이해서 말했다. 나는 서둘러서 대여섯 곡을 선정해 부분적으로 추렸다. 십여 명의 교향곡 연주자가 왔고 가수로는 알베르Albert, 베라르Bérard, 부르보네Bourbonnais 양이 왔다. 라모는 서곡부터 과도한 찬사로 그 곡은 내가 작곡했을 리가 없다는 말을 쏟아내기 시작했다. 그는 매번 곡을 들을 때마다 안절부절못하는 기색을 보였다. 그런데 카운터테너의 아리아에 이르러 노래가 힘차고 우렁차며 대단히 화려한 반주가 뒤따르자 그는 더 이상 자제할 수 없었다. 그는 격하게 무례한 말을 퍼부어서 모든 사람들을 분노하게 만들었다. 그는 자신이 방금 들은 곡의 한 부분은 예술에 조예가 있는 사람의 것이지만 나머지 부분은 음악을 알지도 못하는 무지한 자의 것이라고 주장했다. 사실 내 작품은 일정하지 않고 규칙이 없으며 때로는 감탄할 만하지만 때로는 너무 평범했다. 분명히 천재의 격정으로만 만들어졌고 학문적 뒷받침이 전혀 없는 사람의 작품과 다를 바 없었다. 라모는 나를 재능도 없고 기호도 없으며 오직 표절자일 뿐이라고 주장했다. 참석자들, 특히 집주인은 생각이 달랐다. 그 당시 리슐리외 씨는 라 포플리니에르 씨와 잘 알려져 있다시피 그 부인을 아주 자주 만났는데, 내 작품에 대해 말하는 것도 들은 바가 있어서 작품을 전부 듣고 싶어했다. 그는 그 곡이 마음에 든다면 궁정에서 연주하게 할 계획도 있다고 말했다. 작품은 대규모 합창단과 오케스트라를 갖추고 연주되었다. 왕이 비용을 지불하고 왕실 의전행사 담당관인 본느발Bonneval 씨의 집에서 연주회가 열렸다. 프랑쾨르Francoeur[28]가 작품을 지휘했다. 결과는 놀라웠다. 리슐리외 공작은 끊임없이 환호성과 박수를 보냈다. 그는 타소의 막 중에서 합창이 끝나자 자리에서 일어나더니 나에게로 와서 악수를 청했다. "루소 씨, 이처럼 사람을 열광시키는 화성이 있다니요. 나는 이보다 아름다운 곡은 결코 들은 적이 없습니다. 나는 이 작품을 베르사유 궁에 소개하고 싶습니다." 그 자리에 있던 라 포플리니에르 부인은 한마디도 하지 않았다. 라모는 초대를 받았음에도 오고 싶어 하지 않았다. 이튿날

라 포플리니에르 부인은 화장을 하면서 나를 아주 냉정하게 대했다. 그녀는 내 곡을 깎아내리는 척했다. 그녀는 내게 말하기를 리슐리외 씨도 처음에는 다소 요란스러운 구석이 있어 눈이 현혹되었지만 곧 다시 판단하게 되었고, 자신도 내 오페라에 대해 기대하지 말라는 충고를 하는 바라고 말했다. 얼마 지나지 않아 리슐리외 공작이 왔다. 그는 아주 다른 말을 늘어놓았다. 그는 내 재능을 연신 칭찬하더니 내 곡을 국왕 앞에서 항상 연주할 듯이 굴었다. "다만 타소의 막은 궁정에서 상연할 수 없습니다. 그 부분은 다르게 만들어야만 하오." 나는 그 말 한마디에 집으로 가서 처박혔다. 3주 후에 타소 대신에 또 다른 막을 썼다. 그 곡의 주제는 뮤즈에게 영감을 받은 헤시오도스Hesiodos[29]였다. 나는 이 막에 내 재능과 그 재능을 떠받들고자 하는 라모의 질투에 관한 이야기 일부를 몰래 끼워두었다. 이 새로운 막에는 타소의 막보다는 덜 장대하지만 더 고상한 고귀함이 있었다. 그 곡 역시 고상하고 훨씬 더 잘 만들어졌다. 또 다른 두 막도 타소만큼이나 가치가 있었다면 곡 전체가 공연을 유리하게 뒷받침했을 것이다. 그런데 내가 그 곡을 끝마치는 동안 또 다른 계획이 생겨 그 실행을 일시 중단하게 되었다. 퐁트누아 전투에 뒤이은 겨울에 베르사유궁에서는 축제가 자주 열렸다. 특히 프티트 제퀴리 극장에서는 많은 오페라가 상연되었다. 그중에서는 〈나바르의 왕녀La Princesse de Navarre〉라는 제목의 볼테르의 극이 있었다. 그 극은 라모가 곡을 붙여 〈라미르의 축제Fêtes de Ramire〉라는 제목으로 바뀌어 개작되었다. 그 새로운 주제는 곡과 가사 모두에서 전 작품의 막간 여흥에 변화를 필요로 했다. 그 이중의 목적을 이룰 수 있는 사람을 찾아야 했다. 그때 로렌 지방에 있던 볼테르도, 라모도 모두 〈영예의 전당Temple de la Gloire〉이라는 오페라에 몰두하고 있어서 그 작업에 관심을 둘 수 없었다. 리슐리외 씨는 나를 생각하고 내게 개작 작업을 제안했다. 그는 내가 할 일을 더 잘 검토할 수 있도록 시와 곡을 따로 보내왔다. 무엇보다도 나는 작가의 동의 없이는 가사를 건드리고 싶지 않았다. 나는 그 문제에 대해 작가에게 대단히 정직하고 존경 어린 편지를 예의 바르게 보냈다. 다음의 글이 그의 답장이다. 원본은 편지묶음 A 1호에 있다.

1745년 12월 15일

선생님은 지금까지 항상 따로 떨어져 있던 두 가지 재능을 겸비하고 계십니다. 저로서는 그 정도로 선생님을 높게 평가하고 좋아하려는 두 가지 충분한 이유가 있습니다. 저는 너무나 격에 맞지 않는 작품에 선생님의 두 가지 재능을 쓰게 해서 스스로 화가 날 정도입니다. 몇 달 전에 리슐리외 공작이 저에게 무미건조하고 완전하지 못한 몇몇 장면의 짧고 시시한 초고를 단숨에 쓰라고 단호하게 지시한 바 있습니다. 그 몇몇 장면을 그것과 관련이 없는 막간극에 덧붙여야 했습니다. 저는 무척이나 정확하게 지시에 따랐습니다. 저는 대단히 빠르고 서툴게 일을 했고 그 볼품없는 초고를 리슐리외 공작에게 보냈습니다. 그가 그것을 사용하지 않거나 제가 다시 손질을 해야 하리라고 생각하면서 말입니다. 다행스럽게도 초고가 선생님께 맡겨졌으니 선생님께서 원하시는 대로 하셔도 좋습니다. 저는 그 모든 것을 완전히 잊고 있습니다. 저는 선생님께서 간단한 초고지만 너무 빨리 작곡되어 생긴 피해야 할 일체의 잘못들을 바로잡아주시고 채워주셨으리라고 확신합니다.

여러 가지 어설픈 것들 중에서도 막간극을 연결하는 장면들에서 그라나다의 왕녀가 어떻게 갑자기 감옥에서 정원 혹은 궁전으로 가는지 설명이 되어 있지 않은 것이 기억납니다. 왕녀에게 축하연을 열어주는 사람은 마술사가 아니라 스페인 영주이므로 어느 것도 마법을 통해서 이루어져서는 안 될 것입니다. 선생님께 제가 그저 어설프게 생각했던 부분을 부디 다시 보아주실 것을 부탁드리는 바입니다. 감옥이 열리는 것이 필요한지, 왕녀를 그 감옥에서 그녀를 위해 마련된 황금빛 아름다운 궁전으로 가게 하는 것이 맞는 것인지 보아주십시오. 저는 모든 것이 상당히 보잘것없고, 지각 있는 사람이 그런 하찮은 일을 진지한 문제로 다루는 것이 가당찮다는 점을 아주 잘 알고 있습니다. 하지만 결국은 최대한 나쁘게 보이지 않게 만드는 것이 문제이기 때문에, 오페라의 서투른 막간극에서라도 가능한 한 양식에 맞게 만들어야 합니다.

저는 모든 것을 선생님과 발로 씨에게 맡깁니다. 가까운 시일 내에 선생님께 감사드리고 제가 얼마나 감사하게 생각하고 있는지 말씀드릴 영광을 얻고자 합니다. (하략)

대단히 예의 바른 이 편지를 보고 그가 그때 이후 내게 썼던 거의 무례하기 짝이 없는 또 다른 편지들과 비교하여 놀라서는 안 된다. 그는 내가 리슐리외 씨의 총애를 받는다고 생각했다. 알다시피 그는 아첨에 능한 민첩성 때문에 신참에 대한 평판의 정도를 더 잘 알 수 있게 될 때까지 그에게도 존경의 표시를 하지 않을 수 없었던 것이다.

일단 볼테르 씨의 허락을 받았고 오직 나에게 해코지하려는 라모에 대해서도 생각할 필요가 없어져서 바로 작업에 착수했고 두 달 만에 일을 끝냈다. 작업은 가사에 한정하여 사소한 것을 수정하는 데 그쳤다. 그저 문체의 차이가 느껴지지 않도록 애썼을 따름이다. 나는 그것에 성공했다고 자부하는 바이다. 곡을 다루는 작업은 더 길고 더 고되었다. 장중한 곡 몇 편 외에도 특히 서곡을 만들어야 했는데, 내가 맡았던 모든 레시터티브[30]는 극도로 힘이 들었다. 짧은 가사로 빈번하게 그리고 아주 빠른 전조(轉調)로, 교향곡과 합창을 아주 동떨어진 음(音) 안에서 연결해야만 했다. 왜냐하면 라모가 자신의 곡을 왜곡했다고 비난하지 않도록 어떤 것을 변화시키거나 조옮김을 시도하지 않았기 때문이다. 나는 그 레시터티브를 성공시켰다. 레시터티브는 무척 강조되었고 힘이 넘쳤으며 특히 훌륭하게 조바꿈이 되었다. 나는 두 대가와 함께할 수 있게 된다는 생각에 내 재능을 한껏 끌어올릴 수 있었다. 나는 헛되고 드러나지 않을뿐더러 청중들에게 알려지지도 않을 이 작업에서 나의 규범이 되는 대상들에게 거의 항상 충실했다.

이 곡은 내가 손질한 상태 그대로 오페라 대극장에서 연습하게 되었다. 세 사람의 작가 중에서 나 혼자만 그 자리에 있었다. 볼테르는 없었고 라모도 오지 않았다. 아니 일부러 숨어버렸는지도 모른다. 첫 번째 독백의 대사는 대단히 침울했다. 그 시작 부분은 다음과 같다.

오, 죽음이여! 어서 와서 내 삶의 불행을 끝내다오.

그와 어울리는 곡을 만들어야만 했다. 이 점에 대해 라 포플리니에르 부인은 비판을 했고 장송곡을 만들었다고 대단히 신랄하게 나를 비난했다. 리슐리외 씨는 이 독백의 가사를 누가 만들었는지 알아보려고 했다. 나는 그가 나에게 보내온 원고를 보여주었다. 원고를 보니 가사는 볼테르가 쓴 것이었다. "그런 경우라면 볼테르 혼자 잘못한 것이오." 그가 말했다. 연습이 이루어지는 동안 라 포플리니에르 부인은 내가 만든 모든 것을 계속해서 비난했고 리슐리외 씨는 변명을 해주었다. 하지만 너무 강적을 만나고 만 터라, 결국 내 작업에는 라모 씨와 의논하여 고쳐야 할 곳이 여러 군데 있다는 말을 듣게 되었다. 나는 기대를 하고 응당 받았어야 할 찬사 대신에 그와 같은 결론이 난 것에 마음이 상해서 의기소침한 채로 집으로 돌아왔다. 나는 병이 들었고 피로로 기진맥진했으며 슬픔으로 괴로웠다. 그 후로 6주간은 외출을 할 수 없었다.

라모는 라 포플리니에르 부인이 지적한 수정 사항을 맡게 되자 내가 막 끝낸 서곡 대신에 내 그랜드 오페라의 서곡을 맡고 싶다고 내게 알려왔다. 다행히도 나는 꼼수가 있음을 짐작하고 그의 뜻을 거절했다. 공연까지는 5, 6일밖에 남지 않았으므로 라모는 서곡을 쓸 시간이 없었고 내 작품을 그대로 둘 수밖에 없었다. 서곡은 이탈리아식으로 당시 프랑스에서는 새로운 양식이었다. 하지만 그 작품은 좋은 평가를 받았다. 나는 왕의 시종장이자 뮈사르Mussard 씨의 사위이며 내 친척이기도 한 친구 발말레트Valmalette 씨를 통해 이런 말을 들었다. 애호가들이 내 작품에 대단히 만족했으며 관객들이 내 작품과 라모의 작품을 구별하지 못했다는 것이다. 하지만 라모는 라 포플리니에르 부인과 공모하여 내가 작업을 했다는 것을 사람들이 알아차리지도 못하게 조치를 취했다. 청중들에게 배포된 책자에는 저자가 항상 명시되어 있는데 볼테르라는 이름밖에 나와 있지 않았다. 라모는 내 이름이 자신과 나란히 실리기보다는 차라리 자기 이름을 지우는 편을 택했다.

나는 외출을 할 수 있게 되자마자 리슐리외 씨의 집에 가고 싶었다. 그는 이미 없었다. 그는 됭케르크 지역으로 막 떠난 터였다. 그는 그곳에서 스코틀랜드로 예정된 상륙작전을 지휘해야만 했다. 그가 돌아오자 나는 내 게으름을 정당화시키기 위해 시간이 너무 늦어버렸다고 속으로 생각했다. 그때 이후 더 이상 그를 다시 만나지 못했으므로 내 작품에 걸맞은 명예와 그에게서 받아야 할 사례금을 잃고 말았다. 또한 시간, 노동, 마음의 괴로움, 질병과 그것이 초래한 비용 등 모든 것은 내 몫이 되었다. 한 푼의 이익도 못 내고 오히려 손해를 본 채 말이다. 하지만 내가 보기에 리슐리외 씨는 나에 대해 본래 호의를 품고 있었고 나의 재능에 대해서도 좋게 생각하고 있는 듯싶었다. 다만 내가 처한 불행과 라 포플리니에르 부인이 그의 호의에서 비롯된 일체의 결과를 망쳐버렸다.

그 부인의 반감을 전혀 이해할 수 없었다. 나는 그녀의 마음에 들려고 애를 썼고 그녀의 환심을 사려고 어김없이 노력했는데도 말이다. 고프쿠르가 그 이유를 나에게 설명했다. "우선 그녀는 라모에게 호의를 지니고 있지. 그녀는 그에 대한 공공연한 찬양자이니 그의 어떤 경쟁자도 용납하려 하지 않는다네. 게다가 자네는 그녀에게 비난받을 만한 원죄가 있네. 그녀는 그 죄를 결코 용서하지 않을 걸세. 그 죄는 바로 자네가 제네바 사람이라는 것이지." 그렇게 말하고 나서 그는 나에게 이렇게 설명했다. "제네바 사람인 위베르Hubert 신부는 라 포플리니에르 씨의 절친한 친구인데 자신이 잘 알고 있던 그 여자와 그의 결혼을 막으려고 애를 썼네. 그래서 결혼 이후 그녀는 그에 대해 집요한 증오심을 품게 되었지. 제네바 사람 모두에 대해서도 마찬가지로 말이야." 그는 덧붙여 말했다. "라 포플리니에르 씨가 자네에게 호의를 품고 있다 하더라도, 나도 잘 알고 있는 바이지만, 그의 지원을 기대해서는 안 되네. 그는 자기 아내를 사랑하지. 그녀는 자네를 몹시 싫어해. 그녀는 심술궂고 교활하지. 자네는 이 집에서 아무것도 하지 못할 걸세." 나는 그의 말을 잘 새겨들었다.

바로 그 고프쿠르가 거의 같은 시기에 내게 매우 요긴한 도움을 주었다. 나는 덕이 높은 아버지를 막 잃었는데, 당시 아버지의 연세는 60세가량이었다.[31] 나는 다른 시기였으면 몰라도 그 죽음에 대해 크게 생각하지 않았다. 그 당시 곤궁한 내 처지 때문에 신경을 많이 쓸 겨를이 없었을 것이다. 나는 어머니의 재산에서 남아 있던 돈을 아버지 생전에는 조금도 요구하고 싶지 않았다. 아버지는 그 돈에서 약간의 수입을 거두고 있었다. 아버지 사후에는 그 점에 있어서 더 이상 거리낌이 없었다. 하지만 내 형이 죽었다는 법적인 증거가 없어서 어려움을 겪었는데 고프쿠르가 그 문제를 맡아서 해결해주었다. 사실 그는 드 로름de Lorme 변호사의 중재로 문제를 해결했다. 나는 이 적은 돈까지도 몹시 절실했으므로 일이 어떻게 진행되는지 불확실한 가운데 결정 통지를 가능한 한 성심성의껏 기다렸다. 어느 날 밤 집으로 돌아와 이 통지가 들어 있는 듯싶은 편지를 발견했다. 편지를 집어 들고 조바심으로 몸을 떨며 열어보았다. 나는 이러한 처지에 대해 마음속으로 수치심을 느꼈다. 나는 경멸하듯 중얼거렸다. "아니! 장 자크가 이 정도로 이익과 호기심에 끌려다닌단 말인가?" 나는 당장 편지를 벽난로 위에 올려놓았다. 나는 옷을 벗고 조용히 잠들었고 평상시보다 잠을 잘 잤으며 다음 날에는 아주 늦게 일어났다. 편지에 대해서는 더 이상 생각하지 않은 채 말이다. 나는 옷을 입으면서 편지를 발견했다. 서두르지 않고 편지를 열어보았다. 나는 수표를 발견하고 온갖 기쁨을 한꺼번에 느꼈다. 그런데 단언하건대 가장 큰 기쁨은 자제할 수 있었다는 것이다. 나는 살아오면서 그와 같은 일은 스무 번이라도 예로 들 수 있을 것이다. 하지만 너무나 다급하여 모든 것을 말할 수는 없다. 나는 그 돈에서 얼마를 떼서 내 가엾은 엄마에게 보냈다. 나는 그 돈의 전부를 그녀의 발치에 가져다 놓았을 그런 행복한 시간을 떠올리며 마음 아파하고 슬퍼했다. 엄마가 보낸 편지들마다 온통 궁핍함이 느껴졌다. 그녀는 나에게 많은 처방과 비법을 보내고 그것으로 나와 그녀가 큰돈을 벌게 되리라고 생각했다. 그녀는 자신의 비참함을 이미 느낀 터라 마음이 오그라들고 정신도 위축되었다. 내가 그녀에게 보낸 약간의 돈은 그녀의 주위를 맴돌던 사기꾼들의 먹이가 되었다. 그녀는 아무런 도움도 받지 못했다. 나는 그 파렴치한 자들과 내 생필품을 나눈다는 사실에 역겨움을 느꼈다. 특히 엄마를 그들로부터 벗어나게 하려는 시도가 소용없게 된 마당에 말이다. 그 이야기는 다음에 할 것이다.

시간이 흘렀고 돈도 시간과 더불어 흘러 나갔다. 우리는 두 명이었고 심지어는 네 명, 더 정확히 말하자면 일곱 명이나 여덟 명이었다. 테레즈는 보기 드물게 욕심이 없었지만 그녀의 어머니는 그녀와 같지 않던 것이다. 그녀가 내 도움으로 다소 형편이 나아지는가 싶으면 온 가족을 불러들여 그 과실을 나누어 먹었다. 자매들이며 아들딸들이며 심지어 손녀들까지 모두 왔다. 앙제 지방의 사륜마차 책임자와 결혼한 장녀만이 예외였다. 내가 테레즈를 위해 해준 모든 것은 그녀의 어머니가 굶주린 사람들을 위해 빼돌렸다. 나는 탐욕스러운 사람하고는 상대를 하지 않았고 광기 어린 정열에 지배당하지도 않았으므로 어리석은 짓은 하지 않았다. 나는 테레즈가 사치를 하지는 못하지만 당장의 어려움은 면한 채 그럭저럭 지내는 데 만족했으므로 그녀가 일해서 번 돈을 자기 어머니를 위해 전부 쓰는 것에 동의했다. 나는 그것에 그치지 않았다. 하지만 나를 따라다니는 불운 탓인지 엄마는 엄마대로 별 볼일 없는 놈들의 먹잇감이 되어 있었고 테레즈는 테레즈대로 그녀의 가족에게 시달리고 있었다. 그런데도 내가 도우려고 한 연인 어느 쪽에게도 전혀 도움을 줄 수가 없었다. 르 바쇠르 부인의 자식들 가운데 막내딸만이 유일하게 자기 부모를 먹여 살리니 이상한 일이었다. 이 가엾은 아가씨는 오랫동안 형제자매들 심지어는 조카들에게도 얻어맞았고 이제는 가진 것마저 빼앗겼다. 그녀는 구타와 도둑질 그 어느 것 하나 제대로 막아낼 수 없었다. 그녀의 조카들 가운데 고동 르 뒤크Goton Le Duc라는 조카딸만이 그나마 상당히 상냥하고 온화한 성격이었다. 비록 다른 사람들의 본보기와 부추김을 따라 버릇이 없었지만 말이다. 나는 그녀들을 한자리에서 자주 보았으므로 그녀들에게 각기 이름을 붙여주었는데 그녀들도 서로 그 이름을 불렀다. 나는 그 조카딸을 '우리 조카딸'이라고 부르고 테레즈, 즉 아주머니를 '우리 아주머니'라고 불렀다. 두 사람은 모두 나를 '우리 아저씨'로 불렀다. 그때부터 나는 계속해서 테레즈를 아주머니라고 불렀고 내 친구들도 이따금 농담 삼아 그렇게 부르곤 했다.

이와 같은 상황에서 내가 한순간도 잊지 않고 거기에서 벗어나려고 애썼음을 알 수 있을 것이다. 리슐리외 씨가 나를 잊어버렸다고 판단한 나는 궁정에 더 이상 아무런 희망도 없으므로 파리에서 내 오페라를 공연하려고 여러 시도를 했다. 그러나 많은 어려움에 봉착했고 그것을 극복하는 데 상당한 시간이 걸렸다. 그래서 하루하루가 더 다급했다. 나는 내 소품 희극 〈나르시스〉를 파리의 이탈리아 극단에서 공연할 생각을 했다. 내 희극은 선정되었고 나는 출입증을 얻고 대단히 기뻐했다. 하지만 그 것이 전부였다. 내 작품이 상연되는 일은 결코 일어나지 않았다. 나는 배우들의 비위를 맞추는 데 짜증이 나서 그들에게 등을 돌리고 말았다. 결국 내게 남아 있던 마지막 수단을 찾았다. 내가 취했어야 할 유일한 수단 말이다. 나는 라 포플리니에르 씨의 집을 드나들면서 뒤팽 씨의 집은 멀리했다. 두 집안의 부인들은 친척 사이였지만 서로 잘 지내지 못했고 전혀 왕래하지 않았다. 두 집안 사이에서는 어떤 교류도 없었고 티에리오 Thieriot 혼자서 양쪽 집을 오갔다. 그가 도맡아서 나를 뒤팽 씨의 집으로 데려오려고 애를 썼다. 프랑쾨유 씨는 그 무렵 자연사와 화학 연구를 하면서 실험실을 만들었다. 나는 그가 과학 아카데미를 동경하고 있다고 생각했다. 그는 그런 이유로 책을 한 권 쓰고 싶어 했다. 그는 그 일을 하는 데 내가 자신에게 도움이 될 것이라고 판단했다. 뒤팽 부인 쪽에서도 또 다른 책을 구상하고 있어서 나에게 거의 같은 기대를 하고 있었다. 그들은 나를 일종의 공동 비서로 쓰고 싶어 했을 것이다. 나를 데려오려는 티에리오의 위협도 그 목적이 거기에 있었다. 나는 먼저 프랑쾨유 씨에게 그와 줄리요트Jelyotte[32]의 영향력을 이용해 오페라 극장에서 내 작품을 연습하게 해달라는 요구를 했다. 그는 내 요구에 동의했다. 〈바람기 많은 뮤즈들〉은 우선 임시 장소에서 여러 차례 연습했고 다음에는 대극장에서 연습했다. 최종 리허설 때에는 많은 사람들이 있었고 여러 부분에서 박수갈채가 있었다. 그렇지만 공연 중에 르벨Rebel의 지휘가 상당히 나쁘기도 했지만, 이 곡은 그냥 넘어갈 수 없고 많이 고치지 않고는 선보일 수 없다는 점을 나 스스로 느끼고 있었다. 그래서 한마디도 하지 않고 거부당할 위험을 무릅쓴 채 그 곡을 제외시켰다. 하지만 작품이 완벽했다고 하더라도 여러 가지 징후를 통해 그것이 통과되지 않을 것임을 분명히 알았다. 프랑쾨유는 작품을 연습하게 해주는 일은 나에게 분명히 약속했지만 작품을 채택하는 일은 약속하지 않았다. 그는 나에게 정확히 약속을 지켰다. 다른 많은 경우에서도 그랬지만 이 경우에서도 알 수 있듯이 나는 그나 뒤팽 부인이 내가 세상에서 어느 정도 명성을 얻게 되는 일에는 관심이 없다고 항상 생각했다. 아마도 그 이유는 사람들이 그들의 책을 보면서 내 재능에 그들의 재능을 덧붙였다고 생각하지 않을까 하는 두려움 때문이었을 것이다. 그렇지만 뒤팽 부인은 항상 나를 보 잘것없는 사람으로 생각하고, 자신의 말을 받아 적거나 기초적인 고증을 하는 일밖에는 시키지 않았으므로, 특히 그녀에게 그와 같은 비난은 아 주 부당했을 것이다.

이 마지막 실패로 나는 용기를 완전히 잃어버렸다. 나는 출세와 명예 를 얻고자 하는 일체의 계획을 단념했다. 또한 나에게 거의 도움이 되지 않는 재능은 진실한 것이든 헛된 것이든 더 이상 생각하지 않고 나와 테 레즈의 생계비를 마련하기 위해 내 시간과 정성을 쏟았다. 내게 생계비 를 주는 사람들이 원하는 방식대로 말이다. 그래서 나는 뒤팽 부인과 프 랑쾨유 씨에게 완전히 매이게 되었다. 그렇다고 내가 아주 호사스러운 생활을 한 것은 아니었다. 왜냐하면 처음 2년간 800 내지 900프랑으로 는 생필품을 구하기에도 충분하지 않았기 때문이다. 말하자면 나는 그 들이 사는 곳과 가까운 구역에 있는, 가구가 딸린 꽤 비싼 방에서 살아야 했고 파리 외곽 생자크 거리의 달동네에서도 집세를 내야 했다. 나는 날 씨가 어떻든 간에 거의 매일 저녁 그곳으로 식사를 하러 갔다. 그러는 동 안 새로운 일은 곧 일정한 궤도에 올랐고 제법 흥미를 붙이기까지 했다. 나는 화학에 전념했다. 루엘 씨 집에서 프랑쾨유 씨와 함께 계속되는 화 학 수업을 여러 차례 들었다. 우리는 이 학문에 관한 내용을 종이에 그럭 저럭 서툴게 옮겨 적는 정도였고 기초적인 지식이나마 간신히 알게 되었 다. 1747년 우리는 투렌 지방의 슈농소 성에서 가을을 보내러 갔다. 이곳 은 셰르 강가에 자리한 왕족의 성으로 앙리 2세가 디안 드 푸아티에Di- ane de Poitiers를 위해 세운 것이다. 성에는 아직도 그 이름의 머리글자 가 새겨져 있으며 지금은 징세청부인인 뒤팽 씨의 소유이다. 우리는 이 아름다운 곳에서 무척이나 즐겁게 보냈다. 이곳에서 아주 맛있는 식사를 했으며 덕분에 나는 무척 살이 쪘다. 음악회도 자주 있었다. 나는 그곳에 서 여러 편의 삼중창곡을 작곡했다. 그 곡들은 상당히 강한 화성으로 들어차 있었는데 언젠가 쓰게 된다면 그에 대해서는 부록에서 언급할지도 모르겠다. 희곡도 공연되었다. 나는 2주 동안 〈무모한 약속L'Engagement téméraire〉이라는 제목의 3막짜리 희곡을 한 편 썼다. 그 작품은 내 원고들 중에서 볼 수 있는데 단지 상당히 재미있다는 점 외에 별다른 가치는 없다. 나는 또 다른 소품들과 함께 특히 〈실비의 산책길L'Allée de Sylvie〉이라는 제목의 운문 작품을 작곡했다. 그 제목은 셰르 강을 따라 이어진 공원의 오솔길 이름에서 따온 것이다. 이 모든 것들은 화학에 관한 공부와 뒤팽 부인의 옆에서 하는 일을 중단하지 않은 채 이루어졌다.

내가 슈농소에서 몸이 불고 있는 동안 내 가없은 테레즈는 파리에서 또 다른 방식으로 살이 찌고 있었다. 돌아와서 보니 내가 벌여놓은 일이 생각보다 더 커졌다는 것을 알았다. 상황이 이렇다 보니, 만일 같이 밥을 먹던 동료들이 내가 빠져나올 유일한 수단을 알려주지 않았다면 나는 극도의 어려움에 처했을지도 모를 일이다. 이것은 내가 그리 간단하게 말할 수 없는 중요한 이야기 중 하나이다. 왜냐하면 그 이야기를 자세히 언급하려면 변명을 하든지 짐을 떠맡든지 해야만 하며, 여기서는 둘 중 어느 하나도 해서는 안 되기 때문이다.

알투나가 파리에 체류하고 있는 동안 우리는 식당에 가는 대신 오페라 극장의 거의 막다른 골목에 있는, 이웃지간이기도 한 라 셸la Selle 부인의 집에서 여느 때처럼 식사를 했다. 그녀는 재단사의 아내로 음식은 별로 신통치 않았지만 그래도 그 집 식탁은 많은 사람들이 찾았다. 그곳에 모여든 사람들은 선량하고 믿을 만했기 때문이다. 또한 낯선 사람은 누구도 받지 않았으므로 단골손님 중 한 사람의 소개가 필요했다. 그라빌 Graville 기사도 그곳에 묵고 있었는데, 그는 주색에 빠진 영감으로 예의 바르고 기지가 넘쳤지만 어딘가 모르게 상스러운 데가 있었다. 그는 근위대와 근위기병대의 무분별하면서도 활기 넘치는 젊은 사관들을 끌어모았다. 오페라 극장 모든 아가씨들의 기사 역할을 하는 노낭Nonant 기사는 그 구역의 온갖 소식들을 매일 가져왔다. 선량하고 현명한 노인인 예비역 중령 뒤 플레시Du Plessis 씨와 근위기병대 장교인 앙슬레Ancelet 씨*가 젊은이들 사이에서 제법 질서를 제법 유지시키고 있었다. 그곳에는 상인, 은행가, 식료품 납품업자 등이 있었는데 예의 바르고 정직한 사람들로 각자의 분야에서 뛰어난 평판을 들었다. 베스Besse 씨와 포르카드Forcade 씨 그리고 내가 이름을 기억하지 못하는 또 다른 사람들이 있었다. 말하자면 그곳에는 여러 지위에서 잘나가는 사람들이 모여 있었다. 신부와 법관은 예외여서 그런 사람들은 전혀 눈에 띄지 않았다. 그런 사람들은 들이지 말자는 합의가 있었던 것이다. 늘 사람이 많던 식탁은 소란스러운 법 없이 상당히 유쾌했다. 그곳에서는 농담이 많이 오갔지만 상스러운 언행은 없었다. 그라빌 기사 영감은 한다는 말이라고는 죄다 외설적인 이야기였지만 예전 궁정의 예의를 결코 잃지 않았다. 여자들이 용납할 정도로 유쾌한 이야기가 아니면 단 한 마디도 입 밖에 내지 않았다. 그의 태도는 모든 식사 자리에서 규율의 구실을 했다. 젊은 사람들도 하나같이 품위와 외설스러움을 동시에 지니고 저마다 연애담을 이야기했다. 아가씨들 이야기라면 그 보고(寶庫)가 문밖에 차고 넘치던 만큼 아쉬울 것이 없었다. 왜냐하면 라 셀 부인의 집으로 가는 길은 유행하는 유명 상품을 파는 '라 뒤샤'라는 상점과 통해 있었고 그곳에는 당시 아주 예쁜 아가씨들이 드나들었기 때문이다. 손님들은 식사 전후에 아가씨들

---

* 나는 〈전쟁 포로들Les Prisonniers de guerre〉이라는 제목의 내가 만든 소품 희곡을 앙슬레 씨에게 주었다. 이 작품은 바바리아와 보헤미아에서 프랑스인들의 패배 이후에 만들었다. 나는 감히 이 작품을 내 것이라고 인정한 적도 보여준 적도 결코 없다. 이 작품에서만큼 왕과 프랑스, 프랑스인들이 더 찬양받고 더 자비심이 있을 수는 없다는 이상한 이유로 말이다. 나는 공화주의자이자 공인된 권력 비판자인 내가 한 국가를 찬양하는 사람이라는 사실을 감히 고백하지 못했다. 그 국가의 일체의 규범이 내 원칙과 상충하니 말이다. 정작 프랑스인 본인들보다도 프랑스의 불행을 가슴 아프게 생각했던 나는 진지한 충성심을 드러내는 것을 아첨과 비겁함으로 비난하지 않을까 두려웠다. 나는 그 충성심이 언제, 왜 생겼는지 1부에서 말했으면서도 그것을 드러내기가 수치스러웠다.

과 이야기를 나누러 가곤 했다. 좀 더 대담했더라면 나도 다른 사람들처럼 재미를 보았을 것이다. 그들과 마찬가지로 빠져들기만 하면 되었다. 하지만 감히 그렇게 하지 못했다. 라 셀 부인에 대해 말하자면, 알투나가 떠난 다음에도 나는 그곳으로 계속 식사를 자주 하러 가곤 했는데 그곳에서 아주 재미있는 뒷이야기들을 무척 많이 들었다. 천만다행히도 나는 그곳에서 생활 습속을 배운 것은 아니지만 거기서 확고히 뿌리내린 것으로 보이는 삶의 원칙들을 조금씩 배우게 되었다. 불운을 당한 정직한 사람들, 오쟁이 진 남편들, 유혹당한 아내들, 몰래 이루어지는 출산 등이 이곳에서의 가장 빈번한 이야깃거리였다. 고아원에 아이를 가장 많이 보낸 사람이 가장 큰 박수를 받았다. 나는 그런 이야기들에 마음이 끌렸다. 아주 다정한 사람들과 실제로 대단히 정직한 사람들에게서 통용되는 그런 사고방식대로 나 스스로도 생각하기로 했다. 나는 이렇게 생각하기로 했다. '이 나라의 방식이니, 이곳에 살고 있는 이상 그 방식을 따르는 것이 좋다.' 이것이 내가 찾던 궁여지책이었다. 나는 눈곱만큼의 양심의 가책도 없이 대담하게 그런 결심을 했다. 내가 극복해야 할 유일한 거리낌은 테레즈가 받게 될 가책이었다. 나는 그녀에게 온갖 노력을 다하여 그녀의 명예를 지켜줄 그 유일한 수단을 받아들이게 했다. 그녀의 어머니는 어린 것들이 생기면 또다시 곤궁한 처지에 빠질까 봐 더 많이 걱정하고 있던 터라 내게 도움을 청했고 그녀도 설득당하고 말았다. 우리는 구앵 Gouin 양이라는 용의주도하고 믿을 만한 산파를 구했다. 그녀는 생퇴스타슈 끝자락에 살고 있었다. 바로 그녀에게 그 물건을 맡기려 한 것이다. 때가 되자 테레즈는 어머니에게 이끌려 구앵의 집으로 출산을 하러 갔다. 나는 그녀를 보러 그곳에 여러 차례 갔다. 나는 두 개의 카드에 머리글자를 이중으로 작성하여 그녀에게 가져다주었다. 그중 하나는 아이의 배내옷에 부착되었다. 아이는 일반적인 절차대로 산파를 통해 고아원에 맡겨졌다. 다음 해에도 똑같은 어려움을 똑같은 수단으로 해결했다. 이번에는 머리글자를 소홀히 하여 빼먹었다. 나로서는 더 이상 깊게 생각할 필요가 없었고 어머니의 동의도 필요가 없어졌다. 그녀는 한탄을 하면서도 뜻대로 해주었다. 여러분은 이와 같은 파국을 초래할 행동이 내 사고방식과 운명에 일으킬 온갖 부침을 차례로 보게 될 것이다. 지금으로서는 이 첫 번째 시기에 머물러 있기로 하자. 예측하지 못할 뿐만 아니라 가혹하기까지 한 그 결과 때문에 나는 그 이야기를 지나칠 정도로 계속할 수밖에 없을 것이니 말이다.

지금 내 기록에 따르면 데피네d'Épinay 부인[33]과 처음으로 알게 된 것은 그 무렵이었다. 부인의 이름은 이 회고록에 자주 나올 것이다. 그녀의 이름은 데클라벨Des Clavelles 양이었다. 그녀는 징세청부인인 랄리브 드 벨가르드Lalive de Bellegarde의 아들인 데피네 씨와 막 결혼했다. 그녀의 남편은 프랑쾨유 씨와 마찬가지로 음악가였다. 그녀 역시 음악가였다. 그래서 음악에 대한 열정으로 세 사람 사이는 대단히 돈독했다. 프랑쾨유 씨는 데피네 부인 집으로 나를 초대했다. 나는 그곳에서 이따금 그와 함께 저녁식사를 했다. 그녀는 친절했고 기지가 있었으며 재능도 있었다. 확실히 잘 알고 지낼 만한 사람이었다. 하지만 그녀는 데트d'Ette 양이라는 여자 친구가 있었다. 그 친구는 성격이 못됐다고 소문이 났는데 역시 소문이 좋지 않은 발로리Valory 기사와 함께 살았다. 나는 그 두 사람 사이의 관계가 데피네 부인에게 해가 되었다고 생각한다. 자연은 그녀에게 대단히 엄격한 기질과 더불어 그것을 억제하거나 그 모순을 바로잡을 수 있는 훌륭한 품성을 주었다. 프랑쾨유 씨는 자신이 나와 맺고 있는 우정에 관한 일부 사실을 그녀에게 알려주었고 자신과 그녀와의 관계도 나에게 고백했다. 그러므로 나는 그런 사실에 대해 여기서 이야기하지 않았을 것이다. 그 관계가 데피네 씨에게 숨길 수 없게 될 정도로 공공연한 것이 되지 않았다면 말이다. 프랑쾨유 씨는 이 부인에 관한 아주 독특한 속내 이야기를 들려주었다. 그 이야기는 그녀가 나에게 결코 한 적이 없었고 내가 알고 있다고도 결코 생각하지 못했다. 왜냐하면 나는 그 이야기를 평생 그녀나 다른 누구에게도 하지 않았으며 앞으로도 하지 않을 것이기 때문이다. 나는 두 사람 모두의 믿음을 잃고 싶지 않았기 때문에 아주 곤란한 상황에 처해 있었다. 특히 프랑쾨유 부인과의 관계가 그러했다. 그녀는 나를 상당히 잘 알고 있어서 자신의 경쟁자인 데피네 부인과의 관계가 어찌 되었든 나를 의심하지 않았다. 나는 최선을 다해 그 가엾은 여자를 위로해주었다. 그녀의 남편은 아내가 자신에게 품고 있는 애정에 분명하게 반응을 보이지는 않았다. 나는 그 세 사람의 이야기를 따로따로 들었다. 나는 그들의 비밀을 더없이 엄격하게 지켜주었다. 세 사람 중 어느 한 사람도 다른 두 사람의 비밀을 나에게서 캐내려 하는 법이 없었다. 나 역시 두 부인 가운데 어느 누구에게도 각자의 경쟁자에 대한 내 애정을 숨기는 법이 없었다. 프랑쾨유 부인은 여러 일에 나를 이용하려 했지만 단호하게 거절당하기만 했다. 데피네 부인도 프랑쾨유 씨에게 보내는 편지를 나에게 한 번 맡기려 했지만 똑같은 거절을 당했을 뿐 아니라 아주 분명한 다짐을 듣고 말았다. 만일 그녀가 나를 자기 집에서 영원히 쫓아내기를 바란다면 그와 같은 제안을 다시 해도 좋다고 말이다. 데피네 부인에 대해서도 올바른 평가를 할 필요가 있다. 그녀는 나의 그런 행동에 불쾌해하기는커녕 프랑쾨유에게 그 일로 칭찬의 말을 했으며 나에 대해서도 예전과 다름없이 환대했다. 이런 식으로 나는 세 사람 사이의 요동치는 관계 속에서도, 어떤 의미에서는 내가 의지하고 있었고 애정을 품고 있는 그들에게 조심스럽게 행동해야 했으며 유순하고 호의적이면서도 당당하고 확고하게 처신함으로써 마지막까지 그들의 우정과 존중과 믿음을 잃지 않았다. 데피네 부인은 내가 어리석고 서툴렀음에도 불구하고 생드니 근처에 있는 라 슈브레트 성에서 이루어진 여흥에 나를 초대하려고 했다. 그곳은 벨가르드 씨의 소유였다. 그곳에는 극장이 있어서 작품 공연이 자주 있었다. 나는 한 역할을 맡아서 여섯 달 동안 쉬지 않고 연습을 했다. 그러고도 막상 공연을 하게 되자 공연 내내 작은 소리로 읽어주는 대사를 들어야만 했다. 이와 같은 시련이 있은 다음 사람들은 나에게 더 이상 역할을 제안하지 않았다.

나는 데피네 부인과 알게 되면서 그녀의 시누이인 벨가르드 양과도 알게 되었다. 그녀는 머지않아 두드토d'Houdetot 백작부인[34]이 되었다. 내가 그녀를 처음 만났을 때 그녀는 결혼을 앞두고 있었다. 그녀는 자신의 천성이기도 한 매력적인 천진함을 지니고 나에게 오랫동안 이야기했다. 나는 그녀가 매우 친절하다고 생각했다. 하지만 이 아가씨가 어느 날 내 인생의 운명을 결정하게 되고, 악의는 없었지만 오늘날 내가 빠진 구렁텅이 속으로 나를 이끌고 가리라고는 짐작조차 하지 못했다.

나는 베네치아에서 돌아와 디드로는 물론이고 내 친구인 로갱 씨에 대해서도 말을 하지 않았지만, 그렇다고 내가 두 사람에게 소홀히 했던 것은 아니다. 특히 디드로와는 나날이 친해졌다. 그에게는 나네트Nannette라는 여자가 있었다. 내게 테레즈가 있었듯이 말이다. 이것이 우리 사이의 공통점이었다. 하지만 차이가 있다면 테레즈는 나네트와 얼굴은 비슷했지만 온화한 성미에 친절한 성격을 지니고 있어서 신사다운 사람을 끌 만했다. 내 여자 친구에 비해 나네트는 성미가 고약하고 상스러워서 다른 사람들이 보기에 그 무엇으로도 잘못된 교육을 바로잡을 수 없었다. 그렇지만 디드로는 그녀와 결혼했다.[35] 그가 그런 약속을 했다면 아주 잘한 일이었다. 나로서는 그와 같은 약속을 전혀 한 일이 없었으므로 그를 따라 하려고 서두르지 않았다.

나는 콩디야크 신부와도 친했다. 그는 나와 마찬가지로 문단에서는 보잘것없었지만 오늘날의 그가 될 만한 자질을 그때 이미 가지고 있었다. 아마도 내가 처음으로 그의 능력을 알아보고 그의 가치를 평가한 사람일 것이다. 그 역시 나를 좋아하는 것 같았다. 내가 오페라 극장 근처의 장 생드니 거리의 내 방에 틀어박혀 헤시오도스의 막을 쓰고 있을 때 그는 이따금 와서 각자 비용을 지불하는 식사를 나와 단둘이서 했다. 그는 당시 자신의 첫 작품인 《인간 지식의 기원론Essai sur l'origine des connaissances humaines》를 쓰고 있었다. 작업을 마치자 책을 맡아줄 출판사를 찾아야 하는 걱정거리가 생겼다. 파리의 출판업자들은 누구든 경험이 없는 사람에게는 거만하고 인정머리가 없었다. 형이상학은 당시 거의 유행하고 있지 않아서 매력적인 주제가 못 되었다. 나는 디드로에게 콩디야크와 그의 작품에 대해 말했다. 나는 그들을 서로 소개해주었다. 그들은 처음부터 뜻이 맞았다. 디드로는 출판업자 뒤랑Durand을 부추겨서 신부의 원고를 맡도록 만들었다. 이 위대한 형이상학자는 자신의 첫 번째 저서로 거의 성의 수준인 100에퀴를 받았다. 내가 아니었으면 그 돈도 받지 못했을 것이다. 우리는 서로 상당히 멀리 떨어진 동네에 살았으므로 일주일에 한 번 세 사람이 팔레 루아얄에서 만났다. 우리는 파니에 플뢰리 호텔로 함께 식사를 하러 갔다. 디드로는 일주일마다 한 번 있는 이 소박한 식사가 무척이나 마음에 들었던 것 같다. 왜냐하면 그는 대부분의 약속을 지키지 않으면서도 그 식사만큼은 결코 거르는 법이 없었기 때문이다. 나는 식사 자리에서 《빈정거리는 사람Le Persiffleur》이라는 제목의 정기간행물 발간 계획을 세웠다. 디드로와 나는 번갈아가며 잡지에 글을 쓰기로 했다. 나는 첫 번째 정기간행물의 초고를 만들었다. 그 일로 달랑베르d'Alembert[36]와 알게 되었다. 디드로가 그에게 나를 소개한 것이다. 그러나 예기치 못했던 사건이 일어나 우리는 일을 할 수 없게 되었다. 계획은 거기서 그치고 말았다.

그 두 저자는 《백과전서Dictionnaire Encyclopédique》의 기획에 이미 착수한 터였다. 이 작업은 처음에는 체임버스Chambers의 《사이클로피디아Cyclopaedia》를 번역한 것에 불과했고, 디드로가 막 작업을 끝낸 제임스James의 《의학전서Dictionnaire de Médicine》의 번역과 거의 같은 것이었다. 디드로는 나를 참여시켜 두 번째 기획을 하면서 어떤 일을 맡기려고 했다. 그래서 나에게 음악 부분을 제안했고 나는 이를 받아들였다. 나는 그 작업을 엄청 서두르면서도 형편없이 실행했다. 그가 나에게 준 기간은 3개월이었다. 그 기획에 함께 참여했던 다른 모든 저자들과 마찬가지로 말이다. 하지만 정해진 기간 안에 준비가 된 사람은 내가 유일했다. 나는 그에게 원고를 넘겨주었다. 나는 그 원고를 뒤퐁이라는 프랑쾨유 씨의 하인에게 정서하게 했다. 뒤퐁은 글씨를 아주 잘 썼고 나는 그에게 10에퀴를 지불했다. 그 돈은 내 주머니에서 나온 것이지만 나는 결코 돈을 지불받지 못했다. 디드로는 출판업자들에게서 받게 될 보수를 나에게 약속했다. 나도 그렇고 그도 마찬가지로 그 돈에 대해서 더는 언급하지 않았다.

이 《백과전서》의 기획은 디드로가 구금되는 바람에 중단되었다. 그는 《철학사상Pensées philosophiques》 때문에 어느 정도 괴로움을 겪었지만 그 여파는 전혀 없었다. 《맹인에 관한 편지Lettre sur les aveugles》는 그와 마찬가지로 끝나지는 않았다. 이 저서는 뒤프레 드 생모르du Pré St. Maur 부인과 레오뮈르 씨의 개인 신상에 관한 비난이나 다름없었다. 두 사람은 심한 충격을 받았고 그 일로 디드로는 뱅센의 성탑에 투옥된다. 내가 친구의 불행 때문에 느낀 번민은 결코 말로 표현할 수 없을 것이다. 나의 불길한 상상력은 항상 최악의 경우를 떠올리고 나는 질겁하고 말았다. 나는 그가 그곳에서 평생을 보내야 할 것이라고 생각했다. 머리가 돌 지경이었다. 나는 퐁파두르Pompadour 부인에게 편지를 써서 디드로를 풀어주거나 그와 함께 나를 가두어줄 것을 간청했다. 하지만 아무런 답장도 받지 못했다. 내 편지는 거의 이치에 맞지 않아서 효력이 없었던 것이다. 나는 불쌍한 디드로의 감금 기간이 얼마 지나지 않아 경감된 데에 그 편지가 기여했다고는 자신하지 않는다. 하지만 감금이 그 정도로 가혹하게 한동안 계속되었더라면 나는 절망하여 저주받을 성탑 아래에서 죽어버렸을 것이다. 게다가 내 편지가 어느 정도 효과가 있었다고 하더

라도 나는 그것을 크게 내세울 생각은 없다. 왜냐하면 나는 그 일에 대해
아주 소수의 사람들에게만 말했고 디드로 본인에게도 결코 말하지 않았
기 때문이다.

제8권
1748~1755

JEAN-JACQUES ROUSSEAU

앞 권의 마지막에서 나는 잠시 쉬어야만 했다. 이제 8권부터 오래도록 계속 이어지는 나의 불행이 시작된다.

나는 파리에서 가장 주목받는 집안들 중 두 곳에 드나들던 터라 비록 사교에는 서툴렀지만 그래도 몇몇 사람을 사귀었다. 특히 뒤팽 부인의 저택에서 작센 고타 공국의 젊은 황태자와 그의 사부인 툰Thun 남작과도 알게 되었다. 라 포플리니에르 씨의 저택에서는 툰 남작의 친구이자 루소[37]의 아름다운 판본을 내서 문학계에 잘 알려진 스기Segui 씨도 알게 되었다. 남작은 황태자의 저택이 있는 퐁트네 수 부아에서 하루 이틀을 지내라고 스기 씨와 나를 초대했고 우리는 그곳으로 갔다. 나는 뱅센 성 앞을 지나면서 성탑을 보자 가슴이 찢어지는 듯한 아픔을 느꼈다. 남작은 내 얼굴에서 그 기색을 알아차렸다. 만찬 자리에서 황태자는 디드로가 감금된 이야기를 꺼냈다. 남작은 나에게 말을 시키려고 수감자의 경솔한 언행을 비난했다. 나는 흥분하여 그를 옹호했다. 나의 이 지나친 열의는 불행한 친구에게 자극받은 것이었으므로 용인되었다. 그래서 화제는 다른 것으로 바뀌었다. 그곳에는 황태자와 관련된 독일 사람 둘이 있었다. 한 사람은 그의 전속 목사인 클뤼펠Klupffell 씨로 재치가 넘치는 사람이었는데 남작을 제치고 곧 그의 사부가 되었다. 또 다른 사람은 그림Grimm 씨[38]라는 젊은이로 적당한 자리가 날 것을 기다리며 낭독관으로 황태자를 섬겼다. 그의 보잘것없는 행색을 보니 급하게 자리를 구해야 할 모양이었다. 그날 저녁부터 클뤼펠과 나는 서로 알게 되어 금세 친해졌다. 그림이라는 양반과의 관계는 그렇게 빨리 진척되지 않았다. 그는 자신을 거의 과시하지 않았다. 그가 곧 출세하여 얻게 된 건방진 말투와는 영 딴판이었다. 다음 날 점심식사 때는 음악이 화제에 올랐다. 그림은 음악에 대해 곧잘 이야기했다. 나는 그가 클라브생으로 반주를 한다는 것을 알고 기쁜 나머지 어쩔 줄 몰랐다. 식사 후에 악기를 가져오게 했다. 우리는 하루 종일 황태자의 클라브생으로 음악을 연주했다. 이렇듯이 우정은 처음에는 아주 순조롭게 시작되지만 결국에는 아주 불행하게 끝나버렸다. 그 일에 대해서는 나중에 많은 이야기를 할 것이다.

파리로 돌아오니 디드로가 성탑 감옥을 나와 뱅센 성과 정원에 연금되었고 약속을 받고 친구들을 만날 수 있게 되었다는 반가운 소식이 들려왔다. 그 순간 당장 달려갈 수 없었던 나는 얼마나 괴로웠던지! 하지만 나는 불가피한 일로 2, 3일을 뒤팽 부인의 집에 붙들려 있었고 3, 400년을 기다리는 듯 안절부절못하다가 친구의 품으로 달려갔다. 이루 형용할 수 없는 순간이었다! 그는 혼자가 아니었다. 달랑베르와 생트 샤펠 교회의 회계 담당자가 그와 함께 있었다. 들어서자 디드로밖에는 보이지 않았고 펄쩍 뛰며 소리를 질렀을 따름이다. 나는 그의 볼에 빰을 대고 꼭 껴안았다. 눈물과 흐느낌으로 그에게는 달리 말을 할 수 없었다. 나는 애정과 기쁨으로 숨이 막힐 지경이었다. 내 품에서 벗어난 그의 첫 번째 행동은 성직자를 돌아보고 이렇게 말하는 것이었다. "친구들이 얼마나 나를 사랑하는지 아시겠습니까." 나는 완전히 감격해 있던 터라 그때는 그가 그런 식으로 상황을 이용한다는 사실을 알아차리지 못했다. 하지만 그때 이후 그 일에 대해 이따금 떠올리면서 내가 디드로였다면 처음으로 한 생각이 그런 것은 아니었으리라고 늘 생각했다.

나는 그가 감옥에서 매우 충격을 받았다고 생각했다. 그는 성탑의 감옥에서 끔찍한 인상을 갖게 되었다. 비록 성에서 안락하게 지내고 벽으로 둘러치지 않은 정원에서 자유롭게 산책할 수 있었어도 말이다. 그는 침울한 기분에 빠지지 않기 위해 친구들에게 둘러싸일 필요가 있었다. 확실히 나는 그의 고통에 가장 공감하고 있던 터라 나를 보는 것이 그에게는 가장 큰 위안일 것이라고 생각했다. 나는 아주 까다로운 일거리들이 많았음에도 불구하고 적어도 이틀에 한 번은 혼자서 혹은 그의 부인을 데리고 가서 그와 함께 오후 시간을 보냈다.

그해 1749년 여름은 폭염이 기승을 부렸다. 파리에서 뱅센까지의 거리는 족히 20리는 되었다. 나는 삯마차 비용을 치를 형편이 아닌지라 혼자서 갈 때는 오후 두 시부터 걸어서 갔고 더 일찍 도착하기 위해 걸음을 재촉했다. 가로수는 이 고장의 방식대로 항상 가지치기가 되어 있어서 거의 그늘을 드리우고 있지 않았다. 나는 종종 더위와 피로에 기진맥진하여 그만 땅바닥에 드러누웠다. 걷는 속도를 줄이기 위해 책 몇 권을 들고 갈 생각도 했다. 어느 날《메르퀴르 드 프랑스*Mercure de France*》라는 잡지를 들고 있다가 걸으면서 디종 아카데미가 다음 해 현상공모를 위해 제안한 문제를 우연히 발견했다. '학문과 예술의 진보는 풍속을 타락시키는 데 공헌했는가 혹은 정화시키는 데 공헌했는가?'라는 과제였다.

이 과제를 읽는 순간 나는 또 다른 세계를 발견했고 다른 사람이 되어버렸다. 당시 내가 받은 인상을 생생하게 기억하고 있지만 자세한 것은 말제르브Malesherbes 씨에게 보낸 네 통의 편지 중 하나에 그 사연을 쓴 이후 잊어버렸다. 이 같은 일은 내 기억의 독특한 면 가운데 하나로 이야기할 가치가 있다. 기억이 쓸모 있을 때는 내가 그 기억에 의지할 때뿐이다. 일단 기억을 종이에 맡겨두고 나면 그 기억은 곧바로 내게서 달아나버리고 만다. 나는 한번 무언가를 적고 나면 더 이상 아무 기억도 나지 않는다. 나의 이 같은 독특함은 음악에까지 나타난다. 나는 악보를 배우기 전에는 수많은 노래들을 외워서 알고 있었다. 그런데 악보로 된 곡을 부를 수 있게 되자마자 그 곡들 중 어느 하나도 기억할 수 없게 되었다. 내가 가장 사랑한 곡들 중 단 한 곡이라도 전체를 다 부를 수 있을지 의심스럽다.

그때 상황에서 분명히 기억하는 것은 뱅센에 도착했을 즈음 내가 정신이 나갈 만큼 흥분 상태에 있었다는 것이다. 디드로는 내가 그런 상태임을 알아차렸다. 나는 그에게 그 이유를 말했다. 나는 떡갈나무 아래서 연필로 쓴 〈파브리키우스의 변론〉[39]을 그에게 읽어주었다. 그는 내 생각을 발전시켜서 현상공모에 응모하라고 격려했다. 나는 그렇게 했다. 나는 그 순간부터 정신을 차리지 못했다. 이후 내 모든 삶과 내 모든 불행은 이와 같은 미망의 순간에서 비롯된 피할 수 없는 결과였다.

내 감정은 상상하기 힘든 속도로 상승하여 내 사상의 성향에까지 이르렀다. 진리, 자유, 미덕에 대한 열정은 내가 지니고 있던 일체의 자질구레한 정념을 억눌러버렸다. 또한 더욱 놀라운 것은 이 열광이 다른 어떤 사람의 마음속에서도 일찍이 존재하지 않았다고 할 만큼 높은 정도로 내 마음속에서 4, 5년 이상 지속되었다는 사실이다.

나는 이 논문을 아주 독특한 방법으로 썼다. 그리고 내 다른 저술에서도 거의 항상 그 방식을 취했다. 나는 잠이 오지 않는 밤을 이용하여 작업했다. 침대에서 눈을 감고 명상에 잠겼다. 머릿속에서 긴 문장을 믿을 수 없을 정도로 힘들게 다듬고 또 다듬었다. 그리고 만족할 만한 상태에 이르면 그 문장들을 종이에 옮겨 적을 수 있을 때까지 기억 속에 넣어두었다. 하지만 일어나서 옷 입을 때가 되면 모든 것을 잊어버리고 말았다. 종이와 마주하고 있으면 내가 구성해놓았던 것은 더 이상 아무것도 떠오르지 않았다. 나는 르 바쇠르 부인을 비서로 쓸 생각까지 했다. 나는 부인을 그녀의 딸과 남편과 더불어 나와 지근거리에서 묵게 했다. 하인을 쓰지 않아도 되도록 아침마다 와서 불을 지피고 자질구레한 심부름을 해준 사람도 바로 부인이었다. 나는 부인이 오면 침대에서 밤새 작업한 것을 받아 적게 했다. 나는 오랫동안 지속해온 이 방법으로 망각에서 벗어날 수 있었다.

논문이 완성되자 나는 그것을 디드로에게 보여주었다. 그는 만족스러워했고 몇 군데 고칠 부분을 지적해주었다. 하지만 그 저술은 열정과 힘이 넘칠 뿐 논리와 체계는 절대적으로 부족했다. 내가 쓴 모든 저술들 가운데 논증이 가장 약하고 운율과 통일성도 가장 빈약했다. 하지만 아무리 재능을 가지고 태어났어도 글 쓰는 기술은 단숨에 배울 수 있는 것이 아니다.

나는 이 원고를 다른 누구에게도 말하지 않은 채 보냈다. 다만 그림에게는 예외였다. 내 생각으로 그가 프리즈Friese 백작의 집에 들어간 이후 나와 그는 더없이 가깝게 지내기 시작했기 때문이다. 그는 클라브생을 가지고 있어서 우리에게는 만남의 기회가 되었다. 나는 자유로운 시간이면 매번 그와 함께 악기 옆에서 보내며 이탈리아 가곡과 뱃노래를 불렀다. 아침부터 저녁까지 아니 저녁부터 아침까지 계속 쉬지 않고 말이다. 사람들은 내가 뒤팽 부인의 집에 없을 때는 분명히 그림 씨의 집에 있거나 적어도 그와 함께 산책을 하거나 공연을 보러 갔을 것이라고 확신할 정도였다. 나는 끊임없이 이탈리아 극장에 갔다. 나는 그곳에 무료로 출입할 수 있었지만 그가 좋아하지 않았으므로 그와 함께 가기 위해 돈을 내고 코메디 프랑세즈 극장에 갔다. 그는 코메디 프랑세즈에 심취해 있었다. 결국 나는 이 젊은이에게 강렬한 매력을 느꼈고 그와는 떨어질 수 없는 사이가 되어 가엾은 아주머니[40]에게조차 소홀하게 되었다. 말하자면 나는 그녀를 덜 만나게 되었다. 왜냐하면 평생 그녀에 대한 애정이 그로 인해 한 번도 약해진 적이 없었기 때문이다.

거의 자유롭지 못한 시간 탓에 애정마저 제대로 쏟을 수 없게 되자, 오래전부터 테레즈와 함께 살림을 차리고 싶었던 욕망이 그 어느 때보다도 강렬하게 되살아났다. 하지만 그녀에게 딸린 많은 군식구들로부터 비롯된 걱정거리와 특히 가구를 살 돈이 없어서 그때까지 참고만 있었다. 힘을 쓸 수 있는 기회가 생기자 나는 그 기회를 십분 활용했다. 프랑쾨유 씨와 뒤팽 부인은 내가 연봉 800 내지 900프랑으로는 충분하지 않다는 것을 잘 알고 자진해서 내 사례금을 연 50루이까지 올려주었다. 게다가 뒤팽 부인은 내가 가구를 마련하려고 애쓰는 사실을 알고 그 일에 다소의 도움을 주기도 했다. 우리는 테레즈가 이미 가지고 있던 가구들에 더해 모든 것들을 공동으로 마련했고, 그르넬 생토노레 거리의 랑그도크 관저에 아담한 공간 하나를 세내었다. 우리는 무척이나 선량한 사람들이 살고 있는 그 집에서 있는 힘껏 사는 곳을 정리했다. 우리는 내가 레르미타주로 이사할 때까지 그곳에서 7년 동안 평화롭고 즐겁게 머물렀다.

테레즈의 아버지는 성격이 온순한 호인 영감으로 자기 처를 엄청나게 무서워했다. 그 바람에 그녀에게 '형사 재판관'이라는 별명을 붙여주기도 했다. 그림은 차후에 그 별명을 농담 삼아 그의 딸에게 다시 붙여주었다. 르 바쇠르 부인은 재치가 넘쳤다. 말하자면 영리했다. 그녀는 상류사회의 예의범절과 분위기를 안다고 뽐내기까지 했다. 하지만 나는 그녀의 납득하기 어려운 번지르르한 언행을 참기 어려웠다. 그녀는 자기 딸에게 무척 고약한 조언을 하여 딸로 하여금 나에게 속을 드러내지 않도록 만들려고 애썼으며, 내 친구들을 따로 꼬드겨내어 그들 서로에게 그리고 나에게도 피해를 주었다. 그런데 그녀는 상당히 좋은 어머니였다. 왜냐하면 그녀는 착한 어머니가 됨으로써 득을 보았기 때문이다. 그녀는 자기 딸의 허물을 덮어주었다. 그녀는 그것조차 이용했기 때문이다. 나는 이 여자에게 조심을 하며 신경을 쓰고 자질구레한 선물까지 주어 비위를 맞추었다. 나는 사랑받기 위해서도 무척이나 마음을 썼다. 하지만 이 여자에게는 그런 노력이 통하지 않는다는 것을 알았다. 이 여자는 내 가정생활에서 겪은 고민거리의 유일한 원인이었다. 그 정도로 나는 6, 7년 동안 허약한 인간이 느낄 수 있는 가장 완벽한 가정의 행복을 맛보았다고 말할 수 있다. 나의 테레즈는 마음이 천사와도 같았다. 우리의 애정은 우리의 우정과 더불어 커져만 갔다. 우리는 서로가 얼마나 서로를 위해 태어났는지를 나날이 더 크게 느꼈다. 만일 우리의 즐거움이 표현될 수 있다면 그 단순함 때문에 웃음을 불러일으킬 것이다. 우리는 단둘이서 교외로 산책을 나가곤 했는데, 나는 어떤 변두리 술집에서 8수⁴¹나 10수를 호기 있게 썼다. 우리는 창가에 마주 앉아 소박한 저녁식사를 했다. 창틀 넓이만 한 여행 가방에 작은 의자 두 개를 놓고 앉았다. 이렇게 하면 우리는 창을 식탁으로 쓸 수 있고 바깥 공기를 마시며 풍경과 행인들을 볼 수 있고 비록 5층에서이지만 식사를 하면서 거리를 내려다볼 수 있었다. 이런 매력적인 식사를 누가 표현할 수 있으며 누가 느낄 수 있겠는가? 요리라고 해야 두툼한 빵 네 조각, 체리 몇 개, 작은 치즈 조각에 두 사람이 나누어 마시는 2리터 정도의 포도주가 전부였다. 우정, 믿음, 친밀함, 마음속의 부드러움, 이것들의 짜릿한 맛은 얼마나 감미로운가! 이따금 우리는 자정까지 머물러 있으면서 시간 가는 줄도 몰랐고 시간에 대한 생각조차 없었다. 노모가 우리에게 시간을 알려줄 때까지 말이다. 하지만 따분하고 우스꽝스러운 자세한 이야기는 내버려두기로 하자. 내가 항상 말하고 느끼지만 진정한 즐거움은 도무지 표현할 수 없는 것이다.

　나는 거의 같은 시기에 더욱 외설스러운 즐거움을 알게 되었다. 이런 종류의 이야기로는 내가 마지막으로 자책해야 할 사연이다. 나는 목사인 클뤼펠이 다정한 사람이라고 말한 바 있다. 나와 그의 관계는 그림과의 관계 못지않게 가까웠고 그만큼 허물이 없었다. 그들은 이따금 나의 집에서 식사를 했다. 그 식사 자리는 상당히 소박했지만, 클뤼펠의 절묘하면서도 심한 농담과 그림의 우스꽝스러운 독일식 표현 덕분에 흥겨웠다. 그림은 아직 정통주의자가 아니었다. 우리의 소박한 연회에는 관능이 아니라 즐거움이 가득했다. 우리는 너무 자주 만나서 더 이상 서로 헤어질 수 없을 정도였다. 클뤼펠은 여자애 하나를 데리고 살았는데 그 아이를 바깥으로 돌릴 수밖에 없었다. 그 혼자서는 그녀를 감당할 수 없었던 것이다. 어느 날 저녁 우리는 카페에 들어서면서 그를 보았다. 그는 카페에서 나와 그녀와 함께 저녁을 먹으러 갔다. 우리는 그를 놀려댔다. 그는 우리에게 식사를 함께하자면서 점잖게 복수를 하더니 이번에는 자신이 우리를 놀려댔다. 이 가엾은 여자는 내가 보기에 상당히 꾸밈이 없고 매우 온순했으며 자신의 직업과는 어울리지 않았다. 함께 사는 못된 할멈이 온갖 짓을 다해 그녀에게 일을 가르친 것이다. 우리는 이야기와 술을 나누다 흥에 겨워 정신을 잃을 지경이 되었다. 기분이 좋아진 클뤼펠은 체면치레를 중도에 끝내고 싶지 않아 했다. 우리 세 사람은 차례로 그 가엾은 아가씨와 함께 옆방으로 들어갔다. 그 아가씨는 웃어야 할지 울어야 할지 몰랐다. 그림은 항상 자신은 그 아가씨에게 손끝 하나 대지 않았다고 주장했다. 그렇다면 그가 그토록 오랫동안 그 아가씨와 머무른 것은 우리가 안절부절못하는 꼴을 보고 즐기려던 속셈이었다. 비록 그가 아무 짓도 하지 않았다 하더라도 십중팔구 양심의 가책 때문이라고 보기는 어렵다. 왜냐하면 프리즈 백작의 집에 들어가기 전에도 그는 생로크 거리에 있는 매춘부의 집에서 지냈기 때문이다.

이 아가씨가 살고 있는 무아노 거리에서 나왔을 때 나는 생프뢰Saint-Preux[42]가 술에 취해 집에서 나올 때만큼이나 부끄러웠다. 그의 이야기를 쓰는 동안 내 이야기가 생생하게 되살아났다. 테레즈는 어떤 기색과 특히 나의 착잡한 표정에서 내가 무언가 자책하고 있다는 것을 알아차렸다. 나는 그 짐을 덜고자 솔직하게 재빨리 고백해버렸다. 잘된 일이었다. 왜냐하면 다음 날 그림이 의기양양하게 와서 내가 지은 중죄를 과장해가며 그녀에게 일러바쳤기 때문이다. 그 이후로도 그는 심술궂게 그녀에게 그 기억을 끊임없이 되살려주었다. 나는 그림에게만큼은 솔직하고 자발적으로 내 속내 이야기를 했으므로 그 점에서 그는 더욱더 비난받아 마땅하며, 그가 그 일로 나를 후회하게 만들지 않을 것이라고 그에게 기대할 만했다. 나는 이때만큼 나의 테레즈의 착한 마음을 잘 느낀 적이 없었다. 왜냐하면 그녀는 나의 불성실함 때문에 상처를 입기보다는 그림의 소행에 더 충격을 받았기 때문이다. 나는 그녀에게서 단지 가슴 뭉클하고 감동을 주는 책망을 들었을 뿐이다. 그 비난 속에서 원망의 흔적이라곤 전혀 찾아볼 수 없었다.

이 선량한 여자의 단순한 성향은 그 착한 마음씨에 못지않았다. 그 이상 말할 필요가 없지만, 다만 다음의 한 가지 예는 덧붙일 만하다. 나는 그녀에게 클뤼펠이 목사이고 작센 고타 집안 황태자의 전속 목사라고 말해주었다. 테레즈에게 목사는 아주 특별한 사람이다 보니 전혀 어울리지 않는 생각들이 우스꽝스럽게 뒤섞여버린 나머지 그녀는 클뤼펠을 교황이라고 생각하고 말았다. 집에 돌아왔을 때 테레즈가 교황이 나를 만나러 왔다는 말을 하자 처음에는 그녀가 미쳤다고 생각했다. 나는 그녀에게 설명을 듣고 그림과 클뤼펠에게 그 이야기를 해주러 부리나케 달려갔다. 클뤼펠에게는 우리 사이에서 교황이라는 별명이 붙어버렸다. 무아노 거리의 여자에게는 여자 교황 잔Jeanne이라는 이름을 붙여주었다. 우리는 웃음이 멎지 않아 숨이 막힐 지경이었다. 그가 사람들의 환심을 사려고 내 행세를 하고 쓴 편지가 있었다. 사람들이 우기기를 그 편지에서 내가 평생 두 번밖에 웃은 적이 없다고 썼다는데, 그들은 그 시절의 나에 대해서도 내 젊은 시절에 대해서도 알지 못했다. 왜냐하면 그런 생각이 그들의 머리에 전혀 떠오를 리가 없을 것이기 때문이다.

다음 해인 1750년에 제출한 논문에 대해서 더 이상 생각하지 않고 있던 무렵에, 그 논문이 디종에서 수상작이 되었다는 것을 알게 되었다. 그 소식을 듣고 그 논문을 쓰도록 부추겼던 모든 사상들이 떠올랐다. 그 소식은 사상들에 새로운 힘으로 활력을 불어넣었다. 또한 그 소식은 내 아버지와 조국, 플루타르코스가 내 어린 시절에 심어두었던 영웅심과 미덕의 최초의 싹을 내 마음속에 움트게 했다. 나는 돈이나 세상의 평가를 넘어서서 자유롭고 고결하며 그 자체로 충분한 것보다 더 위대하고 더 아름다운 것은 알지 못한다. 비록 부적절한 수치심과 야유에 대한 두려움 때문에 무엇보다도 그 원칙들을 따라 행동하지 못하고 내 시대의 규범에 정면으로 거세게 맞서지 못했지만 그때부터는 단호한 의지를 지니게 되었다. 다만 그 의지를 실행하는 데 상당한 시간이 걸렸을 따름이다. 그 의지를 자극하여 승리를 얻어내기 위해서는 여러 모순들 속에서 상당한 시간을 필요로 했다.

내가 인간의 의무에 관한 철학적인 문제를 탐구하고 있는 동안 나에게 한 사건이 일어나 내 의무에 관해 더 깊이 생각해보게 되었다. 테레즈가 세 번째로 임신을 한 것이다. 나는 나에게 너무나 성실하고 마음속으로도 너무나 자부심이 강해서 내 행위 때문에 스스로의 원칙을 저버리고 싶지 않았다. 나는 내 아이들의 운명은 물론 그들의 어머니와 나와의 관계를 자연과 정의, 이성의 법칙에 따라, 또한 창조주와 마찬가지로 순수하고 성스러우며 영원한 종교의 법칙에 따라 검토했다. 인간들은 그 종교를 정화시키는 척하며 더럽히고, 자신들의 관례적인 표현을 통해 이제는 그 종교가 단지 말에 불과한 것으로 만들어버렸다. 불가능한 것을 실천하지 않아도 될 때 그것을 규정하기란 거의 고통스럽지 않으니 말이다.

비록 나는 결과적으로 잘못을 했지만 나로 하여금 그 결과를 받아들이게 만든 온전한 정신만큼은 조금도 놀라울 것이 없다. 만일 내가 자연의 온화한 목소리를 듣지 못하고 마음속에 정의와 인간성에 관한 어떤 진정한 감정도 결코 생기지 않는 그런 천성이 나쁜 부류에 속했다면 그렇게 감정이 무뎌지는 것도 아주 당연한 일이다. 하지만 이처럼 따뜻한 마음, 이토록 예민한 감수성, 쉽게 애정을 품고 그것에 강하게 지배당하는 성향, 애정을 저버려야 할 때 느끼는 잔인한 고통, 나의 동포들에 대한 타고난 온정, 위대한 것, 진실한 것, 아름다운 것, 정의로운 것에 대한 뜨거운 사랑을 나는 지니고 있다. 또한 일체의 악에 대한 혐오, 남을 미워하고 해치고 그것을 바라는 것조차 불가능한 성향, 그와 같은 연민, 고결하고 자비로우며 다정한 모든 것을 보고 느끼는 격하면서도 온화한 감동을 지니고 있다. 이 모든 것들이 한 사람의 영혼 안에서 의무들 가운데 가장 실천해야 마땅할 의무를 뻔뻔스럽게 짓밟아버리는 타락과 과연 조화를 이룰 수 있을까? 아니, 그럴 수는 없다. 나는 그것을 알고 큰소리로 외친다. 그런 일은 불가능하다고 말이다. 장 자크는 일생 동안 단 한 순간도 무정하고 냉혹한 인간, 매정한 아버지일 수 없었다. 내가 잘못했을 수는 있지만 무정해질 수는 없었다. 그 근거들을 말하려면 얼마든지 말할 수 있을 것이다. 내가 그 이유들에 마음을 둘 수밖에 없었으니 다른 사람들도 마음이 동할 수밖에 없을 것이다. 나는 내 이야기를 읽게 될 젊은이들이 같은 잘못으로 과오를 범하게 만들고 싶지 않다. 다만 이런 잘못을 했다고 말하는 것으로 족하다. 나는 내 아이들을 직접 기를 수 없어서 공교육에 맡김으로써 그 아이들이 건달이나 재산을 노리는 구혼자보다는 노동자와 농민이 되도록 만든다면 시민이자 아버지로서의 사명을 다하는 것이라고 생각했다. 또한 나는 스스로를 플라톤 공화국의 일원이라고 생각했다. 그 이후로도 여러 번 마음속에 싹튼 후회가 내가 잘못했음을 가르쳐주었다. 하지만 나의 이성은 나에게 그와 같은 경고를 하지 않았기 때문에, 내가 아이들을 그들 아버지의 운명으로부터 지켜주었고, 내가 아이들을 버릴 수밖에 없었을 때 그들을 위협했던 운명으로부터 보호해주게 된 것에 대해 자주 하늘에 감사했다. 데피네 부인이나 뤽상부르 부인은 얼마 뒤에 우정으로 혹은 아량으로 아니면 어떤 다른 동기에서 아이들을 맡으려고 했다. 만일 내가 아이들을 두 부인에게 맡겼다면 그 아이들이 더 행복했을까? 적어도 정직한 사람들로 자랐을까? 모르겠다. 하지만 그 아이들이 부모를 증오하고 아마도 배신하도록 자랐을 것이라 확신한다. 따라서 아이들이 부모를 전혀 모르는 것이 백배는 더 낫다.

그런 이유에서 내 세 번째 아이도 다른 아이들처럼 고아원에 맡겨졌다. 다음의 두 아이도 마찬가지였다. 나는 이와 같은 합의가 너무나 적절하고 너무나 이치에 맞으며 너무나 합법적인 것으로 생각했지만 대놓고 떠벌리지 않은 것은 오직 아이 어머니에 대한 배려 때문이었다. 하지만 내가 우리 관계를 고백한 모든 사람들에게는 그 이야기를 했다. 나는 그 이야기를 디드로와 그림에게도 했다. 그 후에는 데피네 부인에게, 다음에는 뤽상부르 부인에게 내 이야기를 했다. 그 일은 전혀 어떤 필요성 때문이 아니라 자유롭고 솔직하게 한 것이다. 모든 사람에게 쉽게 숨길 수도 있었는데 말이다. 왜냐하면 산파인 구앵은 매우 입이 무거운 정직한 여자였기 때문이다. 나는 그 점을 충분히 헤아릴 수 있었다. 내가 터놓고 신세를 진 유일한 친구는 의사 티에리Thyerri였다. 그는 나의 가엾은 '아주머니'가 난산을 했을 때 도움을 주었다. 한마디로 나는 내 행동에 대해 어떤 비밀도 없었다. 내가 친구들에게 전혀 감출 수가 없어서이기도 하지만 사실 조금도 나쁜 뜻이 없었기 때문이다. 나는 심사숙고한 후에 내 아이들을 위해 가장 좋은 것, 혹은 내가 가장 좋다고 생각한 것을 선택했다. 나 역시 이 아이들과 마찬가지로 양육되고 교육되기를 바랐을 것이고 지금도 바라는 바이다.

내가 그런 식으로 속내 이야기를 하는 동안 르 바쇠르 부인 역시 나름대로 그 이야기를 하고 다녔다. 다만 사심을 품은 점이 달랐다. 나는 부인과 그녀의 딸을 뒤팽 부인의 집에 소개해준 적이 있었다. 뒤팽 부인은 나에 대한 우정으로 모녀에게 많은 호의를 베풀었다. 어머니는 자기 딸의 비밀을 부인에게 알렸다. 뒤팽 부인은 선하고 관대한 사람이었다. 르 바쇠르 부인은 내가 보잘것없는 수입에도 얼마나 신경을 써서 모든 것을 마련해주었는지 그녀에게 말하지 않았다. 그래서 뒤팽 부인도 자기 나름대로 인심을 써서 모든 것을 마련해주었다. 딸은 자기 어머니의 지시로 내가 파리에 체류하는 동안 나에게 그런 사실을 숨겼다. 그녀는 레르미타주에 가고 나서야 다른 것들을 실토하고 나에게 그 사실도 고백했다. 나는 뒤팽 부인이 나에게는 전혀 내색을 하지 않아서 그토록 사정을 잘 알고 있는지 알지 못했다. 그녀의 며느리인 슈농소Chenonceaux 부인도 그렇게 자세히 알고 있는지는 아직 모른다. 하지만 부인의 또 다른 며느리인 프랑쾨유 부인은 그 사실을 알고서 잠자코 있지 못했다. 그녀는 이듬해에 그 사실을 나에게 말했는데, 그때는 내가 이미 그 집을 떠나 있었다. 그래서 나는 그 문제에 대해 그녀에게 편지를 쓸 수밖에 없었다. 그 편지는 내 자료 모음집에 수록될 것이다. 나는 그 편지에서 르 바쇠르 부인과 그녀 집안의 평판에 해가 되지 않는 선에서 내가 할 수 있는 해명을 했다. 왜냐하면 가장 결정적인 이유는 그녀와 그녀 집안에서 비롯된 것인데 그 사실은 말하지 않았기 때문이다.

나는 뒤팽 부인의 신중함과 슈농소 부인의 우정을 신뢰한다. 프랑쾨유 부인의 우정 또한 확신한다. 그런데 프랑쾨유 부인은 내 비밀이 새나가기 오래전에 사망했다. 비밀이 새나간 것은 전적으로 내가 비밀을 털어놓은 사람들을 통해서였고, 사실상 내가 그들과 관계를 단절한 뒤의 일이다. 그 사실만으로도 그들에 대해 알 수 있다. 나는 내 비난받을 만한 소행을 정당화하고 싶지 않다. 나는 그들의 악행에서 비롯된 비난보다는 내 잘못에 대한 비난을 떠안고 싶다. 내 잘못은 크다. 하지만 그것은 실수다. 나는 나의 의무를 게을리했다. 하지만 다른 사람을 해치려는 마음은 추호도 없다. 또한 아버지로서의 인정이 결코 본 적도 없는 아이들에게 크게 미칠 수도 없었을 것이다. 하지만 우정에 대한 믿음을 배신하는 행위, 모든 약속들 가운데 가장 신성한 것을 유린하는 행위, 가슴속에 털어놓은 비밀을 폭로해버리는 행위, 배신당하고 헤어졌어도 여전히 그를 존경하는 친구를 재미 삼아 능멸하는 행위, 그런 것들은 도대체 실수가 아니다. 그런 행위들은 영혼이 비열하고 흉악해서 하는 짓이다.

나는 고백할 것을 약속했지 자기변명을 약속한 것은 아니다. 그러니 이 문제에 대해서는 그만 말하겠다. 진실해야 할 사람은 나이고 공정해야 할 사람은 독자이다. 나는 독자에게 그 이상 다른 아무것도 요구하지 않을 것이다.

슈농소 씨의 결혼 이후 그 어머니의 집은 신부의 솜씨와 기지 덕분에 내게 더욱더 즐거운 곳이 되었다. 신부는 매우 사랑스러운 아가씨로 뒤팽 씨의 서기들 가운데 나를 눈여겨보는 듯싶었다. 그녀는 로슈슈아르 Rochechouart 자작부인의 외동딸이었다. 자작부인은 프리즈 백작의 절친한 친구였다. 그래서 그 영향으로 그에게 소속된 그림과도 친했다. 그런데 그를 그 딸의 집에 소개한 사람은 정작 나였다. 하지만 그들은 성향이 서로 맞지 않았기에 그 관계는 전혀 이어지지 못했다. 그림은 그때부터 확실한 것을 노렸으므로 딸보다는 상류사회의 여인인 부인을 더 선호했다. 딸은 어떤 음모에도 휘말리지 않고 힘 있는 사람들의 영향력을 찾는 일 없이 그저 자신과 취향이 맞는 믿을 만한 친구들을 원했다. 뒤팽 부인은 슈농소 부인에게서 자신이 기대한 고분고분함을 찾지 못했으므로 며느리가 보기에 집안 분위기를 상당히 침울하게 만들어버렸다. 슈농소 부인은 자기 재능에 대해서, 어쩌면 집안에 대해서도 자부심이 있었기 때문에 자신과 걸맞지 않은 일에 얽매이기보다는 차라리 사교계의 즐거움을 포기하고 집 안에서 거의 혼자 지내는 것을 더 좋아했다. 나는 불행한 사람들에게 끌리는 나의 타고난 성향 때문에 그런 식의 유배 생활을 하는 그녀에게 더욱더 애착을 지니게 되었다. 그녀가 이따금 궤변을 늘어놓기는 하지만 철학적이고 사색적인 사고를 하고 있음을 알았다. 그녀의 이야기는 수녀원에서 나온 아가씨의 이야기와는 전혀 달라서 나에게는 상당한 매력으로 다가왔다. 하지만 그녀는 스무 살도 채 되지 않았다. 그녀의 얼굴빛은 눈부시게 희었다. 키도 자세만 곧으면 보통 이상으로 컸다. 또한 잿빛 금발에 보기 드물게 아름다운 머릿결을 지니고 있어서 나로 하여금 한창때의 가엾은 내 엄마를 떠오르게 했으며 내 마음을 깊이 흔들어놓았다. 하지만 나는 그때 막 스스로 엄격한 원칙을 세워서 어떤 일이 있어도 지켜야겠다고 결심하고 있었으므로 그녀와 그녀의 매력을 피할 수 있었다. 나는 여름 내내 하루에 서너 시간을 그녀와 머리를 맞대고 보내며 그녀에게 진중하게 계산법을 가르쳤고 긴 숫자로 그녀를 지루하게 만들었다. 그래도 나는 환심을 사려는 말을 단 한 마디도 하지 않았고 추파를 던지지도 않았다. 아마 5, 6년 전만 되었어도 이렇게 얌전하게 굴거나 어리석게 처신하지는 않았을 것이다. 하지만 내 일생에 단 한 번만 사랑을 할 것이며 그녀가 아닌 다른 여인이 내 가슴속에 처음이자 마지막으로 사랑의 탄식을 불러일으키리라는 것은 이미 정해진 일이었다.

뒤팽 부인의 집에 살게 된 이후 나는 내 처지에 항상 만족했으므로 조건이 더 나아지기를 바라는 마음을 별로 드러내지 않았다. 그녀가 프랑쾨유 씨와 함께 내 사례금을 올려준 것도 오직 그들 자신의 생각에서 나온 것이다. 그해 프랑쾨유 씨는 나날이 나와의 우정을 쌓아가며 나를 좀 더 여유 있고 안정적인 신분으로 만들려는 생각을 하고 있었다. 그는 재무부의 징세국장이었다. 그의 현금출납계원으로 있는 뒤두아이에Du-doyer 씨는 나이가 많고 부유해서 은퇴를 고려하고 있었다. 프랑쾨유 씨는 그 자리를 나에게 주었다. 나는 그 직책을 떠맡을 준비를 하려고 몇 주 동안 필요한 교육을 받으러 뒤두아이에 씨의 집으로 갔다. 하지만 내가 그런 일에 소질이 없어서인지, 내가 보기에 또 다른 후임자에게 자리를 물려주고 싶어 하는 뒤두아이에가 성실하게 가르쳐주지 않아서인지 필요한 지식을 더디고 어렵게 배웠다. 일부러 복잡하게 만든 모든 계산 순서가 내 머릿속에 잘 들어올 리 만무했다. 하지만 나는 그 일의 목적은 파악하지 못했어도 일을 빠르게 진행하여 효과적으로 수행해나갈 수 있었다. 나는 직무를 시작했다. 나는 장부를 기록하고 회계를 맡았다. 돈과 영수증을 주고받기도 했다. 비록 이런 직업에 소질도, 취미도 없었지만 장년의 나이에 이르러 분별력을 지니게 되었으므로, 이런 혐오감을 이겨내야겠다는 작심을 하고 전적으로 직무에 몰두했다. 불행히도 내가 일을 시작했을 때는 프랑쾨유 씨가 단거리 여행을 떠난 상황이었다. 그동안 나는 그의 회계를 맡고 있었는데, 당시 금고에는 2만 5,000 내지 3만 프랑밖에 없었다. 그 돈을 맡고 있는 동안 든 걱정과 불안한 생각 때문에 나는 회계원이 될 소질이 없다는 것을 확실히 느꼈다. 그가 돌아온 뒤 내가 병이 난 것도 그가 없는 동안 몹시도 근심했던 것이 발단이 되었음은 의심할 여지가 없었다.

나는 1부에서 내가 몹시 허약하게 태어났다고 말한 바 있다. 나는 방광에 구조적 문제가 있어서 어린 시절 내내 거의 지속적으로 요폐증을 앓았다. 나를 돌보아준 쉬종 고모는 간병하느라 믿을 수 없을 만큼 고생을 했다. 그렇지만 그녀는 그 일을 해냈다. 나는 마침내 강건한 체질을 갖게 되었고, 내 건강은 청년기 동안 너무나 좋아져서 어린 시절의 지병이 거의 재발하지 않은 채 30대를 맞을 수 있었다. 내가 이야기한 바 있는 만성 쇠약증과 아주 조금만 열이 나도 몸이 불편해져서 자주 요의를 느끼는 증상은 예외로 두고 말이다. 내가 그와 같은 증상을 다시금 느낀 것은 베네치아에 도착해서이다. 나는 여행의 피로와 끔찍한 더위로 고생을 하여 요도염과 요통에 걸리게 되었고 그 증세는 겨울에 들어서까지 계속되었다. 파도아나 여자와의 접촉이 있고 나서는 죽은 거나 다름없다고 생각했지만 사소한 불편함도 없었다. 그리고 쥘리에타와는 육체보다 상상력이 고갈되었지만 그 어느 때보다 건강 상태가 좋았다. 내 건강이 악화된 것은 바로 디드로가 감금된 이후의 일로, 나는 견디기 힘든 더위 속에 뱅센으로 가다가 더위를 먹은 나머지 극심한 신장염에 걸리고 말았다. 그 일 이후로는 애초의 건강을 결코 되찾지 못했다.

이런 말을 하는 순간에도 이 얼토당토않은 금고 업무라는 따분한 일에 지쳐서인지 병이 이전보다 훨씬 악화되어 5, 6주를 병상에 누워 지냈다. 뒤팽 부인은 유명한 의사인 모랑Morand을 보냈다. 그는 뛰어난 능력과 섬세한 손을 지녔지만 말할 수 없는 고통으로 나를 힘들게 했고 검진 기구를 한 번도 요도에 삽입하지 못했다. 그는 다랑Daran에게 도움을 청할 것을 나에게 조언해주었고 그는 더 유연한 요도 치료 기구를 슬며시 끼워 넣는 데 성공했다. 하지만 모랑은 뒤팽 부인에게 나의 상태를 설명하면서 내가 6개월을 넘기지 못할 것이라고 단언했다. 나는 이 말을 듣고 나의 처지에 대해, 또한 얼마 남지 않은 날의 휴식과 즐거움을 제대로 누리지 못하는 어리석음에 대해 진지하게 생각해보게 되었다. 스스로 생각해보아도 거부감만 들 뿐인 일에 매여서 말이다. 더구나 이제 막 정해 놓은 엄격한 나의 원칙을 그것과 별 관련이 없는 직업과 어떻게 조화시킬 것인가? 또한 재무부 징세국장의 회계를 맡은 내가 무사무욕과 청빈을 기꺼이 권고할 수 있겠는가? 이러한 생각들이 내 머릿속에서 화끈거리며 끔찍하게 들끓었다. 이것들은 머릿속에서 너무나 강하게 뒤섞여서 그때 이후로 무엇으로도 떼어놓을 수 없게 되었다. 회복하는 동안 나는 열병을 앓는 중에 한 결심을 확고하게 굳혔다. 나는 돈과 승진에 관한 일체의 계획을 영원히 포기했다. 또 얼마 남지 않은 삶을 독립적이고 빈곤한 가운데 지내기로 결심하고, 내 정신의 모든 힘을 세간의 평가라는 사슬을 끊고 내가 보기에 좋은 모든 것을 용감하게 해나가는 데 쏟았다. 사람들의 평판에는 조금도 신경 쓰지 않았다. 내가 맞서 싸워야 할 장애물들, 그것들을 이겨내기 위해 내가 했던 노력은 이루 말할 수가 없다. 나는 가능한 정도까지, 아니 나 자신이 기대하던 것 이상의 성공을 거두었다. 만일 내가 세간의 평판이라는 굴레와 마찬가지로 우정의 속박에서도 벗어났다면 나의 계획, 즉 인간이 일찍이 생각했던 아마도 가장 위대한 것,

적어도 도덕에서 가장 유용한 것을 이루었을 것이다. 하지만 나는 이른바 위대하고 소위 현명하다는 비열한 무리들의 몰상식한 분별력을 짓밟으면서도, 자칭 친구들에게 어린아이처럼 이끌리고 끌려다녔다. 그들은 내가 새로운 길을 독자적으로 걷는 것을 보고 시샘을 하여 나를 행복하게 해주려고 무척이나 애를 쓰는 척하면서도 실제로는 나를 조롱거리로 만들려고 골몰할 뿐이었으며 끝내는 내 품위를 떨어뜨리려고 갖은 수를 다 썼다. 그 후에는 내 명예를 손상시키기 위해서 그런 행동을 했다. 내가 그들의 질투를 샀던 것은 나의 문학적 명성보다는 내가 당시에 깨닫게 된 나의 개인적인 혁신 때문이었다. 그들은 내가 글쓰기의 재능 면에서 뛰어난 것은 용납할 수 있었을 것이다. 하지만 그들은 내가 행동으로 자신들을 괴롭히는 듯싶은 사례를 들어 보이는 것은 용납할 수 없었다. 나는 무엇보다도 우정을 중시했다. 나의 사귀기 쉽고 온화한 기질은 어려움 없이 우정을 자라게 했다. 나는 일반인들에게 알려지지 않은 채 살아온 동안에는 나를 알고 있는 모든 사람들에게서 사랑받았다. 뿐만 아니라 단 한 사람의 적도 없었다. 하지만 유명세를 타자마자 나는 더 이상 친구가 없었다. 참으로 큰 불행이었다. 더욱 큰 불행은 친구라는 이름만 지닌 사람들에게 둘러싸여 있다는 것이었다. 그들은 친구로서 자신들에게 부여된 권리를 오직 나를 파멸로 이끌기 위해서만 이용했다. 이 회고록은 계속해서 추악한 음모를 드러낼 것이다. 여기서는 단지 그 출발점만을 보여주려 한다. 그 첫 번째 매듭이 어떻게 지어졌는지는 곧 알게 될 것이다.

내가 추구한 독립된 생활 속에서도 당장 생계는 꾸려가야 했다. 나는 생계를 위한 아주 간단한 방법을 생각해냈다. 그것은 장당 얼마의 일정한 보수를 받고 악보를 필사하는 일이었다. 만일 더 확실한 일로 같은 목적을 달성할 수 있었다면, 나는 그 일을 택했을 것이다. 하지만 이 재능은 내 취미와도 관련이 있고, 개인적으로 종속되지 않고도 그날그날 먹고살 수 있는 유일한 일이었으므로 나는 그 길을 따랐다. 나는 더 이상 장래를 걱정할 필요가 없다고 믿으며 허영심을 억누른 채 징세청부인의 회계원에서 악보 필경사가 되었다. 나는 이와 같은 선택에서 많은 것을 얻었다고 생각한다. 그리고 이 선택을 거의 후회한 적이 없다. 이 일을 부득이하게 그만두기도 했지만 가능한 한 빨리 일을 다시 시작했다. 내 첫 논문의 성공으로 이와 같은 결심을 실행하기가 한층 더 쉬웠다. 디드로는 논문으로 상금을 받게 되자 논문의 출간을 맡아주었다. 내가 병상에 누워 있는 동안 그는 나에게 짤막한 편지를 써서 논문의 출판과 그 결과를 알려주었다. 편지에는 이렇게 씌어 있었다. "논문은 엄청난 성공을 거두었네. 유래 없는 성공을 거둔 것이네." 나는 무명작가에 대한 대중들의 사심 없는 호평으로 내 재능에 대해 처음으로 진정한 인정을 받은 것이다. 내심 느끼고는 있었으나 그때까지도 내 재능에 항상 의심을 품었던 터였다. 나는 이제 막 시작하려던 일에서도 온갖 이익을 얻을 수 있음을 깨달았다. 또한 문단에서 어느 정도 명성이 있는 악보 필경사라면 틀림없이 일감을 못 찾는 일은 없을 것이라고 생각했다.

나는 결심이 서고 확고해지자마자 프랑쾨유 씨에게 짤막한 편지를 써서 그러한 사실을 통지했다. 또한 뒤팽 부인과 마찬가지로 호의를 베풀어준 데 대해 감사하고 적극적인 관심을 부탁했다. 프랑쾨유는 이 편지를 전혀 이해하지 못한 나머지 내가 아직도 열병에 시달린다고 믿고 우리 집으로 급히 찾아왔다. 하지만 그는 내 결심이 매우 확고한 것을 알고 그 결심을 흔들지 못했다. 그는 뒤팽 부인과 모든 사람들에게 가서 내가 미쳤다고 떠들어댔다. 나는 듣고만 있었고 내 갈 길을 갔다. 나는 치장에서부터 자기 변화를 시작했다. 금장식과 긴 양말을 던져버리고 둥근 가발을 썼으며 칼을 거두었다. 시계를 팔면서는 더없이 기뻐하며 이렇게 중얼거렸다. "다행히도 더는 시간을 알 필요가 없게 되었군." 프랑쾨유 씨는 친절하게도 회계원 자리를 정리하기 전에 한참을 더 기다려주었다. 마침내 그는 내 결심이 확고하다는 것을 알고 그 자리를 달리바르 d'Alibard 씨에게 넘겨주었다. 그는 예전에 슈농소의 어린 시절 가정교사였으며 《파리 식물지Flora parisiensis》로 식물학 분야에서 유명한 인물이었다.*

지출을 아무리 철저히 개선했어도 처음부터 내 속옷에 대해서까지 생각하지는 못했다. 속옷은 질이 좋았고 여러 벌이었으며 베네치아에서 입다가 남은 것이었다. 나는 속옷에 대해서는 각별한 애착이 있었다. 속옷만큼은 청결을 유지하려고 사치를 했고 꽤나 큰 비용을 들이고 말았다. 하지만 누군가가 나를 도와준 덕분에 나는 그러한 속박에서 해방될 수 있었다. 크리스마스 전날 밤 아낙네들이 저녁 예배를 드리러 간 동안 나는 교회 음악회에 가 있었는데, 누군가가 다락문을 억지로 열고 들어왔다. 그곳에는 막 세탁을 해놓은 우리 속옷들이 전부 널려 있었다. 그것을 몽땅 훔쳐간 것이다. 그중에는 내 셔츠 마흔두 벌이 있었는데 천이 아주 좋았고, 내 속옷의 전부였다. 이웃들이 이야기해준 바에 따르면, 그 시간에 어떤 사람이 보따리를 들쳐 매고 집에서 나오더라는 것이었다. 테레즈와 나는 개차반 취급을 받던 그녀의 오빠를 의심했다. 그녀의 어머니는 혐의를 강하게 부인했지만 증거가 많았으므로 아무리 변명해도 우리는 의심을 거두지 않았다. 나는 몰라도 될 일까지 알게 될 것 같은 두려움에 감히 정확하게 조사할 엄두를 내지 못했다. 그 오빠라는 사람은 더 이상 내 집에 나타나지 않았고 마침내 완전히 자취를 감추었다. 나는 테레즈와 나의 운명이 그렇게나 복잡한 집안과 얽혀 있다는 사실에 한탄했다. 나는 그처럼 위험한 속박에서 벗어나도록 그 어느 때보다도 강하게

---

* 프랑쾨유와 그 일당이 지금은 이 모든 것을 아주 다르게 말하고 있음이 분명하다. 하지만 나는 그가 그 사실에 대해 당시에 말한 것과 나중에 음모가 진행되기 전까지 오랫동안 모든 사람들에게 말한 것을 그대로 전하고 있다. 양식이 있고 정직한 사람이라면 그 기억을 잘 간직하고 있을 것이다.

그녀를 설득했다. 어쨌든 나는 그 사건으로 좋은 속옷에 대한 애착에서 벗어났다. 그때 이후로는 나의 다른 옷들과 비슷하고 잘 어울리는 것 외에 다른 속옷은 더 이상 입지 않았다.

이와 같이 나의 혁신을 완수했으므로 그것을 더 견고하고 지속적으로 만드는 것 말고는 아무것도 생각하지 않았다. 나는 여전히 사람들의 판단에 얽매이는 모든 것과 두려움이나 비난 때문에 그 자체로 선하고 정당한 것에서 멀어질 수 있는 모든 것을 마음속에서 근절시키려고 애썼다. 내 작품이 일으킨 반향에 힘입어 내 결심도 소문이 나서 고객이 늘어났고 그리하여 내 일을 상당히 성공적으로 시작할 수 있었다. 하지만 나는 여러 가지 이유로 다른 상황에서는 거둘 수도 있었을 만한 성공을 그 일에서 거두지 못했다. 우선 내 나쁜 건강이 문제였다. 얼마 전에 앓았던 병이 고질화되면서 결코 예전과 같이 건강이 좋아지지 않았다. 내 생각에는 나를 맡은 의사들이 치료를 잘못하여 병을 얻은 것 같다. 나는 모랑, 다랑, 엘베시우스Helvétius, 말루앵Malouin, 티에리 등에게 차례로 치료를 받았다. 모두 학식이 깊고 내 친구들이기도 했던 이들은 저마다의 방식대로 나를 치료했지만 내 고통을 조금도 완화시켜주지 못했고 나를 몹시도 쇠약하게 만들었을 따름이다. 나는 그들의 지시를 따를수록 더욱 얼굴이 누렇게 떴고 몸은 마르고 쇠약해졌다. 그들이 권한 약의 효과에 비추어 나의 상태를 살펴보고 그들에게 마음이 상한 나는 죽기 전까지 요폐증과 요사증, 결석으로 내내 고통에 빠져 지내게 될 것이라 생각했다. 다른 사람에게는 고통을 덜어주는 탕약, 온천, 사혈 등도 내 병을 악화시킬 따름이었다. 나는 다랑의 요도 치료 기구만이 어느 정도 효과가 있다는 것을 알았고 그것 없이는 더 이상 살 수 없다고 생각했다. 비록 그 기구는 고통을 일시적으로만 완화해주지만, 나는 그 기구를 엄청나게 비축하는 데 큰돈을 들이기 시작했다. 다랑이 혹시라도 못 오게 되는 경우에도 그 기구를 평생 가지고 있으려는 것이었다. 나는 8년 내지 10년 동안 이 기구를 아주 자주 사용했고 내게 남아 있는 것까지 모두 더하면 기구를 사는 데 족히 50루이는 썼을 것이다. 치료에 이토록 돈이 많이 들고 고통스러우며 힘이 들어도 머리 식힐 틈도 없이 일을 해야만 하고, 죽어가는 사람이 그날그날 먹고살려고 그렇게 열심을 낼 수 없다는 것은 짐작할 만한 사실이다.

　문학 활동은 기분전환이 되었지만 내 매일 매일의 일에 상당히 지장을 주기도 했다. 내 논문이 출간되자마자 문학 옹호론자들은 합심하여 나에게 덤벼들었다. 나는 문제를 이해조차 못하는 조스Josse[43]와 같이 어리석은 여러 무리들이 거만하게 행동하는 데 격분해서 펜을 들었고 그들 중 몇몇 사람을 웃음거리로 만들어버렸다. 낭시 출신의 고티에Gautier라는 사람이 처음으로 내 펜에 걸려들어 넘어졌다. 나는 그림 씨에게 보내는 편지에서 그를 호되게 몰아붙였다. 두 번째 인물은 폴란드의 스타니슬라스Stanislas 왕 자신이었다. 그는 진지하게 싸움을 걸어왔다. 나는 영광스러운 마음에 할 수 없이 태도를 바꾸어 그에게 대답했다. 나는 더욱 진지한 태도를 취하면서도 강하게 나갔다. 당사자를 존중하면서도 상대가 지적한 바를 완전히 반박했다. 나는 예수회 신부 므누Menou가 그의 지적에 가필한 것을 알았다. 나는 군주가 해놓은 것과 신부가 해놓은 것을 구분할 수 있는 내 직감을 믿었다. 그래서 예수회다운 문장은 모두 가차 없이 비난했고, 내친김에 오직 존귀하신 신부님만이 쓸 수 있다고 생각한 시대착오적인 것들을 지적해냈다. 나는 이 작품이 어떤 이유에서 다른 저작들만큼 반향을 일으키지 못했는지 알지 못하지만, 그것은 지금까지도 그런 종류의 작업 가운데 독특한 작품이다. 나는 어떤 개인이 군주를 상대로 진리의 입장을 어떻게 옹호할 수 있는지 일반인들에게 알려줄 수 있는 기회를 잡은 셈이다. 내가 그에게 대답을 하면서 취한 태도보다 더 자존심을 세우면서도 더 정중한 입장을 동시에 취하는 것은 어려운 일이다. 나는 운 좋게도 아첨을 하지 않고 존경으로 가득 찬 마음을 드러낼 수 있는 상대와 맞설 수 있었다. 나는 상당한 성공을 거두었으면서도 항상 자존심을 지켰다. 친구들은 내 일로 겁을 먹고 내가 이미 바스티유 감옥에 있다고 생각했다. 나는 그런 두려움을 단 한 순간도 품지 않았다. 내가 옳았다. 그는 훌륭한 군주였다. 그는 내 답변을 들은 다음 이렇게 대답했다. "나는 할 만큼 했소. 더 이상은 관여하지 않을 것이오." 그 뒤로 나는 그에게서 다양한 형식의 존경과 호의를 받았다. 그중 몇 가지는 앞으로 인용하게 될 것이다. 나의 작품은 누구의 비난도 받지 않고 무사히 프랑스와 유럽에 전파되었다.

얼마 지나지 않아 예상하지 못한 또 다른 적수를 만났다. 그 사람은 바로 리옹 출신의 보르드 씨로 10년 전에 나에게 많은 호의를 베풀고 여러 가지 도움을 준 적이 있다. 나는 그 사람을 잊지 않았지만 게을러서 그를 소홀히 대했다. 이미 써둔 편지도 그에게 보내지 못했다. 편지를 보낼 일체의 기회가 없었기 때문이다. 결국 내 잘못이었다. 그는 여러 차례 정중하게 나를 공격했다. 나도 마찬가지로 답장을 했다. 그는 더욱 단호한 어조로 응수를 했다. 그것이 원인이 되어 나도 마지막으로 답장을 보냈다. 그다음에는 그도 아무런 대답이 없었다. 하지만 그는 나의 가장 불같은 적이 되어, 내가 불행에 빠진 틈을 타서 나에게 몹시 역겨운 비방을 가해왔다. 또한 의도적으로 런던 여행을 하여 나에게 해를 가하려 했다.

이와 같은 일련의 논쟁 탓에 악보 필사 시간을 너무 빼앗긴 나머지 진리를 구하기 위한 발전도 더뎠고 들어오는 수업도 적었다. 당시 내 책의 출판을 맡았던 피소Pissot는 내 책자에 대해 항상 얼마 안 되는 돈을 주었고 돈 한 푼 주지 않을 때도 많았다. 예를 들자면 나는 내 첫 번째 논문으로 동전 한 푼 받지 못했다. 디드로는 그 논문을 그에게 거저 준 셈이다. 나는 한참을 기다려서 그가 나에게 주는 얼마 안 되는 돈을 한 푼 두 푼 얻어내야만 했다. 하지만 필사 일은 영 신통치 않았다. 나는 두 가지 직업을 가졌지만 어느 하나 제대로 된 것이 없었다.

두 가지 일은 강요받은 다양한 삶의 방식 탓에 서로 다르게 방해가 되었다. 나는 첫 번째 작품의 성공으로 인기 있는 저술가가 되었다. 내가 살아가는 방식은 사람들의 호기심을 자극했다. 사람들은 이 이상한 인물에 대해 알고 싶어 했다. 아무도 찾지 않고 자기 방식대로 자유롭고 행복하게 사는 것 이외에는 무엇에도 관심이 없는 인간에 대해서 말이다. 그런 일 때문에 나는 조금도 자유롭거나 행복하지 못하게 되었다. 내 방은 언제나 사람들로 넘쳐났다. 그들은 여러 구실을 대고 내 시간을 빼앗으러 왔다. 여자들은 온갖 술책을 사용하여 나를 식사 자리에 끌어들였다. 내가 사람들에게 무례하게 대할수록 그들은 점점 더 고집불통이었다. 모든 사람들을 전부 거절할 수도 없는 노릇이었다. 거절하느라 수없이 적을 만들면서도 호의를 베푸느라 끊임없이 끌려다녀야 했다. 아무리 전념해도 하루에 한 시간도 나를 위해 쓸 수 없었다.

그리하여 가난하면서 독립적으로 사는 일이 생각한 것만큼 늘 쉽지만은 않다는 사실을 깨달았다. 나는 내 일을 해서 살고 싶었다. 하지만 대중들은 그것을 용납하지 않았다. 사람들은 내게서 빼앗아간 시간을 보상해주려고 온갖 자질구레한 수단을 생각해냈다. 오래지 않아 나는 사람들 각자에게 얼마씩 받고 춤추는 꼭두각시 인형 '폴리치넬라'처럼 비쳤을 것이다. 나는 이런 일보다 더 비참하고 가혹한 예속 상태를 알지 못한다. 누구에게서 온 것이든 크고 작은 선물들을 예외 없이 거절하는 것 말고는 다른 해결책이 없었다. 그런데 이런 모든 행동은 오히려 주려는 사람들의 마음을 끄는 결과를 낳았을 뿐이다. 그들은 나의 거절을 물리쳤다는 명예를 얻고 싶어 했으며 억지로 나를 굴복시키려 했다. 아무리 부탁해도 나에게 한 푼도 주지 않을 것 같던 사람들이 선물 공세로 나를 끊임없이 괴롭혔다. 그들은 자기가 거절당한 데 대한 앙갚음으로 내가 건방지고 허영심이 많아 거절한 것이라고 지껄여댔다.

르 바쇠르 부인은 내가 한 결심과 따르고자 한 방안이 마음에 들지 않았음이 분명하다. 그 딸은 일체 사심이 없었지만 어머니의 지시를 따르지 않을 수 없었다. 고프쿠르가 '가정부'라고 부르는 그녀들은 항상 나처럼 완강하게 거절하지는 않았다. 나에게 많은 것들을 숨겼음에도 불구하고 내가 알았다는 것은 내가 전혀 알지 못하는 것도 상당히 많았다는 뜻이다. 나는 그 일 때문에 괴로웠는데, 내가 쉽게 예상할 수 있는 공모라는 비난보다는 내 집에서도 나에 대해서도 결코 마음대로 할 수 없다는 비참한 생각이 들었기 때문이다. 나는 부탁하고 간청하고 화도 내보았지만 아무 소용이 없었다. 그녀의 엄마는 나를 항상 불평불만이 가득한 사람으로, 퉁명스러운 사람으로 여겼다. 내 친구들과도 끊임없이 밀담을 나누었다. 내 집 안에서 모든 일은 내게 의혹과 비밀에 싸여 있었다. 나는 시끄러운 일들에 끝없이 관여하는 것이 싫어서 더 이상 무슨 일이 일어났는지 알아보려 하지 않았다. 그와 같은 일체의 소동에서 벗어나려면 단호함이 필요했을 테지만 나는 그럴 능력이 없었다. 나는 큰소리 낼 줄은 알았지만 행동으로 옮기지는 못했다. 사람들은 내가 무슨 말이든 하도록 내버려두고 자기 방식대로 행동을 했다.

나는 끊임없는 갈등과 일상의 성가신 일에 매인 나머지 마침내 내 집과 파리 체류에 염증이 나고 말았다. 몸이 나아져 외출할 수 있게 되고 아는 사람들에게 이리저리 끌려다니지 않아도 되자 나는 혼자 산책을 하러 나갔다. 내 장대한 이론에 대해 곰곰이 생각해보고 늘 주머니에 넣고 다니는 수첩과 연필로 무언가를 쏟아냈다. 이처럼 내가 택한 상황에서 비롯된 예기치 못한 귀찮은 일 때문에 생각을 다른 데로 돌리려고 완전히 문학에 몰두하게 되었다. 또한 내 초기 작품들에서 나를 사로잡고 있는 울분과 화를 드러낸 것도 같은 이유에서이다.

내가 그렇게 된 데는 또 다른 정황도 있었다. 본의 아니게 사교계에 뛰어들다 보니 나는 어떻게 처신할지도 몰랐고, 어떤 행동을 할 수 있고 어떤 태도를 취해야 할지 모른 채 사교계의 태도와 무관한 나름대로의 방식을 택하기로 결정했다. 나는 어쩔 수 없는 어리석고 침울한 소심함을 지니고 있었는데, 예의범절에 어긋날지도 모른다는 두려움이 그 원인이었으므로 스스로 대담해지기 위해 그 예의범절을 짓밟아버리기로 결심했다. 나는 창피함 때문에 파렴치하고 비꼬는 듯한 태도를 취하게 되었고 어찌할지 모르는 예절을 무시하는 체했다. 내 새로운 원칙에 부합하는 그와 같은 신랄함은 진실로 내 마음속에서 완전해지고 도덕적인 담대함마저 드러냈다. 감히 말하건대 그 신랄함은 당당한 토대 위에 있어서, 나의 본성과 아주 다른 노력에 기대한 것보다 더 잘 그리고 더 오래 유지되었다. 하지만 나의 외모와 시의적절한 말 덕분에 사교계에서 얻은 비사교적이라는 평판에도 불구하고 확실히 사생활에서는 내 역할을 항상 잘해내지는 못해서 내 친구들과 지인들은 그렇게 길들여지지 않은 곰을 양처럼 데리고 다녔다. 또 확실히 풍자를 하는 경우에도 나는 엄격하면서도 일반적인 진리에 국한했으며 누가 되었든지 마음을 상하게 하는 말은 결코 하지 못했다.

나는 〈마을의 점쟁이Le Devin du village〉로 완전히 인기를 얻게 되었다. 얼마 지나지 않아 나는 파리에서 가장 인기 있는 사람이 되었다. 시대의 한 획을 긋는 이 작품의 이야기는 내가 당시에 맺은 인간관계와 관련이 있다. 내가 상세한 이야기를 언급해야만 다음의 내용을 이해할 것이다.

내게는 상당히 많은 수의 지인들이 있었지만 참다운 친구는 디드로와 그림 두 사람뿐이었다. 나는 소중한 모든 것을 한데 모이게 하려는 욕구가 있어서 친구 두 사람이 머지않아 서로 친해지도록 만들고야 말았다. 나는 그들을 연결시켜주었고 그들은 서로 마음이 맞아서 나와의 사이보다 자기들끼리 더 가까워졌다. 디드로는 친구가 한없이 많았지만 그림은 외국인인데다 신출내기여서 친구를 만들고 싶어 했다. 나는 그에게 친구를 구해줄 수 있기만을 바랐다. 그래서 그에게 디드로를 소개해준 바 있고 고프쿠르도 소개해주었다. 나는 그를 슈농소 부인과 데피네 부인, 내가 거의 본의 아니게 알고 지낸 돌바크d'Holbach 남작[44]의 집에도 데리고 갔다. 나의 모든 친구들은 그의 친구가 되었다. 아주 자연스러운 일이었다. 하지만 그의 친구들 중 누구도 내 친구가 되지는 않았다. 나의 경우와는 반대가 된 것이다. 그가 프리즈 백작의 집에 기거하는 동안 백작은 우리를 자기 집 식사에 자주 초대했다. 하지만 나는 프리즈 백작에게서도, 그림의 친척으로 그와 매우 가까운 숑베르Schomberg 백작에게서도, 그림이 그들을 통해 알고 지내는 수많은 남녀 누구에게서도 어떤 우정의 표시는 물론 호의조차 받은 적이 없다. 레날Raynal 신부만은 예외였다. 그는 그림의 친구이기도 했지만 나의 친구로 행동했고 필요한 경우에는 보기 드문 호의로 자기 돈까지 내게 주었다. 하지만 나는 레날 신부를 그림이 그를 알기 오래전부터 알고 있었다. 그는 우연이지만 결코 잊을 수 없는 기회에 나에게 세심함과 예의가 넘치는 행동을 보여주었는데 그때부터 그에게 항상 호감을 갖게 되었다.

레날 신부는 확실히 따뜻한 친구이다. 그 증거를 대자면, 그는 내가 이야기하고 있는 바로 이 시간에도 아주 친밀하게 그림을 대하고 있으니 말이다. 그림은 한동안 펠Fel 양[45]과 사이좋게 지내다가 갑자기 격정적으로 사랑에 빠지게 되자 카위자크Cahusac[46]를 밀어내려는 생각을 했다. 한결같은 마음을 지녔다고 자부하던 그 아름다운 여인은 이 새로운 구혼자에게 퇴짜를 놓았다. 그림은 참담한 심정에 죽을 생각을 했다. 그는 아주 급작스럽게 알 수 없는 병이 들어버렸다. 한 번도 들어본 적이 없는 이상한 병이었다. 그는 혼수상태에서 눈을 크게 뜨고 맥박은 잘 뛰었지만 말을 하지도, 먹지도, 움직이지도 못한 채 밤낮을 보냈다. 이따금 듣는 것 같기는 했지만 전혀 대답하지 못했고 몸짓조차 하지 못했다. 뿐만 아니라 동요도 고통도 열도 없이 마치 죽은 사람처럼 꼼짝 않고 있었다. 레날 신부와 나는 차례로 그를 돌보았다. 더욱 건강하고 튼튼했던 신부는 그의 집에서 밤을 새웠고 나는 낮에 있었다. 두 사람 모두 그를 떠나지 않은 채로 말이다. 한 사람은 다른 한 사람이 오기 전에는 결코 떠나는 법이 없었다. 깜짝 놀란 프리즈 백작은 그에게 의사 세나크Sénac를 불러주었다. 세나크는 그를 면밀하게 진료한 다음 아무 일도 아니니 아무런 처방도 하지 않겠다고 말했다. 나는 친구가 걱정되어 의사의 태도를 신중히 살폈다. 그는 미소를 지으며 나가버렸다. 하지만 환자는 여러 날을 꼼짝 않고 있으면서 내가 이따금 그의 입에 넣어주는 설탕에 절인 체리를 아주 잘 삼킨 일 말고는 수프는 물론 어느 것도 먹지 못했다. 어느 이른 아침 그는 일어나더니 옷을 입고 본래의 일상생활을 되찾았다. 그는 나에게도, 내가 알기로는 레날 신부에게도, 어느 누구에게도, 그 이상한 혼수상태에 대해서건 그가 연명하는 동안 우리가 그를 보살핀 일에 대해서건 이야기를 절대 꺼내지 않았다. 그 뜻밖의 사건은 소문이 나고야 말았다. 오페라 극장의 한 아가씨가 매정하게 굴어 한 남자를 절망으로 죽게 만들었다는 이야기는 정말로 진귀한 화젯거리였다. 그림은 이와 같은 아름다운 정열로 유명세를 탔다. 머지않아 그는 사랑과 우정, 온갖 애정의 일인자라고 인정받았다. 그는 그 같은 평판 덕에 사교계에서 인기가 있었고 환대를 받았다. 하지만 그 때문에 나는 그와 멀어졌다. 나는 그에게서 부득이한 수단 말고는 결코 아무것도 아니었다. 나는 그가 나에게서 완전히 떠나버리려 하는 것을 알았다. 왜냐하면 그가 과시했던 일체의 열렬한 애정에 비해 나는 그에 대해 은근한 애정을 품고 있었기 때문이다. 나는 그가 사교계에서 성공을 거둔 일이 정말 기뻤다. 하지만 그가 친구를 잃어버리면서까지 그렇게 하는 것은 원치 않았을 것이다. 나는 어느 날 그에게 이렇게 말했다. "그림, 자네는 나를 등한시했네. 그 점에 대해서는 참고 넘어가겠네. 자네가 처음 느낀 요란법석한 성공의 도취에서 깨어나 즐거운 가운데 공허감을 느끼거든 내게 돌아와 주기를 바라네. 자네에 대한 내 마음은 항상 그대로라네. 지금은 전혀 신경 쓸 것 없네. 자네 편할 대로 하게. 나는 자네를 기다리고 있네." 그는 내가 옳다고 말하고서 거드름을 피우더니 목에 힘을 주었다. 나는 같이 만나는 친구들과 함께 있을 경우가 아니라면 더 이상 그를 보지 않았다. 그가 나중에 데피네 부인과 가까워지기 전까지 우리가 주로 만나는 장소는 돌바크 남작의 집이었다. 이 남작이라는 사람은 졸부의 아들로 상당히 많은 재산을 소유하고 있었다. 그는 재산을 고상하게 사용하여 자기 집에 문인들과 재능 있는 사람들을 초대했다. 그는 학식과 지식이 있었으므로 그들 사이에서도 지위에 맞게 행동할 수 있었다. 남작은 오래전부터 디드로와 알고 있어서 그의 소개를 통해 나와 친해지려고 했다. 내가 유명해지기도 전에 말이다. 나는 자연적인 반감 때문에 그의 제안에 오랫동안 대답을 하지 않았다. 어느 날 그가 나에게 그 이유를 물었을 때 나는 이렇게 대답했다. "당신이 너무 부자이기 때문에 그렇습니다." 그는 끈덕지게 나를 몰아붙여서 마침내 원하는 바를 얻었다. 나의 가장 큰 불행은 항상 호의를 거절하지 못하는 것이다. 나는 상대의 호의에 굴복하고 만 것에 기분이 좋았던 적이 결코 없었다.

또 한 사람의 지인과도 내가 원하던 자격을 얻자마자 친해졌다. 그는 뒤클로Duclos[47]라는 사람이었다. 여러 해 전에 나는 그를 라 슈브레트에 있는 데피네 부인의 집에서 처음 보았다. 그는 부인과 사이가 아주 좋았다. 우리는 함께 식사를 했을 뿐이다. 그는 그날로 떠났다. 하지만 우리는 식사가 끝나고 잠시 이야기를 나누었다. 데피네 부인은 그에게 나와 내 오페라인 〈바람기 많은 뮤즈들〉에 대해 이야기했다. 뒤클로는 너무나 많은 재능을 지니고 있어서 그런 사람을 좋아하지 않을 수 없었다. 그는 나에게 호감을 품고 놀러 오라고 제안했다. 나는 그 만남으로 예전의 성향이 되살아났지만 소심함과 게으름 때문에 그에게 호의만 지녔을 뿐 도무지 다가서지 못했다. 하지만 내 첫 번째 성공과 들려오는 그의 찬사에 용기를 얻어 그를 보러 갔고 그도 나를 보러 왔다. 이렇게 우리 사이의 교제가 시작되었다. 나는 이 교제를 통해 그를 항상 소중하게 생각했다. 마음속으로도 잘 알고 있는 바이지만, 그를 통해 공정함과 정직이 문학적 교양과 종종 조화를 이룰 수 있다는 것을 알게 되었다.

신통치 않은 다른 관계도 많이 있었지만 여기서는 언급하지 않겠다. 그 관계는 내가 거둔 첫 번째 성공의 결과였고 호기심이 만족될 때까지 계속되었다. 나는 곧 식상해지는 사람이어서 다음 날이 되면 새로울 게 전혀 없는 사람이다. 하지만 한 여자가 당시에 나를 찾아와서 다른 누구보다도 긴밀한 관계가 되었다. 그 여자는 크레키Créqui 후작부인으로 몰타 주재 대사인 프룰레Froulay 대법관의 조카딸이었다. 프룰레 씨의 동생은 베네치아 대사관에서 몽테귀 씨의 전임자였는데 나는 그곳에서 돌아온 뒤 그를 만나기도 했다. 크레키 부인은 나에게 편지를 보내왔고 나는 그녀의 집으로 갔다. 그녀는 나에게 우정을 품었다. 나는 이따금 그녀의 집으로 식사를 하러 갔다. 그곳에서 많은 문인들을 만났다. 그중에서도 〈스파르타쿠스Spartacus〉와 〈바른느벨트Barnevelt〉의 저자인 소랭 Saurin[48] 씨는 그때 이후로 나의 아주 냉혹한 적이 되었다. 나는 그의 아버지가 대단히 비열하게 괴롭혔던 사람과 내가 같은 성을 지녔다는 사실 말고는 다른 이유를 찾아낼 수 없었다.

나는 아침부터 저녁까지 일에 몰두해야 하는 악보 필경사인데도 다른 일에 정신을 팔고 있었다. 일에 소홀한 탓에 내 하루는 돈벌이가 되지 못했고 일을 잘해내기 위해 필요한 만큼 충분히 집중하지도 못했던 것 같다. 그래서 나는 실수한 것을 지우거나 가다듬고 아예 다시 쓰는 데 주어진 대부분의 시간을 허비했다. 나는 그런 귀찮은 일 때문에 나날이 파리 생활이 견딜 수 없어져서 열렬히 시골을 찾아다니게 되었다. 나는 파리 교외의 마르쿠시에 수차례 가서 며칠씩 보내곤 했다. 르 바쇠르 부인은 그곳의 보좌신부를 알고 있었다. 우리는 그의 집에서 제각기 잘 처신해서 그를 불쾌하게 만들지 않았다. 그림도 그곳에 우리와 함께 온 일이 있었다.* 보좌신부는 좋은 목소리를 타고나서 노래를 잘 불렀다. 그는 악보는 알지 못했지만 자기가 부를 파트는 아주 빠르고 정확하게 익혔다. 우리는 내가 슈농소에서 만든 삼중창곡을 부르며 시간을 보냈다. 나는 그림과 보좌신부가 그럭저럭 써놓은 가사로 두세 곡을 새로 만들었다. 아주 순수하게 기쁨으로 넘치던 시간에 만들어서 부른 삼중창곡을 나의 모든 악보와 함께 우턴에 남겨두고 왔으니 그 아쉬움은 이루 말할 수가 없다. 대번포트Davenport 양은 이미 그 악보들을 머리를 마는 데 사용해버렸을지도 모르겠다. 하지만 그 악보들은 보존할 만한 가치가 있고 아주 훌륭한 대위법으로 만들어진 것이다. 이런 소소한 여행 후에는 아주머니도 만족하고 매우 즐거워했으므로 지켜보는 나도 기뻤다. 나 역시 몹시 즐거워서 보좌신부에게 상당히 빠르고 서툴게 운문으로 된 편지를 썼다. 그 편지는 내 원고 속에 있을 것이다.

파리에서 더 가까운 곳에 내 취향에 맞는 또 다른 거처가 있었다. 그곳은 뮈사르 씨의 집으로 그는 내 동향 사람이었고 친척이자 친구였다. 그는 파시에 매력적인 은신처를 만들었고 나는 그곳에서 아주 평화로운 시간을 보냈다. 뮈사르 씨는 보석상으로 양식 있는 사람이며 장사로 상당한 재산을 모은 다음에 외동딸을 발말레트 씨와 결혼시켰다. 사위는 외국환 중개인의 아들이자 왕실 시종장이었다. 그는 노후에 일과 사업을 그만두고 생활에 대한 근심과 죽음 사이에서 휴식과 즐거움의 여유를 갖자는 현명한 결정을 내렸다. 호인인 뮈사르 씨는 진정한 실천적 철학자였다. 그는 자신이 지은 아주 쾌적한 집에서 손수 가꾼 제법 아름다운 정원을 두고 근심 없이 살았다. 그는 정원의 흙을 깊이 파다가 화석화된 조개무덤을 발견했다. 아주 엄청난 양의 조개껍질을 발견했으므로 그의 열

---

* 내가 여기서 사소하지만 기억할 만한 사건을 하나 이야기하는 데 소홀했다. 내가 앞에서 말한 그림 씨와 함께 생방드리유 샘으로 식사를 하러 가기로 한 날 아침의 일이다. 이 문제를 다시 다루지는 않을 것이다. 하지만 나중에 그 일을 다시 생각해보니 이런 결론에 도달했다. 즉, 그는 당시부터 아주 기막히게 성공적으로 짜놓은 음모를 마음 깊은 곳에 품고 있었던 것이다.

광적인 상상력은 만물이 조개껍질로 이루어졌을 것이라는 생각으로 이어졌다. 마침내 그는 우주가 조개껍질과 그것의 잔해로 이루어졌을 뿐이며 온 세상은 부스러진 조개 모래땅에 불과하다는 것을 정말로 믿게 되었다. 그는 항상 이 대상과 독특한 발견에 몰두한 나머지 그와 같은 생각에 완전히 빠져들어 마침내 그의 머릿속에 하나의 체계가 자리 잡게 되었다. 말하자면 터무니없는 생각을 하게 된 것이다. 그의 분별력을 보아서는 아주 다행인 일이겠으나 그를 소중하게 생각하고 그의 집을 가장 아늑한 안식처로 여기던 친구들에게는 무척 불행한 일이 일어났다. 그가 가장 희귀하고 고통스러운 질병으로 죽음을 맞게 된 것이다. 그는 위에 생긴 종양이 계속 악화되어 음식을 먹을 수도 없었다. 그는 그 질병으로 아주 오랫동안 원인도 모른 채 여러 해를 고생한 끝에 굶주림으로 죽고 말았다. 지금도 그 가엾고 훌륭한 사람의 마지막 순간을 생각하면 비통한 심정을 금할 수가 없다. 그는 나와 르니엡스Lenieps를 병중에도 더없이 기쁘게 맞아주었다. 우리는 그가 고통으로 괴로워하는 것을 보면서 마지막까지 그를 떠나지 않은 유일한 친구들이었다. 정말이지 그는 우리에게 내놓은 식사를 눈으로 보며 꾹 참아야 하는 신세가 되고 말았다. 그는 아주 묽은 차 몇 모금도 제대로 삼킬 수 없었고 바로 게워야만 했다. 하지만 이런 고통의 시기 전에는 그가 선택한 훌륭한 친구들과 함께 얼마나 즐거운 시간을 보냈는지 모른다. 나는 그중에서도 프레보Prévost 신부[49]를 손꼽는다. 그는 상당히 다정하고 순수한 사람으로 그의 마음은 자신의 불후의 작품에 생기를 불어넣었다. 그리고 그가 스스로 자신의 작품에 부여한 어두운 색채는 그의 기분이나 만남 중에 전혀 드러나지 않았다. '작은 이솝'이라 불리는 의사 프로코프Procope[50]는 여자들이 많이 따랐다. 불랑제Boulanger는 《동양의 전제군주제Despotisme oriental》라는 유작으로 유명했다. 나는 그가 뮈사르의 이론을 우주의 지속 시간으로 확장시켜놓았다고 생각한다. 여자들 중에서는 볼테르의 조카딸인 드니Denis 부인이 있었다. 당시 그녀는 단지 착한 여자일 뿐이었고 아직은 뛰어난 재기를 발휘하지 못했다. 방로Vanloo 부인은 확실히 아름답지는 않지만 매력이 있었고 더할 나위 없이 노래를 잘 불렀다. 발말레트 부인도 노래를 잘했다. 그녀는 상당히 마르긴 했지만 조금만 잘난 척하지 않으면 제법 사랑스러웠을 것이다. 뮈사르 씨의 사교계는 대략 이러했다. 나는 그의 패류 연구에 대한 집착이 그다지 마음에 들지는 않았지만 그의 사교 모임은 상당히 마음에 들었던 듯싶다. 나는 6개월 이상이나 그의 서재에서 그와 같은 관심을 가지고 연구했다고 말할 수 있다.

오래전에 그는 파시 지역의 물이 내 몸에 좋을 것이라고 주장하며 자기 집으로 물을 마시러 올 것을 권했다. 나도 도시의 혼잡에서 조금이나마 벗어나려고 결국 그의 말을 따르기로 하고 파시에 8일이나 10일 정도 머물렀다. 그곳에서 지낸 시간은 나에게 아주 유익했다. 내가 그곳의 물을 마셔서라기보다는 그저 시골에서 지냈기 때문에 그러했다. 뮈사르는 첼로를 연주했고 이탈리아 음악을 열정적으로 좋아했다. 어느 날 밤 우리는 잠이 들기 전에 그 음악에 대해, 특히 '오페라 부파'[51]에 대해 많은 이야기를 나누었다. 우리는 모두 오페라 부파를 이탈리아에서 본 일이 있었고 두 사람 다 그것에 열광하고 있었다. 그날 밤 나는 잠을 이루지 못한 채 그런 장르의 극에 관한 개념을 프랑스에 도입하려면 어떤 노력을 할 수 있을지 곰곰이 생각했다. 왜냐하면 〈라공드의 사랑Les Amours de Ragonde〉[52]은 오페라 부파와 전혀 닮지 않았기 때문이다. 아침이 되어 산책을 하다가 물을 마시면서 서둘러 시구를 쓰게 되었다. 그와 동시에 떠오른 노래에 그 시구를 맞추어보았다. 나는 뇌리에 떠오른 모든 악상을 정원 위쪽에 있는 둥근 지붕의 정자 같은 곳에 되는대로 써놓았다. 차를 마시는 동안 나는 그 곡을 뮈사르와 정말로 착하고 친절한 아가씨인 가정부 뒤베르누아Duvernois 양에게 보여주지 않고는 견딜 수가 없었다. 내가 초고로 쓴 세 곡은 첫 번째 독백인 〈나는 하인을 잃었다

J'ai perdu mon serviteur〉와 점쟁이의 아리아인 〈사랑은 근심으로 커가고L'amour croît, s'il s'inquiète〉, 마지막 이중창인 〈콜랭, 언제까지나 나는 당신에게 약속한다À jamais, Colin, je t'engage〉 등이었다. 나는 계속해서 노력할 가치가 있다는 생각은 별로 들지 않았으므로 두 사람의 칭찬과 격려가 없었다면 그 휴짓조각을 불 속에 던져 넣고 더 이상 기억조차 안 했을 것이다. 적어도 그 정도 수준의 것들에 대해서는 수없이 그래왔던 것처럼 말이다. 하지만 그들이 나를 어찌나 부추기는지 나는 몇몇 시구를 제외하고 6일 동안 극을 썼고, 모든 악보의 초고를 만들어서 파리에서는 레시터티브의 일부와 중음부 전체만 만들면 끝이 났다. 나는 모든 것을 아주 빠르게 완성했다. 3주 동안 각 장을 정리하여 다시 썼고 무대에 올리기만 하면 되었다. 간주곡만 없었다. 간주곡은 한참 뒤에 만들어졌다.

　나는 이 작품의 작곡에 고무되어 사무칠 정도로 곡이 듣고 싶었다. 륄리Lulli가 언젠가 자신만을 위해서 〈아르미드Armide〉를 공연했다고 말한 것처럼 나도 문을 닫아걸고 마음 내키는 대로 그 곡이 공연되는 것을 볼 수만 있다면 무슨 일이든 다 했을 것이다. 하지만 관객들이 없이는 나도 그 즐거움을 느낄 수 없으니 내 작품을 즐기기 위해서는 그것을 오페라 극장에 맡기지 않으면 안 되었다. 불행히도 그 작품은 완전히 새로운 장르여서 듣기에 전혀 익숙하지 않았다. 더구나 나는 〈바람기 많은 뮤즈들〉로 실패를 맛보았기 때문에 〈마을의 점쟁이〉를 내 이름으로 소개하면 실패가 불을 보듯 뻔했다. 뒤클로는 나의 이런 어려움을 덜어주고자 작가를 알리지 않은 채 작품의 시연을 떠맡았다. 나는 내가 드러나지 않도록 연습장에 전혀 모습을 나타내지 않았다. 작품을 지휘한 '작은 바이올린들'*조차 대다수의 환호로 작품의 진가가 드러날 때까지는 그 곡을 만

---

*　르벨과 프랑쾨르를 그렇게 불렀다. 그들은 바이올린을 연주하며 함께 이 집 저 집을 돌아다녔으므

든 사람을 알지 못했다. 그 곡을 들은 사람들은 모두 작품에 매료되었고 바로 다음 날부터 사교계에서는 온통 그 이야기만 했다. 왕의 의전행사를 담당한 퀴리Cury 씨는 예행연습에 참석했는데, 작품을 궁정에서 상연할 것을 요청했다. 내 의도를 알고 있던 뒤클로는 내가 궁정에서는 파리에서보다 작품에 대한 주도권을 행사하지 못하리라 판단하고 시연을 거절했다. 퀴리는 막무가내로 시연을 요구했다. 뒤클로는 버텼다. 그들 사이에서 언쟁이 지나치게 격렬해진 나머지 급기야 어느 날은 오페라 극장에서 그들이 함께 밖으로 나가려 했다. 만일 사람들이 그들을 말리지 않았다면 말이다. 나에게 직접 호소하기도 했다. 나는 그 일의 결정을 뒤클로에게 맡겼다. 결정권은 다시 그에게로 돌아갔다. 도몽d'Aumont 공작이 그 일에 개입했다. 뒤클로는 결국 권력에 굴할 수밖에 없다고 생각했다. 그 곡은 퐁텐블로 궁에서 연주하도록 넘겨졌다.

내가 가장 애착을 가졌고 진부한 방식을 벗어난 부분은 레시터티브였다. 내가 만든 것은 아주 새로운 방식으로 악센트를 붙여서 대사를 드러내며 진행되었다. 사람들은 이런 소름 끼칠 정도의 혁신을 감히 내버려두지 못했다. 사람들은 지독하게 수동적인 귀로 관객들이 이 혁신을 받아들이지 못할까 봐 두려워했다. 나는 프랑쾨유와 줄리요트가 다른 레시터티브를 만드는 것에 동의했지만 그 일에는 개입하고 싶지 않았다.

모든 준비가 끝나고 공연 날짜가 정해지자 적어도 마지막 예행연습을 보러 퐁텐블로 여행을 하자는 제안을 받았다. 나는 펠 양과 그림, 아마도 레날 신부였던 것으로 기억되는 사람과 더불어 궁정의 마차를 타고 그곳으로 갔다. 예행연습은 수월하게 진행되었다. 나는 기대했던 것 이상으로 만족했다. 오케스트라는 오페라 극장의 관현악단과 궁정악단으로 편성된 엄청난 규모였다. 줄리요트가 콜랭 역을, 펠 양은 콜레트Colette

로 젊어서부터 세상에 알려졌다.

역을, 퀴빌리에Cuvillier가 점쟁이 역을 맡았다. 합창대는 오페라 극장 단원들이 맡았다. 나는 특별한 언급을 하지 않았다. 총지휘를 맡은 사람은 줄리요트였다. 나는 그가 한 일에 관여하고 싶지 않았다. 나는 말투는 당당했지만 그 모든 사람들 사이에서 초등학생처럼 부끄러워했다.

공연이 있던 그다음 날에, 나는 그랑 코묑 카페로 아침식사를 하러 갔다. 그곳에는 많은 사람들이 모여 있었다. 전날의 공연에 관한 이야기와 입장하기 어려웠다는 말이 오갔다. 공연장에 있었다는 한 장교는 어려움 없이 입장했다고 말했다. 그는 공연장에서 있었던 일을 빠짐없이 이야기했고 작가에 대해 말하면서 그가 어떻게 행동했고 무슨 말을 했는지 늘어놓았다. 하지만 솔직할 뿐 아니라 확신에 찬 그런 긴 이야기를 듣고 내가 경탄해마지않은 것은 그 속에 단 한 마디의 진실도 없었기 때문이다. 그 공연에 대해 그토록 구체적으로 알고 있다는 사람이 실제로는 그 공연에 전혀 참석한 일이 없음이 분명했다. 그가 자신이 수없이 보았다는 작가를 눈앞에 두고도 알아보지 못하고 있으니 말이다. 그런 상황에서 더 이상한 것은 그 결과로 나타난 나의 처신이었다. 그 사람은 상당히 나이가 들어 보였다. 그는 건방지거나 오만한 태도는 전혀 없었고 외모로 볼 때 능력 있는 사람이었다. 생루이 십자훈장으로 보아 그는 예비역 장교였다. 나는 그의 뻔뻔스러운 언행에도 불구하고 본의 아니게 그에게 관심을 가지게 되었다. 나는 그가 자신의 거짓말을 그럴듯하게 늘어놓는 동안 낯이 뜨거워졌다. 눈을 내리깔고 안절부절못했다. 나는 본의 아닌 잘못을 하는 그를 믿어줄 방법이 없을까 하고 마음속으로 찾아볼 정도였다. 마침내 나는 누군가가 나를 알아보고 그를 창피하게 만들지 않을까 하는 두려움에 서둘러서 코코아를 마시고 아무 말 없이 고개를 숙인 채 그의 앞을 지나쳐서 되도록 빨리 빠져나왔다. 그러는 동안 그곳에 모여 있던 사람들은 그의 이야기를 두고 거드름을 피우며 왈가왈부했다. 거리로 나온 뒤에 나는 온몸이 땀에 젖어 있음을 깨달았다. 만일 누군가가 나를 알아보고 내가 일어서기 전에 이름을 불렀다면, 그 불쌍한 사람의 거짓말이 들통 나서 곤란을 겪을지도 모른다는 생각만으로도 마치 내가 죄라도 지은 양 부끄러워하고 당황하는 모습을 보았을 것이다.

이제부터는 내 삶에서 중대한 시기로 접어든다. 이 시기에 대해서는 단순히 이야기만 하기는 어렵다. 왜냐하면 서술 자체에 비난이나 변명의 흔적을 남기지 않는 것은 거의 불가능하기 때문이다. 그렇기는 하지만 내가 어떻게 그리고 어떤 동기에서 행동했는지 칭찬도 비난도 가감하지 않고 이야기하려고 애쓸 것이다.

그날 나는 여느 때와 다름없는 복장을 하고 있었다. 덥수룩한 수염에 가발은 아무렇게나 빗어놓았다. 나는 예의 없는 것을 용감한 행동으로 생각하고 그런 차림 그대로 공연장으로 들어갔다. 바로 그곳으로 잠시 후에 왕과 왕비, 왕실 가족, 왕실 사람 모두가 들어오게 될 터인데도 말이다. 나는 쿼리 씨가 안내한 칸막이 좌석으로 자리를 잡으러 갔다. 그곳은 원래 그의 자리였다. 그곳은 무대 측면 위층에 있는 큰 칸막이 좌석으로 맞은편 더 높은 쪽에 위치한 작은 칸막이 좌석에는 왕이 퐁파두르 부인과 함께 자리를 잡았다. 귀부인들에게 둘러싸여 칸막이 좌석 앞쪽에는 남자라고는 나 혼자 있었으므로, 나를 눈에 띄게 만들려고 일부러 그렇게 앉힌 것이라고 생각할 만했다. 불이 들어오자 나는 이런 복장으로 화려하게 성장(盛粧)을 한 사람들 가운데 있다는 사실을 알고 편히 있을 수가 없었다. 과연 내가 있어야 할 자리에 있는 것일까, 내가 여기서 경우에 맞게 있는 것일까 자문해보았다. 잠시 고민한 끝에 나는 스스로에게 용기 있게 '그렇다'고 대답했다. 이러한 용기는 내 이성의 힘에서가 아니라 결심을 되돌릴 수 없다는 데서 나왔을 것이다. 나는 속으로 말했다. '나는 내가 있어야 할 자리에 있다. 내 작품이 공연되는 것을 보고 있고, 이곳에 초대받은 것이다. 나는 오직 공연을 위해 이 작품을 만든 것이며, 결국 누구도 나만큼 내 작업과 내 재능의 성과를 즐길 권리는 없다. 나는 평상시 그대로이고 더 낫지도 더 못하지도 않다. 만일 내가 어떤 일로 사람들의 평판에 다시 굴복한다면, 머지않아 나는 모든 것에 다시금 복종하는 처지가 되고 말 것이다. 나는 항상 나 자신이 되기 위해 내가 선택한 상황에 따라 옷차림을 하는 것을 어떤 장소에서든 부끄러워해서는 안 될 것이다. 내 외모는 소박하고 허술하지만 때가 묻지도 불결하지도 않다. 수염도 그 자체로는 전혀 불결하지 않다. 왜냐하면 수염은 우리에게 자연스럽게 나는 것이고 시대와 유행에 따라서는 간혹 치장이 되기도 하기 때문이다. 사람들은 나를 우스꽝스럽고 무례하다고 생각할 것이다. 정말! 아무래도 좋다! 나는 조롱과 비난을 견딜 수 있어야만 한다. 그런 말들이 가당치 않다면 말이다.' 이런 대수롭지 않은 혼잣말을 한 뒤 내 마음은 만약 그럴 필요가 있다면 대담해졌을 만큼 단호해졌다. 하지만 군주가 있어서 그랬는지, 마음이 자연스럽게 내켜서 그랬는지, 나는 내게 쏠린 호기심 속에서 친절함과 호의 말고는 다른 아무것도 발견하지 못했다. 나는 감동을 받았지만 곧 나 자신과 작품의 평가에 대해 다시 걱정하기 시작했다. 오직 나를 칭찬하려고만 드는 듯한 대단히 호의적인 선입관이 사라져버릴지 모른다는 두려움 때문이었다. 나는 그들의 조롱에 대해서도 대처할 준비가 되어 있었다. 하지만 예상치 못한 그들의 다정다감한 태도에 사로잡혀 공연이 시작되자 나는 어린아이처럼 벌벌 떨었다.

나는 곧 두려움에서 벗어났고 그럴 만했다. 작품 공연 중에 배우들의 연기는 아주 서툴렀지만 음악은 노래도, 연주도 매우 뛰어났다. 진정으로 감동적인 순수함 자체인 1장에서부터 그때까지 그런 종류의 작품에서는 듣지 못했던 놀라움과 칭송의 속삭임이 객석 여기저기서 들려왔다. 점점 커지는 술렁거림은 곧 관객들 전체로 이어질 정도였다. 몽테스키외 방식으로 말하자면 그 효과 자체 덕분에 효과가 올라간 것이다. 두 사람의 선량한 서민이 등장하는 장면에서는 그 효과가 절정에 달했다. 왕 앞에서는 박수를 칠 수 없었다. 그래서 모든 이야기가 전부 들렸다. 온통 작품과 작가에 관한 이야기뿐이었다. 나는 내 주위에서 천사처럼 아름다워 보이는 부인들이 속삭이는 소리를 들었다. 그녀들은 작은 소리로 서로 이야기를 주고받았다. "참 매력적이고 황홀한 곡이로군요. 이렇게 감동을 주는 소리는 아마 없을 거예요." 나는 그토록 다정한 부인들에게 감동을 주었다는 기쁨으로 나 자신도 눈물이 날 지경이었다. 나 혼자 울고 있지 않다는 것을 알고 처음 시작된 이중창에서는 급기야 눈물을 참을 수 없었다. 나는 트레토랑Treytorens 씨 집에서 있었던 공연53이 떠올라서 잠시 평상심을 되찾았다. 그 어렴풋한 기억은 개선장군의 머리 위로 관을 떠받들고 있는 노예를 연상시키는 효과를 냈다. 하지만 그런 생각은 잠시뿐이었다. 곧 나는 나의 영광을 즐기려는 기쁨에 완전히 빠져들었다. 그래서 바로 그 순간만큼은 그런 즐거움 속에 작가적 허영심보다는 성적 욕망이 훨씬 더 많이 들어가 있음을 확신했다. 분명 그 자리에 남자들만 있었다면 끊임없이 그랬던 것처럼 나는 내가 흘린 달콤한 눈물을 입술로 받아 마시는 욕망에 사로잡히지는 않았을 것이다. 나는 더욱 열렬한 감탄의 열광을 불러일으킨 작품들을 본 적이 있다. 하지만 그처럼 완전하고 감미로우며 감동적인 도취가 특히 궁정에서 그것도 공연 첫날에 공연 내내 지속되는 경우는 결코 본 일이 없다. 공연을 본 사람들은 그날의 감동을 기억할 것이다. 왜냐하면 그런 결과는 유래가 없었기 때문이다.

그날 저녁 도몽 공작은 내일 열한 시에 내가 성으로 오면 나를 왕에게 접견시키겠다고 전해왔다. 나에게 메시지를 전한 퀴리 씨는 연금 문제가 언급될 것 같은데 왕께서 친히 나에게 알리고 싶어 하신다는 말을 덧붙였다.

그토록 찬란한 낮 다음에 온 밤이 내게는 불안하고 당황스러웠다는 것을 믿을 수 있겠는가? 왕을 알현해야 한다는 생각 다음에 내게 처음으로 떠오른 생각은 볼일을 보러 밖으로 나가야 하는 빈번한 욕구에 대한 것이었다. 그 때문이라면 공연이 있는 저녁에도 마찬가지로 괴로웠다. 나는 내일도 그 때문에 괴로움을 겪게 될 것이다. 회랑이나 왕의 별궁에서 모든 고관대작들 틈에 끼여 폐하께서 왕림하시기를 기다려야 하니 말이다. 내가 사교 모임을 멀리하고 여자들과도 깊이 어울리지 못한 것도 이런 고질병이 주된 원인이었다. 생리적 욕구 때문에 내게 일어날 수 있는 상황을 생각만 해도, 또 그렇게 될 수 있어서 그 때문에 정신을 잃을 지경인데 그렇게 되지 않으려면 차라리 죽기보다 싫은 소란을 피워야 했다. 이러한 상황을 아는 사람만이 그런 위험을 겪게 될 공포에 대해 판단할 수 있을 것이다.

곧이어 내가 국왕 폐하를 알현하는 모습을 상상해보았다. 국왕이 친히 멈추더니 내게 말을 건넨다. 문제는 정확하고 재치 있게 대답해야 한다는 것이다. 나는 조금이라도 모르는 사람 앞에서는 당황하고 마는 혐오스러운 소심증이 있는데, 그 성격이 프랑스 왕 앞이라고 사라질 리 있겠는가? 또 그 소심증 때문에 그 순간에 필요한 말을 내가 잘 선택할 수 있을까? 나는 평소 내가 지녀왔던 엄격한 태도와 말투를 그대로 지닌 채 그토록 위대한 왕이 내게 돌리는 영광을 몸소 느끼고 싶었다. 받아 마땅한 훌륭한 칭찬 속에 어떤 위대하고 유익한 진리를 염두에 두어야 할 것이다. 적절한 대답을 미리 준비하기 위해서는 그가 내게 할 수 있는 말을 정확하게 내다보아야 할 것이다. 그렇지만 나는 깊이 생각해두었을 말을 그를 만나게 되면 단 한 마디도 떠올리지 못할 것임을 잘 알고 있었다. 만일 당황하여 평상시의 서툰 말이 하나라도 튀어나온다면 그 순간 모든 궁성 사람들이 보는 가운데 나는 어떻게 될 것인가? 이런 위험을 떠올리니 불안하고 겁이 났으며 몸이 오싹해졌다. 어떤 어려움이 있어도 그런 위험과 맞닥뜨리지 않겠다고 결심할 정도로 말이다.

사실상 나는 내게 수여된 연금을 놓쳐버린 셈이다. 하지만 나를 구속하는 연금의 속박에서 벗어난 것이기도 하다. 진리여, 자유여, 용기여 안녕. 이것들과 작별하면 그다음부터는 어떻게 독립과 무욕에 대해 감히 말할 수 있겠는가? 그 연금을 받게 된다면 아첨을 하거나 입을 닫고 살 수밖에 없다. 더욱이 연금이 내게 지급된다는 것을 누가 나에게 보장하겠는가? 얼마나 많은 사람들을 찾아다니며 간청을 해야 하겠는가! 연금을 지키기 위해서는 그것 없이 지내는 것보다 더 많은 노력을 기울이고 기분 나쁜 일을 더 감내해야 한다. 그래서 나는 연금을 거절하면 내 원칙에 매우 부합하는 결심을 하는 것이고 겉치레를 포기하여 진실을 얻는 것이라고 믿었다. 나는 내 결심을 그림에게 말했다. 그는 내 생각에 전혀 반대하지 않았다. 다른 사람들에게는 내 건강 문제로 둘러댔다. 나는 그날 아침 떠났다.

내가 떠났다는 소문이 났고 대체로 비난이 많았다. 모든 사람들이 내 이유를 납득할 수는 없는 노릇이었다. 곧장 나를 거만한 멍청이로 쉽게 비난했고, 자기 같으면 그렇게 하지 않을 것이라고 내심 생각하는 사람들은 질투심을 쉽게 충족시킬 수 있었다. 다음 날 줄리요트가 나에게 짧은 편지를 써서 내 작품의 성공과 작품에 심취한 왕에 대한 소식을 상세하게 알려주었다. 그는 내게 강조하기를, 하루 종일 폐하는 왕국에서 가장 듣기 싫은 목소리로 쉬지 않고 노래를 이렇게 부른다는 것이었다. "나의 신하를 잃었도다. 나의 모든 행복을 잃었도다." 그는 2주 후에 〈점쟁이〉의 두 번째 공연이 있었는데 모든 관객들 앞에서 첫 번째 공연의 완전한 성공을 확인했다고 덧붙여 말했다.

이틀 후 나는 저녁 아홉 시에 데피네 부인의 집으로 저녁식사를 하러 갔는데 출입구에서 마차 한 대와 마주쳤다. 마차 안에 있던 누군가가 나에게 올라타라는 손짓을 했다. 마차에 올라탔다. 디드로였다. 그는 나에게 연금에 대해 열을 내며 말했다. 나는 그런 문제에 철학자가 그토록 열을 올리리라고는 미처 예상하지 못했다. 그는 내가 왕을 알현하기 싫어하는 것에 대해서는 나무라지 않았다. 하지만 내가 연금에 무심한 것에 대해서는 심하게 비난했다. 그는 나에게 이렇게 말했다. 내가 내 몫에 대해 무심할 수는 있어도 르 바쇠르 부인과 그녀의 딸을 위한 몫에 대해서까지 무관심해서는 안 된다. 내가 그들을 먹여 살리기 위해 가능하고 정직한 어떤 수단도 소홀히 해서는 안 된다. 결국 그는 내가 그 연금을 거절한 것이라고 말할 수 없으니 나에게 연금을 줄 의향이 있었던 것 같은 마당에 내가 어떤 대가를 치르더라도 연금을 간청하여 얻어내야 한다고 주장했다. 비록 그의 열의에 감동은 했지만 그의 원칙은 인정할 수 없었다. 우리는 그 문제를 두고 매우 격렬하게 논쟁을 벌였다. 내가 그와 처음으로 벌인 언쟁이었다. 우리가 벌인 다툼은 항상 이런 식이었다. 그는 내가 해야 한다고 자신이 주장하는 바를 나에게 지시한다. 그러면 나는 그와 생각이 다르기 때문에 그 주장을 거절해버린다.

우리는 늦은 시간에 헤어졌다. 나는 그를 데피네 부인의 저녁식사에 데려가고 싶었다. 그는 결코 가려고 하지 않았다. 나는 내가 좋아하는 모든 사람들을 연결시켜주고 싶은 심정에서 많은 노력을 기울여 여러 차례 그에게 부인을 만나볼 것을 권했고 심지어 부인을 데리고 그의 집 문 앞까지 가기도 했다. 그러나 그는 우리 앞에서 문을 닫아버렸다. 그는 그런 일이라면 항상 거절했고 부인에 대해 경멸적인 어조로만 말을 했다. 그들이 서로 가까워지고 그가 부인에 대해 예의 바르게 말하기 시작한 것은 내가 그 두 사람과 사소한 불화를 겪고 난 이후였다.

그때부터 디드로와 그림은 나와 '가정부들'54의 사이를 갈라놓으려고 애쓰는 것 같았다. 그들은 두 사람이 편안하게 살지 못하는 것은 내게 열의가 없기 때문이며 나와 함께 살아보았자 아무런 희망이 없을 것이라고 두 사람을 설득했다. 그들은 데피네 부인의 영향력을 빌려 두 사람에게 소금 소매점, 담배 가게를 차려주겠다는 약속을 하면서까지 나와 헤어지도록 애써 권했다. 나는 아직도 무슨 영문인지 모르겠다. 그들은 뒤클로와 돌바크까지 자신들의 동맹에 끌어들이려고 했다. 하지만 뒤클로는 매번 거절했다. 당시에 나는 그런 모든 술책에 대한 소문을 눈치채고 있었다. 하지만 한참이 지나서야 그 실상을 명확하게 알 수 있었다. 나는 내 친구들의 맹목적이고 사려 깊지 못한 열정에 개탄을 금하지 않을 수 없었다. 그 친구들은 나처럼 몸도 좋지 않은 사람을 더없이 비참한 고독으로 내몰려고 애쓰면서도 자기들 생각으로는 나를 행복하게 해주려고 노력하는 것이라 믿었다. 사실은 나를 불행하게 만들기에 가장 적합한 수단을 쓰면서 말이다.

이듬해인 카니발이 열리는 1753년에 〈점쟁이〉가 파리에서 공연되었다. 그사이에 나는 서곡과 간주곡을 만들 여유가 있었다. 이 간주곡은 판본에 나와 있는 그대로 처음부터 끝까지 줄거리가 있고 내가 생각하기에 주제가 계속 이어지는 가운데 아주 유쾌한 장면들이 제공되었다. 하지만 그런 생각을 오페라 극장에 제안해도 극장 측에서는 내 말을 전혀 듣지 않았다. 그래서 하는 수 없이 노래와 춤을 평범하게 이어나가야만 했다. 그런 이유로 간주곡은 무대의 아름다움을 전혀 해치지 않는 온갖 매력적인 생각들로 가득 차 있었음에도 그다지 성공을 거두지 못했다. 나는 줄리요트의 레시터티브를 없애고 내가 처음 작곡하여 만들어둔 판본 그대로의 레시터티브를 복원시켰다. 고백하건대 이 레시터티브는 다소 프랑스풍으로 이루어져, 말하자면 사람들이 듣기에 충격적인 것과는 거리가 멀고, 배우들은 길게 늘어뜨려 말하게 된다. 이 레시터티브는 아리아 못지않게 성공을 거두었고 청중들에게도 최소한 그 정도로 잘 만들어졌다는 인정을 받았다. 나는 내 작품을 뒤클로 씨에게 헌정했다. 그는 내 작품의 후원자였다. 나는 이것이 나의 유일한 헌정이 될 것이라고 밝혔다. 하지만 그의 동의를 얻어 두 번째 헌정을 했다. 그래도 그는 내가 다른 누구에게도 헌정을 하지 않았다는 것보다 이런 예외적인 경우를 더욱 영광스럽게 생각했을 것이다.

이 작품에 관해서는 수많은 일화가 있지만 더 중요한 일들을 말해야 하므로 여기서 그 이야기를 한가로이 늘어놓을 수만은 없다. 아마도 언젠가 후일담을 다시 이야기하게 될 것이다. 하지만 이것 한 가지는 다음에 이어지는 모든 일과 연관될 수 있으므로 빠뜨릴 수 없다. 어느 날 나는 돌바크 남작의 서재에서 그의 악보를 본 일이 있다. 수많은 종류의 악보를 훑어보고 있으려니 그가 나에게 클라브생 작품집을 보여주며 이렇게 말했다. "이 작품들은 나를 위해 작곡된 것입니다. 세련미와 부르기 쉬운 선율로 넘치는 곡들이지요. 나 말고는 누구도 이 작품들을 모르고 있고 앞으로도 보여주지 않을 것입니다. 당신이 한 곡을 골라 당신의 간주곡에 넣어주었으면 합니다." 나는 머릿속에 아리아와 교향곡의 주제가 감당할 수 없을 정도로 많았기 때문에 그의 것에까지 관심을 두지 않았다. 그렇지만 그가 하도 재촉을 하는 바람에 환심을 사려는 차원에서 곡 하나를 선택했다. 나는 그 곡을 요약하여 콜레트의 친구들이 등장하는 삼중창으로 만들었다. 몇 달이 지나서 〈점쟁이〉가 공연되던 시기의 어느 날 그림의 집에 갔는데 그의 클라브생 주위에 사람들이 모여 있는 것이 보였다. 내가 들어오자 그는 부리나케 일어났다. 나는 무심코 그의 보면대를 보았는데 돌바크 남작의 동일한 작품집이 보였다. 그가 내게 선택하라고 재촉했고 아무에게도 보여준 적이 없는 작품이라고 내게 단언했던 바로 그 작품이 분명하게 펼쳐져 있었다. 얼마 뒤에 데피네 씨의 클라브생 위에서도 똑같은 작품집이 펼쳐져 있는 것을 보았다. 어느 날 그가 자기 집에서 음악회를 열 때의 일이었다. 그림은 물론 다른 누구도 그곡에 대해서는 결코 말하지 않았다. 내가 그 일을 여기서 직접 말하는 것은 다름이 아니라 그 일이 있고 얼마 뒤에 내가 〈마을의 점쟁이〉의 작곡자가 아니라는 소문이 퍼졌기 때문이다. 나는 결코 대단한 음악가가 아니었으므로, 내가 만든 《음악 사전Dictionnaire de Musique》이 없었더라면 종국에는 작곡이라고는 모르는 사람으로 소문났을 것이다.*

---

* 이 사전이 있었음에도 사람들이 결국 그런 말을 하리라고는 전혀 예상하지 못했다.

〈마을의 점쟁이〉 공연이 있기 얼마 전에 이탈리아 오페라 부파의 배우들이 파리에 온 일이 있었다. 그들은 오페라 극장에서 공연을 했는데 어떤 성과를 낼지는 예측할 수 없었다. 비록 그들이 형편없고 오케스트라도 당시에는 아주 무지하여 자신들이 공연한 작품을 엉망으로 만들어버리긴 했지만 그 작품은 프랑스 오페라에 회복하기 힘든 상처를 주었다. 같은 날, 같은 장소에서 두 음악을 비교하여 들은 프랑스 사람들의 귀가 열린 것이다. 이탈리아 음악의 생생하고 분명한 억양을 들은 다음 자기 나라 음악의 늘어지는 음조를 견더낼 사람은 아무도 없었다. 이탈리아 배우들의 공연이 끝나자마자 모든 사람들이 가버렸다. 어쩔 수 없이 순서를 바꾸어 이탈리아 배우들의 공연을 마지막으로 돌렸다. 〈에글레Eglé〉, 〈피그말리온Pigmalion〉, 〈공기의 요정Le Sylphe〉 등을 공연했는데 어느 작품도 버티지 못했다. 〈마을의 점쟁이〉만이 비교 대상이 되었고 〈마님이 된 하녀La Serva padrona〉[55]의 공연 이후에도 상황은 여전했다. 막간극을 작곡하는 동안 내 머릿속은 이탈리아 작품들로 가득 차 있었다. 바로 그 작품들이 나에게 영감을 주었다. 나는 내 작품이 이탈리아 작품들과 비교가 되리라고는 정말 짐작조차 못했다. 만일 내가 표절을 했다면 당시에 얼마나 많은 표절 부분들이 드러났을까! 또 사람들은 그 사실을 들춰내려고 얼마나 애를 썼을까! 하지만 아무것도 드러나지 않았다. 그저 헛수고만 했을 뿐 내 음악에서 어떤 다른 음악의 무의식적이고 사소한 차용조차 발견하지 못했다. 나의 모든 노래들은 그들이 주장하는 원곡과 비교해보았을 때 내가 만들어낸 음악의 특성과 마찬가지로 새로운 것이었다. 몽동빌Mondonville[56]이나 라모에게 동일한 시험을 해보았다면 아마도 그들은 만신창이가 되었을 것이다.

이탈리아 오페라 부파의 배우들은 아주 열성적인 이탈리아 음악의 신봉자들을 만들어냈다. 파리 전체가 국가나 종교 문제가 불거질 때보다도 더 열광적인 두 당파로 갈라졌다. 권력자들과 부자들, 여자들로 이루어진 더 힘이 있고 수가 많은 진영은 프랑스 음악을 지지했다. 더 힘이 넘치고 더 자부심이 강하며 더 열광적인 또 다른 진영은 진정한 전문가들과 재능 있는 사람들, 천재들로 구성되어 있었다. 그 소수의 무리들은 오페라 극장의 왕비의 칸막이 좌석 아래로 모여들었다. 또 다른 진영은 극장의 1층 뒷좌석 나머지 전부를 차지했다. 하지만 그들의 온상은 왕의 칸막이 좌석 아래에 있었다. 바로 여기에서 당대의 유명한 당파인 '왕의 진영'과 '왕비의 진영'이 유래했다. 논쟁이 격양되어 소책자까지 발행되었다. 왕의 진영이 야유를 보내면 상대 진영은 《소예언자Le Petit Prophète》라는 소책자로 상대를 비웃었다. 왕의 진영이 반박을 하려고 하면 상대 진영은 《프랑스 음악에 대한 편지Lettre sur la musique française》로 그들을 굴복시켰다. 그 두 책자 중 하나는 라모의 것이고 다른 하나는 나의 것인데 그 논쟁 이후 남아 있는 것으로는 유일하다. 다른 것들은 모두 이미 사라지고 없다.

그런데 내 해명에도 불구하고 오랫동안 집요하게 내가 쓴 것이라고 간주되어온 《소예언자》는 하찮은 것으로 받아들여 그 저자에게 아무런 해도 끼치지 않았다. 반면에 《음악에 관한 편지》는 중요하게 생각하여 온 국민이 나를 상대로 들고일어났다. 자기 나라 음악이 모욕을 당했다고 생각한 것이다. 그 소책자가 불러온 믿기 어려운 결과를 설명하려면 타키투스Tacitus[57]의 붓이 있어야 할 것이다. 고등법원과 성직자들 사이에 큰 분쟁이 있던 시기였다. 고등법원이 막 해산되자 동요는 절정에 달했다. 모든 것은 임박한 봉기를 예고하고 있었다. 이때 소책자가 나왔다. 금세 다른 모든 분쟁은 잊혀졌다. 오직 프랑스 음악의 위기만을 생각하게 된 것이다. 오직 나에 대한 저항만이 일어났다. 급기야 국민의 마음은 돌이킬 수 없는 지경에 이르렀다. 궁정에서는 단지 바스티유 감옥이냐 아니면 추방이냐를 두고 망설이고 있었다. 왕의 체포영장이 발부되기 직전이었다. 만약 부아에Voyer 씨[58]가 그런 분쟁의 어리석음을 깨닫게 하지 않았더라면 영장은 발부되었을 것이다. 이 소책자가 국가의 소요(騷擾)를 막았을 수도 있다고 말한다면 말도 안 되는 소리라고 생각할 것이다. 그렇지만 그것은 아주 틀림없는 사실이다. 그런 이상한 일이 일어나고 오늘까지 불과 15년밖에 안 되었으니 파리 사람 모두가 아직도 증명할 수 있을 것이다.

사람들은 내 자유를 침해하지 않았지만 적어도 나에 대한 모욕만큼은 마음껏 퍼부어댔다. 내 목숨까지도 위태로울 지경이었다. 오페라 극장의 오케스트라 단원들은 내가 그곳에서 나올 때 나를 없애버릴 꽤나 진지한 음모까지 꾸미고 있었다. 나는 그 말을 듣고 더 끈덕지게 오페라 극장에 갔다. 한참 후에야 알게 되었지만 나와 친분이 있던 근위기병 장교 앙슬레 씨가 공연을 보고 나올 때 나 몰래 사람을 붙여 음모를 미연에 막은 것이다. 마침 파리 시에서 오페라 극장을 관리하게 되었다. 파리 시장이 첫 번째로 저지른 어리석은 짓은 내 입장권을 박탈한 일이었다. 그것도 가장 무례한 방법으로 저질렀다. 말하자면 내가 들어가려는데 대놓고 입장을 거절한 것이다. 그래서 그날은 그냥 돌아오지 않으려면 계단식 좌석의 표를 사는 수밖에 없었다. 내 작품에 대한 유일한 대가는 그것을 그들에게 양도하고 받은 종신 입장권이었으므로 그 부당성은 이루 말할 수 없었다. 그것은 모든 작가들의 권리이기도 하지만 나는 이중 자격으로 그 권리가 있었기 때문이다. 어쨌든 나는 뒤클로 씨의 입회하에 그 권리를 명백하게 약정받았다. 오페라 극장의 회계 담당자가 사례금이라며 내가 요구한 적도 없는 50루이를 보내온 것은 사실이다. 하지만 그 50루이라는 금액이 규정대로 들어온 것도 아닐뿐더러 그런 식의 지불은 명백하게 규정된 완전히 별개의 사안으로 극장 출입의 권리와는 전혀 관계가 없었다. 그런 행위에는 부정과 난폭성이 한데 얽혀 있었다. 당시 나에게 극심한 반감을 품고 있던 대중들도 어쨌거나 그런 처사에는 분개했다. 전날 나를 공격하던 자들이 그다음 날에는 극장에서 소리를 높이더니 무료로 입장할 자격이 충분하고 그 권리를 이중으로 요구할 수 있는 작가에게 그런 식으로 입장권을 빼앗는 것은 수치스러운 일이라고 외쳤다. 그런 상황에 딱 맞는 이탈리아 격언이 있다. "누구든 남의 집에서는 정의를 사랑한다ogn'un ama la giustizia in casa d'altrui."

그 점에 관해서는 한 가지 태도밖에 취할 도리가 없었다. 내가 합의된 금액을 받지 못했으니 내 작품의 반환을 요구하는 것이었다. 나는 오페라 극장을 관할하고 있는 다르장송d'Argenson 씨에게 내 요구를 이행해달라는 편지를 썼다. 또한 그 편지에 반박의 여지가 없는 각서까지 동봉해 보냈지만 편지와 마찬가지로 답장도, 효과도 없었다. 그 부정한 자의 침묵에 나는 울분을 참기 어려웠고 그의 성격과 재능에 항상 품고 있던 아주 사소한 평가를 높여주는 일조차 해줄 수 없었다. 이렇게 해서 나는 작품을 양도하는 조건으로 받은 대가를 빼앗겼고 오페라 극장은 내 작품을 돌려주지 않았다. 약자가 강자에게 그런 짓을 했다면 도둑질이다. 반면 강자가 약자에게 그런 짓을 했다면 단지 타인의 재산을 제 것으로 삼은 것에 불과하다.

이 작품으로 생긴 금전상의 수익에 대해 말하면 나는 다른 사람이 받아낼 수 있는 금액의 4분의 1밖에 받지 못했지만, 그래도 여러 해 동안 생계를 이어나가고 늘 잘 풀리지 않던 악보 필사 수입을 보충하기에 충분한 상당히 큰 금액이었다. 나는 왕에게서 100루이를, 퐁파두르 부인에게서 50루이를 받았다. 부인에게서 받은 돈은 벨뷔Bellevue에서의 공연에 대한 사례로 그녀 자신이 콜랭 역을 맡기도 했다. 그 밖에 오페라 극장에서 50루이, 피소에게서 출판물 인세로 500프랑을 받았다. 결과적으로 나는 나의 불행과 실수에도 불구하고 고작 5, 6주의 작업으로 만든 이 막간극 덕분에 20년간의 명상과 3년의 작업 시간이 소요된《에밀Émile》의 수익과 거의 맞먹는 돈을 번 것이다. 하지만 이 작품으로 얻은 금전적 여유를 대가로 내가 작품 때문에 겪게 된 한없는 고통을 감내해야만 했다. 이 작품은 은밀한 질투의 싹이 되었고 그것은 한참이 지나서야 분명하게 드러났다. 나는 작품의 성공 이후 그림에게서도 디드로에게서도 그리고 내가 아는 거의 모든 문인들에게서도 그때까지 내게 품고 있으리라고 생각했던 진심과 솔직함과 나를 만나는 기쁨을 더 이상 찾아보지 못했다. 내가 남작의 집에 나타나면 대화는 예전 같지 않았다. 사람들은 옹기종기 모여 서로 귓속말을 주고받았다. 나는 누구와 말해야 할지 모른 채 우두커니 혼자 서 있었다. 나는 오랫동안 그 불쾌한 따돌림을 참아냈다. 온화하고 친절한 돌바크 부인이 항상 나를 환대했으니 말이다. 나는 그 남편의 무례함을 참아낼 수 있는 데까지 참았다. 하지만 어느 날 그가 이유도, 설명도 없이 디드로와 마르장시Margency 앞에서 난폭하게 나를 공격했다. 디드로는 한마디도 안 했고 마르장시는 그 일이 있고 나서 내가 조용하고 점잖게 응수한 것에 감탄했다고 내게 종종 이야기하곤 했다. 결국 나는 그런 부당한 대우에 내몰려서 다시는 그 집에 가지 않겠다고 결심하고 집을 나와버렸다. 그럼에도 나는 항상 그와 그의 집에 대해 좋게 이야기했다. 반면 그는 나에 대한 자기 생각을 말할 때 늘 모욕적이고 경멸적인 언사를 썼으며 나를 가리킬 때 항상 "유식한 체하는 저 못난 녀석"이라고 말했다. 그렇지만 그는 내가 그와 그가 관심을 두고 있는 사람 누구에게도 사소한 잘못이나마 저질렀다고 지적할 수 없었다. 이제 내 예언과 걱정이 결국 어떻게 증명되었는지 알 것이다. 내 생각에 내 친구라는 사람들은 내가 책을 쓰는 것, 그것도 뛰어난 책을 쓰는 것은 용납했으리라. 왜냐하면 그들에게 그런 영광은 특별한 것이 아니었기 때문이다. 하지만 그들은 내가 오페라를 쓴 사실과 그 작품이 거둔 빛나는 성공은 용납할 수 없었다. 왜냐하면 그들 중 어느 누구도 그와 같은 경력을 쌓을 수 없었고 같은 명예를 바랄 수도 없었기 때문이다. 뒤클로만이 질투심을 넘어서서 나에게 돈독한 우정을 보여준 것 같다. 그는 나에게 키노Quinault 양을 소개해주었다. 그녀의 집에서는 돌바크 씨의 집에서는 거의 찾아보지 못했던 더없는 배려와 품위와 호의가 가득했다.

〈마을의 점쟁이〉가 오페라 극장에서 공연되고 있는 동안 코메디 프랑세즈 극장에서도 그 작가와의 관계가 문제되었다. 하지만 일은 그리 순조롭게 진행되지 않았다. 7, 8년 동안이나 내 〈나르시스〉를 이탈리아 극장에서 공연할 수 없었고, 배우들의 프랑스어 연기도 서툴렀기 때문에 나는 그 극장에 염증이 나 있었다. 그래서 내 작품을 그곳에서 공연하느니 차라리 프랑스 극장으로 옮기고 싶었다. 나는 그런 바람을 배우인 라누La Noue에게 말했다. 그는 나와 친분이 있었고 모두 알다시피 유능한 사람인데다 작가이기도 했다. 그는 〈나르시스〉를 마음에 들어 했다. 그는 그 작품의 익명 공연을 맡았다. 그동안 그는 나에게 무료입장권을 구해주었는데 이는 내게 큰 기쁨이었다. 왜냐하면 나는 다른 두 극장보다 프랑스 극장을 선호했기 때문이다. 작품은 좋은 반응을 얻었고 작가가 알려지지 않은 채 공연되었다. 하지만 내가 생각하기로 배우들과 다른 사람들이 작가를 몰랐을 리가 없다. 고생Gaussin 양과 그랑발Grandval 양이 연인 역을 연기했다. 내 생각에 공연 전체에 대한 이해력은 부족했지만 그 연기까지 완전히 서툴다고 말할 수는 없을 것이다. 하지만 나는 관객들의 관대함에 놀라고 감동받았다. 그들은 처음부터 끝까지 참을성 있게 그 작품을 묵묵히 보았고 두 번째 공연도 조급해하는 사소한 기색조차 없이 참아냈으니 말이다. 나로서는 첫 번째 공연에서 너무나 지루해진 나머지 끝까지 참지 못하고 극장에서 나와 프로코프 카페로 들어갔다. 그곳에서는 부아시Boissy와 그 밖에 다른 사람들이 나와 마찬가지로 정말 지루해하고 있었다. 바로 그 자리에서 나는 큰소리로 "내가 죄를 지었습니다peccavi"라고 말하며 작품의 작가가 나라는 사실을 겸손하게 혹은 의기양양하게 밝혔고 모든 사람들도 그렇게 생각했다는 듯이 말했다. 사람들은 형편없는 작품을 썼다는 작가의 고백을 듣자 상당히 놀랐는데, 내게는 그리 고통스러운 일은 아닌 것 같았다. 나는 고백을 한 용기로 자존심을 보상받았다는 생각까지 했다. 그런 경우에 어리석은 수치심으로 입을 다물고 있기보다는 말을 해버리는 것이 더욱 자존심을 세우는 길이라고 생각했다. 이 작품이 공연에서는 분명 맥을 못 추었지만 읽는 데는 문제가 없었으므로, 나는 그것을 인쇄물로 출간했다. 내가 썼던 최고의 글들 중 하나인 서문에서 그때까지 해왔던 것보다 좀 더 분명하게 내 원칙을 밝히기 시작했다.

머지않아 가장 중요한 어떤 작품에서 나는 그 원칙을 완전히 발전시킬 기회를 가졌다. 내 생각으로 1753년 그해에 디종 아카데미에서 '인간 불평등의 기원l'origine de l'inégalité parmi les hommes'이라는 주제 발표가 있었기 때문이다. 이 큰 문제에 감명을 받은 나는 아카데미가 대담하게 그런 문제를 제안했다는 사실에 놀라움을 금치 못했다. 더구나 아카데미가 그런 용기를 보여주었으니 나도 그런 문제를 다루고 시도할 용기를 낼 수 있었다.

나는 그런 큰 문제를 편안하게 심사숙고하기 위해 테레즈와 함께 생제르맹으로 7, 8일 동안 여행을 떠났다. 그 밖에 사람 좋은 우리 집 안주인과 그녀의 여자 친구들 중 한 사람도 동행했다. 나는 지금도 이 여행을 내가 살아오면서 해본 가장 즐거운 산책 중 하나로 생각한다. 날씨는 무척 좋았다. 그 무던한 여자들이 살림과 지출을 맡았다. 테레즈는 그녀들과 함께 즐거운 시간을 보냈다. 아무런 근심이 없던 나는 거리낌 없이 마음껏 식사 시간을 즐겼다. 다른 시간 동안에는 숲 속에 처박혀 원시시대의 이미지를 찾고 발견하고 그 시간의 역사를 담대하게 따라갔다. 나는 인간의 못된 거짓들을 물리쳐버렸다. 나는 그들의 본성을 감히 적나라하게 드러냈고 그 본성을 왜곡시킨 시대와 사물의 진보를 따라가 보았으며 인위적 인간과 자연적 인간을 비교함으로써 이른바 인간의 완성 속에 그 불행의 진정한 원천이 있음을 그들에게 보여주려 했다. 이와 같은 숭고한 관조에 고양된 내 영혼은 신성 가까이까지 이르렀으며 내 동포들이 자신의 편견, 잘못, 불행, 죄악의 막다른 길로 가는 것을 보았다. 그리하여 나는 그들이 알아들을 수 없을 만큼 가는 목소리로 외쳤다. "자연에 끊임없이 불만을 늘어놓는 어리석은 자들이여, 당신들의 모든 악은 당신들 자신에게서 비롯된 것임을 아시오."

이러한 성찰을 통해 《인간 불평등 기원론Discours sur l'origine de l'inégalité parmi les hommes》이 나왔다. 디드로는 이 작품을 나의 어떤 작품들보다 좋아했으며, 내가 이 작품을 쓰는 데 그의 조언이 가장 유용했다.* 하지만 전 유럽에서 이 작품을 이해하는 독자들은 거의 없었고 그들 중 어느 누구도 작품에 대해 말하려 하지 않았다. 이 작품은 수상을 위한 경쟁 목적으로 저술된 것인데, 그래서 나는 글을 보냈지만 상을 받게 되리라고는 애초에 기대하지 않았다. 왜냐하면 아카데미상이 이런 내용의 작품들을 위해 만들어진 것이 아님을 잘 알고 있었기 때문이다.

이 산책과 일은 내 감정과 건강에 매우 큰 도움이 되었다. 나는 이미 오래전부터 요폐증으로 괴로워하며 의사에게 전적으로 의지하고 있던 터였다. 그들은 내 고통을 완화시켜주기는커녕 내 기운을 고갈시키고 내 체질마저 망치고 말았다. 생제르맹에서 돌아온 나는 기운을 회복하고 몸이 더 좋아졌음을 느꼈다. 나는 그 지침을 따랐고 의사나 약의 도움 없이 회복을 해도, 죽게 돼도 그만이라는 결심을 했다. 나는 그것들과 영원히 작별을 고했다. 몸 상태가 여의치 않으면 움직이지 않고 있다가 기운이

* 이 작품을 쓰고 있을 당시에는 디드로와 그림의 엄청난 음모에 대해 아직 의심하지 않았다. 그렇지 않았더라면 디드로가 내 믿음을 이용하여 내 작품들에 그런 건조한 말투와 우울한 기질을 드러낸 것을 쉽게 눈치챘을 것이다. 그가 나에 대한 지도를 중단한 뒤로 내 작품에서 그런 식의 어조는 더 이상 나타나지 않았다. 불행한 사람의 불만에 냉혹해지려고 귀를 막으면서 논거를 구성해나가는 철학자의 구절이 그의 방식이었다. 그는 나에게 좀 더 냉혹한 또 다른 것을 제시했지만 나는 그것들을 사용할 엄두를 낼 수 없었다. 하지만 그 우울한 기질은 그가 뱅센의 감옥에서 얻은 것이라 여겼다. 그의 《클레르발Clairval》에도 그런 분위기가 상당히 많이 나타나 있기는 하지만 말이다. 나는 그런 구절에서 아주 사소한 악의조차 의심해본 적이 없다.

나자마자 외출하는 식으로 그날그날 살아가기 시작했다. 우쭐대는 사람들 사이에서 살아야 하는 파리의 생활방식은 도무지 내 취향에 맞지 않았다. 문인들의 음모, 그들의 수치스러운 언쟁, 불성실한 저술, 사교계에서 잘난 척하는 태도가 너무나 지긋지긋하고 불편했다. 친구들과의 관계에서조차 온화함과 열린 마음과 솔직함을 거의 찾아볼 수 없게 되자 떠들썩한 그런 삶에 싫증이 났고 시골생활을 갈망하기 시작했다. 일 때문에 시골에서 완전히 생활할 수는 없었으므로 적어도 내가 자유로운 시간만이라도 시골에서 보내러 갔다. 여러 해 동안 나는 우선 식사가 끝나면 불로뉴 숲으로 혼자 산책을 가서 작품의 주제에 대해 깊이 생각하다가 저녁때가 돼서야 돌아오곤 했다.

당시에 아주 가깝게 지내던 고프쿠르는 일 때문에 제네바에 가야 해서 나에게 여행을 제안했다. 나는 그의 제안에 동의했다. 하지만 '가정부'의 보살핌이 필요할 만큼 건강 상태가 썩 좋지 않았다. 그래서 그녀가 여행에 동행하고 그녀의 어머니가 집을 보기로 결정했다. 모든 준비가 이루어지자 우리 세 사람은 1754년 6월 첫째 날에 함께 출발했다.

그 여행에서 기록해두어야 할 것이 있다. 나는 태어나면서 완전히 남을 신뢰하는 천성을 타고났고 마흔두 살이 되도록 이러한 천성에 아무 거리낌 없이 또 아무 어려움 없이 나를 맡기고 살았다. 그런데 이 여행에서 처음으로 나의 천성을 침해당하는 경험을 한 것이다. 우리는 평민들이 타는 마차와 그에 어울리는 말로 천천히 여행을 했다. 나는 마차에서 내려 자주 걸어서 갔다. 우리가 길을 절반 정도 왔을 무렵 테레즈는 고프쿠르와 마차에 둘만 남는 것이 죽기만큼 싫다고 말했다. 그녀의 애원에도 불구하고 내가 마차에서 내리려 하자 그녀도 내려서 나처럼 걸었다. 나는 그러한 변덕에 대해 그녀에게 한참 동안이나 불만을 쏟아놓았다. 내가 단호하게 맞서 몰아붙이기까지 하자 그녀는 마침내 그 이유를 털어놓았다. 나는 사실을 알게 되자 꿈을 꾸는 게 아닌가 싶고 망연자실할 수밖에 없었다. 예순이 넘은 통풍 환자에 몸은 불편하고 환락과 쾌락으로 쇠약해진 내 친구 고프쿠르가 더 이상 아름답지도 젊지도 않은 친구의 여자를 출발할 때부터 꼬드기려고 애썼다니 말이다. 그것도 가장 야비하고 가장 수치스러운 방법으로 그녀에게 지갑을 열어 보이고 혐오스러운 책을 읽어주고 그 책을 가득 채우고 있는 저질스러운 그림들을 보여주어 그녀의 마음을 흔들어놓으려고까지 했다. 화가 난 테레즈는 한번은 창문으로 그 추잡한 책을 던져버리기도 했다. 여행 첫날 나는 심한 두통으로 저녁식사도 거른 채 잠자리에 들러 갔는데, 그가 단둘이 있게 된 시간을 이용하여 신사답기는커녕 호색한과 추잡한 인간에게나 어울릴 법한 시도와 술책을 저질렀음을 알게 되었다. 내가 그런 인간에게 내 여자와 나 자신을 맡긴 것이다. 얼마나 어처구니없는 일인가! 내게는 완전히 새로운 비통함이 아닐 수 없었다! 모든 매력의 근간인 사랑스럽고 숭고한 일체의 감정과 우정을 서로 떼어놓을 수 없다고 그때까지 믿고 있던 내가 일생 처음으로 우정을 경멸과 결합시켜야만 하고, 내가 사랑하고 사랑받고 있다고 생각하는 사람에게서 믿음과 존경을 거두어야만 했다! 이 불쌍한 자는 자신의 파렴치한 행동을 내게 감추었다. 나는 테레즈를 위험에 빠뜨리지 않기 위해 그에게서 멸시를 감추고, 그가 알아서는 안 되는 감정들을 가슴속에 묻어둘 수밖에 없었다. 감미롭고 고결한 우정의 헛된 꿈이여! 고프쿠르는 처음으로 내 면전에서 자신의 베일을 걷어낸 것이다. 그때부터 그 베일을 다시 내리려 해도 얼마나 많은 잔인한 손들이 그것을 막았는지 모른다!

리옹에서 사부아 지방으로 가게 되면서 우리는 고프쿠르와 헤어졌다. 아주 가까이에 있는 엄마를 만나지 않고 다시 지나칠 생각은 할 수 없었다. 나는 엄마를 다시 만났다……. 맙소사, 이 무슨 처지란 말인가! 이렇게 추락할 수도 있나! 그녀가 지니고 있던 본래의 미덕 중 무엇이 그녀에게 남아 있나! 퐁베르Pontverre 신부가 소개해주었던 예전에 그토록 눈부셨던 그 바랑Werens 부인이란 말인가! 얼마나 가슴이 아팠던가! 그녀가 고향을 떠나는 것밖에는 더 이상 다른 해결책이 없다고 생각했다. 나는 그녀에게 편지로 여러 차례 했던 간청을 다시 되풀이했지만 아무 소용이 없었다. 내게 와서 함께 평온하게 살자고 청하고 나와 테레즈의 인생을 그녀의 여생이 행복해지는 데 바치고 싶다고 말했다. 비록 연금이 정확하게 지급되기는 했지만 오래전부터 그것에서 더 이상 아무것도 얻지 못하는데도 그녀는 여전히 그것에 매달린 채 내 말을 듣지 않았다. 그래도 나는 내 지갑에서 얼마 안 되는 돈을 꺼내 그녀에게 주었다. 그녀가 그 돈을 한 푼도 쓰지 못할 것임을 내가 확실히 알지 못했다면 당연히 주어야만 했고 또 그렇게 주었을 액수에 비하면 훨씬 더 적은 돈이었다. 내가 제네바에 체류하는 동안 그녀는 샤블레 지방을 여행하고 있었는데 나를 보러 그랑주 카날로 왔다. 그녀는 여행을 마치기에는 여비가 부족했다. 내 수중에는 필요한 만큼의 돈이 없었다. 나는 한 시간이 지나서 테레즈를 통해 돈을 그녀에게 보냈다. 가엾은 엄마! 나는 그녀의 마음 씀씀이를 더 이야기할 것이다. 그녀는 남은 보석이라고는 작은 반지 하나밖에 없었다. 그녀는 반지를 손가락에서 빼더니 테레즈의 손가락에 끼워주었다. 테레즈는 반지를 곧장 엄마에게 돌려주었고 그 숭고한 손에 입을 맞추며 눈물로 적셨다. 아! 그때가 바로 내가 빚을 갚아야 하는 순간이었다. 모든 것을 버리고 그녀를 따라 마지막 순간까지 그녀에게 매달려 어떤 운명이라도 함께 나누었어야 했다. 하지만 아무것도 하지 못했다. 나는 마음이 또 다른 관심사에 쏠려 있어서 그녀에 대한 나의 애착이 약해지는 것을 느꼈다. 그런 애착이 그녀에게 도움이 될 수 있다는 희망이 없었던 것이다. 나는 그녀의 처지를 한탄하면서도 그녀를 따라가지는 못했다. 내가 살아오면서 느꼈던 모든 회한 중에서 이번 일이 가장 가혹하고 오래갔다. 나는 끊임없이 나를 짓누르던 끔찍한 징벌을 받아 마땅했다. 이 징벌로 나의 배은망덕을 속죄할 수 있다면! 내 행동 자체는 배은망덕이었다. 하지만 내가 은혜를 모르는 자의 마음만 가졌더라도 그 배은망덕으로 이렇게까지 마음이 찢어지지는 않았을 것이다.

나는 파리로 떠나기 전에 《불평등론》의 헌사를 대략적으로 써두었다. 그리고 그 글을 샹베리에서 완성했다. 시비를 피하기 위해 헌사에 프랑스와 제네바의 날짜를 쓰지 않는 것이 더 낫다고 생각해서 헌사에 그 지역의 날짜를 썼다. 나는 이 도시에 도착하여 나를 이곳으로 끌어들인 공화주의의 열광에 빠져들었다. 열광은 내가 이곳에서 받은 환영으로 고조되었다. 나는 어디를 가나 환대와 사랑을 받았으므로 열렬한 애국심에 완전히 고취되었다. 나는 조상들의 종교와는 또 다른 종교에 서원을 하여 시민권을 빼앗긴 것에 수치심을 느꼈고 처음의 종교를 공공연하게 되찾으리라고 결심했다. 내 생각은 이러했다. 복음은 모든 기독교인들에게 동일한데, 교리의 바탕이 달라지는 것은 단지 사람들이 자기가 알지도 못하는 바를 설명하려고 들기 때문이다. 종교 의식과 그 이해하기 어려운 교리를 정하는 것은 어느 나라나 오직 그 군주에게 속하는 권리이다. 따라서 시민의 의무는 그 교리를 받아들이고 법으로 규정된 종교 의식을 따르는 것이다. 내 신념은 백과전서파들과의 교제로 흔들리기는커녕 논쟁과 파벌에 대한 타고난 반감으로 더욱 확고해졌다. 나는 인간과 세계에 대한 연구로 그 궁극적 원인들과 그것들에 영향을 미치는 통찰력을 도처에서 보게 되었다. 여러 해 전부터 성경, 특히 복음서를 몰두해서 읽고 그것을 가장 이해하지 못할 작자들이 내리는 예수 그리스도에 대한 저속하고 어리석은 해석들을 경멸하게 되었다. 한마디로 철학은 내게 종교의 본질에 다가서도록 해주었고 지리멸렬하고 하찮은 형식들에서 벗어나게 해주었다. 사람들이 그런 잡동사니로 종교를 혼란스럽게 만든 것이다. 나는 이성적 인간이 기독교도가 되는 데는 두 가지 방식이 있을 수 없다고 생각하듯이, 형식 및 원리와 관련된 모든 것은 각 나라마다 법률적 권한에 속하는 것이라고 판단했다. 그토록 이치에 맞고 사회적이며 평화적인데도 나에게 그토록 잔인한 박해를 불러온 그 원칙으로부터 나온 결론은 내가 제네바 시민이 되고자 한다면 개신교도가 되어 내 나라가 정한 종교 의식을 따라야 한다는 것이었다. 나는 그렇게 하기로 결심하고 내가 살고 있는 교구 목사의 설교를 따르기까지 했다. 교회는 제네바 교외에 있었다. 다만 장로회의에 출석해야 하는 일만큼은 없기를 바랐다. 하지만 교회법은 그 점에 대해서는 단호했다. 다만 나를 위해 그런 규정을 면제해주려고 했고 특별히 내 신앙 고백을 듣기 위해 대여섯 명의 위원으로 위원회를 구성했다. 불행히도 나와 친분이 있던 친절하고 온화한 페르드리오Perdriau 목사가 소규모 회합에서 내 강연을 들으면 좋겠다는 제안을 내놓았다. 나는 그런 기대에 너무나 불안한 마음이 들어서 준비한 짧은 원고를 3주 동안 밤낮으로 검토했지만 막상 그것을 읽으려 하니 단 한 마디도 할 수 없을 정도로 당황했다. 나는 이 강연에서 어리석은 초등학생 역할에 머물고 말았다. 위원들은 나에게 말을 걸었고 나는 어리석게도 "예", "아니오"로만 대답을 했다. 그 후 나는 성찬식에 참여할 수 있게 되었고 시민권도 회복되었다. 시민들과 공민들만이 비용을 대는 경비대 명부에도 이름을 올렸다. 특별 의회에도 참석하여 시장인 뮈사르Mussard의 맹세를 받았다. 나는 이번 기회에 위원회와 장로회의가 내게 보여준 친절, 모든 행정관들과 목사들과 시민들의 호의적이고 정중한 태도에 무척이나 감동을 받았다. 또한 항상 내 주위를 떠나지 않는 드 뤼크De Luc[59]라는 호인이 부추기기도 하고 무엇보다 나 자신의 성향 때문에 파리에는 다시 돌아갈 생각이 들지 않았다. 다시 돌아간다 해도 그것은 집안일을 처리하고 자질구레한 일들을 정리하기 위해서였다. 또한 르바쇠르 부인과 그녀의 남편을 취직시키거나 그들에게 생계를 마련해주고 테레즈와 함께 돌아와서 제네바에 정착하여 여생을 보낼 작정이었다.

일단 이런 결심을 하게 되자 부담되는 일은 중단하고 출발하기 전까지는 친구들과 즐겁게 보냈다. 이런 모든 즐거움 중에서도 가장 마음에 든 것은 아버지인 드 뤼크, 그의 며느리, 두 아들, 그리고 테레즈와 함께 배를 타고 호수를 유람한 일이었다. 우리는 더없이 좋은 날씨 덕에 일주일 내내 호수를 돌아다녔다. 나는 호수 저편 끝에서 깊은 인상을 준 경치를 강렬한 기억으로 간직했고 몇 년 후에 그 장면을《신엘로이즈*Julie, ou la Nouvelle Héloïse*》에서 묘사했다.

내가 제네바에서 만난 주요 인물들로는 앞에서 말한 드 뤼크 말고도 이미 파리에서도 알고 지낸 젊은 목사 베른Vernes이 있었다. 나는 처음에는 그를 좋게 생각했는데 그 후에는 별 볼일 없는 사람이 되어버렸다. 또한 당시 시골 목사였던 페르드리오 씨가 있는데 지금은 문학 교수가 되었다. 비록 그는 나와 멀어지는 것이 고상한 일이라고 생각했지만 나는 차분하고 온화한 그와의 교분을 항상 그리워할 것이다. 잘라베르Jalabert 씨는 당시 물리학 교수였는데, 뒤에 시의회 의원과 시장을 차례로 지냈다. 내가 그에게《불평등론》을 읽어주자(헌정문은 읽지 않았다) 그는 열광하는 것 같았다. 릴랭Lullin 교수는 죽기 전까지 나와 서신 교환을 한 사람으로 도서관의 책 구매를 내게 맡기기도 했다. 베르네Vernet 교수는 내가 애정과 믿음을 보여주었는데도 다른 사람들처럼 나를 외면했다. 신학자도 무언가에 감동을 받을 수 있다면 그도 내 행동에 감동이 되었을 텐데 말이다. 샤퓌Chappuis는 고프쿠르의 서기이자 후임자였는데 그의 자리를 차지하려다가 자신이 쫓겨나고 말았다. 마르세 드 메지에르 Marcet de Mézières는 아버지의 옛 친구로 내게도 친구처럼 대해주었다. 그는 과거 조국에 지대한 공헌을 했지만 극작가가 되고 200인 평의회의 의원[60] 직을 요구하며 변절했으므로 죽기 전에 조롱거리가 되었다. 하지만 내가 가장 많이 기대한 사람은 물투Moultou였다. 이 젊은이는 재능과 불꽃 같은 기지로 가장 전도유망했으며 나는 항상 그에게 애정을 품고 있었다. 비록 나에 대한 그의 행동에 모호한 점이 있고 그가 나의 가장 잔혹한 적들과 통하고 있었어도 말이다. 나는 이 모든 것에도 불구하고 그가 언젠가 내 명예를 지켜주고 자기 친구를 위해 복수해줄 운명임을 생각하지 않을 수 없다.

그렇게 정신없는 가운데서도 나는 고독한 산책의 취미와 습관을 잃지 않았다. 종종 호숫가를 따라 상당히 멀리 산책을 나가기도 했는데, 산책을 하는 동안에도 일에 익숙해진 내 머리는 한가할 틈이 없었다. 나는 이미 구상해둔 《정치 제도Institutions politiques》를 정리했다. 이 글에 대해서는 곧 말할 기회가 있을 것이다. 또한 《발레 지역의 역사Histoire du Valais》와 산문으로 된 비극의 초안도 계획했다. 이 극의 주제는 다름 아닌 루크레티아[61]였다. 나는 이 극을 통해 빈정거리는 사람들에게 충격을 주려는 기대를 버리지 않았다. 어떤 프랑스 극장에서도 더 이상 그녀를 볼 수 없었을 때, 내가 대담하게 그 불행한 여주인공을 등장시키기도 했지만 말이다. 나는 동시에 타키투스에 손을 댔고 그의 《역사Historiae》 1권을 번역하기도 했다. 내 원고 모음집을 보면 그 작업분이 있을 것이다.

나는 제네바에서 넉 달을 머무르다 10월에 파리로 돌아왔다. 도중에 고프쿠르와 다시 만나지 않으려고 리옹을 피해서 갔다. 나는 신상 정리를 하며 이듬해 봄이나 되어야 제네바로 돌아갈 생각을 했으므로 겨울 동안에는 평소 습관과 일로 다시 돌아갔다. 주된 일은 《불평등론》의 교정을 보는 것이었는데, 나는 제네바에서 막 알게 된 출판업자 레Rey를 통해 이 글을 네덜란드에서 출간했다. 이 저술은 제네바 공화국에 헌정되었고 이 같은 헌정이 의회의 환심을 사지 못할 수도 있으므로 우선은 이 저술이 제네바에서 어떤 반응을 불러일으킬지 기다려보기로 했다. 그러고 나서야 제네바로 돌아갈 생각이었다. 결과는 나에게 호의적이지 않았다. 내가 가장 순수한 애국심으로 결심한 헌정이 의회에서는 나의 적을 만들었고 시민들에게도 시기심을 불러일으켰을 뿐이었다. 당시 수석 위원이던 슈에Chouet 씨는 나에게 정중하지만 냉담한 편지를 보내왔다. 그 편지는 원고들 속 편지묶음 A 3호에 있을 것이다. 사적으로는 드 뤼크와 잘라베르에게서 몇 마디 인사말을 받았다. 그것이 전부였다. 단 한 사람의 제네바인도 이 작품에 나타나 있는 나의 열정적이고 진정한 감사의 마음을 알아주지 못한다는 생각이 들었다. 이런 무관심은 그 사실을 알고 있는 모든 사람들을 화나게 만들었다. 이런 기억이 떠오른다. 어느 날 클리시에 있는 뒤팽 부인의 집에서 공화국 변리공사인 크로믈랭Crommelin 씨, 메랑Mairan 씨와 함께 식사를 했다. 식사 중에 메랑 씨는 의회가 그 저술에 대해 보상과 공식적인 예우를 해주어야 하고 그렇지 않으면 의회의 명예가 실추될 것이라는 말을 공공연하게 했다. 음흉한 소인배에 저열한 악인인 크로믈랭은 내 앞에서 감히 아무 대답도 하지 못했다. 하지만 그가 소름 끼치도록 얼굴을 찌푸리자 뒤팽 부인은 웃음을 머금었다. 내가 이 작품을 통해 취한 유일한 이익은 마음속으로 만족했다는 것을 빼고는 시민 자격을 얻었다는 것뿐이다. 이 자격도 처음에는 내 친구들이 나에게 부여한 것이며 그다음에 일반인들도 그들을 따라 인정한 것이다. 그 후에 나는 시민의 자격이 너무 넘친 나머지 그 자격을 잃고 말았다.[62]

이렇듯 내 저작은 실패했지만 내 마음에서 더 강한 동기가 작용하지 않았다면 제네바에서 은퇴할 계획을 단념하지는 않았을 것이다. 데피네 씨는 라 슈브레트 성에서 빠져 있는 측면을 만들어 넣으려고 큰돈을 들여 공사를 했다. 어느 날 우리는 데피네 부인과 함께 그 공사를 보러 갔다가 1킬로미터를 더 걸어 몽모랑시 숲에 인접한 호수의 저수지까지 산책을 했다. 그곳에는 소박한 채소밭에 '레르미타주'라는 이름의 작고 몹시 황폐해진 오두막이 한 채 있었다. 나는 제네바로 여행하기 전에 처음으로 호젓하면서도 정감이 드는 그 장소를 보고 깊은 인상을 받았다. 나는 흥분하여 나도 모르게 이렇게 말해버렸다. "아! 부인, 이런 매력적인 거처가 있었다니요! 완전히 나를 위해 만들어진 안식처로군요." 데피네 부인은 내 말에 그다지 반응을 보이지 않았다. 하지만 나는 두 번째 여행에서 낡은 오두막 대신 거의 새로 짓다시피 하고 방 배치도 잘된, 세 사람이 소박한 살림을 하며 충분히 살 만한 작은 집을 발견하고 깜짝 놀랐다. 데피네 부인은 내게 알리지 않은 채 저택에서 얼마간의 자재를 끌어오고 일꾼 몇 명을 불러와서 아주 적은 비용을 들여 이 작업을 진행시켰다. 그녀는 두 번째 여행에서 내가 놀라는 모습을 보고 말했다. "이 곰 같은 양반아, 이곳이 당신의 안식처라오. 바로 당신이 이 장소를 선택했으니 우정의 표시로 당신에게 드리는 거예요. 나는 당신이 내게서 멀어지겠다는 잔인한 생각을 버렸으면 해요." 나는 살아오면서 이보다 더 강렬하고 기분 좋게 감동을 받은 적이 없다. 나는 내 친구의 자비로운 손을 눈물로 적셨다. 바로 그 순간 마음이 완전히 동할 정도는 아니었지만 무척 흔들리지 않을 수 없었다. 데피네 부인은 거절당하고 싶지 않았으므로 마음이 조급해져서 르 바쇠르 부인과 그 딸의 환심까지 사며 나의 마음을 끌려고 온갖 수단과 많은 사람을 동원했고 마침내 내 결심을 꺾고야 말았다. 조국에서 체류하는 것을 포기한 나는 레르미타주에서 살기로 결심하고 그 약속을 했다. 그녀는 집이 마르기를 기다리며 이듬해 봄에 입주하기 위한 모든 준비를 마칠 수 있도록 정성을 다해 세간을 마련해주었다.

내가 이런 결심을 하는 데 지대한 역할을 한 계기는 제네바 근교에 볼테르가 자리를 잡은 일이었다. 나는 이 작자가 혁명을 일으키리라고 생각했다. 나는 나를 쫓아낸 파리에서의 어조와 태도와 풍속 등을 내 조국에서 다시 발견하게 될 것이다. 그렇게 되면 나는 끊임없이 싸워야만 할 것이다. 또한 참을 수 없는 현학자나 비겁하고 나쁜 시민이 되는 수밖에 달리 처신할 방법이 없을 것이다. 볼테르가 내 최근 저술에 관한 편지를 보내와서 나는 답장에 내 우려를 넌지시 전할 수 있었다. 답장의 결과로 그 우려는 분명해졌다. 그때부터 나는 제네바가 가망이 없다고 여겼고 내 생각은 잘못되지 않았다. 스스로 능력이 있다고 생각했다면 나는 그 폭풍우와 맞서기 위해 그곳에 갔을지도 모른다. 하지만 혼자인데다 소심하고 말도 서툰 내가 대체 무엇을 할 수 있단 말인가? 거만하고 부유하며 권력자의 신임을 받고 재치가 넘치는 달변에 이미 여자들과 젊은이들의 우상이 된 사람을 상대로 해서 말이다. 나는 내 용기 때문에 공연히 위험에 빠지는 것이 두렵다. 나는 나의 평화로운 기질과 휴식을 사랑하는 마음에만 귀를 기울일 따름이다. 만일 그런 기질이 나 자신을 기만했다면 지금도 같은 문제를 두고 나를 속이고 있는 것이다. 만약 제네바에 내려왔다면 내게 큰 불행이 일어나지 않았을 수도 있을 것이다. 하지만 뜨거운 애국적 열정을 아무리 쏟은들 조국을 위해 어떤 위대하고 유용한 일을 할 수 있었을지 의심스럽다.

거의 그와 같은 시기에 제네바에 자리 잡고 있던 트롱솅Tronchin은 얼마 뒤에 파리에서 광대 짓을 하여 큰돈을 벌었다. 그는 돌아와서 기사 조쿠르Jaucourt와 함께 나를 만나러 왔다. 데피네 부인은 그에게 개인적으로 진찰을 받으려고 몹시 애를 썼으나 바람은 쉽게 이루어지지 않았다. 나는 트롱솅에게 그녀를 만나도록 권유했다. 그들은 내 도움으로 이렇게 만남을 시작했고 그 후 그들의 관계는 나를 딛고 더 긴밀해졌다. 내 운명은 항상 이러했다. 내가 각자 알고 있는 두 친구를 서로 가깝게 지내도록 만들어주면 그들은 틀림없이 나를 배척하며 가까워졌다. 그때부터 트롱솅 일가는 자기 조국을 굴복시키려는 음모 속에서 나를 죽도록 증오했지만 그 의사만큼은 오랫동안 지속적으로 내게 호의를 보여주었다. 그는 제네바에 돌아와서 내게 편지까지 보내어 명예 도서관장 직을 제안하기도 했다. 하지만 나는 출발이 정해져 있었으므로 그 제안에 동요되지 않았다.

그 무렵에 나는 돌바크 씨의 집을 다시 드나들었다. 내가 제네바에 머물고 있는 동안 프랑쾨유 부인과 마찬가지로 그의 아내가 죽은 일이 계기가 되었다. 디드로는 내게 그 소식을 전하면서 남편이 무척 비탄에 빠져 있다고 말했다. 나는 그의 고통에 마음이 움직였다. 그 친절한 부인이 죽다니 몹시 애석했다. 그 일로 돌바크 씨에게 편지를 썼다. 나는 그 슬픈 사건으로 그의 모든 잘못을 잊었다. 내가 제네바에서 돌아와 있을 때 마침 그도 기분전환을 위해 그림을 그리고 다른 친구들과 함께 프랑스 일주 여행을 하고 돌아와 있던 터라 나는 그를 만나러 갔다. 나는 레르미타주로 떠날 때까지 계속 그를 만났다. 데피네 부인을 아직은 전혀 모르는 그의 파벌들에게 부인이 내게 거처를 마련해주었다는 사실이 알려지자 나는 빗발치듯 쏟아지는 야유를 들어야 했다. 비난의 근거는 내가 도시의 즐거움과 아첨에 익숙해져 있어서 그처럼 적막한 곳에서 2주도 견디지 못할 것이라는 생각이었다. 나는 내심 그 말에 동요가 되었지만 그들이 무슨 말을 하든지 개의치 않고 내 계획을 밀고 나갔다. 그래도 돌바크 씨가 내게 필요할 때가 있었다.* 84세가 넘은 르 바쇠르 영감을 맡아줄 장소를 그가 찾아준 것이다. 영감을 짐스러워하던 그의 아내도 남편에게서 벗어나게 해달라고 나에게 끊임없이 부탁하고 있던 터였다. 그는 자선병원에 맡겨졌다. 이미 연로한데다 가족들과 멀리 떨어져 있다는 생각에 그는 도착하자마자 곧 세상을 뜨고 말았다. 그의 아내와 다른 자식들은 별로 슬퍼하지 않았다. 하지만 그를 애틋하게 사랑했던 테레즈는 아버지를 여의고 상심한 마음을 달랠 길이 없었다. 그녀는 곧 죽게 될 노인이 먼 곳에서 삶을 마치게 되었다는 사실에 괴로워했다.

그즈음 오래전부터 알고 있었지만 거의 생각지도 못한 사람의 방문을 받았다. 내가 말하려는 사람은 다름 아닌 내 친구 방튀르Venture였다. 전혀 생각지도 못한 이른 아침에 그가 와서 나는 깜짝 놀랐다. 또 다른 사람이 그와 함께 있었다. 나는 그가 많이 변했다고 생각했다. 그에게서 예

---

* 이것이 바로 내 기억이 나에게 장난을 친 좋은 사례이다. 나는 그런 일에 대해 쓰고서 오랫동안 내 아내와 그녀의 아버지인 노인에 대해 이야기하면서 그를 입원시킨 사람은 돌바크 씨가 아니라 당시 시립병원 행정관이었던 슈농소 씨였음을 알게 되었다. 나는 그런 상황을 완전히 잊고서 자주 보는 돌바크 씨 생각만 하고 그 사람이라고 단언할 뻔했다.

전의 매력 대신 경박한 태도밖에 찾아볼 수 없었고, 그 때문에 나는 그를 허심탄회하게 대하기 어려웠다. 그게 아니라면 내 눈이 예전과 달라지거나 그의 정신이 방탕함으로 바보가 된 것인지 그를 처음 만났을 때 본 광채가 청춘의 그것이어서 더 이상 찾아볼 수 없게 된 것인지 알 수 없지만, 나는 그를 거의 무관심하게 보았고 우리는 아주 냉랭하게 헤어졌다. 하지만 그가 떠나자 나는 오래전 우리 관계의 추억에 잠기게 되었고 내 젊은 시절의 기억이 아주 강렬하게 떠올랐다. 너무나 달콤하고 너무나 신중하게 그 천사 같은 여인에게 바친 내 젊은 시절이었다. 그 여인은 이제 내 친구 못지않게 변해버렸다. 또한 행복한 시절의 여러 이야기들이, 툰63 지방에서의 소설과 같은 하루 동안 매력적인 두 소녀 사이에서 너무나 순수하고 즐겁게 보낸 시간들이 뇌리에 떠오른다. 그때는 한 손에 입을 맞춘 일이 유일한 애정의 표시였다. 그래도 그 일은 여전히 너무나 강렬하고 가슴 벅차며 변치 않는 아쉬움으로 남아 있다. 나는 젊은 마음의 황홀한 열광을 만끽했지만 그 시간은 영원히 지나가 버렸다고 생각한다. 나는 그런 모든 감미롭고 아련한 추억으로 지나간 젊음에, 그리고 이제는 내게서 사라진 그 열정에 눈물을 쏟았다. 아! 내게 일어날 불행을 미리 알았더라면 그 불행이 불길한 모습으로 뒤늦게 돌아올지 알았더라면 얼마나 많은 눈물을 흘렸겠는가.

파리를 떠나기 전, 그러니까 은둔하기 전 겨울 동안 나는 마음이 흡족한 즐거움을 순수하게 맛보았다. 희곡 몇 편으로 알려진 낭시 아카데미 회원 팔리소Palissot는 작품 한 편을 뤼네빌에서 폴란드 왕이 참석한 가운데 공연했다. 그 희곡에서 그는 손에 펜을 들고 대담하게 왕과 맞서는 한 인물을 등장시켜 폴란드 왕에게 환심을 사려는 듯했다. 관대하지만 풍자를 좋아하지 않던 스타니슬라스 왕은 자신이 지켜보는 가운데 그런 식으로 그가 인신공격을 하는 것에 화가 났다. 트레상Tressan 백작은 군주의 지시로 달랑베르와 나에게 편지를 써서 폐하의 뜻으로 팔리소 씨가 아카데미에서 쫓겨났다고 알려왔다. 나는 그에게 급하게 답장을 하여 팔리소 씨가 사면될 수 있도록 폴란드 왕에게 중재할 것을 간절히 청했다. 사면은 허가되었다. 트레상 씨는 왕의 이름으로 그런 사실을 나에게 알려주며 그 일은 아카데미의 기록에 남을 것이라고 덧붙여 말했다. 나는 그렇게 하면 죄가 영원히 남는 것이니 사면을 허가하는 것이 아니라고 응수했다. 이러한 탄원 끝에 마침내 나는 기록에 아무것도 남지 않을 것이며 그 사건과 관련된 어떤 공적인 흔적도 남기지 않을 것이라는 답변을 얻어냈다. 이 모든 일은 트레상 씨는 물론이고 왕의 존경과 배려의 표시가 없으면 이루어지기 어려웠으므로 나는 더없이 기분이 좋았다. 이 기회를 통해서 존경받을 만한 사람에게서 존경을 받는 것은 허영심보다는 훨씬 기분 좋고 가장 고귀한 감정을 마음속에 갖게 되는 일이라고 생각했다. 나는 트레상 씨의 편지를 내 답장과 함께 내 원고 모음집 속에 옮겨 적어두었다. 그 원본은 편지묶음 A 9, 10, 11호에 있을 것이다.

언젠가 이 회고록이 빛을 보게 된다면 스스로 그 흔적을 지우고자 했던 사실에 관한 기억을 영원히 남기는 것임을 잘 알고 있다. 그런데도 나는 본의 아니게 또 다른 많은 사실들을 전하고 있다. 내게는 항상 눈앞에 놓인 계획의 큰 목적과 그 계획을 최대한 완수해야 하는 필수적인 의무가 있으므로, 물론 가장 사소한 동기로도 목적을 벗어날 수 있겠지만, 그런 의지를 결코 바꿀 수 없을 것이다. 내가 처한 이상하고 예외적인 상황에서 나는 오직 진실 말고는 그 어떤 것에도 기대서는 안 된다. 나 자신을 잘 알기 위해서는 좋은 것이든 나쁜 것이든 나의 모든 관계 속에서 나를 알아야 한다. 내 고백은 필연적으로 많은 사람들에 관한 고백과 연결되어 있다. 나는 나와 관련 있는 것이면 무엇이든 똑같이 솔직하게 고백한다. 나는 나에 대해서보다 다른 사람들에 대해서 더 신중할 의무는 없다고 생각하지만 그래도 훨씬 더 조심하려고 한다. 나는 항상 올바르고 진실하기를 바라며, 타인에 대해서는 가능한 한 유익한 것을 말하려 하고,

나쁜 것에 대해서는 나와 관련이 있을 때와 어쩔 수 없는 경우를 제외하고는 결코 말하고 싶지 않다. 내가 처한 상황에서 내게 더 많은 것을 요구할 권리가 누구에게 있단 말인가? 내 '고백'은 내가 혹은 나와 관련된 사람들이 살아 있을 때 출간하려고 작성한 것이 결코 아니다. 만일 내가 내 운명과 이 저술의 운명을 마음대로 할 수 있다면 이 책은 나와 관련된 사람들과 내가 죽은 후에야 빛을 볼 것이다. 하지만 나를 짓밟으려는 압제자들이 진실을 두려워하여 갖은 노력으로 기록의 흔적을 지워버리려고 하므로, 나는 가장 엄정한 공정함과 가장 엄격한 정의가 내게 허용하는 모든 것을 하지 않을 수 없다. 만일 나에 대한 세상 사람들의 기억이 나와 더불어 소멸되어버린다면 나는 어느 누구를 곤란하게 만들기보다는 차라리 부당하고 일시적인 치욕을 말없이 감내할 것이다. 하지만 결국 내 이름은 남게 될 것이므로 나는 그 이름과 더불어 그 이름을 지녔던 불행한 인간에 대한 기억을 실제 있었던 그대로, 또한 부정한 적들이 쉼 없이 그 이름을 꾸며대려고 애쓰는 것과는 다른 식으로 전하려고 노력해야만 한다.

—

제9권
1756~1757

레르미타주에 살고 싶어 조바심이 난 나는 좋은 계절이 올 때까지 기다리지 못하고 집이 정리되자마자 돌바크 무리들의 엄청난 야유를 들으며 서둘러 그곳으로 갔다. 그들은 내가 고독한 생활을 석 달도 못 견디고 얼마 안 가서 돌아올 것이며 창피하게 자신들처럼 파리에서 살게 될 것이라고 공공연하게 떠들어댔다. 나로서는 15년간 내 고유한 활동 영역을 벗어나 있다가 막 제자리로 돌아오려는 것이었으므로 그들이 빈정거리는 것에 신경조차 쓰지 않았다. 본의 아니게 사교계에 들어가게 된 이후 나는 내가 아끼는 레 샤르메트와 그곳에서 지냈던 안락한 생활을 늘 그리워했다. 나는 천성이 시골에서 은둔하여 살게 태어났다고 느꼈다. 나는 다른 곳에서는 행복하게 살 수 없었다. 베네치아에서는 공무를 수행하면서 일종의 대표라는 위엄을 과시하며 승진에 대한 기대로 오만해져 있었다. 파리에서는 사교계의 소용돌이 속에 휘말리고 식도락과 화려한 볼거리 속에 빠진 채 허영심에 도취되어 있었다. 그럼에도 그 어디서든 항상 나의 작은 숲, 시냇물, 고독한 산책 등이 떠올라 마음이 산란해지고 슬픔에 빠지고 탄식과 욕망을 불러일으켰다. 나 스스로 받아들일 수 있었던 모든 작업들, 불쑥 내 열정을 불러일으킨 일체의 야심찬 계획들은 언젠가 전원생활의 행복한 여유를 찾으려는 목적밖에는 없었으며 나는 지금 이 순간 그 전원생활이 손에 닿을 듯 가까이 있다고 마음속에 그리고 있었다. 예전에는 그런 생활을 해나가려면 형편이 웬만큼 넉넉해야 한다고 여겼지만 그럴 형편이 안 되는 나는 내가 처한 특수한 상황에서는 그런 여유가 없이도 지낼 수 있으며 완전히 다른 길을 택해도 같은 목적지에 이를 수 있다고 생각했다. 한 푼의 연금 수입도 없었지만 명성과 재능이 있었다. 나는 검소했고 돈이 많이 들고 남의 눈치를 봐야 하는 생활은 이미 벗어 던져버렸다. 게다가 게으르기는 하지만 필요할 때는 부지런했다. 나의 게으름은 게으름뱅이가 피우는 것이 아닌 자립심이 강한 사람이 피우는 게으름이라 해야 한다. 자립적인 사람은 자신이 원할 때만 일하기 때문이다. 나의 악보 필사 일은 빛이 나는 일도 대단한 돈벌이도 아니지만 확실한 자리였다. 세상 사람들도 내가 그런 직업을 선택한 용기를 좋게 생각했다. 나는 일거리가 떨어지지 않을 것이라 기대할 수 있었고 일만 열심히 하면 충분히 먹고살 수 있었다. 내게는 〈마을의 점쟁이〉로 받은 2,000프랑의 수입이 남아 있었고 또 다른 저술들로 선인세를 받아서 옹색하지 않을 정도는 되었으며, 작업 중인 여러 편의 작품들 덕분에 출판업자들에게 돈을 요구하지 않고도 충분한 지원이 있어서 무리하지 않고 산책의 여가를 마음껏 즐길 수 있을 정도로 여유 있게 일할 수 있었다. 세 식구가 꾸리는 소박한 살림에서 세 사람 모두 긴요한 일을 하고 있었고 생활비도 그다지 많이 들지 않았다. 결국 나는 내가 필요로 하고 바라는 만큼의 수입으로 타고난 기질에 맞는 행복하고 한결같은 삶을 온전히 살 수 있었다.

물론 얼마든지 벌이가 가장 좋은 일에 매진할 수도 있었을 것이다. 악보 필사 일에 빠져드는 대신 저술에 완전히 몰두할 수도 있었다. 나는 글쓰기에 두각을 나타냈고 그것을 지속할 수 있다고 생각했으므로 글을 쓰는 것으로 풍족하게, 더 나아가 호사스럽게 살 수도 있었다. 내가 작가적 책략과 좋은 책을 내려는 관심을 결합시키고자 했다면 말이다. 하지만 빵을 위해 글을 쓴다는 것은 나의 천재성을 곧 질식시키고 재능을 죽이는 일이라고 생각했다. 그런 재능들은 나의 펜보다는 나의 가슴속에 있으며 고결하고 자존심 강한 사고방식을 통해서만 나타날 수 있다. 또한 그런 사고방식만이 재능을 키울 수 있다. 어떤 강한 것도 어떤 위대한 것도 돈으로 움직이는 펜에서 나올 수는 없다. 필요성과 탐욕이 목적이라면 잘 쓰기보다는 빨리 쓸 수밖에 없을 것이다. 출세욕 때문에 음모에 휘말리지는 않더라도 꼭 필요하고 진실된 글보다는 대중에 영합하는 글들을 쓰려고 애썼을 것이다. 또한 내가 원하는 뛰어난 작가 대신 삼류 작가가 될 수밖에 없었을 것이다. 아니, 그렇게 되어서는 안 된다. 작가라는 신분은 그 자리가 직업이 아닐 때에만 빛이 나고 존경받을 수 있다고 나는 늘 생각해왔다. 먹고사는 것만 생각하면서 고상하게 생각하기란 참으로 어려운 법이다. 위대한 진리를 말할 수 있고 감히 말하려면 성공에 의존해서는 안 된다. 나는 내 책들을 대중에게 내놓으면서 다른 것은 전혀 개의치 않고 공익을 위해 썼다는 확신을 했다. 그 저서가 거부당한다면 그 책을 읽지 못하는 사람들에게는 유감스럽지만 할 수 없는 일이다. 그러니 나로서는 먹고살기 위해 그들의 칭찬을 필요로 하지 않았다. 내 책들이 팔리지 않아도 나는 내 직업으로 생활할 수 있었다. 바로 그렇게 생각했기 때문에 책들이 팔린 것이다.

1756년 4월 9일 나는 도시를 떠났고 이후 더 이상 그곳에서는 거주하지 않았다. 왜냐하면 그 후 단기간 체류할 목적으로 파리나 런던 또는 다른 도시들에서 잠시 머무른 것은 거주한 것으로 간주하지 않았기 때문이다. 도시는 늘 지나는 길에 들르거나 본의 아니게 체류했다. 데피네 부인

은 자신의 사륜마차를 보내 우리 세 사람 모두를 태워주었다. 그녀의 소
작인도 따라와 얼마 안 되는 우리 짐을 실어주었고 덕분에 나는 같은 날
입주할 수 있었다. 나는 이 소박한 은신처가 설비나 가구는 검소하지만
깨끗하고 심지어 세련되어 보이기까지 했다. 그리고 이 가구들을 마련하
는 데 정성을 다한 그 손길이 더없이 소중하게 느껴졌다. 나는 내가 선택
하고 친구인 그녀가 나를 위해 특별히 지어준 집에서 그녀의 손님이 된
다는 사실이 마냥 즐겁기만 했다.

날이 쌀쌀했고 아직 잔설도 남아 있었지만 땅에서는 새싹이 움트기 시
작했다. 제비꽃과 앵초가 눈에 띄고 나뭇가지에는 새순이 돋기 시작했
다. 내가 도착하던 그날 밤 처음 듣는 꾀꼬리의 노랫소리가 인상적이었
다. 그 소리는 집 가까이에 있는 숲 속 바로 옆 창가에서 들렸다. 나는 선
잠을 자고 난 뒤 잠에서 깨어 이사 온 사실도 잊고 아직도 그르넬 거리에
있는 줄만 알고 있다가 새가 지저귀는 소리에 소스라치게 놀라 흥분하여
소리쳤다. "드디어 내 소원이 이루어졌어!" 내 첫 번째 관심사는 나를 둘
러싼 시골 풍경의 인상에 완전히 빠져드는 일이었다. 나는 집 안을 정리
하는 대신 산책 나갈 채비를 시작했다. 다음 날부터는 내가 둘러보지 못
한 오솔길, 수풀, 작은 숲, 집 주위의 구석진 곳 하나가 없을 정도였다. 이
매력적인 은신처를 살펴볼수록 이곳이 나를 위해 만들어졌다는 생각이
더욱 커졌다. 황량하기보다는 적막한 이 장소에서 나 자신이 세상의 끝
에 와 있다는 생각이 들었다. 도시 가까이에서는 결코 찾아볼 수 없는 가
슴 벅찬 아름다움이 이곳에 있었다. 그래서 누구라도 느닷없이 이곳에
데려온다면 그는 자신이 파리에서 40리밖에 떨어지지 않은 곳에 있다고
는 생각조차 할 수 없을 것이다.

시골생활의 흥분에 빠져 며칠을 보낸 이후에야 잡다한 서류를 정리하
고 할 일을 정할 생각이 들었다. 나는 지금까지 해온 대로 아침나절에는
악보 필사 일을 하고 오후에는 작고 하얀 수첩과 연필을 들고 산책을 나

가기로 했다. 왜냐하면 '야외'가 아니고는 마음대로 글을 쓰고 생각하지 못하기 때문에 그 방법을 바꿀 의사가 없었다. 지척에 있는 몽모랑시 숲이 이제부터는 내 서재가 될 것이라고 생각했다. 작업에 착수한 글이 여러 편 있던 터라 그 글들을 대략 점검해보았다. 계획 단계에서는 상당히 훌륭했지만 시끄러운 도회지에서는 지금까지 그 실행이 더디게 진행되었다. 그래서 번거로운 일이 없을 때 좀 더 속도를 낼 작정이었다. 나는 그 같은 기대가 상당히 충족되었다고 생각한다. 툭하면 몸이 아프고 종종 라 슈브레트, 에피네, 오본, 몽모랑시 성에 가야 했으며, 집에 있으면 호기심 많고 할 일 없는 사람들에게 종종 붙들리고, 하루의 절반은 늘 악보 베끼는 일에 매달리던 사람의 처지를 감안한다면, 또 그가 레르미타주와 몽모랑시에서 보낸 지난 6개월 동안 쓴 글들을 헤아려 평가한다면, 내가 그 기간 동안 시간을 허비했다 해도 적어도 무위도식하며 보낸 것은 아닐 터이다.

작업 중인 여러 저술들 가운데《정치 제도》가 있었는데, 이것은 내가 오래전부터 구상해오고 가장 애착을 가지고 전념해왔으며 평생 몰두하기를 바라고 내가 보기에 내 명성을 확고하게 만들어줄 것이 분명한 작품이었다. 나는 그 저술을 열서너 해 전에 처음으로 구상했다. 그때 나는 베네치아에 있으면서 그토록 칭송받던 베네치아 정부도 결함이 있음을 여러 기회를 통해 지켜보았다. 그때 이후 내 시야는 윤리의 역사적 연구로 한층 넓어졌다. 모든 것은 근본적으로 정치와 관련이 있고, 어떻게 행동하든 모든 국민은 그 정부의 특성에 따라 규정된 것에서 벗어나 결코 자유롭지 못할 것임을 깨달았다. 따라서 가능한 최선의 정부란 무엇인가라는 중대한 질문은 다음의 질문으로 귀착되는 듯하다. 즉 가장 덕이 높고 가장 교양이 있으며 가장 현명한 국민, 요컨대 가장 넓은 의미에서 가장 훌륭한 국민을 만드는 데 적합한 정부의 본질은 무엇인가? 또 이 질문이 방식은 다르지만 다음의 물음과 긴밀한 관련이 있다고 생각했다. '어

떤 정부가 그 특성상 항상 법률과 가장 긴밀하게 관련이 있는가?' 여기서
부터 '법률이란 무엇인가?'와 같은 중요하고 연속적인 질문이 제기된다.
나는 이 모든 질문들이 인류의 행복, 특히 내 조국의 행복에 유용한 위대
한 진리로 나를 이끌어간다고 생각했다. 여행하는 동안 그곳에서 보았
던, 내가 만족할 만한 꽤나 정의롭고 순수한 법률과 자유의 개념을 내 조
국에서는 발견하지 못했다. 나는 그 개념을 동포들에게 전달하는 이러한
간접적인 방식이 그들의 자존심을 건드리지 않으면서도 그 점에 대해서
내가 그들보다 좀 더 멀리 내다볼 수 있음을 인정받는 가장 적절한 방식
이라고 생각했다.

　이 저술에 벌써 5, 6년의 시간을 할애했지만 아직도 거의 진전을 보지
못했다. 이런 종류의 책을 쓰려면 심사숙고와 여유와 안정이 필요하다.
나는 이 저술을 흔히 말하듯이 은밀하게 연애하는 것처럼 썼을 뿐 아니
라 내 계획을 아무에게도 알리려 하지 않았고 심지어는 디드로에게도 말
하지 않았다. 내가 글을 쓰고 있는 시대와 나라에서 이 저술은 너무나 대
담해 보일 것 같았고, 내 친구들*이 두려운 나머지 내 작업을 막을 것이
염려되었다. 또한 이 작업을 제때에 그리고 내 살아생전에 책이 나올 수
있도록 마칠 수 있을지 확신하지 못했다. 나는 거리낌 없이 내게 필요한
모든 것을 주제에 담고자 했다. 물론 나는 풍자적인 기질은 전혀 가지고
있지 않고 적용을 해보려고 애쓴 적도 결코 없기 때문에 항상 나무랄 데
없이 공정할 것이다. 나는 분명히 내가 지니고 태어난 사상의 자유를 충

＊　나는 뒤클로의 신중하고 엄격한 판단 때문에 그런 두려움을 가지게 되었다. 디드로를 말하자면, 그
　　와 협의하게 되면 왠지 모르게 내가 늘 풍자적이고 신랄하게 바뀌기 때문이다. 내 성격이 그렇게 되
　　기를 부추기는 것 이상으로 말이다. 바로 그런 이유 때문에 나는 어떤 나쁜 기질과 편파성의 흔적을
　　남기지 않은 채 오직 이성의 힘을 다하려 했던 계획에서 그와 논의하려던 생각을 바꾸었다. 《정치
　　제도》에서 내가 취한 태도는 이 작품에서 나온 《사회계약론Le contrat social》의 어조를 통해 판단
　　할 수 있을 것이다.

분히 누리려 했지만 내가 그 지배 아래에서 삶을 영위해야 하는 정부를 항상 존중하고 그 정부의 법을 결코 어기지 않았다. 또한 국제법을 어기지 않으려고 대단히 조심하지만 두려움 때문에 그 정부로부터 얻는 특혜까지 포기하고 싶지는 않았다.

게다가 고백하건대 프랑스에서 외국인으로서 살고 있는 나는 대담하게 진실을 말하기에 아주 유리한 입장에 있다고 생각했다. 내가 하려고 했던 대로 계속 허가 없이는 이 나라에서 아무것도 출간하지 않는다면, 프랑스에서는 내가 가진 주의주장에 대해 그리고 그것을 다른 어디에서든 출간하더라도 그에 대해 누구에게도 보고할 의무가 없다는 것을 잘 알고 있었기 때문이다. 아마 제네바에 있었다면 훨씬 더 자유롭지 못했을 것이다. 그곳에서는 어디서 내 책이 출간되더라도 당국이 그 내용을 검토할 권리가 있었다. 나는 그런 점을 충분히 고려하여 데피네 부인의 간청에 따랐고 제네바에 자리를 잡으려던 계획도 단념했던 것이다. 내가 《에밀》에서 말한 대로 책을 조국의 참된 행복에 바치고자 한다면 모사꾼이 아닐 바에야 그 책을 자기 나라에서 써서는 결코 안 된다고 생각했다.

내가 더 유리한 입장에 있다고 생각한 것은 나를 호의적으로 보지는 않을 프랑스 정부이지만 나를 보호해주지는 않더라도 적어도 조용히 내버려둘 정도는 되리라는 확신이 있었기 때문이다. 내가 보기에 막을 수 없는 것은 묵인하면서 자기 덕으로 내세우는 일은 아주 단순하지만 대단히 영리한 정책인 듯싶었다. 프랑스에서 가능한 모든 수단을 다해 나를 내쫓더라도 내 책이 출간되지 않을 리 없고, 아마도 나는 더 신랄하게 썼을 것이다. 반면에 나를 내버려두면 작가는 자기 작품에 책임을 질 터이고, 게다가 프랑스는 국제법을 당연히 존중한다는 평판을 얻음으로써 전 유럽에 뿌리박힌 편견이 사라질 것이다.

결과적으로 나의 확신이 잘못되었다고 판단하는 사람들이 있다면 그들 스스로가 잘못 생각한 것이라 본다. 내게 쏟아진 비난에서 내 책들은 구실에 불과하고 비난하려고 한 대상은 나라는 개인이었다. 책을 쓴 작가에게는 거의 관심을 두지 않았지만 장 자크만큼은 파멸시키고 싶어 했다. 내 저서에서 찾아낸 가장 큰 죄악은 내가 그 저술을 통해 얻을 수 있는 명예였다. 너무 앞서가지 말기로 하자. 아직도 내게서 풀리지 않는 그 수수께끼가 나중에 독자들에게는 명확해질지 모르겠다. 다만 내가 알고 있는 것은, 내가 표명한 원칙들 때문에 그러한 대접을 받아야 했다면 나는 그렇게 오래 걸리지 않고도 그런 비난에 희생되었으리라는 사실이다. 왜냐하면 내 저술들 가운데 그 원칙이 노골적이라고까지는 말할 수 없어도 가장 대담하게 표명된 작품이 내가 레르미타주에 은둔하기 전에 이미 출간되어 사람들의 이목을 집중시켰으니 말이다. 하지만 어느 누구도 내게 싸움을 걸어오려 하지 않았을 뿐만 아니라 프랑스에서 작품이 출간되는 것을 막으려 하지도 않았다. 책은 네덜란드에서와 마찬가지로 프랑스에서도 공공연하게 팔리고 있었다. 그 후 《신엘로이즈》 역시 별다른 문제 없이 출간되었고, 역시나 호평을 받았다고 감히 말할 수 있다. 거의 믿을 수 없을 것 같은 점은 바로 그 엘로이즈가 죽어가며 했던 신앙고백이 사부아 보좌신부의 그것[64]과 정확히 일치한다는 사실이다. 《사회계약론》의 모든 대담한 원칙들은 이미 《불평등론》에 있었다. 《에밀》의 모든 대담한 원칙들은 이미 《쥘리》에 있었다. 그런데 그런 대담한 원칙들이 앞의 두 작품에서는 아무런 문제도 일으키지 않았다. 따라서 뒤에 나온 저술들에서 문제가 된 것은 그 원칙들이 아니었다.

당시 나는 거의 같은 종류이지만 훨씬 최근에 계획한 또 다른 작업에 더 몰두해 있었다. 그것은 생피에르 신부의 작품을 발췌하는 일인데, 다른 이야기를 하다 보니 지금까지 그 이야기를 할 수 없었다. 제네바에서 돌아온 뒤에 나는 마블리 신부의 언질로 그 계획을 구상하게 되었다. 그것도 직접 한 것이 아니라 뒤팽 부인의 중재를 통해 내가 제안을 받아들인 일이었다. 그녀는 파리에서 둘째가라면 서러울 정도의 미인이었는데, 나이 많은 피에르 신부는 그녀의 총애를 받고 있었다. 그녀는 분명하게 편애를 드러내지는 않았지만 적어도 데기용d'Aiguillon 부인과 그러한 편애를 함께했다. 그녀는 존경과 애정을 품고 그 노인을 추억했으므로 그런 태도는 두 사람 모두에게 명예가 되었다. 그녀는 비서의 도움으로 애초에 실패한 친구의 저술들이 다시 살아나는 모습을 보게 된다면 자존심을 충족시킬 수 있었을 것이다. 하지만 그 저술들은 뛰어난 것이 못 되었고 너무나 서툴게 쓰여서 독자가 읽어내기 힘들었다. 독자를 청소년으로 생각한 피에르 신부가 그 아이들을 이해시키려는 노력은 별로 하지 않은 채 성인에게 말하듯이 썼다는 것이 놀랍다. 바로 그런 이유로 그 작업을 하는 데 내가 추천된 것이다. 일은 그 자체로 유익했고, 작가로서는 게으르지만 허드렛일에는 부지런한 사람에게 아주 적합했다. 그런 사람은 수고롭게 생각하는 것을 몹시 피곤한 일로 여기기 때문에 창조해내기보다는 다른 사람의 사상을 자기 생각대로 해석하고 발전시키기를 좋아하니 말이다. 게다가 나는 번역자의 역할에 머물지 않았으므로 이따금 내 생각을 보태지 못할 것도 없었고, 내 작품에 그러한 형태를 부여하여 많은 중요한 진리를 내 이름이 아니라 훨씬 더 안전하게 생피에르 신부의 이름으로 끼워 넣을 수도 있었다. 그런데 그 계획은 그리 간단하지 않았다. 23권의 저술은 장황하고 불확실하고 중복되거나 길게 늘어지고 짧거나 잘못된 단편적인 견해로 가득 차 있어서 그것을 읽고 고심하여 발췌해낸다는 것은 확실히 어려운 일이 아닐 수 없었다. 그 저술 가운데서 무언가 위대하고 아름다운 것을 찾아내야 했는데, 그나마 그 일은 고통스러운 작업을 견뎌낼 수 있도록 용기를 주었다. 만일 그럭저럭 취소할 수 있었다면 나는 스스로 몇 번이고 그 일을 포기했을 것이다. 하지만 신부의 조카인 생피에르 백작이 건네준 원고를 받았고 생랑베르Saint-Lambert[65]의 간곡한 부탁을 받은 이상 일을 하겠다는 약속을 한 것이나 거의 다름없었다. 그래서 일을 못하겠다고 돌려주든지 아니면 해보겠다고 노력하든지 선택을 해야만 했다. 내가 레르미타주로 원고를 가지고 온 것은 후자에 뜻이 있었기 때문이다. 그 일이 내가 여가를 이용해서 하려던 첫 번째 작업이었다.

또 세 번째 작업을 구상했는데, 그 작업에 관한 생각은 나 자신을 관찰하여 얻었다. 내가 그 작업을 시작하면서 용기를 낼 수 있었던 까닭은 사람들에게 정말 긴요한, 그들에게 줄 수 있는 가장 유익한 것들 가운데 하나인 책을 만들 필요가 있었던 데 있다. 다만 내가 구상한 계획에 맞게 일이 이루어진다면 말이다. 우리는 대부분의 사람들이 살아가는 동안 흔히 자기 자신과 닮지 않게 되고 완전히 다른 사람으로 변해버리기도 하는 경우를 종종 지켜보게 된다. 나는 다 알려진 사실을 증명하기 위해 책을 쓰려 한 것이 아니다. 내게는 좀 더 새롭고 심지어 더 중요하기까지 한 목적이 있었다. 그것은 그런 변화의 원인을 찾아보고 우리와 결부되어 있는 원인에 천착하여, 우리 스스로 그 원인들을 어떻게 지배할 것인지 보여주고, 좀 더 나은 사람이 되며 좀 더 자신을 신뢰하기 위함이었다. 왜냐하면 이론의 여지 없이 성실한 사람도 자신이 극복해야 할 욕망이 이미 자리 잡은 다음에는 그것에 저항하기가 더 고통스러운 법이기 때문이다. 반면에 그 사람이 욕망의 근원으로 거슬러 올라갈 수 있다면 근원적 상태에서 그 같은 욕망을 방지하고 변화시키고 수정하는 편이 더 쉬울 것이다. 사람은 유혹을 당하게 되면 한 번은 이겨낸다. 그것은 그가 강하기 때문이다. 하지만 다음번에는 견뎌내지 못한다. 그것은 그가 약하기 때문이다. 그가 이전과 다를 바 없다면 그는 굴복당하지 않았을 것이다.

나는 이 같은 다양한 존재 방식이 무엇에서 비롯하는지 나의 내면을 헤아려보고 타인의 내면을 탐색해보고 나서, 그것들이 상당 부분 과거에 갖게 된 외부의 대상에 대한 인상에서 비롯한다는 것과 우리는 자신의 감각과 기관에 의해 끊임없이 변화하며 부지불식간에 자신의 생각과 감정과 행동으로 그러한 변화의 결과를 받아들이게 된다는 것을 깨달았다. 내가 수집한 수많은 인상적인 견해들을 볼 때 논란의 여지가 없었다. 내가 보기에 그 견해들은 물리적 원칙에 의해, 상황에 따라 변화하면서 정신을 도덕에 가장 적합한 상태로 만들거나 유지할 수 있는, 외적인 기준을 제시하는 듯싶었다. 도덕적 질서를 너무나 빈번하게 어지럽히는 그 동물적 조직을 오히려 도덕적 질서에 적합하게 만들 수 있다면 얼마나 많은 과오로부터 이성을 지켜내고, 얼마나 많은 악을 애초에 막아냈을 것인가! 기후, 계절, 소리, 색채, 어둠, 빛, 원소, 소음, 정적, 운동, 휴식, 이 모든 것들은 우리의 신체와 정신에 영향을 미친다. 또한 이 모든 것들은 우리를 지배하는 감정들을 그 근원에서부터 통제하기 위한 거의 확실한 수많은 방법들을 우리에게 제공한다. 이상이 내가 이미 원고에 대략적으로 써둔 근본적인 사고이다. 나는 이러한 사고가 진심으로 미덕을 사랑하면서도 자신의 나약함을 알고 있는, 천성이 고매한 사람들에게 더욱 확실한 효과가 있기를 기대했다. 그래서 내가 보기에 집필하는 것이 즐거운 만큼 읽는 것도 즐거운 책이 쉽게 만들어질 듯했다. 하지만 나는 그 작품에 대한 작업을 거의 하지 못했다. 책의 제목은《감각적 도덕, 혹은 현자의 유물론la Morale sensitive, ou le Matérialisme du sage》이었다. 곧 그 이유를 알게 되겠지만 정신이 산란하여 나는 그 일에 전념하지 못했다. 또 여러분은 그 원고의 운명에 대해서도 알게 될 것이다. 그 원고의 운명은 생각보다 더욱 나의 운명과 밀접한 관계가 있었다.

그 일 말고도 나는 얼마 전부터 교육 체계에 대해 생각하고 있었다. 슈농소 부인은 아들에 대한 남편의 교육을 염려한 나머지 내가 그 일을 맡아줄 것을 청했다. 나는 그런 일에 관심이 없었지만 우정이 갖는 힘 때문에 다른 어떤 일보다도 그 일을 중요시하게 되었다. 그래서 방금 말한 모든 주제들 가운데 유일하게 그 일만 끝을 맺을 수 있었다. 그 일을 하면서 나는 끝을 내기로 마음먹었는데, 그것이 결과적으로 작가에게 다른 운명을 가져다주었던 듯싶다. 하지만 그 서글픈 주제에 대해서는 여기서 미리 말하지 않기로 하자. 그 문제에 대해서는 어쨌든 앞으로 이어질 글에서 말하지 않을 수 없을 테니 말이다.

이렇듯 다양한 모든 계획들이 내게 산책 중의 성찰 주제를 제공했다. 왜냐하면 앞서 말했듯이 나는 걸을 때만 성찰할 수 있기 때문이다. 일단 멈추게 되면 곧바로 더 이상 생각을 하지 못한다. 내 머리는 발과 더불어서만 움직인다. 그래도 비 오는 날 서재에서 할 일은 정해두었다. 그것이 바로《음악 사전》이었는데, 그 자료가 흩어지고 훼손되고 일정하지 않아서 작품을 거의 새로 집필해야만 했다. 그 작업을 위해 필요한 책 몇 권을 가져왔다. 왕립 도서관에서 빌린 많은 책들을 발췌하는 데만도 두 달이 걸렸다. 그중 몇 권은 레르미타주에 가져올 수 있었다. 날씨 때문에 외출할 수 없고 악보 베끼는 일이 지루할 때 집에서 정리하기 위한 자료들이 이렇게 모아졌다. 이와 같은 작업 방식이 아주 잘 맞았던 나는 몽모랑시와 레르미타주에서도 그다음에는 모티에에서도 그 방식을 이용했다. 모티에에서는 다른 일을 하면서도 작업을 끝냈는데, 일을 바꾸어가며 작업하게 되면 진정한 휴식이 되기도 한다고 늘 생각했다.

한동안은 스스로 정해놓은 기준을 아주 정확히 따라갈 수 있어서 매우 만족스러웠다. 하지만 좋은 계절이 되자 데피네 부인이 더욱 빈번하게 에피네나 라 슈브레트를 방문했고, 나도 처음에는 상대에 대한 배려가 힘들지 않았지만 예상에 없던 일이다 보니 내 또 다른 계획들에 방해가 된다는 생각을 하게 되었다. 데피네 부인이 아주 친절한 품성을 지녔으며 친구들을 좋아하고 성심성의껏 대한다는 사실은 이미 말한 바 있다. 또한 그녀는 친구들을 위해 시간과 정성을 아끼지 않았으므로 그들이 그녀에게 마음을 쓰는 것도 너무나 당연했다. 지금까지 나는 그 의무를 다하면서도 그것을 의무로 생각하지 않았다. 그런데 결국에는 구속을 당하면서도 단지 우정 때문에 그 부담을 느끼지 못했던 것임을 깨달았다. 사람들이 북적대는 사교 모임을 혐오하던 터라 나는 부담이 더 커짐을 느꼈다. 데피네 부인은 그런 부담을 이용하여 나에게 도움이 될 듯해 보이는 제안을 했는데 사실 그 제안은 그녀 자신에게 더 도움이 되었다. 그 제안은 그녀가 혼자이거나 거의 혼자일 때면 매번 그 사실을 나에게 알려주겠다는 것이었다. 나는 어디로 끌려다닐지 모른 채 제안에 동의했다. 그 결과 그때부터 내가 좋은 시간이 아니라 부인이 원하는 시간에만 그녀를 방문하게 되었다. 또한 단 하루도 내 마음대로 지낼 수 있는 날이 있는지 확신할 수 없게 되었다. 그런 거북함 때문에 지금까지 그녀를 보러 가면서 느끼던 많은 즐거움은 이내 변질되고 말았다. 그녀가 내게 그렇게 약속한 자유는 오직 내가 그 자유를 이용하지 않는다는 조건으로만 주어진 것임을 알았다. 그 자유를 한두 번 써보려고 했지만, 수많은 연락과 쪽지가 오고 내 건강에 대한 걱정이 쉴 새 없이 이어지는 통에 병으로 누워 있다는 핑계를 대지 않고는 그녀의 말 한마디에 달려가지 않을 수 없다는 사실을 잘 알게 되었다. 그 속박에 따라야만 했다. 나는 속박을 받아들였고 종속되는 일을 너무나 싫어하면서도 기꺼이 자발적으로 그렇게 했다. 그것은 그녀에게 품고 있던 내 진심 어린 애정이 그런 속박으로 얽힌 관계를 상당 부분 느끼지 못하게 만들었기 때문이다. 그렇게 그녀는 즐겁게 지내다 가까운 사람들이 없어지면 느끼는 공허함을 그럭저럭 채우게 되었다. 그녀에게 그것은 상당히 보잘것없는 대안이었지만 홀로 견뎌낼 수 없는 완전한 고독에 비하면 훨씬 나은 것이었다. 그럼에도 그녀는 고독한 시간을 아주 수월하게 메울 수 있었다. 그녀가 문학을 경험하려 하고 좋든 싫든 간에 소설과 서간문, 희극, 단편 등 이런저런 하찮은 이야기들을 만들어보겠다고 굳게 마음먹은 다음부터는 말이다. 하지만 그녀는 그런 것들을 쓰기보다는 읽기를 훨씬 더 즐거워했다. 그녀가 두세 페이지 서툴게 쓰고 나면 그 엄청난 일이 끝나고 나서는 적어도 두세 명의 호의적인 청중이 있어야 했다. 나는 다른 사람들의 배려가 있어야만 선택된 사람들 틈에 낄 영광을 누릴 수 있었다. 혼자 있을 때면 거의 모든 일에 항상 무시를 당했다. 그런 상황은 데피네 부인의 사교 모임에서뿐 아니라 돌바크의 사교 모임에서, 심지어 그림이 주도하는 어느 곳에서든 마찬가지였다. 단둘이 있는 자리가 아니면 어디서나 무가치한 사람 취급을 받았다. 나는 단둘이 있는 자리에서 어떻게 처신해야 할지 몰랐고, 평가하는 것이 자기 소관이 아닌 문학에 대해서는 감히 말하지 못했으며, 너무 소심할 뿐만 아니라 바람기 있는 노인네라고 조롱당하는 것이 죽기보다 싫어서 연애 사건에 대해서는 아무 말도 못했다. 데피네 부인 가까이에서는 그런 생각이 도무지 떠오르지 않았으며, 그녀 가까이에서 일생을 지낸다 하더라도 그런 일은 결코 일어나지 않았을 것이다. 그녀라는 사람이 싫어서는 전혀 아니고 반대로 그녀를 친구로만 좋아해서 연인으로는 좋아할 수 없었기 때문일 것이다. 나는 그녀를 만나서 함께 이야기 나누는 것을 즐겁게 생각했다. 그녀의 이야기는 여럿이 있을 때는 상당히 즐거웠지만 개인적으로 듣기에는 따분했다. 내 이야기도 그다지 생기가 넘치지 않아서 그녀에게 별 도움이 되지 않았다. 나는 너무 길어지는 침묵이 부끄러워서 이야깃거리를 찾아내려고 몹시 애를 썼다. 그런 일 때문에 종종 피곤하기는 했지만 결코 지루하지는 않았다. 그녀를 세심하게 배려하고 친남매 같은 가벼운 입맞춤을 하는 것만으로도 매우 흡족했다. 그 입맞춤은 그녀에게도 관능적이지 않았던 듯싶다. 그것이 전부였다. 그녀는 너무 마르고 창백했으며 젖가슴도 손 안에 들어올 만큼 작았다. 그런 결점만으로도 내가 냉정해지기에 충분했다. 나는 마음으로도 관능으로도 젖가슴 없는 여자를 여자로 인정할 수 없었고, 말해보았자 소용없는 다른 이유들 때문에 그녀 곁에 있어도 그녀가 여자라는 사실을 늘 잊어버렸다.

그렇게 나는 어쩔 수 없는 복종을 받아들이기로 하고 순순히 그것에 따랐으며 적어도 첫해는 예상보다 부담스럽지 않다고 생각했다. 데피네 부인은 보통 여름 한철을 대부분 시골에서 보내곤 했는데 파리에 일이 더 많아서인지, 그림이 없는 탓에 라 슈브레트의 생활이 별로 즐겁지 않아서인지 몰라도 그해에는 시골에 별로 머물지 않았다. 나는 그녀가 들르지 않거나 그녀를 찾는 사람이 많을 때를 이용하여 착한 테레즈와 그녀의 어머니와 함께 고독한 삶을 즐기면서 그런 시간의 중요성을 뼛속 깊이 느꼈다. 몇 해 전부터 시골에 꽤 자주 갔지만 그런 즐거움을 맛본 적이 별로 없었다. 여행은 항상 거들먹거리는 사람들과 함께했고 불편함 때문에 대개는 엉망이 되기 일쑤여서 마음속에 시골생활의 즐거움에 대한 갈구만이 더욱 커질 따름이었다. 눈앞에 그런 장면이 떠오를 때면 그 즐거움을 느낄 수 없다는 생각이 더욱 절실해졌다. 나는 살롱과 분수, 작은 숲, 꽃밭이 너무 싫증 났고 이런 것들을 보여주는 사람들은 더 지겨워졌다. 작은 책자들, 클라브생, 셋이 하는 카드놀이, 매듭, 바보 같은 농담, 어이없는 애교, 한심한 이야기꾼, 요란한 만찬에 너무나 지쳐 있었다. 그럴 때면 소박하고 보잘것없는 가시덤불, 울타리, 곳간, 목초지를 은밀하게 탐닉했다. 또한 촌락을 지나며 파슬리를 넣은 맛있는 오믈렛 냄새를 맡았고, 레이스 짜는 여공들이 흥얼거리는 정겨운 후렴구를 멀리서 들었다. 그런 순간마다 나는 입술연지와 치맛단의 주름 장식, 호박(琥珀)까지 죄다 버렸다. 또한 시골 아낙네가 만든 음식과 그 지방에서 나는 포도주가 그리울 때면, 저녁 먹는 시간에 점심식사를 하게 만들고 자려는 시간에 저녁식사를 하게 만드는 주방장과 급사장의 뺨을 후려치고 싶은 마음이 불쑥 치밀었다. 특히 하인 녀석들이 괘씸했다. 그 녀석들은 내가 먹는 음식을 탐욕스럽게 쳐다보았고 내가 목이 말라 죽을 지경이면 자기 주인의 싸구려 포도주를 술집에서 최고급 포도주를 마실 수 있는 가격보다 열 배는 더 비싸게 팔아먹었다.

마침내 나의 집에, 마음이 가고 호젓한 안식처에 돌아왔다. 그리하여 독립적이고 한결같으며 평화로운 삶 속에서 마치 그런 삶을 위해 태어난 듯이 세월을 마음대로 보낼 수 있게 되었다. 너무나 새로운 이 상황이 내 마음에 끼친 영향을 말하기 전에, 내 마음의 비밀스러운 애정을 돌이켜 보는 것이 적절해 보인다. 이 새로운 변화의 흐름을 그 원인까지 잘 따라가기 위해서는 말이다.

나는 테레즈와 결합한 날을 나의 도덕적 존재를 결정한 날로 항상 간주했다. 나는 애정에 목말랐다. 나를 충족시켜줄 것 같던 애정이 결국 너무나 잔인하게 깨졌기 때문이다. 행복에 대한 갈망은 사람의 마음속에서 결코 사라지지 않는 법이다. 엄마는 나이가 들고 기품도 없어졌다. 그녀가 이 세상에서 더 이상 행복할 수 없다는 것이 내게는 분명해졌다. 그녀와 언젠가 행복을 함께하겠다는 희망이 사라진 이상 내게 맞는 행복을 찾아야 했다. 얼마 동안 이런저런 생각과 계획들로 마음이 산란했다. 베네치아에 갔을 때 관계를 맺게 될 사람이 몰상식하지만 않았다면 공직에 투신할 수도 있었다. 나는 쉽게 낙담하는 사람이었다. 힘이 들고 시일을 요하는 계획 앞에서는 더욱 그러했다. 한 가지 계획의 실패는 다른 계획까지도 의욕을 잃게 만들었다. 내 과거의 원칙에 따라 멀리 있는 대상은 속기 쉬운 사람들이 품는 환상에 불과하다고 보고 이제부터는 그날그날 살기로 결심했다. 나로 하여금 이런저런 궁리를 하게 만드는 삶에는 더 이상 아무것도 기대하지 않으면서 말이다.

바로 그 시기에 우리가 가까워졌다. 나는 이 착한 아가씨의 온순한 성격이 내 성격과 너무 잘 맞는 것 같았다. 그리하여 세월이 흐르고 과오가 있다 해도 변치 않을 애정으로 그녀와 결합했다. 그 애정은 그것을 끊어놓을지도 모르는 모든 것 때문에 더욱 커져만 갔다. 이 애정의 정도는, 그녀가 내 불행의 정점에서 내 마음에 입힌 상처와 고통을 드러내는 순간 알게 될 것이다. 이 글을 쓰고 있는 지금 나는 누구에게든 단 한 마디 불평도 한 적이 없다.

그녀와 헤어지지 않으려고 최선을 다하고 모든 것에 맞선 이후, 온갖 운명과 사람들에 개의치 않고 그녀와 25년을 함께 지낸 이후, 말년에 이르러 내가 마침내 그녀와 결혼했다는 사실을 알게 될 것이다. 그녀가 기다리거나 간청한 적도, 내가 맹세하거나 약속한 적도 없었다. 여러분이 이런 사실을 알게 되면 내가 처음부터 열정적인 사랑에 정신이 서서히 혼미해진 나머지, 종국에는 말도 안 되는 어처구니없는 짓을 하게 되었을 뿐이라고 생각할 것이다. 또한 내가 그렇게 하는 것을 막았어야 할 특별하고 그럴듯한 이유를 알게 된다면 더욱더 그런 확신을 굳힐 것이다. 이런 상황이니 내가 이 말을 하게 된다면 독자는 어떻게 생각할 것인가? 이제 나에 대해 알게 될 진실을 털어놓으며, 나는 그녀를 처음 만난 날부터 지금까지 그녀에 대한 사랑의 불꽃을 결코 느낀 적이 없고, 바랑 부인의 경우와 마찬가지로 더 이상 그녀를 소유하려 하지 않았으며, 그녀에게서 충족한 관능적 욕구는 나에게는 오직 성적 욕구일 뿐 개별적인 개인에 대한 행동이 전혀 아니었다고 고백한다면 말이다. 독자들은 여느 사람들과 다른 기질을 지닌 내가 사랑을 느낄 수 없다고 생각할 것이다. 내가 가장 아끼는 여자들과 결부된 내 감정에는 애정이 개입되어 있지 않다고 여길 터이니 말이다. 오, 독자들이여 조금만 더 참아주시기를! 그 불길한 순간이 다가오면 여러분은 원 없이 오해를 풀게 될 것이다.

　나도 같은 말을 하는 것을 알고 있지만 어쩔 수 없는 일이다. 내 욕구 가운데 가장 크고 강하며 가장 억제할 수 없는 것은 전적으로 내 마음속에 있다. 그것은 친밀한 교제, 가능한 한 가장 친밀한 교제에 대한 욕구였다. 내게 남자보다는 여자가, 남자 친구보다는 여자 친구가 필요했던 것은 특히 그런 이유 때문이었다. 그 독특한 욕구는, 아무리 밀접한 육체의 결합이라도 충족시킬 수 없는 그런 성질의 것이었다. 내게는 하나의 육체에 두 개의 영혼이 깃들어야만 했을 것이다. 그렇지 못할 때 항상 공허감을 느꼈다. 나는 그런 공허감을 더 이상 느끼지 않아도 될 때가 왔다고 생각했다. 이 젊은 처녀는 한없이 뛰어난 품성을 지닌데다 다정했고, 당시에는 용모도 사랑스러웠으며 조금의 기교나 아양은 부리지 못했지만 나의 존재를 자기 안에 두는 것으로 만족했을 것이다. 일찍이 내가 바랐던 것처럼 내 안에 그녀의 존재를 담아둘 수만 있었다면 말이다. 다른 남자들의 일이라면 조금도 두렵지 않았다. 나는 그녀가 진정으로 사랑한 사람은 나뿐이었음을 확신한다. 그녀는 절제력 있는 관능을 지니고 있어 다른 남자들을 별로 찾지 않았으며 그 점에 있어서는 내가 그녀에게 남자 구실을 하지 못하게 되었을 때도 마찬가지였다. 나는 가족이 하나도 없었지만 그녀는 가족이 있었다. 그 가족은 하나같이 성격이 그녀와 판이하게 달라서 도저히 내 가족으로 삼을 수 없었다. 여기에 내 불행의 첫 번째 이유가 있었다. 그녀의 어머니에게 자식이 되기 위해 내가 얼마나 많은 노력을 했던가! 나는 그렇게 되기 위해 온갖 노력을 다했지만 결국 해낼 수가 없었다. 아무리 우리의 관심사를 일치시켜보려고 해도 소용이 없었다. 그건 나에게 불가능한 일이었다. 그녀는 항상 나와 전혀 다른 이해관계를 추구했으며, 나와는 말할 것도 없고, 이미 나와 더 이상 다르지 않은 자기 딸하고도 상반되는 이해관계를 만들어냈다. 그녀와 그녀의 또 다른 자식들과 손자들은 죄다 거머리가 되었고, 그들이 테레즈에게 저지른 가장 가벼운 죄악은 도둑질이었다. 이 가엾은 아가씨는 조카딸들에게도 쩔쩔매는 것이 익숙해져서 살림이 거덜 나고 통제 불능이 되어도 한마디도 하지 못했다. 나는 지갑이 비어가고 충고에도 지쳤지만 그녀에게 아무런 도움도 될 수 없는 현실을 고통스럽게 지켜볼 뿐이었다. 나는 그녀를 그녀의 어머니에게서 떼어놓으려고 노력했다. 그녀는 항상 그런 충고를 듣지 않았다. 나는 그녀의 반대를 존중했고 그 일 때문에 그녀를 더 높게 평가했다. 하지만 그녀가 거절했다고 해서 그녀나 내가 입는 손해가 줄어드는 것은 아니었다. 그녀는 자기 어머니와 가족에게 얽매여 있었고 나나 그녀 자신보다도 그 사람들을 따랐다. 그녀는 그들의 탐욕 때문에 거덜이 나기보다는 차라리 그들의 충고 때문에 곤경에 빠지기 일쑤였다. 결국 그녀는 나에 대한 사랑과 착한 천성 덕분에 완전히 끌려다니지는 않았지만, 적어도 내가 그녀에게 심어주려고 애썼던 좋은 행동 규범을 대부분 쓸데없는 것으로 만들고 말았다. 또한 그 때문에 내가 어떤 방법을 취하든지 간에 우리는 항상 둘이 될 수밖에 없었다.

이렇게 진심 어린 서로의 애정 속에서 내 온갖 사랑을 쏟았지만 그 공허한 마음은 결코 채울 길이 없었다. 아이들이 태어나고 그 공허함을 채워주었다. 하지만 더 나쁜 일이 되어버렸다. 나는 막돼먹은 가족에게 아이들을 넘겨주어 그들이 더욱더 잘못 자랄지 모른다는 생각에 치가 떨렸다. 차라리 고아원 교육이 훨씬 덜 위험했다. 이것이 내 결심의 이유이고 프랑쾨유 부인에게 보낸 편지에 언급한 여타의 이유들보다 더 결정적인 동기이지만, 이것만큼은 도저히 부인에게 말할 수 없었다. 나는 그토록 심한 비난에 변명을 하기보다는 내가 사랑했던 사람의 가족을 배려하는 편을 선택했다. 하지만 그녀의 형편없는 형제들의 행실을 본 사람이라면 누가 무슨 말을 할지 모르겠지만 혹시라도 내가 그들이 받았을 법한 교육을 내 아이들에게 받게 해야 했는지 판단할 수 있을 것이다.

나는 스스로 절실히 느끼고 있던 친밀한 교제를 충분히 맛볼 수 없었으므로 공허감을 채우지는 못하지만 그것을 덜 느끼게 해줄 대안을 찾았다. 기왕에 내게 전적으로 헌신하는 친구가 없을 바에야 차라리 자극을 주어 내 무기력함을 이겨낼 수 있게 해줄 친구들이 필요했다. 그런 이유로 디드로나 콩디야크 신부와의 관계를 돈독하게 하고 더욱 긴밀하게 했다. 그림과도 더욱 친밀하고 새로운 관계를 맺었으며, 결국 전에 이야기했다가 그만둔 그 불운한 논문[66]을 통해 생각지도 못한 문학의 세계에 들어서게 되었다. 스스로 영원히 빠져나왔다고 생각했던 그 세계에 말이다.

나는 새로운 길을 통해 또 다른 지적인 세계에 첫걸음을 디뎠는데 그 세계의 단순하면서도 고상한 체계에 적잖이 열광하지 않을 수 없었다. 그리고 얼마 지나지 않아 그 세계에 몰두한 나머지 우리 현자들의 견해에서는 과오와 어리석음만을 보았고, 우리 사회의 질서 속에서는 압제와 비참함만을 보았다. 나는 내 어리석은 오만의 환상 속에서 그와 같은 일체의 허위를 일소하기 위해 내가 태어났다고 생각했다. 또한 내 말이 통하려면 내 행동과 원칙을 일치시켜야만 한다고 생각하고, 내가 취할 만한 것이 못 되는 독특한 행동을 했다. 그러나 소위 내 친구라는 사람들은 나의 그 같은 행동을 용납하지 못했다. 처음에는 그러한 태도 때문에 우습게 보였겠지만 내가 그런 행동을 끈질기게 밀고 나갈 수 있었다면 결국에는 존경을 받았을 것이다.

그전까지 나는 착한 사람이었다. 이때부터 나는 도덕적인 사람이 되었거나 적어도 미덕에 심취해 있었다. 그 같은 도취는 내 머릿속에서 시작되었지만 가슴속으로 번져갔다. 가장 고결한 자존심이, 뿌리 뽑힌 허영심의 잔해 위에서, 가슴속에 싹텄다. 아무것도 꾸미지 않았다. 실상 나는 보이는 그대로의 모습이 되었다. 이 열광이 있는 힘껏 지속된 적어도 4년 동안은, 인간이 마음에 품을 수 있는 모든 위대하고 아름다운 것들 가운데 내가 하늘과 나 사이에서 떠올릴 수 없는 것은 전혀 없었다. 그리하여 나는 갑자기 웅변술을 발휘하게 되었다. 또한 그런 이유로 내 초기 저술들 안에서 나를 휩싸고 있던 진정한 천상의 불꽃이 타오른 것이다. 40년 동안이나 아직 불을 댕기지 못해 작은 불씨 하나 피어오르지 않던 그 불꽃에서 말이다.

나는 정말로 변해 있었다. 내 친구들과 내가 아는 사람들은 더 이상 나를 알아보지 못했다. 소심하고, 겸손하기보다는 부끄러움을 타고, 감히 사람들 앞에 나서지도, 말하지도 못하고, 농담 한마디에도 당황하고, 여자들이 쳐다보면 얼굴이 붉어지던 내가 더 이상 아니었다. 대담하고 자존심 강하고 용감한 나는 어디서든지 더욱 확고한 자신감을 지니고 있었다. 그 자신감은 단순하면서도 내 태도보다는 마음속에 있었기 때문이다. 나는 깊은 성찰로 동시대의 풍속과 규범과 편견에 경멸을 품고 있었기에 그런 생각을 지니고 있던 사람들의 조롱에도 개의치 않았다. 나는 그들의 치기 어린 말들을 나의 격언으로 납작하게 만들었다. 마치 벌레를 손가락으로 짓누르듯이 말이다. 얼마나 큰 변화인가! 2년 전만 해도 또 10년 후에도 무엇을 어떻게 말해야 할지 도통 모르던 이 사람의 신랄하고 날카로운 풍자가 온 파리 사람들의 입에 오르내렸던 것이다. 나의 기질과 가장 상반되는 세태를 생각해본다면 나의 변화를 알게 될 것이다. 내가 다른 사람이었고 더 이상 내가 아니었던 삶에서 짧은 그 순간들 가운데 한 기간을 생각해본다면 말이다. 그렇게 하면 내가 말하고 있는 이 시기에도 그 변화를 발견하게 된다. 그런데 그 시기는 6일, 6주가 아니라 거의 6년이나 계속되었고, 그 시기를 종결시킨 특별한 상황이 일어나 내가 뛰어넘고 싶었던 본성으로 돌아가지 않았다면 아마 아직도 계속되고 있을지도 모르겠다.

그 변화들은 내가 파리를 떠나자마자 시작되었다. 그 대도시의 악덕이 더 이상 보이지 않게 되자 그 도시가 나에게 불러일으키던 분노가 수그러들었던 것이다. 사람들을 더 이상 만나지 않게 되면서 그들을 경멸할 필요가 없어졌다. 고약한 사람들을 더 이상 만나지 않으니 그들을 증오할 필요가 없어졌다. 남을 증오하는 데는 소질이 없던 나의 마음은 그들의 비참함을 그저 안타까워할 따름이었고 그것과 그들의 악행을 다르게 보지 않았다. 더 온화하면서도 훨씬 더 숭고한 이 상태는 아주 오랫동안 나를 흥분시키던 뜨거운 열광을 곧 둔화시켰다. 그래서 남들도 깨닫지 못하고 나 자신도 거의 알지 못한 채 겁 많고 지나치게 관대하며 소심한 사람, 한마디로 예전과 다를 바 없는 장 자크로 돌아갔다.

만일 그 큰 변화를 나 자신이 받아들이고 거기서 그쳤다면 모든 것은 잘되었을 것이다. 하지만 불행히도 그 변화는 더욱 발전하여 나를 빠르게 다른 극단으로 이끌고 갔다. 그때 이후 흔들리던 내 영혼은 더 이상 휴식이란 불가능했고 항상 새롭게 일어나는 동요로 결코 휴식할 수 없게 되었다. 그 두 번째 큰 변화를 구체적으로 이야기해보기로 하자. 세상에서 그 예를 결코 찾아보기 힘든 운명의 끔찍하고 불행한 시기에 대해서 말이다.

우리의 은둔지에는 단 세 사람만 있었으므로 우리의 긴밀한 관계는 한가롭고 적막한 가운데 자연스레 더욱 돈독해졌다. 테레즈와 나 사이의 관계도 마찬가지였다. 우리는 나무 그늘 아래서 서로 마주 보고 달콤한 시간을 보냈는데, 내가 그런 즐거움을 그토록 절실히 느끼기는 처음이었다. 내가 보기에 그녀도 지금까지 경험한 것보다 훨씬 더 큰 즐거움을 맛보는 듯싶었다. 그녀는 내게 망설임 없이 마음을 열고 자신이 오랫동안 입을 떼지 못하던 어머니와 가족과 그 밖의 일들에 대해 들려주었다. 그녀의 어머니와 가족은 뒤팽 부인이 나를 생각하고 준 수많은 선물을 받았는데, 그 교활한 늙은이가 나를 불쾌하게 만들지 않으려고 자신과 또 다른 자식들을 위해 선물을 몰래 가로챘다는 것이다. 테레즈에게는 아무것도 주지 않은 채 내게는 그 일에 대해 언급하지 말 것을 아주 단호하게 지시하면서 말이다. 이 가엾은 아가씨는 믿기 어려울 정도로 충실하게 그 지시를 따랐다.

하지만 내가 들었던 더욱 놀라운 사실은 디드로와 그림이 테레즈와 그녀의 어머니로부터 나를 떼어놓으려고 두 사람과 은밀한 대화를 나누었고 테레즈의 반대로 성공을 거두지 못했다는 것이다. 게다가 두 사람은 그때 이후 그녀의 어머니와 빈번하고 은밀하게 밀담을 나누었는데 그녀는 그들 사이에서 무슨 일이 일어나고 있는지 전혀 몰랐다는 것이다. 그녀가 유일하게 알고 있는 사실은 작은 선물이 얽혀 있고 가벼운 내왕이 있었다는 것이 전부였고 그녀에게는 비밀에 부치려고 애썼기 때문에 만남의 동기는 전혀 알지 못했다. 우리가 파리를 떠나기 이미 오래전에 르바쇠르 부인은 한 달에 두세 번 그림을 만나곤 했으며 그 자리에서 어찌나 은밀하게 몇 시간씩 대화를 나누곤 했는지 그림의 하인조차 항상 자리를 피해야 할 정도였다. 내 판단으로는 그 동기라는 것이 데피네 부인을 통해 소금 소매점, 담배 가게를 모녀에게 구해준다는 약속을 함으로써, 한마디로 이권으로 그녀들을 유혹하여 딸을 끌어들이려는 계획과 진배없었다. 두 사람은 모녀에게 내가 그녀들을 위해 뭔가를 해줄 수 있는 형편이 못 되고 나 역시 두 사람 때문에 자신을 위해 아무것도 할 수 없게 되었다는 사실을 일깨워주었다. 나는 모든 일에서 좋은 점만 보았으므로 그런 일을 가지고 그들에게 결단코 불만을 품지 않았다. 나를 화나게 만드는 비밀이 하나 있다면 특히 노모의 비밀이었다. 게다가 노모는 날이 갈수록 나에게 더 아첨을 하고 더 번지르르한 말을 했다. 노모는 그런 아첨을 떨다가도 내가 안 보는 데서는 자기 딸에게 나를 너무 좋아한다느니, 나에게 할 말 못할 말을 가리지 않는다느니, 멍청이와 다를 바 없으니 속아 넘어가고 말 것이라느니 하는 비난을 끊임없이 해댔다.

이 여자는 일거양득의 기술과 한 사람에게서 얻은 것을 다른 사람에게는 감추고, 모든 사람들에게서 받은 것을 나에게 숨기는 데 있어서는 단연코 최고의 재주를 지녔다. 그녀의 탐욕은 용서할 수 있었을지 모르지만 그 엉큼한 처사만큼은 용납할 수가 없었다. 그녀는 나에게 무엇을 숨기려고 했던 것일까? 본인도 내가 자기 딸과 그녀 자신의 행복을 거의 유일한 낙으로 삼고 있다는 것을 너무나 잘 알고 있으면서 말이다. 내가 그녀의 딸을 위해 했던 일은 그녀 자신을 위해 했던 것과 다를 바 없었다. 하지만 내가 노모를 위해 했던 일에 대해서는 노모 자신도 어느 정도는 감사해야 마땅했다. 그녀는 적어도 자기 딸에게 감사하다는 생각을 해야 했고 나를 사랑하는 딸을 생각했다면 나를 좋아해야만 했다. 나는 그녀를 가장 처절한 비참함 속에서 꺼내주었다. 그녀는 내게 생계를 의존하고 있었고 자신이 그렇게 잘 활용하는 모든 지인들도 나를 통해 알고 있었다. 테레즈는 일을 해서 오랫동안 어머니를 먹여 살렸고 지금은 내 빵으로 먹여 살리고 있었다. 그녀의 어머니는 딸에게서 모든 것을 얻어내면서도 딸을 위해서는 아무것도 한 일이 없었다. 정작 파산할 정도로 결혼 비용을 대준 자식들은 그녀의 생계를 돕기는커녕 그녀와 내가 먹고 살 것까지 뜯어먹었다. 그 같은 처지라면 그녀는 나를 하나밖에 없는 친구이자 더 확실한 보호자로 여겨야 하고, 나 자신과 관계되는 일을 내게 감춘다든지 내 집에서 나를 상대로 음모를 꾸미는 것은 말도 안 되며, 나와 이해관계가 있을 수 있는 모든 일에 대해 나보다 더 일찍 알게 된다면 내게 일러주었어야 했다. 그렇다면 나는 그녀의 그릇되고 기이한 행동을 어떻게 보는 것이 좋았을까? 나는 그녀가 자기 딸에게 심어주려고 애쓰는 감정을 특히 어떻게 생각해야만 했을까? 그녀가 그런 감정을 딸에게 불어넣으려고 애를 쓰다니 얼마나 극악무도하고 배은망덕한가!

이런 생각을 곰곰이 하다 보니 결국 내 마음은 이 여자로부터 멀어져서 보기만 해도 경멸감이 들 정도였다. 그러면서도 나는 여자 친구의 어머니를 공손하게 대하지 않은 적이 한 번도 없고 매사에 그녀에게 자식으로서의 고려와 배려를 하지 않은 적이 없었다. 하지만 그녀와 오래 함께 살고 싶지 않은 것이 사실이었고, 마음속의 거북스러움을 이렇게 참아낼지 몰랐다.

이런 처지도 내 삶의 짧은 순간들 중 하나이다. 행복을 바로 가까이에 두고도 붙잡지 못했던 순간 말이다. 다만 행복을 놓친 것은 내 잘못이 아니었다. 이 여자가 좋은 성품만 지니고 있었어도 우리 세 사람은 죽는 날까지 행복했을 것이고 마지막에 살아 있는 사람만이 동정을 받아야 했을 것이다. 그런 일은 일어나지 않았고, 독자들은 상황이 어떻게 되었는지 알게 될 것이다. 그러면 여러분은 내가 이 상황을 어떤 방향으로 바꿀 수 있었는지 판단하게 될 것이다.

르 바쇠르 부인은 내가 자기 딸의 마음을 얻고 자신은 잃었음을 알고는 그것을 되찾으려 애쓰고 딸을 통해 내게 다가서려는 대신에 나와 그녀를 완전히 멀어지게 하려고 했다. 그녀가 이용한 방법들 중 하나는 가족들에게 도움을 청하는 것이었다. 나는 테레즈에게 레르미타주에 아무도 오지 못하도록 해달라고 부탁했다. 그녀도 내게 그렇게 하겠다고 약속했다. 노모는 내가 없을 때 딸과 상의도 없이 가족들을 불러들었다. 그러고는 딸에게서 나에게 아무 말도 않겠다는 약속을 받아냈다. 첫걸음만 내딛으면 만사가 쉬운 법이다. 사랑하는 어떤 사람에게 무언가를 한번 비밀로 하고 나면, 머지않아 거의 주저하지 않고 모든 것을 그 사람에게 숨기게 된다. 내가 라 슈브레트로 가자마자 레르미타주는 희희낙락대는 사람들로 북적거렸다. 어머니는 천성이 착한 딸에게는 항상 영향력이 큰 법이다. 하지만 이 노파가 어떤 수단을 쓰든 테레즈를 자신의 계획에 끌어들여 나에게 맞서는 데 합세하도록 만들 수는 없었다. 그녀로서는 결심을 돌이킬 수 없었다. 한편에서 보면 자기 딸과 내가 있는 집에서는 사는 데는 문제가 없겠지만 그것이 전부였다. 다른 한편에서 보면 디드로, 그림, 돌바크, 데피네 부인은 많은 것을 약속했고 무언가를 주었으니 그녀로서는 징세청부인의 부인과 남작의 편에 가담하는 것이 결코 나쁘지 않았다. 내가 눈치가 있었다면 품 안에 뱀을 키우고 있었다는 사실을 진즉에 알았을 것이다. 하지만 나의 맹목적인 믿음은 어떤 것으로도 변하지 않아서 사랑해야 하는 사람에게 해를 끼치기를 원할 수도 있다는 생각을 할 수조차 없었다. 나를 둘러싸고 수많은 음모가 꾸며지고 있다는 것을 알면서도 내가 친구라고 생각했던 사람들의, 내가 보기에 내 방식보다는 그들의 방식대로 내가 행복하기를 강요하려는, 횡포에 대해서만 불평할 줄 알았다.

테레즈는 어머니와 합세하는 것은 거절했지만 그녀에게 다시금 비밀을 지켜주었다. 테레즈의 동기만큼은 칭찬받을 만했다. 그녀가 잘한 것인지 잘못한 것인지는 말하지 않겠다. 비밀을 공유한 두 여자는 함께 수다 떠는 것을 좋아하는 법이다. 그녀들은 그러면서 서로 가까워졌다. 테레즈가 마음을 양쪽에 쓰게 되면서 이따금 내가 혼자라고 느끼게 되었다. 왜냐하면 우리 세 사람이 함께 이루고 있는 교분을 더 이상 친교로 간주할 수 없었기 때문이다. 그러고 보니 우리가 처음 사귀는 동안 나를 사랑하는 마음에서 나온 테레즈의 온순함을 이용하여 그녀에게 재능과 지식을 키워주지 못한 내 잘못이 뼈저리게 느껴졌다. 그런 재능과 지식이 있다면 우리는 은신처에서 더욱 가깝게 지내면서 그녀와 나의 시간을 단둘이서도 결코 지루해하지 않으며 기분 좋게 보냈을 것이다. 그렇다고 우리의 대화가 자주 끊어진다거나 그녀가 나와 산책을 하면서 지루해 보였던 것은 아니다. 하지만 결국 우리는 서로의 생각을 충분히 공유하지 못해서 우리 자신을 풍족하게 만들지 못했다. 우리는 서로의 계획에 대해 더이상 이야기를 지속할 수 없게 되었다. 그 계획이라는 것이 즐거움을 누리자는 것에 그쳤으니 말이다. 내 주위의 대상들은 내게 성찰을 하게 만들었지만 그런 것들은 그녀가 이해할 수 있는 것이 아니었다. 12년 동안의 애정으로 더 이상 말이 필요 없었다. 우리는 서로를 너무나 잘 알고 있어서 더 이상 서로에게 알려줄 것이 없었다. 경박하고 수다스러운 여자들이 비방하고 조롱하는 수단이 남아 있었을 따름이다. 생각할 줄 아는 누군가와 함께 사는 것의 장점을 느낄 때는 특히 고독에 처해 있을 때이다. 나는 그런 수단이 없어도 그녀와 함께 즐겁게 지낼 수 있었다. 하지만 그녀는 그런 수단이 있어야 항상 나와 즐겁게 지낼 수 있었을 것이다. 그것 말고도 가장 고약한 일은 우리가 몰래 이야기를 나누어야 한다는 것이었다. 그녀의 어머니는 내게 귀찮은 존재가 되어서 나는 그런 기회를 엿볼 수밖에 없었다. 내 집에서도 불편함을 느꼈으니 할 말 다한 셈이다. 겉으로 드러난 사랑이 진정한 우정을 망쳤다. 우리는 깊은 교제를 했지만 친밀하게 살지는 못했다.

테레즈가 나와 산책하지 않으려고 종종 여러 핑곗거리를 찾는다는 것을 눈치챈 나는 그녀에게 그런 제안을 하는 일을 곧 그만두었다. 그렇다고 나만큼 산책을 좋아하지 않는다 해서 그녀에게 불만을 품지는 않았다. 즐거움이란 의지와는 무관한 것이다. 나는 그녀의 마음을 믿었으며 그것으로 충분했다. 나의 즐거움이 그녀의 즐거움인 만큼 나는 그 즐거움을 그녀와 함께 맛보았다. 나는 그런 즐거움이 없을 때는 내가 만족하기보다는 그녀가 즐겁기를 더 바랐다.

바로 그런 이유로 내 기대는 반쯤 어긋났다. 내가 선택한 거주지에서 사랑하는 사람과 내 마음에 드는 생활을 하면서도 나는 거의 혼자라는 생각을 하게 되었다. 나는 내게 결여되어 있는 것 때문에 내가 가지고 있는 것을 누리지 못했다. 나는 행복과 즐거움을 두고 전부가 아니면 전무를 선택해야 했다. 왜 내가 이런 상세한 이야기가 필요하다고 생각했는지 곧 알게 될 것이다. 이제 내 이야기의 본론으로 돌아가려 한다.

나는 생피에르 백작이 내게 보낸 원고에 중요한 것들이 있다고 생각했다. 그 원고를 검토하면서 그 자료들은 그가 숙부의 인쇄된 저술 모음집에 주석을 달고 수정을 한 것과 아직 세상에 내놓지 않은 다른 소량의 몇몇 작품에 지나지 않는다는 사실을 알았다. 그의 도덕에 관한 저술들을 읽고, 일전에 크레키 부인이 내게 보여준 그의 편지 몇 통을 통해 갖게 된 생각, 즉 그는 내 예상보다 훨씬 더 재능이 있다는 생각을 굳히게 되었다. 하지만 정치에 관한 그의 저술들을 심도 있게 검토해보니 추상적인 시각과 유용하지만 현실성이 없는 계획들만이 눈에 띄었다. 이는 저자가, 인간은 저마다의 정열보다는 이성의 빛에 의해 행동한다는 생각에서 결코 벗어날 수 없었던 결과에서 비롯되었다. 그는 현대의 지식을 높이 평가하기 때문에 자신이 제안하는 모든 제도의 기초이자 모든 정치적 궤변의 원천인 개량된 이성의 그릇된 원칙을 따른 것이다. 그는 비범한 인간으로서 자기 시대와 인류의 명예이자 인류가 존재한 이래 이성에 대한 열정 말고는 다른 어떤 열정도 지니지 않은 유일한 인간이었다. 그런 그가 인간을 있는 그대로, 앞으로 되어가는 대로 생각하지 않고 자신과 유사한 인물들로 만들기 위해 자신의 모든 이론에서 온통 오류를 저질렀을 뿐이다. 그는 동시대 사람들을 위해 일한다고 생각하면서 실은 가상의 존재들만을 위해 일했을 따름이다.

이 모든 점을 고려하자 내 작업을 어떤 형식으로 해야 할지 당혹스러웠다. 저자의 견해를 그대로 두게 되면 나의 작업은 전혀 쓸모없는 일이 되고 만다. 또 그 견해를 반박하게 되면 무례한 일이 된다. 나는 원고 청탁을 받아들였고 부탁받기까지 했으므로 저자를 명예롭게 대할 수밖에 없는 것이다. 결국 가장 온당하고 가장 정당하며 가장 유익해 보이는 편에 서기로 했다. 저자의 생각과 나의 생각을 분리하여 나타내는 것이다. 그렇게 하기 위해서는 그의 견해 속으로 들어가 그것을 규명하고 그 모든 가치를 돋보이게 해야 했다.

따라서 나의 저작은 완전히 분리된 두 부분으로 구성해야 했다. 1부에서는 내가 말한 방식대로 저자의 다양한 계획을 설명할 작정이었다. 1부가 효과가 있는 다음에야 출간될 2부에서 앞의 내용에 대한 나의 판단을 내릴 예정이었다. 나는 그런 의견 때문에 저자의 계획이 종종 〈인간혐오자Le Misanthrope〉[67]에 나오는 소네트의 운명에 처할 수도 있었음을 고백하는 바이다. 책 앞머리에는 작가의 생애가 수록될 예정이었는데, 이를 위해 나는 상당히 좋은 자료를 수집해두었고 그 자료를 이용하면 전기를 망치지 않으리라고 은근히 자신했다. 나는 생피에르 신부를 그의 노년에 잠시 본 적이 있다. 나는 고인이 된 신부에게 존경심을 품고 있었기 때문에 모든 점에서 내가 백작님의 친척을 다루려는 방식에 대해 그가 불평하지 않으리라는 보증을 받을 수 있었다.

나는 《영구평화론La Paix perpétuelle》에 관한 시론을 썼다. 이 저술은 문집을 구성하고 있는 모든 저술들 중 가장 주목할 만하고 가장 공들인 저술이었다. 나는 성찰에 들어가기 전에 신부가 그 같은 훌륭한 주제에 대해 쓴 모든 것을 완전히 읽어낼 자신이 있었다. 그 장황한 표현과 중언부언에도 결코 싫증이 나지 않았다. 독자들이 이미 그 발췌본을 보았으므로 나는 그것에 대해서는 아무런 할 말이 없다. 내가 그것에 내렸던 판단에 관해 말하자면, 그에 대한 내 의견은 결코 출간되지 않았고 언제 출간될지는 모르겠으나 발췌본과 동시에 쓴 것이다. 나는 다음 작업으로 '다원합의제론La Polysynodie',[68] 혹은 '복수 의회론'을 다루었다. 생피에르 신부는 섭정 시대에 자신이 선택한 정부를 두둔하기 위해 이 저술을 썼고 아카데미에서 추방당했다. 이전 정부를 비난했다는 이유로 뒤 멘du Maine 공작부인과 폴리냐크Polignac 추기경의 분노를 산 것이다.[69] 나는 그 작업을 앞의 작업과 마찬가지로 끝마쳤다. 발췌본과 그에 대한 의견 모두를 포함해서 말이다. 하지만 그 계획을 계속하고 싶지 않아서 거기서 일을 중지했는데, 애초에 시작해서는 안 될 일이었다.

내가 어떤 생각에서 일을 그만두었는지는 자연히 알게 될 터인데 그런 생각을 더 일찍 하지 않은 것이 오히려 뜻밖이다. 생피에르 신부의 저술들은 대부분 프랑스 정부의 어떤 부문에 대한 비판적 견해이거나 그런 견해를 포함하고 있었고 아주 자유분방한 것도 있어서 별 탈 없이 그런 글들을 쓸 수 있었다는 것만으로도 그로서는 천만다행이었다. 정부 당국에서는 예나 지금이나 생피에르 신부를 실제로 정치가라기보다는 일종의 설교자로 간주했다. 그래서 그가 마음껏 말하도록 내버려둔 것이다. 그의 말을 듣는 사람이 아무도 없다고 생각하고서 말이다. 만약 내가 사람들로 하여금 그의 말을 듣게 만들었다면 상황은 달라졌을 것이다. 그는 프랑스 사람이었고 나는 아니었다. 내가 그가 했던 비판을 되풀이해서 할 의도가 있었다면 비록 그의 이름을 빌렸다 하더라도 사람들로부터 왜 그런 주제넘은 짓을 하느냐고 가차 없지만 정당한 추궁을 당할 위험이 있었다. 다행히도 나는 한 걸음 더 나아가기 전에 나에게 미치게 될 영향력을 깨닫고 재빨리 물러섰다. 나는 나보다 훨씬 더 강한 사람들 사이에서 혼자 살고 있으면 아무리 애를 써도 그들이 나에게 저지르려는 악행을 결코 피할 수 없다는 사실을 알았다. 그 점에서 내가 할 수 있는 행동은 단 하나밖에 없었다. 적어도 그들이 나에게 악행을 저지르려고 하면 그들이 정당한 방법으로는 그렇게 할 수 없도록 노력하는 것뿐이었다. 생피에르 신부의 작업을 단념하게 만든 그 원칙은 나로 하여금 훨씬 더 소중한 계획들을 종종 포기하게 만들었다. 한 사람의 시련을 항상 지체 없이 중대한 과오로 간주하는 그런 사람들은 내가 불행에 빠졌을 때 '자업자득'이라는 말이 사실이 되지 않도록 평생 얼마나 노력했는지를 알고 나면 정말로 놀랄 것이다.

그 작업을 그만두고 나니 얼마 동안은 앞으로 해야 할 일이 불확실했다. 아무 일도 없는 이 기간은 나에게 파멸이 되었다. 내 관심을 끄는 외부의 대상이 없었기 때문에 나 자신에 관한 성찰에 마음을 두게 된 것이다. 내게는 내 상상력이 즐거워질 만한 미래에 대한 계획이 더 이상 없었다. 내가 처해 있던 상황은 나의 모든 욕망이 서로 결부되어 있는 그런 상황이었기 때문에 무엇을 생각해낸다는 것이 불가능했다. 더 이상 계획을 세워야 할 필요가 없었고 마음은 여전히 공허했다. 내게는 더 나은 선택의 여지가 없기 때문에 그런 처지는 더욱더 잔인했다. 나는 가장 깊은 애정을 내 마음에 느끼는 한 사람에게 쏟았고 그녀도 내게 마음을 주었다. 나는 그녀와 더불어 스스럼없이, 말하자면 마음 가는 대로 살았다. 하지만 그녀가 가까이 있을 때나 멀리 있을 때나 알 수 없는 조바심에서 벗어나지 못했다. 그녀를 소유하고 있으면서도 그녀가 여전히 그립게 느껴졌다. 내가 그녀에게 전부가 아니라는 생각만으로도 그녀 역시 내게 거의 아무것도 아니라는 생각이 들었다.

내게는 이성 친구들과 동성 친구들이 있었다. 나는 가장 순수한 우정과 가장 완전한 존경심을 지니고 그들과 친밀하게 지냈다. 나는 그들에게서 가장 진정한 보답을 기대했다. 나는 그들의 진정성을 단 한 번도 의심한 적이 없었다. 하지만 그 우정은 즐겁기보다는 고통스러웠다. 그들이 내 모든 취미와 성향, 생활방식에 반대하려고 고집을 피우며 열의를 다했으니 말이다. 오직 나와 관련이 있고 그들과는 상관이 없는 일을 내가 원하는 것처럼 보이기만 해도 그들은 바로 그 순간에 한데 결속하여 그 일을 그만두라고 내게 강요했다. 그들은 내가 생각할 수 있는 모든 일에 완고하게 개입했는데, 나는 그들의 생각에 개입하기는커녕 알려고 하지도 않았으므로 그들의 고집은 더욱 부당했다. 나는 그들의 완고함이 잔인할 정도로 부담이 되어서 나중에는 그들이 보낸 편지를 받기만 해도 편지를 뜯어보면서 일종의 공포심을 느낄 정도가 되었다. 편지를 읽어보면 그런 공포심이 들 만하다고 충분히 느낄 것이다. 나보다 더 젊은 사람에게도 지나치게 어린아이 취급을 받고 있다는 생각이 들었다. 그들이 나에게 아낌없이 해준 충고는 그들 자신에게 훨씬 더 필요한 것이었다. 나는 그들에게 말했다. "나를 사랑해주게, 내가 자네들을 사랑하듯이 말일세. 또한 내 일에 더 이상 간섭하지 말게, 내가 자네들의 일에 간섭하지 않는 것처럼 말일세. 이것이 내가 자네들에게 바라는 전부일세." 만일 이 두 가지 중에서 그들이 내 말을 들어준 게 있다고 해도 적어도 두 번째 부탁은 아니었다.

나는 인적이 드문 매력적인 장소에 있는 외딴 거주지에서 살았다. 나는 내 집의 주인으로서 누구의 간섭도 받지 않고 내 방식대로 살 수 있었다. 이 같은 거처에서도 나는 가벼우면서도 피할 수 없는 의무를 강요받았다. 나의 모든 자유는 불안정한 것이었다. 다른 이의 지시에 복종한다기보다는 내 의지에 따라 복종해야만 하는 것이었다. 잠자리에서 일어나면서 "오늘은 내 마음대로 지내보자"고 말할 수 있었던 적이 단 하루도 없었다. 게다가 데피네 부인의 계획에 따르는 것 말고도 훨씬 더 성가신 일반 사람들과 뜻밖의 방문객들을 맞아야만 했다. 나는 파리에서 상당히 떨어진 곳에 있었지만 할 일 없는 사람들의 무리가 날마다 나를 찾아오는 것을 피할 수 없었다. 그 사람들은 자기 시간을 어떻게 주체해야 할지 몰랐고 뻔뻔스럽게도 내 시간을 낭비하게 만들었다. 내가 전혀 생각하고 있지 않을 때도 사람들은 가차 없이 들이닥쳤다. 간혹 멋진 하루 계획을 세우기도 했으나 사람들이 찾아와서 계획은 번번이 뒤집어지고 말았다.

요컨대 가장 갈망하던 행복 가운데서도 순수한 즐거움을 전혀 맛보지 못한 탓에 문득 내 젊은 시절의 평온한 나날들이 떠오르곤 했다. 나는 이따끔 한숨을 지으며 이렇게 소리쳤다. "아! 여기도 아직 레 샤르메트가 아니구나!"

내 일생의 여러 시간들을 회상하다 보니 내가 와 있는 지점에 대해 심사숙고하게 되고 내가 이미 노년에 접어들었다는 사실을 깨닫게 되었다. 고통스러운 불행에 빠져 있으면서 내 인생의 마지막이 다가온다고 생각했다. 마음이 갈망하던 그 어떤 즐거움도 한껏 맛보지 못하고 마음속에 쌓아둔 강렬한 감정을 발휘하지 못하고 영혼 속에서 은밀히 느낀 그 황홀한 쾌락을 만끽하지도, 가볍게 느끼지도 못한 채 말이다. 그 쾌락은 대상이 없으니 한숨으로 발산될 뿐 마음속에 늘 억눌려 있었다.

천성적으로 감정을 억제할 수 없는 영혼을 타고나고, 산다는 것은 곧 사랑한다는 것으로 생각하는 내가 어떻게 완전한 나의 친구이자 진정한 친구를 지금까지 발견할 수 없었을까? 나는 진정한 친구가 되고자 태어났음을 분명하게 느끼고 있는데 말이다. 그토록 타오르기 쉬운 관능과 사랑이 넘치는 마음을 지닌 내가 어떻게 확실한 상대를 두고 단 한 번도 열정을 불태우지 못했을까? 나는 사랑하고 싶은 욕구에 사로잡혀 있으면서도 결코 사랑을 충족시킬 수 없었다. 그런 내가 노년의 문턱에 이르러 살아보지도 못한 채 죽어가고 있음을 느끼고 있다.

슬프지만 연민 어린 이러한 성찰을 하게 되자 일말의 온화함이 깃든 아쉬움이 들면서 나 자신을 돌아보지 않을 수 없었다. 운명이 나에게 주지 않은 무언가를 빚지고 있는 듯싶었다. 아무리 뛰어난 재능을 지니고 태어났다 한들 그것을 마지막까지 써먹지 못한다면 무슨 소용이 있겠는가? 내 내면의 가치를 자각하고 내가 부당한 대접을 받고 있다는 생각을 하니 어느 정도 위안이 되면서도 눈물이 났다. 그저 눈물이 흐르는 대로 내버려두고 싶었다.

　나는 1년 중 가장 아름다운 계절인 6월에 선선한 작은 숲에서 나이팅
게일의 지저귐과 졸졸 흐르는 시냇물 소리가 들리는 가운데 이러한 성찰
을 했다. 모든 것이 한통속이 되어 나를 너무나 유혹적인 무력함 속에 다
시 빠뜨리려고 했다. 나는 본디 그런 무력함 속에서 태어났지만 오랜 열
광으로 격앙되어 엄격하고 진지한 태도를 취해온 이상 그런 성향에서 영
원히 벗어나야만 했다. 공교롭게도 툰 성에서의 점심식사와 매력적인
두 소녀와의 만남이 떠올랐다. 그 일은 같은 계절에 지금 내가 있는 곳과
거의 유사한 장소에서 일어났다. 그 추억은 천진난만함이 묻어 있어서
내게 더욱더 감미로운 것이었으며 같은 종류의 또 다른 기억을 불러일으
켰다. 곧 내 주위에 젊은 시절 내게 감동을 주던 모든 사람들이 모여 있는
것을 보았다. 갈레 양, 그라펜리드 양, 브레유 양, 바질 부인, 라르나주 부
인, 나의 귀여운 여제자들, 마음으로 결코 잊을 수 없는 요염한 쥘리에타
까지 눈앞에 떠올랐다. 마치 천상의 미녀들이 사는 궁전에 있는 것 같았
다. 나는 그녀들을 오래전부터 알고 있었고 그녀들에 대한 나의 열렬한
애정은 전혀 새로운 감정이 아니었다. 내 피는 타올라 불꽃을 튀기고, 내
머리는 팽 돌아버렸다. 내 머리카락은 이미 백발이 되었지만 말이다. 이
와 같이 제네바의 근엄한 시민이자 마흔다섯 살에 가까운 엄격한 장 자
크가 느닷없이 정신이 나간 연인이 된 것이다. 내가 사로잡힌 도취는 너
무나 즉흥적이고 광기 어린 것이지만 너무나 견고하고 강해서, 그 때문
에 예상치 못한 불행에 빠져드는 무서운 위기를 겪고서야 간신히 헤어날
수 있었다.

　그 도취가 어디까지 갔을지는 모르겠지만 내 나이와 처지를 잊게 만드
는 데까지는 이르지 못했다. 또한 아직도 사랑을 불러일으킬 수 있다고
우쭐대고, 젊은 시절부터 부질없이 타들어가는 것을 느꼈던 마음의 열렬
한 불꽃을 이제야 함께 나누려고 시도하는 데까지는 이르지 못했다. 그

런 것은 조금도 기대하지도, 바라지도 않았다. 연애할 시기는 지났음을 이미 잘 알고 있었다. 나이 든 바람둥이가 사랑에 빠진다는 게 우스꽝스러움을 너무나 잘 알고 있었다. 나는 한창 나이에도 거의 그러지 못했는데 황혼에 이르렀다 해서 건방지고 거만해질 수 있는 사람이 아니었다. 게다가 평화를 사랑하는 사람으로서 집안이 풍비박산 나는 일이 겁이 났을 것이다. 진정으로 테레즈를 사랑하는 까닭에 그녀가 불러일으킨 것보다 더욱 강렬한 사랑을 다른 사람에게 품는 꼴을 보여 그녀를 슬픔에 잠기게 할 수는 없었다.

이 순간 나는 어떻게 했을까? 이미 나의 독자들은 짐작했을 것이다. 지금까지 내 이야기를 들어온 것만으로도 말이다. 나는 현실의 존재에 도달하는 것이 불가능했으므로 몽상의 세계로 뛰어들었다. 내 몽상에 걸맞은 존재를 전혀 찾지 못했으므로 이상의 세계에서 그 생각을 키웠다. 나는 곧 나의 창조적 상상력으로 그 세계에서 내 마음에 드는 존재들이 살도록 만들었다. 이런 수단만큼 적절하고 풍부한 것은 결코 없었다. 계속된 도취 속에서 나는 일찍이 인간의 마음속에 싹텄던 가장 감미로운 감정에 원 없이 취했다. 인간 종족을 완전히 잊은 채, 자신들의 아름다움만큼이나 미덕으로도 완벽한 천상의 피조물과 사귀었고, 내가 이 세상에서 결코 만나지 못한 믿음직하고 다정하며 충실한 친구들과 교제했다. 천상의 세계에서 나를 둘러싸고 있는 매력적인 상대들 사이를 날아다니는 데 상당한 재미를 붙이는 바람에 세월이 가는 것도 몰랐다. 다른 모든 기억은 잊은 채 서둘러 빵 한 조각을 먹고, 내 숲을 다시 찾아가려고 안절부절 못하며 자리를 박차고 나왔다. 그 황홀한 세계로 떠날 채비를 하는 동안 엉뚱한 사람들이 와서 나를 지상에 붙들어놓으려 하면 울분을 참을 수도, 숨길 수도 없었다. 나를 억제하지 못하고 그들을 불친절하게 대했는데, 이는 난폭한 자라는 평판을 불러일으킬 수도 있었다. 이러한 처신은 인간혐오자라는 나의 평판을 악화시켰을 따름이다. 만일 그들이 내 마음을 조금만 더 이해했다면 나는 매사에 아주 다른 평판을 들었을 것이다.

열광의 절정에서 고질병이 아주 심하게 발병한 나는 연이 실에 끌려오 듯이 갑자기 추락했고 자연스레 내 자리로 돌아왔다. 나는 고통을 완화시켜주던 유일한 치료법, 말하자면 소식자를 사용했다. 그로 인해 천상에서의 완전한 사랑을 더 이상 할 수 없게 되었다. 고통을 느끼면서까지 사랑을 하고 싶은 사람은 거의 없을뿐더러 내 상상력은 전원과 나무 아래서는 살아 움직이지만 방 안 천장 아래서는 무기력해져 죽어버리고 말기 때문이었다. 나는 숲의 요정들이 존재하지 않는 것을 종종 애석해했다. 내가 애정을 쏟고 싶은 대상이 있다면 분명히 그 요정들 가운데 있었을 것이다.

같은 시기에 또 다른 집안 문제가 터져서 내 근심은 더욱 커졌다. 르 바쇠르 부인은 내게 세상에 더없이 듣기 좋은 말만 늘어놓더니 갖은 수를 부려 나와 자기 딸을 떼어놓으려 했다. 예전에 알던 이웃들로부터 편지가 몇 통 왔는데, 편지에 따르면 그 노파가 나도 모르는 사이에 테레즈의 이름으로 여러 차례 빚을 졌다는 것이다. 테레즈는 그 사실을 알고도 나에게 일체 이야기를 하지 않았다. 나는 갚아야 할 빚이 있다는 사실보다 나에게 그런 사실을 비밀로 한 소행에 훨씬 더 화가 났다. 아! 나는 그녀에게 어떠한 비밀도 지니지 않았는데, 그녀는 그런 내게 어떻게 비밀을 만들 수 있단 말인가? 사랑하는 사람에게 어떻게 무언가를 숨길 수 있단 말인가? 돌바크 무리는 내가 파리 여행을 전혀 하지 않는 것을 알고 시골 생활에 만족하여 그곳에 눌러앉을 만큼 머리가 돈 것이 아닌지 슬슬 걱정을 할 정도가 되었다. 그런 이유로 그들은 나를 간접적으로 도시로 불러내려고 애를 쓰며 귀찮게 하기 시작했다. 디드로는 그렇게 빨리 속마음을 드러내지 않으려고 우선 들레르Deleyre[70]와 나를 떼어놓으려 했다. 들레르는 내 소개로 디드로와 알게 되었는데 디드로가 자신에게 심어주려 했던 인상을 받아들이더니 나에게 그대로 전했다. 들레르 자신은 그 목적도 모른 채 말이다. 모든 것이 앞다투어 나를 감미로우면서도 광기 어린 몽상에서 끌어내리려는 처사인 듯싶었다. 병에서 아직 회복되지 않은 때에 나는 리스본의 재난에 관한 시집[71] 한 권을 받았다. 나는 이 시집을 저자가 나에게 보내준 것으로 생각했다. 책을 받았으니 응당 그에게 편지를 써서 그의 작품에 대해 말해야 한다고 생각했다. 그에게 직접 편지를 한 통 썼다. 그 편지는 차후에 언급하겠지만 내 허락도 없이 한참 뒤에 출판되었다.

나는 이 가엾은 자가 말하자면 행운과 영광을 지겹도록 누리면서도 이 삶의 비참함을 신랄하게 비난하고 항상 모든 것이 악이라고 생각하는 데 충격을 받았다. 그래서 그가 자기 자신을 돌아보게 만들고 모든 것이 선이라는 점을 그에게 증명하겠다는 무모한 계획을 세웠다. 볼테르는 항상 신을 믿는 것처럼 보이지만 실제로는 악마만을 믿었을 따름이다. 왜냐하면 소위 그가 말하는 신은 사람을 해치는 데서만 즐거움을 느끼는 악한 존재에 불과했기 때문이다. 그런 견해가 불합리하다는 것은 명백하지만 좋은 것은 다 누리고 있는 사람에게서는 특히나 불쾌하기 짝이 없다. 자신은 행복 속에 있으면서 정작 본인은 벗어나 있는 온갖 불행의 끔찍하고 가혹한 장면을 보여주어 자기 동포들을 절망에 빠뜨리려고 애쓰니 말이다. 나는 인생의 불행을 헤아리고 평가하는 데는 그보다 권한이 많으므로 그것에 대해 공정한 검토를 했다. 그에게 증명하기를, 일체의 불행 가운데 신이 책임을 질 만한 불행은 하나도 없으며, 모든 불행의 근원은 인간이 자신의 능력을 애초에 주어진 것보다 더 남용한 데에 있다고 했다. 나는 그 편지에서 그를 최대한 존중하고 최대한 주의하고 최대한 배려했다. 내가 할 수 있는 모든 존경심을 표하며 말을 한 것이다. 그렇지만 극도로 과민한 그의 자존심을 알고 있기 때문에 그 편지를 그에게 직접 보내지 못하고 그의 주치의이자 친구인 의사 트롱셍에게 보냈다. 나는 그에게 스스로 가장 적절하다고 생각하는 바에 따라 편지를 전하든지 없애버리든지 하라고 완전히 맡겨버렸다. 트롱솅은 편지를 전해주었다. 볼테르는 나에게 몇 줄 안 되는 답장에서 자신도 몸이 아프고 다른 이의 간병도 해야 해서 다른 기회에 자세한 답장을 하겠다며 그 문제에 대해서는 한마디도 하지 않았다. 트롱솅은 나에게 편지를 보내오면서 자신의 편지도 동봉했다. 그는 그 글에서 자신에게 편지를 맡긴 사람에 대한 존경심이라고는 거의 드러내지 않았다. 나는 그런 식의 사소한 승리를 조금도 과시하고 싶지 않았으므로 그 두 통의 편지를 출간하지 않았으며 심지어 누구에게 보인 적도 없다. 하지만 그 편지들은 나의 자료 모음집에 원본이 있다(편지묶음 A 20, 21호). 그 후 볼테르는 내게 약속한 답장을 내게는 보내지 않고 그대로 출간해버렸다. 그것이 다름 아닌《캉디드Candide》[72]라는 소설인데 나는 그 책을 읽지 않았으므로 작품에 대해서는 말을 할 수 없다. 이런 모든 소일거리들은 나의 기묘한 사랑의 병을 근본적으로 치유했어야 옳다. 아마도 그것은 신이 사랑의 치명적인 결과를 막으려고 내게 준 수단이었을 것이다. 하지만 나의 기구한 운명은 경쟁 상대가 없었다. 외출을 할 수 있게 되자마자 내 마음과 머리와 발은 같은 길을 다시 찾아갔다. 나는 어떤 측면에서만 같다고 말한 것이다. 왜냐하면 나의 생각은 다소 맥이 빠져서 이번에는 지상에 머물렀기 때문이다. 하지만 지상에서 찾을 수 있는 온갖 종류의 사랑스러운 것들을 대단히 공들여 선택했기 때문에, 그 순수한 핵심은 내가 포기했던 상상의 세계 못지않게 공상적이었다.

나는 마음속의 두 가지 우상인 사랑과 우정을 가장 황홀한 심상으로 상상해보았다. 사랑과 우정을 내가 항상 열렬히 사랑했던 이성(異性)의 온갖 매력으로 아름답게 즐겨 만들었다. 나는 남자 친구 두 사람보다는 여자 친구 두 사람을 상상했다. 흔치 않은 경우이기도 하지만 그게 더 사랑스럽기 때문이다. 나는 두 여자 친구에게 유사하지만 서로 다른 두 개의 성격을 부여했다. 또 완벽하지는 않지만 내 취미에 맞는 두 가지 모습을 부여하고, 호의와 감성으로 활기를 불어넣었다. 한 사람은 갈색머리로 다른 한 사람은 금발머리로, 이어서 한 사람은 생기 넘치게 다른 한 사람은 유순하게, 마지막으로 한 사람은 현명하게 다른 한 사람은 연약하게 만들었다. 하지만 그것은 연민을 불러일으키는 연약함이어서 오히려 미덕이 돋보이는 듯했다. 나는 두 사람 중 한 여인은 연인을 만나게 해주고, 다른 한 여인은 그 남자의 다정한 여자 친구이자 더 나아가 그 이상의 것이 되게 했다. 하지만 경쟁이나 다툼, 질투는 허락하지 않았다. 왜냐하면 일체의 고통스러운 감정을 상상하는 것 자체가 고통스러웠고, 자연을 타락시키는 어떤 것으로도 그 보기 좋은 장면을 훼손시키고 싶지 않았기 때문이다. 나는 두 사람의 매력적인 상대에게 사로잡혀 될 수 있는 한 연인이자 친구인 남자를 나 자신과 동화시켰다. 하지만 그를 다정하고 젊은 사람으로 만들었고 게다가 그에게 내가 스스로 느끼는 장점과 단점을 부여하기도 했다.

나는 나의 등장인물들에게 걸맞은 거처를 마련해주려고 내가 여행 중에 본 가장 아름다운 장소들을 하나하나 차례로 떠올려보았다. 하지만 너무나 싱그러운 숲도 내가 보기에 아주 감동적인 풍경도 전혀 발견하지 못했다. 만약 테살리아[73] 계곡을 실제로 보았다면 그곳이 마음에 들었을지 모른다. 그러나 내 상상력은 무엇을 만들어내는 데 지쳐서 내 상상력의 근거가 될 수 있고, 내가 붙들어두고자 하는 거주자들의 현실성에 대해 스스로 환상을 갖게 만드는 어떤 실제적인 장소를 원했다. 나는 보로메 섬[74]들을 오랫동안 생각해왔는데, 그곳의 매력적인 광경에 열광한 적이 있었다. 하지만 그곳은 내 등장인물들에게 장식과 기교가 과도한 곳 같았다. 그럼에도 나는 호수가 필요했고 끝내는 내 마음이 끊임없이 그 주위를 맴돌던 호수를 선택하고야 말았다. 그 호숫가의 한 장소에 거처를 정했다. 그곳은 오래전부터 내가 운명적으로 만족한 상상적 행복 속에서 내 거주지로 소원하던 장소였다. 내 가엾은 엄마의 고향이라는 사실도 내게는 특히 매력이었다. 나는 부각되는 위치, 풍요롭고 변화무쌍한 풍경, 웅장함, 넋을 빼앗고 감동을 주며 정신을 고양시키는 장엄한 조화 때문에 마침내 결심을 하고 나의 젊은 문하생들을 브베[75]에 정착시켰다. 자, 이 모든 것이 내가 단번에 상상해낸 것이다. 나머지는 그 후에 덧붙여진 것에 불과하다.

오랫동안 그토록 막연한 계획을 세우는 것만으로도 만족스러웠다. 마음에 드는 대상들로 내 상상력을 채우고, 마음에 품고자 하는 감정들로 내 마음을 채우기에 충분했으니 말이다. 그 허구들은 자주 떠오른 덕분에 마침내 더욱 확실해져서 내 머릿속에 확고한 형태로 자리 잡았다. 바로 그때 나는 그 허구들이 내게 제공한 상황들 가운데 몇몇 장면을 종이에 표현하고자 하는 생각에 사로잡혔다. 내가 젊은 시절에 느꼈던 모든 것을 떠올리면서 그저 지금까지 애만 태울 뿐 충족시킬 수 없었던 사랑하고 싶은 욕구를 이렇게라도 발산하려고 했던 것도 바로 그때였다.

우선 어수선한 편지 몇 통을 종이 위에 순서도, 연관성도 없이 써내려갔다. 내가 그 편지들을 묶어내려는 생각을 했을 때는 종종 상당히 당황스러웠다. 별로 믿기는 어렵겠지만 1, 2부 거의 전체를 그런 방식으로 썼다는 것은 분명한 사실이다. 잘 계획된 어떤 구상도 없고 심지어는 언젠가 정식 작품으로 만들어보겠다는 고려도 하지 않은 채로 말이다. 그런 이유로 그 두 부분은 다른 저서들에서는 찾아보기 어려운 수다스러운 덧붙임 글들로 가득 차 있다. 지금 차지한 자리에 맞게 다듬어지지 않은 바로 그 자료들을 사용하여 사후에 만들었기 때문이다.

내가 한창 감미로운 몽상에 빠져 있는 사이에 두드토 부인이 찾아왔다. 부인은 살아오면서 처음으로 나를 방문한 것이었지만 곧 알게 되듯이 불행히도 마지막 방문은 아니었다. 두드토 백작부인은 고인이 된 징세청부인 벨가르드 씨의 딸이자 데피네 씨와 라 리브La Live 씨, 라 브리슈La Briche 씨의 누이였다. 라 리브와 라 브리슈 씨 두 사람은 모두 훗날 외국 대사를 소개하는 직책을 맡게 되었다. 나는 그 부인이 결혼하기 전에 그녀를 만난 적이 있다고 말한 바 있다. 그녀가 결혼한 뒤에는 그녀의 올케인 데피네 부인의 집에서 라 슈브레트의 연회 때만 보았을 뿐이다. 에피네에서는 물론 라 슈브레트에서도 여러 날을 종종 함께 보내서인지 그녀가 매우 다정할 뿐만 아니라 내게도 호의적이라고 늘 생각했다. 그녀는 나와 함께 산책하는 것을 무척 좋아했다. 우리는 둘 다 산책하는 것을 좋아했고 우리 사이에서 대화가 끊기는 법은 없었다. 그럼에도 나는 그녀를 만나러 결코 파리에 가지 못했다. 그녀가 나를 만나기를 청하고 그것도 여러 차례 그랬음에도 불구하고 말이다. 나는 교제를 시작한 생랑베르 씨와 그녀와의 관계 덕분에 그녀에게 더욱 흥미를 느꼈다. 그녀가 나를 만나러 레르미타주에 온 이유도, 내가 그 무렵 마옹에 있다고 생각한 그 친구의 소식을 내게 전해주려는 것이었다.

　그 방문은 다소 소설의 시작 장면과도 같은 구석이 있었다. 마부는 돌아가는 길을 벗어나 클레르보의 방앗간에서 레르미타주로 곧장 가로질러 오려고 했다. 그녀가 탄 마차는 골싸기 깊은 곳에서 진창에 빠져버렸다. 그녀는 마차에서 내려 남은 길을 걷기로 했다. 그녀의 예쁜 신발은 곧 구멍이 났고 그녀는 진창에 빠지고 말았다. 그녀의 하인들은 온갖 고생 끝에 주인을 끌어냈다. 마침내 그녀는 장화를 신은 채 레르미타주에 도착했다. 그녀는 주위가 울릴 정도로 큰 웃음을 터뜨렸고 나도 그녀가 오는 모습을 보면서 따라 웃었다. 그녀는 옷을 모두 갈아입어야 했다. 테레즈가 준비를 해주었다. 나는 그녀에게 시골음식을 먹으려면 체면 따위는 잊어야 한다고 충고했다. 그녀는 그 음식에 상당히 만족했다. 시간이 늦어서 그녀는 오래 머물지 못했다. 하지만 그녀는 그날 만남이 너무 즐거워서 흡족했고 다시 오고 싶어 하는 듯했다. 그렇지만 그 계획은 다음 해가 돼서야 이루어졌다. 그런데, 아! 그렇게 미루어진 날짜는 내게 아무런 기약도 되지 못했다.

나는 아무도 짐작하지 못할 일을 하며 가을을 보냈다. 그것은 데피네 씨의 과수원을 관리하는 일이었다. 레르미타주는 라 슈브레트 공원의 수원지였다. 거기에는 담장이 둘러쳐져 있고 과실수와 다른 나무들이 늘어서 있는 정원이 있었는데, 데피네 씨는 이 땅의 나무에서 라 슈브레트의 채소밭에서보다 더 많은 과일을 수확했다. 비록 수확물의 4분의 3은 도둑맞았지만 말이다. 나는 영 쓸모없는 손님이 되지 않으려고 땅의 관리와 정원사의 감독을 맡았다. 과일이 자라는 기간에는 모든 일이 순조로웠다. 하지만 과일이 익어감에 따라 영문도 모른 채 과일이 사라져버렸다. 정원사는 들쥐가 죄다 먹어치운 것이 분명하다고 나에게 단언했다. 나는 들쥐와의 전쟁을 벌여 여러 마리를 박멸했다. 그런데 과일은 여전히 줄어들었다. 나는 호시탐탐 길목을 노리고 있었다. 그리고 마침내 정원사가 바로 커다란 들쥐라는 사실을 알게 되었다. 그는 몽모랑시에 살면서 밤마다 찾아와 자신이 낮에 따놓은 과일 더미를 마누라, 자식들과 함께 거두어 갔다. 그는 그 과일들을 자신이 과수원 주인인 양 파리의 시장에서 대놓고 팔게 시켰다. 나는 그 불쌍한 남자에게 친절을 베풀었고 테레즈는 그 사람의 자식들에게 옷을 주었다. 또 내가 걸인인 그의 아버지를 거의 먹여 살리다시피 했음에도 불구하고 그는 뻔뻔스럽게 그리고 쉽사리 우리에게서 과일을 훔쳐간 것이다. 우리 세 사람 중 누구도 그런 일을 챙길 정도로 주위를 경계하지는 않았다. 단 하룻밤 사이에 그자가 내 지하창고를 싹 비워버려서 그다음 날에는 아무것도 남아 있지 않았다. 단지 내 일이었을 때는 모든 것을 참을 수 있었다. 하지만 과일에 대해 설명할 필요가 생기면서 도둑을 고발할 수밖에 없었다. 데피네 부인은 그에게 돈을 주어 내보낸 뒤 나에게 다른 사람을 찾아봐 달라고 부탁했다. 나는 부탁대로 했다. 그러자 그 대단한 깡패 같은 자가 몽둥이로 보이는 큼직한 쇠막대기를 들고 꼭 저 같은 다른 건달들을 거느린 채 밤마다 레르미타주 주위를 어슬렁거렸다. 나는 그자 때문에 몹시도 불안해하는 '가정부들'을 안심시키기 위해 새로 고용한 일꾼을 밤마다 레르미타주에 묵게 했다. 그렇게 해도 그녀들이 여전히 마음을 놓지 못하자 나는 데피네 부인에게 소총 한 자루를 부탁했다. 나는 그 소총을 정원사의 방에 두었고, 총은 필요한 경우에만 사용해야 하며 문을 강제로 열려고 한다든지 정원을 넘어오려고 하면 공포탄을 쏴서 도둑들에게 겁만 줄 것을 당부했다. 이것은 몸이 안 좋은 한 사람이 모두의 안전을 위해 취할 수 있는 최소한의 대책임이 틀림없었다. 숲 속에서 겁 많은 두 여자와 혼자서 겨울을 보내야 했으니 말이다. 결국 집을 지키기 위해 작은 개 한 마리까지 들여놓고야 말았다. 그즈음에 들레르가 나를 만나러 왔는데, 나는 그에게 내가 처한 상황을 이야기했고 우리는 내가 무장한 것을 두고 서로 웃었다.

파리로 돌아간 그는 그 이야기를 들려주어 이번에는 디드로를 즐겁게 해주려 했다. 바로 그렇게 해서 돌바크 무리들은, 내가 레르미타주에서 정말 겨울을 보내려 한다는 사실을 알게 되었다. 그들은 자신들이 미처 상상할 수 없었던 그런 인내심에 곤혹스러워했다. 그들은 나로 하여금 거주지를 싫어하게 만들려고 어떤 또 다른 번거로운 일을 짜내면서* 디드로를 통해 다름 아닌 들레르를 보냈다. 들레르는 우선 내 대비책이 아주 간단하다고 생각했다가 결국에는 그것이 내 원칙과 어긋나며 더없이 우스꽝스러운 것이라고 편지에서 밝혔다. 그는 편지에서 내게 신랄한 야유를 퍼부었는데, 만일 내 감정이 그런 말에 좌우되었다면 화가 치밀 정도로 가시 돋친 말로 들렸을 것이다. 하지만 당시 나는 애정이 넘치는 온

---

* 나는 지금 이 순간 글을 쓰면서, 돌바크 일당이 내가 시골에 가 머물러 있는 것에 화가 난 것이 르 바쇠르 할멈 때문임을 알지 못한 내 어리석음에 그저 놀랄 따름이다. 그들은 더 이상 할멈을 마음대로 이용할 수 없어 때와 장소가 정해진 곳에서 자신들이 사기행각을 펴는 데 도움을 받을 수 없게 된 것이다. 이런 생각은 뒤늦게야 떠올랐지만 다른 어떤 가정으로도 설명할 수 없었던 그들의 별난 행태를 명백하게 밝혀주었다.

화한 감정으로 충만해 있어서 그의 가시 돋친 조롱도 우스갯소리로만 들렸고 그를 단지 장난치기 좋아하는 사람으로만 여겼다. 다른 사람이었다면 그를 몰상식한 사람으로 생각했겠지만 말이다.

철저히 경계하고 정성을 기울인 덕분에 나는 정원을 잘 지킬 수 있었다. 그리하여 그해 과일 수확은 거의 망치다시피 했지만 수익은 지난 몇 해에 비해 세 배는 되었다. 사실 나는 수확한 것을 지키기 위한 수고를 전혀 아끼지 않아서, 라 슈브레트와 에피네에 보낼 과일을 뒤따라가며 몸소 바구니를 들기까지 했다. '아주머니'와 나, 우리 두 사람이 들고 있던 바구니가 어찌나 무거운지 무게를 이기지 못해 여남은 걸음마다 쉬어야 했고 온몸이 땀에 흠뻑 젖어서야 도착했던 적도 있다.

날이 궂은 계절이 되어 집에 틀어박혀 지낼 수밖에 없게 되자 게으른 사람이 집 안에서 하기 좋은 일거리를 다시 시작하려 했지만 불가능했다. 사방에서 눈에 보이는 것이라곤 매력적인 두 여자 친구와 그녀들의 남자 친구들, 그녀들의 주변 사람들, 그녀들이 살고 있는 고장, 그리고 그녀들을 위해 내 상상력으로 만들어내고 아름답게 꾸민 사물들뿐이었다. 나는 더 이상 한순간도 제정신을 차리지 못했고 망상을 떨쳐버리지 못했다. 이 같은 온갖 허구에서 벗어나려고 수없이 노력했으나 허사였고 마침내 그 허구에 완전히 빠져들고 말았다. 이제 다른 일은 접어두고 허구에 몇 가지 질서와 연속성을 끼워 넣어 그것을 일종의 소설로 만들려는 데만 몰두했다.

가장 곤혹스러운 일은 너무나 명백하고 너무나 공공연하게 했던 내 말을 그런 식으로 번복한다는 수치심이 드는 것이었다. 나는 그 난리를 겪으면서 엄격한 원칙을 세웠고, 그토록 강하게 준엄한 규범을 설교했으며, 사랑과 연약함을 불러일으키는 유약한 책들에 신랄한 비난을 퍼부었다. 그런 일이 있은 다음 내가 그토록 심하게 비난했던 책들의 한 저자로 느닷없이 내 이름을 직접 끼워 넣었으니 그 모습을 보고 그보다 더 황당하고 눈에 거슬리는 일을 생각할 수 있었겠는가? 나는 그 같은 모순을 최고로 절감했고 그 일에 대해 후회했으며 얼굴이 붉어지고 화가 났다. 하지만 그 모든 것에도 불구하고 이성을 되찾지는 못했다. 완전히 정신이 팔려 모든 위험을 무릅쓸 수밖에 없었으며 사람들이 뭐라고 하든 용감히 맞서기로 결심하는 수밖에 없었다. 다만 작품을 세상에 내놓을지 말지 결정하는 일만은 나중에 생각해보기로 했다. 그 작품을 출판하게 될지는 아직 생각해보지 않았기 때문이다.

일단 결심이 서자 전력을 다해 몽상에 빠져들었고 몽상을 머릿속에서 이리저리 끌고 나간 끝에 그러한 종류의 구상을 짜서 그 결과를 선보였다. 이것이야말로 내 광기로 생각해낼 수 있는 최선의 것임이 틀림없었다. 내 마음에서 결코 사라진 적이 없는 선(善)에 대한 사랑은 그 광기를 도덕이 좋은 결과를 낼 수 있는 쓸모 있는 대상들로 변화시켰다. 내가 표현한 관능적인 묘사는 그곳에 순진성이라는 온화한 색채가 결여되어 있었다면 일체의 매력을 잃어버렸을 것이다. 연약한 아가씨는 동정의 대상이고 사랑은 그녀를 매력 있고 종종 상당히 사랑스러운 사람으로 만든다. 하지만 유행하는 풍속을 보고 분노하지 않은 채 견딜 사람이 과연 있을까? 부정한 아내의 교만보다 더 불쾌하기 짝이 없는 것이 있을까? 자신의 모든 의무를 공공연히 짓밟아버리면서도 남편에게 호의를 베풀어 자신이 불륜 현장에서 붙들리기를 바라지 않는다는 것에 더없이 감사해야 한다고 주장하는 그런 아내보다 말이다. 완전한 존재는 자연에 없으며 그들이 주는 가르침도 우리 가까이에 있지 않다. 정숙할 뿐 아니라 다정한 마음씨를 타고난 아가씨는 처녀 때는 사랑에 넘어가지만 아내가 되면 힘을 되찾아 이번에는 사랑을 극복하게 되며 정숙함을 되찾는다고 하자. 이런 묘사가 대체로 보아 뻔뻔하며 쓸모없다고 여러분에게 말하는 사람이 있다면 그는 거짓말쟁이고 위선자다. 그런 말을 들어서는 안 된다.

나는 근본적으로 일체의 사회적 질서와 관련이 있는 풍속 및 부부의 정조에 관한 주제 이외에 공중의 화합과 평화에 관한 더욱 내밀한 주제를 염두에 두고 있었다. 그 주제는 그 자체로도 그랬겠지만 적어도 문제가 된 당시에는 더욱 크고 중요했을 것이다.《백과전서》가 일으킨 광풍은 잔잔해지기는커녕 그 무렵에 절정에 이르렀다.[76] 두 진영은 서로 길을 밝혀주고 설득하여 진리의 길로 이끌어가는 기독교도들이나 철학자들과는 달리 서로에게 극도로 흥분하여 서로 싸우는 데 혈안이 된 미친 늑대들 같았다. 아마도 양 진영에 신망이 높고 적극적인 우두머리만 있었다면 내전으로 번졌을 것이다. 종교적 성격의 내전이 어떻게 일어났을지는 신만이 알 일이지만 사실상 양측 모두에게서 가장 잔인한 불관용이 나타났을 것이다. 나는 일체의 당파심에 타고난 적개심을 품었으므로 양쪽 모두에게 단호한 진리를 솔직하게 말했지만 그들은 그 말을 듣지 않았다. 그리하여 다른 궁여지책을 생각해냈는데 나의 순박한 마음을 고려한다면 놀라운 것처럼 보였다. 그 방법은 그들의 편견을 깨뜨리고, 대중의 인정과 모든 사람들의 존경을 받을 만한 저마다의 장점과 미덕을 서로에게 보여줌으로써 서로에 대한 그들의 증오심을 완화시키는 것이었다. 그러나 별로 이치에 맞지 않았던 이 계획은 사람들의 선의를 전제로 한 것으로, 그로 인해 나는 생피에르 신부를 비난했던 것과 같은 오류에 빠지고 말았다. 이 계획은 그에 걸맞은 결과를 가져왔다. 그 덕분에 두 진영은 서로 가까워지기는커녕 오직 나를 비난하기 위한 목적으로 서로 한패가 되었다. 나는 경험을 통해 내 어처구니없는 행동을 깨닫기까지, 감히 말하자면 그런 계획을 내게 불러일으켰던 동기에 걸맞은 열정으로 그 일에 몰두했다. 나는 볼마르Wolmar[77]와 쥘리Julie 두 사람의 성격을 황홀감 속에서 묘사했다. 그 황홀감 때문에 그 두 사람 모두를 사랑스러운 인물로 만들고 또한 서로를 통해 더욱 사랑스러워지기를 희망했다.

나는 대략 구상을 세운 데 만족하여 전에 묘사해둔 세부 장면을 다시 다루었고 그 장면을 가다듬어《쥘리》의 1부와 2부를 내놓았다. 그해 겨울 동안 형언할 수 없는 즐거움으로 작품을 쓰고 정리했다. 나는 작품을 위해 금박을 입힌 가장 아름다운 종이를 쓰고 문자를 건조시키는 데에는 쪽빛과 은빛 가루를 썼으며 원고를 묶을 때에는 푸른색의 가는 리본을 사용했다. 결국 나는 또 다른 피그말리온[78]이 된 양 내가 열렬히 사랑하는 매력적인 아가씨들에 비해서는 어느 것도 충분히 우아하고 사랑스럽지 않다고 생각했다. 저녁마다 나는 난롯가에서 '가정부들'에게 그 두 부분을 읽어주고 또 읽어주었다. 딸은 말없이 나와 함께 감동하여 흐느껴 울었다. 어머니는 그 상황에서 칭찬은커녕 아무것도 이해하지 못한 채 잠자코 있다가 침묵이 길어지면 고작 내게 이런 말을 던질 뿐이었다. "정말 아름답군요."

데피네 부인은 겨울에 나 홀로 숲 속 외딴집에 있는 것을 알고 걱정스러웠는지 종종 사람을 보내 나의 소식을 물어왔다. 나는 그녀가 그토록 진심으로 우정을 표시하는 것을 결코 본 적이 없으며 나 또한 그녀의 우정에 그토록 열렬히 우정으로 화답한 적은 한 번도 없었다. 내가 우정의 증거들을 밀면서 그녀가 나에게 자기 초상화를 보낸 일과, 살롱에 전시되었던, 라 투르La Tour가 그린 내 초상화를 얻기 위해 그녀가 내게 방법을 물어왔다는 사실을 명확히 밝히지 않는다면 잘못일 것이다. 그녀의 또 다른 배려 역시 빠뜨리면 안 된다. 그녀가 베푼 배려는 우스워 보일지는 몰라도 그것이 내게 준 감동 때문에 지금까지 나의 성향에 큰 영향을 주었다. 지독하게 춥던 어느 날 그녀가 내게 보낸 소포 꾸러미를 열어보니, 그녀가 장을 보아다 준 여러 가지 물건들 가운데 영국산 플란넬 페티코트 하나가 눈에 띄었다. 그녀는 자기가 입었던 그것으로 내가 조끼를 만들어 입었으면 좋겠다고 내게 말했다. 그녀가 보낸 짧은 편지의 표현은 매력적이고 호의와 순진함으로 가득 차 있었다. 나는 우정 이상의 그 배려에 어찌나 감동했는지 마치 그녀가 내게 입혀주려고 옷을 벗은 것처럼 감격의 눈물을 흘리며 편지와 페티코트에 수없이 입을 맞추었다. 테레즈는 내가 미쳤다고 생각했다. 이상한 일은 그녀가 내게 아낌없이 보여준 우정의 표시들 가운데 어떤 것도 이보다 내게 감동을 준 것은 결코 없으며, 우리가 절교한 이후에도 그 일만 생각하면 감동을 받게 된다는 것이다. 나는 그 짧은 편지를 오래도록 간직했다. 그 편지가 같은 시기의 또 다른 내 편지들과 같은 운명을 맞지만 않았더라면 아직도 수중에 지니고 있었을 것이다.

겨울 동안 요폐가 좀처럼 완화되지 않아 상당 기간 소식자를 사용해야 했지만 모든 것을 따져보더라도 프랑스에서 살기 시작한 이후 가장 즐겁고 조용하게 그 계절을 보냈다. 나쁜 날씨 덕에 불청객을 피할 수 있었던 4, 5개월 동안 나는 이전에도 이후에도 경험하지 못한 독립적이고 한결같으며 소박한 삶을 만끽했다. 그 삶은 현실에서는 두 '가정부들'과 함께, 상상 속에서는 두 사촌 자매[79]와 함께 이어졌는데, 이러한 생활이 주는 즐거움 덕분에 나는 생활의 중요성을 더욱 절감하게 되었다. 특히 바로 그 시기에 내가 현명하게 내렸던 결심이 날이 갈수록 만족스러웠다. 내가 자신들의 압제에서 해방된 것을 보고 친구들이 화가 나서 고함을 치는데도 개의치 않고 내렸던 그 결심이 말이다. 또 어떤 미치광이의 습격 소식[80]을 듣고, 들레르와 데피네 부인이 편지로 파리가 소요와 혼란에 휩싸였다는 말을 내게 전했을 때, 내게 공포와 범죄를 보지 않게 해준 하늘에 얼마나 감사했는지 모른다. 그런 광경은 공공의 무질서 앞에서 화를 잘 내는 내 기질을 키워주고 격해지게 했을 것이다. 반면에 내 은둔처 주위에는 웃음이 넘치고 즐거운 것만 보였으므로 내 마음은 사랑스러운 감정에만 기울어져 있었다. 여기서 내게 남아 있던 평화로운 마지막 순간의 흐름을 흐뭇하게 적는다. 그토록 고요하던 겨울이 지나고 찾아온 봄에는 불행의 싹이 움트기 시작했다. 나는 그 불행을 기록해야 하며, 불행의 연속 중에 내가 한가로이 숨 쉴 여유는 더 이상 보지 못할 것이다.

그럼에도 그 평화로운 기간 동안 고독의 극단에 이르렀으면서도 돌바크 무리의 영향으로부터 완전히 벗어나지 못하고 지낸 듯싶다. 디드로 때문에 어떤 번거로운 일이 생겼다. 곧 말하게 될 〈사생아Le Fils naturel〉[81]의 출간 시기가 그해 겨울이었는지 상당히 혼란스럽다. 곧 알게 될 이유 말고도, 당시의 확실한 기록이 내게 거의 남아 있지 않고, 그나마 있는 기록조차 날짜가 거의 확실하지 않다. 디드로는 자기 편지에 결코 날짜를 쓰는 법이 없었다. 데피네 부인과 두드토 부인은 편지에 요일 이외에는 거의 쓰지 않았고 들레르도 그녀들과 거의 마찬가지였다. 편지들을 순서대로 정리하려다가 나도 믿을 수 없는 불확실한 날짜를 망설이면서 보완해나갈 수밖에 없었다. 그래서 그 사소한 불화의 시발점을 확실히 정할 수 없으므로 내가 그것에 대해 기억할 수 있는 모든 것을 다음에 한꺼번에 이야기하는 편이 좋겠다.

봄이 돌아오자 사랑에 대한 나의 열광은 더 심해졌다. 나는 에로틱한 격정 속에서 《쥘리》의 마지막 부분을 구성하기 위한 편지를 여러 통 썼다. 그 편지들을 읽으면 내가 그것을 쓰면서 빠져 있던 황홀경을 느낄 수 있다. 그중에서노 엘리제 정원과 호수에서의 뱃놀이에 관한 편지를 언급할 수 있는데 내 기억이 맞는다면 그 대목은 4부 마지막에 있다. 그 두 편지를 읽으면서 내가 그 편지를 받아쓰게 된 감동에 빠져 마음이 부드러워지고 약해지는 것을 느끼지 못하는 사람은 누가 되었든지 이 책을 덮어버려야 할 것이다. 그런 사람은 감정의 문제를 생각할 만한 사람이 아니기 때문이다.

마침 같은 시기에 두드토 부인이 예상치 못한 두 번째 방문을 했다. 그녀는 기병대 장군인 남편과 역시 군복무 중인 애인이 부재중이어서 몽모랑시 계곡 한가운데 있는 오본에 와 있었다. 그녀는 그곳에 아주 예쁜 집을 빌려두었고 바로 그곳에서 레르미타주로 첫 소풍을 나온 것이다. 그녀는 그 여행에서 말을 타고 남자처럼 차려입었다. 나는 그런 식의 우스꽝스러운 옷차림을 전혀 좋아하지 않았지만 그 옷차림에서 볼 수 있는 소설의 등장인물 같은 모습에 마음이 사로잡혔다. 이번만은 사랑이었다고 말하겠다. 그 사랑은 내 삶에서 처음이자 유일한 것이었다. 그 결과 그 사랑은 내 기억 속에 영원히 남아 나를 견디기 힘들게 할 것이므로, 그 문제에 대해 어느 정도 상세히 언급하는 것을 허락해주기 바란다.

두드토 백작부인은 서른에 가까운 나이였고 전혀 아름답지 않았다. 얼굴에 얽은 자국이 있고 얼굴빛도 고운 데가 없었다. 시력이 나빴고 눈도 약간 동그랬다. 하지만 그런 모든 결점에도 불구하고 그녀는 젊고 생기가 넘치는 동시에 온화한 인상을 지닌데다 다정다감했다. 그녀의 길고 무성한 검은 머리는 타고난 곱슬머리에 무릎까지 치렁치렁했다. 귀여운 외모인데다 그녀의 모든 움직임에는 서투름과 우아함이 동시에 드러났다. 게다가 아주 자연스럽고 호감이 가는 성격을 지녔다. 그런 성격에는 쾌활함과 경솔함, 순진함이 잘 섞여 있었다. 매력적인 재치가 넘쳐흘렀고, 그런 매력은 그녀가 애써 찾은 것이 전혀 아니며 이따금 자신도 모르게 튀어나오는 것이었다. 그녀는 호감이 가는 여러 재능을 지니고 있었다. 클라브생을 연주했고 춤을 잘 추었으며 상당히 멋진 시를 지었다. 그녀의 성격은 천사와도 같았다. 그 바탕에는 온화한 마음이 있었다. 다만 그 성격은 신중함과 힘을 제외한 일체의 미덕을 지니고 있었다. 그녀는 사람을 사귀거나 교제를 함에 있어 너무나 신중했고, 충직해서 그녀의 적들조차도 그녀를 피할 필요가 없었다. 내가 말하는 그녀의 적은 그녀를 증오하는 사람들이겠지만 그보다는 여자들을 의미한다. 그녀는 증오할 수 있는 마음을 지니지 않았던 것이다. 나는 그처럼 나와 닮은 점 때문에 내가 그녀에게 열중했다고 생각한다. 내가 본 바로는 가장 친한 친구와 속내 이야기를 나눌 때도 그녀는 곁에 없는 사람들과 자기 올케에 대해서조차 나쁘게 말한 적이 없다. 그녀는 어떤 사람에 대한 자신의 생각을 감추지 못했고 자신의 어떤 감정도 참지 못했다. 그래서 그녀가 자기 애인에 대해 남편에게도 말했을 것이라고 확신한다. 그녀가 자기 친구들과 지인들, 모든 사람들을 구분하지 않고 그 애인에 대해 말했듯이 말이다. 결국 그런 점은 그녀의 훌륭한 본성에서 비롯된 순수성과 진정성을 여지없이 증명해준다. 그녀는 가장 터무니없는 실수와 명백한 부주의를 저지르기 쉬웠으며 자기 자신에게 매우 신중하지 못한 실수를 종종 저지르기도 했지만 어느 누구에게도 무례하지는 않았다.

그녀는 아주 어려서 자기 뜻과는 무관하게 두드토 백작과 결혼했다. 남편은 귀족 계급이고 훌륭한 군인이었지만 노름꾼에 냉소적인 사람이었고 다정한 데가 없어서 그녀는 그를 결코 사랑하지 않았다. 그녀는 생랑베르 씨가 자기 남편의 장점에 더해 더욱 호감이 가는 품성에 재치와 미덕, 재능까지 지니고 있음을 알았다. 만일 이 시대의 풍속들 가운데 어떤 것을 용납해야 한다면 그것은 분명 지속됨으로써 순수해지고 그 결과로 명예로워지며 오직 상호적인 존중으로 공고해지는 애정일 것이다.

내가 보기에, 그녀가 나를 만나러 온 것은 어느 정도는 자기가 좋아서이지만 상당 부분은 생랑베르의 마음에 들고 싶어서였다. 그도 그녀에게 그렇게 하기를 권했다. 그가 옳은 판단을 내린 것이다. 즉 그는 우리 사이에 자리 잡기 시작한 우정 덕분에 그러한 교제가 세 사람 모두에게도 기분 좋은 일이 되리라고 생각했다. 그녀는 내가 그들의 관계에 대한 이야기를 들은 적이 있음을 알고 있었고 그 사람에 대해서도 스스럼없이 말할 수 있었으므로 당연히 나와 있기를 좋아했다. 그녀가 와서 나는 그녀를 만났다. 나는 메아리 없는 사랑에 도취되었다. 나는 그 같은 도취에 눈이 현혹되었고 그녀를 그 대상으로 정했다. 나는 두드토 부인에게서 나의 쥘리를 보았다. 얼마 지나지 않아 두드토 부인 이외에는 더 이상 누구도 보이지 않았다. 그저 그녀를 온갖 장점들로 뒤덮어놓았다. 내가 마음의 우상을 꾸미는 데 사용했던 그 장점들로 말이다. 그녀는 나를 실의에 빠뜨리려는 듯이 생랑베르를 정열적인 애인이라고 말했다. 사랑의 전파력은 얼마나 강한지 모른다! 나는 그녀의 말을 듣고 그녀 옆에 있음을 느끼면서 누구에게서도 결코 느끼지 못한 감미로운 떨림에 사로잡혔다. 그녀는 말을 했고 나는 가슴이 설렜다. 나는 상대방과 비슷한 감정을 품고 있으면서도 오직 상대방의 감정에만 관심이 있을 뿐이라고 믿었다. 나는 독배를 천천히 마시면서도 여전히 달콤한 맛밖에는 느끼지 못하고 있었다. 결과적으로 그녀는 나도 모르고 자신도 모르는 사이에 자신이 애인에게 표현했던 모든 감정을 그녀 자신을 위해 내게 불러일으켰다. 아! 너무 늦어버렸다. 그 사랑은 또 다른 사람에게 마음을 빼앗긴 여인을 향해 불행 못지않게 강렬한 정열로 잔인하게 불타올랐다.

그녀에게 느꼈던 각별한 마음의 동요에도 불구하고 처음에는 내게 무슨 일이 일어났는지 알아채지 못했다. 그녀가 떠난 다음에야 쥘리를 생각하려고 했으나 두드토 부인 외에는 더 이상 생각이 떠오르지 않는다는 사실에 깜짝 놀라고 말았다. 그러고 나서 깨달았다. 나는 나의 불행을 알고 한탄했지만 다음에 무슨 일이 일어날지는 짐작하지 못했다.

그녀에게 어떤 태도를 취해야 할지 오랫동안 머뭇거렸다. 마치 진정한 사랑은 이성의 여지를 남겨두어 그에 걸맞게 심사숙고해야 한다는 듯이 말이다. 마음의 결정을 내리지 못하고 있는 사이, 그녀가 찾아와 갑자기 내게 들이닥쳤다. 그때는 나도 내 상황을 알고 있었다. 죄악에 따르는 수치심 때문에 나는 아무 말도 못한 채 그녀 앞에서 떨고 있었다. 감히 입을 열지도 눈을 바로 들지도 못했다. 나는 형언할 수 없는 혼란 속에 있었고 그녀가 그것을 모를 리 없었다. 나는 그런 사실을 그녀에게 고백하고 그녀로 하여금 그 이유를 짐작할 수 있게 만들기로 결심했다. 말하자면 그녀에게 그 이유를 아주 분명하게 말할 결심을 한 것이다.

만일 내가 젊고 호감이 가는 사람이었다면 또한 그 후에 두드토 부인의 의지가 약해졌다면 나는 여기서 그녀의 처신을 비난했을 것이다. 하지만 모든 정황이 그렇지 않으므로 그녀의 행동을 칭찬하고 감탄해 마지 않을 수 없다. 그녀는 관대한 동시에 신중한 결정을 내렸다. 그녀는 생랑베르에게 그 이유를 말하지 않은 채 나와의 관계를 갑자기 끊어버릴 수 없었다. 바로 그가 그녀에게 나와 만나볼 것을 권한 사람이었으니 말이다. 그렇게 되면 두 친구가 결별하게 되거나 그녀가 피하고자 한 소란이 일어날 수도 있었기 때문이다. 그녀는 나에게 존경심과 호의를 지니고 있었다. 그녀는 나의 어리석은 짓에 대해서도 동정을 했다. 나의 어리석은 짓을 부추기지 않고 불쌍히 여기며 진정시키려고 애썼다. 그녀는 자기 애인과 자기 자신에게서 자신이 소중하게 생각하는 친구를 잃고 싶지 않았다. 그래서 나에게 우리 세 사람이 서로 맺을 수 있는 긴밀하고 다정한 우정에 대해 더할 나위 없이 즐겁게 이야기했다. 내가 정신을 차린 뒤에 말이다. 그녀는 항상 이 같은 우정 어린 권고에만 그친 것이 아니라 필요하다면 내가 받아 마땅한 것 이상의 견디기 힘든 비난도 나에게 서슴지 않았다.

나는 나 자신에 대해서도 가차 없이 비난했다. 혼자 있게 되면 이내 정신이 들었다. 말을 하고 난 이후에는 더 차분해졌다. 사랑은 감정을 불러일으킨 여인이 일단 눈치채고 나면 한층 견딜 만한 것이 된다. 내 사랑을 힘껏 비난했으니 이제 치유되어야 마땅했다. 그것이 가능한 일이라면 말이다. 사랑을 억누르는 데 도움만 된다면 어떤 설득력 있는 이유인들 끌어들이지 못하겠는가? 내가 찾은 이유는 나의 품행, 나의 감정, 나의 원칙, 수치심, 부정(不貞), 죄악, 우정을 믿고 맡긴 사람을 가로챈 일, 끝으로 마음이 다른 데 가 있어 내게 어떤 보상도, 어떤 희망도 주지 못하는 어떤 사람을 두고 이 나이에 더없이 터무니없는 열정으로 불타오른 어리석음 등이었다. 더군다나 그 열정은 변하지 않는다고 해도 전혀 얻을 것이 없을뿐더러 하루하루 갈수록 더욱 견딜 수 없는 것이 되었다.

이 마지막 이유가 다른 모든 이유들에 힘을 실어주어야 하는데 오히려 그것들을 모면하는 이유가 되었다면 도대체 누가 그런 사실을 믿을 수 있으랴? 나는 생각했다. 오직 나에게만 해로운 어리석은 짓을 하는 것이라면 그렇게 주저할 필요가 있을까? 도대체 내가 두드토 부인이 두려워할 만한 젊은 기사라도 된단 말인가? 내 오만한 양심의 가책을 들었다 해도 어느 누가 나의 감언이설과 외모, 옷차림으로 그녀를 유혹할 것이라고 생각하겠는가? 아! 가엾은 장 자크, 양심에 개의치 말고 마음껏 사랑하려무나. 네 탄식이 생랑베르에게 해가 될까 염려치 마라.

젊을 때에도 나는 결코 거만한 적이 없다는 사실을 여러분은 알고 있을 것이다. 이러한 사고방식은 내 기질 속에 녹아들어 나의 정열을 불러일으켰다. 이렇게 해서 나는 거리낌 없는 정열에 충분히 빠져들었고, 이성보다 자만심에서 비롯되었다고 생각하는 쓸데없는 조심성을 마음껏 조롱했다. 정직한 사람들에게 큰 교훈이 될 만한 것을 말하자면, 악덕은 결코 드러내놓고 공격하지 않으며 항상 어떤 궤변의 가면을 쓰거나 가끔은 어떤 미덕을 가장한 채 불시에 습격할 방법을 찾는다.

양심의 가책을 느끼지 못하는 죄인, 나는 곧 갈 데까지 간 죄인이 되었다. 어떻게 내 정열이 내 천성의 흔적을 따라가서 결국에는 나를 심연으로 끌고 갔는지 부디 지켜보기 바란다. 처음에 그 정열은 공손한 태도로 나를 안심시켰다가 나를 적극적으로 만들기 위해 그 겸손을 의심으로까지 밀고 나갔다. 두드토 부인은 단 한 순간도 나의 어리석은 짓을 부추기는 일 없이 나의 의무와 이성을 끊임없이 상기시켰다. 그러면서도 나를 더없이 상냥하게 대해주었을 뿐 아니라 내게 더없이 다정한 우정을 드러내는 듯싶었다. 단언하건대 내가 그 우정을 진실한 것으로 믿었다면 나는 그 우정에 만족했을 것이다. 하지만 그 우정이 진실하기에는 너무나 강렬하다고 생각했던 까닭에 강박적으로 이런 생각들을 하지 않을 수 없었다. 말하자면 내 나이나 풍모로 보아 이제는 걸맞지 않은 사랑 때문에 내가 두드토 부인의 눈에 비천하게 보일 터이고, 이 정신없는 젊은 여자가 나와 나의 때늦은 정열을 조롱하려고만 한다는 생각을 한 것이다. 또한 그녀는 그런 사실을 생랑베르에게 털어놓았고 그래서 그의 애인이 나의 부정에 격분하여 그녀의 계획에 가담했으며, 그 두 사람이 합의하여 나를 혼란스럽게 만들고 조롱하기로 결심한 것이 아닐까 의심하기까지 했다. 스물여섯 살 때 잘 알지도 못하는 라르나주 부인에게 이상한 짓을 저질렀던 것도 그 같은 어리석음 때문이었는데, 만일 내가 그녀와 그녀의 애인이 모두 그런 점잖지 못한 장난을 저지르기에는 너무나 예의 바른 사람들이라는 사실을 몰랐다면 마흔다섯 살에 두드토 부인에게 저지른 어리석은 행동은 용서받을 수도 있었을 것이다.

두드토 부인은 변함없이 나를 찾아와주었고 나도 지체 없이 그녀를 찾아갔다. 그녀는 나와 마찬가지로 걷는 것을 좋아했다. 그래서 우리는 매력적인 고장에서 한참 동안 산책을 했다. 사랑을 했고 그런 사실을 감히 고백하는 데 만족했던 나는 내 말도 안 되는 행동이 모든 매력을 깨뜨리지만 않았다면 가장 감미로운 상황에 놓이게 되었을 것이다. 처음에 그녀는 내가 그녀의 애정 표시를 받아들이면서 드러낸 어리석은 감정을 전혀 이해하지 못했다. 하지만 내 마음은 내부에서 일어나는 것을 결코 감출 수가 없어서 한동안 숨겨왔던 나의 의혹을 그녀에게 알리고 말았다. 그녀는 그 말을 웃어넘기려 했다. 하지만 그런 궁여지책은 성공하지 못했다. 계속 그렇게 했다면 감정이 격해져서 화를 내는 일이 빚어졌을지도 모른다. 그러자 그녀는 태도를 바꾸었다. 그녀의 동정하는 듯한 상냥함에는 저항할 수 없었다. 그녀는 나를 질책했고 그 책망이 나에게 전해졌다. 그녀가 나의 부당한 두려움에 걱정을 드러내자, 나는 그녀의 그런 염려를 좋은 기회로 삼았다. 나는 그녀가 나를 조롱하지 않는다는 증거를 요구했다. 그녀는 나를 안심시킬 만한 별다른 방법이 없다는 것을 알고 있었다. 나는 마음이 급해졌고 상황은 꼬이기 시작했다. 이런 상황에서 이리저리 재어볼 수도 있었을 여인이 그리 어렵지 않게 그런 어려움을 벗어난 것은 놀랍고 어찌 보면 보기 드문 일이었다. 그녀는 가장 다정한 우정으로 허락될 수 있는 것이라면 무엇도 거절하지 않았다. 자신을 부정한 사람으로 만드는 것은 무엇도 허락하지 않았다. 나는 그녀의 가벼운 호의에도 관능이 불타올랐지만 그런 격정이 그녀의 관능에는 희미한 불씨 하나 일으키지 못하는 것을 보고 모욕감이 들었다.

관능에 무언가를 거절하려면 그 관능에 아무것도 허용해서는 안 된다는 말을 내가 어디에선가 한 적이 있다. 이와 같은 원칙이 두드토 부인에게는 얼마나 틀린 것이었는지 그녀가 자기 자신을 믿는 것이 얼마나 올바른 판단이었는지 알 필요가 있다. 이를 위해서는 우리 둘만의 길고 빈번했던 대화에서 오간 세세한 이야기들을 알아야 하고 우리가 함께 보낸 4개월 동안 이루어진 둘만의 대화를 생생하게 들어야만 할 것이다. 말하자면 우리는 그 시간 동안 이성 친구들 사이에서는 거의 찾아보기 힘든 밀접한 관계를 유지하면서도 선을 두고 결코 그것을 벗어나는 법이 없었다. 아! 진실한 사랑을 느끼는 데 너무나 오랫동안 시간을 허비한 나머지 그때서야 내 마음과 관능은 그 사랑에 밀린 대가를 제대로 치렀다! 그렇다면 비록 짝사랑인데도 그런 열정을 불러일으킬 수 있다면 우리를 사랑하는 연인 곁에서 느껴야 할 열정은 대체 무엇이란 말인가?

하지만 내가 짝사랑이라고 말한 것은 잘못이다. 내 사랑은 한편으로 보면 공유하는 사랑이었다. 상호적인 사랑은 아니지만 두 사람 다 저마다 사랑을 하고 있었다. 우리는 둘 다 사랑에 도취되어 있었다. 그녀는 자기 애인에게, 나는 그녀에게 말이다. 우리의 탄식과 달콤한 눈물은 한데 뒤섞였다. 우리는 서로 속내 이야기를 털어놓는 다정한 친구로서 서로의 감정에 공통점이 많아서 어떤 측면에서 보면 서로 뒤섞이지 않을 수 없었다. 그녀는 이런 위험한 도취에 젖어 있는 순간에도 결코 자제심을 잃지 않았다. 나로 말하자면 간혹 내 관능 때문에 정신이 혼미해져서 그녀를 부정한 여자로 만들려고 했지만 결코 진정으로 그러기를 바랐던 것은 아니었다고 맹세코 단언하는 바이다. 나는 격렬한 열정 자체로 그 열정을 억눌렀다. 절제의 의무감이 내 영혼을 고양시켰다. 모든 미덕의 광채가 내 앞에서 내 마음의 우상을 아름답게 만들었다. 그 신성한 영상을 더럽히는 일은 그것을 소멸시키는 것과도 같았다. 죄를 저지를 수도 있었을 것이다. 나는 마음속으로는 백번이고 죄를 저질렀다. 하지만 어떻게 나의 소피를 타락시키겠는가! 그런 일이 어떻게 일어날 수가 있는가! 아니, 그런 일은 있을 수 없다. 나는 그녀에게 수없이 그런 사실을 말했다. 내가 마음껏 욕망을 충족시킬 수 있고 그녀의 의지를 내 마음대로 할 수 있었다 하더라도, 지나치게 흥분에 빠진 몇몇 짧은 순간을 제외하고는 그런 대가를 치르면서까지 행복해지는 것은 거부했을 것이다. 그녀를 소유하려 하기에는 나는 그녀를 너무도 사랑했다.

레르미타주에서 오본까지는 대략 10리 정도 된다. 자주 여행을 할 때면 나는 이따금 그곳에 묵기도 했다. 어느 날 저녁 우리는 단둘이서 저녁식사를 하고 무척 아름답고 밝은 달이 뜬 정원으로 산책을 나갔다. 정원 안쪽에는 상당히 큰 잡목림이 우거져 있었는데 우리는 그곳을 지나 폭포로 꾸며진 작고 아름다운 숲을 찾아갔다. 그 폭포는 내가 그녀에게 제안을 하고 그녀가 만든 것이었다. 순수함과 기쁨으로 영원히 잊히지 않을 추억이여! 바로 그 작은 숲 속에서 그녀와 더불어 꽃이 만발한 아카시아 나무 아래 잔디밭 의자에 앉아 나는 내 마음의 동요를 표현하는 데 참으로 적절한 말을 찾아냈다. 그런 일은 내 일생에서 처음이자 마지막이었다. 하지만 가장 다정하고 가장 강렬한 사랑이 사람의 마음속에 불러일으킬 수 있는 사랑스럽고 매력적인 모든 것을 숭고함이라 부를 수 있다면 그때 나는 숭고한 사람이었다. 나는 그녀의 무릎에 얼마나 많은 황홀한 눈물을 쏟았던가! 그녀 또한 나 때문에 본의 아니게 얼마나 눈물을 쏟았던가! 마침내 그녀는 뜻밖의 격정에 사로잡혀 소리쳤다. "그래요, 이렇게 사랑스러운 사람은 결코 없었어요. 내 연인도 당신만큼은 결코 사랑하지 못해요! 하지만 당신 친구인 생랑베르가 우리 이야기를 듣고 있어요. 내 마음은 두 번은 사랑할 수 없을 거예요." 나는 탄식하여 아무 말도 못 했다. 나는 그녀를 껴안았다. 포옹이라니! 하지만 그것이 전부였다. 그녀는 6개월 전부터 혼자 살고 있었다. 말하자면 자기 애인과 남편에게서 떨어져 산 것이다. 나는 3개월 동안 거의 매일같이 그녀를 만나왔고 그녀와 나 사이에는 항상 제삼자로서의 사랑을 두고 있었다. 우리는 마주 앉아 저녁을 먹었고 단둘이서 작은 숲 속 달빛 아래에 있었다. 그녀는 가장 열정적이면서도 다정한 대화를 두 시간 동안 나눈 뒤 한밤중이 되어서야 그 작은 숲과 친구의 품에서 벗어났다. 그녀는 숲 속에 들어왔을 때와 마찬가지로 몸과 마음이 흠 없고 순수했다. 독자들이여, 이런 모든 상황을 고려해보기 바란다. 더 이상의 말은 하지 않으련다.

여기서 나의 관능이 테레즈나 엄마 옆에서와 마찬가지로 나를 잠자코 내버려두었다고 생각해서는 안 될 것이다. 내가 이미 말했던 대로 이번에는 사랑이었다. 더구나 온 힘과 열정을 쏟은 사랑이었다. 내가 끊임없이 느꼈던 흥분도, 전율도, 설렘도, 불현듯 느낀 동요도, 가슴을 벅차오르게 하는 심장의 박동도 굳이 기술하지 않을 것이다. 그녀의 모습이 떠오르기만 해도 내게 나타나는 결과를 보면 그런 사실을 판단할 수 있을 것이다. 레르미타주에서 오본까지의 거리가 멀다고 내가 말한 적이 있다. 그래서 매력적인 앙디이 언덕을 통해 그곳까지 가곤 했다. 발걸음을 옮기면서 나는 곧 만나게 될 여인과 그녀가 나에게 베풀 다정한 환대, 내가 도착하면 기다리고 있을 입맞춤을 꿈꾸었다. 그 한 번의 입맞춤, 그 치명적인 입맞춤은 그것이 이루어지기 전에도 내 피를 그렇게나 끓어오르게 만들어, 나는 머릿속이 혼미해지고 현기증으로 눈이 멀고 두 다리는 후들거려 몸을 가눌 수 없게 되었다. 나는 멈추어 서서 잠시 주저앉을 수밖에 없었다. 내 몸 전체가 알 수 없는 혼란 속에 빠져들었다. 정신을 잃을 지경이었다. 나는 위험을 알고 출발하면서 마음을 돌리고 다른 것을 생각하고자 애썼다. 스무 걸음도 못 미쳐 같은 추억과 그것에 이어지는 모든 사건들이 다시 떠올라 나를 엄습하는 바람에 그런 생각들을 떨쳐버리지 못했다. 어떻게 처신했더라도 내가 그 길을 혼자서 무사히 갔으리라고 생각하지 않는다. 오본에 도착할 무렵에는 힘이 빠지고 몸은 녹초가 되어 거의 지탱할 수조차 없었다. 그럼에도 그녀를 본 순간 모든 것은 회복되고 그녀 옆에서는 끓어넘치지만 항상 쓸모없는 성가시기만 한 정력을 느낄 따름이었다. 가는 길에는 오본을 목전에 둔 곳에 '올림포스 산'이라는 이름의 평평한 지대가 있었다. 우리는 이따금 각자가 있는 곳에서 그곳으로 가 서로 만났다. 내가 먼저 도착하곤 했다. 나는 그녀를 기다릴 운명이었다. 하지만 그 기다림이 얼마나 힘겨웠는지 모른다! 기분전환을 하려고 연필로 쪽지 글을 썼다. 그 글은 나의 가장 순수한 피로 썼다고 할 수 있다. 그래서인지 읽을 수 있는 글은 하나도 완성하지 못했다. 우리가 정해둔 구석진 곳에서 그녀가 그 쪽지들 가운데 어떤 것을 찾아내더라도 거기서는 단지 내가 글을 쓰면서 얼마나 딱한 처지에 있었는지 알 수 있을 뿐이었다. 이런 처지에서 특히 3개월에 걸쳐 분노하고 억제하는 상황이 계속되다 보니 나는 기력이 빠져 여러 해 동안 기진맥진한 상태를 벗어날 수 없었고 결국에는 탈장이 되고야 말았다. 급기야 내가 탈장을 끝장내지 않으면 내가 끝장이 날 지경이었다. 이와 같은 것이 아마도 일찍이 자연이 만들어냈을 가장 불타오르기 쉬우면서도 동시에 가장 수줍음이 많은 기질의 사내가 경험한 유일한 사랑의 기쁨이었다. 또한 이와 같은 것이 지상에서 내게 주어진 마지막 남은 행복한 나날이었다. 앞으로 길게 이어지는 내 삶의 불행이 여기서 시작되는데 그 불행은 쉬지 않고 지속될 것이다.

내 일생을 통해 지켜보았듯이 나의 수정처럼 투명한 마음은 그 안에 약간의 격한 감정이 숨어 있으면 단 1분도 감출 수 없었다. 내가 두드토 부인에 대한 사랑을 오랫동안 감출 수 있었겠는지 생각해보기 바란다. 우리의 내밀한 관계는 모든 사람들의 관심을 끌었으며 우리는 그런 관계를 비밀로 하지도 감추지도 않았다. 우리의 관계는 애초에 그런 비밀을 필요로 하지 않았다. 두드토 부인은 나에 대해 전혀 후회하지 않는 가장 다정한 우정을 지니고 있었고, 나 또한 그녀에 대해 다른 누구보다도 그 정당성을 고스란히 알고 있는 존경심을 지니고 있었으니 말이다. 그녀는 솔직하고 산만한 데가 있었으며 침착하지 못했다. 나는 진실하고 서툴렀으며 자존심이 강한데다 성급하고 화를 잘 냈다. 그런 성향을 지닌 우리는 근거도 없이 마음을 놓은 채 우리에 대한 훨씬 더 많은 시빗거리를 만들어냈는데 차라리 우리가 잘못을 했다면 시빗거리를 덜 만들었을 것이다. 우리 둘이서 라 슈브레트에 가기도 하고 그곳에서 종종 함께 있었으며 이따금 약속을 하고 만난 적도 있었다. 우리는 그곳에서 여느 때처럼 지내곤 했다. 데피네 부인의 집과 마주하고 있는 공원에서 날마다 산책을 하며 우리의 사랑과 의무와 친구와 순수한 계획에 대해 이야기를 나누곤 했다. 데피네 부인은 자기 집 창문으로 끊임없이 우리를 살피고 스스로 무시당했다고 믿으면서 자신의 마음을 집착과 분노의 시선으로 채웠다.

여자들은 누구나 자신들의 분노를 숨기는 기술이 있으며 특히 그 분노가 강렬할 때 그러하다. 화를 잘 내지만 사려 깊은 데피네 부인은 그 방면에 특히나 탁월한 기술을 가지고 있었다. 그녀는 아무것도 못 보고 아무것도 의심하지 않는 척했다. 동시에 그녀는 더 많은 관심과 배려와 교태로 나를 대했고 자신의 시누이에 대해서는 무례한 태도와 경멸감을 드러내며 못살게 굴었다. 그녀는 그런 감정을 나에게 알리고 싶었던 것 같다. 그녀가 뜻을 이루지 못했음은 잘 알 것이다. 하지만 나는 몹시도 괴로웠다. 상충된 감정으로 고통스러웠던 나는 그녀의 호의에 감동받는 동시에 그녀가 두드토 부인을 무례하게 대할 때면 화를 참기 어려웠다. 천사같이 온화한 두드토 부인은 아무런 불평도 없이, 데피네 부인에 대해 더 불만스럽게 생각하는 일도 없이 모든 것을 참아냈다. 더구나 그녀는 종종 다른 곳에 정신이 팔려 있거나 그런 일에는 항상 별로 예민하지 않아서 대부분 그런 사실을 알아차리지 못했다.

　나는 열정에 푹 빠진 나머지 소피(두드토 부인의 여러 이름들 중 하나였다) 외에는 아무것도 보이지 않았고 내가 온 집안과 뜻밖의 방문객들의 웃음거리가 된 것조차 알지 못했다. 내가 알기로 라 슈브레트에 결코 온 적이 없는 돌바크 남작은 예상치 않게 온 사람들 중 한 명이었다. 내가 당시에 그 이후처럼 의심이 많았더라면 데피네 부인이 사랑에 빠진 시민을 보게 해주는 재미있는 선물을 하기 위해 그런 여행을 주선한 것이라고 미심쩍어했을 것이다. 하지만 그때 나는 너무나 어리석어서 누구나 뻔히 아는 사실조차 알지 못했다. 비록 어리석긴 했어도 남작에게서 평상시보다 더 흡족하고 쾌활한 표정을 읽어낼 수는 있었다. 그는 나를 평상시처럼 침울한 시선으로 보는 대신에 내가 전혀 이해하지 못할 조롱조의 말을 계속 내뱉었다. 나는 눈을 크게 뜨고만 있을 뿐 아무것도 이해하지 못했다. 데피네 부인은 허리가 끊어져라 웃었다. 나는 그들이 도대체 왜 그러는지 알지 못했다. 아직 농담 이상의 말은 전혀 없었기 때문에 사실을 알아챘다 하더라도 내가 할 수 있는 최선의 행동은 농담을 받아주는 것 정도였을 것이다. 하지만 남작의 빈정거리는 쾌활함을 통해 그의 눈빛에서 악의적인 즐거움이 번득이는 것이 보였다. 만일 내가 나중에 그 일을 떠올렸을 때만큼 그때 그런 사실을 분명히 알아차렸다면 그의 그런 태도는 나를 불안하게 만들었을 것이다.

　어느 날 나는 오본으로 두드토 부인을 만나러 갔다. 그녀는 파리 여행을 마치고 돌아오는 길이었다. 그녀는 슬퍼 보였고 나는 그녀가 울었다는 것을 알았다. 나는 자제하고 있어야만 했다. 그녀의 시누이인 블랭빌Blain-ville 부인이 그곳에 있었기 때문이다. 하지만 기회를 찾자마자 그녀에게 근심을 드러냈다. 그녀는 한숨을 지으면서 나에게 말했다. "아! 당신의 어리석은 짓 때문에 내 앞날이 순탄하지 않을까 정말 걱정돼요. 생랑베르가 알아버렸어요. 게다가 잘못 알고 있어요. 그는 내 말을 이해하고 있지만 감정은 좋지 않아요. 그런데 더 안 좋은 일은 그가 다 말하지 않고 내게 숨기는 부분이 있다는 거예요. 다행히 나는 우리 관계에 대해 아무 것도 숨기지 않았어요. 우리 관계는 그의 도움으로 이루어진 거니까요. 내 편지는 온통 당신 이야기로 가득 차 있어요. 내 마음과 마찬가지로 말이에요. 내가 그에게 감춘 것이라곤 단지 당신의 말도 안 되는 사랑뿐이에요. 내가 치유해주고자 했던 당신의 사랑 말이에요. 그 사람은 그 문제에 대해 말하지 않지만 나는 그가 나를 나무라고 있다는 것을 알고 있어요. 우리를 중상하고 나에게 나쁜 짓을 저지른 거예요. 하지만 상관하지 않아요. 우리 이제 완전히 헤어지기로 해요. 아니면 당신의 본분을 찾았으면 싶어요. 나는 더 이상 애인에게 숨길 거리를 만들고 싶지 않아요.”

나는 처음으로 젊은 여자 앞에서 내 죄책감 때문에 수치심으로 부끄러운 생각이 든 것이다. 내가 합당한 비난을 들어야 하고 조언자가 되었어야 했을 여자에게 말이다. 내 감정의 희생자가 내게 불어넣은 다정한 연민이 또다시 내 마음을 누그러지게 하지 않았더라도 내가 나 자신에게 느낀 분노는 충분히 나의 무력함을 극복하도록 해주었을 것이다. 아! 눈물이 내 마음 곳곳에 스며들어 젖어 있는데 마음을 굳게 먹는다고 될 일인가? 이 감동은 곧바로 비열한 밀고자들에 대한 분노로 바뀌었다. 그자들은 죄가 되지만 고의가 아닌 감정에서 비롯된 악행만을 생각했다. 그 악행의 대가를 치르려는 마음의 진실된 정직성을 믿지 않고 상상조차 하지 않은 채 말이다. 우리는 공격의 손길이 어디서 시작되었는지 오래지 않아 알아냈다.

우리는 둘 다 데피네 부인과 생랑베르 사이에 편지 교류가 있다는 사실을 알고 있었다. 그녀가 두드토 부인에게 평지풍파를 일으킨 것이 처음은 아니었다. 그녀는 온갖 노력을 다해 두드토 부인과 애인을 떼어놓으려 했고 그 노력이 상당히 성공을 거두어 그 후 두드토 부인은 두려움에 떨곤 했다. 더구나 그림은 카스트리Castries 씨 휘하에서 복무하고 있었던 듯한데 생랑베르와 마찬가지로 베스트팔렌에 주둔하고 있었다. 그림은 두드토 부인과 종종 만나고 있었다. 그는 두드토 부인의 환심을 사려고 애를 썼지만 성공하지 못했다. 그림은 감정이 몹시 상하여 그녀와 만나는 일을 완전히 그만두고 말았다. 겸손하다는 말을 듣던 그이지만 자기보다도 나이 많은 남자를 부인이 더 좋아한다고 생각하면서 그가 얼마나 냉담하게 굴었을지 상상이 갈 것이다. 더구나 그림은 귀족들의 집에 자주 드나들면서부터 그자를 단지 자신의 피보호자로밖에는 대하지 않았으니 말이다. 데피네 부인에 대한 나의 의심은 내 집에서 무슨 일이 일어났는지 알게 되자 확신으로 바뀌었다. 내가 라 슈브레트에 가 있을 때 테레즈는 나에게 편지를 가져다주기 위해서든 건강이 나쁜 나를 돌보기 위해서든 그곳에 종종 오곤 했다. 데피네 부인은 그녀에게 두드토 부인과 내가 편지를 주고받는지 물었다. 그녀가 사실대로 말하자 데피네 부인은 그녀를 재촉하여 두드토 부인의 편지들을 자기에게 넘겨달라고 졸라댔다. 자기가 편지를 확실하게 다시 봉인하여 아무 표시도 나지 않게 하겠다고 그녀를 안심시키면서 말이다. 테레즈는 이런 제안에 몹시도 분개했지만 내색하지 않고 심지어 나에게조차 알리지 않은 채 내게 가져다주는 편지들을 더 꼭꼭 감추었다. 아주 만족스러운 대비책이었다. 데피네 부인은 그녀가 오는 것을 지켜보고 지나가기를 기다려 앞치마의 가슴장식 속까지 뒤져보는 뻔뻔한 짓을 수차례 저질렀기 때문이다. 데피네 부인은 더한 행동도 했다. 어느 날 나는 레르미타주에 머물게 된 이후 처음으로 그녀와 마르장시 씨를 점심식사에 초대했다. 그녀는 내가 마르장시와 산책하는 시간을 이용하여 내 서재에 테레즈 모녀와 함께 들어가 두 사람을 재촉하여 두드토 부인의 편지를 보여주도록 했다. 어머니는 편지가 어디에 있는지 알았다면 편지를 넘겨주었을 것이다. 하지만 다행히도 딸만이 사실을 알고 있어서 내가 편지를 한 통도 보관하고 있지 않다고 둘러댔다. 그 거짓말은 확실히 성실성과 충실성 그리고 자기희생으로 가득 차 있었다. 반면에 진실을 말했다면 이는 배신 행위에 불과했다. 데피네 부인은 테레즈를 매수할 수 없다는 것을 알고 그녀가 순해 빠지고 눈이 멀었다고 비난하면서 질투심으로 그녀를 자극하려 애썼다. 데피네 부인이 그녀에게 말했다. "두 사람이 잘못된 관계에 빠져 있는데 어떻게 당신이 모를 수 있어요? 당신이 보기에도 놀랄 만한 일들이 많이 있지만 또 다른 증거들이 필요하다면 그것을 찾기 위해 필요한 일을 해야 할 거예요. 당신은 그 사람이 두드토 부인의 편지를 읽자마자 찢어버린다고 말했지요. 좋아요! 그 조각들을 정성껏 모아 내게 주세요. 내가 도맡아서 다시 짜 맞추어볼게요." 이런 말들이 내 여자 친구가 내 동거녀에게 해준 권고였다.

테레즈는 조심스럽게 이런 모든 시도들에 대해 상당히 오랫동안 내게 말하지 않았다. 하지만 그녀는 내가 난처해하는 것을 알고 나에게 모든 것을 말해야겠다고 생각했다. 내가 누구와 상대해야 하는지를 알고 대책을 세워 나를 노리고 있는 배신으로부터 스스로를 지켜낼 수 있도록 말이다. 나의 격분과 분노는 형언할 수가 없었다. 나는 데피네 부인처럼 그녀에 대해 모른 체하거나 반대 계략을 쓰는 대신 타고난 격한 성질을 있는 대로 드러냈고 평상시의 경솔한 언행으로 아주 대놓고 분노를 폭발시켰다. 다음 편지들은 나의 경솔한 언행을 잘 보여준다. 편지들에는 그 상황에서 두 사람이 보여주었던 행동 방식이 충분히 드러나 있다.

데피네 부인의 편지(편지묶음 A 44호)

사랑하는 친구여, 왜 당신을 볼 수 없는 건가요? 나는 당신이 걱정돼요. 당신은 나에게 레르미타주에서 이곳까지 왕래만은 하겠다고 수없이 약속하지 않았나요. 나는 그 문제에 대해서는 당신 뜻대로 하라고 했어요. 그런데 당신은 일주일이 지나도록 전혀 들르지 않는군요. 당신이 건강하다는 말을 듣지 못했더라면 나는 당신이 병이 났다고 생각했을 거예요. 그제도 어제도 당신을 기다렸는데 당신이 오는 모습을 전혀 볼 수 없군요. 대체 무슨 일이에요? 당신은 전혀 용무도 없나 봐요. 당신은 이제 괴로움도 없나 보군요. 당신이 그런 마음을 털어놓으러 당장 오기를 기대하고 있겠어요. 대체 병중에 있기라도 한 건가요? 한시라도 빨리 나를 불안에서 벗어나게 해주세요, 제발. 안녕, 사랑하는 친구여. 이 작별인사로 당신의 인사가 내게 전해질 수 있기를.

답장

수요일 오전

저는 아직 당신에게 아무 말씀도 드릴 수 없습니다. 좀 더 자세한 사정이 파악되기를 기다리고 있으니 머지않아 알게 되겠지요. 그때까지 비난을 받는 무고한 사람에게는 대단히 열광적인 지지자가 생길 것이라는 사실을 확실히 알아두시기 바랍니다. 중상모략하는 사람들이 누구이든 후회하게 만들 정도로 말입니다.

데피네 부인의 두 번째 편지(편지묶음 A 45호)

내가 당신의 편지를 받고 놀랐다는 것을 아시나요? 도대체 당신은 무슨 말을 하고 싶은 건가요? 당신 편지를 스물다섯 번도 더 읽었어요. 사실 아무것도 이해하지 못하겠어요. 편지에서 단지 당신이 근심하고 괴로워하고 있다는 것과 당신이 그 사실을 나에게 말하기 위해 그런 어려움이 없어지기를 기대하고 있다는 것밖에는 말이에요. 사랑하는 친구여, 이것이 우리가 함께 정한 것인가요? 그럼 우리의 우정과 신뢰는 무엇이란 말인가요? 나는 어떻게 우정과 신뢰를 잃었을까요? 당신이 화가 난 것은 나에 대해서인가요, 아니면 나 때문인가요? 어찌 되었든 당장 오늘 저녁에 와주시기를 부탁드립니다. 당신이 내게 했던 일주일도 안 된 약속을 기억하시나요? 어느 것도 마음에 담아두지 않고 당장 내게 말하겠다던 약속 말이에요. 사랑하는 친구여, 나는 그런 신뢰 속에서 살고 있습니다⋯⋯. 보세요, 당신의 편지를 다시 읽었어요. 편지에서 더 이상 이해할 수 있는 것이 없네요. 하지만 편지를 읽고 몸이 몹시 떨립니다. 당신이 몹시 흥분해 있는 듯싶어요. 당신을 달래주고 싶지만 당신이 근심하는 이유를 알지 못하니 이렇게밖에 말할 수 없어요. 내가 당신을 만나기 전까지는 나도 당신과 마찬가지로 불행한 처지에 있다고 말이에요. 만일 당신이 이곳에 오늘 저녁 여섯 시까지 오지 않으면 내가 내일 레르미타주로 갈 거예요. 날씨가 어떻든 내 몸 상태가 어떻든 말이에요. 이런 불안을 견딜 수 없을 것 같으니까요. 사랑하는 친구여, 안녕히. 어찌되었든 간에 당신에게 감히 말하겠어요. 당신이 이런 말을 필요로 할지 아닐지는 모르겠지만, 불안은 고독 속에서 커진다는 것을 알고 그것을 멈추려는 노력을 해보라고 말이에요. 파리 한 마리가 괴물이 되기도 해요. 나는 그런 경우를 종종 보아왔어요.

답장

수요일 저녁

저는 당신을 만나러 갈 수도 당신이 오는 것을 받아들일 수도 없습니다. 제가 처해 있는 불안이 계속되는 동안에는 말입니다. 당신이 말하는 신뢰는 더 이상 존재하지 않으며 당신이 신뢰를 회복하는 일도 쉽지 않을 것입니다. 지금 당신의 배려 속에서는 다른 사람의 고백을 통해 자기 이익을 끌어내려는 욕심밖에는 보이지 않습니다. 당신의 목적에 맞는 이익 말입니다. 또한 제 마음은 자신을 열어 나를 받아들이는 마음에는 지체 없이 심중을 털어놓지만 속임수와 술책에 대해서는 문을 닫아버립니다. 당신이 제 편지를 이해하기 어렵다고 한 말씀 속에서 당신이 평소에 보여준 교묘한 술책을 알아보았습니다. 당신이 제 편지를 이해하지 못했다고 생각할 정도로 제가 그렇게 잘 속는 사람으로 보입니까? 천만에요. 하지만 저는 솔직함 덕분에 당신의 교묘함을 이겨낼 수 있을 것입니다. 저는 더욱 명백하게 제 생각을 밝힐 것입니다. 당신이 저를 더욱더 이해하지 못하도록 말입니다.

저는 무척 다정하고 서로 사랑할 만한 두 연인을 소중하게 생각하고 있습니다. 제가 당신에게 그들의 이름을 대지 않으면 누구를 뜻하는지 당신은 알지 못할 것이라고 생각합니다. 제가 추측하기로는 누군가 그들을 이간질 시키려 했고 다름 아닌 저를 이용하여 두 사람 중 한 사람에게 질투심을 일으키려고 했습니다. 그 선택은 그리 능란하지 못했지만 악의적인 행동으로서는 적절했습니다. 저는 그런 악의적인 행동을 한 사람이 바로 당신이라고 의심하고 있습니다. 그런 사실이 더욱 명백해지기를 기대합니다.

결국 제가 가장 존경하는 여인이 제가 알고 있는 대로 두 연인 사이에서 몸과 마음을 나누고 있다는 치욕을 당하고, 저 역시 두 사람의 비겁자 중 하나라는 불명예를 들이야겠습니까? 만약 당신이 살아오면서 한순간이라도 그녀와 저에 대해 그렇게 생각할 수 있다는 것을 제가 안다면 저는 당신을 죽을 때까지 증오할 것입니다. 다만 제가 당신을 비난하는 것은 당신이 그렇게 생각했기 때문이 아니라 그런 말을 했기 때문입니다. 이런 상황에서 당신이 세 사람 중 누구를 해치고자 했는지 이해하지 못하겠습니다. 그러나 당신이 평온함을 원한다면 성공했을 때의 불행을 걱정하십시오. 저는 몇몇 관계들에 대해 나쁘게 생각한 것은 당신에게도 그녀에게도 숨기지 않았습니다. 하지만 그런 관계들이 그 동기만큼이나 올바른 수단으로 끝이 나고 불륜의 사랑이 영원한 우정으로 바뀌기를 원합니다. 어느 누구에게도 결코 상처를 주지 않아온 제가 제 친구들에게 해가 되는 역할을 아무 생각 없이 하겠습니까? 천만에요. 저는 당신에게 그런 일을 결코 용납할 수 없을 것이며, 저는 당신의 철천지원수가 될 것입니다. 당신의 비밀만은 지킬 것입니다. 왜냐하면 저는 결코 신뢰 없는 사람은 되지 않을 것이기 때문입니다. 제가 처한 난처한 상황이 그리 오래가리라고는 생각하지 않습니다. 제가 잘못 생각하고 있는지는 머지않아 알게 될 것입니다. 그러면 큰 잘못을 사죄해야 할지도 모릅니다. 그렇다면 제 평생 더없이 기쁜 마음으로 그렇게 할 것입니다. 그런데 제가 당신 옆에서 보내는 얼마 안 되는 시간 동안 제 잘못들을 어떻게 속죄할지 알고 계신가요? 저 말고는 어느 누구도 할 수 없을 일을 하는 것입니다. 세상 사람들이 당신에 대해 어떻게 생각하는지, 당신의 평판을 위해 스스로 바로잡아야 할 손상이 무엇인지 당신에게 솔직히 말하는 것입니다. 당신 주위에 소위 친구라고 하는 모든 사람들이 있음에도 불구하고, 당신이 제가 떠나는 것을 보게 된다면 당신은 진실과 작별을 고할 수도 있습니다. 이제 당신에게 진실을 말하는 사람은 더 이상 찾지 못할 것입니다.

데피네 부인의 세 번째 편지(편지묶음 A 46호)

오늘 아침에 받은 당신의 편지는 이해하지 못했어요. 내가 당신에게 그렇게 말한 것은 사실이 그랬으니까요. 하지만 오늘 저녁 편지는 이해했습니다. 내가 언젠가 답장을 보내지 않을까 걱정하지 마세요. 나는 당신의 편지를 하루빨리 잊고 싶을 따름입니다. 비록 당신은 나에게 동정심을 불러일으키지만, 나는 당신의 편지로 인해 마음에 입은 고통을 견딜 수가 없어요. 내가! 당신에게 속임수와 술책을 쓰다니요. 내가! 파렴치함 중에서도 가장 사악한 비열함으로 원망을 듣다니요. 영원히 작별하기로 해요. 그래도 유감이에요, 당신이……, 안녕히. 내가 무슨 말을 하고 있는지 모르겠군요……. 안녕히. 나는 하루빨리 당신을 용서하려 해요. 당신이 원한다면 언제든지 오세요. 당신은 스스로 의심하며 생각하는 것보다 더 환대를 받을 거예요. 다만 당신이 나의 평판에 대해 걱정하는 일은 사양하겠어요. 나에 대한 평판은 그리 중요하지 않으니까요. 나는 올바르게 처신하고 있고 그것으로 충분해요. 더

군다나 나는 당신에게만큼이나 나에게도 소중한 두 사람에게 무슨 일이 있었는지 전혀 몰랐어요.

　나는 이 마지막 편지를 받고 견디기 힘든 곤경에서 벗어났지만 다시 그에 못지않은 또 다른 곤경에 빠지고 말았다. 이 모든 편지들과 답장들은 단 하루 동안 엄청 빠르게 오갔지만, 내가 분노하여 흥분한 사이에 틈을 내어 나의 엄청난 경솔함을 돌이켜보기에 충분한 시간이었다. 두드토 부인은 나에게 제발 잠자코 있어달라고, 그런 난처한 일을 혼자서 처리하도록 자신에게 맡겨달라고 부탁했다. 특히 이런 상황에서는 일체의 절교와 소동을 피해줄 것을 청했다. 나는 가장 노골적이고 불쾌한 모욕을 가하여 한 여자의 마음에 끝내 분노를 일으키려고 했다. 이미 모욕을 당할 만반의 준비가 된 여자에게 말이다. 당연히 그녀 쪽에서 아주 거만하고 아주 경멸적이며 아주 건방진 반응만이 있을 것으로 기대했다. 내가 가장 가증스럽고 비겁한 짓을 하지 않는 이상 그녀의 집을 당장 떠나지 않을 수 없을 정도로 밀이다. 다행스럽게도 그녀는 내가 화를 잘 내는 것에 비해 훨씬 더 눈치가 빨랐으므로 답장의 글로 나를 그런 극단적 상황에 빠뜨리는 것은 피했다. 하지만 집을 나오든지 아니면 당장 그녀를 만나러 가야만 했다. 양자택일이 불가피했다. 나는 후자를 선택했다. 내가 생각해둔 해명을 하면서 취해야 할 태도로 몹시 곤혹스러워하면서 말이다. 사실 두드토 부인이나 테레즈를 연루시키지 않은 채 어떻게 그런 난관을 벗어나겠는가? 내가 이름을 댄다면 그 여인에게는 화가 닥칠 것이다! 나는 인정사정없고 간교한 여자가 복수를 하려 하면 그것이 미치게 될 여자에게 무슨 일이 생길지 몰라서 전전긍긍했다. 바로 그 불행을 미리 막기 위해 내가 가지고 있던 증거가 분명하게 드러나지 않도록 편지에서 그저 의혹만을 제기한 것이다. 그런 일 때문에 나의 격노가 더욱 용서받을 수 없게 된 것이 사실인데, 어떤 단순한 의혹만으로 한 여자를 특히 여자 친구를 조금 전 데피네 부인을 대하듯이 다룬다는 것은 용납할수 없기 때문이다. 하지만 여기서 내 숨겨진 잘못과 결점을 속죄하려고 훌륭하게 수행했던 위대하고 고귀한 과업이 시작된다. 내가 범할 수 없고 결코 저지르지 않은 더욱 중대한 잘못을 떠맡음으로써 말이다.

나는 우려했던 다툼을 감당할 필요가 없어졌고 그런 일은 걱정에 그쳤다. 데피네 부인은 내가 다가오자 내 목에 매달려 울음을 터뜨렸다. 나는 옛날 친구의 예기치 못한 응대에 대단히 감동을 받았다. 나도 많이 울었다. 나는 그녀에게 큰 의미 없는 몇 마디 말을 건넸다. 그녀도 내게 몇 마디를 건넸는데 훨씬 더 의미 없는 말이었다. 그것으로 끝이었다. 식사가 준비되었다. 우리는 식탁으로 갔고 해명이 있기를 기다렸다. 나는 해명이 저녁식사 이후로 미루어졌다고 생각했다. 나는 떨떠름한 얼굴을 하고 있었다. 왜냐하면 나는 마음에 담아둔 아주 사소한 근심도 어찌나 신경을 쓰는지 아무리 둔한 사람에게도 근심을 숨길 수 없을 정도였기 때문이다. 그녀는 난처해하는 나의 태도를 보고 용기를 내었다. 그렇지만 그녀는 전혀 모험을 감행하지 않았다. 식사 전에도 후에도 해명은 없었다. 다음 날에도 해명은 없었다. 우리 단둘만의 조용한 대화는 단지 사소한 문제나 내가 꺼낸 점잖은 이야기로 채워졌다. 나는 그 이야기를 통해 내가 제기한 의혹의 근거에 관해서는 아직 아무것도 말할 수 없음을 그녀에게 분명히 했다. 그녀에게 진실로 확언하기를 그 의혹들의 근거가 잘못되었다면 그 부당함을 바로잡기 위해 내 일생을 바칠 것이라고 했다. 그녀는 그 의혹들이 무엇인지 내가 어떻게 그런 의심을 품게 되었는지 정확히 알려는 일말의 호기심도 드러내지 않았다. 우리의 모든 화해는 내 쪽에서도 그녀 쪽에서도 처음에 다가서면서 포옹한 것으로 이루어졌다. 적어도 형식상으로는 그녀 혼자만 모욕을 당했으므로 그녀 자신이 해명을 원하지 않는데 내가 나서서 해명할 일은 없어 보였다. 그래서 나는 아무것도 얻지 못하고 그대로 돌아왔다. 뿐만 아니라 그녀와 계속 이전처럼 지내면서 곧 그 다툼을 완전히 잊어버렸다. 어리석게도 나는 그녀가 더 이상 그 일을 기억하지 못하는 것처럼 보였으므로 그녀도 그 일을 잊어버렸다고 생각했다.

곧 알게 되겠지만 나의 결점 때문에 생긴 고통은 그뿐만이 아니었다. 하지만 그에 못지않게 고통스러운 또 다른 괴로움이 있었다. 나는 그 괴로움을 결코 초래한 적이 없다. 그 고통은 고독 속에 있는 나를 괴롭혀 나를 고독에서 끌어내려는 욕망에서 비롯되었을 따름이다.* 그런 고통은 디드로와 돌바크 무리 때문에 생긴 것이다. 내가 레르미타주에 자리 잡은 이후 디드로는 자기 자신이 아니면 들레르를 통해 그곳에서 끊임없이 나를 괴롭혔다. 나는 들레르가 나의 작은 숲 속 산책을 조롱한 말에서 그들이 얼마나 즐거워하면서 은둔자를 바람기 있는 목동으로 왜곡시켜놓았는지 곧 알게 되었다. 하지만 나와 디드로의 다툼에서 문제가 된 것은 그것이 아니었다. 다툼에는 더욱 중대한 이유가 있었다. 그는 〈사생아〉가 출간된 후에 나에게 한 부를 보내왔고 나는 친구의 작품에 보일 수 있는 흥미와 관심을 갖고 그 책을 읽었다. 그리고 그 안에 들어 있는 대화체로 된 일종의 시학을 읽으면서 혼자 사는 사람들에 관한 불쾌하지만 참아줄 만한 여러 이야기들 가운데 가장 신랄하고 가혹하며 노골적인 격언을 발견하고는 적잖이 당황했고 다소 비탄에 빠지기까지 했다. "악인만이 혼자 지낸다." 이 격언은 의미가 불분명하고 두 가지 뜻이 있는 듯하다. 즉, 한 가지 의미는 사실이고 다른 의미는 아주 잘못된 것이다. 왜냐하면 혼자 있고자 하는 사람은 어느 누구를 해치거나 해치기를 바라는 것이 불가능하므로 결과적으로 그자는 악인일 수 없다. 따라서 이 격언 자체는

---

* 다시 말해 음모를 꾸미는 데 필요한 노인네를 그곳에서 끌어내려 한 것이다. 그들이 파리로 다시 데려오려 한 사람은 내가 아닌 그녀였는데, 그런 소동이 계속되는 동안 나의 어리석은 신뢰 때문에 내가 그 사실을 깨닫지 못했다는 것이 그저 놀라울 따름이다.

설명을 필요로 했다. 고독 속에 은둔하며 사는 친구를 둔 저자가 이런 격언을 출간할 때는 더욱더 설명이 요구되었다. 내가 불쾌하고 무례하다고 여긴 것은 책을 출간하면서 그 고독한 친구를 잊었다는 점과 혹은 그가 그 친구를 기억했다고 하더라도 적어도 일반적인 격언으로서 존경할 만하고 정당한 예외를 인정하지 않았다는 점이다. 즉, 그가 그 친구에게뿐만 아니라 어느 시대에나 은둔 속에서 평온과 평화를 찾았던 존경받는 수많은 현자들에게 응당 인정해주었어야 할 예외를 말이다. 일개 작가가 펜을 한번 놀려서 모든 사람들을 예외 없이 흉악한 자들로 만들 생각을 한 것은 세상에 처음 있는 일이다.

　나는 디드로를 다정하게 대하고 좋아했으며 그를 진심으로 존경했다. 또한 전적으로 신뢰하며 그에게서도 그만한 감정을 기대했다. 하지만 내 취향과 성향, 생활방식, 나하고만 관련이 있는 모든 것에 전적으로 반대하는 그의 완고한 고집에 지쳤고 나보다 어린 사람이 무슨 수를 써서라도 나를 어린아이처럼 다루려는 것을 보고 격분했다. 또한 그가 쉽게 약속을 하고 그것을 지키는 데는 소홀한 것이 싫었으며 수없이 약속을 한 다음 지키지 않는 것과 항상 약속을 다시 하고 다시 약속을 어기는 변덕이 지긋지긋해졌다. 게다가 한 달에 서너 번씩 본인이 직접 정한 날에 그를 기다리다 만나지 못한 것과 생드니까지 그를 마중 나가서 하루 종일 그를 기다린 끝에 혼자 저녁을 먹게 된 것에 거북스러움을 느꼈다. 나는 그가 저지른 수많은 잘못들로 이미 마음이 먹먹할 정도였다. 그의 마지막 잘못은 더 심각해 보였고 내게 더욱더 상처를 주었다. 나는 그에게 편지를 써서 그 일에 대해 항의했지만 상냥함과 연민을 지니고 쓴 것이라 그만 편지지를 눈물로 적시고 말았다. 내 편지는 상당히 감동적이어서 그의 눈물을 자아내야 할 정도였다. 이 글에 대한 그의 답장이 어떠했는지는 결코 짐작조차 못할 것이다. 여기에 그의 답장을 있는 그대로 한 자 한 자 옮겨 적는다(편지묶음 A 33호).

내 작품이 자네 마음에 들고 감동을 받았다니 정말 기쁘네. 자네는 은자들에 대한 생각이 나와 다르더군. 그들에 대해 자네 좋을 대로 얼마든지 좋게 이야기하게. 자네는 내가 좋게 생각하는 세상에서 유일한 사람이네. 그 점에 관해서는 아직 할 말이 많이 있네. 자네를 불쾌하게 만들지만 않는다면 말일세. 여든 살 먹은 노파 이야기를 비롯해서 말일세. 데피네 부인의 아들이 쓴 편지의 한 구절이라고 내게 말해주더군. 그 구절은 자네를 몹시 괴롭게 만들었을 것이네. 그게 아니라면 내가 자네의 심중을 잘못 헤아렸네.

이 편지의 마지막 두 구절에 대해서는 설명이 필요하다.

르 바쇠르 부인은 내가 레르미타주에 처음 체류할 때부터 이곳이 마음에 들지 않았고 너무 적막한 거처라고 생각했던 모양이다. 그런 이야기를 듣게 되자 나는 그녀에게 파리가 더 마음에 든다면 그곳으로 돌려보내주고 집세도 지불하겠으며 나와 지낼 때와 마찬가지로 그녀를 돌봐주겠다는 제안을 했다. 그녀는 내 제안을 거절하면서 내게 분명히 말하기를 자신은 레르미타주가 상당히 마음에 들고 시골 공기가 자신에게 좋다고 했다. 그녀의 말은 사실인 듯했다. 왜냐하면 그녀는 이곳에 와서 젊어졌고 말하자면 파리에 있을 때보다 훨씬 더 건강해졌기 때문이다. 그녀의 딸은 정말로 매력적인 거주지인 레르미타주를 우리가 떠난다면 어머니가 마음속으로 몹시 화를 냈을 것이라고 나에게 단언했다. 어머니는 자신이 돌보는 정원과 과수원의 소일거리를 무척 좋아했던 것이다. 다만 자기 어머니는 나를 파리에 돌아오게 만들려고 애쓰는 사람들이 시키는 대로 말한 것뿐이라고 했다.

그들은 이와 같은 시도가 성공을 거두지 못하자 환심을 써서 얻지 못한 결과를 양심의 가책을 이용하여 얻어내려 애썼다. 그래서 그런 노인네를 그 나이에 필요한 도움을 받지 못하는 곳에 잡아두었다며 나를 몹시 비난했다. 그들은 르 바쇠르 부인이나 다른 노인들이 지방의 좋은 공기 덕분에 오래 살고, 나와 지척에 있는 몽모랑시에서 그런 도움을 얻을 수 있다는 사실은 생각조차 하지 않았다. 마치 노인들은 파리에만 있어야 하고 다른 곳에서는 어디에서도 살 수 없다는 듯이 말이다. 르 바쇠르 부인은 엄청나게 그리고 탐욕스럽게 먹어서 담즙이 많이 배출되었고 심한 설사를 할 때가 잦았다. 노파에게는 그런 증세가 여러 날 계속되었고 오히려 그것이 약이 되었다. 파리에 있을 때 노파는 그런 증상에 아무런 조치도 취하지 않았고 자연치유가 되도록 내버려두었다. 노파는 더 좋은 방법을 찾을 수 없다는 사실을 잘 알고 있었으므로 레르미타주에서도 같은 방법을 썼다. 아무래도 좋다. 시골에는 의사와 약사가 없기 때문에 노인네를 이곳에 내버려두는 것은 그녀가 아무리 건강하더라도 죽기를 바라는 것밖에 안 된다고 떠든다 한들 말이다. 디드로는 살인죄를 선고받지 않으려면 노인을 몇 살 이상부터 파리 밖에 살도록 내버려두면 안 되는지 정했어야 한다.

이것이 바로 그가 행한 가혹한 두 가지 비방 가운데 하나였다. 그는 그런 비방에 근거하여 "악인만이 혼자 지낸다"는 격언에서 나를 예외로 삼지 않은 것이다. 또한 그가 비장한 감탄조로 "여든 살 먹은 노파를! 어떻게"라는 말에 관대하게 이런저런 말을 덧붙인 것도 그런 의미에서였다.

나는 그런 비난에 더 잘 응수하는 방법은 르 바쇠르 부인의 말을 믿고 따르는 길밖에 없다고 생각했다. 그리하여 그녀에게 자신의 생각을 데피네 부인에게 자연스럽게 쓰도록 부탁했다. 나는 그녀를 더 편하게 해주려고 그녀의 편지를 조금도 보려 하지 않았다. 또한 내가 다음에 옮겨 적게 될 데피네 부인에게 쓴 편지도 그녀에게 보여주려 했다. 그 편지는 디드로에게서 받은 훨씬 더 거친 또 다른 편지에 대한 답장인데 데피네 부인은 내가 그 답장을 보내지 않도록 말린 적이 있다.

목요일

저의 다정한 친구여! 르 바쇠르 부인이 당신에게 편지를 쓸 것입니다. 부인에게 생각하는 바를 솔직하게 말하도록 부탁했습니다. 저는 부인을 아주 편하게 해주려고 편지를 절대 보지 않겠다고 말했습니다. 당신에게도 그 편지의 내용이 무엇인지 제게 아무 말도 하지 않기를 부탁드립니다.

제 편지는 보내지 않을 것입니다. 당신이 반대하니까요. 하지만 아주 심하게 모욕을 당했다고 느끼면서도 저 자신이 잘못했다는 것을 인정한다면 제게는 용납할 수 없는 비열함과 잘못이 될 것입니다. 복음서에서는 한쪽 뺨을 맞으면 다른 쪽 뺨을 내밀라고 명령하지만 용서를 구하라고는 하지 않습니다. 당신은 몽둥이질을 하면서 크게 떠들어대는 희극 속의 인물을 기억하십니까? "철학자의 역할이 바로 이거다"라고 말입니다.

날씨가 나빠서 그가 오지 못하리라는 헛된 기대를 하지 마시기 바랍니다. 그는 분노 때문에 우정으로는 불가능한 시간과 힘을 얻을 것입니다. 그는 난생처음으로 자신이 약속한 날에 올 것입니다. 그는 편지에서 제게 가한 모욕을 직접 와서 말로 되풀이하려고 진을 뺄 것입니다. 저는 그런 모욕을 결코 꾹 참고 건디지 못할 것입니다. 그는 파리로 돌아가 병을 얻을 것입니다. 저는 관례에 따라 무척이나 추악한 인간이 될 것입니다. 어떻게 해야 하겠습니까? 고통을 감수해야만 합니다.

그런데 당신은 그자의 재간이 놀랍지 않으십니까? 생드니에서의 점심식사에 저를 삯마차로 데려가서 다시 삯마차로 데려다 주겠다고 하더니(편지묶음 A 33호) 일주일이 지나서는(편지묶음 A 34호) 돈이 없어서 레르미타주에 걸어서 갈 수밖에 없다고 하는 그자의 재간이 말입니다. 그의 방식대로 말한다면 성의를 보여주는 것이라는 말도 완전히 불가능하지만은 않습니다. 하지만 그런 경우라면 일주일 만에 그의 재산에 이변이 있어야만 합니다.

당신 어머님께서 편찮으셔서 당신이 힘들어하니 나도 그 슬픔을 함께하고 있습니다. 그러나 당신도 아시겠지만 내 고통은 당신의 고통에 비할 바가 못 됩니다. 사랑하는 사람이 부당하고 잔인하게 대하는 것을 보는 것이 그가 아픈 것을 보는 것보다 훨씬 더 고통스러운 법이니까요.

안녕히, 저의 다정한 친구여. 제가 당신에게 이 불행한 일에 대해 말하는 것은 이번이 마지막입니다. 당신은 제게 파리에 갈 것이라고 태연하게 말했습니다. 다른 때라면 그 태연함을 기쁘기 생각했을 것입니다.

나는 디드로에게 데피네 부인의 제안에 따라 내가 르 바쇠르 부인에게 했던 일에 대해 편지를 썼다. 르 바쇠르 부인은 쉽게 생각할 수 있듯이 스스로 레르미타주에 머물기로 결정했다. 그곳에서 그녀는 건강이 좋았고 어울릴 사람이 항상 있었으며 아주 즐겁게 살았다. 디드로는 더 이상 어떻게 해야 나를 비난할 수 있는지 몰라 내가 신중한 것이 잘못인 양 지적하며 르 바쇠르 부인이 계속해서 레르미타주에 머물게 된 일에 대해서도 또다시 비난을 퍼부었다. 이와 같이 계속 머물게 된 것도 그녀의 선택이고, 그녀가 내 옆에서 지금 내가 주는 것과 똑같은 도움을 받았으며 파리에 돌아가 사는 것도 과거든 지금이든 항상 전적으로 그녀가 결정한 일인데도 말이다.

이와 같은 해명은 디드로의 33호 편지에 있는 첫 번째 비난에 대한 것이다. 두 번째 비난에 대한 설명은 그의 편지 34호에 대한 것이다.

'학자'(이 이름은 그림이 데피네 부인의 아들에게 붙여준 우스꽝스러운 호칭이다) 말일세. 학자가 자네에게 이런 말을 편지에 썼을 것이네. 파리의 성벽에서 스무 명의 빈민이 기아와 추위로 죽어가는데 자네가 그들에게 주는 푼돈을 기다리고 있었다고 말일세. 이 말은 우리의 소소한 수다 중의 일부라네. 자네가 나머지 이야기를 이해한다면 참으로 재미있을 것이네.

이 가혹한 논지에 디드로는 그토록 오만해 보였는데, 이에 대한 나의 대답은 다음과 같다.

　나는 '학자'에게, 말하자면 징세청부인의 아들에게 답장을 했다고 생각하네. 편지의 내용은 다음과 같다네. 나는 그가 성벽에서 발견한, 내 푼돈을 기다리는 빈민들을 불쌍히 여기지 않는다는 것. 또한 분명히 그가 그들에게 충분한 보상을 해주었을 것이고 내가 그를 내 대리인으로 세운 것이며 파리의 빈민들은 그렇게 사람을 맞바꾼 것에 대해 불평을 할 필요가 없으리라는 것. 마지막으로 훨씬 더 좋은 사람을 필요로 하는 몽모랑시의 빈민들에게 나는 그만큼 좋은 사람을 쉽사리 찾을 수 없었다는 것 등일세. 이곳에는 착한 노인이 있는데, 그 사람은 평생을 일하는 데 보낸 뒤 더 이상 일할 수 없게 되자 노년에 굶주림으로 죽을 지경이라네. 내 양심에 비추어보면 내가 성벽의 가난뱅이 모두에게 나누어 주었을 동전 25수보다 월요일마다 노인에게 주는 2수가 더 만족스럽다네. 당신들은 우스운 사람들이네. 당신네 철학자들은 도시의 모든 주민들만이 당신들의 의무 때문에 서로 연결되어 있다고 여기고 있으니 말일세. 인류를 사랑하고 인류에 봉사하는 것을 배우는 곳은 바로 시골이라네. 도시에서는 인류를 하찮게 보는 것밖에는 배우지 못한다네.

　지금까지 말한 것은 어떤 재기발랄한 사람이 보여준 별난 조바심이었다. 그자는 그런 조바심을 지니고 어리석게도 내가 파리에서 멀리 떨어져 있는 것이 큰 잘못인 양 심각하게 나를 비난하고, 나의 사례를 통해 악인이 아니고서는 수도 밖에서 살 수 없다는 점을 나에게 증명하겠다고 주장했다. 내가 일체의 대답으로 비웃어주는 대신 어리석게도 어떻게 답장을 하고 화를 냈는지 지금도 이해가 되지 않는다. 그렇지만 데피네 부인의 결정과 돌바크 일당의 야단법석이 그에게 유리하게 사람들의 정신을 너무나 홀려놓아서 이 사건에서는 대개 내가 잘못한 것으로 알려졌다. 두드토 부인도 디드로의 대단한 신봉자였으므로 내가 파리로 그를 만나러 가서 어떻게 해서든 화해하기를 원했다. 나에게 이 화해는 진심에서 우러나온 온전한 것이었지만 그리 오래가지 못했다. 그녀가 내 마음을 움직이기 위해 사용한 결정적인 논거는 그때 디드로가 불행한 처지에 있다는 것이었다. 그는 당시에 《백과전서》에 반대해 일어난 격렬한 비난 말고도 자신의 희곡으로 아주 심한 질책을 당하고 있었다. 그가 서두에서 상세한 이야기를 덧붙였음에도 불구하고 골도니Goldoni[82]를 완전히 베꼈다고 비난을 받았다. 디드로는 볼테르보다도 비판에 더 민감했으므로 당시 이 사건으로 극심하게 시달리고 있었다. 그라피니Graffigny 부인[83]은 심술궂게도 내가 이런 상황에서 그와 절교했다는 소문을 내고 다녔다. 나는 반대 주장을 입증하는 것이 정당하고 용기 있는 일이라고 생각했다. 그래서 이틀 동안을 그와 함께 있을 뿐 아니라 그의 집에서 지내려고 출발했다. 이번이 내가 레르미타주에 자리 잡은 뒤에 했던 두 번째 파리 여행이었다. 내가 첫 번째 여행을 한 것은 가엾은 고프쿠르에게 달려가기 위해서였다. 그는 뇌졸중으로 쓰러져서 완전하게 회복하지 못했는데 그동안 나는 그가 고비를 넘기기까지 그의 머리맡을 떠나지 않았다.

디드로는 나를 환대해주었다. 친구와의 포옹으로 잘못들을 잊을 수 있었다! 그런 다음에 어떤 유감이 마음속에 남을 수 있겠는가? 우리는 별다른 변명을 하지 않았다. 서로 오간 모욕에 대해서 변명은 필요 없었다. 오직 필요한 것은 그런 것들을 잊는 일뿐이었다. 적어도 내가 알기로 숨겨진 술수는 전혀 없었다. 데피네 부인의 경우와 같지는 않았다. 그는 나에게 〈가장Père de famille〉의 구성을 보여주었다. "〈사생아〉에 대한 최선의 방어책이 되겠군." 내가 그에게 말했다. "그 작품을 정성껏 만들게나. 그러고 나서 대답하는 대신에 자네 적들의 면전에 작품을 내밀게." 그는 그대로 했고 만족스럽게 생각했다. 내가 그에게 《쥘리》의 1, 2부를 보낸 것은 거의 6개월 전의 일이었다. 나는 그 작품에 대한 그의 의견을 듣고자 했었다. 그는 여태까지 그것을 읽지 않고 있었다. 우리는 함께 그 노트를 읽었다. 그는 모든 것이 '잎이 무성하다'고 생각했다. 그 말은 그의 표현 방식인데, 말하자면 말과 중언부언이 많다는 것이다. 나 자신도 그런 사실을 잘 알고 있었다. 하지만 그런 말들은 흥분해서 나온 수다였다. 그러니 그것을 결코 고칠 수 없었다. 그러나 마지막 부분은 달랐다. 특히 4부와 6부는 화법에서의 걸작이었다.

그는 내가 도착한 다음 날에 돌바크 씨네 저녁식사에 나를 꼭 데려가려고 했다. 우리는 서로 의견이 달랐다. 왜냐하면 나는 화학 원고에 관한 협의를 취소하고 싶었는데 그것과 관련하여 그자에게 신세를 지는 것에 화가 났기 때문이다. 디드로는 모든 일에서 승리를 거두었다. 그는 내게 단언하기를 돌바크 씨가 진심으로 나를 좋아하고 있으며 내가 그의 태도를 용서해야 한다는 것이다. 그는 모든 사람들에게 그런 태도를 취하며, 그런 태도 때문에 그의 친구들이 다른 누구보다도 더 괴로워해야 하니 말이다. 그는 나에게 충고하기를 원고 작성을 2년 전에 승낙하고서 지금 거절하는 것은 도움을 준 사람에 대한 부당한 모욕이며, 그렇게 거절하면 오해를 받을 수도 있다는 것이다. 원고 계약 체결을 너무나 오래 기다리게 했다는 것에 대한 은근한 비난으로 말이다. 그가 덧붙여 말했다. "나는 돌바크를 매일 만난다네. 나는 자네보다 그의 마음 씀씀이를 더 잘 알고 있네. 자네가 그에 대해 만족할 이유가 없다고 하더라도 자네 친구인 내가 자네에게 야비한 짓을 권할 수 있다고 믿나?" 말하자면 나는 평소대로 마음이 약해져서 그의 말에 넘어가고 말았다. 우리는 남작의 집에 저녁식사를 하러 갔다. 그는 여느 때처럼 나를 맞이했다. 하지만 그의 아내는 냉담하고 거의 무례하다 싶을 정도로 나를 대했다. 사랑스러운 카롤린Caroline은 더 이상 보이지 않았다. 처녀 때만 해도 그녀는 나에게 참으로 많은 호의를 보였는데 말이다. 그림이 덴d'Aine[84]의 집에 드나들면서부터 나를 더 이상 호의적으로 대하지 않는다는 것을 나는 오래전부터 느껐다.

내가 파리에 있는 동안 생랑베르가 군대에서 돌아왔다. 나는 그런 사실을 몰랐으므로 시골에 돌아와서야 그를 만났다. 처음에는 라 슈브레트에서, 두 번째는 레르미타주에서 만났다. 그는 그곳으로 두드토 부인과 함께 와서 나에게 만찬을 제의했다. 내가 그들을 기쁘게 맞았는지의 여부는 짐작할 수 있을 것이다! 그런데 나는 그들의 사이가 좋은 것을 보고 더욱더 즐거웠다. 나는 그들의 행복을 방해하지 않은 데 만족하여 그것에 대해 나 자신도 행복해했다. 단언하건대 내가 광적인 열정에 사로잡혀 있는 동안에도 특히 이 순간에도 내가 그에게서 두드토 부인을 빼앗을 수 있었다 해도 그렇게 하지 않았을 것이며 그런 욕구가 들지도 않았을 것이다. 나는 생랑베르를 사랑하는 그녀가 너무나 사랑스러워 그녀가 나를 사랑하면서도 그 정도로 할 수 있을지 잘 짐작이 가지 않았다. 나는 그들의 결합을 방해하고 싶지 않을뿐더러, 내가 흥분 속에서 그녀에게 정작 원했던 것은 그녀가 사랑을 받아들이게 되는 것이었다. 결국 그녀에 대해 어떤 격렬한 열정을 불태웠다고 하더라도 속내 이야기를 할 수 있는 친구가 되는 것이 그녀의 연애 대상이 되는 것만큼이나 기분 좋은 일이라고 나는 생각했다. 또한 결코 한순간도 그녀의 애인을 내 경쟁자라고 보지 않았고, 항상 친구로 생각했다. 이런 것은 아직 사랑이 아니라고도 말할 것이다. 그럴 수도 있을 것이다. 하지만 그래서 더 큰 사랑이었다.

생랑베르에 대해 말하자면, 그는 예의 바르고 분별력 있는 사람으로 행동했다. 나 혼자만 잘못이 있었으므로 나 혼자서 벌을 받았고 그것도 관대하게 벌을 받았다. 그는 나를 엄격하지만 정답게 대했다. 나는 그의 존경심에서는 무언가 잃은 것이 있지만 우정에서는 전혀 잃은 것이 없다는 사실을 알았다. 내가 마음을 달랠 수 있게 된 것은 우정을 되찾는 것보다 존경심을 되찾는 것이 훨씬 더 쉽고, 그는 충분히 분별력이 있어서 본의 아닌 일시적인 나약함과 성격상의 결점을 혼동하지 않는다는 점을 알고 있었기 때문이다. 지난 모든 일에서 나의 잘못이 있었지만 아주 사소한 정도였다. 그의 애인을 쫓아다닌 사람이 바로 나였던가? 나에게 그녀를 보내준 사람은 그가 아니었던가? 나를 찾아다닌 사람은 그녀가 아니었던가? 내가 그녀를 받아들이지 않을 수 있었던가? 내가 무엇을 할 수 있었던가? 오직 그들이 잘못을 저지른 것이고 그 때문에 괴로워한 사람은 바로 나였다. 그가 내 입장이었다면 나와 같은 잘못을, 어쩌면 더 나쁜 짓을 저질렀을 것이다. 어찌 되었든 두드토 부인이 아무리 정숙하고 아무리 품성이 좋다 하더라도 그녀도 천생 여자였다. 애인은 부재중이고 기회는 항상 있으며 유혹은 강했다. 그녀가 더욱 적극적인 남자를 만났다면 그를 이전과 같이 성공적으로 매번 물리치기는 정말 어려웠을 것이다. 이와 같은 상황에서 넘어서는 안 될 선을 그어둘 수 있고 감히 그 선을 넘지 않은 것은 그녀에게나 나에게나 분명히 대단한 일이었다. 나는 마음속 깊은 곳에 상당히 설득력 있는 증거를 지니고 있었지만, 겉으로 드러난 여러 사실들은 나에게 불리했다. 또한 항상 나를 지배하고 있던 어쩔 수 없는 수치심 때문에 그 사람 앞에서 죄를 지은 듯한 태도를 보였고, 그도 그 점을 이용해 나에게 모욕을 주었다. 한 가지 행동만으로도 서로의 입장이 드러날 것이었다. 점심식사 후에 나는 작년에 볼테르에게 썼던 편지를 그에게 읽어주었다. 생랑베르도 들어본 적이 있는 편지였다. 그는 편지를 읽는 동안 잠이 들었다. 옛날에는 그렇게도 자존심이 강했던 내가 지금은 너무나 바보스러워져 감히 읽는 것을 멈추지 못했고 그가 계속해서 코를 고는 중에도 계속 읽고 있었다. 나는 이렇게 모욕을 당했고 그는 그렇게 복수를 한 것이다. 하지만 그는 너그러운 데가 있어서 우리 세 사람 사이에서가 아니면 결코 그런 복수를 하지 않았다.

그가 군대로 다시 떠나자 나는 나를 대하는 두드토 부인의 태도가 상당히 바뀐 것을 알았다. 그녀의 그런 태도에 예상하지 못한 것처럼 놀랐다. 그녀에게서 생각했던 것 이상의 충격을 받았다. 나는 그 일 때문에 많은 고통을 받았다. 내가 치유를 기대했던 모든 것이 내 가슴속에 화살을 더욱더 깊이 꽂아 넣은 듯했다. 마침내 나는 그 화살을 뽑아내기보다는 차라리 부러뜨려버렸다.

나 자신을 극복하고 무슨 일이든 마다하지 않기로 단단히 결심한 나는 내 광기 어린 열정을 순수하고 지속적인 우정으로 바꾸려 했다. 그렇게 하기 위해 세상에서 가장 훌륭한 계획을 세웠는데, 그 계획을 실천하기 위해서는 두드토 부인의 협력이 필요했다. 내가 그녀에게 말을 걸려는 순간 그녀가 무심하고 거북하게 생각하는 것을 알았다. 그녀가 더 이상 나를 좋아하지 않는다는 것을 느꼈다. 그녀는 나와 말하고 싶어 하지 않았다. 내가 결코 알 수 없는 무슨 일이 일어난 것이 분명했다. 그 변화에 대해 해명을 들을 수 없어서 나는 마음이 상했다. 그녀는 나에게 자기 편지들을 돌려줄 것을 요구했다. 나는 그녀에게 모든 편지들을 충실하게 돌려주었다. 그녀는 잠시 그런 충실함을 의심하여 나에게 모욕을 주었다. 나는 그런 의심 때문에 마음에 예기치 못한 고통을 받았다. 그녀는 내 마음을 너무나 잘 알고 있을 텐데 말이다. 그녀는 나를 정당하게 평가했지만 당장 그런 것은 아니었다. 나는 그녀가 내가 돌려보낸 상자를 열어 보고야 자기 잘못을 깨달았음을 이해했다. 그녀가 자기 잘못을 후회했다는 사실까지 알게 되었고, 그래서 무언가를 만회할 수 있었다. 그녀는 자기 편지들을 되찾기 위해서 내 편지들을 돌려주지 않을 수 없었다. 그녀는 내 편지들을 불태워버렸다고 말했다. 이번에는 내가 그녀의 말을 감히 의심했고 아직도 의심하고 있다고 고백하는 바이다. 아니다, 그런 편지들을 불 속에 던져버리지는 못한다. 《쥘리》의 편지들은 정열적이라고들 말한다. 아, 맙소사! 편지들에 대해 과연 뭐라고 말했을까? 천만에, 그런 정열을 불러일으킬 수 있는 여인에게 그 증거들을 불태워버릴 용기는 결코 없었을 것이다. 하지만 그녀가 그 편지들을 이용했을 거라는 염려도 하지 않는다. 그녀가 그렇게 할 수 있다고 생각하지 않기 때문이다. 뿐만 아니라 나는 그 편지들을 잘 처리해두었다. 조롱거리가 될지도 모른 다는 어리석지만 강한 두려움 때문에 남들이 알아볼 수 없는 어투로 서신을 시작했다. 나는 그녀에게 말을 놓을 정도로 허물없이 대했다. 열광 속에서 그녀와 친숙하게 지냈던 것이다. 하지만 말을 놓고 지내다니! 그녀는 분명히 그런 말 때문에 모욕을 당했을 리가 없다. 그녀는 그런 태도에 대해 여러 차례 투덜댔지만 별 소용은 없었다. 그녀의 불평은 내 두려움을 불러일으킬 뿐 별다른 효과는 없었다. 더구나 나는 물러설 결심을 할 수 없는 처지였다. 만일 편지들이 아직도 남아 있어서 어느 날 공개된다면 내가 어떻게 사랑했는지 알게 될 것이다. 나는 두드토 부인의 냉담함 때문에 고통스러웠고 그것이 정당하지 않다고 확신한 나머지 생랑베르에게마저 불평을 늘어놓으려는 이상한 결심을 하게 되었다. 그 문제에 대해 그에게 쓴 편지의 결과를 기다리면서 심심풀이 일거리를 찾았다. 그런 소일거리를 더 일찍 찾았어야 했다. 라 슈브레트에서는 축제가 열렸는데, 나는 축제를 위한 음악을 만들었다. 두드토 부인 곁에서 그녀가 좋아하는 재능으로 존경받는다는 기쁨이 내 영감을 지극했다. 또 다른 목적도 영감을 자극하는 작용을 했다. 즉 〈마을의 점쟁이〉의 저자가 음악에 정통하다는 것을 보여주고 싶은 욕구가 있었다. 왜냐하면 그런 사실에 관해 적어도 작곡에 관해서는 내게 의심스러운 점이 있다는 소문을 퍼뜨리려고 누군가가 은밀하게 애써온 사실을 오래전부터 알아챘기 때문이다. 내가 파리에 처음으로 진출한 일, 뒤팽 씨는 물론 라 포플리니에르 씨 집에서 여러 차례 겪었던 시련들, 내가 14년 동안 유명한 예술가들 사이에서 또한 그들의 면전에서 작곡했던 수많은 음악들, 마지막으로 오페라 〈바람기 많은 뮤즈들〉, 〈마을의 점쟁이〉, 내가 펠 양을 위해 만들고 그녀가 종교음악회에서 불렀던 교회 성가, 내가 가장 훌륭한 대가들과 그 아름다운 예술에 대해 함께했던 수많은 강연들, 이 모든 것들은 그와 같은 의심을 무마시키고 일소해줄 듯싶었다. 그럼에도 의심은 라 슈브레트에도 퍼질 수 있었고 그 점에 관해서는 데피네 씨도 예외가 아니라는 것을 알았다. 나는 그 사실을 모르는 척하며 라 슈브레트 교회에 봉헌할 교회 성가를 그에게 만들어주는 일을 맡았다. 그리고 그에게 직접 선택한 가사를 달라고 부탁했다. 그는 아들의 가정교사인 드 리낭De Linant에게 그 일을 맡겼다. 드 리낭은 주제에 맞게 가사를 만들었다. 나는 가사를 받고 일주일이 지나 교회 성가를 완성했다. 이번만은 억울한 생각이나의 원동력이 되었고 이후 이보다 더 충실한 음악은 내 손에서 나오지 않았다. 가사는 이런 구절로 시작된다. "보라! 천둥의 신 주피터의 왕좌를Ecce sedes hic Tonantis."* 장중한 시작 부분은 가사와 잘 어울리고 이어지는 성가의 나머지 부분들도 모든 사람들이 감동할 만한 아름다운 음악으로 이루어져 있었다. 데피네는 최고의 교향악단을 모았다. 이탈리아 가수인 브루나Bruna 부인이 성가를 불렀고 반주도 훌륭했다. 성가는 정말 큰 성공을 거두었고 이후 종교음악회에서도 연주되었다. 그 음악회에서는 암암리의 음모와 신통치 않은 연주에도 불구하고 두 차례나 똑같은 박수갈채가 있었다. 나는 데피네 씨의 기념일을 위해 절반은 드라마, 절반은 팬터마임으로 이루어진 일종의 희곡을 제안했다. 데피네 부인은 대본을 쓰고 나는 작곡을 했다. 그림은 도착하자마자 내가 음악적으로 성공했다는 소식을 들었다. 그런데 한 시간이 지나자 그 성공에 대해 더 이상 누구도 이야기하지 않았다. 하지만 적어도 내가 알기로는 내가 작곡을 할 줄 아는지 더 이상 누구도 문제 삼지 않았다.

라 슈브레트에서 지내는 일이 이미 그다지 재미없어지던 즈음에 그림이 그곳에 막 도착했다. 그는 그곳에 오자마자 내가 누구에게서도 결코 본 적이 없고 생각해본 적도 없는 태도로 끝내는 내가 이곳에서 지내는

---

* 그 후에 나는 그 가사를 상퇴이유Santeuil가 만들었고 드 리낭 씨가 은근슬쩍 그것을 가로챘다는 사실을 알았다.

것을 어렵게 만들었다. 그가 도착한 전날 밤 나는 묵고 있던 특실에서 쫓겨났다. 그 방은 데피네 부인의 방과 붙어 있었는데 그 방을 그림에게 내어준 것이다. 나에게는 더 멀리 떨어진 다른 방을 주었다. 나는 데피네 부인에게 웃으면서 말했다. "이렇게 새로 온 사람들이 이전 사람들을 몰아내는군요." 그녀는 당황한 듯싶었다. 나는 그 이유를 바로 그날 저녁에 확실하게 이해하게 되었다. 그녀의 방과 내가 비워준 방 사이에는 서로 연결된 비밀 문이 있다는 사실을 알게 된 것이다. 그녀는 내게 그 문에 대해 알려줄 필요가 없다고 생각했다. 그녀와 그림과의 관계는 누구나 다 아는 사실이어서 그녀의 집안에서도 세상 사람들도 심지어 그녀의 남편도 알고 있었다. 그녀는 자기에게 훨씬 더 중요한 비밀을 내게 털어놓았고 내가 그 비밀을 잘 지킨다는 것을 확신하면서도 나에게 그 관계만큼은 인정하기는커녕 완강히 부인했다. 나는 그런 조심성이 그림 때문이라는 점을 이해했다. 그는 나의 모든 비밀을 알고 있으면서도 자신의 비밀만큼은 내가 하나라도 아는 것을 원치 않았다.

아직 사라지지 않은 오래전 감정과 그지의 현실적인 장점 때문에 아무리 내가 그에게 호감을 품고 있었다 하더라도, 그가 그 호감을 없애버리려 온갖 애를 쓰고 있으니 그 감정은 지속될 수 없었다. 사람을 맞는 그의 태도는 튀피에르Tuffière 백작[85]과 같았다. 그는 나에게 거의 답례를 하지 않았다. 그는 단 한 번도 말을 걸지 않았고, 대답도 전혀 하지 않았으므로 나도 그에게 말을 걸려는 생각을 곧 고쳐먹었다. 그는 어디서든지 맨 먼저 나섰고 어디서든지 가장 좋은 자리를 차지했으며 내게는 결코 어떤 관심도 주는 법이 없었다. 그 정도는 넘어갈 수도 있었다. 그가 눈에 거슬리는 거들먹거리는 태도만 취하지 않았다면 말이다. 수많은 행동들 가운데 한 가지만 보고도 그런 태도를 판단할 수 있을 것이다. 어느 날 밤 데피네 부인은 몸이 조금 불편했는지 먹을 것을 침실로 가져오게 했고 난롯불 옆에서 저녁을 먹으려고 올라갔다. 그녀는 나에게 함께 올라가자고 제안했고 나는 그렇게 했다. 곧 그림이 왔다. 작은 식탁이 이미 차려져 있었고 두 사람분의 식사만이 놓여 있었다. 음식이 준비되었다. 데피네 부인은 난롯불 한쪽에 자리를 잡았다. 그림 씨는 안락의자를 들고 난로의 다른 편에 자리를 잡더니 그들 둘 사이로 작은 식탁을 끌어당겼다. 그런 다음 냅킨을 펴고 나에게는 단 한 마디도 없이 식사할 채비를 했다. 데피네 부인은 얼굴이 붉어져서 그에게 무례한 행동을 사과하도록 나에게 자기 자리를 내주었다. 그는 아무 말이 없었고 나를 쳐다보지도 않았다. 나는 차마 난로 옆으로 갈 수 없어서 나에게 식사를 가져다주기를 기다리며 방 안을 서성거릴 작정이었다. 그는 내가 난로에서 멀리 떨어진 식탁 끝에서 식사를 하도록 내버려두었다. 내게는 일말의 예의도 갖추지 않은 채 말이다. 나는 몸이 불편했고 그보다 연장자였으며 이 집에서 선배였다. 더구나 나는 그를 이곳에 소개한 사람이고 부인의 총애를 받는 사람이었으므로 그는 내게 무척이나 감사했어야 옳다. 나에 대한 그의 모든 태도는 이와 같은 예에 딱 들어맞았다. 그는 정확히 말하자면 나를 자신의 아랫사람으로 취급한 것이 아니라 하찮은 사람으로 간주했다. 나는 이곳에 있는 그에게서 그 옛날 학교의 사환 같던 모습은 찾아보기 힘들었다. 작센 고타 황태자의 집에서 내 시선을 영광스럽게 생각하던 그의 모습 말이다. 그는 자신이 아는 나와 가까운 모든 사람들에게 나에 대한 그 우정을 자랑했으므로, 나는 그 대단한 침묵과 모욕적인 거만함을 다정한 우정과 양립시키기가 더욱 어려웠다. 사실인즉 그는 우정을 거의 보여주지 않았다. 정작 나는 만족하고 있는 내 슬픈 운명을 동정한다든지, 자신이 나에게 쏟고자 하는 친절한 배려를 내가 매정하게 거절하는 것을 보고 통탄하는 것이 전부였을 뿐이다. 그는 바로 그 수법을 이용하여 자신의 온화한 관대함은 경탄의 대상으로 만들고 은혜를 모르는 나의 비사교성은 비난받도록 만들었다. 또한 자신과 같은 보호자와 나와 같은 불행한 사람 사이에서는 대등한 우정이 가능하지 않고, 한쪽은 호의를 베풀고 다른 한쪽은 의무를 지는 관계밖에는 없다는 생각에 모든 사람들이 자신도 모르게 익숙해지도록 만들었다. 나로서는 이 새로운 후견인에게 어떤 은혜를 입었는지 찾아보았지만 헛수고일 뿐이었다. 나는 그에게 돈을 빌려준 적이 있지만 그가 나에게 돈을 빌려준 적은 결코 없었다. 나는 그가 병들었을 때 돌보아준 적이 있지만 그는 내가 병들었을 때 나를 보러 오는 법이 좀처럼 없었다. 나는 그에게 내 친구 모두를 소개해주었지만 그는 나에게 자기 친구들 중 누구도 소개해주지 않았다. 나는 그를 내 힘닿는 데까지 크게 칭찬해주었다. 그런데 그는…… 나를 칭찬했다고는 하지만 공개적으로 한 것은 아니었고 방법도 달랐다. 그는 나에게 어떤 종류의 도움도 주지 않았고 그런 제안조차 하지 않았다. 그런 자가 도대체 어떻게 내 후원자라는 말인가? 나로서는 이해하기 어려웠고 아직도 이해하지 못하겠다.

사실 그는 정도의 차이는 있지만 모든 사람들을 거만하게 대했다. 하지만 어느 누구도 나만큼 심하게 대하지는 않았다. 내 기억으로 한번은 생랑베르가 자기 접시를 그의 머리에 집어넣실 뻔했던 적이 있다. 그림이 식탁을 가득 채운 사람들을 앞에 두고 그에게 "그럴 리가 있나!"라고 무례하게 말하면서 일종의 반박을 했기 때문이다. 그는 타고난 단정적인 말투에 갑자기 출세한 사람의 자만심을 보탰고 무례한 나머지 우스꽝스럽기까지 한 사람이 되어버린 것이다. 그는 지체 높은 사람들과의 교제에 마음이 빼앗긴 나머지 그들 가운데서도 가장 분별력 없는 사람에게서나 볼 수 있는 오만방자함을 부렸다. 그는 자기 하인을 항상 "여봐라!" 하고 불렀다. 마치 전하 정도 되는 지체 높은 사람이 자신의 여러 하인들 가운데 누가 당번인지 모른다는 듯이 부르는 것이었다. 그는 하인에게 심부름을 시킬 때도 돈을 손에 쥐여주는 대신 땅바닥에 던져 줍게 했다. 말하자면 그는 하인도 사람이라는 사실을 완전히 잊은 채 하인을 눈에 거슬릴 정도로 경멸하고 견디기 힘들 만큼 멸시했다. 그러는 바람에 데피네 부인이 그에게 붙여준 행실 바르던 그 가엾은 청년도 시중드는 일을 그만두고 말았다. 그는 다른 불만은 없었지만 그와 같은 대접은 견딜 수가 없었던 것이다. 그는 또 다른 '거만한 사람'을 떠받들어야 하는 하인 라 플뢰르La Fleur[86]였던 셈이다.

그는 건방지고 그만큼 잘난 척도 잘해서 흐리멍덩한 큰 눈과 홀쭉하고 휘청거리는 거동으로 여자들 옆에서 거들먹거렸다. 또한 펠 양과 함께 익살극을 한 다음부터는 몇몇 여자들 사이에서 어쭙잖게 감정이 풍부한 사람으로 통했다. 그런 일이 있고 난 후 그는 유행에 관심을 가졌고 단정한 여자에게도 관심을 두게 되었다. 그래서 멋을 내기 시작했다. 그의 화장은 단연 화제가 되었다. 모든 사람들이 그가 화장을 한다는 사실을 알았다. 처음에 나는 그 사실을 전혀 믿지 않았지만 점차 그것을 믿게 되었다. 그의 얼굴빛이 아름다워지는 것을 알았고 그의 화장대에서 분이 담긴 잔을 발견했을 뿐 아니라, 어느 날 아침에는 그의 방에 들어갔을 때 그가 특별히 제작한 작은 솔로 손톱을 다듬는 것까지 보았기 때문이다. 그는 내 앞에서도 거만하게 그 일을 계속했다. 나는 아침마다 두 시간씩 손톱을 다듬는 데 시간을 보내는 사람은 얼굴의 곰보 자국을 분칠로 메우는 데도 상당한 시간을 보낼 수 있겠다는 생각을 했다. 심술궂은 사람이 아닌 선한 고프쿠르도 그에게 '희멀건한 폭군'[87]이라는 꽤 재밌는 별명을 붙여주었다.

이런 것들은 우스꽝스러울뿐더러 내 성격과도 맞지 않았다. 나는 이런 모습에 끝내는 그에 대해 의구심을 품게 되었다. 그런 식으로 넋이 나간 인간이 제대로 된 마음을 지닐 수 있으리라고는 믿기 어려웠다. 그는 다른 무엇보다도 영혼의 감수성과 감정의 활력에 대해 뻐기고 다녔다. 어떻게 이런 것들이 소심한 사람들에게나 있을 법한 결점들과 어울리겠는가? 어떻게 감수성이 예민한 마음이 자기 밖으로 쏟아내는 강렬하고 지속적인 격정을 지니고서 한심한 자들이나 하는 끝도 없는 자질구레한 일들에 쉼 없이 빠져들 수 있을까? 아, 저런! 마음이 천상의 불길로 타오르는 것을 느끼는 사람은 그것을 드러내려 애쓰며 자기 마음속을 내보이고 싶어 한다. 그는 자기 마음을 얼굴에 나타내려고 했던 것인데 그 외의 또 다른 화장은 결코 생각해내지 못했을 것이다.

나는 그가 도덕에 대해 요약한 것을 기억하고 있다. 데피네 부인은 그의 도덕에 대한 요약을 내게 말한 적이 있고 자신도 따르고 있었다. 그 요약이라는 것은 단 하나의 조항으로 이루어져 있었다. 즉, 인간의 유일한 의무는 모든 면에서 자기 마음이 기우는 데로 따라가야 한다는 것이다. 나는 그 같은 도덕에 대해 듣고 굉장히 많은 생각을 하게 되었다. 비록 그런 도덕을 기껏해야 언어유희 정도로밖에 생각하지 않았지만 말이다. 하지만 이내 그 원칙이 실제로 그의 행동 규범임을 알았다. 그리고 곧이어 큰 대가를 치르고 그것의 증거를 너무나 많이 알게 되었다. 바로 그 내적 견해에 대해 디드로는 내게 수없이 말해주었지만 설명까지는 해주지 않았다.

나는 여러 해 전부터 주위에서 자주 조언을 들었던 기억이 있는데, 그 자는 위선적이며 감정을 잘 속이고 게다가 나를 좋아하지 않는다는 것이다. 프랑쾨유 씨와 슈농소 부인이 나에게 이야기해준 사소한 일화들도 기억이 난다. 두 사람 모두 그를 존경하지 않았지만 알고는 있을 것이다. 슈농소 부인은 고인이 된 프리즈 백작의 절친한 친구인 로슈슈아르 부인의 딸이었고, 당시 폴리냐크 자작과 아주 친했던 프랑쾨유 씨는 팔레 루아얄에 살다시피 했는데 바로 그때 그림도 그곳을 드나들기 시작했기 때문이다. 파리 사람들 모두는 프리즈 백작이 죽은 뒤 그가 크게 낙담했다는 사실을 알고 있었다. 그는 펠 양에게서 냉대를 당한 이후에 자신이 얻은 평판을 유지하는 일이 문제였다. 내가 그때 좀 더 판단력이 있었다면 그런 허세를 누구보다도 잘 알아차렸을 것이다. 그는 카스트리의 저택에 가지 않으면 안 되었는데 그곳에서 그는 자신의 역할을 훌륭하게 연기했다. 가장 견디기 힘든 비탄에 빠진 역할을 말이다. 그곳에서 그는 아침마다 정원에 나가 눈물에 젖은 손수건으로 두 눈을 훔치며 실컷 울었다. 그러는 동안 그의 시선은 저택을 향해 있었다. 하지만 길모퉁이를 돌아서고 나면 뜻하지 않은 사람들이 자기를 보고 있다는 것도 모른 채 이내 손수건을 호주머니에 넣고 책을 꺼내 들었다. 이런 광경이 반복되자 파리에서는 이 일이 공공연한 사실이 되었고 거의 동시에 잊히고 말았다. 나도 그런 사실을 잊고 있다가 나와 관련이 있는 어떤 일 때문에 기억하게 되었다. 내가 그르넬 거리에 있는 침상에 누워 거의 사경을 헤맬 때였다. 그림은 시골에 있었다. 어느 날 아침 그가 나를 보러 와서는 몹시 숨을 헐떡이며 지금 막 오는 길이라고 말했다. 하지만 얼마 지나지 않아 나는 그가 전날 도착하여 바로 그날 공연장에 간 것을 누군가가 보았다는 말을 듣게 되었다.

그런 식의 이야기들이 수도 없이 들려왔다. 하지만 내가 뒤늦게 알게 되어 다른 무엇보다도 놀란 일이 있었다. 나는 그림에게 내 친구 모두를 예외 없이 소개해주었고 그들은 모두 그의 친구가 되었다. 나는 그의 곁을 거의 떠날 수 없게 되어 그가 출입할 수 없는 집에는 나도 들어가는 것이 내키지 않을 정도였다. 오직 크레키 부인만이 그를 받아들이기를 거절했는데, 그래서 나도 그때부터 그녀를 거의 보러 가지 않았다. 그림도 그 나름대로 프리즈 백작의 도움을 받거나 자력으로 다른 친구들을 사귀었다. 하지만 그 모든 친구들 가운데 단 한 사람도 내 친구가 되지 않았다. 그는 적어도 그들과 알고 지내라고 내게 권유하는 말 한마디조차 안 했다. 또한 내가 그의 집에서 이따금 만난 모든 사람들 중에서 단 한 사람도 내게 사소한 호의를 보인 적이 없었다. 프리즈 백작도 마찬가지였는데 그림이 그의 집에 머물고 있었으니 내가 그와 잘 알게 되었다면 내게도 아주 좋은 일이었을 것이다. 그림이 더욱 허물없이 지낸 그의 친척 숑베르 백작과도 친하게 지내지 못했다.

말을 하자면 더한 일도 있었다. 내가 그에게 소개해준 내 친구들은 그와 알기 전에는 하나같이 나를 다정하고 친근하게 대했는데 그와 알고 나서는 나를 대하는 태도가 눈에 띄게 달라졌다. 그는 나에게 자기 친구는 결코 누구도 소개해주지 않았다. 나는 그에게 내 친구 모두를 소개해주었는데 그는 나에게서 그들 모두를 빼앗아가고 말았다. 이것이 우정의 결과라면, 증오의 결과는 과연 어떻겠는가?

디드로도 처음에는 내가 그토록 믿는 그림은 내 친구가 아니라고 내게 수차례 주의를 주었다. 그 후에 그는 나와 친구 관계를 끊고 나서 말을 바꾸어버렸다.

나는 내 아이들을 내 방식대로 처리하면서 다른 누구의 도움도 받지 않았다. 그렇지만 그 사실을 내 친구들에게만큼은 알렸다. 그 이유는 단지 그 사실을 그들에게 알리려는 것이었고 그들 눈에 지금 내 모습보다 내가 더 낮게 보이지 않으려는 것이었다. 그 친구들은 세 사람이었는데 바로 디드로, 그림, 데피네 부인이었다. 정작 내 마음을 가장 잘 털어놓을 수 있는 뒤클로에게만 그 사실을 이야기하지 않았다. 그렇지만 그도 그 일을 알고 있었다. 누구를 통해서였을까? 모르겠다. 데피네 부인이 배신했을 리는 거의 없다. 그녀는 내가 그녀 자신이 한 일을 따라 하게 되면 가혹하게 복수할 수단이 있다는 것을 알고 있었으니 말이다. 남은 사람은 그림과 디드로이다. 당시 그들은 여러 사안들을 두고 서로 긴밀하게 연결되어 있었고 특히 나에게 반대하는 일에 그랬으니 잘못은 그들 모두에게 있는 것이 분명하다. 나는 뒤클로에게 내 비밀을 털어놓지 않았으니 그도 그 비밀을 마음대로 할 수 있었겠지만 그가 내 비밀을 지켜준 유일한 사람이라는 점은 확신할 수 있다.

그림과 디드로는 나와 '가정부들'을 떼어놓으려고 계획을 세우면서 뒤클로를 자신들의 계획에 끌어들이려고 애를 썼다. 하지만 그는 경멸하듯이 항상 그 계획을 거절했다. 시간이 지나서야 나는 그 일을 두고 그들 사이에 일어난 모든 일을 그를 통해 알게 되었다. 하지만 그 무렵부터는 이미 테레즈를 통해 그런 사실을 충분히 듣고 있던 터라 모든 일에는 어떤 은밀한 의도가 있는 법이며, 내 의사에 반해서는 아니지만 적어도 내가 모르는 사이에 나를 마음대로 다루려 하거나 혹은 그 두 여자를 어떤 은밀한 의도가 담긴 도구로 삼으려 한다는 것을 알았다. 이 모든 것은 확실히 옳은 일이 아니었다. 뒤클로의 반대가 그런 사실을 여지없이 증명했다. 그런 행동이 우정이라고 생각하고 싶은 사람은 그렇게 믿기 바란다.

소위 그런 식의 우정은 집 안에서나 밖에서 모두 나에게 불행을 초래했다. 르 바쇠르 부인은 여러 해 전부터 긴 대화를 나누는 일이 잦더니 나에 대한 태도가 확연하게 바뀌었다. 확실히 그런 변화는 나에게 호의적이지 않았다. 도대체 그들은 그 기이한 둘만의 대화에서 무슨 이야기를 나누었던 것일까? 왜 그런 대단한 비밀이 필요했을까? 그렇다면 그 노인네와 나눈 이야기는 그렇게 은밀하게 해야 할 정도로 유쾌하고 그토록 중대한 비밀로 삼을 만큼 중요했단 말인가? 그런 밀담이 3, 4년 동안 계속되자 나는 그것이 우스꽝스럽게 여겨졌다. 그런데 그 일을 다시 생각해보니 놀라운 생각이 들기 시작했다. 만일 그때부터 노인네가 내게 무슨 일을 꾸미고 있는지 알았더라면 놀라움은 불안으로까지 이어졌을 것이다.

그림이 밖에서 자랑하고 다닌, 나를 위한 자칭 헌신에도 불구하고, 그런 헌신은 그가 나를 대면할 때 보여준 태도와 양립하기 어려웠고, 나는 그에게서 어떤 측면에서도 내게 도움이 될 만한 것은 들은 바가 없다. 그는 나에게 동정심을 가진 체했는데, 그런 동정은 나를 돕기보다는 내 품위를 떨어뜨리려는 목적이 훨씬 더 컸다. 그는 자기가 할 수 있는 한 내가 스스로 선택한 생계 수단을 빼앗기까지 했다. 나를 형편없는 악보 필경사로 이야기하고 다니면서 말이다. 나는 그가 그 점에서 진실을 말했다는 것에 동의한다. 하지만 진실을 말해야 할 사람은 그가 아니었다. 그의 행동이 장난이 아니라는 것은 그가 또 다른 악보 필경사를 이용하여 내게서 빼낼 수 있는 손님들은 남김없이 데려간 사실을 보면 증명이 된다. 그의 계획은 먹고살기 위해서는 그와 그의 영향력에 의존하게 만들고 생계의 원천을 고갈시켜 나를 어쩔 수 없는 처지까지 내모는 것인 듯했다.

이 모든 것을 정리하자면 나의 이성 앞에서 아직 호의적이던 과거의 선입관은 결국 입을 다물고 말았다. 왜냐하면 나는 그의 성격이 적어도 대단히 의심쩍다고 판단했으며 그의 우정에 대해서는 거짓이라고 결론을 내렸기 때문이다. 그런 다음 그를 다시는 만나지 않기로 결심하고 데피네 부인에게 그 사실을 알렸다. 나는 반박의 여지가 없는 여러 사실들을 들어 내 결심을 뒷받침했지만 지금은 그런 일들을 잊어버렸다.

그녀는 그런 결심을 강하게 반박했는데, 자신이 내세운 주장을 밝히는 근거로는 별반 아는 것이 없었다. 그녀는 아직까지 그림과 공모를 하지 못한 터였다. 하지만 다음 날이 되자 그녀는 나에게 말로 설명하는 대신에 아주 교묘한 편지 한 통을 내밀었다. 그녀는 두 사람이 함께 은밀하게 궁리해낸 그 편지에서 세부적인 사실은 아무것도 밝히지 않은 채, 그의 주의 깊은 성격을 들어 그를 정당화했고 그가 친구를 배신했다고 의심한 것은 내 잘못이니 그와 화해할 것을 내게 부추겼다. 나는 편지묶음 A 48호에서 보게 될 그 편지 때문에 마음이 흔들렸다. 그리고 곧 우리가 대화를 나누었을 때 그녀가 처음에 했던 것보다 더 면밀하게 계획을 세운 것을 보고 마침내 마음이 기울고 말았다. 나는 내가 잘못 판단했을 수도 있고 그런 경우라면 사죄해야 마땅한 심각한 잘못을 친구에게 실제로 저질렀다고 믿기에 이르렀다. 정리하자면 디드로와 돌바크 남작에게 이미 여러 차례 했던 것처럼 절반은 자의로 절반은 마음이 약해서 내가 요구할 권리가 있는 모든 화해의 제안을 먼저 해버린 것이다. 나는 그림의 집에 찾아가 또 한 명의 조르주 당댕George Dandin[88]처럼 그가 내게 가한 모욕에 대해 그에게 사과를 하려 했다. 나는 여전히 이런 잘못된 확신 때문에 위선적인 친구들에게 평생 수없이 비굴한 짓을 했다. 온화함과 예의 바른 태도를 지니면 누그러지지 않을 증오란 전혀 없다는 잘못된 확신 때문에 말이다. 반면 이와 반대로 악인들의 증오는 그것을 무슨 근거를 들어 정당화시킬지 모르는 까닭에 더욱더 격앙될 따름이다. 또한 그들이 스스로를 부당하다고 생각하는 것은 그런 일을 당한 사람에게는 또 하나의 불평거리가 될 뿐이다. 내 경험만 놓고 보더라도 그 같은 원칙의 아주 분명한 증거를 그림과 트롱셍에게서 찾아보게 된다. 두 사람은 자기들이 좋아서 혹은 심심풀이로 혹은 일시적 기분으로 나와 철천지원수가 되었다. 그들은 내가 두 사람* 중 누군가에게 언젠가 저질렀을지도 모르는 어떤 종류의 잘못도 떠올릴 수 없었는데도 말이다. 두 사람은 호랑이의 분노처럼 자신들의 분노를 쉽게 충족시켰기 때문에 그들의 분노는 날마다 커져만 갔다.

나는 그림이 나의 친절과 화해의 손짓에 당황하여 두 팔을 벌려 더없이 다정한 우정으로 나를 맞아줄 것이라 기대했다. 그는 나를 로마 황제처럼 맞이했다. 내가 어느 누구에게서도 결코 본 적이 없는 거만한 태도로 말이다. 그런 대접은 전혀 생각조차 못했다. 나는 내게 전혀 어울리지 않는 역할에 당황하여 소심한 태도로 내가 그를 찾아온 목적을 몇 마디로 말했다. 그는 나를 호의적으로 받아들이기 전에 자신이 준비해둔 지루한 연설을 무척이나 득의양양하게 늘어놓았다. 그 연설의 내용을 보면 자신의 보기 드문 미덕, 특히 우정 속에 나타나 있는 미덕이 수없이 열거되어 있었다. 나는 그가 오랫동안 강조한 한 가지 사실 때문에 무척 충격을 받았다. 그는 항상 같은 친구들을 오래 사귄다는 것이다. 나는 그가 말

---

* 나는 얼마 뒤에 트롱셍에게 '광대'라는 별명을 붙여주었다. 그 일은 그의 반감이 드러나고 제네바와 또 다른 장소에서 그가 내게 불러일으킨 가혹한 박해가 있고 나서 한참 뒤에 있었다. 나는 내가 완전히 그의 희생물이 되었다는 사실을 알고서 곧장 그런 이름을 없애버리기까지 했다. 천박한 복수심은 내 본심과는 어울리지 않으며 증오는 결코 내 마음에 들어설 수 없다.

하는 동안 그런 규칙에서 나를 유일한 예외로 두고 있다니 내게는 참으로 가혹한 일이라고 마음속으로 생각했다. 그는 그런 이야기를 너무 자주 그리고 너무나 가식적으로 꺼냈기 때문에 나는 이런 생각마저 들었다. 즉, 그가 그런 문제를 두고 자기 마음속 생각대로만 행동한다면 그는 그 원칙에 그리 감동을 받지는 않을 것이다. 또한 그는 그 원칙을 입신출세할 목적을 이루는 데 필요한 기술로서 만든 것이다. 나도 그때까지 그와 같은 입장에 있으면서 모든 친구들을 오래 사귀었다. 아주 어린 유년기부터 단 한 사람의 친구도 잃은 적이 없다. 그 친구가 죽기 전에는 말이다. 그렇지만 그때까지 그런 문제에 대해 깊게 생각해보지 않았다. 그것은 내가 그런 원칙을 스스로 세운 적이 없기 때문이다. 그때는 그것이 두 사람 모두의 장점이었는데, 도대체 왜 그는 특히 그 점을 자랑했을까? 그가 그런 장점을 미리 내게서 빼앗아갈 생각이 없었다면 말이다. 그는 곧이어 두 사람 모두가 아는 친구들이 나보다 자신을 더 좋아한다는 증거를 들어 나에게 모욕을 주려고 노력했다. 나 역시 그런 편애가 있다는 것을 그만큼이니 잘 알고 있었디. 문제는 그가 그런 편애를 어떤 권리로 받게 되었는가에 있었다. 그런 재능이 있어서인가 아니면 교묘한 술책을 써서인가? 자기 자신을 내세워서인가 아니면 나를 깎아내리려고 애쓴 덕분인가? 마침내 그는 자기 마음대로 자신과 나 사이의 거리를 최대한 떨어뜨려 놓아 내게 하려는 용서의 가치를 드높인 다음 가벼운 포옹을 하면서 화해의 입맞춤을 윤허했다. 그 포옹은 왕이 기사 작위를 받는 사람에게 하는 행동과 유사했다. 나는 어리둥절하고 어안이 벙벙했다. 무슨 말을 해야 할지 몰랐고 한마디도 하지 못했다. 이 모든 장면은 선생이 학생에게 회초리를 맞지 않게 해주는 대신 꾸짖는 일과 같았다. 그런 일을 생각할 때면 대중들이 그렇게나 중시하는 겉모습에 기댄 판단이 얼마나 허울 좋은 것인지 느끼지 않을 수 없다. 또한 죄를 지은 사람은 뻔뻔하고 오만하며 죄가 없는 사람은 수치스럽고 곤란에 빠지는 경우가 얼마나 빈번한지 느끼지 않을 수 없다.

우리는 화해를 했다. 아무튼 싸울 때마다 극심한 고통에 사로잡히는 내 마음에는 위로가 되었다. 이와 같은 화해로 그의 태도가 바뀌지 않는다는 것은 능히 짐작이 갈 것이다. 오히려 내가 화해 때문에 불평할 권리만 빼앗겼을 따름이다. 그래서 나는 모든 것을 참아내고 더 이상 아무 말도 하지 않기로 결심했다.

연이어 일어난 고통스러운 일들 때문에 쇠약해진 나는 자제력을 회복할 힘조차 거의 남지 않았다. 생랑베르에게서는 대답이 없고 두드토 부인에게는 외면당했으므로 누구에게도 더 이상 내 마음을 감히 열어놓지 못했다. 나는 우정을 내 마음속의 우상으로 만들어 일생을 공상으로 보낸 것은 아닌지 두려움이 들기 시작했다. 이런저런 생각을 해보니 내가 아는 모든 사람들 가운데 내가 일체의 존경심을 잃지 않고 마음으로 신뢰할 수 있는 사람은 단둘뿐이었다. 한 사람은 뒤클로였는데, 레르미타주에 은둔한 뒤로는 그를 본 적이 없었다. 또 한 사람은 생랑베르였다. 나는 생랑베르에 대한 내 잘못을 제대로 사죄할 수 있기 위해서는 그에게 내 마음을 기탄없이 털어놓는 수밖에 없다고 생각했다. 그래서 그의 애인에게 폐가 되지 않는 일들에 대해서는 그에게 완전히 털어놓기로 결심했다. 나는 또한 그 선택이 내가 그녀에게 더 다가서기 위해 마련한 내 정열의 계략이었음을 의심하지 않는다. 하지만 내가 그녀의 애인에게 모든 것을 내려놓고 그가 하자는 대로 완전히 나를 내맡기고 가능한 한 가장 솔직하게 처신했으리라는 것은 분명하다. 그에게 두 번째로 편지를 쓰려는 참이었는데 확신컨대 그는 답장을 할 것이었다. 그때 그가 내 첫 번째 편지에 대해 답장을 하지 않은 유감스러운 이유를 알게 되었다. 야전에서 얻은 피로를 그는 완전히 견뎌내지 못한 것이다. 데피네 부인은 그가 얼마 전에 중풍에 걸렸다는 사실을 나에게 알려주었다. 결국 두드토 부인 역시 비탄으로 병에 걸려 당장은 나에게 편지를 쓸 형편이 못 되었고,

2, 3일이 지나서 당시 자신이 머물던 파리에서 그가 온천욕을 위해 엑스라샤펠로 후송될 것임을 알려왔다. 그 슬픈 소식 때문에 내 마음도 그녀처럼 아프다고 말하지는 않겠다. 하지만 그녀 때문에 느낀 비통한 마음이 그녀가 겪은 괴로움과 눈물보다 덜 괴로웠다고는 여기지 않는다. 나는 그가 그런 처지에 있다는 것을 알게 되어 괴로웠다. 그 괴로움은 걱정 때문에 그가 그런 처지에 놓이게 되었을지 모른다는 두려움으로 더욱 커졌고, 나는 그 괴로움 때문에 그때까지 나에게 일어났던 모든 일보다 더 충격을 받았다. 내가 판단하기에 엄청난 비탄을 참아내는 데 필요한 힘이 내게는 부족함을 절실하게 느꼈다. 다행히 그 관대한 친구는 나를 그런 의기소침한 기분 속에 그리 오래 내버려두지 않았다. 그는 나를 잊지 않았다. 병이 났음에도 불구하고 말이다. 오래지 않아 바로 그를 통해 나는 내가 그의 감정과 처지를 너무나 잘못 판단했다는 사실을 알았다. 하지만 내 운명은 엄청난 격변과 파국의 시간에 이르고야 말았다. 그 파국은 내 삶을 너무나 다른 두 부분으로 갈라놓았고, 너무나 사소한 이유로 너무나 끔찍한 결과를 만들어냈다.

어느 날 내가 전혀 생각지 못하고 있던 차에 데피네 부인이 사람을 보내 나를 찾았다. 나는 집에 들어서면서 그녀의 두 눈과 모든 태도 속에서 당황하는 모습을 보았다. 그 모습은 평소의 그녀와는 전혀 달라서 나는 더욱더 놀랐다. 세상 누구도 그녀보다 자기 표정과 동요를 잘 억제할 수 있는 사람은 없었기 때문이다. 그녀가 내게 말했다. "이제 제네바로 떠나려 해요. 폐가 좋지 않아서요. 건강이 악화되어 모든 일을 중단하고 트롱셍을 만나 진찰을 받으려고 해요."

궂은 계절이 시작되려는 차에 너무나 갑작스럽게 그런 결심을 했다는 것에 나는 더욱더 놀랐다. 내가 그녀와 36시간 전에 헤어졌을 때만 해도 문제될 것이 없었으니 말이다. 나는 그녀에게 누구와 함께 가느냐고 물었다. 그녀는 자기 아들과 드 리낭 씨를 데려갈 것이라고 말하며 건성으로 덧붙였다. "이봐요, 곰 아저씨, 당신도 가지 않을래요?" 곧 다가올 그 계절에 내가 방에서 거의 나가지 못할 처지임을 아는 그녀가 진지하게 그런 말을 했다고는 생각하지 않는다. 그래서 나는 환자가 다른 환자를 따라가면 좋을 것이 있겠느냐는 농담을 했다. 그녀도 진심으로 그런 제안을 하지 않았는지 더 이상 문제가 되지 않았다. 우리는 여행 준비 이외의 이야기는 하지 않았고 그녀도 2주 뒤에는 떠날 생각이어서 아주 정신없이 여행 준비에 시간을 보냈다.

그리 많은 통찰력을 발휘하지 않고도 이 여행에는 나만 모르는 비밀스러운 동기가 있다는 사실을 깨닫게 되었다. 그 비밀을 모르는 사람은 온 집 안에서 나밖에 없었는데, 바로 다음 날 테레즈를 통해 비밀을 알게 되었다. 급사장인 테시에Teissier가 하녀에게 그 사실을 듣고 그녀에게 알려준 것이다. 그 비밀을 데피네 부인에게서 듣지 않았으니 그녀에게 비밀을 지킬 필요는 없지만 내가 알고 있는 비밀들과 너무나 밀접한 관련이 있기 때문에 그것만을 따로 떼어 말할 수는 없다. 그렇기 때문에 이 문제에 대해서는 아무 말도 하지 않을 것이다. 다만 그 비밀들이 내 말이나 내 글을 통해서는 결코 드러난 적이 없고 앞으로도 그럴 것이지만 너무나 많은 사람들이 알고 있기 때문에 데피네 부인 주위에 있는 모든 사람들이 그것을 모를 리 없었다.

이번 여행의 진짜 동기를 알고 있었으니 적의 손아귀에서 나온 은밀한 충동질을 알아차렸어야 했다. 나로 하여금 여행에서 데피네 부인을 수행하게 만들려는 시도 속에 숨겨진 충동질을 말이다. 하지만 그녀가 별반 고집을 피우지 않아서 나는 그 계획을 끝까지 진지하게 생각하지는 않았다. 어리석게도 내가 그런 역할을 떠맡게 되었다면 얼마나 멋진 역할을 했을지 생각하니 단지 실소가 나올 뿐이다. 더구나 그녀는 내 거절로 얻은 것이 더 많았다. 왜냐하면 바로 남편을 자신과 동행하도록 만드는 데 성공했기 때문이다.

며칠이 지나서 디드로에게서 짧은 편지를 받았고 나는 그 내용을 옮겨 적으려 한다. 편지는 모든 내용을 쉽게 볼 수 있도록 한 번만 접혀 있었다. 나는 편지를 데피네 부인의 집을 거쳐서 받았다. 편지는 그녀 아들의 가정교사이자 속내 이야기를 털어놓는 친구인 드 리낭 씨 앞으로 보낸 것이었다.

디드로의 편지(편지묶음 A 52호)

나는 자네를 사랑하고 자네에게 슬픔을 주려고 태어난 사람 같네. 데피네 부인이 제네바에 간다는 소식을 들었네. 그런데 자네가 그녀와 동행한다는 이야기는 전혀 들리지 않는군. 친구여, 자네가 데피네 부인을 마음에 두고 있다면 그녀와 함께 떠나야 하네. 마음에 두고 있지 않다면 훨씬 더 빨리 떠나야 하네. 자네가 그녀에게 입은 은혜가 너무 크지 않은가? 이번이야말로 자네가 은혜를 조금이라도 갚고 마음의 부담을 덜어낼 수 있는 기회리네. 자네는 살아가면서 그녀에게 감사를 표할 기회가 또 있다고 생각하는가? 그녀는 자신이 가는 나라에서 황망함을 느낄 것이네. 그녀는 병이 들었으니 즐거움과 기분전환이 필요할 걸세. 겨울이라! 이보게, 친구. 자네가 건강상의 이유로 제기한 반대 의견이 내가 생각하는 것보다 훨씬 더 중차대할 수도 있네. 하지만 자네가 한 달 전에 아팠던 것보다 지금 더 아프겠는가? 또 자네가 봄이 되면 지금보다 덜 아프겠는가? 자네가 지금부터 3개월 뒤에는 현재보다 더 편안하게 여행을 할 것 같은가? 나 같으면 자네에게 솔직히 말하지만 내가 만약 마차를 탈 수 없는 처지라면 지팡이를 짚고라도 그녀를 쫓아갈 것일세. 더구나 사람들이 자네의 행동을 악의적으로 해석할지 두렵지 않은가? 자네는 배은망덕하거나 다른 꿍꿍이속이 있다고 의심받을 것이네. 자네가 어떻게 행동하더라도 자네 자신에 대해 항상 양심을 증명할 수 있다는 것을 잘 알고 있네. 하지만 그 증언만으로 충분하겠나? 다른 사람들의 증언을 어느 정도까지 무시할 수 있겠나? 더구나 친구여, 내가 자네에게 이 편지를 보내는 이유는 자네와 나에 대해 책임을 다하기 위함일세. 편지 때문에 자네 기분이 상했다면 불 속에 던져버리게. 편지가 애초에 없었던 것처럼 더 이상 아무 문제가 되지 않도록 말일세. 잘 지내시게, 자네에게 사랑과 포옹을 보내네.

나는 이 편지를 읽으면서 분노로 몸이 떨리고 정신이 혼미해져서 끝까지 읽어나갈 수 없었다. 그럼에도 이 편지에서 디드로가 그의 다른 모든 편지에서보다 더 부드럽고 더 다정하며 더 예의 바른 표현으로 교묘하게 가장했다는 것만큼은 주목할 수밖에 없었다. 그는 다른 편지에서 나를 친구라는 이름으로 불러준 적이 없고 기껏해야 '나의 사랑하는' 정도로 부른 것이 전부였다. 나는 이 편지를 어떤 간접적인 경로를 통해 받았는지 쉽게 알았는데, 편지 수신인의 인적 사항이나 형식, 전달 과정 등이 상당히 어수룩하게 그 술책을 드러내고 있었다. 왜냐하면 우리는 평소 몽모랑시의 우편이나 역마차를 통해 편지를 주고받았으며 디드로가 이런 경로를 통한 것은 이번이 처음이자 유일한 경우였기 때문이다.

처음에는 분노로 흥분했으나 편지를 쓸 수 있게 되자 황급히 다음과 같은 답장을 썼다. 그리고 그 편지를 내가 있던 레르미타주에서 라 슈브레트로 당장 가져가 데피네 부인에게 보여주었다. 나는 분노로 이성을 잃고 디드로가 보낸 편지와 함께 그 편지를 부인에게 직접 읽어주려 했다.

나의 사랑하는 친구여, 자네는 내가 데피네 부인에게 얼마나 은혜를 입을 수 있는지, 그 은혜가 얼마나 내게 무거운지, 그녀가 여행을 하면서 실제로 나를 필요로 하는지, 그녀가 나와 동행하기를 바라는지, 동행하는 일이 내게 가능한 것인지, 내가 어떤 이유에서 그렇게 하지 않은 것인지 알지 못하네. 이 모든 점에 대해서는 자네와 기꺼이 의견을 나누겠네. 하지만 지금으로서는 자네가 그 일을 판단할 처지도 아니면서 내가 해야 할 일을 독단적으로 나에게 지시하는 것은, 나의 친애하는 철학자 양반, 정말로 경솔한 언행임을 인정하게나. 이런 일을 두고 내가 가장 나쁘게 보는 것은 자네의 의견이 자네 것이 아니라는 점이네. 나는 자네의 이름으로 제삼자나 제사자에게 끌려다니고 싶은 기분이 아닐뿐더러 내가 생각하기에 이런 우회적 방식에는 자네의 솔직함과 어울리지 않는 상당한 술책이 있네. 자네를 위해서나 나를 위해서도 앞으로 이런 일을 정말 그만두었으면 싶네.

자네는 내 행동이 잘못 이해될까 봐 걱정하지만 나는 자네 같은 사람이라면 감히 내 마음을 곡해하는 일은 없으리라고 생각하네. 다른 사람들은 내가 그들과 더 많이 닮았다면 나에 대해 더 좋게 말할 것이네. 신이여, 내가 그들의 칭찬을 듣지 않도록 나를 지켜주소서! 악인들이 나를 감시하고 나를 평가하게 해주소서! 루소가 그들을 두려워할 사람도 아니고 디드로도 그들의 말을 들을 사람이 아니니 말입니다.

자네 편지가 마음에 들지 않으면 자네는 그 편지를 불 속에 던져버리고 디 이상 아무 문제도 없기를 바라네만, 자네가 한 말을 그렇게 잊을 수 있다고 생각하는가? 이보게, 자네는 내 눈물을 가볍게 여기고 있네. 그 눈물은 자네가 내게 준 고통 때문에 흘리는 것이네. 자네가 내게 몸조심하라고 염려하면서도 내 생명과 건강을 소홀하게 여기는 것과 마찬가지로 말일세. 자네가 그 점을 바로잡을 수 있다면 나는 자네의 우정을 더 다정하게 받아들일 것이고 덜 불쌍한 사람이 될 걸세.

나는 데피네 부인의 침실에 들어서면서 그녀가 그림과 함께 있는 것을 보고 반가운 마음이 들었다. 나는 그들에게 크고 분명한 목소리로 스스로도 믿을 수 없을 정도로 대담하게 두 통의 편지를 읽어주었다. 거기에 덧붙여 나의 대담성과 모순되지 않는 몇 마디 말로 이야기를 끝냈다. 평소에는 그렇게 겁이 많던 사람의 예기치 못한 용기에 두 사람은 깜짝 놀라 얼이 빠진 채 한마디 대답도 못하는 모습을 보였다. 특히 그 거만한 자가 눈을 바닥에 내리깔고 번득이는 내 시선을 감히 감당하지 못하는 것이 보였다. 하지만 그는 바로 그 순간 마음속 깊은 곳에서 나의 파멸을 다짐했다. 나는 그들이 서로 헤어지기 전에 그 일을 공모했다는 것을 확신한다.

그 일이 있고 나서 얼마 지나지 않아 마침내 두드토 부인을 통해 생랑베르의 답장(편지묶음 A 57호)을 받았다. 그 편지는 그가 병이 나고 얼마 지나지 않아 볼펜부텔[89]에서 쓴 것이며 도중에 오래 늦어졌던 내 편지에 대한 답장이었다. 그 답장은 존경과 우정을 드러내는 표현으로 가득 차 있어서 그 당시 내가 필요로 했던 위안을 얻을 수 있었다. 또한 그런 표현을 통해 그것들에 응당 답해야 할 용기와 힘을 얻게 되었다. 그때부터 나는 내 의무를 다했다. 만일 생랑베르가 분별력이 부족하고 덜 관대하며 그리 신사답지 못했다면 나는 영원히 돌이킬 수 없는 처지에 놓였을 것임이 분명하다.

궂은 계절이 되었다. 모두 시골을 떠나기 시작했다. 두드토 부인은 이 계곡에서 언제 작별인사를 하러 올 생각인지 나에게 알려주고 나와 오본에서 만나기로 약속했다. 그날은 우연히도 데피네 부인이 라 슈브레트를 떠나 파리로 가서 여행 준비를 마치려 한 날이었다. 다행히 그녀는 아침에 출발했고 나는 그녀와 헤어져 그녀의 시누이와 점심식사를 하러 갈 시간이 아직 있었다. 생랑베르에게서 받은 편지는 호주머니에 넣어두고 있었다. 나는 걸어가면서 그 편지를 여러 번 거듭 읽었다. 그 편지는 약해지려는 내 마음에 보호막 역할을 해주었다. 나는 이제 두드토 부인을 내 친구로 그리고 내 친구의 애인으로만 생각하겠다는 결심을 했고 그 결심을 지켰다. 나는 그녀와 마주 앉아 네다섯 시간을 즐거운 평온함 속에서 보냈다. 그런 태도는 향락의 차원에서 보더라도 내가 그때까지 그녀에 대해 품고 있던 흥분이 격렬히 폭발하는 것에 비하면 대단히 바람직한 것이었다. 그녀는 내 마음이 변하지 않았다는 것을 너무나 잘 알고 있었으므로 나 스스로를 억제하려고 애쓴 데 대해 고마워했다. 그녀는 그런 태도 때문에 나를 더 높게 평가했다. 나 또한 나에 대한 그녀의 우정이 조금도 식지 않은 것을 알고 기뻤다. 그녀는 생랑베르가 곧 오리라는 소식을 나에게 알려주었다. 그는 병이 상당히 회복되었지만 전쟁의 피로를 더 이상 견딜 수가 없어서 전역하여 그녀 옆에서 평화롭게 살러 온다는 것이었다. 우리는 세 사람 사이의 친밀한 교제를 위해 멋진 계획을 세웠다. 우리는 그 계획이 지속적으로 실현될 것이라고 기대할 수 있었다. 다정다감하고 올바른 마음을 한데 모을 수 있는 모든 감정이 계획에 깔려 있고, 세 사람 다 상당한 정도의 재능과 지식을 갖추고 있어서 우리만으로도 충분했고 어떤 외부의 보탬도 필요하지 않았던 것이다. 아아! 그토록 달콤한 인생의 희망에 정신이 팔린 나머지 나는 나에게 닥쳐올 삶에 대해서는 거의 생각하지 못하고 있었다.

다음으로 우리는 데피네 부인과 관련된 현재의 내 입장에 대해 이야기했다. 나는 두드토 부인에게 디드로에게서 빈은 편지와 내 답장을 함께 보여주었다. 그리고 그녀에게 그 문제와 관련해 일어난 모든 일을 상세하게 설명했다. 또한 그녀에게 레르미타주를 떠나겠다는 결심도 분명하게 말했다. 그녀는 그 결심에 강한 어조로 반대했는데 내가 느끼기에도 아주 분명한 이유를 댔다. 그녀는 내가 제네바 여행을 했으면 하고 자신이 얼마나 바랐는지 나에게 이야기해주었다. 왜냐하면 내가 거절한 것을 두고 틀림없이 자신을 끌어들이리라 예상했기 때문이다. 디드로의 편지로 그런 사실을 미리 알게 된 듯싶었다. 그렇지만 그녀는 나만큼이나 내가 내세운 이유들을 잘 알고 있어서 그 문제를 두고 고집을 피우지는 않았다. 하지만 나에게 간청하기를, 일체의 물의도 일으키지 않고 어떤 대가를 치르더라도 내 거절에 아주 그럴듯한 이유를 들어 자신이 그 일에 관여했을 수도 있다는 부당한 혐의를 받지 않게 해달라고 했다. 나는 그녀가 내게 부과하는 의무가 쉽지는 않지만 내 평판을 희생해서라도 잘못을 속죄하기로 결심한 이상 내 명예가 허용하는 한 모든 것에서 그녀의 명예를 우선으로 하겠다고 말했다. 내가 그 약속을 지킬 수 있었는지는 곧 알게 될 것이다.

맹세컨대, 내 불행한 정열은 그 힘을 전혀 잃지 않았을 뿐만 아니라 내가 그날만큼 강렬하고 다정하게 나의 소피를 사랑했던 적은 결코 없다. 하지만 생랑베르의 편지, 의무감과 배신에 대한 두려움 등이 내게 준 영향도 마찬가지여서, 대화 내내 나의 관능은 그녀 옆에서도 온전히 평온한 상태를 유지했으며 그녀의 손에 입을 맞출 마음조차 들지 않았다. 그녀는 떠나면서 하인들 앞에서 내게 입맞춤을 했다. 그 입맞춤은 내가 우거진 나무 아래서 이따금 기습적으로 했던 입맞춤과는 너무나 달라서 내가 자제력을 되찾았음을 증명해주는 것이었다. 거의 확신하건대, 내 마음이 안정 속에서 강건해질 시간만 있었다면 근본적으로 치유되는 데 3개월이면 충분했을 것이다.

두드토 부인과 나의 개인적인 관계는 여기서 끝이 난다. 이 관계는 밖으로 드러난 모습을 보고 저마다 자기 자신의 심적 처지에 따라 판단할 수 있다. 하지만 이 관계 속에서 그 사랑스러운 여인이 내게 불러일으킨 열정, 어느 누구도 결코 느껴보지 못한 가장 강렬할 수도 있었던 그 열정은 두 사람 모두가 의무와 명예, 사랑과 우정을 위해 쏟은 흔치 않고 고통스러운 희생으로 하늘과 우리 사이에서 영원히 찬양받을 것이다. 우리는 서로를 너무나 고결하게 바라보고 있던 터라 쉽사리 서로를 타락시킬 수 없었다. 일체의 존경을 받을 만한 자격을 상실하고 난 뒤에야 그토록 값진 존경을 잃을 각오를 할 수 있을 것이다. 또한 우리를 죄인으로 만들 수 있었던 감정의 힘 자체는 우리가 죄인이 되는 것을 막는 힘이었다.

그런 식으로 나는 그 두 여인 중 한 사람에게는 그토록 오랜 우정을, 또 한 사람에게는 그토록 강렬한 사랑을 쏟은 뒤 같은 날 따로따로 작별을 고했다. 그 뒤 한 사람과는 평생 다시 만나지 못했고 다른 한 사람과는 딱 두 번 만났는데, 그 만남에 대해서는 나중에 이야기할 것이다.

그녀들이 떠난 뒤 내 무분별함의 결과로 생긴 절박하고 모순적인 수많은 의무를 다하느라 나는 아주 난처한 처지에 빠졌다. 만일 보통 상황에 있었다면 그 제네바 여행의 제안을 거절한 뒤 잠자코 있기만 해도 되었고 그것으로 모든 게 끝난 일이 되었을 것이다. 하지만 어리석게도 나는 일을 만들었고, 그 일은 원래대로 둘 수 없는 것이었다. 그래서 레르미타주를 떠나지 않는 한 차후에 일체의 변명을 하지 않으면 안 되었다. 나는 두드토 부인에게 그곳을 떠나지 않겠다고, 적어도 당장은 떠나지 않겠다고 막 약속했던 터였다. 게다가 그녀는 내가 그 여행을 거절한 것에 대해 소위 내 친구들에게 변명해줄 것을 요구했다. 그 거절을 자기 탓으로 돌리지 않도록 하기 위해서 말이다. 그렇지만 데피네 부인이 나를 위해 모든 것을 해준 다음 분명히 그녀에게 은혜를 입고 있던 셈인데 나는 그런 데피네 부인을 모욕하지 않고는 거절할 진짜 이유를 내세울 수 없었다. 이런저런 생각을 해본 결과 데피네 부인, 두드토 부인, 나 자신 중 어느 한 사람에게 폐를 끼쳐야 하는 괴롭고도 불가피한 딜레마에 놓이게 되었다. 나는 마지막 사람을 선택했다. 그 사람을 과감하게 완전히, 주저 없이 선택했다. 나를 그런 궁지에 몰아넣은 잘못들을 확실히 씻어줄 만한 자기희생 정신을 품고서 말이다. 내 적들은 그 희생을 이용할 줄 알았고 기다렸을 수도 있다. 그 희생 때문에 내 명성은 실추되었고 그들의 관심이 더해져서 나는 대중들의 존경심을 잃고 말았다. 하지만 그 희생은 나의 자존심을 회복시켜주었고 불행 속에서도 나를 위로해주었다. 알게 되겠지만 내가 그와 같은 희생을 한 것이 이번이 마지막은 아니며 사람들이 나를 괴롭히려고 그 희생을 이용한 것도 이번이 마지막은 아니었다.

그림은 이 일에서 어떤 역할도 하지 않은 듯싶은 유일한 인물이었다. 그래서 그에게 이야기를 하기로 결심했다. 그에게 장문의 편지를 써서 이번 제네바 여행을 내 의무로 만들려 하는 것은 어리석은 일이라는 점과 내가 여행에서 데피네 부인에게 도움이 되지 않고 오히려 폐만 끼칠 것이라는 점, 그리고 이 여행을 함으로써 나 자신에게도 곤란한 일이 생길 것이라는 점 등을 말했다. 그리고 이 편지에서 내가 알고 있는 사실과 사람들이 이 여행을 함께해야 하는 사람이 나라고 주장하면서도 그림은 여행을 하지 않아도 되고 그에 대해서는 언급하지 않는 것이 이상해 보인다는 사실을 그에게 넌지시 드러내고 싶은 유혹을 떨쳐버리지 못했다. 그렇지만 이 편지에 내가 알고 있는 이유를 확실하게 말할 수 없어 쓸데없는 소리를 늘어놓을 수밖에 없었다. 그래서 사람들은 이 편지를 읽고 내게 잘못이 많아 보인다고 생각했을 것이다. 하지만 이 편지는 그림과 같은 사람들에게는 신중함과 자제심의 귀감이었다. 그들은 내가 편지에서 침묵했던, 내 행동의 정당함을 전적으로 증명하는 상황을 알고 있었으니 말이다. 나는 나에 대한 편견이 늘어나는 것조차 두렵지 않았다. 나는 디드로의 생각을 다른 친구들의 의견인 것으로 돌리고, 사실이 그렇듯이 두드토 부인도 같은 생각이었다는 사실을 넌지시 말하기 위해 그녀가 내가 내세운 이유를 듣고 의견을 바꾸었다는 사실은 말하지 않았다. 나로서는 그녀가 나와 공모했다는 혐의에서 벗어나도록 그 일에 관해 그녀에게 불만이 있는 것처럼 보이는 것이 최선이었다.

그 편지는 누구라도 감동을 받을 신뢰의 행위로 끝이 난다. 왜냐하면 나는 그림에게 내가 내세운 이유들을 검토해줄 것과 그러고 나서 그의 의견을 내게 알려줄 것을 청했으며, 그 의견이 어떤 것이라도 따르겠다는 점을 그에게 알렸기 때문이다. 심지어 그가 나에게 떠나라는 의견을 제시했더라도 나는 그대로 따를 작정이었다. 왜냐하면 데피네 씨가 이 여행에서 아내의 안내자가 되었으니 내 역할은 아주 다른 양상을 띠었기 때문이다. 반면에 그 일을 애초에 맡기려 했던 사람은 바로 나였고 내가 거절을 하고 나서야 그 역할이 문제가 된 것이다.

그림의 답장은 늦어졌다. 답장의 내용은 특이했다. 그 답장을 여기에 옮겨 적는다. 내용은 다음과 같다(편지묶음 A 59호).

데피네 부인의 출발은 연기되었습니다. 부인의 아들이 병이 들어 그가 회복될 때까지 기다려야 합니다. 당신의 편지는 재고하도록 하겠습니다. 당신은 그냥 레르미타주에 편안히 계시기 바랍니다. 당신에게 늦지 않게 제 의견을 전해드리겠습니다. 부인은 확실히 며칠 안으로는 떠날 수 없으니 전혀 서두르시지 않아도 됩니다. 그동안 당신의 생각이 적절하다고 판단되면 부인에게 제안할 수 있을 것입니다. 비록 나와는 여전히 상관없는 일처럼 보이기는 하지만 말입니다. 왜냐하면 당신만큼이나 당신의 입장을 잘 알고 있는 나로서는 부인께서 당신의 제안에 자신이 마땅히 해야 할 대답을 할 것임을 조금도 의심하지 않기 때문입니다. 또한 제 생각에 이 일에서 얻을 수 있는 것이라고는 당신이 자신을 다그치는 사람들에게 이렇게 말할 수 있는 것뿐입니다. 내가 여행을 함께하지 않는 것은 내가 자발적으로 나서지 않아서가 아니라고 말입니다. 게다가 어떤 이유로 당신은 그 철학자가 반드시 모든 사람들을 대변하기를 원하고 당신이 떠나는 것이 그의 의견이라고 해서 당신 친구들 모두가 같은 의견을 주장한다고 생각하는지요. 만일 당신이 데피네 부인에게 편지를 쓰면 당신은 부인의 답장을 모든 친구들에 대한 반론으로 쓸 수 있을 것입니다. 그들에게 반박하는 것이야말로 당신이 그렇게도 마음에 담아둔 일이니까요. 안녕히 계십시오. 르 바쇠르 부인과 형사*에게도 안부 전해주시기 바랍니다.

---

* 르 바쇠르 씨는 자기 아내에게 다소 심한 대접을 받았는데, 아내를 '형사 재판관'으로 불렀다. 그림 씨는 농담 삼아 그 딸에게도 같은 별명을 붙여주었다. 그는 그 이름을 줄여서 '재판관'이라는 단어를 생략해 부르기를 좋아했다.

나는 이 편지를 읽고 깜짝 놀라서 그 뜻이 무엇인지 조마조마해하며 찾아보았지만 아무것도 파악하지 못했다. 무어라? 그자가 나의 편지에 솔직하게 답장을 보내기는커녕 숙고하기 위해서는 시간이 걸린다는 것이다. 자신이 이미 들인 시간으로는 충분하지 않다는 듯이 말이다. 그는 나를 정지 상태로 붙들어두겠다는 통보까지 해왔다. 해결해야 할 중대한 문제가 있고 혹은 자신의 감정을 스스로 밝힐 때까지는 그것을 들여다보는 모든 수단을 내게서 치워버리는 것이 자신의 계획에서 중요하다는 듯이 말이다. 그렇다면 그런 조심성과 시간의 지연, 비밀 등은 무슨 의미인가? 그런 태도가 과연 믿음에 부응하는 것이란 말인가? 그런 태도는 공정함과 선의에서 비롯된 것인가? 나는 그런 처신을 두고 호의적으로 해석해보려고 했지만 별반 소용이 없었다. 그런 점은 눈을 씻고 보아도 찾을 수 없었다. 그는 자신의 계획이 무엇이든 설령 그것이 나에게 불리한 것이더라도 자기 입장에서는 그것을 쉽게 실행했다. 반면에 나의 입장에서는 그 계획을 막는 것이 불가능했다. 그는 대공의 저택에서 신임을 받고 있었으며 사교계에서도 발이 넓고 우리 공통의 모임에서도 절대적 권위자로서 모범이 되었던 까닭에, 평소 술수만으로도 어떤 음모이든 마음대로 꾸밀 수 있었다. 나로서는 혼자 레르미타주에 있으면서 모든 것과 떨어져 있었고 누구의 의견도 듣지 못했으며 어떤 소통도 불가능한 상태로 편안히 기다리며 지켜보는 수밖에 다른 해결책이 없었다. 단지 데피네 부인에게 부인 아들의 병세에 관해 최대한 정중한 편지를 썼을 뿐이다. 하지만 그 편지를 쓰면서 그녀와 함께 떠나겠다는 제안을 하는 함정에 빠져들지는 않았다.

　그 비인간적인 자로 인해 나는 극심한 불안 속에서 한없이 긴 시간을 기다리다가 일주일, 열흘이 지나서야 데피네 부인이 떠났다는 사실을 알았다. 그리고 그에게서 두 번째 편지를 받았다. 그 편지는 고작 일고여덟 줄이었는데, 나는 편지를 끝까지 읽지도 않았다……. 그 편지는 절교를 뜻했는데, 가장 사악한 증오심에서 일어날 수 있으며, 모욕을 주려 한 나머지 터무니없는 것이 되고 만 표현들로 이루어져 있었다. 그는 내게 자기 나라 입국을 금지한다는 듯이 자신과의 대면을 금지시켰다. 그의 편지는 좀 더 냉정하게 읽기만 해도 비웃음이 나올 만했다. 나는 그의 편지를 옮겨 적지 않고 끝까지 읽지도 않은 채 아래의 답장과 함께 당장 그에게 돌려보냈다.

나는 당신에 대한 정당한 불신마저 허용하지 않았습니다만, 당신을 너무 늦게 알아버렸습니다.
그러니까 이 편지가 당신이 생각할 여유를 두고 쓴 것이군요. 당신에게 편지를 돌려보냅니다. 이 편지는 내 것이 아닙니다. 당신이 내 편지를 온 세상에 드러내놓고 나를 대놓고 증오해도 좋습니다. 그렇게 하는 것이 차라리 당신으로서는 덜 위선적일 테니까요.

내가 그에게 나의 이전 편지를 공개해도 좋다고 말한 것은 그의 편지의 한 구절과 관련이 있다. 그 구절을 통해 그가 이 사건 전체에 쓴 교묘한 술책을 판단할 수 있을 것이다.
상황을 모르는 사람들에게는 내 편지가 나에 대한 수많은 논쟁거리를 만들어낼 것이라고 말한 적이 있다. 그림도 이 사실을 알고 즐거워했다. 하지만 자신이 연루되지 않았다면 어떻게 그런 유리한 조건을 이용한다는 말인가? 그가 이 편지를 공개한다면 그도 친구의 믿음을 남용했다는 비난에 직면할 것이다.
그가 그런 난처한 처지에서 벗어나기 위해 생각해낸 방식은 나와의 관계를 가능한 한 가장 신랄한 방식으로 끊고, 내게 호의를 베풀어 내 편지를 공개하지 않겠다는 편지를 보내면서 그 호의를 생색내는 것이었다. 그는 내가 화가 나서 격분한 가운데 그의 위선적인 신중함을 용납하지 못하고 모든 사람들에게 편지를 공개하도록 그에게 허락할 것임을 분명히 확신했다. 그것이 바로 그가 원했던 바이고 모든 일은 그가 꾸민 대로 되었다. 그는 내 편지를 자기 식대로 주석을 달아 파리 시내 전체에 뿌렸다. 하지만 그가 저지른 일은 그가 예상한 만큼의 전적인 성공은 거두지 못했다. 그는 내 편지를 공개해도 좋다는 허락을 나에게 강요할 수는 있었지만, 허락했다고 해서 그 말을 너무나 가볍게 해석하여 나를 해치려 한다는 비난으로부터 자유로울 수는 없었다. 내가 그토록 격렬한 증오를 살 정도로 그에게 개인적인 잘못을 저질렀는지 내게 줄곧 물어오는 사람도 있었다. 결국 사람들은 그가 관계를 끊을 정도로 내가 잘못을 저질렀다 해도, 아무리 우정이 깨졌다고 해도 그가 우정에 따른 도리를 존중하는 것이 마땅했다고 생각했다. 하지만 불행히도 파리는 경박한 도시여서 그런 일시적인 지적은 잊혀버리고 그 자리에 없는 불행한 사람은 무시당하고 만다. 부족할 것이 없는 사람은 그 자리에 있는 것만으로도 호의를 얻는다. 간계와 악의의 영향력은 지속되고 되풀이된다. 그래서 끊임없이 되살아나는 그 효과는 곧 앞에 있던 모든 것을 사라지게 만든다. 이런 식으로, 그토록 오래 나를 속였던 그 작자가 마침내 나에 대한 자신의 가면을 벗어버린 것이다. 그자는 자신이 이런 상황까지 일을 주도했으니 가면이 필요 없어졌다고 확신한 것이다. 그 비열한 자를 부당하게 대한 건 아닌지 걱정했던 나는 그를 자기 양심에 맡겨두고 그에 대해서는 더 이상 생각하지 않기로 했다. 그 편지를 받고 일주일 뒤에 데피네 부인으로부터 앞서의 내 편지에 대한 답장(편지묶음 B 10호)을 받았다. 답장은 제네바에서 온 것이었다. 나는 그녀가 편지에서 난생처음으로 쓴 표현을 읽고, 두 사람이 자신들의 계책이 성공하리라는 기대를 걸고 공모했고, 나를 어쩔 수 없는 볼 장 다 본 사람으로 생각하고 이제부터는 위험부담 없이 나를 철저히 괴롭히는 즐거움에 빠졌음을 알게 되었다.

사실 내 처지는 누구보다도 비참했다. 어떻게 그럴 수 있는지 왜 그런

지 알 수 없지만 내 친구들 모두가 내게서 멀어지는 것을 보았다. 내게 남을 것이고 혼자라도 남겠다고 자신만만하던 디드로마저 석 달 전부터 찾아오겠다고 약속하고는 전혀 오지 않았다. 겨울이 시작되는 것이 몸으로 느껴졌고 겨울이 오자 내 지병도 재발했다. 나는 건강한 체질이었지만 수없이 많은 상반된 정념들과의 싸움을 견뎌내지 못했다. 쇠약한 가운데 힘도 용기도 남아 있지 않아서 아무것에도 저항하지 못했다. 이전에 내가 약속을 한 적도 있고 디드로와 두드토 부인의 계속되는 불평을 핑계 삼아 그때 레르미타주를 떠날 수 있었지만 어디로 가야 할지 어떻게 나를 이끌고 갈지 알 수 없었다. 나는 꼼짝하지 못하고 멍하니 그대로 있었다. 움직일 수도 생각할 수도 없는 채로 말이다. 한 걸음 뗄 생각만 해도 편지 한 통을 쓰려 해도 한마디 말을 하려 해도 소스라치게 몸이 떨렸다. 그렇지만 데피네 부인의 편지에 아무런 대꾸도 하지 않은 채 그대로 있을 수만은 없었다. 그녀와 그녀의 친구가 나를 못살게 군 처사가 그럴 만도 하다는 것을 스스로 인정하지 않는 한 말이다. 나는 그녀에게 내 감정과 결심을 알리기로 마음먹었다. 당시에는 그녀가 지닌 단점에도 불구하고 그녀에게서 보았다고 믿은 인간성과 관대함, 품위로써 그녀가 서둘러 내 생각에 동의하리라고 한순간도 의심하지 않았다.

1757년 11월 23일, 레르미타주에서

사람이 고통으로도 죽을 수 있다면 저는 이미 살아 있지 못할 것입니다. 마침내 마음을 정했습니다. 부인, 우정은 우리 사이에서 끝이 났습니다. 하지만 더 이상 존재하지 않는 우정에도 아직 도리가 있는 법이고 저는 그것을 존중할 줄 압니다. 저에 대한 부인의 호의를 조금도 잊지 않았습니다. 당신은 나에게서 모든 감사를 기대해도 좋을 것입니다. 그 감사가 더 이상 사랑해서는 안 되는 누군가에게 지닐 수 있는 것이라면 말입니다. 일체의 다른 변명은 소용없을 것입니다. 저는 저를 위해 제 양심을 지킬 것이며 당신의 양심은 당신에게 맡깁니다.

레르미타주를 떠나고 싶습니다. 진즉에 그렇게 해야 했습니다. 하지만 주변에서는 제가 이곳에 봄까지 머무르기를 원합니다. 제 친구들도 그러기를 원하므로 부인께서 승낙하신다면 이곳에서 봄까지 머무르겠습니다.

이 편지를 써서 부친 다음 나는 레르미타주에서 조용히 지내며 건강을 돌보고 기운을 회복한 뒤 봄이 되면 떠들썩하게 결별을 떠들고 다니는 일 없이 조용히 이곳을 떠날 대책을 세우는 것 외에는 더 이상 아무 생각도 하지 않았다. 하지만 그림 씨와 데피네 부인의 셈법은 얼마 후에 드러나게 되듯이 그와 달랐다.

며칠 뒤 마침내 디드로의 방문을 기쁜 마음으로 받았다. 그렇게 자주 약속했으면서도 어기기만 했던 방문이었다. 더없이 적절한 때에 이루어진 방문이었다. 그는 나의 가장 오래된 친구였고 내게 남아 있던 거의 유일한 친구였다. 내가 이런 상황에서 그를 만난 기쁨은 미루어 짐작할 수 있을 것이다. 나는 기쁨으로 가슴이 벅차서 그에게 내 심중을 털어놓았다. 주변에서 그에게 말해주지 않은 것과 숨긴 것 혹은 조작한 수많은 사실들을 그에게 분명히 밝혔다. 과거에 있었던 모든 일과 그에게 말해도 좋은 모든 일도 알려주었다. 나는 그가 아주 잘 아는 사실, 즉 당치않을 뿐 아니라 불행하기도 한 사랑이 나의 파멸의 도구였다는 사실을 그에게 조금도 감추고 싶지 않았다. 하지만 두드토 부인이 그런 사실을 알고 있다거나 적어도 내가 그 사실을 그녀에게 고백했다는 것은 결코 인정하지 않았다. 나는 그에게 데피네 부인이 비열한 술책을 써서 자기 시누이가 내게 쓴 아주 순수한 편지들을 빼내려고 했던 일에 대해 말했다. 나는 그가 그런 세세한 이야기들을 데피네 부인이 매수하려고 했던 바로 그 사람들의 입을 통해 알게 되기를 바랐다. 테레즈는 그 일을 그에게 정확하게 이야기해주었다. 하지만 그 어미의 차례가 되어 그녀가 그 일에 대해서 자신은 아무것도 아는 바가 없다고 잘라 말하는 것을 들었을 때 내 입장이 어떠했겠는가? 이것이 그 노인네가 했던 말 그대로이며 그녀는 그 말을 물리지 않았다. 불과 나흘 전에 그녀는 나에게 그 말을 되풀이해놓고는 내 친구 앞에서 대놓고 내 말이 거짓이라고 반박한 것이다. 그런 악의적인 말이 내게 결정적인 역할을 한 듯싶다. 이때 이런 여자를 그토록 오랫동안 곁에 두고 돌보았던 나의 경솔함을 뼈저리게 느꼈다. 그녀에게 차마 욕설을 퍼붓지는 못했다. 모욕을 주는 몇 마디 말만 간신히 했을 따름이다. 나는 그 딸에게 신세 진 일을 생각했는데, 그녀의 올곧은 성품은 그 어미의 형편없는 비열함과 대비되었다. 하지만 그때 이후 그 노인네를 어떻게 대할지 내 결심은 정해졌고, 나는 그 결심을 실천할 순간만을 기다렸다.

그 순간은 내가 생각했던 것보다 더 빨리 왔다. 12월 10일, 나는 데피네 부인에게서 나의 이전 편지에 대한 답장을 받았다. 그 내용은 다음과 같다.

1757년 12월 1일, 제네바에서(편지묶음 B 11호)
여러 해 동안 할 수 있는 한 모든 우정과 관심의 표시를 당신에게 베푼 다음 이제 제게 남은 일이라고는 당신을 동정하는 것밖에는 없습니다. 당신은 참으로 불행한 분이로군요. 당신의 양심이 저의 양심과 마찬가지로 확고하기를 바랍니다. 그것이 당신 삶의 안식에 필요할 것입니다.

당신이 레르미타주를 떠나고 싶어 하고 또 그렇게 해야만 하는데도 친구들이 만류했다니 그저 놀라울 따름입니다. 저로서는 제 의무에 대해 친구들과 전혀 상의하지 않으니 당신의 의무에 관해서도 더 이상 드릴 말씀이 없네요.

전혀 예상하지 못했지만 그녀가 그렇게 확실히 임대계약의 해지를 요구하니 한순간도 망설일 수 없었다. 당장 집을 나와야만 했다. 날씨가 어떻든, 내 처지가 어떠하든, 숲 속이나 그 무렵 바닥을 뒤덮은 눈 위에서 자는 한이 있든, 두드토 부인이 무슨 말이나 행동을 하든 말이다. 나는 그녀의 마음에 들고 싶었지만 치욕까지 받아들일 수는 없었다.

나는 지금껏 살아오면서 겪은 일 가운데 가장 견디기 힘든 난처한 지경에 빠지게 되었다. 하지만 내 결심은 확고했다. 무슨 일이 있어도 레르미타주에서 일주일 후에는 잠을 자지 않기로 맹세하고 세간을 꺼낼 준비를 했다. 열쇠를 일주일 후에 돌려주지 못할 바에야 차라리 그것들을 벌판 한가운데 버려두기로 결심한 것이다. 왜냐하면 무엇보다도 제네바에 편지를 보내고 답장을 받기 전에 모든 일을 끝내버리려 했기 때문이다. 지금까지 내가 결코 느껴본 적이 없던 용기가 났다. 나는 모든 힘을 회복했다. 체면과 분노 때문에 데피네 부인이 내게서 예상하지 못한 모든 힘을 되찾은 것이다. 행운이 내게 용기를 가져다주었다. 콩데Condé 대공의 법정 대리인인 마타Mathas 씨가 내가 곤란한 처지에 있다는 이야기를 전해 들은 것이다. 그는 나에게 몽모랑시의 몽루이에 있는 자기 정원에 딸린 작은 집을 제공하겠다고 제안했다. 나는 흔쾌히 감사하게 받아들였다. 계약이 곧 이루어졌다. 나는 테레즈와 함께 살기 위해 이미 구입했던 가구들 외에 몇 가지를 더 서둘러 구입하게 했다. 세간을 짐수레로 운반하는 일은 무척 고생스러웠고 돈도 많이 들었다. 빙판과 눈에도 불구하고 나는 이틀 후에 이사를 했다. 그리하여 12월 15일에 집세는 치를 수 없었지만 일단 정원사의 급료를 지불하고 레르미타주의 열쇠를 돌려주었다.

르 바쇠르 부인에게는 우리가 서로 헤어져야 한다고 분명하게 말했다. 딸이 내 마음을 돌리려 했지만 나는 흔들리지 않았다. 나는 노파를 우편 마차에 태워 파리로 떠나보냈다. 그녀와 딸이 공동으로 소유했던 살림살이와 가구들도 모두 딸려 보냈다. 그녀에게 얼마간의 돈도 주었다. 그녀에게 약속하기를, 그녀가 자식들 집에 살든 다른 곳에 살든 집세를 지불할 것이고 생계도 내가 할 수 있는 데까지는 마련해줄 것이며 내가 빵을 먹을 수 있는 한 그녀도 결코 빵이 부족하지 않도록 해주겠다고 말했다.

마침내 몽루이에 도착하고 사흘째 되던 날 나는 데피네 부인에게 다음과 같은 편지를 썼다.

　1757년 12월 17일, 몽모랑시에서
　부인께서 제가 부인 집에 머무는 것을 동의하시지 않으니 부인 집을 떠나드리는 것처럼 그렇게 간단하고 필요한 일도 없습니다. 남은 겨울 기간 동안 내가 레르미타주에서 지내는 것을 부인께서 거절하시니, 저는 12월 15일에 그곳을 떠났습니다. 저의 운명은 본의 아니게 그곳에 들어와서 본의 아니게 그곳을 나오는 것이었습니다. 저를 그곳에 머물도록 권해주신 데 대해 감사의 말씀을 드립니다. 제가 집세를 더 싸게 지불했다면 부인께 더 감사했을 텐데 말입니다. 더구나 부인께서 내가 불행하다고 생각하시는 것은 옳은 판단입니다. 제가 얼마나 불행하게 될지 세상 누구도 부인보다 더 잘 알지 못합니다. 만일 친구들을 잘못 선택하는 것이 불행이라고 한다면 그토록 기분 좋은 잘못을 깨닫는 것도 그에 못지않게 잔인한 불행일 것입니다.

이상과 같이 내가 레르미타주에 머물다가 그곳을 나오게 된 이유를 자세히 이야기했다. 나는 이 이야기를 그만둘 수 없었다. 이 이야기를 가장 정확하게 따라가는 것이 중요했다. 내 삶에서 이 시기는 이후에도 영향을 미쳤고, 그 영향은 내가 죽을 때까지도 계속될 것이기 때문이다.

——

제10권
1758~1759

JEAN-JACQUES ROUSSEAU

일시적인 흥분으로 놀라운 힘을 얻은 나는 레르미타주를 떠났으나 그곳을 벗어나자마자 곧 힘을 잃고 말았다. 새로운 거주지에 자리를 잡기도 전에 강하고 빈번한 요폐증의 발작이 탈장에서 생겨난 새로운 불편함과 겹쳐 한층 극심해졌다. 나는 그 불편함이 탈장이라는 것도 모른 채 얼마 전부터 고통을 받고 있었다. 곧 가장 끔찍한 증상이 발병했다. 내 오랜 친구인 의사 티에리가 나를 보러 와서 내 오래된 상태에 대해 설명해 주었다. 나는 주위에 노환에 쓰이는 소식자, 부지, 탈장대 등의 온갖 기구들이 즐비한 것을 보고 육체가 젊지 않은데 마음이 별 탈 없이 젊을 수만은 없다는 것을 절실하게 느꼈다. 좋은 계절이 와도 나는 체력을 회복하지 못했다. 그리하여 1758년 한 해를 쇠약한 상태로 보냈고, 그런 무기력 속에서 나 자신이 삶의 끝자락에 이르렀다고 생각하게 되었다. 이를테면 초탈한 마음으로 마지막이 가까워오는 것을 바라보았다. 우정의 망상에서 벗어나서 나로 하여금 삶을 사랑하게 만든 모든 것으로부터 떨어져

나오니 삶을 유쾌하게 만드는 것이라고는 더 이상 아무것도 보이지 않았다. 이제 내게 보이는 것은 나 자신을 향유하는 것을 방해하는 질병과 고통밖에는 없었다. 나는 내 적들로부터 자유로워지고 그들을 피할 수 있는 순간을 갈망했다. 하지만 사건의 흐름을 다시 따라가 보기로 하자.

내가 몽모랑시로 물러나자 데피네 부인은 당황한 듯싶었다. 십중팔구 그녀는 그런 일을 예상하지 못했을 것이다. 그림과 부인은 나의 서글픈 처지와 혹독한 계절, 내가 대체로 버림받는 처지에 놓였다는 사실 등 모든 것을 감안할 때 자신들이 나를 마지막까지 궁지에 몰아넣음으로써, 내가 명예를 생각한다면 나와야 할 안식처에 남기 위해 자비를 구걸하게 만들고 가장 비천한 처지에 빠져들게 할 수 있을 것이라고 생각했다. 내가 그렇게 급작스럽게 집을 나와버렸으니 그들은 그런 급작스러운 행동을 막을 시간조차 없었다. 그들에게는 마지막 승부를 걸어 끝끝내 나를 파멸시키거나 다시 데려오려고 애쓰는 일밖에는 선택의 여지가 없었다. 그림은 첫 번째 해결책을 선택했다. 하지만 내 생각에 데피네 부인은 다른 선택을 선호한 것 같았다. 나는 그런 사실을 내 마지막 편지에 대한 그녀의 답장을 통해 판단할 수 있었다. 그녀는 그 답장에서 자신이 이전 편지에서 썼던 어조를 많이 누그러뜨렸고 화해의 문을 열어주는 듯했다. 그녀가 답장을 하는 데 나를 한 달 내내 기다리게 할 정도로 상당히 늦은 것을 보면 적절한 표현을 찾는 데 꽤나 고심하고, 답장을 쓰기 전에 심사숙고했음을 알 수 있다. 그녀는 자신의 위신을 떨어뜨리지 않고는 글을 더 써나갈 수 없었다. 하지만 그녀가 앞서 편지들을 보내고 내가 갑작스럽게 집에서 나온 이후에 이 답장 속에 단 한 마디의 불쾌한 말도 끼어들지 않도록 고심했다는 사실에 그저 놀랄 수밖에 없다. 내가 답장 전체를 옮겨 적으니 판단해보기 바란다.

1758년 1월 17일, 제네바에서(편지묶음 B 23호)

당신이 12월 17일에 보낸 편지를 어제야 받았습니다. 그 편지는 여러 잡다한 것들이 가득 차 있는 상자에 넣어져 배달되었는데 그 상자가 그동안 계속 배송 중이었던 것입니다. 추신에 대해서만 답변을 드리겠습니다. 편지의 내용은 잘 이해하지 못했기 때문입니다. 만일 우리가 서로 해명할 수 있는 상황이 된다면, 저는 지나간 모든 일을 정말 오해로 돌리고 싶습니다. 추신에 대해 다시 말씀드리겠습니다. 당신도 기억하시겠지만 우리는 레르미타주 정원사의 급료를 당신의 손을 거쳐 지불하기로 합의를 보았습니다. 이는 정원사로 하여금 자신이 당신에게 고용되어 있다는 점을 잘 느끼게 하려는 의도였고, 그의 전임자가 저질렀던 어리석고 무례한 언쟁을 당신이 다시 겪지 않게 하려는 것이었습니다. 그 증거를 대자면 그의 처음 3개월치 급료를 당신에게 돌려준 일과 제가 출발하기 며칠 전에 당신이 낸 선금을 돌려주겠다고 당신과 합의를 본 일을 들 수 있습니다. 제가 알기로 당신은 처음에 그 선금에 대해 반대했습니다. 하지만 그 선금은 제가 당신에게 미리 쓰라고 청했던 것입니다. 제가 당신에게 돈을 갚는 것은 자연스러운 일이며 우리는 그것에 대해 합의를 했습니다. 카우에Cahouet가 제게 말하기를 당신은 그 돈을 전혀 받으려 하지 않았다더군요. 확실히 거기에는 오해가 있었던 것 같습니다. 당신에게 돈을 다시 돌려주도록 제가 일러두겠습니다. 왜 당신은 제 정원사에게 돈을 지불하려 하고, 우리의 합의에도 불구하고 더구나 당신이 레르미타주에서 거주한 기간 이상으로 지불하려는 것인가요. 그러니 제가 삼가 당신에게 드리는 모든 말씀을 잊지 마시고, 당신이 저를 위해 흔쾌히 지불한 선금을 거절하지 않고 받아주시기 바랍니다.

이 모든 일이 있고 난 뒤로는 데피네 부인을 더 이상 신뢰할 수 없었으므로 그녀와 다시 관계를 시작하고 싶은 마음이 싹 사라졌다. 나는 편지에 아예 답장을 하지 않았고 우리의 편지 교환도 거기서 끝이 났다. 그녀는 내 결심이 섰음을 알고 자신도 결심을 했으며 그림과 돌바크 무리의 온갖 목적에 가담하여 나를 완전히 파멸시키려는 그들의 노력에 힘을 보탰다. 그들이 파리에서 술책을 부리는 동안 그녀는 제네바에서 활동을 했다. 그림은 그 후에 제네바로 그녀를 만나러 가서 그녀가 시작한 일을 끝마쳤다. 그들이 별 고생 하지 않고 매수한 트롱솅은 그들을 힘껏 도왔고 내 박해자들 가운데 가장 지독한 박해자가 되었다. 그도 그림과 마찬가지로 나에 대해 원망을 품을 이유가 조금도 없었는데 말이다. 세 사람은 서로 합심하여 제네바에 은밀하게 씨앗을 뿌렸고, 그 씨앗은 4년 뒤에 꽃을 피웠다.

  그들은 파리에서는 더 고생을 했는데, 그곳에서는 내가 더 알려져 있었고 그곳 사람들은 타인을 증오하는 성향이 덜해서 그 영향을 그리 쉽게 받지 않았기 때문이다. 그들은 더욱 교묘하게 치명타를 가하기 위해 자신들을 떠난 사람은 바로 나라는 말부터 퍼뜨리기 시작했다. 들레르의 편지를 보기 바란다(편지묶음 B 30호). 그때부터 그들은 항상 내 친구인 척하며 자기 친구의 부당한 행위를 애석해하는 것처럼 보이도록 악의적인 비방을 교묘하게 하고 다녔다. 그래서 사람들은 그런 일에 경계심을 풀게 되고 그 말에 더 귀를 기울였으며 나를 더욱 비난하게 되었다. 불성실하고 배은망덕하다는 은밀한 비난은 더욱 조심스럽게 전해졌고, 그래서 더 효과가 있었다. 나는 그들이 견딜 수 없을 만큼 악랄한 짓을 내 탓으로 돌린 사실을 알았지만 그들이 무엇을 근거로 그런 일을 벌였는지는 전혀 알 수 없었다. 내가 여론을 통해 추리해낼 수 있었던 것은, 그 여론이 결국은 네 가지 주요 잘못으로 귀착된다는 것이 전부였다. 즉 내가 저지른 잘못은, 첫째 시골에 가서 은둔한 것, 둘째 두드토 부인을 사랑한 것, 셋째 데피네 부인의 제네바행 동반을 거절한 것, 넷째 레르미타주를 나온 것 등이었다. 그들이 그것 말고도 다른 이유를 덧붙였지만 아주 적절한 조치를 그들 나름대로 취했기 때문에 나로서는 그 이유가 무엇인지 전혀 알 수 없었다.

그래서 그 후로 나를 마음대로 주무르려는 사람들이 채택한 어떤 체제가 확고부동하게 확립된 것은 바로 이때일 것이라고 생각했다. 그 체제는 너무나 빠른 속도로 발전하고 성공하여, 인간의 악의를 부추기는 모든 것이 얼마나 쉽게 자리 잡는지 모르는 사람들에게는 놀라운 일이었을 것이다. 그 어둡고 알 수 없는 체제에서 내게 보이는 것만이라도 대략 설명하려고 애써야만 한다.

내 이름은 이미 전 유럽에 널리 알려져 있었지만 나는 타고난 소박한 취향을 잃지 않고 있었다. 파벌이니, 분파니, 도당이니 하는 모든 것들에 대한 견디기 힘든 반감 때문에 내 마음의 애착 말고는 다른 속박 없이 자유롭고 독립적으로 지내왔다. 나는 홀로, 이방인으로, 고립되어, 의지할 곳 없이, 가족도 없이 오직 내 원칙과 의무에만 관심을 갖고 옳은 길을 한결같이 걸어왔다. 정의와 진리를 희생시키고 아첨을 하거나 비위를 맞추려고 노력하지 않은 채 말이다. 게다가 2년 전부터는 고독 속에 은둔하여 소식도 주고받지 않고 세상사와 관계를 끊고 어떤 것도 알고 싶어 하지 않고 호기심도 갖지 않은 채, 파리에서 40리나 떨어진 곳에서 살고 있었다. 내 무관심 때문에 수도에서 떨어져 사는 것이 마치 티니앙 섬[90]에서 바다를 사이에 두고 있는 것만큼이나 단절되어 있는 듯싶었다.

그림, 디드로, 돌바크는 나와는 반대로 소용돌이의 한복판에 머물며 최상류사회에 빈번하게 출입하면서 살고 있었다. 그들은 거의 자기들끼리 사교계의 모든 영역을 나누어 가졌다. 그들은 합심하여 귀족들, 재능 있는 사람들, 문인들, 법관들, 여자들 모두 다를 자기들 말에 귀 기울이게 할 수 있었다. 이 같은 위치가 똘똘 뭉친 세 사람에게는 내가 처해 있는 제사자의 입장에 비해 유리하다는 것을 여러분은 이미 알았을 것이다. 사실 디드로와 돌바크는 아주 흉악한 음모를 꾸밀 만한 사람이 아니었다(적어도 나는 그렇게 믿고 있다). 한 사람은 그 정도의 악의가 없었고 다른 한 사람은 그 정도의 능력이 없었다. 하지만 바로 그 점에서 상대편은 더 잘 뭉쳤다. 그림 혼자만이 머릿속으로 자기 계획을 구상했고 다른 두 사람에게는 그들이 협력해서 실행하는 데 알아둘 필요가 있는 것만을 가르쳐주었다. 그는 그들에게 영향력을 지니고 있어서 협력은 더욱 쉬웠고, 모든 것의 결과는 그의 뛰어난 재능을 보여주는 것이었다.

그는 바로 그 뛰어난 재능을 발휘하여 우리 각자의 위치에서 자신이 끌어낼 수 있는 유리한 점을 직감하고 내 명성을 철두철미하게 뒤집어엎어 자신은 위험에 빠지는 일 없이 나에게 완전히 상반된 평가를 받게 하려는 계획을 세웠다. 그는 내 주위에 어둠의 구조물을 세우는 일부터 시작했는데, 내가 그의 술책을 밝혀내고 그의 정체를 폭로하기 위해 그것을 꿰뚫어보는 것은 불가능했다.

그런 시도는 그 일에 협력해야 하는 사람들이 보는 데서 부정함을 얼버무려야만 했기 때문에 쉽지 않았다. 정직한 사람들을 속여야만 했다. 나와 모든 사람들 사이를 떼어놓아야만 했으며 내게 단 한 사람의 친구도 남겨놓아서는 안 되었다. 대수롭지 않은 사람이든 대단한 사람이든 말이다. 그게 아니라, 단 한 마디의 진실도 내 귀에까지 들리도록 해서는 안 되었다. 만일 단 한 명의 관대한 사람이라도 내게 와서 이런 말을 했다면 진실은 승리하고 그림은 패배했을 것이다. "당신은 고결한 체합니다. 그렇지만 당신이 어떻게 대접받고 어떤 근거로 평가받는지 보십시오. 하실 말씀이라도 있으십니까?" 그도 그런 사실을 알고 있었지만 자기 마음을 기준으로 헤아려본 다음에 사람들을 각자가 지닌 가치 정도로만 평가했다. 나는 인류의 명예를 생각하면 그의 예측이 너무나 정확했다는 사실이 슬펐다.

그는 그런 은밀한 일을 진행하고 있었으므로 조심하기 위해 발걸음을 더디게 옮겼을 것이다. 12년 전부터 그는 자신의 계획을 추진했는데 가장 어려운 부분을 진행해야만 했다. 그것은 사람들 모두를 속이는 일이었다. 세상에는 보는 눈이 있어서 그가 생각한 것보다 더 가까이에서 그를 지켜보았다. 그는 그런 사실을 두려워하고 있었으므로 아직도 감히 자신의 음모를 백일하에 드러내지 못했다.* 하지만 그는 그 음모에 권력을 끌어들이는 그리 어렵지 않은 방법을 찾아냈고 그 권력은 나를 마음대로 다루었다. 그는 이런 도움에 힘을 얻어 위험을 좀 덜 무릅쓰고 일을 진행했다. 권력의 추종자들은 일반적으로 공정함을 별로 자랑하지 않으며 정직함에 대해서도 자부심을 훨씬 덜 느끼는 법이기 때문에, 그 역시도 어떤 선량한 사람이 경솔한 짓이라도 저지르지 않을까 염려할 필요가 별로 없었다. 왜냐하면 그가 특히 필요로 하는 것은 내가 들여다볼 수 없는 어둠에 둘러싸여 있어서 자신의 음모를 항상 알아채지 못하게 하는 것이었기 때문이다. 제아무리 교묘하게 음모를 꾸며도 그것이 내 눈을 결코 피할 수 없다는 사실을 알고 있었으니 말이다. 그는 대단한 재주를 지니고 있어서 나를 헐뜯으면서도 배려하는 것처럼 보이게 했고 자신의 배신 행위를 관대한 태도인 것처럼 꾸미기도 했다.

나는 그 조직이 거둔 첫 번째 성과를 돌바크 일당이 암암리에 행한 비방을 통해 알았다. 그 비방이 어떻게 이루어졌는지 알지도 못하고 억측조차 못했지만 말이다. 들레르는 편지에서 내가 흉악한 짓을 했다는 혐의를 받고 있다고 말했다. 디드로는 같은 일에 대해 더욱 알 듯 모를 듯하게 나에게 이야기했다. 내가 두 사람에게 해명을 요구하자 모든 것은 이전에 언급했던 나의 죄목으로 귀결되었다. 두드토 부인의 편지에서는 그녀의 마음이 점차 식어가는 것을 느꼈다. 그렇지만 그녀의 마음이 식어가는 것을 생랑베르의 탓으로 돌릴 수는 없었다. 그는 변함없는 우정으로 계속 나에게 편지를 썼고 귀향 이후에 나를 보러 오기도 했기 때문이다. 나는 그 잘못을 더 이상 내 책임으로 돌릴 수만도 없었다. 왜냐하면

---

* 그는 이 글을 쓴 다음 단호하게 일을 감행하여 가장 완벽하고 가장 상상하기 어려운 성공을 거두었다. 나는 그에게 그런 용기와 수단을 준 자가 트롱솅이라고 생각한다.

우리는 서로에게 아주 만족스러워하며 헤어졌고 그 이후 레르미타주를 떠난 것 말고는 내게 아무 일도 없었기 때문이다. 레르미타주를 떠나는 일이라면 그녀 자신도 필요성을 느끼고 있었다. 그래서 나는 그 소원함을 누구 탓으로 돌려야 할지 몰라서──그녀는 그런 사실을 인정하지 않았지만 내 마음은 속지 않았다──모든 일이 걱정스러웠다. 나는 그녀가 자신의 올케와 그림을 극도로 조심스럽게 대한다는 것을 알았다. 두 사람과 생랑베르의 관계 때문에 그런 것이다. 나는 그들이 암암리에 벌이는 일이 두려웠다. 이 같은 마음의 동요는 내 상처를 다시 건드렸고 그녀가 진절머리를 낼 정도로 내 편지를 격하게 만들었다. 나는 수없이 벌어지는 끔찍한 일들을 어렴풋이 느끼기는 했지만 어느 것도 분명하게 알지는 못했다. 나는 상상력이 쉽게 불붙는 사람이 처할 수 있는 가장 견디기 어려운 처지에 놓여 있었다. 만일 내가 완전히 고립되어 있었거나 아무것도 몰랐다면 오히려 더 평온해졌을 것이다. 하지만 내 마음은 여전히 애정에 집착했고 내 적들은 그 감정을 이용해 나를 좌지우지했다. 내 안식처까지 뚫고 들어온 희미한 빛은 감춰진 악랄한 의혹을 보여주는 데만 쓸모가 있을 뿐이었다.

나는 너무나 가혹한 그 고통에 조금도 의심할 여지 없이 짓눌리고 말았을 것이다. 그 고통은 자유롭고 솔직한 내 성격으로는 참아낼 수 없는 것이었다. 나는 내 감정을 숨기지 못해서 사람들이 내게 숨기는 감정도 모두 두려워했다. 하지만 천만다행히도 내 마음에 무척 흥미로운 주제들이 떠올라 본의 아니게 골몰해 있던 일들을 잠시 잊고 유익한 기분 전환을 할 수 있었다. 디드로는 레르미타주에서 나를 마지막으로 방문했을 때 나에게 '제네바'라는 항목에 대해 이야기했다. 그 항목은 달랑베르가 《백과전서》에 넣은 것이었다. 그가 나에게 알려주기를, 그 항목은 제네바 상류층과 협의를 한 것으로 제네바에 극장을 만드는 것이 목적이라고 했다. 그래서 대책이 세워졌고 머지않아 완공될 예정이었다. 디드로는 그 모든 일을 상당히 좋게 생각하는 듯싶었고 성공을 의심하지 않았다. 나 또한 그와 다툴 또 다른 논쟁거리가 너무나 많아 그 항목을 두고 또다시 논쟁을 펼 수는 없었던 터라 그에게 아무 말도 하지 않았다. 하지만 내 조국에서 이 모든 유혹의 술책이 펼쳐지는 것에 격분하여 그 항목이 수록된《백과전서》가 출간되기를 애타게 기다렸다. 그 불행한 공격을 막아줄 수 있는 어떤 반박 수단이 없는지 알아보기 위해서 말이다. 책은 몽루이에 거처를 정하고 얼마 지나지 않아 받아 보았다. 나는 그 항목이 무척이나 능란한 재주와 기술로 써졌으며 필치도 그에 걸맞다고 생각했다. 그럼에도 그런 상황 때문에 반박하고 싶은 생각을 단념하지는 않았다. 나는 쇠약해진 상태에서 슬픔과 질병에 시달리고 혹독한 계절을 보내고 있음에도 불구하고, 또 미처 정리할 시간이 없어서 새로운 주거지가 불편했음에도 불구하고 이 모든 것을 이겨낼 열의를 품고 일에 착수했다.

상당히 혹독했던 2월의 겨울 동안 나는 앞서 이야기한 상황 속에서 매일 아침과 점심 식사 후 두 시간을 활짝 열린 망루에서 보냈다. 이 망루는 내 거처가 있는 정원의 끝자락에 있었다. 계단식으로 된 작은 길 끝에 있는 이 망루는 몽모랑시의 계곡과 연못을 향해 있었다. 그곳에 오르면 시선이 끝나는 지점에서 소박하지만 당당한 생그라티앵 성을 볼 수 있었다. 그 성에는 덕망 높은 카티나Catinat[91]가 은거해 있었다. 당시 나는 바로 그곳에서 혹독한 추위 속 눈보라를 그대로 맞으며 내 마음의 불꽃 외에 다른 열기라고는 없이 3주 동안《달랑베르에게 보내는 연극에 관한 편지Lettre à d'Alembert sur les spectacles》를 썼다. 내가 쓴 글 가운데 작업을 하면서 매력을 느낀 것은 그때가 처음이었다(《쥘리》는 아직 절반밖에 완성되지 못했기 때문이다). 그때까지는 미덕에 대한 분노가 내게 아폴론[92]을 대신해주었다. 이번에는 다정하고 온화한 영혼이 내게 그 역할을 해주었다. 나는 불의를 접하고도 방관자에 불과할 때에는 그에 대해 화를 냈지만, 막상 나 자신이 불의의 대상이 되고 보니 그것이 슬프게 여겨졌다. 악의가 없는 그 슬픔은 단지 너무나 사랑이 깊고 다정다감한 마음을 지닌 사람의 슬픔일 따름이었다. 그 사람은 자신과 같은 성향을 지녔다고 믿었던 사람들에게 배신당하고 자기 마음속으로 숨어들 수밖에 없다. 내 마음은 막 일어난 모든 사건들로 혼란스러웠고 수없이 격렬한 동요로 흥분되었으며 그런 문제로 골몰하면서 떠오른 생각들과 고통스러운 감정이 온통 뒤섞여 있었다. 내가 하고 있는 작업에서도 그 같은 뒤섞임이 느껴졌다. 나는 그것을 미처 알아차리지도 못한 채 현재의 내 상황을 작업 속에 서술했다. 그 작업 속에 그림, 데피네 부인, 두드토 부인, 나자신 등을 생생하게 표현했다. 그 글을 쓰면서 달콤한 눈물을 얼마나 흘렸는지 모른다! 아! 그러면서 사랑이, 내가 치유되려고 애썼던 그 사랑이 아직도 내 마음속을 떠나지 않았음을 절실히 느꼈다. 이 모든 것에는 나에 대한 어떤 연민이 뒤섞여 있었다. 나는 죽어가고 있음을 느끼고 사람들에게 마지막 작별인사를 해야겠다고 생각했다. 죽음이 두렵기는커녕 죽음이 가까이 오는 것을 기쁘게 바라보았다. 하지만 내 동포들을 떠나는 것은 못내 아쉬웠다. 그들이 내가 지닌 진가를 전부 알아보기도 전에, 나를 조금만 더 알았더라면 내가 얼마나 그들에게 사랑받을 만한 사람인지 알아차리기도 전에 말이다. 바로 여기에 이 작품을 지배하는 독특한 문체의 비밀스러운 이유가 있다. 그 문체는 앞선 작품*의 표현과 아주 놀라울 정도로 뚜렷이 구분된다.

이 편지를 다시 수정하고 정서한 다음 막 인쇄를 맡기려 할 즈음 오랜 침묵 끝에 두드토 부인이 보낸 편지 한 통을 받았다. 그 편지는 내가 여태껏 느껴보지 못한 가장 고통스럽고 새로운 비탄 속에 나를 빠뜨렸다. 그녀는 편지(편지묶음 B 34호)에서 나에게 몇 가지 사실을 알려주었다. 자신에 대한 나의 연정이 파리 전체에 알려졌다는 것과, 내가 그 감정을 사

* 《불평등 기원론》.

람들에게 털어놓았고 그들이 그것을 다른 여러 사람들에게 퍼뜨렸으며, 그 소문이 자기 애인에게 전해져 자신이 목숨을 잃을 뻔했다는 것이었다. 결국에는 그가 자신을 정당하게 평가하여 둘 사이에 화해가 이루어졌지만 그를 위해서도 또 자신과 자신의 평판을 염려해서라도 나와의 관계를 완전히 끊어야만 한다는 것이었다. 뿐만 아니라 나에게 약속하기를 자기들 두 사람은 나에 대한 관심을 결코 끊지 않을 것이며, 공공연하게 나를 변호할 것이고, 자신은 이따금 사람을 보내서 내 소식을 묻겠다고 썼다.

"디드로, 자네마저. 이 형편없는 친구 같으니라고……!" 나는 고함을 질렀다. 그렇지만 아직은 그를 벌하겠다는 결심을 할 수 없었다. 나의 약점이 다른 사람들에게도 알려져 있었으니 그들이 그런 말을 퍼뜨렸을 수도 있다. 나는 의심하려 했지만 더 이상 그럴 수 없었다. 생랑베르가 얼마 지나지 않아 자신의 관대함에 걸맞은 행동을 했다. 내 마음을 충분히 이해한 그는 내가 일부 친구들에게 배신당하고 다른 친구들에게는 버림받은 뒤 어떤 처지에 놓여 있을지 헤아린 것이다. 그는 나를 만나러 왔다. 처음에는 나에게 시간을 그리 할애해주지 않았다. 그는 다시 왔다. 공교롭게도 나는 그를 기다리고 있지 않았으므로 그날은 집에 없었다. 집에 있던 테레즈가 그와 두 시간 이상 대화를 했다. 그 시간 동안 그들은 많은 일들에 대해 서로 이야기했다. 그 일들에 대해 그와 내가 알고 있는 것이 내게도 중요했다. 그림이 지금 그녀와 살고 있는 것과 마찬가지로 내가 데피네 부인과 동거했다고 의심하는 사람이 사교계에는 아무도 없다는 사실을 그의 입을 통해 듣고 얼마나 놀랐는지 모른다. 그 놀라움은 단지 생랑베르 자신이 이 소문이 얼마나 황당한 것인지 알았을 때의 놀라움에 견줄 만한 것이었다. 데피네 부인에게는 대단히 불쾌한 일이겠지만 생랑베르도 나와 마찬가지 입장이었다. 이 대화의 결과로 모든 것이 해명되자 그녀와 영원히 절교한 것에 대한 일체의 후회가 마음속에서 마침내 사라지고 말았다. 그는 두드토 부인과 관련해서 테레즈도, 심지어는 부인 자신도 모르는 여러 가지 정황을 테레즈에게 상세하게 설명해주었다. 그 정황은 나 혼자 알고 있으면서 우정을 조건으로 디드로에게만 이야기했던 것인데 그가 바로 생랑베르를 선택해서 속내 이야기를 털어놓은 것이다. 나는 그 마지막 행동을 보고 디드로와 영원히 절교하기로 결심했다. 이제 그 방식만 고심하면 될 일이었다. 왜냐하면 비밀리에 절교하게 되면 상황이 나에게 해롭게 돌아갈 것임을 이제는 알고 있었기 때문이다. 남모르는 절교는 나의 가장 잔혹한 적들에게 우정이라는 가면을 남겨둘 여지가 있으니 말이다.

이런 일들을 두고 사교계에서 만들어진 예의범절은 거짓과 배신의 정신에 좌지우지되는 듯싶다. 이미 친구가 아닌 사람을 계속 친구인 척하는 것은 정직한 사람들을 속여가면서 친구였던 사람에게 해를 끼칠 수단을 스스로를 위해 남겨두는 것과 다를 바 없다. 기억하건대 그 유명한 몽테스키외가 투르느민Tournemine 신부[93]와 절교하면서 그런 사실을 서둘러 공공연하게 선언하고 모든 사람들에게 이렇게 말한 바 있다. "투르느민 신부나 내가 서로에 대해 말하는 것을 듣지 마십시오. 우리는 더 이상 친구가 아니니까요." 이 행동은 매우 칭송을 받았고 모든 사람들이 그 행동의 솔직함과 용기를 칭찬했다. 나는 디드로에 대해 이 같은 본보기를 따르기로 결심했다. 하지만 은둔한 처지에서 어떻게 확실하면서도 추문을 불러일으키지 않는 이 같은 절교를 발표한단 말인가? 나는 주석 형식으로 〈집회서〉의 한 구절[94]을 끼워 넣을 생각을 해냈다. 이 성서 구절은 사정을 잘 알고 있는 사람에게는 누가 되었든지 그러한 절교와 그 이유까지도 분명히 말해주지만 나머지 사람들에게는 아무런 의미도 없다. 그리하여 절교한 친구를 작품에서 지칭하지 않으려고 애썼으며, 심지어 사라져버린 우정에 대해서도 항상 드러내야 하는 존경심을 잃지 않았다. 이 모든 것은 바로 작품 속에서 볼 수 있다.

세상사는 운에 달려 있기 마련이다. 모든 용기 있는 행동도 불운에 처해서는 죄악이 되기도 하나 보다. 몽테스키외가 칭송받았던 그 행동이 내게는 비난과 질책만을 불러일으켰을 따름이다. 나는 내 작품이 출간되어 증정본을 받자마자 생랑베르에게 한 부를 보냈다. 그는 바로 전날 나에게 두드토 부인과 자신의 이름으로, 가장 다정한 우정으로 가득 찬 짧은 편지를 마침 한 통 써둔 터였다(편지묶음 B 37호). 그가 증정본을 내게 돌려보내며 쓴 편지가 여기에 있다.

1758년 10월 10일, 오본에서(편지묶음 B 38호)
선생님, 사실 저는 당신이 조금 전에 보내신 선물을 받을 수 없습니다. 서문에서 디드로에 대해 〈전도서〉(그가 착각한 것인데 〈집회서〉를 말한다)의 한 구절을 인용하신 것을 보고 저는 그만 책을 손에서 떨어뜨렸습니다. 올여름에 대화를 나눈 뒤 저는 비밀을 누설한 자가 디드로가 아니며 그는 잘못이 없음을 선생께서도 확신하는 줄 알았습니다. 그가 선생께 잘못을 저지를 수도 있을 것입니다. 저는 그를 알지 못합니다. 하지만 선생께서 그 잘못을 구실로 그를 공개적으로 모욕할 권리가 없다는 것은 잘 알고 있습니다. 선생께서도 그가 당하고 있는 박해를 모르지는 않을 것입니다. 선생께서는 지금 옛 친구의 목소리와 시기심의 소리를 하나로 뒤섞으려고 합니다. 선생님, 그 같은 중상모략 때문에 제가 얼마나 분노하고 있는지 더 이상 감출 수 없습니다. 저는 디드로와는 함께 지낸 적이 없지만 그를 존경합니다. 더구나 선생께서 한 사람에게 가하는 고통을 절실히 느끼고 있습니다. 적어도 제 앞에서는 사소한 단점밖에는 비난하지 않던 그 사람에 대해서 말입니다. 선생님, 우리는 원칙이 너무나 다르기 때문에 절대 서로 뜻이 맞을 수 없습니다. 제 존재를 잊으십시오. 그리 어려운 일은 아닐 것입니다. 저는 오래 기억에 남을 정도로 사람들에게 선행을 한 일도 악행을 한 일도 없습니다. 이제 선생의 인격은 잊을 것이고 선생의 재능만 기억할 것임을 약속드립니다.

나는 이 편지를 읽고 분개한 것 못지않게 가슴이 찢어지는 듯한 고통을 느꼈다. 극도로 비참한 가운데서도 마침내 용기를 되찾아 그에게 다음과 같은 짧은 편지를 썼다.

1758년 10월 11일, 몽모랑시에서
귀하의 편지를 받고 황송하게도 저는 깜짝 놀라고 말았습니다. 그리고 어리석게도 흥분하고 말았습니다. 하지만 귀하의 편지는 답장을 할 만한 것이 못 된다고 생각했습니다.
이제 두드토 부인을 위한 사본 작업[95]도 더 이상 하고 싶지 않습니다. 부인께서 가지고 계신 것을 보관하는 일이 마땅치 않으시다면 제게 돌려주셔도 됩니다. 그러면 저도 돈을 돌려드리겠습니다. 부인께서 설령 보관하신다 하더라도 남은 종이와 돈은 사람을 보내 찾아가셔야 할 것입니다. 그 편에 부인께서 가지고 계신 사업 설명서도 돌려주시기를 부탁드리는 바입니다. 그럼, 안녕히 계십시오.

역경 속에서 일궈낸 용기는 비겁한 사람들을 화나게 만들지만 너그러운 마음을 지닌 사람들에게는 환심을 사는 법이다. 생랑베르는 내 편지 때문에 반성을 하고 자신이 저지른 일을 후회하는 듯싶었다. 하지만 그의 입장에서도 자존심이 걸린 문제라 그 일을 공개적으로 다시 다루기는 어려웠으므로 그는 내게 가한 충격을 완화시킬 방법을 찾았다. 어쩌면 그 방법을 준비했는지도 모른다. 그 뒤로 2주 후에 데피네 씨에게서 다음과 같은 편지를 받았다.

26일 목요일(편지묶음 B 10호)
선생께서 호의를 베풀어 제게 보내주신 책을 잘 받았고 더없이 기쁘게 책을 읽고 있습니다. 저는 항상 그런 감정을 느끼며 선생께서 쓴 작품들을 읽어왔습니다. 이에 대한 저의 감사를 기꺼이 받아주시기 바랍니다. 여건이 허락하여 선생과 가까운 곳에 잠시 머물게 되었다면 선생께 직접 찾아가 감사 인사를 했을 것입니다. 하지만 올해는 라 슈브레트에 거의 머물지 못했습니다. 뒤팽 씨 내외가 와서 이번 일요일에 여기서 점심식사를 하자고 합니다. 생랑베르 씨와 프랑쾨유 씨, 그리고 두드토 부인 등도 함께하리라고 생각합니다. 선생께서 우리와 함께해주신다면 더없는 영광일 것입니다. 저희 집에서 만나게 될 모든 분들은 선생을 뵙고 싶어 하며, 하루 중 한때를 선생님과 함께 보내는 즐거움을 저와 더불어 한다면 매우 기뻐할 것입니다.

최고의 경의를 표하게 되어 영광입니다.

나는 이 편지를 읽고 소름 끼치도록 가슴이 떨렸다. 1년 동안이나 파리의 화젯거리가 되었다가 이제 다시 두드토 부인과 마주한 내 모습이 남의 구경거리가 될 것이라 생각하니 몸이 떨렸다. 그 같은 시련을 견딜 만큼 큰 용기를 낼 수가 없었다. 그렇지만 부인과 생랑베르가 내가 그렇게 해주기를 진심으로 원하고, 데피네가 초대 손님 모두의 이름으로 말했으며, 내가 아주 편하게 만나지 못할 사람의 이름은 누구도 거명하지 않았으므로, 결국 어떻게 보면 모두가 초대하는 식사 자리에 참석한다고 해서 내 평판이 위태로워지리라고는 생각하지 않았다. 그래서 참석하기로 약속을 했다. 일요일은 날씨가 궂었다. 데피네 씨가 사륜마차를 보내주어 나는 그 편으로 갔다.

내가 도착하자 파장이 일었다. 나는 그렇게 다정한 환영을 결코 받아본 적이 없었다. 모든 참석자들이 얼마나 내가 걱정을 덜고 싶어 하는지 알고 있는 듯했다. 그런 종류의 세심함을 지닌 사람은 프랑스인들밖에 없다. 그렇지만 그곳에는 내가 기대한 것보다 더 많은 사람들이 있었다. 그중에서도 나와 일면식이 없는 두드토 백작과 자리에 없었으면 정말 좋았을 그의 누이 블랭빌 부인이 있었다. 그녀는 지난해에 여러 번 오본에 왔다. 그녀의 올케는 나와 단둘이 산책하는 중에 종종 그녀가 따분해지도록 기다리게 만들곤 했다. 그녀는 그 일 때문에 나에게 앙심을 품고 있었고 식사하는 동안 마음껏 그 감정을 풀었다. 왜냐하면 두드토 백작과 생랑베르가 있으니 내가 지원군을 얻을 수 있는 것도 아니며, 가장 편한 대화 속에서도 당황하는 위인이 이런 자리라고 해서 특별히 빛을 발할 리 없었기 때문이다. 나는 이렇게 고통을 겪은 적도, 이렇게 당황한 적도, 이렇게 예상치 못한 공격을 받은 적도 결코 없었다. 마침내 식사가 끝나자 나는 그 악녀에게서 벗어났다. 생랑베르와 두드토 부인이 내게 다가오자 기쁜 마음이 들었다. 우리는 오후 한나절을 그저 그런 이야기를 나누며 함께 보냈다. 사실 대수롭지 않은 이야기였지만 내가 엉뚱한 행동을 저지르기 전과 마찬가지로 허물없이 대화를 나누었다. 그런 태도는 내 마음속에서 잊히지 않았으며 생랑베르가 그런 마음을 읽을 수 있었다면 그도 분명히 만족했을 것이다. 맹세컨대, 도착하면서 두드토 부인을 보고는 실신할 정도로 가슴이 두근거렸지만 그곳에서 돌아오면서는 그녀에 대한 생각을 거의 하지 않았다. 다만 생랑베르에 대한 생각에만 빠져 있었다.

블랭빌 부인의 악의적인 빈정거림에도 불구하고 그 식사 자리는 나에게 큰 도움이 되었고, 나는 초대를 거절하지 않은 것이 상당히 만족스러웠다. 나는 여기서 그림과 돌바크 무리가 나와 내 옛 지인들의 사이를 전혀 갈라놓지 못했다는 사실을 알아차렸을 뿐 아니라,* 두드토 부인과 생랑베르의 감정이 내 생각보다 덜 변했다는 사실에 기분이 좋았다. 그리고 결국 그가 내게서 그녀를 떼어놓은 것은 나를 경멸해서라기보다 질투해서임을 깨달았다. 그런 사실은 나를 위안하고 진정시켜주었다. 나는 내가 존경하는 사람들에게서 경멸의 대상이 아님을 확신하고 더 큰 용기

---

* 나는 순진한 마음에서 이 《고백》을 쓰면서도 그렇게 믿고 있었다.

를 내어 성공적으로 내 마음을 다스리게 되었다. 나는 비난받아 마땅하고 불행한 내 정념을 완전히 소멸시키지는 못했지만 남아 있는 감정만큼은 아주 잘 억제하여 그때 이후로는 단 한 번의 잘못도 저지르지 않았다. 두드토 부인은 나에게 자신을 위한 사본을 다시 만들어달라고 부탁했다. 나도 작품이 나올 때면 그녀에게 계속해서 작품을 보내주었다. 그래서 그녀에게서 대단치는 않지만 친절한 몇 통의 메시지와 짧은 편지들을 이따금 받아볼 수 있었다. 곧 알게 되겠지만 심지어 그녀는 그보다 더한 일도 했다. 우리의 관계가 중단되었을 때 세 사람 모두가 취한 행동은, 정직한 사람들이 서로 만나는 일이 더 이상 적절하지 않아 헤어질 때 본보기가 될 만한 방식이라 할 것이다.

내가 그 식사 자리를 통해 얻은 또 다른 이점이 있다면, 파리에서 이번 일이 회자되고 내가 그 자리에 있던 모든 사람들, 특히 데피네 씨와 극도로 사이가 틀어졌다고 나의 적들이 사방에 퍼뜨린 소문을 여지없이 반박할 수 있게 되었다는 것이다. 나는 레르미타주를 떠나면서 그에게 아주 정중한 감사의 편지 한 통을 썼다. 그는 내 편지에 못지않게 정중한 답장을 보내왔다. 서로의 배려는 그와 마찬가지로 그의 동생인 라리브la Live 씨와도 계속되었다. 라리브 씨는 나를 만나러 몽모랑시까지 와주었고 내게 자신의 판화를 보내주기도 했다. 나는 두드토 부인의 시누이와 올케를 빼고는 그 집안의 어느 누구와도 결코 나쁘게 지내지 않았다.

내가 쓴 《달랑베르에게 보내는 편지》는 큰 성공을 거두었다. 모든 작품이 성공을 거두긴 했지만 특히 이번 작품의 성공에 더욱 기분이 좋았다. 이 성공으로 대중들은 돌바크 무리의 비방을 더 이상 믿지 않게 된 것이다. 내가 레르미타주에 가자 그 무리는 여느 때와 같이 거만하게 예견하기를, 내가 그곳에서 석 달도 못 버틸 것이라고 했다. 그들은 내가 그곳에서 20개월을 지내다가 어쩔 수 없이 떠나게 되고 거처를 다시 시골에 정했다는 사실을 알고는, 그것은 온전히 내 고집이고 내가 은둔지에서 죽도록 지루해한다고 떠들어댔다. 하지만 또 주장하기를 내가 자존심으로 괴로워하면서도 했던 말을 취소하고 파리로 돌아오기보다는 자기 고집에 발목이 잡혀 그곳에서 죽기를 더 원한다고 했다. 《달랑베르에게 보내는 편지》에는 가식이라고는 전혀 느낄 수 없는 온화한 마음이 확연히 나타나 있다. 만일 내가 은둔지에서 언짢은 기분으로 괴로워했다면 내 표현에서 그런 기분이 느껴졌을 것이다. 오히려 그런 기분은 내가 파리에서 썼던 모든 글들에 지배적으로 나타나 있다. 내가 시골에서 쓴 첫 번째 글에는 그런 기분이 더 이상 지배적으로 나타나지 않는다. 분별력 있는 사람들이라면 이 같은 지적이 사실이라는 점을 눈치챌 것이다. 내가 제 자리로 돌아왔음을 알 것이다.

하지만 온통 본래의 온화함으로 충실한 이 작품이 내 서툰 성격과 일상의 불운이 보태져 문인들 가운데 새로운 적을 만들고 말았다. 나는 라 포플리니에르 씨의 집에서 마르몽텔Marmontel 씨[96]를 알게 되었다. 이 교제는 돌바크 남작의 집에서도 계속되었다. 그 무렵 마르몽텔은 《메르퀴르 드 프랑스》를 만들고 있었다. 나는 내 작품을 정기간행물의 기자들에게는 결코 보내지 않는 것에 자부심을 느끼고 있었는데, 그럼에도 그에게는 그 작품을 보내고 싶었으므로 그가 자신의 지위 때문이거나 《메르퀴르》에서 언급해주기를 원해서라고 생각하지 않도록, 증정본에 결코 《메르퀴르》의 기자가 아니라 마르몽텔 씨에게 드리는 것이라고 썼다. 나는 그에게 대단히 훌륭한 인사를 전했다고 생각했다. 하지만 그는 그것을 두고 지독한 모욕을 당했다고 생각하고 나와 철천지원수가 되었다. 그는 바로 그 편지에 예의 바르지만 불만이 쉽게 묻어나오는 반박의 글을 썼다. 그때부터 그는 기회만 되면 모임에서 나를 헐뜯고 자기 저서에서는 나를 간접적으로 혹평했다. 이렇듯 문인들의 예민한 자존심은 건드리기가 쉬운 만큼 그들에게 찬사를 보낼 때도 오해의 소지가 있는 기색은 아무리 사소한 것이라도 남겨두지 않도록 조심해야 한다.

주변이 이모저모로 안정을 찾자 나는 작금의 여유와 자유를 이용하여 작업을 다시 시작했다. 그해 겨울,《쥘리》를 완성하여 레Rey에게 보냈다. 그는 작품을 이듬해에 인쇄했다. 그런데 그 작업은 사소하지만 상당히 기분 나쁜 방해거리 때문에 또다시 중단되었다. 오페라 극장에서 〈마을의 점쟁이〉를 다시 공연할 준비를 한다는 소식이 들려왔다. 나는 그자들이 내 재산을 오만하게 자기들 마음대로 하려는 것을 알고 격분하여 내가 다르장송 씨에게 보냈던 진정서를 다시 준비했다. 그 진정서는 회신을 못 받은 채로 남아 있던 것인데, 나는 그것을 수정하여 제네바 변리공사 셀롱Sellon 씨를 통해 그가 기꺼이 맡아준 편지 한 통을 동봉하여 생플로랑탱Saint-Florentin 백작에게 건네주었다. 백작은 오페라극장의 관할 부서에 다르장송 씨의 후임으로 온 인물이었다. 생플로랑탱 씨는 답을 하기로 약속해놓고 어떤 회신도 하지 않았다. 나는 지금까지의 일을 뒤클로에게 편지로 썼다. 그는 그런 사실을 '작은 바이올린들'97에게 말했고 그들은 내 오페라가 아니라 내가 더 이상 이용할 수 없는 입장권을 돌려주겠다고 제안했다. 어느 편이든 어떠한 공정함도 기대할 수 없음을 알고 나는 이 사건을 포기했다. 오페라 극장 당국은 나의 해명 요구에 답하거나 아예 듣지도 않은 채 〈마을의 점쟁이〉를 마치 자기네 재산인 것처럼 계속 사용하여 이익을 얻었다. 하지만 이 작품은 너무나 명백하게 오직 나만의 것이다.*

압제자 같은 친구들의 속박에서 벗어난 후 나는 상당히 평탄하고 평화로운 생활을 영위했다. 너무나 격정적인 집착의 매력은 포기했지만 동시에 그 무거운 속박에서 벗어났다. 나는 보호자로서의 친구들에게 싫증이 났다. 그들은 내 운명을 철두철미하게 쥐고 흔들려 했고 내 뜻과는 무관하게 자칭 자신들의 자비에 나를 굴복시키려 했다. 그래서 이제부터는

---

* 이후 그 작품은 오페라 당국이 아주 최근에 나와 맺은 새로운 합의에 따라 그들의 소유가 되었다.

단순한 호의 관계를 유지하기로 결심했다. 그런 관계는 자유를 구속하는 법이 없이 삶을 즐거움으로 만들며 평등하게 하는 것을 그 토대로 하고 있다. 나는 구속을 당하지 않으면서도 자유의 달콤함을 맛보는 데 필요한 만큼의 친구들이 있었다. 내가 그런 생활방식을 시도하자마자 느낀 점은 그것이 내 나이에 맞는 방식이라는 것이다. 내가 막 절반쯤 빠져 있던 파란과 일시적 불화와 근심 등에서 멀리 떨어져 나와 내 삶을 마감하기 위해서는 말이다.

레르미타주에 체류하는 동안 그리고 몽모랑시에 자리 잡은 이후 나는 이웃들과 교제를 했다. 그들은 나를 호의적으로 대하면서도 전혀 구속하지 않았다. 그 선두에는 루아조 드 몰레옹Loyseau de Mauléon이 있었는데, 당시 그는 변호사로 첫발을 내디딘 지 얼마 안 된 터라 자신이 어떤 자리에 오를지 모르고 있었다. 나는 그처럼 그런 의구심을 갖지 않았다. 나는 그에게서 오늘날 그가 해내고 있는 눈부신 활동을 곧바로 알아본 것이다. 그리하여 그에게 예언하기를, 만일 그가 소송사건의 선택에 엄격하고 오직 정의와 미덕의 수호자가 된다면 그러한 숭고한 감정으로 고양된 그의 재능은 가장 위대한 웅변가의 재능에 비견될 것이라고 했다. 그는 내 조언을 따랐고 그 결과를 실감했다. 포르트Portes 씨에 대한 그의 변론은 데모스테네스[98]와 흡사했다. 그는 해마다 레르미타주에서 1킬로미터 떨어진 생브리스에 와서 휴가를 보냈다. 그곳은 몰레옹 집안의 영지이며 그의 어머니 소유로 과거에는 위대한 보쉬에Bossuet가 거주했었다. 이런 영지도 있는 것이다. 이와 같은 영지의 주인이 계속 나온다면 아마 귀족계급의 유지가 어렵게 될 것이다.

나는 바로 생브리스 마을의 출판업자 게랭Guérin과 알고 지냈는데, 그는 재치가 있고 교양이 있으며 다정한데다 자신의 직업에 비해 지체가 높은 사람이었다. 그는 나에게 암스테르담의 출판업자이자 자신과 연락을 주고받는 친구인 장 네올므Jean Néaulme도 소개해주었다. 장 네올므는 훗날《에밀》을 출간하게 될 것이다.

생브리스보다 훨씬 가까운 마을인 그롤레의 주임신부 말토르Maltor 씨와도 알고 지냈다. 그는 마을의 주임신부보다는 정치인과 대신이 더 잘 맞는 사람이었으며 만일 재능에 따라 자리가 결정된다면 아무리 못해도 교구 정도는 관할해야 했을 것이다. 그는 뒤 뤼크Du Luc 백작의 보좌관이었으며 장 바티스트 루소Jean-Baptiste Rousseau를 아주 잘 알고 있었다. 그는 추방당한 그 유명인사의 명망에 온통 존경심을 품고 있는 만큼이나 교활한 소랭Saurin[99]에게는 증오심을 지니고 있었다. 그는 두 사람에 얽힌 흥미로운 일화들을 많이 알고 있었다. 그 일화들은 세기Séguy라는 사람이 아직 원고 상태로 있는 백작의 전기에도 포함시키지 않은 것이다. 그는 뒤 뤼크 백작이 장 바티스트 루소에게 불평을 하기는커녕 죽을 때까지 그에 대한 가장 열렬한 우정을 간직했다고 나에게 단언했다. 자신의 후견인인 백작이 죽은 뒤 뱅티밀Vintimille 씨로부터 상당히 좋은 그 은신처를 물려받은 말토르 씨는 예전에는 많은 일들을 했고 나이가 들긴 했지만 아직 생생한 기억력을 지니고 있어서 그때 일을 곧잘 따지고 들었다. 그의 이야깃거리는 즐거울 뿐 아니라 교육적이어서 시골 사제의 분위기가 조금도 느껴지지 않았다. 그는 사교계 인사의 말투와 서재에 처박혀 사는 사람의 지식을 한데 지니고 있었다. 그와의 교제는 한결같은 내 모든 이웃들과의 교제 중에서도 내게 가장 호감이 가는 것이었고 그래서 그와 헤어지는 것이 가장 섭섭했다.

나는 몽모랑시에서 오라토리오 수도회의 수도사들과 알고 지냈으며 특히 물리학 교수인 베르티에Bertier 신부와 가까웠다. 그의 다소 현학적인 태도에도 불구하고 나는 그에게서 어쩐지 다정다감한 면모가 느껴져 그를 좋아했다. 그렇지만 나로서는 귀족들이나 귀부인들, 독실한 신자들, 철학자들 사이에서 어디서든 넉살 좋게 끼어들려는 그의 욕심과 재주를 그 대단한 자연스러움과 양립시키기가 어려웠다. 그는 모든 사람에게 자기를 맞출 줄 알았다. 나는 그와 어울리기를 상당히 좋아했으며 그런 사실을 모든 사람들에게 말했다. 아마도 내가 한 말이 그의 귀에 들어간 듯싶었다. 어느 날 그는 피식 웃으면서 자신을 좋은 사람으로 생각해주어 나에게 감사하다고 말했다. 나는 그의 미소 속에서 무언지 모를 냉소적인 빛을 발견했다. 그 냉소적인 눈빛은 내 눈에 보이는 그의 모습을 완전히 바꾸어놓았고 그때 이후 기억 속에 줄곧 떠올랐다. 그 미소는 댕드노Dindenault의 양들을 산 파뉘르주Parnuge의 그것 말고는 더 적절한 비교 대상을 찾을 수 없다.[100] 우리의 교제는 내가 레르미타주에 정착하고 얼마 지나지 않아 시작되었다. 그곳에서 그는 나를 아주 자주 만나러 왔다. 나는 몽모랑시에 이미 자리를 잡았고 그때는 그가 그곳을 떠나 파리에서 거주할 때였다. 그는 파리에서 르 바쇠르 부인을 자주 만났다. 어느 날 내가 전혀 생각하지 못하고 있을 때, 그가 부인을 위해 나에게 편지를 써서 그림 씨가 그녀의 부양을 맡겠다는 제안을 했다고 알려주었다. 그 편지는 제안을 받아들이라고 나에게 승인을 요구하려는 것이었다. 나는 제안의 내용이 르 바쇠르 부인이 300리브르의 연금을 받고 라 슈브레트와 몽모랑시 사이에 있는 되이유에 거주하러 오는 것임을 알았다. 내가 이 소식을 듣고 어떤 느낌을 받았는지는 말하지 않겠다. 만약에 그림이 1만 리브르의 연금을 받고 있다거나 부인과 더 납득하기 쉬운 관계에 있었더라면, 또한 내가 그녀를 시골로 데리고 온 것을 두고 사람들이 나를 그토록 격하게 비난하지 않았더라면 그 소식이 그리 놀랍지는 않았을 것이다. 그런데 그림은 지금에야 그녀를 시골로 다시 데려가고 싶다는 것이다. 마치 그녀가 그 시절 이후 젊어졌다는 듯이 말이다. 나는 그 노파가 나에게 허락을 요구하면서도 설령 내가 거절한다 하더라도 그 허락이 정말 필요한 것은 아님을 알았다. 단지 노파는 내가 주는 돈을 받지 못하게 될까 봐 그렇게 한 것이다. 내게 그 같은 자선은 당시에도 아주 별스러워 보였지만 그때보다는 그 후에 일어난 일 때문에 더욱 놀라게 되었다. 하지만 내가 그 후로 간파한 모든 것을 그때 이미 알았다 하더라도, 내가 했던 것처럼 또한 하지 않을 수 없었던 것처럼, 동의할 수밖에 없었을 것이다. 그림 씨가 제안한 것보다 더 많은 돈을 줄 수 없었다면 말이다. 그때 이후 나는 베르티에 신부가 순박한 사람이라는 일방적인 생각을 고쳐먹었다. 그가 보기에도 그런 일방적인 생각은 너무나 우스꽝스러웠는데 나는 너무나 경솔하게 그를 그런 사람으로 본 것이다.

바로 그 베르티에 신부가 두 사람을 알고 있었고, 그들 또한 나와 친해지려고 했다. 나는 그들이 왜 나와 친해지려 하는지 알 수 없었다. 그들과 내 성향 사이에는 확실히 공통점이 거의 없었기 때문이다. 그들은 멜기세덱Melchizedek의 자손들[101]로 그들에 대해서는 태어난 곳도, 집안도 몰랐고 어쩌면 진짜 이름도 알려지지 않은 듯싶었다. 그들은 장세니스트들이었으며 변장한 사제들로 통했는데, 아마도 그들이 장검을 차고 있는 모습이 오히려 장검에 매달려 있는 것처럼 보일 정도로 우스꽝스러웠기 때문일 것이다. 그들은 자신들의 모든 행동거지를 통해 드러나는 불가사의한 신비로움 때문에 어느 한 파벌의 우두머리 같은 모습으로 비쳤다. 나는 그들이 《교회신문Gazette ecclésiastique》[102]을 만든다는 것을 결코 의심하지 않았다. 한 사람은 키가 크고 너그러우며 아양을 잘 떨었는데 이름이 페랑Ferrand 씨였고, 다른 한 사람은 키가 작고 다부지며 냉소적이고 따지기를 좋아했는데 미나르Minard 씨라고 불렸다. 그들은 서로 사촌지간처럼 행동했다. 파리에서는 달랑베르와 함께 루소 부인이라 불리는 유모의 집에서 묵었고 몽모랑시에서는 작은 집을 하나 얻어 여름을 보냈다. 그들은 하인도 심부름꾼도 없이 자신들이 직접 집안일을 했는데 매주 번갈아가면서 식료품을 구입했으며 요리를 하고 집 안 청소를 했다. 또한 상당히 예의가 발라서 우리는 이따금 서로의 집을 오가며 식사를 했다. 나는 그들이 왜 내게 마음을 써주었는지 모르겠다. 나로서는 그들에게 관심을 갖는 이유가 오직 그들이 체스를 둔다는 데 있었다. 그러다 보니 별것 아닌 체스 한 판을 두려고 네 시간 동안이나 지루함을 참은 적도 있었다. 그들은 어디에나 끼어들고 무슨 일에든 참견하기를 좋아했으므로 테레즈는 그들을 '수다쟁이 아줌마들'이라고 불렀다. 그들은 그런 별명으로 몽모랑시에서 오래 기억되었다.

이런 사람들이 선량한 집주인을 비롯해 내가 시골에서 주로 알고 지내던 사람들이었다. 원하기만 하면 파리에서도 즐겁게 교류할 만한 사람이 문인 모임 밖에도 충분히 있었지만, 문단 안에서는 친구로 삼을 사람이 뒤클로밖에는 없었다. 그럴 수밖에 없는 이유가 들레르는 아직 너무 어렸고, 적어도 내가 믿었던 바로는 철학자 무리가 내게 부린 술책을 가까이서 지켜본 다음 그들로부터 완전히 떨어져 나오긴 했지만, 한 가지 가벼운 그의 행동만큼은 여전히 잊을 수 없었던 데 있다. 즉, 그는 내 옆에 있으면서 그자들 모두의 확성기 노릇을 했던 것이다.

우선 내게는 존경할 만한 오랜 친구 로갱 씨가 있었다. 그와는 내 저서들이 아닌 나 자신을 두고 좋은 시절에 친구가 되었으므로 항상 그 관계를 유지했다. 나는 동향 사람인 선량한 르니엡스와 당시 생존해 있던 그의 딸 랑베르Lambert 부인도 알고 지냈다. 쿠앵데Coindet라는 이름의 젊은 제네바 사람도 알고 있었는데 그는 훌륭한 젊은이로 내가 보기에 세심하고 친절하며 열의가 있었지만 무식하고 자기 고집이 강하며 식탐이 많은데다 거만했다. 그는 내가 레르미타주에 거처를 정하자마자 대뜸 찾아와서는 다른 사람의 소개를 받거나 내 뜻을 묻지도 않고 내 집에 들어와 눌러앉았다. 그는 그림에 어느 정도 취미가 있었고 화가들과도 교류가 있어서《쥘리》의 판화를 만드는 데 내게 도움이 되었다. 그는 그림과 판화의 책임을 맡았고 그 임무를 잘 이행했다.

뒤팽 씨 집안도 나와 친분이 있었다. 그 집안은 뒤팽 부인의 전성기보다는 덜 번창했지만 주인들의 능력과 그곳에 모인 엄선된 사교계 명사들 덕분에 그래도 아직까지는 파리에서 가장 훌륭한 집안들 가운데 하나였다. 나는 누구보다도 그들을 좋아했고 내가 그들과 헤어진 것은 단지 자유롭게 살기 위해서였으므로, 그들은 계속해서 우정을 지니고 나를 만나러 왔다. 또한 나는 뒤팽 부인에게서 어느 때나 환대받는다는 것을 확신했다. 그들이 클리시에 거처 하나를 정한 뒤로 나는 그녀를 시골의 내 이웃들 중 한 사람으로 여길 수 있을 정도가 되었다. 나는 클리시에 이따금 하루나 이틀을 보내러 갔는데, 뒤팽 부인과 슈농소 부인의 사이가 조금만 좋았다면 좀 더 자주 갔을 것이다. 하지만 같은 집에서 서로 마음이 통하지 않는 두 여자의 틈바구니에서 지내야 하는 어려움 때문에 나는 클리시가 너무나 불편했다. 슈농소 부인과는 더욱 한결같고 더욱 허물없는 우정으로 맺어져 있었으므로 차라리 되이유에서 더 편하게 그녀를 만나는 기쁨을 누렸다. 그녀는 거의 우리 집 문 앞처럼 가까운 그곳에 작은 집 하나를 얻었고, 나를 만나러 심지어 우리 집에도 꽤 자주 오곤 했다.

크레키 부인도 나의 지인이었는데, 그녀는 고귀한 신앙심에 헌신한 뒤로는 달랑베르 일파나 마르몽텔 일파, 그 밖에 문인들 대부분과 만나는 일을 중단했다. 내 생각에 트뤼블레 신부만이 예외였는데, 그는 당시 독실한 신자인 체하는 부류로 그에 대해서는 그녀도 상당히 귀찮아했다. 부인이 나와는 친해지려고 했으므로 그녀의 호의도 그녀와의 서신 교환도 계속되었다. 부인은 나에게 새해 선물로 르 망에서 출하한 영계를 보내왔고 이듬해에는 나를 만나러 올 계획을 세웠는데, 그때는 뤽상부르 부인의 여행과 겹쳐 오지 못했다. 나는 여기서 부인을 위한 별도의 자리를 마련해야 한다. 부인은 내 기억 속에서 항상 특별한 자리를 차지하게 될 것이다. 로갱을 제외하고 내가 우선적으로 고려해야 할 사람이 한 명 있다. 내 옛 동료이자 친구인 카리오이다. 그는 베네치아 주재 스페인 대사관의 정식 서기관이었다. 다음에는 스웨덴에서 스페인 궁정의 대리공사가 되었다. 마침내 그는 파리 주재 대사관의 서기관으로 정말로 임명되었다. 그는 내가 거의 예상치 못한 때에 몽모랑시에 와서 나를 놀라게 했다. 그는 스페인 훈장을 달고 있었다. 그 훈장의 이름은 기억 못 하지만 보석이 박힌 아름다운 십자가가 달려 있었다. 그는 자기 신분을 입증하기 위해 카리오라는 이름에 한 글자를 덧붙여야 했고 기사 카리옹Carrion 이라는 이름을 지니게 되었다. 내 생각에 그는 항상 한결같고 변함없이 선량한 마음씨를 지녔으며 나날이 더욱 다정한 마음을 드러냈다. 나는 그와 이전과 같은 친밀한 관계를 다시 시작했을 것이다. 여느 때처럼 우리 사이에 개입한 쿠엥데가 내가 멀리 떨어져 있는 틈을 이용하여 내 자리를 비집고 들어가지 않고, 내 이름으로 그 친구의 믿음을 얻어 나를 돕는다는 과도한 열의로 나를 밀쳐내지 않았다면 말이다.

카리옹을 기억해내니 시골 이웃들 중 한 사람에 대한 기억이 떠오른다. 내가 그에게 저지른, 정말 용서받지 못할 잘못을 하나 고백해야만 하는 만큼 그에 대해 말하지 않는다면 더욱더 잘못을 저지르는 일이 될 것이다. 그 사람은 바로 정직한 르 블롱 씨로 베네치아에서 나를 도와준 적이 있었다. 그는 프랑스에 가족과 함께 여행을 하러 와서 몽모랑시에서 그리 멀지 않은 라 브리슈의 시골집을 세내었다.* 나는 그가 내 이웃이 되었다는 것을 알자마자 마음으로부터 기뻐했고 그를 방문하러 가는 일을 의무보다는 즐거운 마음으로 기다렸다. 다음 날이 되자마자 곧장 그를 만나기 위해 출발했다. 하지만 도중에 나를 보러 온 사람들을 만났고 그들과 함께 돌아와야만 했다. 이틀 후에 나는 다시 떠났다. 그런데 그는 가족 모두와 파리에서 점심식사를 하고 있었다. 세 번째로 방문했을 때는 그가 집에 있었다. 여자들 목소리가 들렸고 문에서 사륜마차를 보자 더럭 겁이 났다. 나는 적어도 처음에는 그를 편안히 만나서 그와 함께 우리의 지난 시절을 이야기하고 싶었다. 결국 방문을 하루 이틀 미루다 보

---

* 내가 이 글을 쓰고 있는 지금은 오래되고 절대적인 신뢰로 가득 차서 그의 파리 여행의 진짜 동기와 결과에 전혀 의심을 품지 않았다.

니 그 같은 의무를 너무나 늦게 이행한다는 것이 부끄러워 책임을 영 다하지 못하고 말았다. 그렇게나 만남을 기다린 끝에 이제는 모습을 드러낼 엄두조차 못 낸 것이다. 르 블롱 씨는 그러한 결례에 당연히 분개하고 그 소홀함에 비추어 내 안일함을 배은망덕으로 볼 수도 있었다. 그렇지만 나는 내심 그리 잘못을 했다고는 느끼지 않아서 르 블롱 씨가 모르게라도 그에게 어떤 진정한 즐거움을 줄 수 있었다면 그가 나를 나태한 사람으로는 생각하지는 않았을 것이라 확신한다. 하지만 게으름, 안이함, 사소한 의무의 이행을 미루는 것 등으로 나는 크나큰 악덕보다도 더 큰 손해를 입었다. 나의 가장 큰 잘못은 태만하다는 것이다. 내가 하지 말아야 할 일을 한 적은 별로 없지만 불행히도 해야만 할 일을 한 적은 더욱 드물었다.

내가 베네치아에서 알고 지낸 사람들의 이야기를 다시 꺼낸 만큼 그곳과 관련이 있는 한 사람을 빠뜨려서는 안 될 것이다. 나는 다른 사람들과 마찬가지로 불과 얼마 전까지도 그와의 관계를 단절하지 않았다. 내가 알던 그 사람은 종빌 씨로 그는 제노바에서 돌아온 이후 계속해서 내게 많은 호의를 보여주었다. 그는 나를 만나 나와 함께 이탈리아에서 겪은 일들과 몽테귀 씨의 말도 안 되는 행동에 대해 이야기하는 것을 무척 좋아했다. 그는 자신이 여러 경로로 관련되어 있는 외무성을 통해 그의 행적을 잘 알고 있었다. 그의 집에서 내 옛 동료인 뒤퐁을 다시 만난 것도 즐거웠다. 그는 자신이 살던 지방에서 공직 하나를 샀는데 그 일 때문에 이따금 파리에 오게 되었다. 종빌 씨는 나를 만나는 데 점점 더 열의를 보여서 그가 난처해질 정도가 되었고, 우리는 상당히 떨어진 거리에 살고 있었음에도 불구하고 내가 그의 집에 식사하러 가지 않고 한 주를 보내기라도 하면 우리 사이에 뒷말이 나올 정도였다. 그는 종빌에게 갈 때마다 항상 나를 데려가고 싶어 했다. 하지만 한번 그곳에 가서 일주일을 보내고 난 뒤로는 시간이 길게 느껴져서 더 이상은 그곳에 가고 싶지 않았다. 종빌 씨는 확실히 선량하고 신사다운 사람이었는데 어떤 면에서는 다정하기까지 했다. 하지만 재기가 신통치 않았으며 잘생겨서 얼마간 자아도취 성향이 있는데다 사람을 꽤나 지루하게 만들었다. 그는 독특한, 아마도 세상에 하나밖에 없을 자료집을 가지고 있었다. 그는 그것에 무척 몰두하여 자기 손님들에게도 관심을 갖게 했지만 그들은 그보다는 못하게 가끔 재미있어하는 정도였다. 그 자료집은 궁정과 파리의 모든 보드빌[103]을 50년 이상 대단히 완벽하게 수집한 것이었다. 그 안에는 다른 곳에서는 찾아볼 수 없을 만큼 수많은 일화들이 있었다. 그것은 프랑스 역사에 관한 기념물이며 다른 어떤 나라에서도 생각해내지 못할 것이다.

우리의 좋은 관계가 최고조에 이르렀던 어느 날 그는 아주 매정하고 냉담하고 평상시 태도와는 딴판으로 나를 대했다. 그래서 나는 그에게 해명할 기회를 주고 해명을 부탁까지 한 다음 그의 집을 나서면서 그곳에 더 이상 발을 들여놓지 않겠다는 결심을 했고 그 결심을 지켰다. 나는 한 번이라도 푸대접을 받은 곳에는 다시 가지 않았고, 이곳에는 종빌 씨를 지지해줄 디드로도 없었기 때문이다. 나는 머릿속으로 내가 그에게 어떤 잘못을 저질렀는지 생각해보았으나 소용없었다. 아무것도 찾지 못했다. 나는 그와 그의 주변 사람들에 대해 말할 때면 언제든 가장 존경할 만한 태도를 취했다고 확신한다. 나는 그에게 진심으로 충실했을 뿐만 아니라 그에 대해서는 오직 좋은 점밖에는 할 말이 없었으며, 나의 가장 확고한 원칙은 내가 자주 드나드는 집안에 대해서는 항상 예우를 다해 말해야 한다는 것이었기 때문이다.

결국 돌이켜 생각해보니 이런 추측을 할 수 있었다. 우리가 마지막으로 만났을 때 그는 나에게 자기가 아는 요정에서 저녁식사를 내었다. 그 자리에는 두세 명의 외무성 직원들도 함께 있었는데 그들은 매우 다정다감한 사람들로 음탕한 태도나 거동은 조금도 없었다. 나로서는 이 여자들의 불행한 신세를 무척 안타깝게 생각하면서 하룻밤을 보냈다고 단언할 수 있다. 나는 내 몫의 돈을 내지 않았다. 왜냐하면 종빌 씨가 우리에게 저녁식사를 접대한 것이기 때문이다. 또한 내가 그 아가씨들에게 한 푼도 주지 않은 것도, 그녀들에게 파도아나 여자의 경우처럼 대가를 받을 만한 일을 전혀 시키지 않았기 때문이다. 다른 경우였다면 아가씨들에게 대가를 치를 수도 있었을 것이다. 우리는 모두 아주 즐겁고 무척이나 좋은 분위기에서 그곳을 나왔다. 나는 아가씨들에게 다시 들르지 않았고 사나흘이 지나서 그날 이후 만나지 못한 종빌 씨 집에 점심식사를 하러 갔다. 그는 내가 말한 대로 나를 대접했다. 나는 그날 저녁식사와 관련된 일말의 오해 말고는 다른 이유를 생각해낼 수 없었고, 그가 해명을 원치 않는다는 것을 알고는 결심 끝에 그를 더 이상 만나지 않았다. 하지만 나는 계속해서 그에게 내 저서들을 보냈고 그는 종종 나를 치켜세웠다. 어느 날 코미디 극장의 난방이 되는 휴게실에서 그를 만났을 때는, 내가 자신을 더 이상 만나러 오지 않는다며 호의적인 태도로 나를 나무랐다. 그런 비난에도 나는 그를 다시 찾지 않았다. 따라서 이 사건의 원인은 절교보다는 잔뜩 토라진 데서 비롯된 것처럼 보였다. 그렇지만 그를 다시는 못 만나고 그 이후 그에 대한 이야기를 더 이상 듣지 못했으므로, 여러 해 동안 왕래를 중단한 마당에 그의 집을 다시 찾는다는 것은 너무 늦은 일이었다. 내가 그의 집을 상당히 오랫동안 자주 드나들었음에도 불구하고 종빌 씨가 내 친구 목록에 전혀 들어가 있지 않은 이유가 여기에 있다.

내가 없는 사이에 멀어지거나, 시골의 이웃에서나 내 집에서 이따금 보게 되는 그리 친하지 않은 수많은 다른 지인들로 그 목록을 부풀려 말하지는 않을 것이다. 예를 들자면 콩디야크 신부, 마블리 신부, 메랑, 라리브, 부아즐루Boisgelou, 바틀레Watelet, 앙슬레 씨 등을 비롯해 이름을 대자면 너무 길어질 또 다른 사람들이 있다. 마르장시 씨와의 교제에 대해서도 가볍게 언급하고 지나가려 한다. 그는 왕의 전속 시종으로 돌바크 무리의 옛 일원이었다가 나처럼 그곳을 떠났고 데피네 부인의 옛 친구였으나 나처럼 그녀와 거리를 두게 되었다. 그의 친구인 데마이Desmahis와의 교제에 대해서도 간략하게 언급하자면, 그는 〈무례한 사람Im-pertinent〉이라는 희극으로 유명했지만 단명한 작가였다. 마르장시는 나의 시골 이웃이었으며 그의 영지인 마르장시가 몽모랑시 근처에 있었다. 우리는 오래전부터 알고 있기도 했지만 이웃이었고 상당한 공통의 경험을 지니고 있어서 더욱더 가까워졌다. 데마이는 얼마 지나지 않아 죽었다. 그는 재능과 재치가 있었다. 하지만 그는 자기 희극의 원형 같은 구석이 다소 있어서 여자들 앞에서 조금 잘난 척했고 여자들도 그다지 그를 그리워하지 않았다.

그런데 그 무렵에 시작한 새로운 서신 교환을 빠뜨릴 수 없는데, 그 서신 교환은 내 여생에 너무나 큰 영향을 끼쳤기 때문에 그 시작에 대해 언급해야만 한다. 왕실 상납금을 충당하는 조세원장인 라무아뇽 드 말제르브Lamoignon de Malesherbes 씨에 관한 이야기인데 당시 그는 출판총감을 맡고 있었다. 그는 온화함 못지않게 해박한 지식으로 출판총국을 이끌어서 문인들이 대단히 흡족해했다. 나는 그를 파리에서는 단 한 번도 만나지 못했다. 그럼에도 검열에 관해서는 그가 제공하는 가장 호의적인 편익을 항상 실감하고 있었다. 또한 나에게 반대하는 글을 쓴 사람들을 그가 여러 차례나 상당히 강경하게 몰아붙였다는 사실을 전해 들었다. 《쥘리》의 출판 문제에 대해서도 그가 호의를 베풀었다는 새로운 증거들을 알고 있었다. 그렇게 방대한 작품의 교정쇄는 암스테르담에서 우편으로 보내는 데 상당한 비용이 드는 까닭에 그는 그것을 무료로 받을 수 있는 자신에게 보내게 했고, 자기 아버지인 국새상서의 무료 배달 표기를 하여 다시 나에게 무료로 보내주었던 것이다. 작품이 인쇄되자 그는 내 뜻과는 무관하게 내게 이익이 되도록 이전 판본 하나가 전부 팔리기 전까지는 국내에서 책의 판매를 허가하지 않았다. 하지만 내가 그 이익을 보게 되면 내게 원고를 샀던 레는 도둑을 맞는 것이 되므로, 그가 동의하지 않는다면 나를 위해 준비된 그 선물을 결코 받아들일 수 없었다. 그런

데 그는 그것을 무척 관대하게 허락해주었다. 또한 나는 100피스톨에 상당하는 그 선물을 그와 나누고 싶었으나 그는 전혀 원하지 않았다. 그런데 그 100피스톨 때문에 불쾌한 일을 겪게 되었다. 말제르브 씨는 내게 그 일을 알리지 않았다. 그것은 내 작품이 끔찍하게 훼손되는 것을 보고도 결함이 있는 판본이 팔릴 때까지 완전한 판본을 판매하지 못하게 한 일이었다.

나는 항상 말제르브 씨를 어떤 시련이 있어도 공정함을 지키는 사람으로 여겼다. 내게 어떤 일이 일어나든 한시도 그의 정직함을 의심하지 않았다. 하지만 그는 정직한 만큼 마음이 약해서 자신이 관심을 둔 사람을 보호하려다 보니 이따금 그들에게 해를 끼치기도 했다. 그는 파리에서 발간된 판본에서 100페이지 이상을 잘라냈을 뿐 아니라 퐁파두르 부인에게 증정한 정본 한 부는 원본에 충실하지 못하다는 말을 들을 정도로 삭제를 했다. 그 책의 어딘가에 '숯쟁이의 마누라가 군주의 정부보다 더 존경받을 만하다'라는 구절이 있었다. 맹세컨대 이 구절은 누구를 빗댄 것이 아니라 그저 열심히 작업을 하다 보니 머릿속에 떠오른 것이었다. 작품을 다시 읽어보면서 이 같은 적용이 가능할 수도 있겠다는 생각이 들었다. 그렇지만 글을 쓰면서 누군가에게 적용하려는 것이 아니라는 양심상의 증거가 있는 경우라면, 누구를 빗댈 수도 있다는 것을 우려해 한 글자도 삭제하지 않겠다는 매우 경솔한 원칙에 따라 나는 그 문장을 삭제하려 하지 않았다. 그저 처음에 사용했던 '왕'이라는 단어를 군주로 대체하는 데 만족했을 따름이다. 그런데 이 완화된 표현이 말제르브 씨에게는 만족스럽지 않은 듯했다. 그는 일부러 인쇄하게 한 다시 조판한 페이지에서 문장 전체를 삭제한 다음 퐁파두르 부인에게 준 증정본에 그 페이지를 가능한 한 꼼꼼하게 붙여놓게 한 것이다. 그녀가 그런 식의 속임수를 모를 리 없었다. 그런 사실을 그녀에게 알려준 친절한 사람들이 있었다. 나는 그런 사실을 한참 뒤에야 알았는데, 그때는 이미 내가 그 일의 여파를 느끼던 때였다.

비슷한 상황에 있던 또 다른 부인[104]의 감춰져 있지만 냉혹한 증오의 근본적인 원인도 여기에 있었던 것은 아닐까? 나는 그 일에 대해 전혀 아는 바가 없었고, 특히 그 구절을 쓸 때는 그 부인을 전혀 알지도 못했는데 말이다. 책이 출간되고 만남이 이루어졌으므로 나는 매우 걱정이 되었다. 그 일을 로랑지Lorenzy 기사에게 말했더니 그는 나를 놀리며 그 부인은 그런 일을 그다지 불쾌하게 생각하지 않으며 관심조차 두지 않는다고 나를 안심시켰다. 나는 필시 그의 말을 다소 가볍게 믿은 듯싶으며 터무니없이 마음을 놓고 말았다.

초겨울에 들어서자 말제르브 씨가 나에게 다시 호의적인 표시를 해왔다. 나는 그 호의를 상당히 고맙게 여겼다. 비록 그 호의를 이용하는 것이 적절하다고 생각하지는 않았지만 말이다. 《지식인 신문*Journal des Savants*》[105]에 빈자리가 하나 생겼다. 마르장시는 나에게 편지를 써서 자기 의견인 것처럼 그 자리를 제안했다. 하지만 나는 그의 편지(편지묶음 C 33호)의 표현을 보고 그가 지시를 받고 허락을 얻어 쓴 것임을 쉽게 알아차렸다. 그 후 편지(편지묶음 C 47호)에서 그 자신도 부탁을 받아 나에게 제안한 것임을 알려주었다. 그 자리에서 해야 하는 일은 별게 없었다. 단지 내게 보내온 책들 중에서 한 달에 두 권을 발췌하는 일인데 파리로 출장을 다녀올 필요도 전혀 없고 행정당국에 감사 방문을 할 일도 없었다. 그 일을 계기로 메랑 씨, 클레로Clairaut 씨, 기뉴Guignes 씨, 바르텔르미Barthélemy 신부 등과 같은 최고의 문인들 모임에 들어갈 수도 있었다. 그들 중 메랑 씨와 클레로 씨는 이미 알고 있었고 다른 두 사람과는 좋은 교제를 할 수도 있었다. 말하자면 별로 힘들지 않고 아주 쉽게 할 수 있는 일이었고 그 자리에서 800프랑이라는 보수를 받을 수 있었다. 결정을 내리기 전에 몇 시간을 심사숙고했다. 단언하건대 (내가 망설이게 된 단하나의 이유는) 마르장시를 화나게 하고 말제르브 씨의 기분을 상하게 할

지도 모른다는 걱정 때문이었다. 하지만 필요한 시간에 일을 할 수 없고 시간의 속박을 받아야 한다는 견딜 수 없는 난처함이 있었다. 게다가 내가 맡아야 할 역할을 수행하기 어렵다는 확신이 무엇보다도 앞서자 나는 내게 맞지 않은 자리를 거절하기로 결심했다. 나는 내 모든 재능이 단지 내가 다루어야 했던 소재에 대한 어떤 정신적인 열의에서 비롯될 뿐이라는 점과 나의 재능에 생명력을 불어넣을 수 있는 것은 위대하고 진실하며 아름다운 것에 대한 사랑뿐이라는 점을 잘 알았다. 그런데 내가 발췌해야 할 대부분의 책들의 주제와 그 책들 자체에서 무엇을 얻는단 말인가? 대상에 대한 나의 무관심은 글쓰기를 방해하고 정신을 지치게 만든다. 사람들은 다른 모든 문인들처럼 나도 직업으로 글을 쓸 수 있다고 생각한다. 하지만 오로지 정열이 아니고는 글을 쓸 수 없다.《지식인 신문》에서 필요로 하는 것은 분명 그런 것이 아니었다. 그래서 마르장시에게 최대한 예의를 갖추어 감사 편지를 써서 보냈다. 그 편지에서 아주 상세하게 내 입장을 설명했으므로, 그도 말제르브 씨도 내가 언짢은 기분이나 거만한 생각에서 거절한 것이 아님을 믿지 않을 수 없었다. 따라서 두 사람 모두 나에게 기분 나쁜 얼굴을 하지 않은 채 내 입장에 동의했다. 그 일에 관한 비밀은 너무나 잘 지켜져서 사소한 소문도 결코 새어나가지 않았다.

그 제안은 내가 받아들일 만한 적절한 시기에 이루어지지 않았다. 제안을 받기 얼마 전부터 나는 문단을, 특히 작가라는 직업을 완전히 떠날 계획을 세웠던 것이다. 나는 내게 막 일어난 모든 사건들로 인해 문인들에게 완전히 혐오감을 느끼게 되었다. 나로서는 그들과 어느 정도 교제하지 않는 이상 같은 길을 간다는 것이 불가능하게 느껴졌다. 사교계 사람들에게도, 절반은 나 자신을 위해 절반은 나에게 전혀 맞지 않는 사교계를 위해 살아온 이도저도 아닌 삶에도 싫증이 났다. 계속된 경험을 통해 모든 불평등한 관계는 항상 약자에게 불리하다는 것을 그 어느 때보다도 절실하게 느끼고 있었다. 나는 내가 선택한 처지와는 다른 부유한 사람들과 함께 지내며 그들처럼 집을 꾸미지도 못하면서 여러 측면에서 그들을 좇아가지 않을 수 없었다. 또한 그들에게는 아무것도 아닌 비용이 나에게는 생활에 꼭 필요할 뿐 아니라 엄청난 액수이기도 했다. 별장이라도 가게 되면 다른 사람들은 침실에서든 식탁에서든 하인의 시중을 받는다. 또한 자신이 필요로 하는 모든 것을 하인을 보내 찾아오게 한다. 그런 사람은 하인들을 직접 다룰 일이 전혀 없고 그들을 볼 일조차 없으므로 마음 내킬 때 그들에게 선물을 하면 그것으로 끝이었다. 하지만 하인 없이 혼자인 나로서는 하인들의 눈치를 볼 수밖에 없었다. 그들에게 반드시 호의를 얻어야만 애를 먹지 않을 수 있었다. 게다가 나는 그들의 주인과 동등한 대접을 받는 까닭에 그들을 주인이 하는 만큼 대접해야만 했고, 사실상 내가 그들을 더 필요로 했으므로 다른 사람보다 그들에게 더 잘해야 했다. 하인이 적을 때는 그래도 괜찮다. 하지만 내가 다니는 집들은 하인이 많았고 하나같이 아주 거만하고 교활한데다 눈치가 빨랐다. 내가 보기에 자기들 잇속을 챙기는 데 있어서는 그랬다. 그 망나니들은 내가 차례로 자기들 모두를 필요로 하게 만들 줄 알았다. 눈치 빠른 파리 여자들도 그런 문제에 대해서는 별로 생각이 없었다. 내 지갑의 부담을 덜어준다면서 오히려 거덜이 나게 만들었으니 말이다. 내가 우리 집에서 조금 떨어진 도심에서 저녁식사를 하고 귀가하려 하면 그 집의 부인은 내가 삯마차를 부르러 보내는 수고를 덜어준다며 마차를 대어주었다. 그러면서 내가 하인과 마부에게 준 에퀴에 대해서는 생각하지 못하고 나에게 마차 삯 24수를 아끼게 해주었다고 무척 만족스러워했다. 어떤 부인은 파리에서 레르미타주나 몽모랑시에 있는 나에게 편지를 쓰면서 우편료로 내가 4수를 부담해야 하는 것을 안타까워하며 하인 한 사람 편에 편지를 보낸다. 하인은 온통 땀에 젖어 도착하고 나는 그에게 점심식사를 내고 그가 당연히 받아야 할 1에퀴를 준다. 그녀는 나에게 자신과 시골에서 한두 주를 함께 보내러 가자는 제안을 하면서 이런 생각을 한다. 이렇게 하면 이 가난한 청년은 그래도 돈을 아끼게 될 것이다. 그동안이라도 식비가 전혀 들지 않을 테니 말이다. 그녀는 그 기간 동안 내가 조금도 일할 수 없다는 것과 내 생활, 집세, 세탁물, 의복 등의 비용이 계속 든다는 것, 이발사에게 돈을 두 배로 지불해야 한다는 것 등은 생각지도 못한다. 비록 별것 아닌 인심을 내가 평소 드나들던 집들만으로 제한하여 쓰지만 그런 인심만으로도 나는 파산할 지경이었다. 단언할 수 있는 것은 오본에 있는 두드토 부인의 집에서 불과 네댓 번 묵으며 25에퀴를 쓴 것과 라 슈브레트 못지않게 에피네에서도 내가 가장 오래 드나들던 5, 6년 동안 100피스톨 이상을 썼다는 것이다. 이런 지출은 나 같은 성격의 사람에게는 어쩔 수가 없다. 아무것도 준비할 줄 모르고 무엇에도 애를 쓰지 않으면서, 투덜대고 싫은 기색을 하며 시중을 드는 하인의 꼬락서니는 견디지 못하니 말이다. 내가 한 집안처럼 지내고 하인들에게 많은 도움을 준 뒤팽 부인의 집에서도 나는 그들의 시중을 받으면 반드시 돈을 주었다. 그 후에 그런 소소한 선심은 완전히 그만두어야만 했다. 내 상황이 그런 선심을 더 이상 허락하지 않았고 당시 나는 나와 다른 신분의 사람들과의 교제가 어렵다는 사실을 훨씬 더 가혹하게 느낄 수밖에 없었다.

이런 생활이 차라리 내 취미에 맞았다면 즐거움의 대가인 막대한 지출에도 위안을 얻었을 것이다. 하지만 지루해지려고 많은 돈을 쓰는 것은 정말이지 참을 수 없었다. 나는 이런 생활방식에 너무나 부담을 느끼던 터라, 그즈음에 얻은 자유로운 시간적 여유를 이용하여 그 참에 아예 그런 시간을 지속시키고자 상류사회도, 책을 쓰는 일도, 일체의 문학적 교류도 완전히 단절한 채 내게 걸맞다고 생각되는 좁지만 평화로운 영역에서 남은 삶을 틀어박혀 살기로 전적으로 결심했다.

《달랑베르에게 보내는 편지》와 《신엘로이즈》의 수입으로 레르미타주에서 바닥을 드러낸 나의 재정 상태는 다소 회복되었다. 대략 1,000에퀴

정도를 손에 쥘 것으로 예상했다.《신엘로이즈》를 끝내고 본격적으로 착수한《에밀》은 상당히 진척되었는데, 이것이 출간되면 그 수입은 적어도 현재 보유한 자산의 두 배는 될 것이었다. 나는 그 돈을 저축할 계획을 세웠다. 소박하게나마 종신연금을 마련하고 악보 필사하는 일을 함께 하게 되면 더 이상 글을 쓰지 않고도 생계를 이어나갈 수 있었다. 아직 두 작품을 작업하는 중이었다. 첫 번째 작품은《정치 제도》였다. 그 책의 상태를 검토해보니 아직도 작업 기간이 여러 해 필요했다. 나는 결심을 실행하기 위해 그 작업을 끌고 나가서 그것이 완성될 때까지 기다릴 엄두가 나지 않았다. 그래서 작품을 포기한 채 그것에서 따로 떼어낼 수 있는 것만 끄집어내고 나머지는 모두 태워버리기로 결심했다. 또한《에밀》의 작업을 중단하지 않은 채 그 작업을 열심히 밀어붙인 덕분에 2년이 안 걸려《사회계약론》을 마무리 지었다.

《음악 사전》도 남아 있었다. 이 작품은 기계적으로 언제 어느 때나 집필할 수 있었고 단지 금전적인 이득이 목적이었다. 모아놓은 나의 또 다른 수입에 비추어 내게 필요한 일인지 혹은 필요 이상의 일인지에 따라 작업을 포기할 것인지 편하게 끝을 낼 것인지는 일단 보류해두었다.《감각적 도덕》과 관련해서는 계획만 세워놓은 상태여서 집필은 완전히 포기해버렸다.

악보 필사 일에 완전히 손을 떼고 지낼 수만 있다면 내 마지막 계획은 뜻밖의 방문객이 몰려들어서 생활비가 많이 들고 그것을 벌 시간마저 빼앗기는 파리를 떠나는 것이었다. 은둔하여 펜을 놓게 되면 작가가 빠진다고들 하는 지루함을 이겨내기 위해서 나는 내 고독의 공허를 채워줄 수 있는 일을 마련해두었다. 그렇다고 내 생전에 무엇이고 출간할 생각은 전혀 없었다. 레가 어떤 엉뚱한 생각에서 오래전부터 나에게 회고록을 쓰라고 부추겼는지 모르겠다. 내 삶의 이력은 그때까지만 해도 사실 그리 흥미롭지 못했지만, 솔직하게 쓸 수만 있다면 자서전이 흥미로워질 수도 있겠다고 생각했다. 그래서 이 자서전을 진실함에서 그 전례가 없는 전무후무한 작품으로 만들어보자는 결심을 했다. 적어도 단 한 번은 한 인간의 내면을 있는 그대로 볼 수 있도록 말이다. 나는 몽테뉴Montaigne의 거짓된 진실함을 항상 일소(一笑)에 부쳐왔다. 그는 자신의 결점을 고백하는 체하면서 마음에 내키는 결점만을 드러내려고 대단히 애썼다. 반면에 나는 모든 점에서 가장 선량한 인간은 나 자신이라고 항상 생각했고 아직도 그렇게 생각하고 있다. 그러면서도 아무리 순수한 인간이라도 내부에 어떤 추악한 악덕을 지니지 않은 인간은 없다고 생각했다. 사람들이 나를 실제 모습과는 거의 같지 않게, 때로는 아주 비정상적으로 평가하고 있음을 알고 있다. 그래서 내게 악덕이 있고 그것을 숨기고 싶은 의도가 전혀 없지만 있는 그대로의 나 자신을 드러내면 결과적으로 득을 볼 수 있었다. 게다가 그렇게 하다 보면 다른 사람들도 역시 있는 그대로 자신을 드러낼 수밖에 없다. 따라서 이 작품은 나와 다른 많은 사람들이 죽은 뒤에야 출간될 수밖에 없다. 그렇기 때문에 나는 더욱 용기를 내어 고백을 했고 그로 인해 어느 누구 앞에서도 결코 낯을 붉히는 일이 없을 것이다. 그래서 나는 그 계획을 제대로 실행하는 데 내 여가를 할애하기로 결심하고 내 기억을 인도하거나 일깨워줄 편지들과 서류들을 모으기 시작했다. 지금까지 내가 찢어버리거나 불태워버리고 분실한 모든 것들을 무척이나 아쉽게 느끼면서 말이다.

이 완전한 은둔 계획은 지금까지 내가 세운 가장 현명한 계획들 가운데 하나로 내 머릿속에 단단하게 새겨졌다. 그런데 내가 그것을 실행하려고 애쓰고 있을 때 내게 또 다른 운명을 준비해둔 하늘은 나를 새로운 소용돌이 속으로 던져버렸다. 몽모랑시는 같은 이름을 지닌 유명한 가문의 유서 깊고 훌륭한 세습 영지였으나 재산을 몰수당한 뒤로는 더 이상 그 집안의 소유가 아니었다. 이 영지는 앙리Henri 공의 누이를 통해 콩데 집안으로 넘어가는 바람에 이름도 몽모랑시에서 앙기엥으로 바뀌었다.

그 공작령에는 성이라고는 낡은 탑 하나만 남아 있었다. 그곳은 고문서를 보관하고 봉신의 서약을 받는 장소였다. 하지만 몽모랑시 혹은 앙기엥에는 '불쌍한 사람'이라고 불리던 크루아자Croisat가 지은 별관이 있었다. 그 별관은 가장 웅장한 성채의 화려함을 지니고 있어서 성이라 불릴 만했고 실제로도 그렇게 불리고 있었다. 그 아름다운 건축물의 위엄 있는 외관, 건물이 서 있는 대지, 아마도 세상에서 찾아보기 힘든 조망, 뛰어난 손길로 그림을 그려 넣은 넓은 거실, 저 유명한 르 노트르Le Nôtre가 만든 정원 등 그 모든 것이 전체를 이루고 있었다. 그 놀라운 위풍당당함에는 뭐라 말할 수 없는 소박함이 깃들어 있어 보는 이의 감탄을 불러일으켰다. 원수인 뢱상부르 공작은 당시 그 저택을 소유하고 있으면서 해마다 두 차례씩 와서는 대여섯 주를 보내곤 했다. 과거 선조들이 주인이었던 이 고장에 그는 단순한 주민으로서 왔지만 그 행차의 화려함은 자기 집안이 누리던 과거의 영광에 조금도 뒤지지 않았다. 내가 몽모랑시에 자리 잡은 이후 그가 처음으로 저택을 방문했을 때, 원수 내외는 하인을 보내어 내게 인사말을 전하고 내가 좋다면 언제든지 자기 집에 와서 저녁을 함께하자고 초대했다. 그들은 그곳에 올 때마다 잊지 않고 내게 같은 인사말을 전하고 식사 초대를 했다. 그러다 보니 생각나는 것 하나가 브장발 부인이 나를 주방에서 식사하게 한 일이었다. 시대는 달라졌지만 나는 그대로였다. 나는 주방에서 식사 대접을 받는 것도 결코 원치 않지만 귀족들과 함께 식사를 하는 것도 별로 관심이 없다. 나는 그들이 나를 환대하지도 천대하지도 말고 차라리 있는 그대로 내버려두기를 바랐을 것이다. 나는 뢱상부르 공작 내외의 인사에 예의 바르고 공손하게 회신을 했다. 하지만 그들의 제안은 받아들이지 않았다. 워낙 내성적인 성격인데다 궁색하고 말을 할 때면 당황하기 때문에 궁정 사람들의 모임에 나간다는 생각만으로도 몸이 떨렸다. 나는 감사 인사차 성에 들르는 것조차 하지 않았다. 비록 사람들이 바라는 바와 이 모든 배려가 호의보다는 차라리 호기심에서 비롯된 것임을 충분히 이해하고 있었지만 말이다.

그럼에도 은근한 제의는 계속되었고 그 횟수가 늘어나기까지 했다. 부플레르 백작부인은 원수의 부인과 상당히 친했는데 몽모랑시에 와서는 내 소식을 물어왔고 나를 만나러 오겠다는 제안을 했다. 나는 어쩔 수 없이 회신을 했지만 전혀 움직이지 않았다. 다음 해인 1759년 부활절 여행 때 콩티 대공의 궁정과 뤽상부르 부인의 사교계에 출입하던 로랑지 기사가 여러 차례 나를 만나러 왔다. 우리는 서로 알게 되었다. 그는 성에 가자고 나를 부추겼다. 나는 아무런 대응을 하지 않았다. 마침내 전혀 생각지도 않던 오후에 나는 뤽상부르 원수가 대여섯 명을 수행하고 오는 모습을 보았다. 이렇게 되자 더 이상 어쩔 도리가 없었다. 나는 거만하다거나 무례하다는 말을 듣고 싶지 않아 어쩔 수 없이 답례로 그를 방문하고 원수 부인에게 가서 문안을 드렸다. 그는 자기 부인을 생각해서 내게 호의적인 일들을 베풀어주었다. 이런 식으로 내가 더 이상 오래 피할 수 없는 관계가 불길한 조짐 속에서 시작되었다. 하지만 그 관계 속에 끌려 들어가면서 너무나 확실한 예감이 든 나머지 그 관계에 두려움을 품지 않을 수 없었다.

뤽상부르 부인은 너무도 두려웠다. 그녀가 친절하다는 사실은 알고 있었다. 나는 그녀를 극장과 뒤팽 부인의 집에서 10년 전이나 12년 전에 여러 차례 만난 적이 있었다. 그때 그녀는 부플레르 공작부인이었고 여전히 젊은 시절의 아름다움을 발하고 있었다. 하지만 그녀는 심술궂은 여자라는 소문이 있었다. 그 같은 귀부인에게 그런 소문이 있다 하니 몸이 떨렸다. 그럼에도 그녀를 보자마자 마음을 사로잡혔다. 그녀는 매력적이었고 나이가 들어도 변치 않는 그 매력은 내 마음을 온통 흔들어놓았다. 나는 그녀의 이야기가 매섭고 독설로 가득 차 있을 것이라고 생각했다. 하지만 조금도 그렇지 않았다. 생각보다 훨씬 더 좋았다. 뤽상부르 부인의 이야기 솜씨는 재기발랄하지는 않았다. 재치도 없고 사실 섬세함도 없었다. 하지만 절묘하게 세련되어서 결코 강한 인상을 주지는 않지만 늘 사람들의 환심을 샀다. 그녀의 칭찬은 꾸밈이 없는 만큼 더욱더 사람의 마음을 들뜨게 했다. 그 말은 그녀 자신도 모르게 새어나오는 것 같았고, 단지 마음이 가득 차 있기 때문에 그 마음이 흘러나오는 듯싶었다. 첫 방문에서부터 나의 어수룩한 태도와 서툰 말투에도 불구하고 그녀가 나를 불쾌하게 생각하지는 않는 눈치라고 믿었다. 궁정의 여인들은 누구라도 자기가 원할 때면 사실이든 거짓이든 상대에게 그런 믿음을 줄 줄 안다. 하지만 모든 여인들이 뤽상부르 부인처럼 그런 믿음에 의심을 품을 생각도 안 할 만큼 아주 적절하게 상대를 설득할 줄 아는 것은 아니다. 첫날부터 그녀에 대한 나의 믿음이 워낙 컸던 터라 만일 철없는 젊은 여자인데다 꽤나 짓궂고 내가 보기에는 다소 까다롭기까지 한 원수 부인의 며느리 몽모랑시 공작부인이 나를 비난할 생각을 하지 않았더라면, 또한 그녀가 시어머니의 과도한 칭찬과 그녀 자신의 위선적인 교태 속에서 내가 조롱을 당하고 있는 것은 아닌지 의심하지 않았더라면 그 믿음은 이내 전폭적인 것이 되었을 것이다.

만일 내가 원수의 지극한 호의를 감안하여 그녀들의 호의도 믿을 만하다고 확신하지 못했다면 두 부인에 대한 두려움에서 벗어나기가 쉽지 않았을 것이다. 나의 소심한 성격에 비추어보면 나와 동등하게 사귀고 싶다는 원수의 말을 곧바로 믿어버린 것은 더없이 놀라운 일이다. 완전히 독립적으로 살고 싶다는 내 말을 그가 곧장 받아들였다는 점을 고려하지 않는다면 말이다. 두 사람은 내가 내 처지에 만족하고 그 처지를 바꾸려 하지 않는 것이 옳다고 확신한 듯 그도 뤽상부르 부인도 내 주머니 사정이나 재산에 대해서는 한순간도 염려하려 하지 않는 것 같았다. 비록 그 두 사람이 내게 보이는 다정한 관심에 의구심을 품은 적은 없지만 그들이 나에게 자리를 제안하거나 자신들의 영향력을 행사해준 일은 결코 없었다. 다만 뤽상부르 부인이 내가 아카데미 프랑세즈에 들어가기를 바라는 것처럼 보인 적은 한 번 있었지만 말이다. 나는 종교를 핑계로 삼았다. 그녀는 종교는 문제가 되지 않는다고 내게 말했다. 혹 문제가 되더라도 자신이 해결해주겠다고 약속했다. 나는 내가 그렇게 유명한 단체의 회원이 된다는 것이 영광이긴 하지만, 이미 트레상 씨에게 어떻게 보면 폴란드 왕에게 당시 아카데미에 들어가는 것을 거절한 마당에 예의를 지킨다면 어떤 단체에도 들어갈 수 없다고 대답했다. 뤽상부르 부인은 고집을 부리지 않았고 그 문제는 더 이상 언급되지 않았다. 뤽상부르 씨는 국왕과 각별한 친구였고 또 그럴 만한 사람이었으므로, 그토록 지체 높은 귀족들은 나를 위해 무엇이든지 할 수 있었다. 그런 귀족들과의 솔직한 교제는 내가 막 헤어진 보호자인 척하던 친구들의 호의적인 만큼 성가신, 끊임없는 관심과는 아주 야릇한 대조를 이루었다. 그들은 나를 돕기보다는 타락시키려고 애썼으니 말이다.

원수가 나를 만나러 몽루이에 왔을 때 나는 그와 그의 수행원들을 내 단칸방에서 맞이하느라 애를 먹었다. 내가 그를 더러운 접시와 깨진 단지들 사이에 앉게 할 수밖에 없었기 때문이 아니라 썩은 마룻바닥이 내려앉기 일보 직전이어서 일행의 무게로 완전히 무너져내리지 않을까 걱정되었기 때문이다. 나 자신의 위험보다는 그 사람 좋은 귀족의 친절함 때문에 일어날 위험을 염려한 나는 서둘러 그를 그곳에서 데리고 나와 아직 날이 추웠음에도 불구하고 망루로 안내했다. 망루는 사방이 트여 있었고 난로도 없었다. 그가 자리를 옮기자 나는 내가 그를 그곳으로 오도록 권한 이유를 설명했다. 그러자 그는 그 이유를 부인에게 전했고 두 사람은 내 집 마룻바닥이 수리되기를 기다리는 동안 내가 성에 머물러줄 것을 간청했다. 내가 다른 곳을 원한다면 정원 한가운데 있는 '작은 성'이라는 이름의 별채 건물에 머물러도 좋다고 말했다. 그 매력적인 거처에 대해서는 이야기를 해둘 만하다.

몽모랑시의 공원 혹은 정원은 라 슈브레트의 경우처럼 평지가 아니다. 그 땅은 평탄하지 않고 기복이 심했으며 언덕과 골짜기가 뒤섞여 있었다. 솜씨 좋은 예술가가 그런 지형을 이용하여 덤불숲과 장식물과 분수와 조망대 등으로 변화를 주었고, 말하자면 그 자체로는 상당히 협소한 공간을 기교와 재능으로 확장시켰다. 이 공원은 위쪽은 테라스와 성곽으로 둘러싸여 있고 아래쪽은 계곡으로 이어지며 폭이 넓어지는 협곡으로 이루어졌는데 협곡의 구석은 커다란 정원의 연못이 차지하고 있었다. 이 같은 너른 들판에 펼쳐져 있는 오렌지 나무 정원과, 작은 숲과 나무들로 잘 꾸며진 작은 언덕으로 둘러싸인 정원의 연못 사이에 내가 말한 작은 성이 있다. 그 건물과 주변의 대지는 유명한 르 브룅Le Brun의 소유였다. 그는 위대한 화가로 마음에 품고 있던 장식과 건축에 대한 섬세한 취향으로 그 건물을 세우고 장식하기를 좋아했다. 그 성은 이후에 다시 지어졌지만 항상 첫 주인의 구상 그대로였다. 성은 작고 소박하지만 세련되었다. 성은 오렌지 나무 정원의 저수조와 커다란 정원의 연못 사이 저지대에 위치해 있어 습해지기 쉬웠으므로 건물 중앙에 두 줄로 늘어선 기둥들 사이로 빛이 드는 회랑을 내었다. 회랑을 통해 공기가 건물 전체에 드나들어서 그 위치에도 불구하고 건물은 건조하게 유지되었다. 이 성을 전망할 수 있는 맞은편 언덕에서 바라보게 되면 성은 완전히 물에 둘러싸여 있는 것처럼 보였고, 마조레 호수 위의 세 개의 보로메 섬들 중에서 가장 아름다운 '이졸라 벨라' 섬을 보는 듯싶었다.

바로 이 적막한 건축물 안에 있는 완비된 네 공간 중 하나를 내가 선택해 쓰도록 해주었다. 1층에는 무도회장과 당구장, 주방이 갖추어져 있었다. 나는 내가 쓰게 되어 있는 주방 바로 위의 가장 작고 소박한 거처를 선택했다. 그 거처는 청결하면서 호감이 갔다. 그곳의 가구는 하얀색과 푸른색이었다. 나는 이 깊고 감미로운 고독 속에서 숲과 물에 둘러싸여 온갖 새들이 지저귀는 소리를 듣고 오렌지 꽃향기를 맡으며《에밀》의

5권을 쉼 없는 황홀 속에서 써내려갔다. 이 책의 상당히 생기발랄한 색채의 상당 부분은 내가 글을 썼던 지방의 강렬한 인상에서 빌려왔다.

아침이면 해가 떠오르는 가운데 회랑의 향기로운 공기를 들이마시려고 얼마나 열심히 뛰어다녔는지 모른다! 테레즈와 그곳에서 단둘이 마시던 카페오레는 얼마나 맛있었는지! 고양이 한 마리와 개 한 마리가 우리와 함께 지냈다. 이런 동료들만으로도 평생 한순간도 권태로움을 느끼지 않을 정도로 충분했다. 내가 있는 곳이 바로 지상낙원이었다. 나는 그곳에서 그만큼 순수하게 살았으며 낙원에서와 같은 행복을 맛보았다.

7월의 여행 중에 뤽상부르 내외가 이처럼 나에게 어찌나 많은 관심과 호의를 보여주었는지 그들의 집에 머물며 그들의 호의를 한 몸에 받고 있는 나로서는 그들을 꾸준히 만나는 것으로 그들에게 보답할 수밖에 없었다. 나는 그들 곁을 거의 한시도 떠나지 않았다. 아침마다 원수 부인에게 문안을 드리러 갔다. 그곳에서 식사를 했고 오후에는 원수와 산책을 나갔다. 하지만 그곳에서 저녁식사는 하지 않았다. 사람이 많기도 했지만 내게는 너무나 늦은 시간이었기 때문이다. 그때까지는 모든 일이 순조로웠다. 여전히 아무런 문제도 없었을 것이다. 내가 지금처럼만 자제력이 있었다면 말이다. 하지만 나는 애정 속에서 도무지 중도를 지키지 못했고 단지 교제의 의무만을 이행할 줄도 몰랐다. 나는 항상 전부 아니면 전무였다. 오래지 않아 나는 전부가 되었다. 이런 사람들에게 환대와 극진한 대접을 받게 되자 나는 도를 넘어서 그들에게 우정을 품게 되었다. 동등한 사람들만이 품을 수 있는 그런 우정 말이다. 나는 내 태도 속에서 우정에서 비롯된 친밀감을 드러냈다. 반면에 그들은 나를 대하는 태도에서 내가 익숙해진 예의를 결코 소홀히 하지 않았다. 그렇다고 내가 원수 부인에게 제멋대로 굴었던 것은 결코 아니다. 나는 그녀의 성격에 대해 완전히 마음을 놓지도 않았지만 그것보다 더 두려운 것은 그녀의 재기였다. 그녀가 내게 존경심을 불러일으키는 것도 특히 그 점이었다. 나는 그녀가 대화에 까다롭다는 것, 그리고 그럴 만한 권리가 있다는 것을 알고 있었다. 여자들, 특히 귀부인들은 절대적으로 즐거움을 원한다는 것, 그녀들을 지루하게 만들기보다는 차라리 모욕하는 것이 낫다는 것도 알고 있었다. 그래서 나는 방금 자리에서 일어나 떠난 사람들이 했던 말에 대한 그녀의 뒷얘기를 듣고 그녀가 나의 서툰 말을 어떻게 생각했을지 상상해보았다. 나는 그녀 옆에서 말을 해야 하는 곤혹스러움에서 벗어나려고 한 가지 대책을 생각해냈다. 그것은 책을 읽는 것이었다. 그녀는《쥘리》에 대해 말하는 것을 들었다. 그녀는 그 책이 인쇄 중이라는 사실도 알고 있었다. 그녀는 그 작품을 서둘러 보고 싶다는 눈치를 내비쳤다. 나는 그녀에게 그 책을 읽어주겠다는 제안을 했다. 부인은 제안을 받아들였다. 아침 열 시만 되면 그녀의 저택으로 갔다. 뤽상부르 씨도 왔다. 문을 닫아두고 그녀의 침대 옆에서 책을 읽었다. 나는 책 읽는 속도를 아주 잘 조절했기 때문에 그들이 계속 머무르게 되었더라도* 그 기간 내내 책을 읽을 수 있었을 것이다. 이 같은 방책은 기대 이상의 성공을 거두었다. 뤽상부르 부인은《쥘리》와 책의 저자에게 빠져들었다. 그녀는 나에 대한 이야기만 했으며 나에게만 관심을 두었고 온종일 내 기분을 맞추어주는 말을 하고 하루에도 열 번은 내게 입맞춤을 했다. 그녀는 내가 식탁에서 항상 자기 옆자리에 앉기를 바랐다. 다른 귀족들이 그 자리에 앉으려 하면 그것은 내 자리라고 말해주었고 그들을 다른 자리에 앉게 했다. 이처럼 매력적인 행동이 나에게 미친 영향에 대해서는 짐작이 갈 것이다. 아주 사소한 애정의 표시에도 마음이 끌리는 나였으니 말이다. 나는 그녀가 나에게 드러내는 애정에 비례하여 실제로 그녀에게 애착을 갖게 되었다. 그리고 이 같은 심취를 알고서 내 기질 속에는 그것을 지속시킬 만한

---

* 왕은 대규모 전투의 패배로 무척 상심했기 때문에 뤽상부르 씨는 서둘러 궁정으로 돌아갈 수밖에 없었다.

매력이 거의 없다는 것을 느꼈으므로 그 감정이 혐오로 바뀌지 않을지 못내 걱정되었다. 불행히도 내가 보기에 그러한 걱정은 너무나 충분한 근거가 있었다.

그녀와 나의 사고방식에는 근본적인 차이가 있었음이 분명하다. 왜냐하면 대화를 할 때마다 그리고 편지에서조차 매 순간 본의 아니게 튀어나오는 수없이 어리석은 말은 차치하고라도, 내가 그녀와 가장 좋은 관계일 때도 나는 이유를 생각할 수도 없는데 그녀의 기분을 상하게 하는 것들이 있었기 때문이다. 그런 경우가 수없이 많았지만 한 가지 사례만 들어보겠다. 그녀는 내가 두드토 부인에게 장당 얼마를 받고《엘로이즈》의 필사본을 쓰고 있는 것을 알았다. 그러면서 자신도 그것을 갖고 싶어했다. 나는 그녀에게 그것을 약속했다. 그래서 그녀를 내 고객들 중 한 사람으로 삼고 그 일에 관해 호의적이고 예의 바른 글을 그녀에게 썼다. 최소한 내 의도는 그러했다. 그런데 나를 어리둥절하게 만드는 그녀의 답장이 날아들었다.

화요일, 베르사유에서(편지묶음 C 43호)

나는 매우 기쁘고 만족스럽습니다. 당신의 편지를 받고 한없이 기뻤기에 서둘러 당신에게 그 기쁨을 전하고 감사를 드리는 바입니다.

당신이 편지에 쓴 내용은 다음과 같습니다. "비록 부인께서는 아주 훌륭한 고객임이 분명하지만 부인의 돈을 받자니 저는 마음이 편치 않습니다. 원칙적으로는 부인을 위해 일할 수 있는 즐거움에 돈을 지불해야 할 사람은 바로 저일 것입니다." 이 문제에 대해 당신에게 더 이상 이야기하지 않겠습니다. 다만 당신이 당신의 건강에 대해 나에게 전혀 말해주지 않은 것이 개탄스러울 따름입니다. 그것만큼 내게 중요한 문제는 없습니다. 진심으로 당신을 사랑합니다. 확실히 이 말을 당신에게 편지로 전하게 되어 무척 유감스럽습니다. 왜냐하면 이 말을 당신에게 직접 전하면 정말 기쁠 테니까요.

뤽상부르 씨도 당신을 사랑하며 당신에게 충심 어린 포옹을 전합니다.

나는 이 편지를 받고 일체의 불쾌한 해석에 항의하기 위해 서둘러 답장을 하기로 마음먹고 좀 더 상세하게 검토해보았다. 누구나 이해할 만한 불안으로 그러한 검토를 하며 며칠을 보낸 다음에도 여전히 아무것도 이해할 수 없었다. 결국 그 문제에 대한 나의 마지막 답장은 다음과 같다.

1759년 12월 8일, 몽모랑시에서
최근에 편지를 보낸 뒤에 문제가 된 구절을 수없이 검토해보았습니다. 그 구절을 본래 있는 그대로의 의미로 생각해보았습니다. 그 구절에 부여할 수 있는 모든 의미로도 생각해보았습니다. 원수 부인이시여, 고백하건대 저는 부인에게 사과해야 할 사람이 저인지 아니면 저에게 사과해야 할 사람이 부인이 아니신지 더 이상 모르겠습니다.

이 편지들을 쓴 지 이제 10년이 되었다. 그때 이후 이 문제에 대해 줄곧 생각해보았다. 이 문제에 대한 나의 어리석음은 지금도 여전해서 그녀가 그 구절 속에서 무엇을 찾아낼 수 있었는지 깨닫지 못했다. 나는 모욕적인 것은 물론이고 그녀의 기분을 상하게 한 것조차 생각해내지 못했다.
여기서 뤽상부르 부인이 갖고 싶어 한 《엘로이즈》의 필사본에 대해 말해야 할 것이 있다. 나는 이 필사본에 어떤 특별한 이점을 부여하여 다른 모든 필사본과 구별되게 했다. 나는 〈에두아르 경의 모험담Les aventures de Mylord Édouard〉을 별도로 써두었다. 그 이야기 전부를 끼워 넣을지 아니면 일부만 발췌하여 넣을지 한참을 망설였다. 내가 보기에 이 작품에서 그 이야기는 꼭 필요한 듯싶었다. 그러나 결국 그 이야기 전체를 삭제하기로 결심했다. 그 이야기는 나머지 전체와 어조가 달랐던 까닭에 전체 글의 감동적인 소박함을 손상시킬 수도 있었다. 내가 뤽상부르 부인을 알고서는 더욱 그럴듯한 이유가 생겼다. 그 모험담에는 아주 밉살스러운 로마의 후작부인이 등장하는데, 그녀의 몇몇 특징이 뢰상부르 부인과 일치하지는 않지만 그녀를 소문으로만 알고 있는 사람들에게는 부인과 연관시킬 수도 있었던 것이다. 그래서 나는 내가 내린 결정에 무척 만족했고 그 결정을 공고히 했다. 하지만 다른 사본에는 없는 무언가로 그녀를 위한 증정본을 충실하게 만들려는 강한 욕망에서, 그 불행한 모험담을 생각해내려 했고 그 이야기를 발췌하여 증정본에 덧붙이려 한 것은 아니었는지? 무분별한 계획이었다. 나를 파멸로 이끈 맹목적인 숙명이 아니고서는 그런 엉뚱한 짓을 설명할 수 없다.

주피터는 인간을 파멸시키려면 먼저 그의 이성을 빼앗는다.
Quos vult perdere Juppiter dementat.

어리석게도 나는 정성과 노력을 다하여 발췌본을 만들었고 세상에서 가장 아름다운 것인 양 그 부분을 그녀에게 보냈다. 그렇지만 내가 원본을 불태워버렸으니 발췌본은 그녀만을 위한 것이며 그녀가 그것을 다른 사람에게 스스로 보여주지만 않는다면 결코 누구에게도 알려지지 않을 것이라고 곧이곧대로 그녀에게 알려주었다. 이 말은 내가 생각한 대로 나의 조심성과 신중함을 그녀에게 내보이기는커녕 세간에서 로마 후작부인의 특징을 뢰상부르 부인에게 적용한 것을 두고 그녀가 감정이 상했을 수 있겠다고 여긴 나의 판단만을 그녀에게 알린 셈이었다. 게다가 나는 그녀가 내 처신에 매우 흡족해한다는 것을 믿어 의심치 않을 정도로 대단히 어리석었다. 그녀는 그런 일이 있고 나서 내가 그 일에 기대했던 극찬을 보내지 않았다. 정말 놀랍게도 그녀는 내가 보낸 필사 노트에 대해 내게 단 한 마디도 언급하지 않았다. 나는 그 일을 하면서 내 처신에 대해 여전히 만족하고 있던 터라 한참이 지나서야 내 처신이 불러온 결과를 또 다른 조짐들을 통해 판단할 수 있었다.

　나는 그녀에게 보내는 필사본을 위해 더욱 그럴듯한 또 다른 생각을 해냈다. 하지만 그 생각은 훨씬 나중의 결과로 보니 내게 상당히 해로운 것이었다. 운명이 한 사람에게 불행을 불러일으킬 때면 그만큼 모든 것이 운명의 술책에 기여하는 법이다! 나는 이 필사본을 《쥘리》의 판화 그림으로 꾸미려고 생각했다. 그 판화는 필사본과 크기가 같았다. 나는 쿠앵데에게 그 그림들을 부탁했다. 그림들은 어느 모로 보나 내 소유였고, 내가 그에게 상당히 잘 팔리는 도판의 수익금을 넘겨주었으니 더욱더 그러했다. 쿠앵데는 내가 고지식한 만큼이나 꾀바른 사람이었다. 그는 내가 그 그림들을 여러 차례 부탁한 터라 그것들의 용도가 무엇인지 알게 되었다. 그래서 그 그림들에 몇 가지 장식을 추가한다는 구실로 그것을 못 가져가게 하더니 끝내는 자신이 직접 부인에게 증정했다.

　　시를 쓴 사람은 나인데 영광은 다른 자가 누렸다.
　　Ego versiculos feci, tulit alter honores.

　이런 식으로 그는 마침내 뤽상부르의 저택에 발을 들여놓았다. 그는 내가 작은 성에 거처를 정한 뒤 나를 자주 만나러 왔고, 특히 뤽상부르 부처가 몽모랑시에 있을 때면 항상 아침부터 찾아왔다. 그렇게 하면 나는 그와 함께 하루를 보내느라 성에 갈 짬이 좀처럼 나지 않았고 모임에 참석하지 못해 책망을 듣기도 했다. 내가 그 이유를 설명하자 내게 쿠앵데 씨를 데려오라고 재촉을 했다. 나는 그 말을 따랐다. 그 작자가 기대한 것이 바로 이것이었다. 그렇게 해서 나에 대한 뤽상부르 공작 내외의 과분한 호의 덕분에 텔뤼송Thélusson 씨가 식사 상대가 없을 때 이따금 식사를 함께하려고 부르던 일개 서기인 쿠앵데가 느닷없이 대공들, 공작부인들, 궁정의 모든 고관들과 함께 프랑스 원수의 식사 자리에 동석하게 된 것이다. 어느 날 그가 파리로 일찍 돌아가야만 했을 때 원수가 식사를 마치고 동석한 사람들에게 한 말을 나는 결코 잊을 수 없다. "생드니 쪽으로 산책을 갑시다. 쿠앵데 씨를 데려다 드리지요." 그 불쌍한 작자는 이 말에 너무나 가슴이 벅찬 나머지 완전히 얼이 빠질 정도였다. 나도 너무나 감동을 받아 한마디도 할 수 없었다. 나는 아이처럼 눈물을 흘리며, 그 훌륭한 원수의 발자국에 입이라도 맞추고 싶은 심정으로 뒤를 따라갔다. 하지만 그 필사본의 이야기를 하기 위해 여기서 세월을 앞질러 가야만 한다. 기억할 수만 있다면 그 순서대로 이야기를 다시 하기로 하자.

몽루이의 작은 집을 쓸 수 있게 되자마자 나는 깨끗하고 소박한 가구를 마련하여 그곳으로 돌아가 자리를 잡았다. 레르미타주를 떠나면서 집만큼은 항상 자기 소유로 해야 한다고 세운 나의 원칙을 단념할 수 없던 것이다. 하지만 작은 성의 내 거처를 떠날 결심을 할 수도 없었다. 나는 그곳 열쇠를 지니고 있었고 회랑의 우아한 아침식사가 무척 마음에 들었던 까닭에 종종 그곳에 가서 잠을 자고 시골 별장처럼 이따금 2, 3일씩 그곳에서 지내곤 했다. 아마도 나는 당시 유럽에서 누구보다도 훌륭하고 안락하게 살지 않았나 싶다. 집주인인 마타 씨는 더없이 좋은 사람이어서 몽루이의 집을 수리하는 동안 내게 전적으로 감독을 맡겼고, 자신은 참견하지 않은 채 일꾼들을 내 마음대로 부리도록 해주었다. 그래서 나는 2층의 방 하나를 고쳐 침실, 대기실, 의상실 등으로 이루어진 완전한 거처를 꾸밀 방법을 찾아냈다. 1층에는 주방과 테레즈의 방이 있었다. 망루는 유리를 끼운 그럴듯한 칸막이와 그곳에 만들어놓은 벽난로를 이용하여 서재로 꾸몄다. 집에 들어오게 되자 나는 테라스를 꾸미는 일에 재미를 붙였다. 이미 두 줄로 늘어선 보리수가 테라스에 그늘을 드리우고 있었는데 거기에 두 줄을 더 심게 하여 녹색으로 이루어진 서재를 만들었다. 또 그곳에 테이블과 돌로 된 긴 의자를 놓게 하고 라일락, 고광나무, 인동덩굴 등으로 에워쌌다. 나는 두 줄로 늘어선 나무들과 함께 나란히 아름다운 화단도 만들었다. 성의 테라스보다 더 높은 이 테라스는 전망도 그 못지않게 뛰어났다. 나는 이 테라스 위에서 많은 새들을 길들이고 이곳을 응접실로 사용했다. 이곳에서 뤽상부르 부처, 빌루아Villeroy 공작, 탱그리Tingry 대공, 다르망티에르d'Armentières 후작, 몽모랑시 공작부인, 부플레르 공작부인, 발랑티누아Valentinois 백작부인, 부플레르 백작부인, 그리고 같은 지위의 또 다른 사람들을 맞이했다. 그들은 성을 출발하여 아주 힘든 언덕길을 올라 이곳 몽루이까지 순례하는 일을 결코 가볍게 생각하지 않았다. 이 모든 방문은 뤽상부르 부처 덕분이었다. 나는 그렇게 생각했고 그들에게 진심으로 존경심을 드러냈다. 한번은 감동의 열정에 사로잡혀서 뤽상부르 씨를 포옹하면서 이렇게 말하기도 했다. "아! 원수님, 저는 각하를 알기 전에는 귀족들을 싫어했습니다. 하지만 그들이 얼마나 쉽사리 남들에게 사랑받을 수 있는지 각하께서 제게 절실히 깨닫게 해주신 다음부터는 그들이 더욱더 싫습니다."

그런데 그 시기 동안 나를 알았던 모든 사람들에게 묻겠다. 내가 그런 화려함에 한순간이라도 눈이 멀고 피어오르는 그 향기에 얼이 빠진 적이 있던가? 또 내 몸가짐에 일관성이 없고 내 태도에 소박함이 없어졌으며 사람들을 소홀하게 대하고 이웃들과 친근하게 지내지 못한 적이 있던가? 끝도 없고 때로는 사리에도 어긋나는 성가신 일에 꼬박 시달리면서도 그 일을 싫어하는 법 없이 내가 할 수 있는 일이라면 누구라도 지체 없이 도와주지 않은 적이 있던가? 물론 주인들에게 품은 내 진심 어린 애정 때문에 몽모랑시 성에 마음이 끌리기도 했지만 마찬가지로 여전히 한결같고 소박한 삶의 즐거움이 그리워 이웃들에게로 돌아오게 되었다. 나는 그런 삶을 벗어나서는 결코 행복을 누릴 수 없었다. 테레즈는 이웃인 필뢰Pilleu라는 석공의 딸과 친하게 지냈고 나도 그 아버지와 친해졌다. 약간 부담스럽기는 했지만 오전에는 원수 부인의 환심을 사려고 성에서 식사를 하고 저녁에는 사람 좋은 필뢰의 가족과 함께 때로는 그의 집에서 때로는 우리 집에서 식사를 하러 얼마나 서둘러 나오곤 했는지 모른다.

나는 그 두 곳의 거처 말고도 뤽상부르 저택에 제3의 거처를 곧 정하게 되었다. 그 주인들이 그곳에 와서 자신들을 만나달라고 하도 재촉하는 통에 파리라면 질색을 하지만 그렇게 하기로 했다. 레르미타주에 은둔한 이래 파리에는 앞서 언급한 바대로 단 두 번만 다녀왔을 뿐이다. 파리에 가더라도 약속한 날에 저녁식사만 하고 다음 날 아침에는 이내 돌아왔다. 나는 대로를 향해 나 있는 정원으로 출입했다. 그러므로 아주 정확히 말하자면 파리의 거리에는 발을 딛지 않았다고 할 수 있다.

이런 덧없는 행운을 끝장낼 파국이 그 행운의 한가운데서 오래전부터 준비되고 있었다. 몽루이로 돌아오고 얼마 지나지 않아 나는 그곳에서 늘 그랬던 것처럼 정말 본의 아니게 내 역사에 한 획을 긋는 새로운 사람을 알게 되었다. 좋은 일이었는지 나쁜 일이었는지는 나중에 알게 될 것이다. 그 사람은 나의 이웃인 베르들랭 후작부인이었는데, 그녀의 남편은 얼마 전 몽모랑시에서 가까운 수아지에 별장을 구입했다. 귀족 신분이지만 가난했던 다르스d'Ars 백작의 딸인 다르스 양은 나이가 많고 못생긴 데다 귀머거리에 냉정하고 난폭하며 질투심이 강하고 얼굴에 흉터가 있고 애꾸인 베르들랭 후작과 결혼을 했다. 그럼에도 그는 잘만 다루면 좋은 사람이었고 1만 5,000에서 2만 리브르의 연금을 받았다. 그녀는 돈을 보고 결혼한 것이다. 나름 귀여운 구석이 있는 이자는 욕설을 하고 소리를 지르며 투덜거리고 버럭 화를 내어 아내를 하루 종일 울렸으나 결국 늘 그녀가 원하는 것을 들어주고 말았다. 그의 그런 행동은 그녀를 화나게 만들었다. 왜냐하면 그녀는 그렇게 해주기를 원한 것은 남편이지 자신은 그것을 바라지 않는다고 남편을 설득할 줄 알았기 때문이다. 앞서 내가 말한 마르장시 씨는 부인의 친구였으므로 후작과도 친구가 되었다. 몇 년 전에 그는 그들에게 오본과 앙디이 근처에 있는 마르장시의 성을 빌려주었는데 그들은 내가 두드토 부인에게 애정을 품고 있던 당시에 마침 그곳에서 지내고 있었다. 두드토 부인과 베르들랭 부인은 두 사람 모두의 친구인 도브테르d'Aubeterre 부인을 통해 서로 알게 되었다. 마르장 시의 정원은 두드토 부인이 좋아하는 산책로인 올랭프 산으로 가는 길에 있었으므로, 베르들랭 부인은 그곳을 지나갈 수 있도록 그녀에게 열쇠를 주었다. 나도 그 열쇠 덕분에 그녀와 함께 그곳을 종종 지나갔다. 하지만 결코 그들을 예기치 않게 만나고 싶지는 않았다. 우리가 길을 가다가 베르들랭 부인을 우연히 만나게 되면 나는 그녀에게 한마디도 안 하고 두 사람을 함께 내버려둔 채 항상 앞장서서 걸어갔다. 그녀가 신사답지 못한 이런 행동을 두고 나에게 좋은 인상을 가졌을 리 없었다. 하지만 그녀는 수아지에 와서는 그래도 나를 보러 왔다. 그녀는 몽루이에 여러 차례 나를 만나러 왔다가 그냥 돌아간 일이 있는데, 내가 답례 방문을 하지 않는 것을 보고 내게 답방을 강요하려는 듯 테라스에 놓을 화분 몇 개를 보내려 했다. 그녀에게 감사 인사를 하러 가지 않을 수 없게 되었다. 이만하면 충분했다. 이렇게 해서 우리는 친분을 맺게 되었다.

내가 뜻하지 않게 시작한 모든 관계들처럼 이 관계도 우여곡절을 겪으며 시작되었다. 이 관계에서 진정한 평온은 결코 유지되지 못했다. 베르들랭 부인과 나의 사고방식은 지나칠 정도로 상반되었다. 부인은 너무나 쉽게 빈정대는 말과 독설을 내뱉었으므로 계속 주의를 기울여야만 언제 조롱하는 말이 튀어나올지 알 수 있었는데, 나로서는 매우 피곤한 일이었다. 문득 떠오른 한 가지 어리석은 일만으로도 내 어리석음을 충분히 짐작할 수 있을 것이다. 그녀의 오빠가 군함의 지휘관이 되어 영국과 싸우러 출항을 하게 되었다. 나는 함정의 기동성을 해치지 않고 무장을 하는 방법에 대해 이야기했다. 그녀가 아주 단조로운 어조로 말했다. "그래요, 전투에 필요한 대포만 적재하면 되겠지요." 나는 그녀가 옆에 없는 어떤 친구에 대해 불리한 어떤 말을 넌지시 끼워 넣지 않은 채 좋게 말하는 경우를 거의 보지 못했다. 그녀는 모든 것을 나쁘게 보거나 그렇지 않으면 조롱거리로 여겼다. 자신의 친구인 마르장시도 예외가 아니었다. 내가 그녀에 대해 더구나 참을 수 없다고 생각한 것은 이런저런 소소한 물건들과 선물들, 짧은 편지들로 끊임없이 나를 불편하게 만든 일이었다. 나는 그것들에 화답하느라 기진맥진해야만 했고 감사를 하거나 거절을 하려면 늘 또다시 난처한 처지에 빠졌다. 그렇지만 그녀를 자주 만나다 보니 마침내 그녀에게 애정을 갖게 되었다. 그녀도 나와 마찬가지로 자신만의 슬픔을 지니고 있었다. 우리는 서로 속내 이야기를 나누다 보니 단둘이서 대화를 나누는 것이 재미있어졌다. 다정히 함께 눈물을 흘리는 것만큼 마음을 이어주는 것은 없는 법이다. 우리는 서로를 위로하려고 서로를 찾았고, 나는 그런 필요성 때문에 종종 많은 것들을 그대로 넘겨버렸다. 나는 그녀를 솔직하면서도 냉정하게 대했는데, 이따금 부인의 성격에 별로 존경심을 보이지 않은 이후에 그녀가 진정으로 나를 용서했을 수도 있다고 믿으려면 실제로 많은 존경심을 갖는 것이 필요했다. 여기에 내가 이따금 부인에게 썼던 편지들의 견본이 있다. 여기서 주목할 점은 그녀가 나에게 보낸 어떤 답장에서도 내 편지들 때문에 감정이 상한 기미는 보이지 않았다는 것이다.

1760년 11월 5일, 몽모랑시에서

부인, 당신은 제가 제 생각을 제대로 설명하지 못하는 것을 제게 이해시키고자 했는데, 당신이 그런 사실을 제대로 설명하지 못했다고 말씀하십니다. 당신은 제 어리석은 행동을 스스로 깨닫게 하려고 스스로 생각하는 당신의 어리석음에 대해 말씀하고 계십니다. 당신은 마치 당신의 말이 있는 그대로 해석될까 봐 두렵기라도 한 것처럼 당신이 그저 착한 여자일 뿐이라고 스스로 자부하고 있습니다만, 당신이 제게 사과를 한 것은 제가 당신에게 사과해야 한다는 것을 깨닫게 해주려는 것입니다. 그래요, 부인, 저도 그런 사실을 잘 알고 있습니다. 어리석고 단순한 사람은 바로 저이며 어쩌면 그보다 더 못한 사람입니다. 저야말로 표현을 잘못 썼습니다. 당신만큼이나 말에 신중하고 말을 잘하는 아름다운 프랑스 귀부인의 생각으로 본다면 말입니다. 하지만 저는 그 말들을 평범한 뜻으로 쓴 것이며 파리의 고상한 상류사회에서 쓰는 정중한 말의 뜻에 대해서는 알지도 못하고 관심도 없다는 것을 알아주십시오. 이따금 제 표현이 불분명했더라도 저는 제 행동을 통해 그 의미를 드러내려고 애쓰고 있습니다. (후략)

이 편지의 나머지 부분도 거의 같은 어조였다. 이 편지에 대한 답장(편지묶음 D 41호)을 읽고 여인의 마음에 나타난 믿기 어려운 절제력에 대해 생각해보기 바란다. 이 여인의 마음은 이와 같은 편지에 그 답장을 통해 드러낸 감정이나 내게 나타낸 적이 있던 감정보다 더한 원한을 품을 수는 없을 것이다. 뻔뻔스러울 정도로 대담하고 파렴치한 쿠앵데는 내 친구 모두를 노리고 있었고 얼마 지나지 않아 내 이름을 대고 베르들랭 부인의 집에 드나들더니 나도 모르는 사이에 나보다도 더 친한 사이가 되었다. 쿠앵데는 독특한 인간이었다. 그는 내 이름을 대고 내가 아는 모든 사람들 집에 가서는 그곳에 자리를 잡고 눈치 없이 밥을 먹었다. 그는 나를 돕는 일에 열성적일 정도로 흥분해서 항상 눈물을 머금고 나에 대해 이야기했다. 하지만 그는 나를 만나러 와서는 그런 모든 관계나 자신이 생각하기에 내가 흥미를 보일 만한 모든 것에 대해 최대한 침묵을 지켰다. 그는 자신이 알게 되거나 말하거나 본 것을 나에게 말해주기는커녕 오히려 내 이야기를 듣기만 하고 질문을 해대기 일쑤였다. 파리에 대해서는 내가 그에게 알려준 것 말고는 전혀 알지 못했다. 말하자면 모든 사람들이 그에 대해 내게 이야기를 하는데도 그는 누구에 대해서도 결코 내게 이야기하지 않았다. 그는 오직 자신의 친구에 대해서만 비밀과 감추는 것이 있었다. 하지만 지금은 쿠앵데와 베르들랭 부인에 대해 더 이상 언급하지 않기로 하자. 그 사람들에 대해서는 다음에 다룰 것이다.

몽루이로 돌아오고 얼마 지나지 않아 라 투르라는 화가가 그곳으로 나를 만나러 왔다. 그는 나에게 파스텔로 그린 내 초상화를 가지고 왔는데, 몇 년 전에 살롱에 출품한 것이었다. 그는 초상화를 나에게 주고 싶어 했지만 나는 받지 않았다. 하지만 자신의 초상화를 나에게 준 데피네 부인이 내 초상화를 갖고 싶어 해서 자신에게 달라고 나를 재촉한 일이 있었다. 라 투르가 초상화를 다시 손보는 데는 시간이 걸렸다. 그러는 동안 나는 데피네 부인과 절교했다. 나는 부인에게 그녀의 초상화를 돌려주었고 내 초상화를 그녀에게 주는 일은 이제 당치 않았으므로 내 초상화를 작은 성의 내 방에 걸어두었다. 뤽상부르 씨는 방에서 초상화를 보고 마음에 들어 했다. 나는 초상화를 그에게 주겠다고 말했고 그는 받아들였다. 나는 그에게 초상화를 보내주었다. 원수 내외는 내가 자신들의 초상화를 받으면 기뻐할 것이라 여겼다. 그리하여 자신들의 조그만 초상화를 아주 훌륭한 솜씨로 그리게 했고 그것을 금이 박힌 천연수정으로 만든 과자 상자에 넣어 무척 정중하게 내게 선물했다. 나는 선물이 매우 만족스러웠다. 뤽상부르 부인은 자기 초상화가 상자의 위쪽을 차지하는 데 찬성하지 않았다. 그녀는 내가 자신보다 뤽상부르 씨를 좋아한다고 여러 차례 나를 나무라기도 했다. 사실이었으므로 나는 그 말을 부인하지 않았다. 그녀는 자신의 초상화를 걸어놓는 방식을 통해 자신이 그 같은 편애를 잊지 않고 있음을 아주 정중하지만 분명하게 밝혀두었다.

거의 이즈음에 나는 한 가지 어리석은 행동을 저질렀다. 그런 행동은 내가 그녀의 호의를 유지하는 데 도움이 되지 않았다. 나는 실루엣 씨[106]를 전혀 알지 못하고 그를 좋아하는 성향도 아니지만 그의 행정 능력에 대해서는 아주 높게 평가하고 있었다. 그가 징세청부인들에게 무거운 벌을 내리자 나는 그가 그런 행동을 시작하기에는 적절한 시기가 아니라고 보았다. 그렇다고 내가 그의 성공을 비는 데 열의가 덜했던 것은 아니다. 나는 그가 좌천되었다는 소식을 듣고 무모할 정도로 경솔하게 그에게 다음과 같은 편지를 썼다. 나는 분명히 그 편지를 정당화하려는 생각은 없다.

1759년 12월 2일, 몽모랑시에서

비록 각하와 일면식은 없사오나 각하의 재능을 높게 평가하며 각하의 행정 능력을 존중하는 한 은둔자의 경외심을 부디 받아주시기 바랍니다. 각하께 영예스럽게도 저는 각하께서 지금의 자리에 오래 머물지 못할 것이라고 믿어왔습니다. 각하께서는 국가를 파멸시킨 수도의 희생 없이는 국가를 구할 수 없었기 때문에 이익만을 좇는 파렴치한 무리들의 고함에 용감히 맞섰습니다. 각하께서 그런 파렴치한 자들을 굴복시키는 것을 보고 저는 각하의 지위를 부러워했습니다. 또한 각하께서 자신을 기만하지 않고 직위를 떠나시는 것을 보고 각하께 감탄을 금하지 않을 수 없습니다. 각하 스스로를 자랑스러워하십시오. 각하의 지위는 당신이 비길 데 없이 긴 세월을 누릴 명예를 각하께 남겨주었습니다. 사기꾼들의 저주는 의인에게는 영광입니다.

뢱상부르 부인은 내가 그 편지를 썼다는 것을 알고 부활절 여행 중에 나에게 편지 이야기를 했다. 나는 그녀에게 편지를 보여주었다. 그녀는 편지의 사본을 원했고 나는 부인에게 사본을 만들어주었다. 하지만 그녀에게 편지를 주면서도 그녀가 토지의 소작 전대(轉貸)에 관심을 두고 실루엣을 좌천시킨, 이익만 좇는 무리의 한 사람이라는 사실을 모르고 있었다. 내가 저지른 일체의 얼간이 짓을 두고 사람들은 내가 다정하고 영향력 있는 여인에게 까닭 없이 반감을 불러일으키려 한다고 할지도 모르겠다. 사실인즉 나는 부인에게 날이 갈수록 더 애착을 품게 되었다. 정말이지 그녀의 총애를 잃고 싶은 의도라고는 없었다. 비록 어리석은 행동을 한 나머지 그것을 잃을 만한 짓을 전부 저질렀지만 말이다. 내가 이미 1부에서 언급한 트롱셍 씨의 아편이 든 약 이야기가 부인과 관련이 있다는 것은 굳이 알릴 필요도 없다고 생각한다. 그 이야기에 나오는 또 다른 귀부인은 미르푸아 부인이다. 그녀들은 그 일에 대해 결코 내게 다시 언급한 적이 없으며, 두 사람 모두 조금도 그것을 기억하는 내색조차 하지 않았다. 비록 다음에 일어난 사건들에 대해서는 아무것도 모르지만 룩상부르 부인이 그 일을 정말로 잊을 수 있다고 믿는 일은 나로서는 정말 어려워 보였다. 내가 저지른 어리석은 짓의 결과에 관해서는 마음을 돌리기로 했다. 내가 저지른 어떤 얼간이 짓도 일부러 그녀를 모욕하려고 한 것이 아님을 나 자신에게 증명함으로써 말이다. 마치 그 일에 고의는 조금도 없었다는 사실을 완전히 확신하게 되면 어떤 여자라도 그와 같은 어리석은 짓을 언제고 용서해줄 수 있다는 듯이 말이다.

그렇지만 부인은 아무것도 보지 못하고 아무것도 느끼지 못한 듯했으며, 나 역시 그녀의 열의가 식거나 태도가 변했다고는 여전히 생각하지 않았다. 하지만 너무나 근거가 확실한 예감이 계속되고 증폭되었기 때문에 이 열광이 지나고 곧 권태가 찾아오지 않을까 하는 걱정이 끊이지 않았다. 변함없는 마음을 지속시킬 재간도 없으면서 내가 과연 그토록 고귀한 부인에게서 그런 마음을 기대할 수 있을까? 나는 나 자신을 불안하게 만들고 더욱 침울하게 만들 뿐인 그런 은밀한 예감을 그녀에게 감추지도 못했다. 아주 기이한 예언이 나타나 있는 다음 편지를 보면 그런 사실을 짐작할 수 있을 것이다.

주의 : 이 편지의 초고에는 날짜가 없지만 늦어도 1760년 10월에는 작성된 것이다.

부인의 호의는 얼마나 잔인한지 모릅니다! 더 이상 인생의 근심을 느끼지 않으려고 인생의 기쁨을 저버린 은둔자의 평화를 왜 깨뜨리시는 것입니까? 제 삶을 바쳐 변함없는 애정을 찾으려 했지만 소용이 없었습니다. 제가 도달할 수 있는 신분에서는 그런 애정을 품을 수 없었습니다. 그런 애정은 당신과 같은 신분에서나 찾아야 하는 것일까요? 야심도 이익도 제 마음을 끌지는 못합니다. 저는 자만심도 별로 없고 겁이 많지도 않습니다. 애정의 표시 말고는 어느 것에도 마음이 흔들리지 않습니다. 어찌하여 원수 부처께서는 제가 이겨내야만 하는 약점으로 저를 공격하십니까? 우리를 갈라놓는 거리 때문에 다정다감한 마음을 고백해도 제 마음과 두 분의 마음은 서로 가까이해서는 안 되는데 말입니다. 단 한 가지 헌신하는 방법만 알고 있고 오직 우정만을 느낄 수 있는 사람에게는 감사하는 것만으로 충분하지 않을까요? 우정 말씀이십니까! 원수 부인이시여! 아! 바로 거기에 저의 불행이 있습니다! 부인과 원수 각하께서 그런 표현을 쓰시는 것은 훌륭한 일입니다. 하지만 제가 두 분의 말씀을 있는 그대로 받아들이는 것은 당치도 않은 일입니다. 두 분은 즐기고 계시지만 저는 애착을 가지고 있습니다. 유희가 끝나고 나면 저는 새로운 후회를 각오해야 합니다. 저는 두 분의 일체의 칭호들을 증오하며 그런 칭호들을 지니신 두 분을 동정합니다! 제가 보기에 두 분께서는 사생활의 매력을 맛볼 자격이 충분한 분들입니다! 왜 원수 부처께서는 클라랑[107]에 살지 않으십니까! 저라면 그곳으로 인생의 행복을 찾으러 갈 텐데 말입니다. 그런데 몽모랑시의 성, 뤽상부르의 저택이라니요! 그런 장소에서 장 자크를 만나셔야 하겠습니까? 평등을 지지하는 사람이 다정다감한 마음에서 나온 애정을 드러내야 하는 곳이 그런 곳일까요? 다정다감한 마음이란 자신을 향한 존경의 대가를 지불함으로써 받은 만큼 돌려준다고 믿는 심성입니다. 부인께서는 좋은 분이고 정도 많으십니다. 저는 그런 사실을 잘 알고 있고 그것을 직접 목격했습니다. 더 일찍 그런 사실을 생각할 수 없었던 것이 아쉬울 따름입니다. 하지만 부인의 신분과 생활방식에서는 어느 것도 지속적인 인상을 줄 수 없습니다. 그렇게 많은 새로운 대상들은 서로를 지워버려서 어떤 것도 남아 있지 못합니다. 부인, 부인께서는 제가 당신을 모방하는 것이 불가능한 처지로 만든 연후에 저를 잊으려 하십니다. 부인께서는 저를 불행하게 만들고 용서받을 수 없도록 온갖 일을 하시게 될 것입니다.

나는 이 편지에 그녀와 뤽상부르 씨의 이름을 함께 적었다. 그녀에 대한 인사말이 더 가혹해지지 않게 누그러뜨리기 위해서였다. 더구나 나는 그를 너무나 신뢰한 나머지 그의 우정이 지속되리라는 사실에 대해서는 한 번도 걱정을 하지 않았다. 원수 부인이 나를 주눅 들게 했던 일들 가운데 어떤 것도 원수에게까지 영향을 미친 적은 단 한 순간도 없었다. 나는 그의 성품에 대해서는 결코 사소한 의심도 하지 않았다. 나는 그의 성격이 무르지만 믿을 만하다는 것은 알고 있었다. 그에게 영웅적인 애정을 기대하지 않는 것처럼 냉랭함 또한 걱정하지 않았다. 우리가 서로에게 취한 소박하고 친밀한 태도는 우리가 얼마나 서로를 믿고 있는지 보여준다. 우리 둘 다 옳았다. 내가 살아 있는 한 이 훌륭한 귀족에 대한 추억을 영광스럽게 생각하고 소중히 여길 것이다. 세상 사람들이 그와 나를 떼어놓으려고 온갖 짓을 다했어도, 내가 그의 임종을 지켜본 것처럼 그가 내 친구로서 죽었다고 확신한다.

1760년 두 번째 몽모랑시 여행 중에 《쥘리》의 낭독이 끝났으므로 뤽상부르 부인 옆에 계속 머물기 위해서 《에밀》을 낭독하는 수단을 동원하기로 했다. 하지만 책의 주제가 그녀의 취향이 아니었는지 아니면 낭독을 많이 듣다 보니 마침내 지루해졌는지는 모르겠지만 그 수단은 그리 성공을 거두지 못했다. 그러면서도 그녀는 출판업자에게 속고 있다고 나를 나무라며 책의 성과를 최대한 내기 위해 그 저서의 출간 책임을 자신에게 맡겨주기를 바랐다. 나는 프랑스에서는 절대 출간하지 않겠다는 조건을 분명히 하고 그 제안에 동의했다. 우리는 그 문제를 두고 긴 논쟁을 벌였다. 나는 암암리에 출간 허가를 받는 것이 불가능하므로 그것을 청원하는 일 자체가 경솔한 짓이라 주장했고 왕국에서 다른 방식으로 책의 출간을 허락받고 싶지 않았다. 부인은 정부가 채택한 체제 내에서는 검열에 문제가 생기는 일은 결코 없을 것이라고 주장했다. 그녀는 말제르브 씨를 자신의 계획에 동조하게 만드는 수법을 이용했다. 그는 이 문제

에 대해 나에게 손수 장문의 편지를 써서 〈사부아 보좌신부의 신앙 고백〉
은 확실히 어디서든지 인류의 동의를 얻을 만한 작품이며 현재의 상황에
서 궁정의 동의도 얻을 만하다는 것을 증명해 보였다. 나는 항상 겁이 많
던 그 행정관이 그 문제를 두고는 그렇게 유연한 것을 보고 깜짝 놀랐다.
그가 승인한 책의 출간은 그 자체만으로도 합법적이므로 나는 그 작품의
출간에 더 이상의 이의를 제기하지 않았다. 그럼에도 혹시나 하는 불안
감 때문에 그 작품이 네덜란드에서, 그것도 출판업자 네올므의 손에 출
간되어야 한다고 계속해서 요구했다. 나는 그를 지목하는 것으로 만족하
지 않고 그에게 그런 사실을 알렸다. 게다가 출판은 프랑스 서적상에게
이익이 되도록 하고, 출판이 되고 나면 그 판매의 문제는 나와 상관이 없
으므로 파리에서든 어디에서든 책을 팔아도 된다는 데 동의했다. 뤽상부
르 부인과 나 사이에 합의된 사항은 정확히 이와 같았다. 합의가 이루어
진 뒤 나는 그녀에게 원고를 넘겼다.

　부인은 그 여행에 지금은 로죙Lauzun 공작부인이 된 손녀 부플레르 양
을 데리고 왔다. 그녀는 아멜리Amélie라고 했다. 매력적인 아가씨였다.
그녀는 처녀다운 용모와 상냥함과 수줍음을 한데 지니고 있었다. 그 무
엇도 그녀의 모습보다 사랑스럽고 흥미로운 것은 없었다. 그 무엇도 그
녀가 불어넣은 감정보다 온화하고 순결한 것은 없었다. 뿐만 아니라 아
직 어린아이였고 열한 살도 안 되었다. 원수 부인은 아이가 너무 수줍음
이 많다고 생각하고 그녀를 활발하게 만들려고 애를 썼다. 부인은 그녀
에게 입맞춤할 수 있도록 나에게 여러 번 허락했다. 나는 평소처럼 무뚝
뚝하게 입맞춤을 했다. 다른 사람이 내 입장이었다면 했을 친절한 말 대
신에 아무 말도 못하고 당황한 채였다. 이 가엾은 소녀와 나 중에서 누가
더 수줍음이 많았는지는 모르겠다. 어느 날 혼자인 그녀를 작은 성의 계
단에서 만났다. 그녀는 조금 전 테레즈와 만났다. 그녀의 가정교사는 아
직 테레즈와 함께 있었다. 나는 그녀에게 무슨 말을 해야 할지 몰라서 입

맞춤을 하자고 했다. 그녀는 순수한 마음에서 입맞춤을 거절하지 않았다. 그날 아침에도 할머니의 지시에 따라 그 면전에서 입맞춤을 받아들였으니 말이다. 그다음 날 나는 원수 부인의 머리맡에서 《에밀》을 읽다가 내가 전날 저지른 행동을 정당한 이유로 비난하는 바로 그 구절과 맞닥뜨렸다. 그녀는 그런 지적이 아주 옳다고 생각하여 그 점에 대해 대단히 분별 있는 몇 마디 말을 했고, 나는 그 말에 얼굴이 붉어졌다. 나는 내 믿기 어려운 바보짓을 얼마나 저주했는지 모른다. 그 바보짓은 단지 어리석고 당황한 것일 뿐인 나를 비열하고 비난받아 마땅한 사람으로 보이게 만든다! 지성을 지녔을 만한 사람이 저지르는 어리석은 짓은 거짓 변명으로까지 간주되기도 한다. 맹세하건대 다른 입맞춤에서와 마찬가지로 너무나 비난받아 마땅한 이 입맞춤에서도 아멜리 양의 마음과 감각이 나보다 더 순수하지는 않았다는 것이다. 내가 또 맹세할 수 있는 것은 그때 내가 그 만남을 피할 수만 있었다면 그렇게 했을 것이라는 사실이다. 그녀를 만나는 일이 그리 즐겁지 않아서가 아니라 지나치면서 그녀에게 호감을 줄 만한 어떤 말을 찾아야 할지 몰라 난처했기 때문이다. 어떻게 어린아이가 왕들의 권력도 두려워하지 않던 사람을 위축시킬 수 있다는 말인가? 어떤 결정을 내려야 할까? 즉흥적인 판단 능력도 없으면서 어떻게 처신해야 할까? 나는 우연히 마주치는 사람들에게 말을 건네야만 한다면 꼭 엉뚱한 말을 내뱉게 된다. 내가 아무 말도 하지 않으면 나는 인간 혐오자, 짐승, 곰이 된다. 완전한 바보천치가 되는 것이 차라리 더 좋았을 것이다. 그런데 사교계에서 내게 부족한 재능 때문에 나만이 지닌 재능은 내 파멸의 도구가 되었다.

뤽상부르 부인은 이 여행의 막바지에 한 가지 훌륭한 일을 했는데 나도 그 일에 한몫을 했다. 디드로가 뤽상부르 씨의 딸인 로베크Robeck 공작부인을 대단히 경솔하게 모욕하자 부인의 후원을 받고 있던 팔리소가 〈철학자들Philosophes〉이라는 희극으로 그녀의 복수를 해주었다. 그 희극에서 나는 조롱거리가 되었고 디드로도 매우 혹독한 취급을 받았다. 저자는 희극에서 나를 훨씬 더 조심스럽게 다루었는데, 내 생각에 그가 내게 신세를 졌기 때문이라기보다는 후원자 부친의 심기를 거스를지 모른다는 두려움 때문이었다. 그도 내가 원수의 총애를 받고 있다는 것을 알고 있었으니 말이다. 당시 내가 전혀 모르고 있던 뒤셴Duchesne[108]이라는 출판업자가 그 희극이 출간되자 나에게 보내왔는데 나는 그것이 팔리소의 지시였으리라고 짐작하고 있다. 팔리소는 나와 절교한 사람이 심하게 비판을 받는 것을 내가 즐겁게 생각하리라고 믿었던 듯싶다. 그것은 상당히 잘못된 생각이었다. 비록 디드로와 관계를 단절했어도 나는 그에게 적의를 품기보다는 그를 조심성이 없고 유약한 사람이라고 생각했고 마음속에 항상 그에 대한 애정을 품고 있었으며, 더구나 우리의 오랜 우정에 대한 존중과 존경심을 간직하고 있었다. 나만큼이나 그도 그 우정을 오랫동안 진심 어린 것으로 여겼다고 생각한다. 위선적인 성격의 그림과는 전혀 상황이 다르다. 그는 나를 결코 사랑하지 않았으며 결코 남을 사랑할 수 없는 사람이었다. 그는 의도적으로 아무런 불만의 소지가 없음에도 단지 음험한 질투심을 충족시키려고 가면 뒤에 숨어 나의 가장 잔인한 중상모략가가 되었다. 그자는 나에게 더 이상 아무것도 아니다. 반면에 디드로는 항상 나의 옛 친구일 것이다. 그 가증스러운 희곡을 보고 나니 뱃속이 다 뒤틀렸다. 나는 그것을 참고 읽을 수가 없어서 중도에 그만두고 그 희곡을 다음의 편지에 동봉하여 뒤셴에게 보냈다.

  1760년 5월 21일, 몽모랑시에서
  당신이 내게 보내준 희곡을 훑어보다가 내가 극중에서 칭찬받는 장면을 읽고 그만 소름이 끼쳤습니다. 이 끔찍한 선물은 결코 받지 않겠습니다. 당신이 내게 희곡을 보내면서 나를 모욕할 의도는 없었다고 확신합니다. 하지만 당신이 몰랐거나 잊은 것이 있는데, 그 풍자문에서 부당하게 비방과 중상모략을 당한 존경받을 만한 사람의 친구가 영광스럽게도 나라는 사실입니다.

뒤센은 이 편지를 다른 사람에게도 보여주었다. 이 편지를 읽고 감동을 받아야 할 디드로는 정작 분을 참지 못했다. 그의 자존심은 내가 관대한 행동으로 드러내는 우월감을 용납할 수 없었다. 그의 아내가 도처에서 나에게 표독스러운 분통을 터뜨리고 다녔다는 사실을 알고 있었지만 그녀는 상스러운 여자로 평판이 난 터라 나는 그런 일에 별로 신경을 쓰지 않았다.

이번에는 디드로가 모렐레Morellet 신부에게 복수를 부탁했다. 신부는 《소예언자Petit Prophète》를 흉내 낸 〈환상Vision〉이라는 제목의 소품으로 팔리소에게 반격을 가했다. 그 글에서 로베크 부인을 어찌나 함부로 모욕했는지 그녀의 친구들이 그를 바스티유 감옥에 처넣어버렸다. 이 사건을 친구들의 소행이라고 말할 수 있는 것은 그녀는 천성적으로 복수심이 별로 없고 당시 거의 죽어가던 처지였으므로 그녀가 그 일에 가담하지 않았다는 것이 확실하기 때문이다.

달랑베르는 모렐레 신부와 무척 가까운 사람이어서 나에게 편지를 써서 뤽상부르 부인에게 신부의 석방을 청원해달라고 부탁해왔다. 그러면서 그는 감사의 표시로 《백과전서》에 그녀에 대한 찬사를 쓰겠다는 약속을 했다.* 나의 답장은 다음과 같다.

당신의 편지를 기다릴 것도 없이 이미 뤽상부르 원수 부인에게 모렐레 신부가 구금되어 내가 얼마나 괴로워하는지를 말씀드렸습니다. 부인께서는

---

* 이 편지는 다른 여러 편지들과 함께 뤽상부르 저택에서 없어졌다. 반면에 나의 서류들은 그곳에 보관되어 있다.

내가 그 일에 관심을 두고 있음을 알고 계십니다. 부인은 당신이 그 일에 관심을 두고 있다는 것도 아시게 될 것입니다. 그분은 그가 재능 있는 사람이라는 사실을 알기만 해도 그 일에 관심을 두실 것입니다. 더군다나 부인과 원수 각하께서 영광스럽게도 내 삶의 위안이 될 호의를 베푸실지라도, 당신 친구의 이름이 그분들께 모렐레 신부를 위한 추천서가 될지라도, 나로서는 그분들이 이런 상황에서 지위와 결부된 영향력과 인격에서 나온 배려를 어디까지 발휘하는 것이 적절한지 모르겠습니다. 당신은 문제의 복수가 로베크 공작부인과 관련이 있다고 믿고 있겠으나 나는 그런 사실을 확신하기도 어렵습니다. 설사 그런 일이 있다 하더라도 복수의 기쁨은 오직 철학자들만이 누려야 하고, 그들이 여자가 되고 싶어 한다고 해서 여자들이 철학자가 될 수 있다고 기대해서는 안 될 것입니다.

당신의 편지를 뤽상부르 부인께 보여드리고 나서 부인이 내게 무슨 말씀을 하시면 그 내용을 당신에게 전해드리겠습니다. 어쨌든 부인을 충분히 잘 알고 있다고 생각하므로 나는 부인에 대해 당신에게 미리 단언할 수 있습니다. 부인은 모렐레 신부의 석방에 기꺼이 기여한다 하더라도 당신이 《백과전서》를 통해 약속한 감사의 대가는 결코 받아들이시지 않을 것입니다. 부인께서 그런 감사를 영광으로 여기실지라도 좋은 일을 하시는 것은 칭송을 받기 위해서가 아니라 호의를 베푸는 데 만족하시기 때문입니다.

나는 불쌍한 죄인을 생각해 뤽상부르 부인의 열의와 연민을 불러일으키려고 어떤 일도 서슴지 않았고 마침내 성공했다. 그녀는 생플로랑탱 백작을 만나러 일부러 베르사유까지 여행을 하기도 했다. 이 여행으로 몽모랑시 체류가 단축되었고 동시에 원수도 그곳을 떠나 루앙으로 가야만 했다. 국왕이 그를 그곳에 노르망디 지사로 파견하여 그곳 고등법원에서 일어난 어떤 소란을 진정시키려 한 것이다. 여기 뤽상부르 부인이 그가 출발한 다음다음 날에 내게 보낸 편지가 있다.

수요일, 베르사유에서(편지묶음 D 23호)

뤽상부르 씨는 어제 아침 여섯 시에 떠났습니다. 저도 가야 할지는 아직 모르겠습니다. 남편이 전해올 소식을 기다리고 있습니다. 남편도 그곳에 얼마나 머물게 될지 모르고 있으니까요. 생플로랑탱 씨는 만났습니다. 그야말로 모렐레 신부 일을 가장 잘 처리할 인물입니다. 그는 그 일을 하면서 난관에 부딪칠 것이지만 다음주에 있을 국왕과의 첫 번째 공무에서 그 어려움을 극복할 것으로 기대하고 있습니다. 저는 그를 추방하지 말도록 자비를 청하기도 했습니다. 왜냐하면 그 일이 논의되고 있으니까요. 그를 낭시로 보내려고 했습니다. 여기까지가 제가 얻어낼 수 있었던 것입니다. 하지만 당신이 원하는 대로 그 일이 종결될 때까지 생플로랑탱 씨를 가만히 두지 않을 것임을 약속드립니다. 그러니 이제 당신과 그렇게 일찍 헤어졌던 슬픔을 말하려 합니다. 당신이 제 슬픔을 의심하지 않으리라 기대합니다. 진심으로 제 생명이 다할 때까지 당신을 사랑합니다.

며칠 후 달랑베르에게서 이 편지를 받고 참으로 기뻤다.

8월 1일(편지묶음 D 26호)

친애하는 철학자님, 선생의 배려 덕분에 신부는 바스티유를 나왔습니다. 그의 구금은 별다른 여파가 없을 것입니다. 그는 시골로 떠나며 나처럼 선생께 수없이 감사와 인사를 했습니다. 내내 평안하시길, 그리고 부디 사랑해주시길 바라며 Vale et me ama.

며칠 뒤에 신부도 감사 편지를 보내왔다(편지묶음 D 29호). 내가 보기에 그 편지는 어떤 마음을 표현한 것 같지는 않고, 그는 내가 준 도움을 어떻게 보면 별것 아닌 것처럼 생각하는 듯싶었다. 그때 이후 시간이 얼마쯤 지나 내가 알게 된 사실은 달랑베르와 그가, 남의 자리를 빼앗았다고는 말하지 않겠지만, 어떤 의미로는 뤽상부르 부인에게서 내 뒤를 이었다는 것과 그들이 얻어낸 만큼 내가 그녀 곁에서 잃었다는 것이다. 그렇기는 하지만 내가 부인의 총애를 잃는 데 모렐레 신부가 일조했다고 의심하는 것은 전혀 아니다. 그러기에는 내가 그를 너무 존경하고 있다. 달랑베르 씨에 대해서는 여기서는 아무 말도 하지 않겠다. 다음에 다시 말하게 될 것이다.

이 무렵 또 다른 일이 일어났다. 그 일로 해서 볼테르 씨에게 마지막 편지를 쓰게 되었다. 그는 편지를 가증스러운 모욕으로 생각하고 고함을 질렀지만 결코 누구에게도 보여주지 않았다. 그가 하고 싶지 않았던 것을 여기서 내가 대신하려 한다.

트뤼블레 신부는 나와 안면이 약간 있기는 하지만 거의 만난 일이 없던 사람인데 1760년 6월 13일에 나에게 편지를 보내왔다(편지묶음 D 11호). 그는 이 편지에서 자신과 편지를 주고받는 친구인 포르메Formey 씨[109]가 리스본 재난에 관해 볼테르 씨에게 보내는 나의 편지를 신문에 실었음을 알려주었다. 트뤼블레 신부는 어떻게 그런 인쇄가 이루어질 수 있었는지 알고 싶어 했고, 약삭빠른데다 예수회 특유의 사고방식으로 자기 의견은 나에게 말하지 않은 채 그 편지의 재인쇄에 대한 나의 의견을 물었다. 나는 그런 부류의 모사꾼을 지독하게 싫어했으므로 그에게 응당 해야 할 감사 표시는 했지만 그 말에 그도 알 만한 거친 표현을 덧붙였다. 내가 그런 표현을 썼음에도 그는 끝끝내 두세 번 더 편지를 써서 나를 감언이설로 구슬리더니 자신이 원하던 모든 것을 알게 되었다.

트뤼블레가 뭐라 지껄이든 나는 포르메가 이 편지가 인쇄된 적이 없다고 판단해서 그가 처음으로 인쇄했다는 사실을 분명하게 알고 있었다. 내가 알고 있는 그는 표절을 일삼고 남의 작품에서 나오는 수입을 무례하게 제 것으로 가로채는 뻔뻔스러운 작자였다. 비록 그가 이미 출간된 책에서 저자의 이름을 지우고 대신에 자기 이름을 넣어 책을 팔고 수익을 올리는 믿기 어려운 파렴치한 짓은 아직 저지르지 않았지만 말이다.*
하지만 어떻게 그 원고가 그의 손에 넘어갔을까? 바로 그것이 문제였다.
그 문제는 풀기 어렵지 않았지만 그 문제를 맞닥뜨렸을 때 당황할 정도
로 어리석었다. 그 편지에서 볼테르는 지나치게 존경을 받았지만 만일
내가 그의 동의 없이 그 편지를 인쇄하게 했다면 결국 그는 무례한 행동
에도 불구하고 불평을 할 만한 충분한 자격이 있었다. 나는 그에게 그 문
제에 대해 편지를 쓰기로 결심했다. 여기 두 번째 편지가 있는데, 그는 이
편지에 어떤 회신도 하지 않고 자신의 난폭함을 더 마음껏 드러내려는
듯이 격렬하게 화가 나 있는 척했다.

  1760년 6월 17일, 몽모랑시에서
  언젠가 선생과 편지를 주고받게 되리라고는 생각지 못했습니다. 하지만
1756년에 제가 선생에게 썼던 편지가 베를린에서 인쇄되었다는 소식을 듣
고서 그 문제와 관련된 제 행동에 대해 선생에게 해명하지 않을 수 없으며
또한 저는 진실하고 솔직하게 그 의무를 이행할 것입니다.
  사실 그 편지는 선생에게 부친 것이며 인쇄를 목적으로 한 것은 전혀 아
닙니다. 그 편지는 조건부로 세 사람에게 보여주었습니다. 그들은 우정의 도
리상 그와 비슷한 일을 어느 것도 나에게 거절하지 못하며, 더구나 같은 도
리상 스스로의 약속을 어기면서까지 위탁받은 편지를 남용할 수 없습니다.
세 사람은 뒤팽 부인의 며느리인 슈농소 부인, 두드토 백작부인, 그리고 그
림 씨라는 독일 사람입니다. 슈농소 부인은 그 편지가 출간되기를 바랐으며
또 그렇게 하려고 나의 동의를 구했습니다. 부인에게는 그것이 선생의 뜻에
달려 있다고 말했습니다. 저는 선생에게 요청을 했고 선생은 그것을 거절했
습니다. 이제 그 일은 끝난 문제입니다.

---

* 그는 그런 식으로 그 후에 《에밀》을 가로챘다.

그럼에도 저와 아무런 관계도 없는 트뤼블레 신부가 예의가 넘치는 정중한 편지를 얼마 전에 제게 보냈습니다. 그는 포르메 씨의 신문을 받아보고서 바로 그 편지를 읽었는데 그 기사에 발행인의 의견이 있었습니다. 1759년 10월 23일자 신문을 보면 그가 베를린의 서점에서 몇 주 전에 그 편지를 발견했는데, 흩어지기 쉬운 종이들로 된 편지가 조만간 영원히 사라질까 봐 자기 신문에 지면을 할애해야겠다는 생각을 했다고 합니다.

이상이 제가 알고 있는 전말입니다. 지금까지 파리에서는 그 편지에 대한 소리가 들린 적조차 없다는 것이 확실합니다. 아주 분명한 사실은 원고로든 인쇄본으로든 포르메 씨의 손에 들어간 사본의 출처가 그럴 리야 없겠지만 오직 선생이거나 제가 거명한 셋 중 한 사람이라는 점입니다. 어쨌든 아주 분명한 점은 부인 두 사람이 그 같은 부정을 저지를 리 없다는 것입니다. 저는 은거 중이라 그 일에 대해서는 더 이상 알지 못합니다. 선생은 사람들과 서신 왕래를 하니 필요하다면 서신을 통해 그 출처를 파악하여 사실을 확인하면 좋을 것입니다.

트뤼블레 신부는 같은 편지에서 자신이 그 신문을 따로 보관하고 있는데 제 동의 없이는 그것을 결코 남에게 제공하지 않겠다고 제게 분명히 말했습니다. 저는 틀림없이 동의하지 않을 것입니다. 하지만 그 사본이 파리에서 유일한 것이 아닐 수도 있습니다. 그 편지가 출간되지 않기를 원하며 그렇게 되도록 힘닿는 데까지 노력할 것입니다. 만약에 편지의 출간을 막을 수 없고 때마침 알게 되어 우선권을 갖게 된다면 그때는 제가 주저하지 않고 편지를 출간시킬 것입니다. 그렇게 하는 편이 제게는 온당하고 당연한 듯싶습니다.

그 편지에 대한 선생의 회신은 누구에게도 전달되지 않았다고 말씀드리는 바입니다. 그 편지가 선생의 동의 없이는 출간되지 않을 것이라고 생각해도 좋습니다. 분명히 저는 선생에게 동의를 구하는 그런 어리석은 짓을 결코 하지 않을 것입니다. 한 사람이 다른 사람에게 편지를 쓰는 것은 대중에게 쓰는 것이 아님을 잘 알고 있으니 말입니다. 하지만 만약 선생이 공개용 편지를 쓰고 싶으시다면 그 편지를 제 편지에 충실하게 첨부할 것이며 그 편지에 대해 한마디도 반박하지 않을 것임을 약속드립니다.

선생을 결코 좋아하지는 않습니다. 선생은 선생의 제자이자 신봉자인 제게 더없이 고통스러운 아픔을 안겨주었습니다. 선생은 제네바에서 얻은 안식처에 대한 대가로 그 도시를 타락시켰습니다. 또한 제가 동포들 사이에서 선생에게 아낌없이 보냈던 박수갈채에 대한 대가로 그들을 제게서 멀어지게 했습니다. 그래서 제가 고향에서 살 수 없도록 만든 장본인이 바로 선생입니다. 또 저를 이국땅에서 죽게 만들 사람도 바로 선생입니다. 죽어가는 사람이 마땅히 받아야 할 모든 위안을 빼앗기고 명예는 오물 속에 내동댕이쳐진 채 말입니다. 반면에 선생은 한 사람이 기대할 수 있는 모든 명예를 제 나라에서 누리게 될 것입니다. 결국 제가 선생을 증오하는 것은 선생이 그것을 원했기 때문입니다. 하지만 제가 당신을 증오하는 것은, 선생이 제게 사랑받고자 했다면 더욱더 당신을 사랑할 만한 사람으로서 그리하는 것입니다. 제 마음속에 사무친 선생에 대한 모든 감정들 중 남아 있는 것이라고는 그저 선생의 훌륭한 재능에 대한 거부할 수 없는 찬사와 선생의 글에 대한 사랑뿐입니다. 만일 선생에게서 오직 재능만을 존경한다면 그것은 제 잘못이 아닙니다. 저는 선생의 재능에 합당한 존경심도 그 존경심이 요구하는 행동도 결코 소홀히 하지 않을 것입니다.

글과 관련된 소소한 근심거리로 내 결심이 점점 더 확고해지던 와중에 나는 문학이 가져다준 가장 주목할 만한 큰 영광을 얻게 되었다. 바로 콩티 대공이 나를 두 번 찾아준 일이었는데, 한 번은 작은 성에서였고 또 한 번은 몽루이에서였다. 심지어 그는 두 번 모두 뤽상부르 부인이 몽모랑시에 없는 시간을 선택하기까지 했다. 자신이 그곳에 온 것은 오직 나를 보기 위함임을 더욱 분명히 하는 처신이었다. 내가 처음에 대공의 호의를 얻게 된 것이 뤽상부르 부인과 부플레르 부인 덕분이었음을 결코 의심한 적은 없다. 하지만 그때 이후 영광스럽게도 대공이 끊임없이 내게 베푼 호의가 대공 자신의 감정과 나 자신 때문이라는 것도 믿어 의심치 않는다.*

　몽루이의 내 거처는 아주 작았지만 망루의 위치가 매력적이었으므로 나는 대공을 그곳으로 안내했다. 대공은 몸 둘 바를 모를 만큼 호의를 베풀어 영광스럽게도 나와 체스를 두기를 바랐다. 나는 대공이 나보다 더 강한 로랑지 기사를 이겼다는 사실을 알고 있었다. 그렇지만 기사와 참석자들의 몸짓과 찌푸린 표정에도 불구하고 그런 모습을 못 본 척하며 그 판을 연거푸 두 번 다 이겼다. 게임이 끝나자 나는 정중하지만 무게 있는 어조로 이렇게 말했다. "전하, 전하를 너무나 존경하기에 체스에서 항상 져드릴 수 없습니다." 기지와 깨달음이 차고 넘치는 그 위대한 대공은 아첨이 필요 없을 정도로 너무나 당당하여 사실상 그곳에서 오직 나 한 사람만이 자신을 한 인간으로 대우했다고 느꼈다. 적어도 내 생각으로는 그렇다. 따라서 그가 그 말에 내게 진심으로 감사했으리라고 나 스스로 믿는 것은 당연하다.

　설령 그가 그 말로 내게 불만을 품었더라도 나는 어떤 일로도 그를 속이고 싶지 않았던지라 나 스스로를 나무라지는 않았을 것이며, 그의 호의에 마음으로 화답하지 못했다고 자책할 필요도 확실히 없었다. 하지만 그가 몸소 내게 호의를 보여주는 태도에는 한없는 친절이 드러났으니 그 호의에 무성의하게 응대한 일이라면 경우가 다르다. 얼마 지나지 않아 그가 사냥거리들을 담은 바구니를 내게 보내왔다. 나는 그것을 마지못해

---

* 이 맹목적이고 어리석은 신뢰가 잘못된 것임을 적나라하게 깨닫게 한 그 모든 대우를 받으면서도 그것을 유지한 참을성에 주목하기 바란다. 그런 참을성은 1770년 내가 파리로 돌아간 이후에야 끝이 난다.

받았다. 그 일이 있고 나서 얼마 지나지 않아 바구니 하나를 다시 보내왔다. 그의 수렵 관리인들 중 한 사람이 그의 지시로 편지를 써서 그것은 전하가 사냥한 것이며 전하가 손수 잡으신 사냥감이라고 전했다. 나는 그것도 받았다. 하지만 부플레르 부인에게 편지를 써서 이제는 더 이상 받지 않겠다고 말했다. 그 편지는 모두에게 비난을 받았고 또 그럴 만도 했다. 왕족이 주는, 더구나 더할 나위 없이 예의를 지켜 보내준 사냥감 선물을 거절한다는 것은 자신의 자유를 지키고 싶은 자존심 강한 사람의 예민함이라기보다는 자신의 처지를 망각한 무례한 자의 망동이었다. 나는 편지묶음에서 그 편지를 읽을 때면 항상 얼굴이 붉어지곤 했다. 또한 그런 편지를 썼던 나를 자책하지 않을 수 없었다. 하지만 결국 내가 《고백》을 시작한 것은 나의 어리석음을 숨기려는 의도에서가 아니고 더구나 그 어리석음에 나 자신도 너무나 분노하고 있던 터라 그 사실을 숨긴다는 것은 스스로 용납할 수가 없다.

나는 그의 경쟁자가 되는 어리석은 짓을 저지르지는 않았지만 하마터면 그럴 뻔했다. 왜냐하면 당시 부플레르 부인이 아직 그의 정부였는데 나는 그런 사실을 전혀 모르고 있었기 때문이다. 그녀는 로랑지 기사와 함께 나를 자주 만나러 왔다. 그녀는 아름답고 아직 젊었다. 그녀는 로마의 기풍을 좋아했고 나는 항상 공상적인 기질을 갖고 있었다. 이 둘은 상당히 엇비슷했다. 자칫하면 그녀에게 마음을 쏟을 뻔했다. 그녀도 그런 사실을 눈치챘다고 생각한다. 기사도 그 사실을 알았다. 어쨌든 그는 나에게 이런 사실을 말하면서 나를 낙담시키지 않으려고 했다. 하지만 이번에는 나도 사려가 있었고 나이 쉰이면 그럴 만한 때였다. 좀 전에 《달랑베르에게 보내는 편지》에서 노인들에게 준 교훈으로 충만해 있었는데, 그런 나 자신이 그것을 그토록 잘못 이용하고 있으니 부끄러웠다. 더구나 내가 모르고 있던 것을 알게 되었으니 머리가 돌지 않고서는 내 경쟁 상대들을 그렇게 거만하게 대하지는 못했을 것이다. 결국 두드토 부인에 대한 나의 열정이 아직은 잘 치유되지 않은 듯싶었으므로 더 이상 어느 누구도 내 마음속에서 그녀를 대신할 수 없다고 느꼈다. 그래서 나는 남은 일생 동안 사랑과는 작별을 했다. 내가 이 글을 쓰고 있는 동안에도 조금 전 젊은 부인과의 일이 있었는데, 그녀는 내심 꿍꿍이가 있는지 아주 위험스러운 교태를 부리며 무척이나 심상찮은 시선을 보냈다. 그녀는 내 나이가 예순이라는 사실을 잊은 체했지만 나로서는 내 나이를 잊을 수 없었다. 그런 위험천만에서 벗어난 뒤로는 더 이상 실추할 것을 걱정하지 않는다. 나는 남은 평생 나 자신을 책임질 수 있다.

부플레르 부인은 자신이 내 마음에 파문을 일으켰다는 것을 알아차리고 있었으므로 내가 그 감정을 극복했다는 것도 알 수 있었다. 나는 내 나이에 그녀에게 그런 감정을 불러일으킬 수 있다고 믿을 만큼 무모하지도 오만하지도 않다. 하지만 그녀가 테레즈에게 건넨 몇 마디 말들로 비추어보아 내가 그녀의 관심을 불러일으켰다고 생각했다. 그것이 사실이라면 또 그녀가 관심을 충족하지 못해 나를 용서하지 않았다면, 나는 태어날 때부터 내 결함의 희생물이었다고 고백해야만 한다. 승리한 사랑이 내게 치명적이었다면 패배한 사랑은 더욱더 치명적이었으니 말이다.

이 두 권에서 내가 안내자로 삼았던 편지묶음은 여기서 끝이 난다. 나는 이제 기억의 흔적을 통해서만 앞으로 나아갈 것이다. 하지만 그 잔인한 시절의 기억들은 지금도 그대로이고 강렬한 인상은 내게 너무나 또렷하게 남아 있어서, 불행의 드넓은 바다에서 길을 잃은 나는 최초의 난파 뒤에 일어난 일들에 관해서는 희미한 기억밖에 없지만 최초의 난파와 관련된 상세한 일들은 아직도 잊을 수가 없다. 따라서 다음 권에서는 더욱더 확신을 갖고 나아갈 수 있다. 만일 더 멀리 간다면 그저 암중모색을 통해서일 것이다.

——

제11권
1760~1762

오래전부터 인쇄 중이던《쥘리》는 1760년 말에도 여전히 출간될 기미를 보이지 않았지만 벌써부터 큰 반향을 일으키기 시작했다. 뢱상부르 부인은 궁정에서 이 작품에 대해 말하고 다녔고 두드토 부인은 파리에서 그렇게 했다. 두드토 부인은 생랑베르를 위해 폴란드 왕이 원고로 된 작품을 읽을 수 있도록 내 허락을 받아내기도 했는데, 왕은 작품에 매우 흡족해했다. 내가 작품을 읽어보게 했던 뒤클로는 아카데미에서 작품에 대한 이야기를 했다. 파리 전체가 그 소설을 읽고 싶어 안달이 났다. 생자크 거리와 팔레 루아얄 거리의 서적상들에게 책에 관한 소식을 물으려는 사람들이 몰려들었다. 마침내 책이 출간되었고 예사롭지 않은 책의 성공은 책을 기다리던 사람들의 열의에 부응했다. 소설을 처음으로 읽은 여자들 중 한 명인 황태자비는 뢱상부르 씨에게 그 소설이 매혹적인 작품이라고 말했다. 문인들 사이에서는 책에 대한 의견이 서로 갈렸지만 세간에서는 의견이 일치했고, 특히 여자들은 책과 저자에게 열광했다. 만일 내가 그녀들을 유혹하려고 마음만 먹었다면 지체 높은 여인들까지도 정복하지 못할 이가 거의 없을 정도였다. 여기에 쓰고 싶지는 않지만 나는 그 증거들을 갖고 있고, 굳이 시험해보진 않았지만 그것들은 나의 견해를 충분히 입증해준다. 이 책이 다른 유럽에서보다 프랑스에서 성공을 거둔 것은 특이한 일이다. 이 책에서 프랑스인은 여자든 남자든 죄다 좋게 다루어지지 않았는데도 말이다. 내 기대와는 전혀 다르게 스위스에서는 전혀 성공을 거두지 못하고 파리에서는 대성공을 거두었다. 그렇다면 우정과 사랑, 미덕이 다른 도시보다 파리에서 더 큰 힘을 발휘한다는 말인가? 아니다, 그렇지 않을 것이다. 하지만 이곳에는 그런 관념들의 이미지에 마음을 움직이게 하고, 우리로 하여금 우리에게 더 이상 없는 순수하고 온화하고 정직한 감정들을 타인들 속에서는 지극히 사랑하도록 만드는 세련된 감각이 아직도 남아 있다. 지금은 어느 곳이나 마찬가지로 타락해 있다. 유럽에는 더 이상 좋은 풍속도 미덕도 존재하지 않지만 그런 관념들에 대한 약간의 애정이 아직 존재한다면 바로 파리에서 그것을 찾아야 할 것이다.*

여러 편견과 부자연스러운 정열을 극복하고 그것들 사이에서 자연의 참된 감정을 구분해내려면 인간의 마음을 잘 분석할 줄 알아야 한다. 상류사회의 교육에서만 얻어지는 세련된 직감이 있어야만, 내가 감히 이렇게 말할 수 있다면, 이 작품을 가득 채우고 있는 섬세한 감정을 느낄 수 있다. 나는 이 소설의 4부를 주저하지 않고 《클레브 공작부인Princesse de Clèves》110에 견주겠다. 또한 이 두 작품이 지방에서만 읽혔다면 사람들은 작품의 가치를 온전히 느끼지 못했을 것이라고 말하겠다. 따라서 이 소설이 궁정에서 가장 큰 성공을 거두었다고 해서 놀랄 필요는 없다. 이 소설에는 생기 있으면서도 모호한 표현이 빈번하게 나오는데, 그

---

* 나는 이 부분을 1769년에 썼다.

곳 사람들은 그것을 파악하는 데 능숙하기 때문에 만족했을 것이다. 그렇지만 여기서 다시금 분명히 지적해야만 한다. 이 소설을 읽는 것은, 속임수만 쓰고 악한 것을 파고드는 데만 능숙하며 선한 것만을 보아야 하는 곳에서는 아무것도 보지 못하는 재주가 있는 사람들에게는 확실히 맞지 않는다. 예를 들어 《쥘리》가 내가 생각하는 어떤 나라에서 출간된다면 아무도 그 소설을 다 읽지 못할 것이고 출간과 동시에 사장되었을 것이라고 확신한다. 그 작품과 관련해 내가 받은 대부분의 편지를 편지 모음집에 모아두었는데, 그것은 나다이야크Nadaillac 부인의 수중에 들어가 있다.[111] 언젠가 이 서간집이 출간된다면 거기에서 정말 특이한 이야기들과 함께 독자와 관계를 맺는다는 것이 무엇인지 보여주는 대립된 판단들을 보게 될 것이다. 가장 주목받지 못했지만 어쩌면 이 소설을 유례없는 작품으로 만들 만한 요소는 단순한 주제와 연속되는 흥미인데, 그것은 세 사람 사이에 집중되어 여섯 권 내내 지속된다. 에피소드도 없고 소설적 모험담도 없으며 등장인물이나 줄거리 전개에서 그 어떤 사악함도 없이 말이다. 디드로는 리처드슨Richardson[112]에게 그의 놀랍도록 다양한 묘사와 수많은 등장인물에 찬사를 보냈다. 사실 리처드슨은 등장인물 모두의 특징을 잘 드러냈다는 장점을 가지고 있다. 하지만 등장인물의 수를 말하자면, 그는 사상의 빈약함을 등장인물과 모험으로 만회하려는 가장 지리멸렬한 소설가들과 같은 공통점이 있다. 환등기의 그림들처럼 지나가는 놀라운 사건들과 새로운 얼굴들을 쉼 없이 보여주면서 관심을 불러일으키는 것은 쉽다. 하지만 그런 관심을 놀라운 모험 없이 같은 대상에게 지속시키는 것은 확실히 더 어렵다. 모든 상황이 같은데 주제의 단순성이 작품의 아름다움을 크게 만든다면, 다른 많은 측면에서 뛰어난 리처드슨의 소설들은 그 문제에 있어서만큼은 내 소설과 비교될 수 없을 것이다. 그렇지만 내 소설이 사장되었다는 사실을 알고 있다. 그 이유도 알고 있다. 하지만 소설은 되살아날 것이다. 내용이 너무 단순한 나머지 전개가 지루하지 않을지, 충분히 흥미를 불러일으켜 그것을 끝까지 유지시킬 수 있을지 걱정은 되었다. 안심이 되는 한 가지 사실이 있는데, 바로 그 한 가지가 이 작품이 불러일으킨 어떤 찬사보다도 나를 더 우쭐하게 했다.

소설은 사육제가 시작될 때 출간되었다. 오페라 극장에서 무도회가 있던 어느 날 행상인이 탈몽Talmont 공작부인*에게 소설을 가져다주었다. 저녁식사를 마친 뒤 그녀는 무도회에 가려고 옷단장을 시키게 하고 시간이 될 때까지 기다리면서 새로 나온 소설을 읽기 시작했다. 자정이 되자 마차에 말을 매어놓게 하고는 계속해서 책을 읽었다. 사람이 와서 그녀에게 말을 매어놓았다고 말했다. 하지만 그녀는 아무 대답도 하지 않았다. 하인들은 그녀가 몰두해 있는 모습을 보고 두 시가 되었음을 알려주러 왔다. 그녀는 계속 책을 읽으며 아직은 전혀 서두를 필요가 없다고 말했다. 잠시 후 그녀는 시계가 멈추어 있자 벨을 눌러 몇 시인지 알고자 했다. 새벽 네 시였다. 그녀는 그렇다면 무도회에 가기에는 너무 늦었으니 말을 풀어놓으라고 지시했다. 그녀는 옷을 다시 벗기게 하고 밤새 책을 읽었다.

이런 놀라운 이야기를 듣고 난 뒤로 탈몽 부인을 늘 만나고 싶었다. 그 이야기가 정말로 사실인지 그녀에게 직접 물어보려는 의도도 있었지만, 육감(六感)이 없이는 《엘로이즈》에 그토록 열렬한 관심을 가질 수 없다고 늘 생각해왔기 때문이다. 육감, 즉 그런 도덕적 감각을 부여받은 사람은 별로 없으며, 그런 감각이 없으면 누구도 나의 감정을 이해할 수 없을 터였다.

여자들이 나에게 호의를 품게 된 것은 내가 나의 이야기를 썼고 이 소설의 주인공이 나라고 그들 스스로 확신했기 때문이다. 그 믿음이 하도

---

* 실은 그녀가 아니라 내가 이름을 모르는 다른 귀부인이다.

확고해서 폴리냐크 부인은 베르들랭 부인에게 편지를 써서 쥘리의 초상화를 자신이 볼 수 있도록 내게 청해달라고 부탁까지 했다. 자신이 직접 느껴보지 않은 감정을 그렇게 강렬하게 표현할 수 없고 자기 마음에 비추어보지 않고는 사랑의 열정을 그렇게 묘사할 수 없다고 모두들 확신했다. 그 점에 관해서는 사람들이 옳았다. 내가 그 소설을 가장 열정적인 도취 속에서 쓴 것은 분명하다. 하지만 그런 도취를 불러일으키기 위해서는 실제 대상들이 필요하다고 생각했다면 오판이다. 내가 상상의 존재들에게 어느 정도로 열광할 수 있는지는 생각조차 하지 못한 것이다. 젊은 시절의 몇몇 어렴풋한 기억과 두드토 부인이 없었더라면, 내가 느끼고 묘사한 사랑은 단지 공기 요정들과의 사랑에 불과했을 것이다. 내게 유리한 대중들의 잘못된 믿음을 확인해주는 것도, 깨뜨리는 것도 나는 원하지 않았다. 별도로 인쇄한 대화체의 서문에서 내가 그 점에 대해 어떻게 독자들을 불확실한 상태로 내버려두었는지 알 수 있다.[113] 엄격한 사람들은 내가 아주 솔직하게 진실을 고백해야 했다고 말한다. 나로서는 내가 왜 그렇게 해야 하는지 알지 못하겠고 불필요하게 그런 고백을 하면 솔직하기보다는 어리석은 일이 되었으리라 생각한다.

거의 같은 시기에《영구평화론》이 출간되었는데, 나는 이 저서의 원고를 지난해《르 몽드Le Monde》라는 잡지의 편집인인 바스티드Bastide 씨에게 넘겨주었다. 그는 좋든 나쁘든 간에 나의 원고를 잡지에 전부 게재하고자 했다. 바스티드는 뒤클로 씨의 지인인데 그의 이름을 대며《르 몽드》에 글을 실어 자기를 도와달라고 나를 압박했다. 그는《쥘리》에 대한 평을 듣고 내가 그것을 자기 잡지에 싣도록 해주기를 원했다. 그는《에밀》도 싣기를 바랐다. 만일 그가《사회계약론》이 있다는 사실을 짐작했더라면 그것도 싣고자 했을 것이다. 결국 그의 끈질긴 재촉에 지쳐서《영구평화론》의 발췌본을 12루이에 그에게 넘겨주기로 했다. 우리가 본 합의는 원고를 그의 잡지를 통해 출간하는 것이었다. 하지만 그는 원고를 손에 넣자마자 검열관의 요구대로 몇 곳을 삭제하고 별도로 출간하는 것이 적절하다고 판단했다. 만약 그것에 작품에 대한 내 의견을 덧붙였으면 어떤 일이 일어났을까? 천만다행으로 그에 대해서는 바스티드 씨에게 아무 말도 하지 않았고 그것은 우리의 거래에 전혀 포함되어 있지 않았다. 그 의견은 아직도 원고 상태로 내 원고집 속에 있다. 만일 그 의견이 출간된다면 그 문제에 대한 볼테르의 조롱과 거드름 피우는 말투가 얼마나 나를 웃겼을지 알게 될 것이다. 나는 그 불쌍한 인간이 곧잘 참견하곤 하는 정치 문제에서 그 능력이 어느 정도인지 너무나 잘 알고 있었다.

독자들에게 성공을 거두고 귀부인들 사이에서 인기가 높아지는 가운데서도 나는 뤽상부르 저택에서는 지위를 잃어가고 있음을 느꼈다. 날이 갈수록 나에 대한 호의와 우정이 더해가는 듯한 원수님에게서가 아니라 원수 부인에게서 그렇게 느꼈다. 그녀에게 아무것도 읽어줄 것이 없게 된 다음부터 나는 그녀의 거처를 과거에 비해 잘 이용할 수 없게 되었고 몽모랑시 여행 동안 상당히 충실하게 모습을 드러냈지만 식사 때 말고는 좀처럼 그녀를 보지 못했다. 식탁에서 내 자리는 더 이상 그녀 옆으로 지정되지도 않았다. 그녀는 더 이상 나에게 자리를 제안하지도 말을 걸지도 않았으며, 나 역시 그녀에게 마땅히 이야기를 걸 거리가 없었으므로 사실 다른 자리에 앉는 편이 더 좋았다. 특히 저녁에는 더 그랬다. 무의식적으로 원수의 자리에 더 가까이 앉는 습관이 점차 들었으니 말이다.

저녁식사라면 성에서는 하지 않았다고 말한 기억이 있는데, 사실 교제를 시작했을 때는 그랬다. 그런데 뤽상부르 씨가 전혀 점심을 들지 않고 식탁에도 앉지 않았으므로 나는 여러 달이 지나 집안사람들과 이미 가까워지고 나서도 여전히 그와 식사를 한 적이 한 번도 없었다. 그는 친절하게도 그런 사실을 주지시켜주었다. 그래서 나는 사람이 별로 없을 때는 종종 저녁식사를 하기로 마음먹었다. 저녁식사는 상당히 만족스러웠다. 점심식사는 대개 정신없이, 말하자면 긴 의자 끝에 걸터앉아 먹었다. 반면 저녁식사는 상당히 길었다. 저녁식사 때는 긴 산책에서 돌아와 즐겁게 휴식을 취했기 때문이다. 뤽상부르 씨는 미식가였으므로 저녁식사는 상당히 훌륭했다. 또한 뤽상부르 부인이 매혹적일 만큼 향연을 베풀었으므로 상당히 즐거웠다. 이런 설명이 없다면 뤽상부르 씨가 쓴 편지(편지 묶음 C 36호)의 마지막 대목을 이해하기가 어려울 것이다. 편지에서 그는 우리의 산책을 정말 즐겁게 기억하는데, '특히' 저녁에 안뜰에 들어섰을 때 마차 바퀴 자국이 전혀 보이지 않으면 그랬다고 덧붙여 말했다. 아침마다 모래 위를 갈퀴질하여 바퀴 자국을 지워버렸으므로 나는 그 자국의 수를 세어보고 오후에 갑자기 찾아온 사람이 얼마나 되는지 판단했다.

이 1761년은 내가 훌륭한 귀족을 만나는 영광을 갖게 된 이래 그가 연이어 가족과의 사별을 겪고 그것이 최고조에 달했던 해였다. 마치 운명이 나를 위해 준비한 불행이 내가 가장 애정을 느끼고 또 그 애정을 가장 받을 만한 사람을 필두로 시작된 듯싶었다. 첫해에 그는 누이인 빌루아 공작부인을 잃었고 다음 해에는 딸인 로베크 공작부인을 잃었다. 그리고 그다음 해에는 외아들인 몽모랑시 공작과 손자인 뤽상부르 백작을, 말하자면 자신의 혈통과 이름을 유일하게 물려받은 마지막 버팀목을 잃었다. 그는 이런 모든 사별을 남들이 보기에는 용기 있게 감당해냈다. 하지만 그의 마음속은 남은 생애 내내 끊임없이 피를 흘렸고 그의 건강은 나날이 악화되어만 갔다. 아들의 비극적인 뜻밖의 죽음이 그에게 더욱더 고통스러웠던 것은, 왕이 그가 맡고 있던 근위대장직의 계승권을 그의 아들에게 허락했고 그의 손자에게도 약속한 바로 그때 그런 일이 일어났기 때문이다. 그는 가장 큰 희망이었던 손자가 서서히 죽어가는 것을 고통스럽게 지켜보았다. 그렇게 된 것은 그 어머니의 의사에 대한 맹목적인 신뢰 때문이었는데, 의사는 음식이라고는 약만 주어서 그 가엾은 아이를 굶겨 죽였다. 아아! 나를 믿었다면 할아버지와 손자 두 사람 모두 아직 살아 있었을 터이다. 내가 원수에게 얼마나 간언을 하고 수없이 편지를 썼던가! 몽모랑시 부인이 의사만 믿고 아들에게 시킨 너무나 엄격한 식이요법에 대해 그녀에게 얼마나 많은 충고를 했던가! 뢰상부르 부인은 나와 생각이 같았지만 섣불리 어머니의 권위를 침해하는 것을 결코 원하지 않았다. 온화하고 엄하지 못했던 뢰상부르 씨는 다른 사람을 언짢게 만드는 것을 조금도 바라지 않았다. 몽모랑시 부인은 보르되Bordeu[114]를 신뢰했고 그녀의 아들은 결국 그 믿음의 희생자가 되고 말았다. 이 가엾은 아이가 부플레르 부인과 함께 몽루이에 와도 좋다는 승낙을 얻고 테레즈에게 간식을 달라고 해서 굶주린 배를 약간의 음식으로나마 채울 수 있었을 때 얼마나 만족해했던가! 나는 그렇게 많은 재산과 그렇게 드높은 명성과 수많은 칭호와 고위직을 물려받을 유일한 상속자가 얼마 되지도 않는 작은 빵 한 조각을 게걸스럽게 먹어치우는 모습을 보고 권세 있는 집안의 불행을 얼마나 애석해했던가! 결국 내가 무슨 말과 행동을 해도 소용이 없었고 의사는 이겼고 아이는 굶주림으로 죽고 말았다.

손자를 죽게 만든 돌팔이 의사에 대한 신뢰가 할아버지의 무덤을 판 것이다. 게다가 노쇠함을 감추려는 소심함까지 더해졌다. 뢰상부르 씨는 엄지발가락에 종종 약간의 통증을 느꼈다. 몽모랑시에서도 발병한 적이 있는데 그 때문에 그는 불면증에 시달렸고 열도 약간 났다. 나는 대담하게 통풍이라는 말을 꺼냈다. 뢰상부르 부인은 나를 꾸짖었다. 원수의 주치의인 외과의사는 통풍이 아니라고 주장하며 통증이 있는 부위를 방향성 진통제로 치료하기 시작했다. 불행히도 통증은 가라앉았다. 통증이 다시 일어나면 고통을 누그러뜨렸던 같은 약을 꼭 쓰고야 말았다. 체질은 점점 나빠졌고 고통은 커졌으며 약도 비례해서 늘어갔다. 뢰상부르 부인은 이 병이 통풍이라는 것을 마침내 깨닫고 그런 비상식적인 치료에 반대했다. 사람들은 그녀 몰래 치료를 했고 뢰상부르 씨도 고집스럽게 그 치료를 받았기 때문에 몇 년이 지나 자기 잘못으로 죽고 말았다. 하지만 뒤에 일어날 불행에 관해서는 앞질러 이야기하지 말자. 그런 불행을 말하기 전에 이야기해야 할 또 다른 불행이 수없이 많다!

　내가 할 수 있었던 모든 말과 행동이, 심지어 뤽상부르 부인의 호의를 잃지 않으려고 그렇게나 마음을 썼는데도 불구하고 어떤 불운처럼 그녀의 기분을 상하게 만든 듯싶으니 참으로 이상한 일이다. 뤽상부르 씨가 연이어 겪은 불행으로 인해 나는 그에게 더욱더 마음을 붙이게 되었고 결과적으로 뤽상부르 부인에게도 그렇게 되었다. 내가 보기에 그들은 서로가 항상 진심으로 결합되어 있는 듯해서 어느 한 사람을 향한 감정은 필연적으로 다른 한 사람에게 이어졌기 때문이다. 원수는 나이를 먹어갔다. 그는 궁정에 주기적으로 출입하고 그 때문에 마음을 써야 했으며 사냥을 계속한데다가 특히 1년 중 4분의 1은 업무로 과로했는데, 이것들은 젊은이의 기력으로나 감당했을 일이다. 내가 생각하기에 이런 활동을 하면서 그의 기력으로는 그 무엇도 감당이 안 되었을 것이다. 그가 죽고 나면 그가 차지하고 있던 고위 관직은 사라져버리고 그의 집안도 대가 끊길 것이므로 그가 고된 삶을 계속 해나갈 필요는 거의 없었다. 그런 삶의 주요 목적이란 자기 자손들에게 군주의 호의를 미리 배려해주는 것이었으니 말이다. 우리 세 사람만 있던 어느 날 그는 자녀들을 잃어 상심한 사람으로서 궁정에서 일어나는 힘든 일에 대해 불평을 했다. 이때 나는 대담하게도 그에게 은퇴를 화제로 올리며 시네아스가 피로스 왕에게 한 것 같은 충고를 해주었다.[115] 그는 한숨을 쉬며 분명한 대답을 하지 않았다. 하지만 뤽상부르 부인은 나를 개인적으로 만나자마자 그 충고를 두고 나를 귀찮게 만들었다. 그 충고가 그녀를 불안하게 만든 듯싶었다. 그녀는 한 가지 사실을 덧붙여 말했는데, 나는 그 말이 옳다고 생각해서 같은 말을 되풀이하지 않기로 했다. 그녀의 말로는 궁정생활의 오랜 습관이 정말로 필요한 것이 되어 지금 뤽상부르 씨에게는 여가로까지 여겨지며, 내가 그에게 권한 은퇴는 그에게 휴식이라기보다는 유배 상태와 다름없어 그로 인한 한가로움과 갑갑함, 우울함은 곧 그를 쇠약하게 만들리라는 것이었다. 그녀는 내가 그 말을 납득했다는 것을 알았고, 내가 그 앞에서 다짐하며 지키겠다고 한 약속을 믿는 듯했음에도 불구하고 그 점에 대해서는 좀처럼 안심을 못하는 것 같았다. 내가 기억하기로 그때 이후 나와 원수 단둘만의 대화 횟수는 더 뜸해졌고 기회가 오더라도 거의 언제나 방해를 받아 중단되곤 했다.

나의 서툰 처신과 불행이 이렇듯 하나같이 그녀에게 해를 끼치고 있었는데, 그녀가 가장 자주 만나고 좋아하는 사람들 역시 나에게 도움이 되지 않았다. 더없이 명석한 젊은이인 부플레르 신부가 특히 그랬는데, 나에게 결코 좋은 감정을 갖고 있지 않은 듯했다. 그는 원수 부인의 사교 모임에서 나에게 사소한 존중도 표한 적이 없는 유일한 인물이었을 뿐 아니라, 그가 몽모랑시에 여행을 올 때마다 나는 부인에게서 무언가를 매번 잃고 있다는 느낌을 받았다. 사실 그가 그렇게 되는 것을 원치 않았더라도 그의 존재만으로도 충분히 그렇게 되었다. 그만큼 그의 우아하고 재치 있는 친절함이 나의 아둔하고 부적절한 언행을 더욱더 무겁게 만들었다. 처음 2년간 그는 몽모랑시에 거의 오지 않았는데, 나는 원수 부인의 너그러움 덕분에 그럭저럭 버티고 있었다. 하지만 그가 심심치 않게 나타나자마자 나는 아예 기를 펴지 못하게 되었다. 나는 그의 보호 속에 있으면서 그의 환심을 사려고 애를 썼다. 하지만 나로 하여금 그의 마음에 들 필요를 느끼게 만들었던 바로 그 무뚝뚝함 탓에 나는 그의 마음을 사는 데 성공하지 못했고, 그런 이유로 내가 어설프게 저지른 짓 때문에 끝내는 원수 부인의 마음을 잃었다. 그런 내 행동은 그의 마음을 사는 데 도움이 되지 않았다. 그 정도의 재능을 지녔다면 그는 무슨 일을 하든지 성공했을 것이다. 하지만 그는 무엇에도 전념하지 못하고 방탕함에 빠져들어 모든 면에서 필요한 재능을 반밖에 얻지 못했다. 대신에 그는 재능이 풍부했는데, 그것은 자신이 빛을 보고자 하는 상류사회에서 필요한 모든 것이었다. 그는 짧은 시를 무척 잘 썼고 짤막한 편지도 상당히 잘 썼으며 만돌린과 같은 현악기도 조금 연주할 줄 알았고 파스텔화도 서투르게나마 그릴 줄 알았다. 그는 뤽상부르 부인의 초상화를 그릴 생각을 해냈다. 하지만 그 초상화는 봐주기 어려울 정도였다. 그녀는 초상화가 자신과 전혀 닮지 않았다고 주장했고, 그 말은 사실이었다. 음흉한 신부는 내 의견을 물어보았고 나는 바보처럼, 거짓말쟁이처럼 초상화가 닮았다고 말하고 말았다. 신부의 비위를 맞추려 했던 것이다. 하지만 원수 부인의 비위를 맞추지는 못했다. 부인은 그 말을 마음에 새겨두었고 신부는 한 건 했다고 생각했으므로 나를 비웃었다. 뒤늦게 시도한 아첨이 우스운 꼴로 성공을 거두자 소질도 없으면서 아첨하고 비위를 맞추려는 짓을 더는 하지 말아야겠다는 깨달음을 얻었다.

유익하지만 거슬리는 진실을 사람들 앞에서 상당한 용기로 힘주어 말하는 것이 나의 재주라면 재주였다. 그것을 지켜나가야만 한다. 나는 비위를 맞추거나 칭찬하는 말을 할 줄 모르며, 그런 능력은 도무지 타고나지 못했다. 내가 하고자 했던 서투른 칭찬 때문에 나는 가혹한 비난보다 더 큰 고통을 받았다. 지금 언급해야만 하는 한 가지 사례는 그 결과가 어찌나 가혹한지 내 여생 동안 나의 운명을 좌우했을 뿐 아니라 어쩌면 후대에도 영영 내 평판을 결정하게 될 것이다.

슈아죌Choiseul 씨[116]는 몽모랑시 여행 동안 종종 성채에 저녁식사를 하러 오곤 했는데, 하루는 내가 그곳에 없을 때 왔다. 나에 대한 이야기가 오갔다. 뤽상부르 씨는 그에게 베네치아에서 나와 몽테귀 씨 사이에 있었던 일을 이야기해주었다. 슈아죌 씨는 내가 그 자리를 그만둔 것은 유감이며 내가 다시 그 일을 하기 원한다면 기꺼이 일자리를 주겠노라고 말했다. 뤽상부르 씨는 나에게 그 이야기를 전해주었다. 나는 대신들의 호의를 받는 데 익숙하지 않았던 만큼 더욱더 감동을 받았다. 굳은 결심에도 불구하고 그런 일을 생각해볼 정도로 건강만 허락했다면 또다시 어리석은 짓을 저지르지 않았으리라고는 확신할 수 없다. 내가 야심을 발휘할 수 있었던 것은 다른 모든 열정이 나를 자유롭게 내버려둔 짧은 기간들뿐이었다. 하지만 내가 끌려들어 가는 데는 그 기간들 중 하나만으로도 충분했다. 나는 슈아죌 씨의 이러한 호의 때문에 그를 좋아하게 되었고, 그의 어떤 직무상 활동에서 그의 재능에 품었던 나의 존경심도 더욱 커졌다. 특히 가족협정[117]은 그가 뛰어난 정치인이라는 사실을 말해주는 듯싶었다. 또한 내가 수상쩍으로 여기던 퐁파두르 부인을 비롯해 그의 선임자들을 별로 중요하게 생각하지 않았기 때문에 그는 더욱 내 마음을 사로잡았다. 그래서 두 사람 중 어느 한쪽이 다른 쪽을 몰아낼 것이라는 소문이 돌았을 때 슈아죌 씨가 이기도록 빌면서 프랑스의 영광을 위해 비는 것이라고 생각했다. 나는 퐁파두르 부인에게 항상 적대감을 느꼈고, 심지어 그녀가 출세하기 전 데티올d'Étioles 부인이라는 이름을 쓰는 동안 라 포플리니에르 부인의 집에서 그녀를 만났을 때도 그러했다. 그때 이후 나는 디드로에 관한 그녀의 침묵과 나에 대한 그녀의 모든 행동이 못마땅했다. 〈라미르의 축제〉와 〈바람기 많은 뮤즈들〉은 물론이고 〈마을의 점쟁이〉에 대한 그녀의 태도 역시 마찬가지였는데, 〈마을의 점쟁이〉는 어떤 측면에서도 내게 성공에 걸맞은 수익을 가져다주지 못했다. 또한 어떤 기회가 와도 그녀는 내게 은혜를 베풀려는 의향이 별로 없어 보였다. 이런 상황에도 불구하고 로랑지 기사는 이 귀부인을 찬양하기 위한 무언가를 해보라고 내게 제안하면서 그렇게 하면 내게 도움이 될 것이라고 넌지시 말했다. 내가 그 제안에 더욱 분개한 것은 그것이 그의 생각이 아니라는 사실을 잘 알고 있었기 때문이다. 그 작자는 스스로는 생각할 줄도, 처신할 줄도 모르고 오직 다른 사람에게 이끌려서만 행동한다는 사실을 알고 있었던 것이다. 나는 도무지 참을 수가 없어서 그의 제안에 경멸하는 태도를 감추지 못했고, 왕의 애첩에게 호감이 없다는 사실을 누구에게도 숨길 수 없었다. 그녀도 그런 사실을 알고 있었다고 나는 확신한다. 이런 모든 정황상 내가 슈아죌 씨를 위해 소원을 빈 데는 나의 진심 어린 애정과 나 자신의 이해관계가 결합되어 있었다. 나는 슈아죌 씨에 대해 아는 것이라고는 그의 재능 말고는 없었지만 그 재능에 존경심을 품었고 그의 선의에 감사하는 마음으로 충만했으며 더구나 은거 중이어서 그의 취향이나 생활방식 같은 건 도대체 모르면서도 미리부터 그를 대중과 나를 위한 복수자(復讐者)로 간주했다. 당시《사회계약론》을 마지막으로 손질하던 나는 전임 재상들에 대한, 그리고 그들을 꼼짝 못 하게 하기 시작한 재상에 대한 생각을 한마디 책에 써넣었다. 이번 경우만큼은 나의 가장 확고한 원칙을 저버렸다. 게다가 같은 글에서 이름을 대지 않은 채 어떤 사람을 열렬하게 칭찬하거나 강하게 비난하려면, 칭찬이 그 대상자에게 향한 것임을 분명히 해두어야만 한다고는 생각하지 못했다. 아무리 자존심이 강하고 의심 많은 사람이라도 그런 일을 두고 오해할 수 없도록 말이다. 그 점에 대해 너무나 경솔할 정도로 안심했던 까닭에 누군가 잘못 생각할 수 있다고는 짐작조차 하지 못했다. 내가 옳았는지는 곧 알게 될 것이다.

　나의 불운들 중 하나는 항상 여성 작가들과 관계를 맺었다는 것이다. 귀족들 사이에 있으면 적어도 그런 행운은 피할 것이라고 생각했다. 하지만 전혀 그렇지가 않았다. 그런 행운은 계속 나를 쫓아다녔다. 내가 알기로 뤽상부르 부인은 그런 강박적인 버릇에 사로잡혀 있지 않았다. 하지만 부플레르 백작부인은 그런 성향이 있었다. 그녀는 산문으로 된 비극을 썼는데, 우선 콩티 대공과 친분이 있는 사람들이 그것을 읽고 돌려본 다음 극찬했다. 수많은 찬사로도 만족하지 못한 그녀는 작품에 관한 내 찬사를 얻기 위해 내 의견을 들어보고 싶어 했다. 그녀는 찬사를 받았지만 작품에 걸맞은 정도의 보통의 것이었다. 게다가 나는 그녀에게 꼭 해주어야 한다고 생각해서 주의를 주었는데, 〈너그러운 노예L'Esclave généreux〉라는 제목의 작품이 그리 유명하지는 않지만 번역이 된《오루노코Oroonoko》[118]라는 제목의 영국 작품과 상당히 유사하다는 말이었다. 부플레르 부인은 의견을 준 것에 감사하면서도 자기 작품이 그 영국 작품과 전혀 같지 않다고 나에게 확실히 말했다. 나는 이 표절에 대해 부인 말고는 아무에게도 말하지 않았다. 그것도 부인이 나에게 강요한 의무를 다하기 위함이었다. 그때 이후 나는 그 일 때문에 질 블라스Gil Blas가 설교자인 주교에 대해 의무를 다하여 얻은 결과를 종종 떠올리지 않을 수 없었다.[119]

나를 좋아하지 않던 부플레르 신부와, 내가 여자들에게도 작가들에게도 결코 용서받지 못할 잘못을 저지른 부플레르 부인 말고도 원수 부인의 다른 모든 친구들 역시 내 친구가 되어주고 싶은 생각이 여전히 없어 보였다. 그중에서 작가 축에 들었던 법원장 에노Hénault[120]도 그 사람들이 지닌 결점에서 자유롭지 못했다. 그중에 데팡Deffand 부인과 레스피나스Lespinasse 양[121]도 있는데, 두 사람 모두 볼테르와 상당히 가까웠으며 달랑베르의 절친한 친구들이기도 했다. 레스피나스 양은 결국 달랑베르와 같이 살기까지 했으며 지금도 사이좋게 지내고 있는데, 그런 일은 심지어 다른 식으로는 이해될 수조차 없다. 우선 나는 데팡 부인에게 상당한 관심을 갖기 시작했는데, 그녀는 두 눈을 잃어 내 눈에 연민의 대상으로 비쳤다. 하지만 그녀의 생활방식은 나와 딴판이어서 한쪽의 기상 시간이 다른 쪽에게는 거의 취침 시간이었다. 그녀는 가벼우면서도 재치 있는 생각에 한없이 집착했고 아무리 형편없는 글이라도 출간된 것이라면 무조건 중요하게 여겼다. 그녀의 고견은 횡포와 격정이었고, 어떤 일이든지 찬성하든 반대하든 지나치게 심취하여 뭔가를 말할 때 경련을 일으킬 수밖에 없었다. 그녀의 편견은 믿을 수 없을 정도였고 고집은 도무지 꺾을 수 없었으며 일단 판단을 내리면 격정적인 완고함 때문에 비이성적인 열정에 사로잡히곤 했다. 나는 이런 모든 것들로 인해 그녀에게 쏟으려 했던 관심을 곧 끊게 되었다. 그녀를 등한시했고 그녀도 그것을 알아차렸다. 그런 사실만으로도 그녀는 충분히 격노할 만했다. 그런 성격의 여자가 얼마나 무서울 수 있는지 충분히 직감했지만 그녀의 우정에서 비롯된 증오보다 그녀의 증오에서 비롯된 재앙의 대상이 되는 편이 훨씬 나았다.

뤽상부르 부인의 지인들 가운데 내 친구가 별로 없는 것으로도 모자라 나는 그녀의 가족 중에도 적을 두고 있을 정도였다. 그들 중 나의 적은 단 한 사람이었지만 내가 지금 처한 상황에서는 100명의 적이나 다름없었다. 그녀의 오빠인 빌루아 공작은 확실히 아니었다. 그는 나를 만나러 왔을 뿐 아니라 심지어 여러 차례 빌루아를 방문해달라고 청하기까지 했다. 그 초청에 내가 할 수 있는 최고의 예를 갖추어 정중하게 답을 했더니 그는 이 모호한 대답을 동의로 생각하고 뤽상부르 내외와 2주간의 여행을 마련했다. 나도 그 여행을 해야 했으며 권유를 받기도 했다. 하지만 당시에 건강이 악화되어 치료를 받아야 했고 위험을 무릅쓰지 않고는 여행을 할 수 없었으므로 뤽상부르 씨에게 부디 나를 여행에서 제외해달라고 간청했다. 그가 더할 나위 없는 배려로 그렇게 해주었다는 것은 그의 답장(편지묶음 D 3호)을 통해 알 수 있다. 빌루아 공작님은 나에게 예전과 다름없는 호의를 보여주었다. 그의 조카이자 상속자인 젊은 빌루아 후작은 자기 삼촌이 나에게 영광스럽게 베풀어준 호의에 동조하지 않았고, 고백하건대 내가 공작에게 품었던 존경심에도 공감하지 않았다. 그의 경솔한 태도 때문에 나는 그를 참아내기 어려웠고 나의 냉담한 태도는 곧 그의 반감을 불러일으켰다. 그는 어느 저녁식사 자리에서 호통을 치기까지 했는데, 나는 그런 상황을 잘 피하지 못했다. 그때 나는 어리석었고 임기응변의 재주라고는 아예 없었으며 화가 치밀어 그나마 있던 재치마저 발휘되기는커녕 싹 사라져버렸다. 레르미타주에 정착할 무렵 나는 누군가로부터 어린 강아지를 한 마리 얻어서 키우고 있었다. 당시 그 개를 '뒤크Duc(공작)'라고 불렀다. 잘생긴 편은 아니었지만 흔치 않은 품종이었고 나는 개를 반려 동물이자 친구로 삼았다. 그 개는 친구라는 호칭을 쓰고 있던 대부분의 사람들보다 확실히 더 그런 이름을 붙여줄 만했으며 사람을 잘 따르는 다정한 기질과 서로에 대한 애착 때문에 몽모랑시 성채에서 유명해졌다. 하지만 나는 아주 어리석은 소심함 때문에 개의 이름을 '튀르크Turc(터키 사람)'로 바꾸었다. '마르키Marquis(후작)'라는 이름의 개가 수없이 많아도 그것 때문에 화를 내는 후작은 전혀 없는데 말이다. 빌루아 후작은 개 이름이 바뀐 것을 알고 그 일로 나를 어찌나 몰아붙이는지 나는 함께 식사를 하던 사람들 앞에서 내가 한 일에 대해 변명을 해야만 했다. 이번 일에서 공작이라는 이름이 불쾌한 것은 내가 개에게 그런 이름을 붙여주어서라기보다 그 이름을 떼어버렸기 때문이었다. 최악의 사태는 그 자리에 여러 명의 공작이 함께했다는 것이다. 뤽상부르 씨가 공작이었고 그의 아들도 마찬가지였다. 빌루아 후작도 공작이 될 사람이었고 현재는 공작이 되었는데 그런 그가 나를 곤란하게 만들고 그런 곤란함 때문에 일어난 결과를 두고 잔인하리만큼 즐겼던 것이다. 다음 날 사람들이 확실히 말해준 바에 따르면 그의 고모가 그 일로 그를 몹시 격하게 꾸짖었다고 한다. 그 질책이 사실이라고 생각하면 그것이 그와 관련된 나의 일을 바로잡는 데 상당한 도움이 되었는지 아닌지 판단할 수 있을 것이다.

뤽상부르 저택에서도, 성당 기사단 사원에서도 이 모든 문제들에 대한 지지자로는 내 친구임을 공언한 로랑지 기사 말고는 없었다. 하지만 그는 달랑베르와 훨씬 가까웠고 그의 호응에 힘입어 여자들 사이에서 위대한 수학자로 통했다. 더구나 그는 부플레르 백작부인의 환심을 사려는 사람이었고, 아니 더 정확히 말해 아첨꾼이었다. 그녀 역시 달랑베르와 매우 친한 사이였고 로랑지 기사도 오직 그녀를 통해서만 존재하고 생각했다. 그렇게 나는 뤽상부르 부인 앞에서 나를 옹호하고 내 어리석은 행동을 자제시켜줄 만한 사람을 외부에서 찾아볼 생각조차 못했다. 더구나 그녀에게 접근했던 사람들도 하나같이 경쟁적으로 그녀가 나를 나쁘게 생각하도록 만드는 듯했다. 그렇지만 그녀는《에밀》의 출간을 몸소 맡아주려 한 일 말고도 내게 또 다른 관심과 호의를 보여주기도 했다. 그런 증거를 통해 그녀가 내게 싫증을 내면서도 또 평생 함께하겠다고 수없이 다짐한 나에 대한 우정을 여전히 간직하고 있으며 앞으로도 늘 간직할 것임을 믿게 되었다.

부인에게서 그런 감정을 기대할 수 있다고 믿게 되자마자 나는 그녀에게 일체의 내 잘못을 고백하여 마음의 부담을 더는 일부터 했다. 친구들에게는 나 자신을 더 좋게도 더 나쁘게도 보이지 않고 있는 그대로 충실하게 보인다는 것이 무너뜨릴 수 없는 나의 철칙이었다. 우선 그녀에게 나와 테레즈의 관계와 그것으로부터 비롯된 모든 일을 고백했고 내가 자식들을 어떤 방식으로 버렸는지도 빠뜨리지 않고 말했다. 그녀는 내 고백을 아주 잘 들어주고 너그럽게 잘 받아주어서 내가 마땅히 받아야 할 비난조차도 하지 않았다. 특히 테레즈에게 호의를 아끼지 않은 것을 알고 나는 깊은 감동을 받았다. 뤽상부르 부인은 테레즈에게 작은 선물을 하고 그녀를 데리러 사람을 보내고 자신을 보러 오라고 초대하고 더없이 다정하게 맞아주고 모든 사람들이 보는 앞에서 무척 자주 포옹까지 해주었다. 이 가엾은 아가씨는 기쁘고 감사한 나머지 감정이 격앙되었으며 나도 기꺼이 그런 감정을 함께 나누었다. 뤽상부르 공작 내외가 그녀를 통해 내게 온전히 베풀어준 우정은 그들이 내게 직접 보여준 우정보다 훨씬 더 깊은 감동을 주었다.

상당히 오랫동안 상황은 변함이 없었다. 결국 원수 부인은 내 아이들 중 하나를 찾아오려는 호의까지 베풀었다. 그녀는 내가 큰 아이의 배내옷에 이름의 첫 글자를 달아놓게 했다는 사실을 알고서 그 첫 글자의 복사본을 나에게 요구했고, 나는 그것을 내주었다. 부인은 아이를 찾는 이 일에 자기 시종이자 심복인 라 로슈La Roche를 기용했지만 그의 수색은 실패로 돌아가고 아무런 수확도 거두지 못했다. 이제 막 12년 아니면 14

년이 지났으므로 고아들의 기록부가 잘 정리되어 있고 제대로 조사했다면 틀림없이 그 머리글자를 찾아낼 수 있었을 것이다. 어쨌든 그 같은 실패가 유감스럽기는 했다. 만일 그 아이를 태어난 때부터 계속 찾아다녔다면 더욱 애석했을 것이다. 만일 정보를 얻어 누군가가 어떤 아이를 내 아이로 내세운다면 나는 그 아이가 정말 내 아이가 맞는지 혹 다른 아이를 내 아이와 바꾸어온 것은 아닌지 의심하고 불안으로 가슴 조였을 것이다. 그리하여 자연스럽게 생기는 참다운 정(情)을 온전한 매력 속에서 맛보지 못했을 것이다. 그런 감정이 유지되기 위해서는 적어도 아이가 어릴 때만이라도 그 감정에 익숙해질 필요가 있다. 아직 친해지지 않은 아이와 오래 떨어져 있으면 부모로서의 정이 약해져서 결국 사라지고 만다. 그러므로 유모에게서 자란 아이는 부모가 직접 기른 아이만큼 결코 사랑을 받지 못할 것이다. 여기서 내가 하는 반성은 결과로 보면 나의 잘못을 가볍게 해줄 수는 있겠지만 그 원인을 따져보면 그것을 더 무겁게 만든다.

테레즈의 주선으로 바로 그 라 로슈가 르 바쇠르 부인을 알게 된 일을 지적하는 것도 무익하지는 않을 것이다. 그림은 몽모랑시에서 아주 가까운 라 슈브레트 근처 되이유에 노파를 계속 붙잡아두고 있었다. 나는 노파를 떠나보낸 뒤 바로 라 로슈 씨를 통해 그 여인에게 계속 생활비를 대주었다. 그녀에게 한 번도 거르지 않고 돈을 보냈으며 원수 부인이 준 선물도 그만큼 자주 그를 통해 전해주었다고 생각한다. 분명 그녀는 불평을 해서는 안 되었다. 그럼에도 그녀는 항상 불평을 늘어놓았다. 나는 내가 증오해야 하는 사람들에 대해서 말하는 것을 조금도 좋아하지 않았으므로 그림에 대해서는 어쩔 수 없을 때 말고는 뤽상부르 부인에게 결코 말하지 않았다. 하지만 그녀는 나에게 여러 차례 그에 관한 이야기를 꺼내면서도 그에 대해 어떻게 생각하는지 말하지 않았고 그 사람과 알고 지내는지 아닌지도 결코 드러내지 않았다. 우리가 좋아하는 사람들은 우리에게 거리를 두지 않는데 우리가 그들에게 거리를 둔다는 것은 내 취향이 아니었고 특히 그들과 관련된 일에서는 그랬으므로, 나는 그때 이후 종종 그런 거리감에 대해 생각했다. 하지만 단지 다른 사건들이 일어나 자연스럽게 그런 생각을 하게 되었을 뿐이다.

뤽상부르 부인에게 《에밀》의 원고를 건네준 이후 그것에 대한 말을 듣지 못한 채 오랜 시간을 지체했는데, 파리에서 출판업자 뒤셴과의 계약이 성사되고 그를 통해 암스테르담의 서적상 네올므와도 계약이 성사된 것을 마침내 알게 되었다. 뤽상부르 부인은 나에게 뒤셴과의 계약서 사본 두 통을 보내 서명을 하게 했다. 말제르브 씨는 편지를 대필하게 했는데, 나는 그 필적이 그가 다른 사람을 시켜 쓴 다른 편지들의 필적과 같다는 것을 알아보았다. 나는 그 계약서가 행정관인 그의 동의하에 그의 면전에서 작성되었다고 확신했으므로 믿고 계약서에 서명했다. 뒤셴은 나에게 원고료로 6,000프랑을 주었는데, 절반은 현금이었다. 책은 1,200부를 보내온 것 같다. 나는 계약서의 사본 두 통에 서명을 한 뒤 뤽상부르 부인이 요구한 대로 계약서를 전부 그녀에게 돌려보냈다. 그녀는 그중 한 통을 뒤셴에게 건넸다. 그녀는 다른 한 통을 나에게 다시 보내는 대신 자신이 보관했다. 그 계약서는 결코 다시 보지 못했다.

뤽상부르 원수 내외와의 교제로 나의 은거 계획은 잠시 유보되었지만 그렇다고 내가 그 계획을 단념한 것은 아니었다. 원수 부인의 총애를 가장 크게 입을 때도, 나로 하여금 원수 내외의 주변 사람들을 견뎌낼 수 있게 만든 것은 두 사람에 대한 나의 진심 어린 애정 말고는 아무것도 없음을 항상 느꼈다. 내 걱정이라고 한다면 내 취향에는 더 부합하고 내 건강에는 덜 해로운 생활방식과 바로 그 애정을 양립시키는 일이 전부였다. 이런 답답함과 늦은 저녁식사 때문에 내 건강은 갈수록 악화되었다. 건강이 나빠지지 않도록 주위에서 온갖 정성을 기울였음에도 불구하고 말이다. 다른 모든 점에서도 마찬가지지만 그 점에 있어서는 가능한 한 최대의 배려를 받았다. 예를 들어 저녁식사를 한 다음 매일 밤 일찍 잠자리에 드는 원수는 좋든 싫든 나도 가서 잠을 자도록 꼭 데리고 나갔다. 이유는 모르겠지만 그런 배려를 그만둔 것은 내가 파국을 맞이하기 직전이었다.

원수 부인이 냉담해진 것을 알아차리기 이전에도 나는 그런 냉대에 부딪치지 않으려고 내 과거의 계획을 실행하기를 원했다. 하지만 달리 그렇게 할 방도가 없어서 《에밀》의 계약이 성사되기를 기다리는 수밖에 없었다. 그동안 나는 《사회계약론》의 원고를 마무리하고 레에게 넘기면서 원고료를 1,000프랑으로 정했다. 그는 나에게 그 돈을 주었다. 앞서 이야기한 원고와 관련하여 작은 사실 하나를 빠뜨려서는 안 될 것이다. 나는 원고를 잘 봉인하여 보 지방 출신의 목사이자 네덜란드 대사관 소속 성당의 전속 사제인 뒤부아쟁Duvoisin에게 넘겨주었다. 그는 이따금 나를 만나러 오던 사람으로 원고를 레에게 보내는 일을 맡았다. 원고는 작은 글씨로 쓴 것이어서 크기가 꽤 작아 주머니에 쏙 들어갔다. 그런데 어찌된 일인지는 모르겠지만 성문을 지나다가 그의 짐 꾸러미가 세관원들의 손에 들어갔다. 세관원들은 짐을 열어 조사했고 그가 대사의 이름을 대며 돌려줄 것을 요구하자 곧장 그에게 돌려주었다. 이렇게 해서 그는 직접 내 원고를 읽을 수 있게 되었다. 그는 비판이나 비난 한마디 없이 순수하게 작품에 극구 칭찬을 해주었는데, 어쩌면 그는 기독교를 위해 하게 될 복수를 작품이 출간될 때로 미루어둔 듯싶다. 그는 원고를 다시 봉인하여 레에게 보냈다. 이상이 그가 사건에 관해 해명한 편지에서 내게 이야기한 골자이고, 내가 그 일에 관해 알고 있는 내용의 전부이다.

이 두 권의 책과 내가 시간 날 때마다 계속 작업했던 《음악 사전》 말고도 내게는 그리 중요하지 않은 다른 글들도 몇 편 있었다. 모두 출간될 수 있는 원고로, 그것들을 전집과 분리해서 내거나 언젠가 내 전집을 내면 함께 수록할 작정이었다. 대부분이 아직 원고 상태로 뒤 페루의 수중에 들어가 있는데 그중 중요한 저술은《언어 기원론*Essais sur l'origine des langues*》이다. 이것을 말제르브와 로랑지 기사에게 읽게 했는데, 로랑지는 그 글에 대해 좋은 평가를 해주었다. 이 작품들을 전부 다 합치면 모든 비용을 제하고도 적어도 8,000에서 1만 프랑의 돈이 들어올 것이라 생각했다. 나는 그 돈을 나와 테레즈가 생활하기 위한 종신연금으로 돌리려고 했다. 그런 다음에는 앞서 말했듯이 어느 깊은 시골에 들어가 둘이 함께 살려고 했다. 대중들이 나에게 더 이상 신경을 쓰지 않게 하고 나도 더 이상 다른 일에 마음을 쓰지 않은 채 내 주위 사람들에게 내가 할 수 있는 모든 선행을 꾸준히 베풀면서, 그저 인생을 평화롭게 마치고 내가 생각했던 회고록을 한가롭게 쓰고자 했다.

이상이 내 계획이었는데, 내가 언급하지 않을 수 없는 레의 관대함 덕분에 그 실행이 더욱 용이하게 되었다. 파리에서 그 출판업자에 대한 험담을 많이 들었지만 그는 내가 일로 만나야 했던 모든 서적상들 가운데 늘 만족스러운 유일한 사람이었다.* 사실 우리는 내 작품들의 출간과 관련하여 종종 다툼을 벌였다. 그는 경솔했고 나는 화를 잘 냈다. 그와 정식 계약을 맺지는 않았지만 정말 나는 책의 출간과 관련된 수익과 일하는 방식에 있어 항상 그가 상당히 정확하고 정직하다고 생각했다. 또한 그는 자신이 나와 좋은 거래를 했다고 솔직하게 고백한 유일한 사람이기도 했다. 종종 그는 내 덕분에 돈을 벌었다고 말하면서 나에게 그 일부를 나누어 주겠다는 제안을 하기도 했다. 그는 나에게 직접 감사의 마음을 표할 수 없었으므로 최소한 내 '가정부'를 통해서라도 그런 표시를 하고 싶어 했다. 그는 그녀에게 300프랑의 종신연금을 주면서 증서에 내 덕분에 얻은 수익에 대한 감사의 마음이라고 적어 넣었다. 그는 그것을 자신과

---

* 이 글을 쓰면서 정말이지 사기 행각이란 상상하지도 떠올리지도 믿지도 못했다. 나중에 내 작품들을 출간하면서 그 사기 행각을 알아차렸는데, 그는 그것을 인정하지 않을 수 없었다.

나 사이의 일이라고 하면서 과시하지도, 거드름을 피우지도, 소문을 내지도 않았다. 만일 내가 그 일을 사람들에게 먼저 말하지 않았더라면 누구도 전혀 몰랐을 것이다. 그런 행동에 너무나 감동을 받은 나머지 그때부터 레에게 진정한 우정을 느꼈다. 얼마 후에 그는 나에게 자기 자녀들 중한 아이의 대부가 되어주기를 청했고 나는 그 청을 수락했다. 내가 어쩔수 없이 내몰리게 된 처지에서 후회하는 것들 중 하나는 그 후로 내 대녀(代女)와 그 부모에게 내 애정을 유익한 것으로 만들어줄 모든 방법을 빼앗겼다는 것이다. 이 출판업자의 별것 아닌 인심은 너무나 감사하게 받아들이면서, 그토록 많은 상류층 인사들의 생색나는 호의는 왜 그렇게 대수롭지 않게 생각했던가? 그들은 내게 베풀고 싶다고 말하는 호의를 세상에 시끌벅적하게 알리지만, 정작 그것에서는 아무것도 느끼지 못했다. 그들이 잘못한 것인가, 내가 잘못한 것인가? 그들이 허영심으로 가득찬 사람들에 불과한가, 아니면 내가 은혜를 모르는 자에 지나지 않은가? 사려 깊은 독자들이여, 깊이 생각해보고 판단하기 바란다. 나로서는 입을 다물고 있겠다.

그 연금은 테레즈의 생계비로서는 상당한 수입원이었고 내게는 큰 위안이었다. 하지만 그녀가 받은 모든 선물들도 마찬가지였지만 그런 도움은 나에게 직접적인 이익이 전혀 되지 못했다. 그녀는 모든 것을 항상 자신이 사용했다. 나는 그녀의 돈을 보관하게 되면 정확하게 계산해주었고 동전 한 푼도 우리의 공동 지출로 쓰는 법이 없었다. 그녀가 나보다 돈이 많을 때도 마찬가지였다. 나는 그녀에게 "내 것은 우리 것이고 당신 것은 당신 것이야"라고 말했다. 나는 종종 그녀에게 되풀이해서 말하곤 했던 그 원칙대로 항상 그녀를 한결같이 대했다. 내가 내 손으로 거절한 것을 그녀의 손을 통해 받는다고 비난했던 비열한 사람들은 분명 자기 생각대로 내 마음을 판단한 것이고 나를 아주 잘못 알고 있었다. 나는 그녀가 벌어온 빵이라면 기꺼이 그녀와 함께 먹겠지만, 그녀가 얻어온 빵이라면 결코 그렇게 하지 않을 것이다. 그 점에 관해서는 그녀를 증인으로 채택할 것이다. 지금부터라도 그리고 자연의 섭리에 따라, 그녀가 나보다 오래 산다고 하더라도 말이다. 불행히도 그녀는 모든 점에서 절약을 하는 데 익숙하지 않았고 그다지 꼼꼼하지 못했으며 돈을 상당히 헤프게 썼다. 그녀가 허영심이 많거나 식탐이 심해서가 아니라 단지 생각이 없어서 그랬던 것이다. 이 세상에 흠 없는 사람은 없다. 그녀의 뛰어난 품성은 대가를 치러야만 했으므로 그녀에게 악덕보다는 결점이 있는 것이 더 나았다. 그 결점이 우리 두 사람에게 더 많은 고통을 준다 하더라도 말이다. 예전에 엄마에게 그랬듯이 언젠가 그녀에게 수입이 될 얼마간의 선금을 모아주려고 내가 그녀에게 기울인 정성은 믿기 어려울 정도이다. 하지만 늘 헛수고였다. 우리 두 사람 모두 자기 처지를 고려하지 않았고, 내가 아무리 노력해도 수입은 들어오는 족족 다 나가고 말았다. 테레즈는 소박하게 옷을 입었지만 레의 연금은 옷값으로 충분하지 않았으므로 해마다 내 돈으로 옷값을 보태주어야 했다. 그녀도 나도 결코 부자가 될 팔자는 아니었지만 내가 그것을 불행으로 여기지 않았던 것은 확실하다.

《사회계약론》은 상당히 빠르게 인쇄되었다. 계획했던 은거를 실행하려고 책의 출간을 기다리던 《에밀》 때와는 상황이 같지 않았다. 뒤셴은 이따금 나에게 인쇄 견본을 보내와 선택하게 했다. 내가 선택을 하자 그는 인쇄에 들어가는 대신 나에게 또 다른 견본을 보냈다. 마침내 인쇄물의 판형과 활자가 결정되었다. 그가 이미 몇 쪽을 인쇄하고 내가 교정을 보면서 가볍게 고치자 그는 전체를 다시 시작했다. 6개월이 지나도록 첫날보다 더 진척된 것이 없었다. 이런 모든 시도를 하는 동안 나는 그 작품이 네덜란드에서와 마찬가지로 프랑스에서도 인쇄되고 있으며 두 개의 판본이 동시에 만들어지고 있음을 확실히 알게 되었다. 내가 무엇을 할 수 있었을까? 더 이상 내 원고를 마음대로 할 수 없었다. 나는 프랑스 판본에 동참하기는커녕 계속 그것에 반대했다. 하지만 결국 좋든 싫든 간에 그 판본이 만들어졌고 그것이 또 다른 판본의 표본이 되었으므로, 책이 망가지고 왜곡되지 않도록 하기 위해 신경을 써서 교정을 보아야만 했다. 더구나 이 작품은 행정관인 말제르브의 충분한 동의를 얻어 출간되었으므로 어떻게 보면 바로 그가 이 계획을 지휘했던 셈이다. 그는 나에게 자주 편지를 썼으며 그 문제로 한 번은 나를 만나러 오기도 했는데, 그 일에 대해서는 곧 말하게 될 것이다.

뒤셴이 느릿느릿 일을 진척시키는 동안 그가 붙잡고 있던 네올므는 더욱 느리게 일을 해나갔다. 인쇄가 진행되면서 네올므에게 가야 할 것들이 정확히 넘어가지 않았던 것이다. 네올므는 뒤셴, 다시 말해 그의 일을 대행하는 기Guy의 술책이 불성실하다는 것을 알아차렸다. 그는 계약이 제대로 이행되지 않는다는 것을 알고 불평불만으로 가득 찬 편지를 나에게 연이어 보내왔는데, 나로서는 내 불만도 감당하기 어려웠던 터라 그의 불평을 들어주기가 더욱 어려웠다. 당시 나와 무척 자주 만나던 그의 친구 게랭은 그 책에 대해 나에게 끊임없이 말했지만 항상 더없이 신중한 태도를 보였다. 그는 프랑스에서 책을 인쇄하고 있다는 사실을 알기도 하고 모르기도 했다. 그는 행정관이 그 일에 개입하고 있다는 것에 대해서도 알기도 하고 모르기도 했다. 그는 이 책 때문에 내게 일어날 곤경에 대해 동정하면서도 나의 경솔한 행동을 비난하는 것 같았다. 경솔함이 어떤 것인지는 결코 말하려고 하지 않고 줄곧 돌려 말하거나 우물쭈물했다. 그는 내 말을 들으려고만 말을 하는 듯싶었다. 그 당시 나는 완전히 마음을 놓고 있던 터라, 그 일을 두고 그가 드러낸 조심스럽고 애매한 말투를 그가 자주 드나들던 대신들과 관리들의 집무실에서 얻은 우스꽝스러운 버릇이라며 비웃었다. 이 작품에 관해서는 모든 점에서 규정에 맞는다는 확신이 있었고, 행정관의 동의와 보호가 있었을 뿐 아니라 정부 부처로부터 좋은 평가를 받을 만하며 또한 그런 평가를 받고 있다는 확신이 있었으므로 좋은 일을 한 내 용기가 만족스러웠다. 나는 나를 걱정하는 듯한 소심한 친구들을 비웃었다. 뒤클로도 그중 한 사람이었다. 만일 나에게 그 작품의 유익함과 후원자들의 정직성에 대한 믿음이 그만큼 부족했다면, 고백하건대 그의 공정함과 지식을 신뢰하면서도 그와 마찬가지로 불안했을 것이다. 그는 《에밀》이 인쇄되는 동안 바이유Baille 씨 집에 들렀다가 나를 만나러 왔다. 그는 나에게 그 책에 대해 이야기했다. 나는 그에게 〈사부아 보좌신부의 신앙 고백〉을 읽어주었다. 그는 내가 읽어주는 것을 조용히 듣더니 상당히 기뻐하는 듯했다. 내가 읽기를 마치자 그가 말했다. "아니, 시민 양반, 그것이 파리에서 인쇄하는 책의 일부란 말입니까?" "그렇습니다. 왕의 지시로 루브르[122]에서도 인쇄할 만한 책이지요." 내가 그에게 말했다. "내 생각도 그렇습니다. 하지만 나에게 그 구절을 읽어주었다고는 누구에게도 말하지 않았으면 좋겠군요." 그가 나에게 말했다. 나는 그 충격적인 의사 표현 방식에 깜짝 놀랐지만 겁을 먹지는 않았다. 나는 뒤클로가 말제르브 씨를 자주 만난다는 사실을 알고 있었다. 나는 그가 같은 대상을 두고 어떻게 말제르브 씨와 그토록 다르게 생각하는지 납득하기 어려웠다.

나는 몽모랑시에서 4년 이상 살아왔지만 단 하루도 건강 상태가 좋은 날이 없었다. 그곳 공기는 훌륭했지만 물은 좋지 못했다. 그것이 틀림없이 나의 고질병을 악화시킨 원인들 중 하나인 듯싶다. 1761년 늦가을 무렵 나는 단단히 병이 들고야 말았고 겨우내 거의 계속된 고통 속에서 지냈다. 수많은 근심으로 커진 육체적 고통 때문에 그 근심을 더 예민하게 느꼈다. 얼마 전부터는 어렴풋하고 불길한 예감 때문에 마음이 혼란스러웠다. 무슨 이유인지 알지도 못한 채 말이다. 나는 참으로 이상한 익명의 편지들을 받았고 그에 못지않게 이상한, 서명된 편지들도 받았다. 그중 한 통은 파리 고등법원의 판사에게서 받았는데, 그는 현 체제에 만족하지 못하고 앞날을 비관적으로 바라보고 있어서 제네바나 스위스에 은신처를 정해 자기 가족과 은거하는 문제를 내게 물어왔다. 또 어느 고등법원의 아무개 수석 판사에게서도 편지 한 통을 받았는데, 그는 당시 궁정과 사이가 나빴던 고등법원을 위해 진정서와 건의서를 작성해줄 것을 내게 요청했다. 그 일을 위해 내게 필요한 모든 기록과 자료를 제공하기도 했다. 나는 고통을 겪고 있을 때는 쉽게 화를 낸다. 이런 편지들을 받자 성질이 나서 답장을 쓰면서 화를 냈고 부탁받은 것을 대놓고 거절해버렸다. 분명 그렇게 거절한 것을 후회하지 않는다. 그 편지들은 내 적들이 쳐둔 올가미일 수도 있고* 내가 부탁받은 일은 어느 때보다 포기하고 싶지 않던 내 원칙을 거스르는 일이었기 때문이다. 하지만 좀 더 부드럽게 거절할 수 있었는데도 냉정하게 딱 잘라 거절했는데, 바로 그 점이 내 잘못이었다.

좀 전에 말한 두 통의 편지는 내 자료들 속에서 찾아볼 수 있을 것이다. 판사의 편지에 대해서는 전혀 놀라지 않았다. 왜냐하면 나도, 그나 다른 많은 사람들처럼 쇠락하는 프랑스 정치 체제가 곧 붕괴될 위험이 있다고 생각했기 때문이다. 불행한 전쟁의 재앙은 모두 정부의 책임에서 비롯되었다. 믿기 어려운 재정적 혼란과 그때까지 두세 명의 대신들이 서로 나누어 가졌던 행정을 놓고 알력이 끊이지 않았는데, 그들은 공공연히 서로 싸움을 걸면서 서로에게 피해를 주려고 왕국을 파멸시켰다. 민중과 국가의 모든 계급에서는 총체적인 불만을 쏟아냈다. 완고한 어떤 여자[123]는 고집을 피웠다. 그녀에게 지성이 있다고 가정하면 그녀는 자기 욕구를 위해 늘 지성을 포기했다. 또한 거의 항상 가장 능력 있는 사람들을 쫓아내고 가장 마음에 드는 사람들을 그 자리에 앉혔다. 이런 모든 것들로 미루어볼 때 판사와 대중들 그리고 나의 예측이 옳다는 것이 입증된다. 이런 예측으로 왕국을 위협할 것처럼 보이는 소요가 일어나기 전에 나도

---

* 예컨대 나는 어느 고등법원의 아무개 수석 판사가 백과전서파나 돌바크 무리와 상당히 가깝게 지낸다는 사실을 알고 있었다.

왕국 밖에서 은신처를 찾아야 하는 것은 아닌지 여러 번 저울질하기까지 했다. 하지만 내 비루한 신세와 조용한 기질 때문에 마음이 놓였으므로 내가 들어가 살고자 하는 적막한 곳으로는 어떤 폭풍우도 뚫고 들어올 수 없다고 생각했다. 다만 내가 안타까웠던 것은 상황이 그러한데 뤽상부르 씨가 정부 내에서 자신의 평판에 틀림없이 해가 될 임시직을 받아들였다는 사실이다. 나는 국가와 같은 큰 조직이 붕괴되는 일이 일어난다면 만약의 경우에 대비하여 그가 그곳에 은신처를 마련해두기를 바랐다. 현재의 상황에서 그런 일은 우려할 만한 사태로 비쳐졌던 것이다. 만일 정권 전체가 끝내 단 한 사람[124]의 수중에 떨어지지 않았더라면 프랑스 왕국이 지금 궁지에 몰려 있으리라는 것은 내가 보기에 지금도 의심의 여지가 없다.

내 몸 상태가 나빠지는 동안 《에밀》의 인쇄는 자꾸만 늦춰지다가 끝내는 완전히 중단되고 말았다. 나는 그 이유를 알 수 없었고 기도 더 이상 내게 편지도 답장도 보내주지 않았다. 말제르브 씨는 당시 시골에 있었으므로, 나는 누구에게도 소식을 들을 수 없었고 무슨 일이 일어났는지도 좀처럼 알 수 없었다. 나는 어떤 불행이라도 그것이 어떤 것인지 알기만 하면 결코 동요하거나 낙담하지 않는다. 하지만 나는 어둠을 두려워하는 성향을 타고났다. 어두운 분위기가 두렵고 몹시 싫다. 비밀 때문에 항상 불안하다. 비밀은 경솔할 만치 솔직한 나의 성격과는 아주 상충된다. 더없이 흉측한 괴물의 모습을 봐도 별로 두렵지 않을 것 같다. 하지만 하얀 시트를 뒤집어쓴 어떤 형상을 밤중에 언뜻 본다면 더럭 겁이 날 것이다. 그런 까닭에 오랜 침묵으로 민감해진 나의 상상력은 틈만 나면 유령을 만들어냈다. 내가 최후이자 최고의 작품을 출간하는 데 열렬한 관심을 쏟으면 쏟을수록 무엇 때문에 그 일이 좌절되었는지 원인을 찾아내려고 더욱 골몰했다. 항상 모든 것을 극단적으로 생각하던 나는 책의 인쇄가 중단된 일을 두고 책의 발간이 금지된 것이라고 생각했다. 그렇지만 그 이유에 대해서도 방법에 대해서도 상상할 수 없던 나로서는 더없이 가혹한 불안에 빠져 있었다. 나는 기와 말제르브 씨, 뤽상부르 부인에게 계속해서 편지를 썼다. 답장은 아예 오지 않거나 답장을 기다리는 동안에는 오지 않았으므로, 나는 완전히 마음이 혼란스러워 어쩔 줄 모르는 상태가 되고 말았다. 불행하게도 바로 그 시기에 나는 예수회 수도사인 그리페Griffet 신부가 《에밀》에 대해 말하고 그중 몇 구절을 인용했다는 사실을 알았다. 그 순간 나의 상상력이 섬광처럼 번뜩이며 부정한 행동에 숨어 있는 비밀의 실체가 고스란히 내 앞에 드러났다. 마치 그 부정함이 내게 폭로된 듯 분명하고 확실하게 진행되는 것이 그려졌다. 콜레주125와 같은 사립학교들을 말하면서 드러냈던 내 멸시하는 말투에 화가 난 예수회 사람들이 작품을 가로채고, 또한 바로 그들이 책의 간행도 막고 있다고 상상했다. 뿐만 아니라 친구인 게랭에게서 현재의 내 처지에 대해 듣고 나 자신도 의심하지 않던 나의 죽음이 임박했다고 예상한 그들이 그때까지 인쇄를 지연시킴으로써 자신들의 목적을 이루기 위해 내 작품을 훼손하고 왜곡하여 내 생각과 다른 견해를 내 것인 양 만들려는 의도가 있다고 상상했다. 놀랍게도 수많은 사실들과 정황들이 내 머릿속에 떠올라 그런 터무니없는 생각에 투사되고 그것을 사실임직하게 보이게 했다. 아니, 그게 아니라 내게 그런 생각을 뒷받침해줄 만한 확실성과 증거를 보여주었다. 내가 알기로 게랭은 완전히 예수회 수도사들에게 넘어가 있었다. 그가 내게 베풀었던 일체의 우정 어린 제안이 그들의 사주를 받은 것이라 여겨졌다. 그가 나를 압박하여 네올므와 계약을 하게 만든 것도 그들이 부추겼기 때문이라고 확신했다. 또한 그들은 앞서 말한 네올므를 통해 내 작품의 첫 인쇄물을 소유하게 된 것이라고 확신했다. 뿐만 아니라 나중에는 그들이 뒤셴의 인쇄소에서 인쇄를 중지시키고 어쩌면 내 원고를 가로챌 수단을 찾아내어 그것을 자기들 마음대로 손질하고 심지어 내가 죽은 뒤에 그것을 자기들 식으로 왜곡하여 출간하려고까지 했다는 확신이 들었다. 나는 베르티에 신부의 겉만 그럴듯한 언행에도 불구하고 예수회 사람들이 나를 좋아하지 않는다는 것을 늘 느끼고 있었다. 그들이 보기에 나는 백과전서파였을 뿐 아니라 내 모든 원칙이 내 동료들의 불신앙보다 훨씬 더 자신들의 규범과 영향력에 대립되었기 때문이다. 극단적인 무신론과 극단적인 광신은 둘 다 관용을 허용치 않는다는 점에서 서로 닮아 있기 때문에 그들이 중국에서 그렇게 했고 또 나를 위해하려고 그렇게 하듯이, 심지어 서로 협력할 수도 있었다. 반면에 이성적이고 도덕적인 종교는 양심에 관한 인간의 일체의 영향력을 배제하는 까닭에 그 영향력을 멋대로 행사하는 사람들은 그 목적을 이루기 위한 수단을 더 이상 갖지 못하게 된다. 내가 알기로 국새상서[126] 역시 예수회 사람들과 상당히 가까운 친구였다. 그래서 그의 아들이 아버지의 엄포에 넘어가 자신이 보관하던 작품을 그들에게 넘겨줄 수밖에 없었던 것은 아닌지 걱정스러웠다. 심지어 그와 같은 양도의 결과가 1, 2권을 두고 사람들이 내게 잡기 시작한 트집 속에 나타나 있다고까지 생각했다. 그 두 권에 별다른 이유도 없이 수정을 요구했던 것이다. 또 다른 두 권은 알고 있겠지만 거친 말들로 가득 차 있어서 앞의 두 권과 마찬가지로 검열을 받는다면 그것들 전체를 개정해야만 했을 것이다. 더구나 말제르브 씨가 내게 직접 말한 것이지만, 그가 이 출판의 감독을 맡겼던 그라브 Grave 신부도 예수회의 지지자라는 사실을 나는 알고 있었다. 어디를 가나 예수회 사람들만 보였다. 전멸되기 직전에 자기를 지키는 데 온통 정신이 팔려 있던 그들이 자신들과는 관련도 없는 책의 출간을 두고 애태우는 것 말고도 달리 할 일이 있었다는 점을 나는 미처 생각하지 못했다. 내가 "생각하지 못했다"고 말한다면 잘못이다. 나는 이미 그 문제를 진지하게 생각해보았고, 말제르브 씨가 나의 강박적 생각을 알게 되자마자 내게 애써 제기했던 반론도 같은 것이었기 때문이다. 하지만 나는 은신처 깊은 곳에 들어앉아 자기가 전혀 알지 못하는 중대한 사건들의 비밀을 판단하려는 사람의 또 다른 나쁜 습성에 기대어 예수회 사람들이 위험에 처해 있다고는 전혀 생각하려 하지 않았다. 그래서 시중에 퍼져 있는 소문들을 그 사람들이 자기 적들을 잠재우려고 쓴 술책으로 간주했다. 그 옛날 그들이 거둔 성공은 결코 무너질 수 없는 것으로 그들의 영향력을 너무나 무시무시하게 생각했던 나머지 나는 고등법원의 권위가 실추된 것을 벌써부터 한탄했다. 내가 알기로 슈아죌 씨는 예수회에서 공부를 했고, 퐁파두르 부인은 그들과 사이가 나쁘지 않았으며, 그들이 왕의 애첩이나 대신들과 맺은 동맹은 자기네 공동의 적들에게 대항할 때면 서로에게 항상 유리한 것으로 여겨졌다. 궁정의 개입은 전혀 없는 듯싶었다. 나는 그 집단이 언젠가 상당한 곤경에 처하더라도 고등법원이 그들을 그런 곤경에 빠뜨릴 만큼 결코 강하지 못하다고 확신했던 터라,[127] 궁정의 그 같은 무기력에서 그들의 자신감의 근거와 승리의 조짐을 찾아냈다. 말하자면 당시의 모든 소문들이 단지 그들의 속임수와 함정에서 비롯된 것이라고 생각했다. 또한 그들이 마음 놓고 모든 일에 관여할 시간이 있다고 믿었던 까닭에 얼마 지나지 않아 장세니슴과 고등법원, 백과전서파는 물론이고 심지어 그들의 속박을 받으려 하지 않는 모든 이들을 굴복시킬 것이며 결국 그들이 내 책이 출간되도록 내버려둔다면 그런 일은 내 독자들을 속이려고 내 이름을 이용하여 내 책을 무기로 써먹을 정도로 왜곡시킨 다음에야 그렇게 할 것임을 의심하지 않았다.

나의 죽음이 임박한 것을 느꼈다. 이런 얼토당토않은 일을 겪고도 어떻게 내가 파멸에 이르지 않았는지 이해하기조차 어려울 정도이다. 내가 죽은 다음 가장 뛰어난 내 최고의 저서 속에서 명예가 실추된 채로 기억될 것이라는 생각은 그 정도로 끔찍했던 것이다. 죽는 일이 그만큼 두려웠던 적은 결코 없었다. 만일 내가 이런 상황에서 죽었다면 절망 속에서 그리 되었을 것이라고 생각한다. 요즘도 한 사람의 사후 명예를 실추시키기 위해 일찍이 획책된 가장 사악하고 가장 소름 끼치는 음모가 아무런 방해도 받지 않은 채 자행되는 것을 보고 있지만, 언젠가는 사람들의 음모를 물리칠 내 증거를 내 작품 안에 남겨두었다고 확신하는 바이므로 나는 훨씬 더 평온하게 죽을 것이다.

내 마음의 동요를 지켜보기도 하고 들어주기도 하던 말제르브 씨는 내 동요를 진정시키려고 자신의 한없이 친절한 마음을 보여주는 배려를 다했다. 뤽상부르 부인도 이 같은 선행에 협력했으며 뒤셴의 인쇄소에 여러 차례 가서 이 출판이 어떻게 되어가는지 알아보았다. 마침내 인쇄가 다시 시작되었고 더욱 신속하게 진행되었는데, 그 인쇄가 전에 왜 중단되었는지는 전혀 알 수 없었다. 말제르브 씨는 나를 안심시키려고 수고스럽게도 몽모랑시에 직접 찾아왔고 끝내 성공했다. 그의 공정함에 대한 나의 전적인 신뢰 덕분에 나의 바보 같은 머리가 일으킨 혼란이 사라지고 그가 나를 회복시키기 위해 한 모든 일은 효과를 보았다. 그가 나의 불안과 망상을 보고 나에게 동정심을 느낀 것도 무리는 아니었다. 그래서 그렇게 보살펴준 것이다. 그의 주위에 있던 철학자 무리들이 툭하면 되풀이했던 말들이 갑자기 그에게 떠올랐다. 내가 레르미타주에 가서 살려고 하자, 전에도 말했듯이, 그들은 내가 그곳에서 오래 붙어 있지 못할 거라고 떠벌였다. 그들은 내가 끈기 있게 버티자, 오기로 그런다느니 자존심 때문이라느니 말을 뒤집자니 창피해서 그런다느니 하며 이런저런 말을 늘어놓더니 내가 그곳을 지긋지긋해하며 아주 불행하게 살아가고 있다고 떠들었다. 말제르브 씨는 그런 말을 믿고 내게 그 일에 대해 편지를 썼다. 그토록 존경하는 사람이 그런 잘못된 생각을 한다는 사실에 마음이 아팠던 나는 연이어 편지를 네 통이나 썼다. 그 편지에서 내 행동의 진짜 동기를 그에게 설명하고 내 취향과 성향, 성격, 내 마음속에서 일어난 모든 일들을 빠짐없이 표현했다. 초안도 없이 빠른 속도로 단번에 그리고 다시 읽어보지도 않고 쓴 이 네 통의 편지는 내가 평생 유일하게 쉽게 쓴 글일 것이다. 더 놀라운 일은 그 편지를 고통 속에서 극도로 쇠약해진 가운데 썼다는 것이다. 나는 기력이 쇠약해지는 것을 느끼면서 내가 정직한 사람들에게 나에 대한 그다지 올바르지 못한 평판을 남겨놓았다고 생각하니 절로 한숨이 나왔다. 나는 그 네 통의 편지에서 서둘러 잡은 초안을 통해 내가 계획했던 회고록을 어떤 의미로는 보완하려고 노력했다. 말제르브 씨가 마음에 들었는지 파리 사람들에게 보여주기도 했던 그 편지들은 어찌 보면 내가 여기서 상세히 서술한 것의 요약이므로 그런 의미에서 보존할 만한 가치가 있다. 내 문집에서 그것들을 찾아볼 수 있는데, 내 부탁으로 그가 사본을 만들어 몇 년 후에 나에게 보내준 것이다.

그 후 내게 죽음이 임박했다는 생각을 하면서 내 마음을 몹시 아프게 한 단 한 가지 일은 내 서류들을 맡겨 사후에 그것을 정리하게 할, 믿을 만하고 학식 있는 사람을 곁에 두지 못했다는 사실이다. 제네바 여행을 다녀온 이후 나는 물투와 친해졌다. 나는 그 젊은이에게 호의를 품고 있었고 그가 내 눈을 감겨주기를 바랐다. 그에게 그 바람을 이야기했다. 만일 그에게 일이나 가족과 관련된 문제가 없었다면 그는 인간적인 그 일을 기꺼이 맡아주었을 것이다. 이러한 위안을 받지는 못했지만 나는 적어도 그에게 내 신뢰를 드러내고 싶어서 출간되지 않은 〈사부아 보좌신부의 신앙 고백〉을 보내려 했다. 그는 그것에 기뻐했다. 하지만 그의 답장을 보니, 그는 내가 당시 그 결과에 대해 기대했던 정도의 확신은 공유하지 않았던 듯싶다. 그는 나에게서 다른 사람이 소장하지 않은 작품을 얻고 싶어 했다. 나는 그에게 〈고인이 된 오를레앙 공작을 위한 추도사 Oraison funèbre du feu duc d'Orléans〉를 보내주었다. 그 글은 다티 Darty 신부를 위해 썼는데, 그의 예상과 달리 추도사를 읽는 일이 그에게 맡겨지지 않았으므로 낭독되지는 않았다.

인쇄는 재개된 후 무사히 진행되어 끝이 났다. 내가 여기서 눈여겨본 특이한 점은, 첫 두 권에 대해서는 엄격하게 삭제를 요구하더니 마지막 두 권은 출간할 때 아무 말 없이 내용도 전혀 문제 삼지 않은 채 통과시켰다는 것이다. 그럼에도 내게는 약간의 불안이 아직 남아 있었는데, 이에 대해서는 묵과하지 않고 언급할 것이다. 예수회 사람들을 걱정했던 나는 이번에는 장세니스트들과 철학자들이 걱정이었다. 소위 파벌, 분파, 당파 등으로 불리는 모든 것에 반감을 갖고 있던 나는 그런 데 속해 있는 사람들에게 좋은 일이라고는 무엇 하나 기대하지 않았다. 얼마 전부터는 '수다스러운 여자들'[128]이 예전에 살던 곳을 떠나 바로 내 이웃으로 자리를 잡았다. 그래서 내 방과 테라스에서 하는 말들이 그들의 방까지 다 들렸고, 그들의 정원에서는 그곳과 우리 집 망루와의 경계에 있는 작은 담을 아주 쉽게 타고 오를 수 있었다. 나는 망루를 서재로 쓰고 있던 터라 탁자에는 《에밀》과 《사회계약론》의 교정쇄와 원고가 잔뜩 있었다. 그 원고들을 받는 대로 가제본을 했던 까닭에 출간되기 한참 전부터 내 책의 전부를 그곳에 놓아두었다. 내 경솔함과 부주의, 우리 집을 둘러싼 정원의 주인인 마타 씨에 대한 신뢰로 밤이면 깜박 잊고 망루의 문을 닫아두지 않다 보니 아침이면 문이 활짝 열려 있는 일이 종종 있었다. 만일 서류가 흩어져 있는 것을 본 듯하지 않았더라면 그런 일로는 거의 걱정을 하지 않았을 것이다. 여러 차례 이런 일을 눈여겨본 끝에 나는 좀 더 꼼꼼하게 망루의 문을 닫게 되었다. 자물쇠가 신통치 않아서 열쇠가 절반밖에 돌아가지 않았다. 더 조심을 하게 된 나는 문을 활짝 열어놓았을 때보다 서류가 훨씬 더 흐트러져 있다는 것을 발견했다. 결국에는 내 책들 중 한 권이 하루 이틀 밤사이에 갑자기 사라지는 사건이 일어났다. 사흘째 되는 날 아침까지 책이 어떻게 되었는지 알 길이 없다가 그 이후 그 책을 탁자 위에서 다시 발견한 것이다. 나는 마타 씨나 그의 조카인 뒤물랭Du Moulin 씨에 대해서는 예나 지금이나 결코 의심을 하지 않았다. 두 사람 모두 나를 좋아한다는 것을 알았고 나도 그들을 전적으로 신뢰했으니 말이다. 이때부터 '수다스러운 여자들'을 더는 믿지 못하게 되었다. 나는 그들이 장세니스트임에도 불구하고 달랑베르와 모종의 관계가 있고 같은 집에 묵고 있다는 것도 알았다. 그런 사건이 있고 나니 상당히 불안했고 더 조심하게 되었다. 자료들을 방 안에 들여놓았고 그 사람들을 만나는 일도 완전히 중단했다. 더구나 경솔하게도 내가 그들에게 빌려준 《에밀》의 첫 권을 그들이 여러 집안에 보이며 과시했다는 것을 알고 있었으니 말이다. 비록 내가 떠나기 전까지 그들은 계속 내 이웃으로 있었지만 그때 이후 나는 더 이상 그들과 대화를 주고받지 않았다.

《사회계약론》은 《에밀》보다 한두 달 일찍 출간되었다.[129] 레는 내 책들 중 어느 것도 결코 프랑스에 몰래 들어와서는 안 된다는 나의 요청을 받고도 《사회계약론》을 해로를 통해 루앙까지 보냈고 그곳에서 반입 허가를 받으려고 당국에 문의를 했다. 그러나 그는 아무런 답변도 듣지 못했다. 그의 짐은 루앙에 여러 달 묶여 있다가 결국 그에게 돌려보내졌는데, 그 전에 그것을 압수하려는 시도가 있었다. 하지만 그가 하도 소란을 피워서 다시 돌려준 것이다. 호기심 많은 사람들이 그중 몇 권을 암스테르담에서 빼내어 유포시켰지만 그다지 소문은 나지 않았다. 몰레옹은 그 소문을 듣고 그중 어떤 것은 직접 보기까지 한 다음 내게 말해주었는데, 나는 그의 은밀한 말투 때문에 놀라고 말았다. 모든 점에서 하자가 없고 어떤 비난받을 만한 짓도 하지 않았다고 확신하여 내 고귀한 원칙에 따라 마음을 누그러뜨리지 않았더라면 나는 극심한 불안에 빠졌을 것이다. 슈아쥘 씨는 나에게 이미 호감을 갖고 있었고 나도 그에 대한 존경심으로 그 작품에서 그를 칭찬했는데, 그 일을 그는 무척 고맙게 여기고 있었다. 이런 상황에서 슈아쥘 씨가 퐁파두르 부인의 악의에 맞서 나를 지지해줄 것임을 의심조차 하지 않았다.

당시 필요하다면 내가 그 어느 때보다도 뤽상부르 씨의 호의와 도움을 기대하는 것이 너무나 당연했다. 그도 그럴 것이 그때만큼 자주 그리고 감동적으로 그가 나에게 우정을 드러낸 적이 없기 때문이다. 부활절 여행 때 내가 침울한 상태가 되어 성채에 갈 형편이 못 되자 그는 단 하루도 빼놓지 않고 나를 보러 왔다. 그러다가 끝내는 내가 계속 괴로워하는 모습을 보고 그가 하도 설득하는 바람에 나는 콤Côme 수도사[130]를 만나러 가기로 결심했다. 그는 사람을 보내 수도사를 불러오게 했으며 몸소 그를 데리고 나에게 왔다. 또한 끔찍하고 오랜 수술 시간 동안 그는 내 집에 머무르는 용기를 보여주었는데, 이러한 용기는 상류층 인사에게는 확실히 보기 드물고 칭송받을 만한 것이었다. 소식자를 넣어 검사하는 것 정도가 문제가 되었지만 나는 그 시술을 한 번도 성공적으로 받은 적이 없다. 모랑조차도 여러 차례 시술을 시도했지만 늘 실패하고 말았다. 비할 데 없이 손재주가 뛰어났던 콤 수도사는 마침내 아주 가는 빈 소식자를 삽입하고야 말았다. 그 전에 나는 두 시간 이상 엄청난 고통을 겪었는데, 그동안에도 사람 좋은 원수의 다정다감한 마음을 힘들게 하지 않으려고 신음을 애써 참아야 했다. 콤 수도사는 첫 진찰에서 큰 결석을 찾아낸 줄 알고 나에게 이야기를 했다. 두 번째 진찰에서는 결석을 더 이상 찾아내지 못했다. 시간이 꽤 길게 느껴질 정도로 정성 들여 정확하게 두세 번 진찰을 되풀이하더니, 그는 결석은 전혀 없지만 전립선이 단단한 종양처럼 굳고 비정상적으로 비대하다는 진단을 내렸다. 방광은 크고 좋은 상태이며, 내가 고통은 많이 겪겠지만 오래 살 것이라고 마침내 확진을 내렸다. 두 번째 예측이 첫 번째와 마찬가지로 잘 들어맞았더라면 나의 고통은 곧 끝날 형편이 아니었을 것이다.

그렇게 여러 해 동안 걸린 적도 없는 20여 종의 질병을 연이어 치료받고 마침내 내가 알게 된 것은 내 질병이 생명에는 지장이 없지만 고칠 수 없어서 죽을 때까지 가지고 가야 한다는 사실이었다. 그런 사실을 알게 되자 나의 상상력은 억제되어 결석의 고통 속에서 끔찍하게 죽게 되리라는 예상을 더는 하지 않게 되었다. 오래전에 요도 속에서 부러진 소식자의 끝이 결석의 핵이 되었을지 모른다는 걱정도 더 이상 하지 않았다. 진짜 병보다 더 고통스러운 상상의 병에서 해방되자 진짜 병은 더 평온하게 참아냈다. 확실히 그때 이후 나는 당시까지 받았던 고통을 훨씬 덜 느끼게 되었다. 또한 고통이 완화된 것이 뢱상부르 씨 덕분이라는 사실을 떠올릴 때면 그에 대한 기억으로 다시금 감격하지 않을 수 없다.

말하자면 죽었다 다시 살아난 나는 남은 삶을 바치고자 하는 계획에 어느 때보다 몰두했고 그 계획을 실행하기 위해 《에밀》이 출간되기만을 기다렸다. 이미 다녀온 적이 있는 투렌[131]을 생각해보았는데, 다정다감한 주민들도 그렇고 온화한 기후 때문에도 그곳이 무척 마음에 들었다.

> 평온한 대지의 아름답고 매력적인 고장
> 하나같이 그 고장을 닮은 사람들.
> La terra molle e lieta e dilettosa
> Simile a se gli abitator produce.[132]

나는 내 계획에 대해 이미 뢱상부르 씨에게 말했는데, 그는 내 계획을 돌이키려고 했다. 나는 그 계획이 이미 결정된 일이라고 재차 그에게 말했다. 그러자 그는 파리에서 150리 떨어진 메를루 성을 안식처로 제안했는데, 그곳이 내 마음에 들 것이며 본인은 물론 부인도 내가 그곳에 자리 잡도록 기꺼이 도와줄 것이라고 말했다. 나는 그런 제안에 감동을 받았고 결코 싫지 않았다. 우선 그곳을 보아야만 했다. 우리는 날짜를 정했고 그날 원수님은 시종과 마차를 보내어 나를 그곳으로 안내하려 했다. 그런데 그날 나는 몸이 상당히 불편했으므로 함께 세운 계획을 미룰 수밖에 없었고 그 후에도 난처한 일들이 갑자기 생겨서 계획을 실행할 수 없게 되었다. 하지만 메를루의 영지가 원수님이 아니라 부인의 소유임을 알고부터는 그곳에 가지 못한 데 대해 더 편안하게 마음을 달랠 수 있었다.

마침내 《에밀》이 출간되었다. 나는 수정을 해야 한다거나 어떤 곤란한 문제가 있다고 들은 바가 없었다. 출간 전에 원수님은 작품과 관련이 있는 말제르브 씨의 모든 편지들을 돌려달라고 요구했다. 나는 두 사람 모두를 대단히 신뢰하여 완전히 안심했던 터라 그 요구에 이상하다거나 심지어 걱정할 만한 점이 있다는 것을 알아차릴 수 없었다. 나는 편지들을 돌려주었다. 실수로 책 사이에 끼어 있던 한두 통을 제외하고 말이다. 얼마 전에 말제르브 씨는 내가 예수회 문제로 불안해하면서 뒤셴에게 썼던 편지들을 자신이 회수하겠다고 알려왔다. 사실 그 편지들은 내 이성에 비추어볼 때 그다지 자랑거리가 아니었다. 하지만 어떤 일로도 있는 그대로의 나보다 낮게 보이고 싶지 않아서 뒤셴에게 편지들을 넘겨주어도 좋다고 전했다. 그리고 그가 그 일을 어떻게 처리했는지는 알지 못한다.

이 책은 열띤 환호 속에서 출간된 나의 모든 저서들과는 달리 전혀 호응을 얻지 못한 채 출간되었다. 이 작품처럼 개별적으로는 너무나 엄청난 찬사를 받았으면서도 공적으로는 보잘것없을 정도로 칭찬을 받지 못한 경우는 없었다. 이 작품에 대해 가장 잘 평가할 수 있는 사람들이 나에게 한 말과 편지로 내가 확신한 사실은 그것이 내 작품들 중 가장 중요한 동시에 최고의 저서라는 것이다. 하지만 이런 모든 찬사를 더없이 이상할 정도로 조심스럽게 해서 사람들이 이 저서에 대해 생각하는 좋은 점을 비밀에 부치는 것이 중요한 듯했다. 부플레르 부인은 이 책의 저자를 위해 동상을 세우고 전 인류의 존경을 바칠 만하고 내게 말하면서도 편지의 마지막에는 예의도 없이 그 편지를 돌려달라고 부탁했다. 달랑베르는 그 작품이 나의 탁월함을 결정짓고 나를 모든 문인들 중 최고의 위치에 올려놓을 것이라고 편지에 쓰고도 서명은 결코 하지 않았다. 그때까지 그가 나에게 썼던 모든 편지들에는 서명을 했는데 말이다. 믿을 만한 친구이자 진실한 사람이지만 신중했던 뒤클로는 이 책을 존중하면서도 글로 그런 말을 하는 것은 피했다. 라 콩다민La Condamine[133]은 〈사부아 보좌신부의 신앙 고백〉에 시비를 걸더니 말도 안 되는 소리를 해댔다. 클레로Clairaut[134]도 자신의 편지에서 같은 부분만을 언급했다. 하지만 그는 책을 읽고 받은 감동을 주저하지 않고 표현했다. 그는 적절하게도 이 것을 읽고 자신의 늙은 영혼이 고양되었다고 내게 말했다. 내가 책을 보내준 모든 사람들 중에 오직 그만이 그 책에 대해 좋다고 생각한 점을 모든 사람들에게 당당하고 자유롭게 밝힌 것이다.

책이 판매되기 전에 내게서 한 부를 받은 마타 씨는 그것을 스트라스부르 지사의 아버지이자 고등법원 판사인 블레르Blaire 씨에게 빌려주었다. 블레르 씨는 생그라티앵에 별장이 있었는데, 그의 오랜 친구인 마타 씨는 기회가 되면 종종 그를 만나러 그곳에 가곤 했다. 마타 씨는 그에게 아직 출간 전인 《에밀》을 읽어보라고 권했다. 블레르 씨는 책을 그에게 돌려주면서 꼭 맞는 말을 했는데, 나는 그 말을 바로 그날 전해 들었다. "마타 씨! 정말 훌륭한 책이로군요. 조만간 이 책이 큰 화제를 일으킬 것이오. 하지만 그것이 지나치면 저자에게 바람직하지 않을 수도 있어요." 그가 그 말을 전했을 때 나는 그저 웃어넘기고 말았다. 그러면서 그 말이 모든 것을 분명하게 단정 짓지 않는 법조인의 거드름이라고만 생각했다. 내게 들려오는 모든 걱정스러운 말들에 더 이상 신경을 쓰지 않았고 내게 다가올 파국도 전혀 예상하지 못했다. 내 책의 유용성과 매력에 대해 확신했고 모든 점에서 법을 위반하지 않았다는 확신이 있었으며, 뤽상부르 부인의 모든 영향력과 당국의 특별한 배려를 믿었으므로 나를 시기하는 모든 사람들의 코를 납작하게 만들고 승리의 절정에서 물러날 결심에 만족스러웠다.

이 책을 출간하면서 불안한 게 꼭 하나 있었는데 그것은 나의 안전보다는 내 마음의 부담을 더는 일이었다. 나는 레르미타주와 몽모랑시에서 제후들의 즐거움만을 중시한 나머지 불쌍한 농민들이 학대당하는 것을 가까이에서 지켜보며 분개하곤 했다. 그들은 사냥감이 밭에 피해를 입혀도 마냥 참아야 했고 시끄러운 소리를 내서 짐승들을 내쫓는 것 말고는 달리 자신들을 지킬 방도가 없었다. 그러다 보니 멧돼지를 쫓아내려고 냄비와 북, 방울 등을 들고 강낭콩이나 완두콩 밭에서 날마다 밤을 지새울 수밖에 없었다. 샤롤루아Charrollois 백작이 하인들을 시켜 그 불쌍한 사람들을 잔인할 정도로 냉혹하게 다루는 것을 지켜본 나는《에밀》의 마지막 부분에서 그런 잔혹성에 욕설을 퍼부었다. 내 원칙에 반하는 또 다른 잘못도 처벌을 면하지 못했다. 나는 콩티 대공의 관리들이 그의 영지에서 이에 못지않게 잔인한 짓을 저질렀다는 사실을 알았다. 내가 겁이 난 것은, 내가 진심으로 존경하고 감사해 마지않던 대공이 내가 인간적인 분노 때문에 그의 삼촌에게 했던 말을 본인에게 한 것으로 오해하고 자신이 모욕을 당했다고 생각하지나 않을까 하는 점이었다. 그렇지만 그 문제에 관해서라면 내 양심상 거리낄 게 전혀 없으므로 그런 판단을 믿고 두려움에서 벗어났다. 또 그렇게 하기를 잘했다. 아무튼 나는 그 위대한 대공이 그 구절에 조금이라도 주의를 기울였다는 이야기를 전혀 들은 적이 없다. 그 구절을 쓴 것은 영광스럽게도 내가 그와 알게 되기 한참 전의 일이었다.

  책이 출간되기 며칠 전인지 후인지 시기는 정확하게 기억하지 못하지만, 같은 주제를 다룬 또 다른 책이 출간되었다. 그것은 내 책의 첫 권에서 그대로 끌어온 것으로 이 발췌된 부분에 섞어놓은 진부한 말들을 제외하면 한마디도 다르지 않았다. 그 책은 발렉세르Balexert[135]라는 어느 제네바 사람이 저자로 되어 있고, 표지에는 하를렘 아카데미에서 상을 탔다고 쓰여 있었다. 나는 그런 아카데미나 상이 대중의 눈에서 표절을 감추려고 완전히 새로 만들어낸 것임을 쉽사리 알아차렸다. 그런 일에는 전부터 어떤 음모가 있음을 알았지만 그 음모가 무엇인지는 전혀 알지 못했다. 내 원고를 유포시켰을 수도 있는데, 그게 아니라면 그런 도용은 이루어질 수 없었을 것이다. 혹은 소위 상이라는 것을 두고 이야기를 꾸며내기 위해서였을 수도 있는데, 그 이야기에 근거를 대는 것이 정말로 필요했을 터이다. 여러 해가 지나고 나서야 나는 디베르누아d'Ivernois

씨[136]가 무심코 뱉은 말을 통해 비밀을 알아차렸고 발렉세르라는 양반을 끌어들인 사람들이 누구인지 짐작했다.

폭풍우가 일기 전에 어렴풋이 울부짖는 소리가 들려왔다. 다소라도 통찰력이 있는 사람들이라면 모두 내 저서와 나를 둘러싸고 어떤 음모가 꾸며지고 있으며, 그 음모가 머지않아 폭발할 것임을 분명히 알았다. 나는 너무나 마음을 놓고 있었고 어리석었던 나머지 불행을 예상하기는커녕 그 결과를 몸소 체감하게 된 후에도 그 이유에 대해서는 짐작조차 하지 못했다. 그들은 상당히 교묘하게 소문을 내는 일부터 시작했는데, 이 소문에 따르면 예수회를 탄압하고 있던 터라 종교를 공격한 책들과 저자들에 대해서도 편파적인 면죄부를 줄 수 없다는 것이었다. 나는 《에밀》에 내 이름을 넣었다는 이유로 비난을 받았다. 마치 다른 모든 작품들에는 내 이름을 써넣지 않았다는 듯이 말이다. 정작 그 작품들에 대해서는 전혀 말이 없었다. 사람들은 마지못해 어떤 조치라도 취해야 하는 상황을 두려워했던 듯싶은데, 그런 조치들은 정황상 어쩔 수 없는 것이었고 나의 경솔한 언행이 그 빌미를 제공했다. 그런 소문을 듣고도 나는 별로 걱정하지 않았다. 그 모든 사건들이 나와 개인적으로 조금이라도 관련이 있을 수 있다고는 짐작조차 하지 못했던 것이다. 나는 스스로 전혀 흠잡을 데가 없고 상당히 견고한 지지를 받고 있으며 모든 점에서 정정당당하다고 느꼈거니와, 혹시 잘못이 있다 해도 그것은 전적으로 뤽상부르 부인 한 사람과 관련된 일이므로 그 때문에 부인이 궁지에 빠진 나를 모른 척하리라고는 생각하지 않았다. 하지만 이런 경우에 일이라는 게 그렇듯이 관례적으로 저자에게는 관대하면서도 출판업자에 대해서는 강력하게 대처한다는 것을 알고 있었으므로 말제르브 씨가 뒤셴 씨를 버리기라도 하면 불쌍한 그가 어찌 될지 걱정하지 않을 수 없었다.

나는 잠자코 있었다. 소문은 부풀려졌고 곧 어조도 달라졌다. 대중들 특히 고등법원은 나의 침묵에 화가 난 듯했다. 며칠이 지나자 술렁거림이 심해졌고 위협은 상대를 바꾸어 나를 직접적으로 향했다. 책을 불태워버리는 것은 아무 소용이 없고 저자를 화형에 처해야만 한다고 고등법원 사람들이 아주 대놓고 말하는 소리가 들렸다. 출판업자들에 대해서는 전혀 말이 없었다. 고등법원의 법관보다는 고아[137]의 종교재판관에게나 어울리는 이 말을 처음 들었을 때 나는 그것이 나를 두렵게 해서 도망가도록 부추기려고 애쓰는 돌바크 무리의 술책임을 전혀 의심하지 않았다. 나는 그 유치한 속임수를 비웃었고, 그들을 조롱하면서 그들이 일의 실상을 안다면 나를 겁먹게 만들 또 다른 방법을 찾았을 것이라고 생각했다. 하지만 소문이 사실이라는 것이 마침내 명백해졌다. 뤽상부르 원수 내외는 그해 자신들의 두 번째 몽모랑시 여행을 앞당겨서 6월 초에는 이곳에 와 있었다. 파리에서는 나의 새 책들이 큰 반향을 일으켰음에도 불구하고 이곳에서는 책에 대해 별말이 없었다. 집주인들도 책에 대해 나에게 전혀 말을 하지 않았다. 그러던 어느 날 아침 내가 뤽상부르 씨와 단둘이 있게 되었을 때 그가 나에게 말했다. "《사회계약론》에서 슈아죌 씨에 대해 안 좋은 말을 한 적이 있나요?" "제가요?" 나는 놀라서 뒤로 물러서며 그에게 말했다. "아닙니다. 맹세컨대 오히려 그 반대입니다. 찬양을 못하는 제 펜으로 어떤 대신에게도 하지 못한 가장 훌륭한 찬사를 그분께 보냈지요." 지체 없이 나는 그에게 그 구절을 이야기했다. "《에밀》에서는요?" 그가 다시 말했다. "단 한 마디도 안 했습니다." 내가 대답했다. "그분과 관련된 말은 한마디도 없었습니다." "아!" 그는 평상시보다 더 격렬하게 말했다. "다른 책에서도 똑같이 해야만 했어요. 아니 더 분명하게 해야 했습니다." "저도 그렇게 했다고 생각했습니다." 내가 덧붙여 말했다. "저는 그만큼 그분을 높이 평가했으니까요." 그가 다시 말을 시작하려고 했다. 나는 그가 막 마음을 터놓으려 하는 것을 보았다. 하지만 꾹 참더니 입을 다물었다. 가장 좋은 사람들과 있을 때에도 우정 자체를 억제해야 하는 조정 대신의 가련한 정치적 입장이라니!

비록 짧기는 했지만 이 대화를 통해 적어도 어떤 면에서는 내 처지가 어떠한지를 깨달았고 바로 내게 사람들이 악감정을 품고 있다는 사실을 이해하게 되었다. 나는 좋은 것을 말하고 행동했지만 그 모든 것이 내게 해가 된, 이 전대미문의 불운을 한탄했다. 그렇지만 이 사건에서 뤽상부르 부인과 말제르브 씨를 보호자로 생각했으므로 사람들이 어떻게 일을 벌여서 그들을 밀쳐내고 나에게까지 달려들 수 있었는지 알 수 없었다. 하지만 그때부터는 이 문제가 더 이상 공정성이나 정의의 문제가 아니며, 내가 실제로 잘못이 있는지 없는지 조사하는 데 신경을 쓰지 않을 것임을 잘 알게 되었다. 폭풍우는 점점 더 사납게 으르렁거렸다. 네올므조차도 장황하게 말을 떠벌리더니 내게 이 작품에 관여한 것에 대한 후회와, 이 책과 저자에게 닥쳐올 위태로운 운명에 대해 자신이 가진 듯싶은 확신을 내비쳤다. 그렇지만 한 가지 일이 여전히 나를 안심시켰는데, 뤽상부르 부인이 너무나 태연하고 만족스러워하며 웃음마저 띠고 있어서 그녀가 자신의 성공을 확신하고 있다고 생각했던 것이다. 내 문제에 대해 사소한 걱정도 하지 않았고 단 한 마디의 동정이나 변명도 없었으며, 자신은 이 사건에 전혀 연루되지 않았고 내게 티끌만큼의 관심도 없다는 듯이 아주 냉정하게 이 사건이 진행되는 양상을 지켜보았으니 말이다. 놀라운 일은 그녀가 내게 아무 말도 하지 않았다는 것이다. 내 생각에 그녀는 내게 무언가를 말했어야 했다. 부플레르 부인은 덜 평온해 보였다. 그녀는 흥분한 표정으로 서성거리며 안절부절못했고, 콩티 대공 역시 내게 닥쳐올 공격을 막아내려고 몹시 분주하다는 것이 확실했다. 또한 그녀는 그 공격을 항상 현 상황 탓으로 돌렸으며, 그런 상황 속에서 고등법원에 중요한 일은 예수회 사람들로부터 종교에 무관심하다는 비난을 듣지 않는 것이라고도 말했다. 그렇지만 그녀는 대공이나 자신이 벌이는 교섭의 성공 여부에 대해서는 별반 기대하지 않는 듯싶었다. 나를 안심시키기보다는 오히려 더 불안하게 만드는 그녀의 이야기는 하나같이 내게 도피를 권하는 쪽으로 나갔다. 그녀는 내게 늘 영국행을 권했다. 그곳에서 많은 친구들을 소개해주겠다고 했는데 그중에는 오래전부터 그녀의 친구였던 유명한 흄Hume[138]도 있었다. 내가 조용히 있겠다고 고집을 피우자, 그녀는 내 마음을 흔들어놓을 더 능란한 술책을 찾아냈다. 그녀가 나를 설득하기를, 만일 내가 체포되어 취조를 당하면 어쩔 수 없이 뤽상부르 부인의 이름을 대야 할 것이고, 나에 대한 자신의 우정을 생각하면 자신을 위태롭게 만들 위험을 무릅써서는 안 된다는 것이었다. 나는 그런 경우에도 부인은 안심해도 좋을 것이며 내가 부인을 위험에 빠뜨리는 일은 절대 없을 것이라고 대답했다. 그녀는 그런 결심을 하기는 쉽지만 막상 실천하기는 어렵다고 반박했다. 그 점에서는 그녀가 옳았다. 특히 내 문제에서는 더욱 그랬다. 나는 진실을 말하는 데 어떤 위험이 따르더라도 재판관들 앞에서 결코 위증을 하거나 거짓말을 하지 않겠다고 단호하게 결심했던 것이다.

내가 그런 생각에 얼마간 동요하면서도 정작 도피할 결심은 못하는 것을 알고 그녀는 고등법원의 권한을 벗어날 대책으로 바스티유 감옥에 몇 주 들어가 있을 것을 제안했다. 법원은 국사범(國事犯)에 대해서는 관여하지 못하기 때문이다. 나는 이 특이한 사면이 내 이름으로 청원된 것이 아니므로 그에 대해 아무런 반대도 하지 않았다. 그리고 그녀가 이 문제에 대해 더 이상 언급하지 않았으므로 나중에 나는 그녀가 그런 생각을 제안한 것은 단지 내 생각을 떠보기 위함이며 사람들이 모든 문제를 해결하는 방책을 원한 것은 아니라고 판단했다.

며칠 지나지 않아서 원수님은 그림과 데피네 부인의 친구인 되이유의 주임 사제에게서 편지 한 통을 받았는데, 거기에는 확실한 소식통으로부터 얻은 정보가 담겨 있었다. 그것은 고등법원이 나를 극히 엄중하게 기소할 예정이며, 그가 표시해놓은 어느 어느 날짜에 내게 구속영장이 발부되리라는 내용이었다. 나는 이 내용을 돌바크 무리가 만들어낸 것이라 판단했다. 내가 알기로 고등법원은 절차에 대단히 신중한데, 이런 경우 내가 그 저서를 내 것이라고 인정하고 실제로 내가 그 책의 저자인지 법률적으로 파악하기도 전에 구속영장 발부부터 한다는 것은 절차를 완전히 위반하는 일이다. 나는 부플레르 부인에게 말했다. "공공의 안녕을 침해하는 범죄가 아니라면 피고인이 처벌을 피할 것을 우려하여 정황 증거만으로 구속영장을 발부하지는 않습니다. 그런데 오히려 존경과 포상의 대상이 되어야 할 제 경우와 같은 범죄 행위를 처벌하고자 한다면 책에 대해서는 기소를 하되 가능한 한 저자에 대한 기소는 피하기 마련입니다." 그녀는 그 문제에서 내가 잊고 있던 세심한 차이를 구별시켜줌으로써, 심문하려고 소환하는 대신 구속영장을 발부한 것은 특혜라는 점을 내게 확인시켜주려고 했다. 다음 날 나는 기에게서 편지 한 통을 받았는데, 편지에서 그는 검사장의 사무실에 있다가 책상 위에서 《에밀》과 책의 저자에 대한 논고의 초안을 보았다고 말했다. 앞서 말한 기라는 사람이 그 작품을 출간했던 뒤셴의 동업자라는 사실에 유의하기 바란다. 그런 사람이 정작 자신은 마음을 놓고 있으면서 저자에게는 동정을 베풀어 그런 통지를 해온 것이다. 이 모든 것들을 내가 얼마나 신뢰할 수 있겠는지 짐작이 갈 것이다! 검사장의 접견을 허락받은 일개 출판업자가 그 법관의 책상 위에 흩어져 있는 논고들과 초고들을 여유롭게 읽는 것이 그렇게 간단하고 그렇게 자연스러운 일이라니! 부플레르 부인과 다른 사람들도 같은 사실을 내게 확인시켜주었다. 이런 비상식적인 말들을 귀에 못이 박이도록 듣고 나니 모든 사람들이 미쳐가고 있다고 믿고 싶어졌다.

이런 모든 일들 뒤에는 사람들이 내게 말해주려 하지 않는 어떤 비밀이 숨어 있다는 사실을 확실히 감지했던 까닭에 나는 이 모든 사건에서 내 정당함과 결백함을 믿고 그 결말을 태연하게 기다렸다. 어떤 박해가 나를 기다리고 있을지라도 진리를 위해 고통받는 영광을 누리도록 부름을 받았다는 것이 너무나 감격스러웠다. 그래서 겁을 먹거나 숨어 있기는커녕 매일 성채에 갔고 오후에는 평소와 마찬가지로 산책을 했다. 6월 8일 체포령이 내려지기 전날, 나는 오라토리오 수도회의 교수인 알라마니Alamanni 신부와 망다르Mandard 신부 두 사람과 함께 산책을 했다. 우리는 샹포[139]에 약간의 간식을 싸가서 무척 맛있게 먹었다. 유리잔을 잊고 오는 바람에 호밀 대롱을 이용해 병 속의 포도주를 빨아 마셨는데, 구멍이 큰 빨대를 골랐다고 자랑하며 누가 더 잘하는지 경쟁이나 하듯이 빨아 마셨다. 내 평생 살면서 그렇게 즐거웠던 적이 없다.

젊어서는 내가 어떻게 불면증에 시달리게 되었는지 이야기한 적이 있다. 그때 이후 밤마다 침대에서 눈꺼풀이 무거워질 때까지 책을 읽는 습관이 생겼다. 그제야 촛불을 끄고 잠시 잠들려고 애를 썼지만 잠이 오래 간 적은 거의 없었다. 보통 내가 밤에 읽는 책은 성서였는데, 그렇게 해서 성서를 적어도 대여섯 번은 완독했다. 그날 밤은 평소보다 더 잠이 오지 않았고 책을 더 오랫동안 읽었다. 그러다 보니 〈에브라임의 레위 사람〉으로 끝나는 책 전부를 다 읽었다. 그때 이후 성서는 다시 읽지 않았기 때문에 잘 모르겠으나 착각한 게 아니라면 그것은 《판관기》였다. 나는 그 이야기를 읽고 무척 감동을 받았으며 몽상과 같은 상태에 빠져 이야기에 몰입해 있었는데, 갑자기 시끄러운 소리가 들리고 불빛이 비쳐 정신을 차렸다. 등불을 들고 있던 테레즈가 라 로슈를 비추었다. 그는 앉아 있다가 부리나케 일어서는 나를 보고 말했다. "놀라지 마십시오. 원수 부인 댁에서 부인과 콩티 대공께서 보낸 편지를 가져왔습니다." 정말이지 뤽상부르 부인의 편지 속에는 대공의 특사가 그녀에게 얼마 전 가져온 편지가 있었다. 편지에 적힌 내용에 따르면, 그가 온갖 노력을 기울였음에도 불구하고 나를 엄격하게 기소하도록 결정이 내려졌다는 것이다. 그가 그녀에게 언급한 내용은 다음과 같았다. "동요가 극심하여 도저히 공격을 막아낼 수 없습니다. 궁정에서도 그렇게 하기를 요구하고 고등법원도 마찬가지입니다. 아침 일곱 시에 그에게 구속영장이 발부될 것입니다. 그를 체포하려고 당장 사람을 보낼 겁니다. 몸을 피한다면 뒤쫓지 않겠다는 약속을 받아내긴 했지만 체포되려고 고집을 피운다면 체포될 것입니다." 라 로슈는 원수 부인의 뜻이라면서 자리에서 일어나 그녀와 상의를 하러 가보라고 간청했다. 두 시였다. 부인은 막 잠자리에 들었을 것이다. 그가 이어서 말했다. "부인께서 선생을 기다리고 계십니다. 선생을 만나지 않고는 주무시지 않을 겁니다." 나는 서둘러서 옷을 입고 부인에게로 달려 갔다.

  그녀는 불안해 보였다. 그런 일은 처음이었다. 그녀가 불안해하는 것을 보자 가슴이 뭉클해졌다. 나 역시 한밤중에 그런 놀라운 일을 겪고 보니 감정의 동요를 피할 수 없었다. 하지만 그녀를 보자 나 자신은 잊은 채, 내가 체포되면 그녀가 떠안을 고통스러운 역할만을 생각했다. 진실로 인해 내가 해를 입고 파멸에 이를지라도 오직 진실만을 말할 충분한 용기가 있었지만, 만일 심한 압박을 받는다면 부인에게 누를 끼치지 않을 만큼 충분한 임기응변도, 재치도, 어쩌면 단호함조차도 없다고 느꼈다. 그래서 나는 그녀의 안녕을 위해 내 명예를 희생하고, 나 자신을 위해서는 전혀 하지 않을 일을 이번에는 그녀를 위해 하기로 결정했다. 결심이 선 순간 나는 결심한 바를 그녀에게 밝혔다. 내 희생을 그녀가 대신 치르도록 함으로써 그 희생의 가치를 떨어뜨리는 것을 결코 바라지 않았기 때문이다. 이러한 나의 동기에 대해 그녀가 오해했을 리가 없다고 확신한다. 그렇지만 그녀는 이러한 생각에 감동했다는 말은 한마디도 하지 않았다. 그런 무관심에 나는 했던 말을 취소해야 할지 주저할 정도로 기분이 상했다. 하지만 뜻밖에 원수님이 오고 부플레르 부인도 얼마 후에 파리에서 와주었다. 그리고 그들은 뤽상부르 부인이 했어야 할 일을 대신 해주었다. 나는 그들의 위로를 잠자코 받아들였고 내가 한 말을 취소하려 했던 생각을 부끄럽게 여겼다. 이제는 내가 도피할 장소와 출발할 날짜만 정하면 되었다. 뤽상부르 씨는 자기 집에 며칠 동안 숨어 있으면서 여유를 두고 심사숙고하며 조치를 취해보자고 제안했다. 나는 그 제안에도, 성당 기사단의 사원에 은신하라는 제안에도 동의하지 않았다. 그곳이 어디가 되었든 숨어 있기보다는 차라리 그날로 떠나겠다고 고집을 피웠다.

왕국에는 강력한 숨은 적들이 있다는 것을 알고 있었으므로 프랑스에 대한 나의 애정에도 불구하고 평온함을 약속받기 위해서는 이 나라를 떠나야 한다고 판단했다. 내가 처음에 내린 판단은 제네바로 피신하는 것이었다. 하지만 조금만 생각해도 그런 어리석은 짓은 단념할 수밖에 없었다. 나는 파리에서보다 제네바에서 더 영향력이 강한 프랑스 당국이 나를 괴롭히려고 결심만 하면 그 도시들 중 어느 곳에서나 나를 가만히 내버려두지 않을 것임을 알고 있었다. 《불평등론》이 제네바 시의회에서 나에 대한 분노를 불러일으켰다는 사실을 알고 있었는데, 그 증오는 시의회가 감히 드러내지 않았던 만큼 더 위험스러운 것이었다. 마지막으로 《신엘로이즈》가 출간되자 시의회가 의사 트롱솅의 요청으로 서둘러 그 책의 판매를 금지시켰고 누구도, 파리에서조차 시의회를 따라 하지 않는 것을 보고 그런 경솔한 조치에 부끄러움을 느껴 조치를 철회했다는 사실도 알고 있었다. 나는 여기서 더 유리한 기회를 잡은 시의회가 그 기회를 이용하려고 열을 올릴 것임을 의심하지 않았다. 온갖 그럴듯한 눈가림에도 불구하고 모든 제네바 사람들의 마음속에는 나에 대한 은밀한 질투심이 자리 잡고 있어서 오직 그것을 풀 기회만을 엿보고 있다는 것도 알고 있었다. 그럼에도 불구하고 조국에 대한 사랑으로 나의 발걸음은 조국을 향하려 했다. 만일 그곳에서 평화롭게 살리라고 기대할 수만 있었다면 나는 망설이지 않았을 것이다. 하지만 명예와 이성에 비추어볼 때 도망자 신세로 조국에 도피할 수는 없었으므로 단지 조국 가까이에서, 제네바에서 나에게 어떤 조치를 취하려는지 스위스에서 지켜보기로 결심했다. 이런 망설임이 오래 지속되지 않을 것이라는 사실은 여러분도 곧 알게 될 것이다.

부플레르 부인은 이러한 결심에 극구 반대하더니 다시 나를 영국에 보내려고 애를 썼지만 내 마음을 움직이지 못했다. 나는 영국도 영국인도 전혀 좋아하지 않았다. 부플레르 부인이 아무리 설득하려 해도 나의 반감은 잦아들기는커녕 왠지 모르게 더 커지는 듯싶었다.

바로 그날[140] 떠나기로 결심하고 다른 사람들에게는 아침부터 떠난 것으로 해두었다. 나는 라 로슈를 보내서 내 서류를 찾아오게 했는데, 그는 테레즈에게조차도 내가 떠날 것인지 아닌지 말하고 싶어 하지 않았다. 언젠가 내 회고록을 쓰겠다는 결심을 하고 나서부터 나는 많은 편지들과 그 밖의 서류들을 모으는 중이었으므로 그것들을 여러 차례 옮겨와야만 했다. 이미 골라낸 서류들 중 일부는 별도로 모아놓고, 아침나절 남은 시간에 또 다른 서류들을 추리는 데 골몰했는데 내게 쓸모 있는 것만 가져가고 나머지는 태워버릴 작정이었다. 뤽상부르 씨는 내가 작업하는 것을 기꺼이 도와주려 했는데, 그 작업은 너무나 시간이 오래 걸려 아침나절에 다 마칠 수 없었고 나는 어느 것 하나 불태울 겨를도 없었다. 원수님은 나머지 것들의 분류를 책임지고 폐기할 것들은 누구에게도 맡기지 않고 손수 태우겠으며 따로 남겨둔 것은 전부 내게 보내주겠다고 제안했다. 나는 그런 수고에서 벗어나 내게 남아 있는 얼마 남지 않은 시간을 영원히 헤어지게 될 그토록 소중한 사람들과 함께 보낼 수 있게 되어 너무나 기뻐하며 그 제안을 수락했다. 그는 내가 서류들을 놓아둔 방 열쇠를 받아 갔다. 또 나의 간곡한 부탁을 받고 나의 불쌍한 '아주머니'를 찾으러 사람을 보냈다. 그녀는 내가 처한 상황과 자신이 처하게 될 상황에 견디기 힘들 정도로 당황하여 초췌해져 있었다. 또한 언제 들이닥칠지 모르는 집행관들을 기다리면서 자신이 어떻게 행동하고 그들에게 어떤 대답을 해야 할지 몰랐다. 라 로슈가 그녀에게는 아무 말도 하지 않은 채 그녀를 성채에 데려왔다. 그녀는 내가 이미 상당히 멀리 가 있다고 생각했다. 그래서 나를 발견하자 공기를 가를 듯이 소리를 지르더니 내 품 안에 뛰어들었다. 오, 우정이여, 하나 된 마음이여, 익숙함이여, 친밀함이여! 행복하고 다정하고 화목하게 함께 보낸 오랜 세월이 온화하면서도 고통스러운 이 순간에 하나로 모여들어, 나는 처음으로 겪는 이별의 아픔을 더 절절하게 느끼게 되었다. 거의 17년 동안 우리는 단 하루도 헤어져본 적이 없었던 것이다. 이렇게 포옹하는 모습을 지켜보던 원수는 눈물을 참지 못했다. 그는 우리를 남겨두고 방을 나갔다. 테레즈는 이제 나와 헤어지지 않으려 했다. 나는 그녀에게 지금 나를 따라오면 곤란하다는 것과 그녀가 내 재산을 청산하고 내 돈을 상속받으려면 여기 남아 있어야만 한다는 것을 일깨워주었다. 어떤 사람에게 구속영장을 발부할 때면 관례적으로 서류를 압수하고 재산을 압류하거나 재산 목록을 작성하며 관리인을 선임하는 것이 관례였다. 그러므로 그녀가 남아서 무슨 일이 벌어지는지 지켜보고 가능한 한 가장 적절한 모든 조치를 취해야만 했던 것이다. 나는 얼마 후에 그녀와 다시 만날 것을 약속했다. 원수님도 내 약속을 확인해주었다. 하지만 내가 어디로 갈 것인지 그녀에게 결코 말해주고 싶지 않았는데, 나를 체포하러 올 사람들에게 추궁을 당한 그녀가 그 일에 대해 정말로 모른다고 맹세할 수 있게 하기 위해서였다. 헤어질 때가 되자 그녀를 포옹하면서 마음속에서 대단히 야릇한 감정을 느꼈다. 나는 격정에 사로잡혀 그녀에게, 아! 너무나 예언과도 같은 말을 하고 말았다. "여보, 마음을 단단히 먹어야 하오. 당신은 나와 좋은 시절의 행복한 삶을 함께했소. 당신이 바라니 나의 불행을 함께 나누는 일이 남아 있소. 나를 따라간다면 모욕과 불행만이 당신을 기다리고 있을 것이오. 이 서글픈 날에 시작된 내 운명은 내가 죽을 때까지 나를 따라다닐 것이오."

이제는 떠날 생각만 하면 되었다. 집행관들은 열 시에 올 것이다. 내가 출발한 시간은 오후 네 시였고 그들은 아직 도착하지 않았다. 나는 역마차를 타기로 되어 있었다. 내게는 마차가 없었으므로 원수님이 나에게 이륜마차를 선물했고 첫 번째 역참까지 말 몇 마리와 마부 한 사람을 제공해주었다. 그곳에서는 그가 취해놓은 조치 덕분에 내가 말들을 공급받는 데 아무런 어려움이 없었다.

나는 식탁에서 점심을 들지 않았고 성채에도 모습을 전혀 나타내지 않았기 때문에, 부인들은 내가 종일 지내던 중이층으로 나에게 작별을 고하러 왔다. 원수 부인은 상당히 슬픈 표정으로 나를 여러 차례 포옹했다. 하지만 나는 그것에서 2, 3년 전에 그녀가 나에게 아낌없이 해주던 깊은 포옹은 더 이상 느끼지 못했다. 부플레르 부인도 나를 안아주며 나에게 상당히 좋은 말들을 해주었다. 내가 더 놀란 것은 미르푸아 부인이 해준 포옹이었다. 왜냐하면 그녀도 이곳에 와주었기 때문이다. 미르푸아 원수 부인은 대단히 냉정하고 예의 바르면서 조심성이 많은 사람으로 내가 보기에 로렌Lorraine 가문의 타고난 교만함을 벗어나지 못한 듯했다. 그녀는 나에게 결코 큰 관심을 드러낸 적이 없었다. 기대하지도 않은 영광에 우쭐해진 내가 그 영광의 가치를 나 스스로에게 높이려고 애써서인지, 실제로 그녀가 그런 포옹을 하면서 마음이 너그러운 사람의 타고난 동정심을 어느 정도 드러낸 것인지 모르겠지만, 나는 그녀의 몸짓과 시선에서 무언가 모르게 내 마음을 파고드는 어떤 기운을 발견했다. 때때로 당시를 회상하면, 그 후 내가 어떤 운명에 처하게 될지 모르지 않았던 그녀가 내 운명에 한순간 연민을 금할 수 없었을 것이라고 짐작한다.

원수님은 입을 떼지 못했다. 그는 죽은 사람처럼 창백했다. 그는 물 마시는 곳에서 나를 기다리던 마차까지 기어코 나와 동행하려고 했다. 우리는 한마디 없이 정원을 가로질러 갔다. 나는 정원 열쇠를 가지고 있었는데 그것으로 문을 열었다. 그다음에는 주머니에 열쇠를 넣는 대신 잠자코 그것을 그에게 건네주었다. 그는 열쇠를 놀라울 만큼 빠르게 받아들었는데, 그때 이후 줄곧 그 생각이 내 뇌리를 떠나지 않았다. 살면서 이 작별보다 더 쓰라린 순간은 별로 겪지 못했다. 포옹은 길고 아무 말 없이 이루어졌다. 우리는 모두 이 포옹을 영원한 이별로 느꼈다.

라 바르와 몽모랑시 사이에서 나는 전세마차를 탄 검은색 옷차림의 사내 네 명을 만났는데, 그들은 웃으면서 내게 인사를 했다. 나중에 테레즈가 집행관들의 모습과 그들이 도착한 시간, 그들이 행동했던 방식을 이야기해준 바에 따르면 그 사람들이 집행관이었음은 의심할 여지가 없다. 특히 내가 통고받은 것처럼 일곱 시가 아니라 정오가 되어서야 영장이 발부되었다는 사실을 알고 나니 더욱 그랬다. 파리 전역을 가로질러 가야만 했다. 완전히 개방된 이륜마차 안에서는 얼굴을 충분히 가릴 수 없었다. 거리에서 나를 아는 척하며 인사를 건네는 사람들을 여러 명 만났지만 나는 그들 중 아무도 알아보지 못했다. 그날 밤 나는 목적지를 바꾸어 빌루아에 들렀다. 리옹에서 우편물은 지휘관의 조사를 받아야만 했다. 그런 조사는 거짓말을 하거나 이름을 거짓으로 둘러대지 않으려는 사람에게는 성가실 수 있었다. 나는 뤽상부르 부인의 편지를 들고 빌루아 씨[141]에게 가서 그런 성가신 일을 피할 수 있도록 힘써달라고 청했다. 빌루아 씨는 나에게 편지 한 통을 주었는데 나는 리옹을 지나지 않았기 때문에 그것을 사용하지 않았다. 그 편지는 내 서류들 속에 아직 봉인된 채로 있다. 공작은 빌루아에서 자고 가기를 권했지만 나는 긴 여정을 계속하는 편이 좋아서 그날 두 개의 역을 더 갔다.

마차는 튼튼하지 못했고 나도 온종일 강행군하기에는 몸 상태가 심하게 좋지 않았다. 더구나 나는 좋은 대우를 받을 만큼 당당한 행색은 아니었다. 프랑스에서 역마차의 말들은 마부가 어깨로 내려치는 채찍만을 느낀다고 한다. 나는 안내인들에게 넉넉하게 돈을 지불하여 행색과 말투를 보상하려고 했다. 상황은 더 나빠졌다. 그들은 나를 태어나서 처음으로 역마차를 타고 심부름을 다니는 막돼먹은 놈으로 여겼다. 그때부터 나는 늙은 말들만 탔고 마부들의 놀림감이 되었다. 결국 나는 아무 말 없이 꾹 참고 그들이 하자는 대로 움직였는데, 처음부터 그랬어야 했다.

나에게 막 일어난 모든 사건들에 대해 떠오르는 생각들에 빠져 있느라

도중에 지루할 일이 없었다. 하지만 그것은 내 사고방식도 내 마음의 성향도 아니었다. 아무리 최근에 일어난 일이라도 내가 과거의 불행을 너무나 쉽게 잊는 것은 놀라울 정도이다. 미래에서 그 불행을 보는 동안 그것을 예측하면 나는 두려워지고 당황스럽지만 마찬가지로 그 불행이 일어나자마자 그 기억은 어렴풋하게 떠올랐다가 쉽게 사라지고 만다. 아직 오지도 않은 불행을 피하고자 끊임없이 괴로워하던 나의 잔인한 상상력은 내 기억을 잠시 잊게 해주더니 이미 지나가 버린 불행을 추억하지도 못하게 만든다. 끝난 일에 대해서는 더 이상 주의하지 않아도 되며 그 일에 몰두하는 것은 쓸데없는 짓이다. 어떻게 보면 나는 내 불행을 미리 고갈시켜버린 것이다. 불행을 예상하는 것이 괴로울수록 그것을 잊는 것은 더욱 쉽다. 그와는 반대로 과거의 행복에는 끊임없이 몰두하여 그것을 다시 불러낸다. 말하자면 그것을 되새김질하여 내가 원할 때 다시 한 번 즐길 정도이다. 나 스스로도 느끼고 있지만 내가 지닌 이 좋은 기질 덕분에 모욕을 당한 것을 끊임없이 기억하여 강한 복수심으로 들끓는 집요한 성향, 적에게 가하려는 온갖 고통으로 자기 자신을 괴롭히는 그런 집요한 성향을 가져본 적이 전혀 없다. 천성적으로 걸핏하면 화를 내는 나는 처음의 동요 속에서 분노와 격분까지도 느꼈다. 하지만 복수에 대한 욕구만큼은 내 마음속에서 결코 뿌리를 내리지 못했다. 나는 모욕에 대해 그다지 신경을 쓰지 않아서 모욕을 가하는 사람에게도 그다지 관심을 두지 않는다. 내가 받은 고통에 대해 생각하는 것은 단지 또다시 받을 수도 있는 고통 때문이다. 더 이상 고통을 받지 않을 확신이 있다면 그가 나에게 준 고통은 곧 잊힐 것이다. 우리는 모욕을 당해도 용서하라는 설교를 많이 듣는다. 그런 말은 상당히 훌륭한 미덕이 분명하지만 내게는 소용이 없다. 나는 내 마음이 그 증오를 억누를 수 있을지 알지 못한다. 왜냐하면 내 마음은 결코 증오를 느껴보지 못했고 나도 내 적들을 용서할 미덕을 지닐 만큼 생각하지 않기 때문이다. 그들이 나를 괴롭히려고 어느 정도로 그들 자신을 괴롭혔는지는 말하지 않을 것이다. 나는 완전히 그들의 손아귀 안에 있다. 그들은 절대적인 힘이 있으며 그것을 사용한다. 그들의 힘이 미치지 못하는 단 하나가 있는데, 나는 그들에게 그것을 할 수 있으면 해보라고 말한다. 그것은 그들이 나 때문에 괴로우니 나도 그들 때문에 괴로워하도록 만드는 일이다.

출발한 다음 날부터 나는 얼마 전에 일어난 모든 일을 완전히 잊었다. 고등법원, 퐁파두르 부인, 슈아죌 씨, 그림, 달랑베르, 그들의 음모와 공모자들 할 것 없이, 신중을 기할 필요가 없었다면 나는 여행 내내 그들을 다시 생각하지도 않았을 것이다. 이런 모든 것들을 대신해 내 머릿속에 떠오른 기억은 출발하기 전날 밤에 마지막으로 했던 독서였다. 내게 떠오른 것은 게스너Gessner[142]의 《목가Idylles》였는데, 그 책은 번역자인 위브너Hubner[143]가 얼마 전에 내게 보내준 것이었다. 그 두 가지 생각이 내 머릿속에 분명하게 떠오르더니 뒤섞여서 나는 〈에브라임의 레위 사람〉의 주제를 게스너풍으로 다루면서 그것을 결합시키려고 노력했다. 전원적이고 소박한 문체는 그토록 잔인한 주제에 좀처럼 적합하지 않은 듯싶었고 현재의 내 처지가 주제를 흥겹게 만들 정도로 정말 유쾌한 생각을 떠오르게 한다고는 짐작하기 힘들었다. 그렇지만 그 일을 시도한 것은 오직 마차 안에서 즐겁게 지내기 위해서였다. 성공하리라는 어떤 희망을 품은 것은 아니었다. 하지만 시도하자마자 온화한 내 생각과 그 생각을 표현하면서 느낀 능란함에 놀랐다. 사흘 동안 나는 이 짧은 시의 첫 세 편을 지었고 그 후에 모티에에서 그것을 완성했다. 평생 이보다 더 감동적인 온화한 품성, 더 생생한 색채, 더 충실한 묘사, 더 정확한 풍습의 재현, 더욱더 오래된 소박함이 모든 것 안에 드러나 있는 시를 써본 적이 없다고 확신한다. 사실상 혐오스럽고 끔찍한 주제에도 불구하고 이 모든 것을 쓰게 된 것이다. 따라서 나머지 모든 것은 차치하고라도 어려움을 이겨낸 것은 그래도 잘한 일이다. 〈에브라임의 레위 사람〉은 내 작품들 가운데 최고는 아니더라도 항상 가장 소중한 작품이 될 것이다. 그 작품을 다시 읽고 또 읽다 보면 악의 없는 마음에 대한 찬양을 항상 마음속으로 느끼지 않을 수 없다. 자신의 불행 때문에 감정이 격해지기는커녕 스스로 자기 자신을 달래며 자기 내부에서 불행에 대한 보상을 찾는 그런 마음 말이다. 스스로 결코 겪어보지 못한 시련을 자신들의 저서 속에서는 감당해내는 위대한 철학자들을 한곳에 모아보자. 그들을 나와 비슷한 처지에 놓아두고 모욕당한 명예 때문에 처음으로 분노를 터뜨릴 때, 그들에게 유사한 작품을 쓰게 해보자. 그러면 그들이 그런 어려움을 어떻게 벗어날지 알게 될 것이다.

몽모랑시를 떠나 스위스로 향하면서는 이베르됭에 가서 사람 좋은 옛 친구인 로갱 씨 집에 머물 작정이었다. 그는 몇 년 전부터 그곳에 은퇴해 살면서 자신을 만나러 오라고 나를 초대하기도 했다. 나는 리옹을 들르면 길을 돌게 된다는 사실을 도중에 알았고 그런 이유로 그곳을 들르지 않았다. 그 대신에 요새화된 도시 브장송을 들러야만 했는데 결과적으로 리옹에서와 같은 어려움을 겪어야만 했다. 나는 뒤팽 씨의 조카인 미랑 Miran 씨를 보러 간다는 구실로 길에서 벗어나 사랑을 지나갈 생각을 해냈다. 그는 제염 공장에서 일을 했는데 예전에 자신을 만나러 그곳에 오라고 나를 여러 차례 초대한 적이 있었다. 이 궁여지책이 나에게 도움이 되었다. 미랑 씨는 만나지 못했다. 나는 지체할 필요가 없게 된 것을 무척 다행으로 여기며 계속 길을 갔지만 누구 한 사람 나에게 말을 붙이는 이가 없었다.

베른의 관할 구역에 들어서자 나는 멈추어 섰다. 나는 마차에서 내려 엎드렸고 포옹하듯 팔을 벌리고 땅에 입을 맞춘 다음 격정적으로 외쳤다. "미덕의 보호자이신 신이시여, 당신을 찬양합니다. 드디어 자유의 땅에 발을 디뎠나이다!" 이런 식으로 희망 속에서 맹목적이고 낙관적이던 나는 나를 불행하게 만들 것에 여전히 열광하고 있었다. 당황한 마부는 내가 미쳤다고 생각했다. 나는 마차에 다시 올라탔고, 몇 시간 지나지 않아 존경하는 로갱의 품에 안겨 있음을 느끼며 열렬하고도 순수한 기쁨을 누렸다. "아! 이 존경할 만한 주인의 집에서 잠시 한숨 돌리자! 여기서 용기와 힘을 되찾을 필요가 있다. 머지않아 그 용기와 힘을 사용할 수 있을 것이다."

내가 기억할 수 있는 모든 상황들에 관해 방금 상세하게 이야기를 한 데는 충분한 이유가 있다. 그 상황들이 아주 분명하게 드러나 있지는 않지만 그 음모의 실마리를 일단 찾으면 그것들로 음모의 진행을 밝힐 수 있을 것이다. 예를 들자면 그 상황들은 내가 제시하려는 문제의 단서를 제공해주지는 않지만 그것을 해결하는 데 많은 도움을 준다.

내가 표적이 된 음모의 실행을 위해 나를 멀리 떠나보내는 일이 절대적으로 필요했다고 가정해보면, 그것을 실행하기 위해 모든 일이 거의 지금까지 일어났던 것처럼 진행되어야만 했다. 만일 내가 뢰상부르 부인이 밤중에 보낸 소식에 걱정하지 않고 그녀의 불안에도 당황하지 않은 채 처음과 마찬가지로 계속 완강하게 저항하면서 성채에 머무르는 대신 잠자리로 다시 돌아와 상쾌한 아침나절까지 평온하게 잠을 잤다면 그래도 마찬가지로 체포령이 내려졌을까? 이것은 중요한 문제로 다른 많은 문제들의 해결책도 여기에 달려 있다. 따라서 이런 문제를 조사하기 위해 체포령을 내린다고 위협하던 시간과 실제로 체포령을 내린 시간에 주목하는 것은 쓸데없지 않다. 그것은 사실들에서 숨겨진 원인을 찾고 그것을 귀납적으로 발견하려고 할 때, 그 사실들을 설명하는 데 있어 가장 하찮은 것이 중요함을 말해주는 어설프지만 주목할 만한 사례이다.

——

제12권

1762~1765

JEAN-JACQUES ROUSSEAU

여기서부터 악마의 음모가 시작된다. 8년 전부터 나는 이 음모에 파묻혀 있었고 어떤 수단을 써도 도무지 그 끔찍한 암흑을 빠져나갈 수가 없었다. 내가 사로잡혀 있는 불행의 심연 속에서 내게 가해지는 타격을 느꼈고 그 직접적인 도구를 알아차렸다. 하지만 그 도구를 사용하는 손도, 그 손이 사용하는 방법도 알 수 없다. 치욕과 불행이 그 이유를 드러내지 않은 채 마치 저절로 내게 달려드는 듯싶다. 나의 아픈 가슴에서 신음이 새어나올 때 나는 아무 이유도 없이 한탄하는 사람인 듯싶다. 나를 파멸시킨 장본인들은 대중을 음모의 공모자들로 만드는 믿을 수 없을 정도의 수법을 찾아냈다. 대중은 정작 그것을 의심하지 못하고 그 결과를 알아차리지도 못한다. 그래서 나와 관련된 사건들, 내가 받았던 대접들, 나에게 일어난 모든 일들을 이야기하고 있지만 그것을 주도하는 손까지 밝혀낼 수 없고 사실을 말하면서도 그 원인은 찾아낼 수 없다. 그 근본적인 원인들은 앞의 세 권에 전부 기록되어 있다. 나와 관련된 일체의 이해관계,

숨겨진 모든 동기들이 그 책들에 나와 있다. 하지만 여러 원인들이 어떻게 결합되어 내 삶에서 알 수 없는 사건들을 일으켰는지 말하는 것이야말로 나로서는 설명이 불가능하며 추측조차 가능하지 않은 일이다. 만일 내 독자들 중에 그 의혹을 파헤치고 진실을 발견하고 싶어 할 정도로 애정 깊은 분들이 있다면 앞의 세 권을 공들여 다시 읽어보기 바란다. 그러고 나서 다음 권들에서 읽을 각각의 사건에서 저마다 얻을 수 있는 정보들을 수집하여 한 음모에서 다른 음모로, 한 선동자에서 또 다른 선동자로 거슬러 올라가 모든 것을 꾸며낸 최초의 주동자까지 찾아내 주기 바란다. 나는 그들의 조사가 어떻게 결말이 나게 될지 확실히 알고 있다. 하지만 그런 조사를 마지막까지 이끌고 갈 지하의 어둡고 구불구불한 길에서 나는 갈피를 잡지 못하고 있다.

이베르됭에 체류하는 동안 나는 로갱 씨의 가족 모두와 알게 되었다. 그중에서도 그의 조카딸인 부아 드 라 투르 부인[144]과 그녀의 딸들을 알게 되었는데, 이미 그 이야기는 했다고 생각하지만, 나는 그 딸들의 아버지를 이전에 리옹에서부터 알고 있었다. 부인은 이베르됭에 자기 삼촌과 자매들을 만나러 왔다. 열다섯 살 정도 된 그녀의 큰딸은 뛰어난 감각과 훌륭한 성품으로 나를 매료시켰다. 나는 어머니와 딸에게 더없이 다정한 우정을 느끼며 가깝게 지냈다. 로갱 씨는 그녀의 딸을 자신의 조카이자 이미 상당히 나이가 있는 대령의 결혼 상대로 생각하고 있었다. 대령 역시 나에게 더없이 큰 우정을 보여주던 터였다. 삼촌은 그 결혼에 열의를 보이고 조카도 그렇게 하기를 무척 바랐으며 나도 두 사람을 만족시키는 데 지대한 관심을 보이긴 했다. 하지만 두 사람의 나이 차이가 너무 나고 아가씨의 반감도 극심했던 까닭에 나는 그 어머니와 합세하여 결혼을 말렸고 결혼은 결국 성사되지 않았다. 그 후 대령은 자기 친척이며 내 마음에도 흡족한 성격과 아름다움을 지닌 딜랑Dillan 양과 결혼했고 그녀는 그를 가장 행복한 남편과 아버지로 만들었다. 어쨌든 로갱 씨는 그때 내가 자신이 바라는 바에 반대했다는 사실을 잊지 않고 있었다. 나는 그의 가족에 대해서도 그에 대해서도 가장 신성한 우정의 의무를 다했다는 확신으로 앞서의 일에 대해 스스로 마음을 달랬다. 우정의 신성한 의무란 항상 비위를 맞추는 것이 아니라 항상 최선을 다해 충고하는 것이다.

제네바로 돌아가려고 할 경우 그곳에서 내가 어떤 대접을 받게 될지의 궁금증은 오래지 않아 풀렸다. 그곳에서 내 책은 불탔고 6월 18일에 내게 체포령이 내려졌는데, 말하자면 파리에서 나의 체포령이 내려지고 9일이 지난 다음이었다. 그 두 번째 체포영장에는 믿을 수 없을 정도로 터무니없는 내용들이 들어 있었고 그것은 교회의 칙령에도 너무나 명백하게 위배되었던 나머지 그곳에서 들려온 첫 소식이 좀처럼 믿기지 않았다. 그 소식들이 충분히 확인되자 이제는 상식의 법을 비롯한 모든 법률들을 너무나 분명하고 명백하게 위반하여 제네바가 혼란스럽게 되지나 않을지 걱정이었다. 그럼에도 내게는 안심할 만한 이유가 있었다. 모든 상황이 평온했던 것이다. 하층민 가운데서 어떤 불만의 소리가 들끓었다면 그것은 오직 내게 반대하는 것이었고, 나는 경박하고 수다스러운 여자들과 잘난 체하는 사람들 모두로부터 공개적으로 교리문답에 제대로 답하지 못해 회초리로 추궁을 당하는 학생 취급을 받았다.

그 두 차례에 걸친 체포영장이 신호탄이 되어 나를 향한 저주의 함성이 전 유럽에서 유례를 찾아볼 수 없을 정도로 격렬하게 터져 나왔다. 모든 잡지들과 신문들, 모든 팸플릿들이 더없이 견디기 힘든 경종을 울렸다. 아주 다정하고 예의 바르며 관대한 국민으로 불행한 사람들에게 예의와 존경을 잃지 않는다고 그토록 자부하던 프랑스인들조차도 자신들이 내세우던 미덕을 휴짓조각처럼 팽개치더니 그 횟수와 격렬함만으로도 이루 말할 수 없는 모욕을 퍼부으며 앞다투어 나를 괴롭혔다. 그들은 나를 불경한 자, 무신론자, 미치광이, 맹수, 늑대라고 불렀다.《주르날 드 트레부*Journal de Trévoux*》[145]의 계승자는 내가 걸렸다는 소위 늑대망

상증에 대해 이야기하다가 말이 엇나가 자신의 망상증을 여보라는 듯 드러냈다. 말하자면 파리에서는 어떤 주제에 관해서건 글을 발표하면서 나를 신랄하게 모욕하는 데 소홀하면 경찰과 골치 아픈 일이라도 생길까 봐 걱정하는 분위기였다. 이렇게 이구동성으로 나를 증오하는 이유를 찾았지만 소용이 없자 나는 온 세상 사람들이 모두 미쳐버렸다고 믿을 지경에 이르렀다. 아니, 《영구평화론》의 집필자가 반목을 조장하고 〈사부아 보좌신부〉의 편찬자가 부도덕한 자라니!《신엘로이즈》의 저자가 늑대이고《에밀》의 저자는 광견병에 걸린 자라니! 아! 맙소사, 그렇다면 내가 《정신론De l'Esprit》[146]이나 그와 유사한 다른 작품을 출간했다면 어떻게 되었을까? 그렇지만 이 책의 저자에게 비난이 일어나는 중에도 대중은 그를 박해한 사람들에게 동조하기는커녕 그를 칭찬하여 복수를 해주었다. 그 책과 나의 책들을 비교하고 그 책들이 받은 상이한 반응과 두 저자가 유럽의 여러 나라에서 받은 판이한 대접을 비교해보기 바란다. 이런 차이를 보고 양식 있는 사람이 만족할 만한 원인을 찾아보기 바란다. 내가 원하는 바는 이것이 전부이고 나는 이제 잠자코 있으련다.

이베르됭에서의 체류가 너무나 흡족했던데다 로갱 씨와 그의 온 가족의 간청도 있고 해서 나는 그곳에 머물기로 결심했다. 이 도시의 대법관인 무아리 드 쟁쟁Moiry de Gingins 씨는 호의를 베풀어 자신의 관할 지역에 머물도록 내게 용기를 주었다. 대령도 자기 집 안뜰과 정원 사이에 있는 작은 별채에 기거해달라고 어찌나 간곡히 청하는지 나는 그렇게 하기로 동의했다. 곧장 그는 별채에 가구를 서둘러 들여놓았고 나의 소박한 세간에 필요한 모든 것을 마련해주었다. 내 주위에서 가장 친절한 사람들 중 한 명인 시의회 의장 로갱 씨는 온종일 나를 떠나지 않았다. 이렇게 극진한 호의에 나는 늘 고마워했지만 이따금은 몹시 성가시기도 했다. 이삿날이 정해졌으므로 나는 테레즈에게 새 집에 합류하러 오라는 편지를 썼다. 그러던 중에 느닷없이 베른에서 나에게 반대하는 한바탕

소동이 일어났다는 소식을 들었다. 사람들은 이를 맹신자들의 탓으로 여겼지만 나로서는 근본적인 원인을 도무지 파악할 수 없었다. 누가 상원을 부추겼는지 알 수 없지만 상원은 나를 은신처에 조용히 내버려두려 하지 않았다. 대법관은 이런 동요가 일어났다는 소식을 처음 접하고는 나를 생각하여 정부의 여러 각료들에게 편지를 썼다. 그리고 그들의 맹목적인 불관용을 나무라며, 그 많은 망나니들에게는 기꺼이 나라에서 피신처를 마련해주더니 정작 압제에 신음하는 덕망 있는 사람에게는 안식처를 거절하려 하는 처사를 비난했다. 판단력이 있는 사람들은 그의 맹렬한 비난이 사람들의 마음을 누그러뜨리기보다는 더욱 격해지게 만들었다고 짐작했다. 어찌 되었든 그의 영향력으로도, 그의 설득으로도 공격을 피할 수는 없었다. 그는 내게 전달해야 하는 지시를 미리 통보받고 그것을 내게 알려주었고, 나는 명령이 도착하기 전에 그다음 날로 떠날 결심을 했다. 어디로 가야 할지 난감했다. 제네바와 프랑스가 나를 거부했음을 알았고, 이런 사건이 일어나면 저마다 서둘러서 이웃 나라를 따라 할 것이 분명했으니 말이다.

부아 드 라 투르 부인은 가구가 갖추어져 있는 아들 소유의 집이 비어 있으니 거기에 가서 있으라고 내게 권했다. 그 집은 뇌샤텔 백작령인 르 발 드 트라베르에 있는 모티에 마을에 있었다. 그곳에 가려면 산 하나만 넘으면 되었다. 그 제안은 시의적절했다. 프로이센 왕의 영지였으므로 나는 자연히 박해를 피할 것이고, 웬만하면 종교는 박해의 구실이 될 수 없었을 테니까 말이다.[147] 하지만 말하기가 곤란한 남모를 어려움이 있어서 나는 망설이지 않을 수 없었다. 항상 내 가슴을 괴롭히던 정의에 대한 타고난 사랑이 프랑스에 대한 나의 은밀한 애정과 합쳐져 내게 프로이센 왕에 대한 반감을 불러일으킨 것이다. 내 생각에 왕은 자신의 원칙과 행동으로 자연법과 인간의 모든 의무에 대한 일체의 존경심을 짓밟는 듯했다. 내가 몽모랑시에서 망루를 장식했던 틀에 끼운 판화들 중에는 이 군주의 초상화도 있었는데, 그 아래에는 이렇게 끝이 나는 2행시가 있었다.

그는 철학자처럼 사고하고 왕처럼 행동한다.

이 시구가 만약 다른 사람이 쓴 것이라면 상당히 멋진 찬사였겠지만 내가 쓴 것이므로 불분명한 의미는 없었다. 게다가 앞의 시구[148]가 너무나 명백하게 그 의미를 설명해주었다. 나를 만나러 온 사람들은 많지 않았지만 그들 전부가 그 2행시를 보았다. 심지어 로랑지 기사는 그 시구를 적어서 달랑베르에게 건네기도 했다. 나는 달랑베르가 그것을 가지고 그 군주에게 나를 인사시키는 수고를 아끼지 않았으리라고 믿어 의심치 않는다. 그 첫 번째 실수 말고도 나는 《에밀》의 한 구절로 또다시 화를 불러일으켰다. 《에밀》에는 다우니아인들의 왕 아드라스토스라는 이름으로 되어 있지만 내가 누구를 염두에 두고 쓴 것인지 충분히 알아볼 만했다.[149] 부플레르 부인도 이 문제를 나에게 여러 차례 상기시켰으니 분명히 이 같은 지적은 따지기 좋아하는 사람들을 피해 가지 못했다. 그래서 나는 프로이센 왕의 기록에 내 이름이 붉은색으로 기입되어 있다고 확신했다. 더구나 내가 감히 왕이 가졌다고 간주한 원칙들을 실제로 그가 가지고 있다고 가정한다면, 내 저서와 저자인 나는 그것만으로도 그의 기분을 상하게 하기에 충분했다. 잘 알다시피 악인들과 폭군들은 나를 알지도 못하면서 내 저서들을 읽는 것만으로도 늘 나에게 너무나 견디기 어려운 증오심을 품었기 때문이다.

그렇지만 감히 그의 자비에 나를 맡기기로 했고 위험을 무릅쓸 일은 별로 없을 것이라고 생각했다. 저열한 감정은 오직 나약한 사람들만을 굴복시킬 뿐이고 강한 기질을 지닌 영혼에게는 별로 영향력이 없다고 알고 있는데, 나는 그의 영혼이 그러하다고 늘 인정해왔다. 나는 그가 자신의 통치술에 따른다면 이런 경우 관대함을 보일 수밖에 없고 사실 그의 성격으로 보아 관대함을 베풀지 못할 것도 없다고 판단했다. 또한 판단하기를 비열하고 안이한 복수심이 그의 마음속에서 명예심과는 한순간도 조화를 이루지 못할 것이고, 내가 그의 입장이라면 그 상황을 이용하여 감히 그를 나쁘게 생각한 사람에게 관대함을 베풀어 꼼짝 못 하게 만드는 것이 불가능하지만은 않다고 보았다. 그래서 나는 확신을 갖고 모티에에 자리를 잡으러 갔다. 그가 이 신뢰의 가치를 느끼고 있다고 믿었던 것이다. 마음속으로 이렇게 생각했다. "장 자크가 코리올라누스의 입장에 놓이게 된다면, 프리드리히 왕은 볼스크족의 장군만도 못한 인간이될 것인가?"150

로갱 대령은 기어코 나를 정착시키고자 나와 함께 산을 넘어 모티에에 가려고 했다. 부아 드 라 투르 부인의 시누이인 지라르디에Girardier 부인은 내가 쓰려는 그 집을 무척 편안하게 생각하고 있던 터라 내가 오는 것을 썩 달가워하지 않았다. 그렇지만 그녀는 그 집을 기꺼이 나에게 쓰게 했다. 나는 테레즈가 와서 내 소박한 살림이 자리를 잡을 때까지 기다리면서 그녀의 집에서 식사를 했다.

몽모랑시를 떠난 이후 나는 이 세상을 떠돌며 도망 다닐 신세임을 절감했다. 그래서 그녀더러 나와 합치고 내게 형벌로 내려진 방랑생활을 함께하자고 선뜻 말하기가 어려웠다. 그런 엄청난 일로 우리의 관계는 변할 것이며 지금까지 내 쪽에서 호의와 친절을 베풀었다면 이제부터는 그녀 쪽에서 그렇게 할 것이라고 느꼈다. 그녀의 애정이 나의 불행에도 변치 않는다 하더라도 그녀는 그 때문에 가슴이 찢어지는 고통을 받을 것이며 그녀의 고통은 나의 불행을 더 크게 만들 것이다. 만일 나의 불행이 그녀의 애정을 식게 만든다면 그녀는 내게 자신의 변치 않는 마음을 희생으로 내세울 것이다. 그녀는 나의 마지막 빵 한 조각을 나누며 내가 느끼는 즐거움을 느끼는 대신, 운명 때문에 내가 갈 수밖에 없는 곳이면 어디든지 기꺼이 나를 따라다닌다는 수고로운 미덕만을 느끼게 될 것이다.

　모든 것을 다 말해야만 한다. 나는 불쌍한 엄마의 나쁜 행동도, 나의 나쁜 행동도 감추지 않았다. 테레즈를 더 이상 용서해서는 안 될 것이다. 내게 그토록 소중한 여인에게 기꺼이 존경심을 표한다 해도 마음속 애정이 자기도 모르게 변하는 것이 정말로 잘못이라고 한다면 그녀의 잘못 역시 숨기고 싶지 않다. 오래전부터 나는 그녀의 애정이 식은 것을 알아차렸다. 내가 느끼기에 그녀는 더 이상 우리가 젊었던 시절의 그 모습이 아니었다. 또한 나는 그녀에게 항상 예전 그대로였던 만큼 그녀가 변했다는 것을 더욱 절감했다. 과거에 엄마 곁에서 그런 불편함 때문에 빚어진 결과를 느낀 적이 있는데, 그와 같은 감정에 다시 빠지게 된 것이다. 그런 결과는 테레즈의 곁에 있더라도 마찬가지였다. 자연을 떠나 완벽한 것을 찾으러 나서지 말자. 어떤 여자가 되었든 그 결과는 마찬가지였을 것이다. 내 자식들에게 내렸던 결정은 내가 보기에 아무리 타당한 것이라 해도 하루도 마음 편할 날이 없었다. 나는《교육론Traité de l'Éducation》을 계획하면서 내가 무슨 이유로도 벗어날 수 없는 의무를 저버렸다는 것을 느꼈다. 끝내는 후회가 극심해진 나머지《에밀》의 서두에서 나의 잘못을 거의 공개적으로 고백할 수밖에 없었다. 그 표현조차 너무나 분명했는데 그런 구절을 보고도 사람들이 용기 있게 나의 잘못을 비난한 것은 놀라운 일이다. 그렇지만 당시 나의 상황은 이전과 마찬가지였고, 내가 잘못을 저지르기만을 기다리느라 혈안이 된 적들 때문에 더욱더 최악으로 치달았다. 같은 잘못을 되풀이할까 봐 겁이 났고 위험을 무릅쓰고 싶지는 않았으므로 나는 테레즈를 또다시 이전과 같은 곤경에 빠뜨리기보다는 억지로라도 절제하는 편을 택했다. 더구나 육체관계가 내 건강 상태를 현저하게 악화시킨다는 사실을 알아차렸다. 나는 이런 두 가지 이유로 결심을 분명히 했다. 종종 그 결심을 제대로 지키지 못할 때도 있었지만 3, 4년 전부터는 더욱 일관되게 지켜나갔다. 바로 이 시기부터 테레즈가 냉정해졌다는 것을 알아차렸다. 그녀는 나에 대한 의무감 때문에 변함없는 애정을 보여주었지만 그것은 더 이상 사랑이 아니었다. 그로 인해 우리의 관계는 별 수 없이 예전보다 즐겁지 않게 되었다. 나는 그녀가 어디에 있든지 나의 배려가 계속될 것이라는 확신만 있으면 나와 함께 방랑하기보다는 파리에 머물러 있기를 더 좋아할 것이라고 생각했다. 그렇지만 그녀는 우리가 헤어지는 것을 몹시 고통스럽게 생각했고 우리가 다시 만나게 될 것임을 아주 분명하게 약속해달라고 내게 요구했다. 내가 떠난 이후에도 콩티 대공은 물론 뤽상부르 씨에게도 그런 바람을 아주 절실하게 드러냈기 때문에, 나는 용기를 내어 그녀에게 헤어지자고 말하기는커녕 스스로 그런 생각을 할 용기조차 거의 잃어버렸다. 나는 그녀 없이 지낸다는 것이 얼마나 어려운 일인지 마음속으로 절감하고 그녀를 당장 데려올 일만을 생각했다. 그래서 그녀에게 속히 출발하라는 편지를 썼다. 그녀가 왔다. 그녀와 헤어진 지 두 달이 채 되지 않았다. 하지만 그것은 우리가 여러 해를 함께 지낸 뒤 처음으로 겪은 이별이었다. 우리는 그 이별을 둘 다 아주 가혹하게 느꼈던 것이다. 우리는 포옹하면서 얼마나 가슴 벅찬 전율을 느꼈는지 모른다! 오, 애정과 기쁨의 눈물은 얼마나 달콤한가! 내 마음은 얼마나 눈물로 젖었던가! 왜 나로 하여금 이러한 눈물을 조금밖에 흘리지 못하게 했는가?

나는 모티에에 도착하여 스코틀랜드의 원수이자 뇌샤텔의 지사인 키스Keith 경에게 편지를 써서 내가 그의 영지에 은거하고 있음을 알리고 보호를 요청했다. 그는 알려진 대로 또한 내가 기대한 대로 나에게 너그럽게 답을 해왔다. 그는 자신을 만나러 오라고 나를 초대했다. 나는 각하의 엄청난 총애를 받고 있는 르 발 드 트라베르의 성주(城主)인 마르티네Martinet 씨와 함께 그에게 갔다. 나는 그 저명하고 덕망 높은 스코틀랜드인의 위엄 있는 모습에 큰 감동을 받았다. 그 순간부터 그와 나 사이에는 강한 애정이 생기기 시작했는데, 나에게는 그 애정이 변함없이 지속되었다. 나에게서 삶의 모든 위안을 빼앗아간 배신자들이 내가 멀리 떨어져 있다는 점을 이용해 그 노인네를 속이고 그가 나를 잘못 보도록 만들지 않았더라면, 그에게도 애정은 변함없이 계속되었을 것이다.

스코틀랜드의 세습 원수인 조지 키스George Keith는 영광스럽게 살다가 전사한 유명한 키스 장군의 형이다. 그는 젊어서 조국을 떠났는데, 스튜어트 왕가에 가담한 혐의로 추방당한 것이다. 그렇지만 원수는 그 왕가에서 보게 된, 그 집안의 주된 기질인 부당하고 폭압적인 성향 때문에 곧 그곳에 혐오감을 느꼈다. 그는 스페인에 오래 머물렀는데 그곳의 기후가 무척 마음에 들었던 것이다. 마침내 그는 동생과 마찬가지로 프로이센 왕의 충신이 되었는데, 왕은 사람을 보는 눈이 있어서 그들에게 합당한 대접을 해주었다. 왕은 키스 원수가 큰 공을 세워 대접한 덕을 제대로 보았는데, 더욱 소중한 것이 있다면 키스 원수의 진정한 우정을 얻은 것이다. 뼛속까지 공화주의자인데다 자존심이 강한 이 존경할 만한 인물의 위대한 영혼은 우정이라는 속박 말고는 어떤 것에도 굽힐 줄 몰랐다. 하지만 그 영혼은 우정에 완전히 굴복하고 만 나머지 프리드리히 왕에게 복종하기로 한 순간부터는 완전히 다른 원칙을 지녔으면서도 왕 외에는 아무것도 보지 않았다. 왕은 그에게 중책을 맡겨서 파리와 스페인에 파견했고, 마지막으로 그가 이미 나이가 들어 휴식을 필요로 하는 것을 알자 퇴직연금으로 그에게 뇌샤텔 지사직과 즐거운 일거리를 주어 얼마 안 되는 주민들을 행복하게 다스리며 여생을 보내도록 해주었다.

뇌샤텔 주민들은 우스꽝스러운 겉멋과 요란한 겉치레만을 좋아하고 진정한 재능은 전혀 보지 못하며 장황한 말을 기지라고 생각했다. 주민들은 냉정하고 허물없는 사람을 보고 그의 소박함을 거만함으로, 솔직함을 촌스러움으로, 간결한 말투를 어리석음으로 생각했으며 그의 친절한 배려에 반감을 품었다. 타인에게 쓸모 있는 사람이기를 바라면서도 아첨하는 것은 원하지 않던 그가 존경하지 않는 사람들의 비위는 전혀 맞출 줄 몰랐기 때문이다. 프티피에르Petitpierre 목사가 자기 동료들이 영원히 지옥에 떨어지기를 원하지 않아서 그들에게 쫓겨나는 우스꽝스러운 사건이 일어나자, 키스 경은 목사들의 월권 행위에 반대했고, 그는 자신이 편을 들어주었던 주민들 모두가 자신에 맞서 봉기하는 모습을 지켜보았다. 내가 그곳에 도착했을 때까지도 그 어처구니없는 불평은 잦아들지 않았다. 적어도 그는 선입견이 있는 사람으로 알려졌는데, 그가 듣고 있던 온갖 비난들 중 그것이 그나마 가장 덜 부당한 것인 듯하다. 이 훌륭한 노인을 보고 내게 처음으로 일어난 감정은 긴 세월에 이미 수척해지고 야윈 몸에서 느끼는 측은함이었다. 하지만 눈을 들어 그의 생기 있고 솔직하며 위엄 있는 모습을 보니, 다른 모든 감정을 뛰어넘어버리는, 신뢰감 섞인 존경심에 사로잡히는 느낌이었다. 그에게 다가가 아주 짧은 인사말을 건네자, 그는 마치 내가 일주일 전부터 그곳에 있었다는 듯이 말을 돌리며 대답했다. 그는 우리에게 앉으라는 말조차 하지 않았다. 성주도 겸연쩍어서 그대로 서 있었다. 나로서는 예리하고 명민한 키스 경의 눈길에서 뭐라 말할 수 없지만 너무나 다정한 빛을 본 나머지 우선 편안함이 느껴져 격식을 차리지 않은 채 그의 소파에 함께 앉았다. 경이 곧 친근한 말투로 다가오자 나는 그가 그런 격의 없는 행동을 기쁘게 받아들였고 마음속으로 '이 작자는 뇌샤텔 사람이 아니구나'라고 생각했음을 직감했다.

성격이 아주 비슷하면 이상한 결과가 빚어지기도 한다! 타고난 열의가 이미 마음에서 사라져버렸을 나이인데 이 사람 좋은 노인의 마음은 모든 사람들을 놀라게 만들 정도로 나를 향해 타올랐다. 그는 메추라기 사냥을 한다는 구실로 모티에에 나를 만나러 와서 총은 건드리지도 않은 채 그곳에서 이틀을 보냈다. 우리 두 사람 사이에는 서로가 없으면 지낼수 없을 정도의 우정이 자리 잡았다. 여기에 우정 외에는 달리 적절한 말이 없기 때문이다. 그가 여름이면 지내던 콜롱비에 성은 모티에에서 60

리 떨어져 있었다. 나는 아무리 늦어도 2주에 한 번은 그곳에 가서 온종일을 지내고, 갈 때와 마찬가지로 걸어서 돌아왔는데 마음은 항상 그에 대한 생각으로 가득 차 있었다. 예전에 레르미타주에서 오본을 다니면서 느꼈던 감동은 확실히 달랐다. 하지만 그 감동은 콜롱비에에 가까이 가면서 느끼는 감동보다 달콤하지는 않았다. 길을 가면서 내가 얼마나 많은 감동의 눈물을 종종 흘렸던가! 그 훌륭한 노인이 보여준 아버지 같은 호의와 다정한 덕성, 온화한 철학을 생각하면서 말이다. 나는 그를 아버지라고 불렀고 그는 나를 아들이라고 불렀다. 그 다정한 호칭으로 우리를 결합시켜준 애정이 어느 정도인지 부분적으로는 짐작할 수 있겠지만, 우리가 서로를 얼마나 필요로 했는지 서로 같이 있으려는 지속적인 욕망이 어느 정도였는지는 짐작할 수 없다. 그는 나를 기어코 콜롱비에에 성에 묵게 하려고, 내가 쓰던 거처에 눌러살라고 오래도록 나에게 간곡히 부탁했다. 마침내 나는 내 집에 있는 것이 더 자유롭고 그곳에 있으면서 그를 만나러 오는 생활이 더 좋다고 말했다. 그는 그런 솔직한 뜻을 받아들였고 그 일에 대해서는 나에게 더 이상 말하지 않았다. 오, 친절한 키스경이여! 오, 나의 훌륭한 아버지시여! 당신을 생각하면 내 마음은 아직도 얼마나 감동이 되는지 모릅니다! 아, 무뢰한 자들! 저들은 내게서 당신을 떼어놓으려고 나를 얼마나 괴롭혔는지 모릅니다! 아니, 천만에요, 위대한 인물이여, 당신은 나에게 항상 변함이 없고 앞으로도 그럴 것입니다. 내가 당신에게 늘 한결같듯이 말입니다. 저들은 당신을 속였지만 당신을 변하게 하지는 못했습니다.

키스 원수에게도 결점이 없지는 않았다. 그는 현명한 사람이었지만 역시 인간이었다. 그는 인간이 지닐 수 있는 가장 통찰력 있는 정신, 가장 섬세한 직감, 인간에 대한 가장 깊은 이해를 지니고 있으면서도 종종 속아 넘어갔고 잘못을 깨닫지 못하기도 했다. 그의 사고방식에는 독특한 기질, 무언가 기이하고 생경한 것이 있었다. 그는 매일 보는 사람들을 잊

어버린 듯 보이기도 하다가 그들이 전혀 생각하지 못할 때 그들을 기억
해냈다. 그가 두는 관심은 적절해 보이지 않았다. 그가 하는 선물은 엉뚱
하고 예법에도 맞지 않았다. 그는 엄청난 고가품이든 싼 물건이든 상관
하지 않고 당장 머릿속에 떠오르는 것을 주거나 보낸다. 제네바 젊은이
한 사람이 프로이센 왕의 신하가 되기를 바라며 그를 찾아온다. 키스 경
은 그에게 편지 대신에 완두콩이 가득 든 작은 봉지 하나를 주고 그것을
왕에게 드리게 한다. 그 이상한 추천장을 받은 왕은 그것을 가져온 사람
에게 그 즉시 자리를 마련해준다. 고결한 천재들에게는 보통사람은 결코
이해하지 못할 자기들끼리 통하는 말이 있다. 나는 예쁜 여자의 변덕과
도 흡사한 그런 소소하면서도 별난 행동 때문에 원수 키스 경에게 더욱
흥미를 느낄 따름이었다. 그 별난 행동들이 중대한 상황에서 그가 우정
으로 드러내는 감정이나 배려에 영향을 미치지 않는다는 것을 굳게 확신
했고 나중에 그런 사실을 분명히 확인하기도 했다. 하지만 친절을 베푸
는 방식에서도 그의 태도에서와 마찬가지로 독특한 점이 있는 것은 사실
이다. 그에 대해서는 어떤 사소한 사건과 관련된 일화를 하나만 예로 들
겠다. 모티에에서 콜롱비에로 가는 하루 일정은 나에게 너무 고된 일이
었으므로, 보통 그것을 이틀로 나누어 점심식사 후에 출발하여 중간 지
점쯤 되는 브로에서 하룻밤 숙박을 했다. 상도Sandoz라는 이름의 집주인
은 자신에게 대단히 중요한 특혜를 베를린에 요청해야 했던 터라, 각하
에게 청탁을 넣게 해달라고 나에게 간청했다. 나는 흔쾌히 응하고 그를
데리고 가서 대기실에 남겨둔 채 그의 일을 키스 경에게 말한다. 그는 나
에게 아무런 대답도 하지 않는다. 아침나절이 지나간다. 점심식사를 하러
방을 지나가다가 목이 빠져라 기다리고 있는 불쌍한 상도를 본다. 키스
경이 그를 잊어버렸다고 생각하고 우리가 식탁에 앉기 전에 그에게 다시
말을 한다. 경은 이전과 마찬가지로 한마디도 없다. 내가 그를 얼마나 성
가시게 하는지 느끼게 만드는 이런 태도가 다소 지나치다고 생각하면서

도 마음속으로만 그 불쌍한 상도를 가엾게 여기며 아무 말도 하지 못한다. 그다음 날 돌아오는 길에 그가 각하의 집에서 환대를 받았고 훌륭한 식사를 했다며 나에게 감사의 말을 하자 나는 매우 놀랐다. 게다가 각하는 그의 서류를 받아주기까지 했다. 3주 후에 키스 경은 그가 요청한 왕의 답서를 그에게 보내주었다. 답서는 왕이 서명하여 대신이 교부한 것이었다. 키스 경은 내게는 물론 상도에게도 그 일에 대해 한마디도 말하거나 대답해주지 않았으므로 나는 그가 그 일을 들어주려 하지 않는다고 생각한 것이다.

조지 키스에 대해서는 할 말이 너무나 많다. 나의 마지막 행복의 기억이 바로 그에게서 비롯되었으니 말이다. 나의 남은 삶 전부는 비탄과 상심 말고는 없다. 그 기억은 너무나 서글프고 혼란스럽게 떠올라 어떤 식으로든 이야기를 정리하는 것이 불가능하다. 이제부터는 이야기를 되는 대로 그리고 떠오르는 대로 맞추어나가는 수밖에 없다.

왕이 키스 경에게 회답을 한 덕분에 안식처에 대한 근심에서 바로 벗어났다. 짐작할 수 있듯이 나는 훌륭한 변호인을 두게 된 것이다. 폐하는 그가 한 일을 승인했을 뿐 아니라 그로 하여금 나에게 12루이를 하사하게 했다. 모든 일을 다 말해야 하기 때문에 이런 말을 하는 것이다. 이 같은 전갈을 받고 난처해진 선량한 키스 경은 어떻게 해야 명을 예의에 어긋나지 않게 이행하는 것인지 몰라 그 돈을 생필품 성격의 물품으로 바꾸어 나의 모욕감을 덜어주려고 애썼다. 내게는 소박한 살림을 시작할 수 있도록 장작과 석탄을 대주라는 어명을 받았다고 말해주었다. 그리고 아마 자신의 판단이겠지만 내가 부지(敷地)만 잡는다면 왕이 내 바람대로 소박한 집을 기꺼이 지어줄 것이라고도 말했다. 나는 그 마지막 제안에 매우 감동을 받은 나머지 앞서의 인색한 제안은 잊고 말았다. 그리고 두 가지 제안 중 어느 것도 받아들이지 않았지만 프리드리히를 내 은인이자 보호자로 여겼다. 또 그에게 너무나 진심으로 마음을 쏟아서 그때까지 그의 성공을 부당하다고 생각했던 것만큼이나 그 이후부터는 그의 영광에 관심을 두게 되었다. 얼마 지나지 않아 그가 평화조약을 맺자[151] 나는 아주 우아한 장식등을 달아 환영의 뜻을 드러내었다. 그것은 꽃으로 장식한 줄인데 나는 그것으로 내가 사는 집을 아름답게 꾸몄다. 사실 나는 되갚아주려는 심정으로 도도하게도 왕이 나에게 하사하려고 했던 돈과 거의 같은 비용을 여기에 들였다. 평화조약이 체결되자 나는 왕의 군사적, 정치적 영광이 절정에 있으므로 그가 다른 종류의 영광에 전념할 것이라 생각했다. 즉, 자신의 왕국을 부흥시키고 왕국의 상업과 농업을 발전시키고 새로운 땅을 개간하여 그곳에 새로운 주민들을 정착시키고 모든 이웃나라들과 평화를 유지함으로써 유럽에 공포를 안겨주던 군주가 유럽의 중재자가 되는 영광을 누리려 할 것이라고 말이다. 그는 불가피하게 다시 칼을 들지 않아도 된다는 점을 잘 알고 있었으므로 위험을 무릅쓰지 않고 칼을 내려놓을 수도 있었다. 나는 그가 무장을 해제하지 않는 것을 보고 자신의 우월성을 잘못 이용하지나 않을지, 그의 위대함이 반감되지나 않을지 염려되었다. 그래서 그 문제에 대해 감히 그에게 편지를 써서 그와 같은 성향을 지닌 사람들의 비위에 맞는 친근한 말투로 진리를 말하는 고결한 목소리를 전했지만, 그런 목소리를 들어줄 정도의 품성을 갖춘 왕들은 별로 없었다. 내가 이렇게 예의 없이 군 사실은 그와 나만의 비밀로 되어 있었다. 나는 그 일에 키스 원수도 가담시키지 않았다. 나는 왕 앞으로 갈 편지를 완전히 봉인하여 그에게 보냈다. 키스 경은 편지를 보내면서 그 내용을 알아보지도 않았다. 왕은 편지에 전혀 답변을 하지 않았고, 얼마 후 베를린에 간 키스 경에게 내가 왕을 심하게 야단치더라는 말만 했다고 한다. 나는 그 말을 듣고 내 편지가 환영받지 못하고 내 솔직한 열의가 현학자의 촌스러움으로 받아들여졌다는 것을 알아차렸다. 사실 그럴 만도 했다. 아마도 내가 해야 할 말을 하지 못하고 취해야 할 말투를 취하지 못한 것인지 모르겠다. 다만 나는 나에게 펜을 들게 만든 감정에 대해서만 책임을 질 수 있다.

모티에 트라베르에 자리를 잡고 얼마 지나지 않아 그곳에서는 나를 가만히 둘 것이라는 완전한 확신이 들었기 때문에 아르메니아풍 옷을 입기로 결정했다. 이 생각은 그리 새삼스러운 것이 아니었다. 지금까지 사는 동안 여러 번 했던 생각이고 몽모랑시에서도 이따금 떠올랐다. 그곳에서는 소식자를 자주 사용했던 까닭에 할 수 없이 방 안에 머무는 일이 많았는데, 그런 일로 긴 옷의 온갖 이점들을 절감하게 된 것이다. 아르메니아의 재단사 한 사람이 몽모랑시에 사는 친척을 만나러 종종 오곤 했는데, 나는 그가 입은 옷이 편리해 보여서 다른 사람들이 뭐라고 말하든지 별 신경을 쓰지 않은 채 새로운 의복을 입으려 했다. 그렇지만 새로운 복장을 하기로 결정하기 전에 뢰상부르 부인의 의견을 들어보고 싶었다. 부인은 그 옷을 입어보라고 나에게 적극 권했다. 그래서 나는 소박한 아르메니아 의상을 마련했다. 하지만 내게 들이닥친 엄청난 소동 탓에 옷을 입어보는 일을 좀 더 조용해질 때까지 미루어야만 했다. 불과 몇 달 뒤에는 다시 발작이 일어나 소식자의 신세를 져야 했으므로 아무런 위험 없이 모티에에서 이 새 옷을 입을 수 있다고 생각했다. 무엇보다도 지역 목사와 상의를 한 뒤의 일이고, 목사는 내가 그 옷을 입고 교회에 있어도 빈축을 사지 않을 것이라고 말했다. 그래서 나는 웃옷과 터키 사람들이 입는 긴 상의인 카프탄을 입고 모피로 안을 댄 챙 없는 모자를 썼으며 허리띠를 맸다. 나는 이런 복장을 하고 예배에 참석한 뒤 키스 경의 집에도 갔지만 전혀 불편하지 않았다. 각하는 내가 이렇게 차려 입은 것을 보고 "쌀라말레키"[152]라고 인사했을 따름이다. 그런 다음 모든 일이 마무리되었고 나는 이제 다른 옷은 입지 않았다.

문학과 완전히 결별하고 난 뒤로 나는 가능한 한 조용하고 온화한 삶을 영위해나가는 것 말고는 다른 생각을 하지 않았다. 혼자 있으면 아무리 할 일이 없어도 결코 지루한 줄을 몰랐다. 모든 공허함을 채워주는 상상력만으로도 충분히 시간을 보낼 수 있었기 때문이다. 방 안에서 마주 앉아 입만 놀려대는 생기 없는 수다만큼은 정말 견딜 수가 없었다. 걷거나 산책할 때는 그래도 괜찮다. 적어도 다리와 눈은 무언가를 하고 있으니 말이다. 하지만 그 자리에 있으면서 팔짱을 끼고 날씨가 어떻다는 둥 파리가 날아다닌다는 둥 잡담을 하거나 더 가관으로 서로 치켜세우는 말을 주고받는 것은 참으로 참기 힘든 고문이었다. 나는 비사교적으로 살지 않으려고 장식용 끈 짜는 일을 배울 생각을 했다. 누군가를 방문하게 되면 쿠션을 가지고 갔다. 혹은 여자들처럼 출입구 쪽으로 일을 가지고 나가서 지나가는 사람들과 이야기를 나누기도 했다. 이런 식으로 쓸데없는 수다를 견뎌냈고 이웃 여자들의 집에서도 지루해하지 않고 시간을 보낼 수 있었다. 여자들 중 몇몇은 상당히 친절했고 재치도 있었다. 그중에도 뇌샤텔 검사장의 딸인 이자벨 디베르누아Isabelle d'Ivernois라는 여자는 상당히 괜찮은 사람이어서 각별한 우정을 맺어도 될 듯했다. 그녀는 나에게서 유용한 충고를 듣기도 하고 꼭 필요한 경우에는 관심도 받았으므로 나와의 우정을 나쁘게 생각하지 않았다. 그래서 이제는 한 가정의 정숙하고 훌륭한 여인이 된 그녀가 분별력을 갖추고 좋은 남편을 만나 누리는 생활이나 행복은 어쩌면 내 덕분일지도 모른다. 나로서도 그녀 덕분에 다정한 위안을 얻은 셈이다. 특히 몹시 우울했던 겨울 동안 내가 병마에 한창 시달리고 있을 때 그녀는 나와 테레즈를 방문하여 함께 긴 밤을 보내주었고, 즐거운 기지를 발휘하고 서로 마음을 털어놓음으로써 우리의 그 밤을 짧게 느끼도록 해주었다. 그녀는 나를 아빠라고 불렀고 나는 그녀를 딸이라고 불렀다. 아직도 우리가 서로를 부르는 그 호칭은, 그렇게 되기를 바라는 바이지만, 나에게도 그녀에게도 항상 소중할 것이다. 나는 내가 짠 끈을 쓸모 있는 데 쓰려고 그것을 젊은 여자 친구들에게 결혼 선물로 주면서 그녀들이 자식들을 모유로 키워야 한다는 조건을 달았다. 그녀의 언니도 그런 조건으로 끈을 받고 약속을 지켰다. 이자

벨도 마찬가지로 그것을 받고 언니 못지않게 약속을 지킬 참이었다. 하지만 불행하게도 그녀는 자신의 의지를 실행할 수 없었다. 나는 그녀들에게 끈을 보내면서 두 사람 모두에게 편지를 썼는데, 첫 번째 편지는 소문이 나버렸지만 두 번째 편지는 그 정도로 반향이 일지는 않았다. 우정은 너무 크게 소문이 나버리면 좋은 결과를 낳지 못하기 마련이다.

상세한 이야기는 하지 않겠지만 내가 이웃들과 맺은 친분 중에 퓌리 Pury 대령153과의 관계에 대해서는 말해두어야만 한다. 그는 산에 집을 한 채 두고 있으면서 여름을 보내러 그곳에 오곤 했다. 나는 그와의 교제에 열의를 보이지 않았다. 왜냐하면 그가 궁정 사람들이나 키스 경과 좋은 관계가 아니고, 원수 경과 전혀 안면이 없다는 것을 알고 있었기 때문이다. 그렇지만 그가 나를 만나러 오고 상당히 정중하게 대했기 때문에 내 입장에서도 그를 만나러 가야만 했다. 그런 일은 계속되었고 우리는 종종 서로의 집에서 식사를 했다. 그의 집에서 뒤 페루Du Peyrou 씨154와도 알게 되었는데, 오래지 않아 너무나 친밀한 우정을 나누게 되어 그에 대해 말하지 않을 수 없다.

뒤 페루 씨는 아메리카 사람으로 수리남 사령관의 아들이었는데, 사령관의 후임자인 뇌샤텔 출신의 르 샹브리에le Chambrier 씨가 사령관의 혼자된 부인과 결혼을 한 것이다. 두 번째로 혼자가 된 그녀는 아들을 데리고 두 번째 남편의 고향에 자리를 잡았다. 외아들이고 상당히 부자인데다 어머니에게서 다정한 사랑을 받은 뒤 페루는 무척 정성스러운 관심 속에서 자랐으며 자신에게 유용한 교육도 받았다. 그는 꽤 많은 지식을 습득했고 예술에도 어느 정도 취미가 있었다. 그는 특히 판단력을 키웠다고 자부했다. 그의 냉정하고 철학자 같은 네덜란드 사람 특유의 용모와 구릿빛의 안색, 과묵하고 속내를 드러내지 않는 기질은 그런 평판에 상당히 신빙성을 더해주었다. 그는 아직 젊었지만 귀가 먹고 통풍을 앓고 있었다. 그런 문제 때문에 그의 모든 움직임은 상당히 침착했고 상당히 근엄해 보였다. 그는 논쟁을 좋아했고 종종 꽤 긴 논쟁을 벌이기도 했지만 잘 듣지 못하기 때문에 보통은 말을 별로 하지 않았다. 나는 그런 외모 전체에 압도되었다. 그래서 이렇게 생각하기도 했다. '이런 사람이야말로 사상가이자 현인(賢人)이다. 그를 친구로 둔다면 행복할 것이다.' 그는 나에게 종종 말을 걸었지만 나를 치켜세우는 말은 전혀 안 해서 오히려 내 마음을 사로잡았다. 그는 나나 내 책에 대해서 별말이 없었고 자신에 대해서도 거의 이야기하지 않았다. 그가 생각이 없었던 것은 아니고 사실 그가 한 말은 모두 상당히 정확했다. 나는 그런 정확함과 한결같음에 마음이 끌렸다. 그의 정신 안에 키스 경이 지닌 고귀함과 섬세함은 없었지만 솔직함이 있었다. 어떤 점에서 보면 그것이 바로 그를 나타내주었다. 나는 빠져들지는 않았지만 존경심에서 애착을 가졌고 그런 존경심 때문에 조금씩 우정을 얻게 되었다. 나는 돌바크 남작이 지나치게 돈이 많다고 거부감을 드러낸 적이 있는데, 키스 경에 대해서는 그런 거부감이 전혀 들지 않았다. 내 잘못이라고 생각한다. 나는 누가 되었든 엄청난 부를 누리는 사람이 나의 원칙과 나 자신을 진심으로 사랑할 수 있을지 의심부터 했던 것이다.

꽤 오랫동안 뒤 페루 씨를 별로 만나지 못했다. 내가 뇌샤텔에 통 가지 않았고 그도 뛰리 대령의 산에 1년에 한 차례밖에는 오지 않았기 때문이다. 왜 내가 뇌샤텔에 가지 않았을까? 거기에는 일종의 유치함이 작용했는데 그에 대해서는 말하지 않을 수 없다.

프로이센 왕과 키스 경의 보호를 받는 덕분에 내 피난처에서는 우선 박해를 피했지만 어쨌든 대중들과 시의 행정관들 그리고 목사들의 불평까지 피하지는 못했다. 프랑스에서 동요가 일어난 다음인데도 나에게 전혀 모욕을 가하지 않는 것은 체면이 깎이는 일이었다. 나를 박해하는 사람들을 따라 하지 않는다면 그들을 반대하는 것으로 보일까 봐 두려웠던 듯싶다. 특히 뇌샤텔의 지도 계층, 즉 이 도시의 목사 집단은 나에게 대항하여 참사원을 움직일 시도를 하면서 동요를 일으켰다. 그 시도가 성공을 거두지 못하자 목사들은 시의 행정관들에게 호소했고, 그들은 내 책을 곧바로 금서로 만들었다. 그들은 기회가 있을 때마다 나를 예의 없이 대했고, 내가 이 도시에 자리 잡으려 해도 사람들이 허용하지 않을 것이라는 의중을 비치며 심지어 대놓고 그런 말을 하기도 했다. 그들은 뇌샤텔의 《메르퀴르Mercure》[155]를 어리석고 더없이 보잘것없는 위선적인 말들로 도배했다. 그런 말들은 분별 있는 사람들에게 완전히 웃음거리가 되었지만 나에게 반발하도록 민중을 선동하고 부추기기에는 충분했다. 그들의 말은 어찌 되었든 나를 모티에에 살도록 내버려두었으니 그한없는 은혜에 내가 매우 감사해야 한다는 뜻으로밖에 해석되지 않았다. 사실 그들은 모티에에서 아무런 권한도 없었다. 만일 내가 공기를 마시는 데 비싼 대가를 치러야 한다면 그들은 공기마저도 무게를 달아 기꺼이 팔았을 것이다. 그들은 왕이 자신들의 뜻에 반대하면서까지 내게 베푼 보호를 두고 내가 자신들에게 감사하기를 바랐고, 내게서 그 보호를 박탈하려고 쉴 새 없이 일을 꾸몄다. 그들은 할 수 있는 한 내게 온갖 해를 끼치고 힘닿는 한 나를 헐뜯으려고 했으면서도 결국 그 일에 성공하지 못하자, 자기 나라에 나를 받아들이는 호의를 베풀었다고 주장하면서 자신들의 무능에 생색을 냈다. 나는 대답 대신에 면전에서 그들을 비웃어주어야 했다. 그런데 몹시 어리석게도 화를 내고 뇌샤텔에 결코 가지 않겠다는 어리석은 말을 해버리고 만 것이다. 나는 그런 별것 아닌 작자들의 행동에 관심을 두는 것은 그들을 지나치게 존중해주는 일이라 생각하며 2년 가까이 그 결심을 지켰다. 그들은 오직 충동에 의해서만 행동했으므로 그들의 소행이 좋든 나쁘든 그 책임이 그들에게 돌아가지는 않던 것이다. 더구나 교양도 지식도 없는 사람들은 영향력과 권력, 돈 말고도 존중할 또 다른 대상이 있다는 것을 알지 못하며, 재능이 있는 사람들에게 어느 정도 존경심을 표해야 하고 그들을 모욕하는 일이 불명예라는 것을 도무지 짐작조차 하지 못한다. 공금횡령으로 해임된 마을의 시장이라는 사람이 이자벨의 남편인 르 발 드 트라베르 재판관에게 이런 말을 했다. "루소라는 자가 재능이 많다고 하던데, 정말 그런지 보게끔 그자를 내게 데려와보게." 물론 그런 말투를 쓰는 작자의 불평쯤은 듣고도 화가 날 정도는 아니다.

파리, 제네바, 베른, 뇌샤텔에서도 이미 그런 대접을 받은 터라 그 지역 목사에게서 그 이상의 배려는 기대하지 않았다. 그렇지만 부아 드 라 투르 부인이 그에게 나를 추천했기 때문에 그는 나를 무척 환대해주었다. 하지만 누구나 똑같이 좋은 말을 듣는 그 고장에서 호의는 아무런 의미가 없다. 그럼에도 개신교회에 정식으로 귀의하고 개신교도들의 나라에 살고 있으므로, 나는 시민으로서의 내 서약과 의무를 저버리지 않고자 다시 돌아온 종교의 공개적인 신앙 고백을 소홀히 할 수 없었다. 그래서 예배에 참석했다. 한편으로는 성찬식에 참여하여 거절당하는 모욕을 받지 않을까 걱정이 되었다. 제네바에서는 의회가, 뇌샤텔에서는 목사 집단이 야단법석을 피운 이후였으므로, 이 지역 목사가 자기 교회에서 내게 태연히 성찬식을 베풀어준다는 것은 전혀 있을 법하지 않았다. 그래서 성찬식 시간이 다가오는 것을 알고 목사인 몽몰랭Montmollin 씨에게 성의를 보이고 내가 프로테스탄트 교회와 마음으로 항상 결합되어 있다는 것을 분명히 해두려고 그에게 편지를 쓸 결심을 했다. 동시에 신앙개조(信仰箇條)와 관련된 시비를 피하려고 교리에 관해서는 어떤 특별한 설명도 원하지 않는다고 그에게 말했다. 나는 그 점에 있어서는 관례를 따르며 잠자코 있었다. 몽몰랭 씨는 사전심의 없이는 여간해서 나를 받아들이지 않을 것이고, 내가 그런 사전심의를 전혀 원치 않는 이상 내가 잘못한 것이 없더라도 모든 것이 그렇게 끝나버릴 것임을 의심하지 않았다. 하지만 전혀 아니었다. 내가 전혀 기대하지 않은 때에 몽몰랭 씨가 나를 찾아오더니 자신은 내가 정한 조항대로 성찬식을 해줄 것이며 더 나아가 자신과 장로들은 성도들 중에 나를 두게 되어 큰 영광으로 여긴다고 분명하게 말했다. 나는 살면서 이처럼 놀란 적도 이 이상 위안을 느낀 적도 없었다. 이 세상에서 항상 고립되어 산다는 것이 내게는 너무나 슬픈 운명인 듯싶었고, 특히 시련을 당하고 있을 때는 더 그랬다. 나는 수없이 많은 추방과 박해를 당하는 가운데서도 더할 나위 없이 친절한 태도를 알아보고 속으로 이렇게 생각하게 되었다. '그래도 나는 내 형제들 사이에 있다.' 나는 감격스러운 마음이 되어 감동의 눈물을 흘리며 성찬식에 참여하러 갔다. 아마 내가 흘린 눈물은 신에게 바칠 수 있는, 신의 뜻에 가장 합당한 마음의 준비였을 것이다.

얼마 후에 키스 경은 나에게 부플레르 부인의 편지를 보내주었는데, 편지는 적어도 내가 짐작하기에 키스 경을 알고 있던 달랑베르를 통해 온 것인 듯싶었다. 부인은 내가 몽모랑시를 떠난 이후 처음으로 내게 보낸 그 편지[156]에서 내가 몽몰랭 씨에게 쓴 편지에 대해, 특히 성찬식에 참여한 것에 대해 격한 어조로 나를 꾸짖었다. 그녀가 누구에게 질책을 하는 것인지 더욱 이해가 되지 않았던 것은, 제네바 여행을 다녀온 이후 나는 프로테스탄트임을 늘 공공연하게 선언했고 네덜란드 대사관을 아주 공개적으로 출입하고도 세상 누구에게도 나쁜 말을 듣지 않았기 때문이다.[157] 나는 부플레르 백작부인이 종교에 대한 나의 신념을 좌지우지하려는 것이 우스워 보였다. 부인의 의도를 전혀 이해하지 못했지만, 그 의도가 세상에서 가장 훌륭하다는 것은 의심하지 않았으므로 그런 이상하고도 무례한 말에 전혀 감정이 상하지 않았고 부인에게 화를 내지 않고 답장을 보내어 내가 그렇게 행동한 이유를 설명했다.

그럼에도 모욕적인 인쇄물들이 계속 쏟아져 나왔고 그 관대하던 필자들은 나를 너무 살살 다룬다며 유력자들을 비난했다. 그들이 합심하여 짖어대는 소리에는, 가면을 쓴 주동자가 계속해서 움직이고 있었는데, 무언가 불길하고 소름 끼치는 것이 있었다. 나로서는 흥분하지 않고 가만히 듣고만 있었다. 소르본 대학에서도 비난이 일고 있다는 말도 분명히 들었지만 그런 말도 전혀 믿지 않았다. 소르본 대학이 왜 이런 사건에 개입한단 말인가? 내가 가톨릭교도가 아니라는 사실을 대학이 확인이라도 해주고 싶었던 것인가? 그런 사실을 모르는 사람은 아무도 없었다. 그럼 내가 훌륭한 칼뱅교도가 아니라는 사실을 증명하고 싶었던 것인가? 그 문제가 대학에 중요하단 말인가? 그런 것은 정말 특이한 관심이며 목사들의 앞잡이가 되는 일이었다. 나는 그 글을 읽기 전에는 소르본 대학을 조롱하려고 그 이름을 이용하여 그것을 퍼뜨렸다고 생각했다. 그 글을 읽고 나서는 더욱더 그렇게 믿었다. 하지만 결국 그것이 사실임을 더 이상 의심할 수 없게 되자, 소르본을 정신병원에 집어넣어야 한다고 믿는 것 말고는 달리 도리가 없었다.

나는 또 다른 글 때문에 더 큰 충격을 받았다. 왜냐하면 그 글은, 내가 항상 존경하고 그 무분별함에 대해서는 불평을 하면서도 그 의연함만큼은 감탄해 마지않던 사람이 보낸 것이기 때문이었다. 내게 반대하는 파리 주교의 교서(敎書)[158]에 대해 말하고 있는 것인데, 나는 그 글에 답을 할 의무가 있다고 믿었다. 폴란드 왕에게 답을 했을 때와 거의 유사한 경우였다. 나는 볼테르 식의 거친 논쟁을 결코 좋아하지 않으며 반드시 품위를 지켜가면서 싸움을 한다. 그리고 내가 나를 변호할 수 있도록 나를 공격하는 사람이 내 반격을 모독하지 않기를 바란다. 나는 그 교서가 예수회의 수법이라는 사실을 조금도 의심하지 않았다. 당시에 비록 그들 자신도 불행했지만, 그 교서에서 불행한 사람들을 짓밟아버리는 그들의 오랜 원칙이 여전히 드러났던 것이다. 그래서 나 역시도 자격이 있는 저자는 존경하고 작품은 가혹하게 대한다는 내 오랜 원칙을 지킬 수 있었다. 그리고 상당히 성공적으로 그 일을 해냈다고 생각한다.

모티에에서의 체류가 아주 즐거웠으므로 확실한 생계 수단만 있다면 이곳에서 내 삶을 마무리할 결심을 하기에 충분했다. 하지만 이곳에서는 생활비가 상당히 많이 들었다. 그런데다 원래 있던 살림살이를 버리고 새로운 세간을 마련하고 가지고 있던 가구들 전부를 팔거나 이곳저곳으로 보내버리는 등 몽모랑시를 떠난 이후 발생한 불가피한 지출로 인해 예전에 세웠던 계획은 온통 뒤죽박죽이 되고 말았다. 그나마 지니고 있던 적은 액수의 돈도 날마다 줄어만 갔다. 2, 3년 뒤면 나머지 돈마저 바닥이 날 판이었다. 따라서 책 쓰는 일을 다시 시작하지 않고는 그 돈을 만회할 방도가 전혀 없었다. 그 일은 내가 이미 그만둔, 불행을 가져오는 직업이었다.

나는 머지않아 나와 관련된 모든 상황이 바뀔 것이며, 광기에서 벗어난 민중이 그것에 빠져 있는 권력자들의 낯을 부끄럽게 만들 것이라 확신하고 그런 반가운 변화가 있을 때까지 내 생계 수단을 연장하려고 애썼다. 그때는 내게 주어질 생계 수단들 가운데 어느 하나를 더 자유롭게 선택할 수 있을 것이다. 그런 이유로 《음악 사전》을 다시 시작했는데, 그 책은 10년의 작업으로 이미 상당히 진척을 보았고 마지막 손질과 정서만 하면 되었다. 마침 그 직전에 몇 권의 내 책이 도착하여 작품을 완성하는 데 보탬이 되었다. 동시에 내 서류들도 받아보게 되어 내 회고록 집필에 착수할 수 있었는데, 이제부터는 오직 그 일에만 몰두하고 싶었다. 우선 내 기억을 사실과 시간의 순서에 따라 이끌고 갈 수 있도록 자료 모음집에 편지를 옮겨 적는 일부터 시작했다. 이런 목적으로 보관해왔던 편지들은 이미 분류해두었고, 이 작업은 거의 10년 전부터 중단 없이 계속해왔다. 그럼에도 편지들을 베껴 쓰려고 정리하다 보니, 누락된 부분을 발견하고 깜짝 놀랐다. 누락된 부분은 거의 6개월 정도로 1756년 10월부터 다음 해 3월까지였다. 그 공백 기간에 해당하는 디드로, 들레르, 데피네 부인, 슈농소 부인에게서 받은 편지들을 직접 분류해둔 것으로 분명히 기억하는데, 그 편지들이 보이지 않았던 것이다. 도대체 어떻게 된 일인가? 내 서류들을 뤽상부르 저택에 두고 온 몇 달 동안 누군가가 그것들을 훔쳐갔단 말인가? 그런 일은 상상할 수도 없었다. 나는 원수님이 서류를 보관해둔 방의 열쇠를 가지고 있는 것을 보았다. 여자들에게서 받은 여러 편지들과 디드로의 편지들에는 전부 날짜가 없었고, 그 편지들을 순서대로 정리하려고 여러모로 궁리해가며 기억에 의존해 날짜를 적어넣었던 까닭에, 처음에는 날짜를 잘못 알고 있는 것으로 생각했다. 그래서 그 빠진 부분을 채워줄 편지들을 혹시라도 찾아낼 수 없나 해서 날짜가 없는 편지들과 내가 날짜를 기입한 편지들을 하나하나 검토했다. 그런 시도는 별다른 성과를 거두지 못했다. 나는 빠진 것이 실제로 있으며 그 편지들이 확실히 도난당한 것임을 알았다. 누가, 왜 그랬을까? 나로서는 모를 일이었다. 이 편지들은 내가 큰 싸움에 가담하기 전 《쥘리》에 처음으로 열광하던 시절의 것으로 누군가의 관심을 끌었을 리가 없다. 그것들은 기껏해야 디드로의 험담, 들레르의 빈정거림, 슈농소 부인이나 당시 내가 더없이 가까이 지내던 데피네 부인의 우정의 표시였다. 이 편지들이 과연 누구에게 중요할 수 있었을까? 7년이 지나서야 나는 이 몹시도 추한 도둑질의 목적을 짐작할 수 있었다.

이렇게 빠진 부분이 밝혀졌으므로 없어진 다른 부분도 찾게 될까 하여 초고들을 이리저리 뒤져보았다. 그리하여 몇몇 초고들이 사라진 것을 찾아냈는데 내 기억력이 나쁘다는 점을 고려할 때 여러 서류들 중에 다른 것들도 사라졌으리라고 추측할 수밖에 없었다. 먼저 눈여겨본 것은 《감각적 도덕》의 초고와 〈에두아르 경의 모험담〉의 발췌본 초고였다. 고백하자면 후자와 관련해서는 뤽상부르 부인에게 혐의를 두고 있다. 부인의 시종인 라 로슈가 이 원고를 나에게 보내주었는데, 이 세상에서 그 종이 쪼가리에 흥미를 느낄 만한 사람이라고는 도무지 그녀밖에는 생각나지 않았다. 도대체 그녀가 또 다른 원고들과 사라진 편지들에 어떤 관심을 둘 수 있었을까? 나쁜 의도가 있다 하더라도 그 편지들을 위조하지 않는 한 나를 해칠 용도로는 쓸 수 없는데 말이다. 원수님에 대해서는 변함없는 정직성과 나에 대한 진실한 우정을 알고 있었으므로 나는 한순간도 그를 의심할 수 없었다. 원수 부인에게는 이러한 의심을 품을 수도 없었다. 그것을 훔친 장본인을 찾으려고 오랜 시간 매달린 끝에 머릿속에 떠오른 가장 그럴듯한 방법은 달랑베르에게 책임을 전가하는 것 말고는 없었다. 그는 이미 뤽상부르 부인의 집에 잠입하여 그 서류를 샅샅이 뒤져 원고든 편지든 마음에 드는 것을 훔쳐갈 방도를 찾아낼 수 있는 사람이었다. 내게 귀찮은 일이 생기도록 궁리하려고 혹은 마음에 드는 것을 가로채려고 하는 수작이었다. 내 짐작에 그는 《감각적 도덕》이라는 제목에 현혹되어 유물론과 관련한 진짜 논문의 초안을 찾아냈다고 생각한 것 같다. 충분히 생각할 수 있듯이 그는 나를 공격하는 데 그것을 이용했을 것이다. 나는 그가 초안을 검토해보고 곧 잘못을 깨달을 것이라고 확신했고 문학과 완전히 결별할 결심을 한 터라 그런 좀도둑질에는 별로 신경을 쓰지 않았다. 그런 짓은 그가 처음으로 저지른 것도 아니고,* 나 역시 그것에 대해 불평 없이 묵인해왔다. 오래지 않아 나는 누구도 내게 그런 짓을 저지르지 않았다는 듯이 그런 신의 없는 짓에 대해서는 더 이상 생각하지 않았다. 그리고 나의 《고백》을 쓰기 위해 내게 남아 있는 자료들을 모으기 시작했다.

나는 제네바에 있는 목사 집단이나 적어도 시민들과 부르주아들이 내게 내려진 체포령이 칙령에 위배된다고 항의할 것이라고 오래도록 믿었다. 하지만 모두가 조용히 있었다. 적어도 외관상으로는 그랬다. 왜냐하면 대다수가 불만을 쌓아두었다가 한꺼번에 쏟아낼 기회만 엿보고 있었

---

* 나는 그의 《음악의 기본원리Élément de musique》에서 많은 부분이 《백과전서》 가운데 내가 음악에 관해 쓴 글에서 가져온 것임을 알게 되었다. 그는 그 글을 《음악의 기본원리》가 출간되기 수년 전에 건네받았다. 그가 《미술 사전Dictionnaire des beaux Arts》이라는 제목의 책에 얼마나 관여했는지는 모르겠다. 하지만 그 책에서도 내가 쓴 항목들에서 그대로 베껴 쓴 것들을 찾아냈는데, 그런 일은 그 항목들이 《백과전서》에 실려 출간되기 오래전에 일어났다.

기 때문이다. 내 친구들이나 소위 그렇다고 자처하는 사람들은 시의회 측의 공식적인 사죄를 나에게 약속하면서 자신들의 선두에 서줄 것을 설득하는 편지를 연이어 보내왔다. 나는 내가 나타남으로써 일어날 수 있는 혼란과 소요가 걱정되어 그들의 간청을 들어줄 수 없었다. 내 나라에서 일어나는 시민들 간의 어떤 대립에도 가담하지 않겠다는 예전의 맹세를 지켜왔던 나는 차라리 모욕을 당하고 영원히 조국에서 추방되고 말지 난폭하고 위험한 방법을 동원하여 그곳에 돌아가고 싶지는 않았다. 그리고 부르주아 계급에서 자신들과 밀접한 관련이 있는 위법 행위에 맞서 합법적이고 평화로운 항의를 해주기를 기대한 것이 사실이다. 그런 일은 전혀 없었다. 부르주아 계급의 지도자들은 불만을 진정으로 바로잡으려 하기보다는 자신들이 필요해질 기회를 찾고 있었다. 사람들은 음모를 꾸미고 있었지만 입을 다물고 있었다. 수다스러운 여자들, 위선적인 독신자들, 혹은 독신자를 자처하는 부류들이 마구 떠들어대도록 내버려두기도 했다. 시의회는 그들을 내세워 내가 하층민들로부터 미움을 받도록 만들었고, 상식을 벗어난 자신들의 엉뚱한 짓을 종교적인 열의라고 주장했다.

나는 누군가가 불법적인 절차에 맞서 항의하기를 1년 이상 헛되이 기다린 뒤에야 마침내 결심을 굳혔다. 동포들에게서 버림받았다고 생각한 나는 배은망덕한 조국을 버리기로 결심했다. 나는 내 조국에서 한 번도 살았던 적이 없고 이익을 얻지도 도움을 받지도 못했다. 나는 조국을 영광스럽게 만들려고 애쓴 대가로 만장일치의 동의로 너무나 부당한 대접을 받았다. 말을 해야 할 사람들은 아무 말도 하지 않았다. 그래서 나는, 파브르Fabre 씨였을 거라 생각되는데, 그해의 수석 시장에게 편지[159]를 써서 나의 시민권을 엄숙하게 포기했다. 그러면서도 예의와 절제만큼은 지켰다. 나는 불행에 직면하여 가혹한 적들 때문에 종종 거만한 행동을 취할 수밖에 없을 때에도 항상 그런 태도를 지켰던 것이다.

마침내 그런 방식은 시민들의 눈을 뜨게 해주었다. 그들은 나에 대한 지지를 포기하는 것이 자신들의 이익을 위해서도 잘못임을 알고 내 편을 들려고 했으나 이미 때는 늦어버렸다. 그들은 또 다른 불만을 품고 있으면서 그것을 나와 연결시켜 대단히 타당한 항의의 소재로 삼았다. 또한 스스로 프랑스 당국의 지지를 받고 있다고 느끼는 시의회가 강경하고 불쾌하게 항의를 거부하면서 시민들이 자신들을 굴복시키기 위해 만든 계획을 더욱 분명히 느낌에 따라 그 항의를 확산시키고 강화시켰다. 그 언쟁들은 다양한 소책자들로 나왔지만 아무런 해답도 내놓지 못했다. 그러다 느닷없이 《시골에서 쓴 편지Lettres écrites de la Campagne》까지 출간되었는데, 그 글은 시의회의 편에 서서 수많은 기교를 부려 쓴 저작물로 그 때문에 대표파는 침묵에 빠지게 되었고 한동안은 굴복하고 말았다. 저자의 보기 드문 재능에서 나온 불후의 금자탑인 이 작품은 검사장 트롱셍Tronchin[160]의 것으로, 그는 재치 있고 교양 있으며 공화국의 법률과 행정에 대단히 많은 경험이 있는 인물이었다. 대지는 입을 다물었다Siluit terra.

최초의 좌절에서 재기한 대표파는 반격을 시도하여 시간이 흐름에 따라 무난히 그 난관에서 벗어났다. 하지만 모든 사람들은 나를 그런 적수에 맞서 토론을 벌일 수 있는 유일한 사람으로 보고 나에게로 시선을 돌렸다. 상대방을 거꾸러뜨릴 기대를 품고서 말이다. 솔직히 고백하건대 나 자신도 그렇게 생각했다. 또한 내가 원인이 된 곤경 속에 있는 동안 옛 동포들은 내 펜으로 자신들을 돕는 것을 나의 의무로 만들었으므로 《시골에서 쓴 편지》에 대한 반론을 시도했고, 그 제목을 《산에서 쓴 편지Lettres écrites de la Montagne》라는 제목으로 패러디하여 내 편지에 적어 넣었다. 나는 이 계획을 아주 비밀스럽게 세우고 실행해 옮긴 나머지, 내가 그들의 일에 대해 말하려고 대표파의 지도자들과 토농에서 가진 회합에서 그들은 자신들이 만든 반박문 초안을 내게 보여주었지만 나는 이미 완성된 내 반박문에 대해서는 그들에게 한마디도 하지 않았다. 당국이나 특히 나의 적들이 그런 말을 조금이라도 듣게 된다면 인쇄가 갑자기 중단 되지나 않을까 걱정했기 때문이다. 그렇지만 그 작품이 출간 전에 프랑 스에서 알려지는 것은 상관이 없었다. 관리들은 나의 비밀을 어떻게 알 게 되었는지 나에게 전부 알려주느니 차라리 책이 출간되도록 내버려두 는 편이 낫다고 보았다. 그 문제에 대해 별로 대수롭지 않지만 내가 알고 있던 것을 말하겠다. 하지만 내가 억측한 것에 대해서는 말하지 않을 것 이다.

모티에에서도 레르미타주와 몽모랑시에서만큼이나 많은 손님이 나를 방문했다. 하지만 그들은 아주 다른 부류의 사람들이었다. 그때까지 나 를 만나러 왔던 사람들은 재능과 취미, 원칙이 나와 비슷해서 그것을 자 신들의 방문 이유로 내세웠고, 나와 함께 이야기할 수 있는 소재를 내게 먼저 꺼냈다. 모티에에서는 전혀 그렇지 않았는데 특히 프랑스 쪽 사람 들이 그랬다. 그들은 관리들이거나 또 다른 사람들인데 문학에 대한 취 미가 전혀 없었고 대부분 내 작품을 읽어본 적도 없었다. 그들의 말에 따 르면 저명한 분, 유명한 분, 대단히 유명한 분, 위대한 분을 만나 흠모하 려고 300리, 400리, 600리, 1,000리 길을 오지 않고는 못 배겼다고 했다. 그때부터는 사람들이 내 면전에서 가장 무례한 아첨을 쉴 새 없이 떨었 지만, 그 이전까지만 해도 내게 접근하던 사람들은 존경심을 지니고 있 어 그런 아첨을 피할 수 있었던 것이다. 불청객들 대부분은 자기 이름이 나 신분을 내게 말해주지 않았으며 그들이 아는 것과 내가 아는 것이 일 치하지도 않았다. 뿐만 아니라 그들은 내 작품을 읽거나 훑어보지도 않 은 까닭에 나는 그들에게 무슨 말을 해야 할지 몰랐다. 그들이 왜 나를 만 나러 왔는지 알고 있고 내게 말해주어야 하는 쪽은 바로 그들이었으므 로, 나는 그들이 그 말을 해주기를 기다렸다. 그들과의 대화가 내게 그다 지 흥미롭지 않았다는 점은 짐작이 갈 것이다. 비록 그들이 알고 싶어 하 는 바에 따라 대화가 흥미로워질 수도 있었겠지만 말이다. 왜냐하면 나는 경계심이 없어서 그들이 내게 질문해도 좋다고 생각하는 모든 것들에 대해 내 생각을 기탄없이 말했기 때문이다. 그래서 그들은 내가 처한 상황에 관한 상세한 이야기 전부를 보통 나만큼은 알고 돌아갔다.

예를 들어, 왕비의 시종이자 왕비 연대의 기병대 대위인 펭Feins 씨는 그런 식으로 모티에에서 여러 날을 끈기 있게 보내더니 자기 말은 고삐로 끌고 라 페리에르까지 나를 줄곧 걸어서 따라오기도 했다. 그와 내가 서로 일치하는 부분은 우리 두 사람 모두 펠 양을 알고 있다는 점과 둘 다 빌보케 놀이를 한다는 점 말고는 없었다. 나는 펭 씨의 방문을 전후하여 훨씬 더 이상한 또 다른 방문을 받았다. 두 사람이 걸어서 도착했는데, 각기 작은 짐을 실은 노새를 몰고 와서 주막에 묵었다. 노새에게 직접 먹이를 주기도 했으며 나를 만나러 오고 싶어 했다. 노새 부리는 사람들의 행색을 보고 모두 그들을 밀수업자로 생각했다. 밀수업자들이 나를 방문하러 왔다는 소문이 곧 퍼졌다. 나는 그들이 내게 접근하는 태도만으로도 다른 신분의 사람들이라는 것을 알았다. 하지만 밀수업자가 아니라도 협잡꾼일 수는 있었다. 나는 그런 의심이 들어 잠시 경계를 하게 되었다. 나는 그들에 대해 곧바로 안심했다. 한 사람은 라 투르 뒤 팽la Tour du Pin이라는 이름을 지닌 몽토방Montauban 씨로 도피네 지역의 귀족이었다. 또 한 사람은 카르팡트라 출신의 퇴역 군인인 다스티에Dastier 씨였다. 그는 생루이 십자훈장을 가슴에 달고 과시할 수 없어서 호주머니에 넣고 다녔다. 그 신사들은 둘 다 아주 친절했고 재치가 넘쳤다. 그들과의 대화도 즐겁고 흥미로웠다. 그들의 여행 방식은 프랑스 귀족들의 취향과는 별로 맞지 않았지만 나의 취향과는 아주 잘 맞아서 나는 그들에게 일종의 애정을 느꼈고 그들과 교제하면서 그 애정은 단단해질 수밖에 없었다. 그 교제 자체는 그것으로 끝나지 않았는데, 교제가 아직도 계속되고 그들도 나를 만나러 여러 차례 다시 왔기 때문이다. 그렇지만 더 이상 걸어서 오지는 않았다. 처음에 그 교제는 훌륭했다. 하지만 그 신사들을 만나면 만날수록 그들의 취향과 내 취향 사이의 공통점을 발견하지 못하게 되었고, 그들의 원칙이 내 원칙과 다르고 내 작품들이 그들에게 익숙지 않으며 그들과 나 사이에 어떤 진정한 공감대도 없다는 사실을 더욱더 느끼게 되었다. 그렇다면 그들이 나에게 원한 것은 무엇일까? 왜 그런 행색을 하고 나를 만나러 왔을까? 왜 여러 날을 머물렀을까? 왜 여러 번 다시 왔을까? 왜 내 손님이 되기를 그토록 강하게 원했을까? 당시에는 그것을 문제 삼을 생각조차 하지 못했다. 그렇지만 그때 이후 그것에 의문을 갖게 되었다.

나는 그들이 다가온 점에 감동이 되어 따져보지도 않고 마음을 열어놓았다. 특히 다스티에 씨에게 그랬는데, 그의 솔직한 태도가 더욱 마음에 들었던 것이다. 그리하여 그와 서신 교환을 계속 이어가기도 했다. 나는 《산에서 쓴 편지》를 간행하려 할 즈음에 그에게 부탁을 하여 네덜란드로 가는 길목에서 내 소포를 노리고 있는 사람들의 눈을 속일 생각도 해보았다. 그는 나에게 아비뇽에서의 출판의 자유에 대해 많은 이야기를 했는데, 아마도 일부러 그랬던 것 같다. 그는 내가 그곳에 인쇄를 맡길 만한 것이 있으면 자기가 신경을 써주겠노라고 제안했다. 나는 제안을 받아들이기로 하고 내 첫 원고를 그에게 계속해서 우편으로 보냈다. 그는 그것을 상당히 오랫동안 보관하고 있다가 어떤 출판업자도 원고를 감히 떠맡으려 하지 않는다고 나에게 알려주며 되돌려 보내왔다. 나는 어쩔 수 없이 레에게 일을 맡기게 되었다. 원고는 차례차례 발송하며 먼저 것을 받았다는 통지가 있은 다음에야 그다음 원고를 보내도록 주의를 기울였다. 작품이 출간되기 전에 나는 그것이 목사들의 사무실에서 누군가의 눈에 띄었다는 사실을 알았다. 뇌샤텔의 데셰르니d'Escherny는 《산 사람 *Homme de la Montagne*》이라는 책에 대해 말하면서 자신은 내가 그 책을 썼다는 말을 돌바크에게서 들었다고 했다. 나는 그에게 그런 제목으로 된 책을 쓴 일이 결코 없다는 것을 분명히 했다. 그것이 사실이었으니 말이다. 《산에서 쓴 편지》가 출간되자 내가 그에게 진실만을 말했음에도 불구하고 그는 불같이 화를 내더니 거짓말을 했다고 나를 비난했다. 그래서 나는 내 원고가 세상에 알려졌다는 확신을 갖게 되었다. 레의 충직성을 신뢰하는 나는 추측을 다른 곳으로 돌릴 수밖에 없었다. 나에게 가장 그럴듯한 추측은 소포가 우체국에서 개봉되었다는 것이었다.

거의 같은 시기에 또 다른 사람과 알게 되었는데 처음에 그와는 편지로만 사귀었다. 그는 님 지방의 랄리오Laliaud 씨인데, 파리에서 나에게 편지를 써서 나의 옆얼굴 초상을 자신에게 보내달라고 부탁해왔다. 나의 옆모습이 필요한 이유는 르 무안le Moine[161]에게 의뢰해 대리석으로 된 내 흉상을 만들어 자기 서재에 놓아두기 위해서라고 밝혔다. 만일 그 말이 나를 구워삶기 위해 지어낸 아부였다면 완전히 성공을 거둔 셈이다. 나는 대리석으로 된 나의 흉상을 서재에 두려는 사람이라면 내 작품들, 결과적으로 내 원칙들로 충만해 있고 그의 영혼이 나의 영혼에 공감하기 때문에 나를 사랑하는 것이라고 생각했다. 내가 그런 생각에 현혹되지 않기란 쉽지 않았다. 나는 그 후에 랄리오 씨를 만났다. 내가 보기에 그는 나에게 사소한 도움을 많이 주고 나의 소소한 일에 끼어들기 위해 헌신적으로 행동하는 것 같았다. 뿐만 아니라 그가 평생 읽은 얼마 안 되는 책들 가운데 내 저서가 한 권이라도 있는지 의심스러웠다. 나는 그가 서가를 가지고 있는지, 그것이 그가 사용하는 가구인지도 알 수가 없었다. 내 흉상 이야기를 하자면, 그것은 르 무안을 시켜 만든 흙으로 된 형편없는 초벌구이일 뿐이었다. 그는 그것에 보기 흉한 초상을 조각하게 했다. 그래도 그것은 나와 상당히 비슷한 것인 양 내 이름이 붙은 채로 퍼져 나갔다.

나의 감수성과 작품들이 좋아서 나를 만나러 온 듯한 유일한 프랑스인은 세기에 드 생브리송Séguier de Saint-Brisson이라는 리무쟁 연대의 젊은 장교였다. 그는 상당히 호감을 주는 재능이 있었고 재기 넘친다는 자부심도 있어서 파리와 사교계에서 이름을 날렸고 아마 지금도 그럴 것이다. 그는 내게 큰 파국이 닥치기 전 겨울에 나를 만나러 몽모랑시에 왔다. 나는 그에게서 생기 넘치는 감성을 발견했는데, 그것이 마음에 들었다. 그 후에 그는 모티에로 편지를 보내왔다. 그는 내 비위를 맞추고 싶어서 인지, 정말로 《에밀》에 빠져서인지, 자신은 자유롭게 살려고 군에서 전역하여 목수 일을 배우고 있다고 내게 알렸다. 그에게는 같은 연대에 대위로 복무하는 형이 있었는데 그의 어머니는 형을 전적으로 편애했다. 어머니는 극단적인 맹신자로 누구인지도 모르는 가짜 신부에게 휘둘려 동생에게 모질게 굴었고, 그의 무신앙을 꾸짖더니 나와 친하게 지내는 것은 용서할 수 없는 잘못이라고까지 비난했다. 바로 그런 불만 때문에 그는 어머니와 인연을 끊고 방금 전에 이야기한 결심을 하려고 했다. 바로 어린 에밀이 되기 위해 자신의 전부를 건 것이다.

그런 혈기에 당황한 나는 서둘러 그에게 편지를 써서 그의 결심을 돌리려 했다. 나는 온 힘을 다해 훈계를 했다. 결국 훈계는 받아들여졌다. 그는 어머니에 대한 의무를 다시 지기로 했고 연대장에게서 제출한 사직서를 되찾았다. 연대장은 사려 깊게도 그에게 더 심사숙고할 시간을 주려고 사직서를 수리하지 않았던 것이다. 터무니없는 행동에서 벗어난 생 브리송은 그나마 눈에 덜 거슬리는 또 다른 터무니없는 짓을 찾아냈는데, 그것도 내 마음에 전혀 들지 않았다. 그는 작가가 되겠다고 말했다. 그는 연이어서 두세 권의 소책자를 출간했는데 그것으로 보아 재주가 없는 사람은 아니었다. 그러므로 어쨌든 그 책자를 두고 경력을 계속 쌓으라고 용기를 북돋는 칭찬을 한 일에 내가 자책할 필요는 없을 것이다.

얼마 후에 그가 나를 만나러 왔고 우리는 생피에르 섬으로 함께 탐방을 갔다. 나는 이번 여행에서 그가 몽모랑시에서 보았을 때와는 다르다고 생각했다. 그는 뭐라 말할 수 없지만 부자연스러운 데가 있었는데, 처음에는 그것이 크게 거슬리지 않았지만 그때 이후 내 기억에 종종 떠올랐다. 그는 생시몽 저택으로 다시 한 번 더 나를 만나러 왔다. 그때는 내가 파리를 거쳐 영국으로 가는 길이었다. 그때 직접 말해준 것은 아니지만 그가 상류사회에서 지내고 있고 뤽상부르 부인과도 상당히 자주 만난다는 것을 알았다. 그는 트리[162]에서 지내는 내게 아무런 소식도 주지 않았고, 친척인 세기에 양에게는 내게 아무 말도 하지 말라고 일러두었다. 그녀는 내 이웃이지만 나를 결코 호의적으로 대하지는 않는 듯했다. 간단히 말해 생브리송 씨가 품은 열광은 펭 씨와의 관계와 마찬가지로 갑자기 끝나버렸다. 하지만 펭 씨는 내게 신세 진 것이 없었다. 생브리송은 내가 못하게 자제시킨 그 어리석은 짓이 단지 장난이 아니었다면 내게 얼마간 신세를 진 것이다. 그것은 분명 장난이었을 것이다.

제네바에서도 수많은 방문객들이 있었다. 드 뤼크De Luc 부자는 차례로 나를 자신들의 간병인으로 삼았다. 아버지는 도중에 병이 났고 아들은 제네바를 떠날 때부터 병이 났다. 두 사람 모두 우리 집에 와서 몸을 추슬렀다. 목사들, 친척들, 독실한 신자인 체하는 사람들, 온갖 부류의 사람들이 제네바와 스위스에서 왔는데, 이들은 프랑스에서 온 사람들처럼 나에게 감탄하거나 나를 조롱하기 위해서가 아니라 나를 꾸짖고 훈계하려고 온 것이다. 나를 기쁘게 해준 유일한 사람은 물투였다. 그는 나와 함께 사나흘을 지내려고 왔는데, 정말이지 더 오래 붙들어두고 싶은 사람이었다. 이 모든 이들 중에 가장 끈덕지고 고집스러우며 나를 성가시게 하여 굴복시킨 사람은 디베르누아 씨였다. 그는 제네바의 상인이자 망명한 프랑스인으로 뇌샤텔 검사장의 친척이었다. 제네바에서 온 그 디베르누아 씨는 나를 만나기 위해 일부러 1년에 두 차례씩 모티에에 들렀고 아침부터 저녁까지 계속해서 여러 날을 우리 집에 머물렀다. 그는 내가 산책할 때 함께하고 나에게 오만 가지 대수롭지 않은 선물을 가져오고 내 뜻과 무관하게 내 속내 이야기를 슬쩍 듣기도 했으며 내 모든 일에 사사건건 끼어들었다. 그와 나 사이에는 생각과 성향, 감정, 지식 등 어느 하나 일치하는 것이 없었는데 말이다. 나는 그가 평생 책 한 권이라도 제대로 읽었는지, 내 책들이 어떤 내용인지 알고나 있는지 의심스러웠다. 내가 식물 채집을 시작하자 그는 식물 채집을 나가는 나를 따라나섰다. 그런 즐거움에 취미도 없고 내게 할 말도 없으며 나 역시 마찬가지였는데 말이다. 그는 구무앵의 선술집에서 사흘 내내 나와 단둘이 지내는 대담성도 있었다. 나는 그곳에서 그를 쫓아낼 요량으로 그를 지루하게 만들었고 내가 자기 때문에 얼마나 지루해하는지 깨닫게 했다. 하지만 무엇으로도 그의 터무니없는 고집을 꺾을 수 없었고 그 동기를 파악할 도리도 없었다.

내가 부득이하게 맺고 유지하던 이 모든 관계들 중에서 마음이 흡족하고 진심으로 관심을 보인 유일한 관계를 빠뜨려서는 안 될 것이다. 한 헝가리 젊은이와 알게 되었는데, 그는 뇌샤텔에 거처를 정하고 있다가 내가 모티에에 자리를 잡자 몇 달 뒤에 그곳에서 모티에로 이사를 왔다. 그는 그 고장에서 소테른Sauttern 남작으로 불렸고 취리히에서 온 추천장에도 그 이름이 있었다. 그는 키가 크고 체격이 좋았으며 호감이 가는 얼굴에 상냥하고 온화한 붙임성이 있었다. 그가 모든 사람들에게 말하고 나 자신도 들은 이야기이지만, 그가 뇌샤텔에 온 것은 오직 나 때문이고 나와 교제하여 자신의 청춘을 덕으로 도야하기 위해서라고 했다. 그의 용모, 그의 말투, 그의 태도는 그의 말과 일치하는 듯싶었다. 모든 점이 마음에 들었고 그토록 존중할 만한 이유로 나와 가깝게 지내려는 젊은이를 밀어낸다면 나는 가장 큰 의무들 중 어느 하나를 저버리는 것이라 생각했을 것이다. 나는 마음을 반쯤만 내주는 법을 알지 못한다. 그는 곧 나의 모든 우정과 신뢰를 얻었다. 우리는 떼려야 뗄 수 없는 사이가 되었다. 그는 항상 나와 산책을 같이했고 산책을 좋아하게 되었다. 나는 그를 키스 경 댁에 데리고 갔는데, 원수도 그에게 상당한 호의를 보였다. 그는 아직 프랑스어로 의사소통을 하지 못했으므로 라틴어로만 나에게 말하거나 글을 썼다. 나는 그에게 프랑스어로 대답했다. 두 언어가 뒤섞여도 우리의 대화가 모든 점에서 매끄럽지 못하거나 생기가 떨어지는 법은 없었다. 그는 나에게 자기 가족과 일, 모험담, 비엔나의 궁정에 대해 말했다. 궁정에 관한 한 그는 사생활과 관련된 소소한 부분까지 잘 아는 듯싶었다. 결국 우리가 더없이 친밀하게 지낸 2년 동안[163] 나는 그에게서 어떤 시련에도 변함없는 온화한 성격, 정중할 뿐 아니라 품위 있는 태도, 자기 인격과 관련된 대단한 결백성, 말할 때마다 드러나는 더할 나위 없는 기품, 말하자면 천성이 좋은 사람이 지닌 모든 흔적만을 발견했다. 그런 흔적으로 인해 그가 너무나 존경스럽게 보인 나머지 나는 그를 소중한 사람으로 여기지 않을 수 없었다.

그와의 교제가 한창일 때 디베르누아가 제네바에서 내게 편지를 보내어 나와 가까운 곳에 거처를 정하러 온 헝가리 젊은이를 조심하라고 일러주었다. 그자는 프랑스 당국이 나에게 붙여둔 비밀 정보원이 확실하다는 말을 들었다고 전했다. 내가 있던 고장의 모든 사람들로부터 누군가 나를 감시하고 있고 프랑스 영토로 나를 유인하여 그곳에서 박해하려고 노리고 있으니 조심하라는 경고를 듣고 있던 터라 이런 충고가 더욱더 염려스러워 보일 수 있었다.

나는 충고를 하려는 하찮은 자들의 입을 한 번에 막아버리려고 소테른에게 아무 말도 하지 않은 채 퐁타르리에[164]로 산책을 가자는 제안을 했다. 그는 그 제안에 동의했다. 퐁타르리에에 도착하자 나는 그에게 디베르누아의 편지를 읽어보라고 건네주었다. 나는 그를 열렬히 포옹하면서 그에게 말했다. "소테른에게는 내가 그를 얼마나 신뢰하는지 굳이 보여줄 필요가 없지. 하지만 내가 정말 신뢰하고 있다는 것을 대중들에게는 입증할 필요가 있다네." 그 포옹은 참으로 다정했다. 그것은 박해자들이 알 수도 없고 억압받는 사람들에게서 빼앗을 수도 없는 마음에서 우러나오는 기쁨들 중 하나였다.

나는 소테른이 비밀 정보원이고 나를 배신했다는 것을 결코 믿지 않았을 것이다. 하지만 그는 나를 속였다. 나는 그에게 거리낌 없이 마음을 고백했는데도 그는 대담하게도 나에게 마음을 닫고 거짓말로 나를 속였다. 그가 무언지 모를 이야기를 나에게 둘러대서 나는 그가 자기 나라에 가야 한다고 판단했다. 나는 될 수 있는 한 빨리 떠나라고 그에게 권했다. 그는 떠났다. 나는 그가 이미 헝가리에 있다고 생각했는데 스트라스부르에 있다는 사실을 알게 되었다. 그가 그곳에 간 것은 이번이 처음이 아니었다. 그는 그곳에서 어느 가정에 풍파를 일으켰다. 그 집 남편은 내가 그를 만난다는 것을 알고 나에게 편지를 썼다. 나는 젊은 아내를 미덕으로, 소테른을 자기 본분으로 돌아오게 하려고 어떤 수고도 아끼지 않았다. 그래서 두 사람이 완전히 헤어진 것으로 생각하고 있었는데 그들은 더 친밀한 사이가 되었고 남편조차 친절하게도 젊은이를 자기 집에 다시 들였다. 그때부터 더 이상 할 말이 없었다. 나는 자칭 남작이라는 작자가 나를 수많은 거짓말로 속였다는 사실을 알게 되었다. 그의 이름은 소테른이 아니라 소테르셰임Sauttersheim이었다. 남작의 칭호는 스위스에서 그에게 내려준 것이지 결코 스스로 붙인 것이 아니어서 그것에 대해서는 비난할 수 없었다. 하지만 나는 그가 정말로 귀족이었다는 것은 의심하지 않는다. 사람을 잘 보고 그의 나라에 가본 적이 있는 키스 경도 그를 항상 귀족으로 생각하고 또 그렇게 대우했다.

그가 떠나자마자 그가 모티에에서 묵었던 여인숙의 하녀가 그의 아이를 임신했다는 사실을 밝혔다. 그 여자는 너무나 추잡스러운 매춘부였고, 소테른은 그 예의 바른 품행과 태도로 온 마을에서 존경과 좋은 평판을 얻었을 뿐 아니라 스스로도 청렴성을 무척이나 강하게 자부하고 있던 터라 그런 파렴치한 행동은 모든 사람들에게 충격을 주었다. 그에게 공연히 교태를 부렸던 이 고장의 가장 아리따운 여인들은 분을 참지 못했다. 나도 몹시 분노했다. 나는 부끄러움을 모르는 여자의 입을 막으려고 온갖 노력을 다했고, 모든 비용을 지불하고 소테르셰임의 보증인이 되겠다는 제안을 했다. 나는 그에게 편지를 보냈는데, 그가 아이를 임신시킨 것이 아니고 임신 자체가 날조된 것이며 모든 일이 그와 나의 적들이 꾸며낸 장난에 불과하다는 강한 확신에서였다. 나는 그가 이 고장으로 돌아와서 그 방탕한 여자와 그녀에게 그런 말을 하게 만든 사람들을 꼼짝 못 하게 만들기를 바랐다. 나는 그의 안일한 대답에 놀랐다. 그는 그 매춘부의 교구 목사에게 편지를 보내 그 사건을 수습하려고 했다. 나는 그 사실을 알고 그 일에 개입하는 것을 그만두었다. 그토록 방탕한 자가 더없이 친밀해졌을 때에도 태연하게 나를 속일 만큼 상당한 자제심이 있다는 사실이 무척 놀라웠다.

소테르셰임은 한몫 단단히 벌려고 스트라스부르에서 파리로 갔지만 불행에 빠졌을 뿐이다. 그는 자기 죄를 고백하는 편지를 보내왔다. 우리의 오랜 우정을 떠올리니 가슴속 깊은 곳이 요동쳤다. 나는 그에게 약간의 돈을 보냈다. 다음 해 파리를 지나는 길에 그를 다시 만났는데 그의 처지는 거의 매한가지였다. 하지만 랄리오 씨와는 절친한 친구였는데, 어떻게 해서 그와 사귀게 되었는지 그런 만남이 오래된 것인지 최근의 것인지는 알 수 없었다. 2년 뒤에 소테르셰임은 스트라스부르로 돌아와서 나에게 편지를 썼고 그곳에서 죽었다. 바로 이것이 우리의 관계를 요약한 이야기이고, 내가 그의 파란만장한 삶에 대해 알고 있는 바이다. 하지만 이 불행한 젊은이의 운명을 애도하면서, 그가 천성이 좋은 사람이고 그의 방탕한 행동은 모두 그가 처한 상황에서 비롯된 결과라고 언제까지나 믿을 것이다. 사람 사이의 관계나 교제와 관련하여 내가 모티에에서 얻은 것은 이러했다. 내가 같은 시기에 겪은 쓰라린 상실을 보상하려면 이와 같은 것들이 얼마나 많이 필요했을까!

첫 번째 상실은 뤽상부르 각하를 잃은 일이다.[165] 그는 자신을 돌보던 의사들에게 오랫동안 고통을 당한 다음 마침내 그들의 희생물이 되었다. 그들은 통풍임을 전혀 인정하지 않고 그 병을 자신들이 고칠 수 있는 것처럼 치료했다. 원수 부인의 심복인 라 로슈가 나에게 그 일로 보낸 편지의 내용을 믿어야만 한다면, 가혹하고 잊기 어려운 그 사례를 통해 권세의 비참함을 개탄하지 않을 수 없다.

그 훌륭한 귀족을 잃고 더욱더 고통스러웠던 것은 바로 그가 프랑스에 있는 나의 유일하고 진실한 친구였기 때문이다. 그는 성격이 어찌나 다정한지 나는 그의 신분을 완전히 잊고 나와 동등한 인간으로서 그에게 애정을 쏟았다. 우리의 관계는 내가 은신한 뒤에도 끊어지지 않았다. 그는 예전과 마찬가지로 나에게 계속 편지를 보내왔다. 그럼에도 나는 함께 있지 않다거나 내가 불행해진 탓에 그의 애정이 식어가는 것이 느껴진다고 생각했다. 왕을 섬기는 신하가 권력자들의 사랑을 잃어버린 것을 뻔히 아는 누군가에 대해 변함없는 애정을 간직하기란 무척 어려운 일이다. 더구나 나는 뤽상부르 부인이 그에게 큰 영향력을 행사하고 있어 나에게 유리할 것이 없고 내가 멀리 떨어져 있는 틈을 이용해 그녀가 그에게 나를 나쁘게 생각하도록 부추겼다고 여겼다. 그녀는 가식적인 감정을 표하면서도 그런 일마저도 점차 드물어졌고 나에 대한 자신의 달라진 마음을 나날이 덜 감추게 되었다. 그녀는 스위스에 있는 나에게 네댓 번 편지를 보내왔지만 그 후로는 전혀 편지를 쓰지 않았다. 그러나 여전히 나를 사로잡고 있던 온갖 선입관과 신뢰와 무분별함 때문에 그녀에게 나에 대한 냉담함 이상의 무언가가 있다는 사실은 보지 못했다.

뒤셴의 출판 동업자인 기는 내가 떠난 다음에도 뤽상부르 저택을 무척 자주 드나들었는데, 나에게 편지를 써서 내 이름이 원수님의 유언장에 들어 있다고 알려왔다. 그것은 너무나 당연하고 믿을 만한 일이었다. 그래서 그 말을 의심하지 않았다. 그 때문에 나는 유산을 두고 어떻게 처신해야 할지 마음속으로 심사숙고하게 되었다. 오래 생각한 끝에 나는 그것이 무엇이든 유산을 받아들이고 우정이 별로 통할 여지가 없는 신분이면서도 나에게 진정한 우정을 보여준 존경할 만한 한 사람에게 경의를 표하기로 결심했다. 이 유산이 과연 진실인지 거짓인지에 대해서는 그 후 더 이상 듣지 못했으므로 그런 의무에서는 벗어나게 되었다. 사실 내게 소중했던 누군가의 죽음에서 무언가 득을 봄으로써 내 도덕의 대원칙들 중 하나를 위반하게 된다면 나로서는 몹시 고통스러웠을 것이다. 우리의 친구 뮈사르가 목숨을 잃을지도 모를 병을 앓는 동안 우리가 보살펴준 일을 두고 감사의 마음을 표한 적이 있는데 르니엡스는 내게 그것을 이용하여 우리에게 유리한 몇 가지 증여 조항을 넣도록 그에게 넌지시 말하는 것이 어떠냐고 제안했다. 나는 그에게 말했다. "아! 친애하는 르니엡스, 죽어가는 친구에게 보여주는 슬프지만 성스러운 우리의 의무를 이해타산적으로 더럽히지 않았으면 좋겠네. 나는 누구의 유언장에도 내 이름이 들어가기를 결코 바라지 않는다네. 적어도 내 친구들 중 어느 한 사람의 유언장에는 말일세." 원수님이 자신의 유언장에 대해 그리고 그 유언장에서 나를 위해 세운 계획에 대해 내게 말하고, 내가 1부에서 한 대답을 그에게 다시 한 것도 거의 그즈음의 일이었다.

더욱 고통스럽고 회복하기 힘들었던 나의 두 번째 상실은 여인들 가운데 최고의 여인을 잃고 어머니들 가운데 최고의 어머니를 잃은 일이다.[166] 이미 노쇠함이라는 세월의 무게를 지고 있던 그녀는 지병과 빈곤이라는 더욱 무거운 짐까지 지고 눈물의 계곡을 떠나 선량한 사람들이 살고 있는 곳으로 간 것이다. 그곳에서는 우리가 이 세상에서 행한 선한 행동에 대한 정겨운 기억이 그 행동을 영원히 보상해준다. 다정하고 친절한 영혼이여. 페늘롱Fénelon과 베르네Bernex,[167] 카티나의 곁으로 가소서. 더 보잘것없는 처지에서도 그들처럼 진실한 자선에 마음을 열어놓는 사람들 곁으로 가소서. 가서 당신이 베푼 자선의 결과를 맛보고, 당신의 후계자가 언젠가 당신 곁에서 차지하려 하는 자리를 마련해주소서! 신께서 당신의 불행을 끝맺음으로써 당신의 후계자가 겪는 잔인한 광경을 보지 않도록 해주셨으니 참으로 불행 중 다행입니다! 나는 처음으로 겪은 내 참담한 일을 이야기하여 그녀의 마음을 몹시 아프게 할까 봐 두려웠으므로 스위스에 도착한 이래 그녀에게는 전혀 편지를 쓰지 않았다. 하지만 콩지에Conzié 씨에게 편지를 써서 그녀의 소식을 알아보려 했다. 바로 그에게서 그녀가 고통받는 이들을 도와주는 일을 멈추고 그녀 자신도 더 이상 고통받지 않게 되었다는 소식을 전해 들었다. 머지않아 나 역시도 더 이상 고통받지 않을 것이다. 하지만 만일 저세상에서 더 이상 그녀를 만나지 못한다고 생각한다면, 나의 부족한 상상력으로는 내가 저세상에서 기대하는 완전한 행복을 그려내지 못할 것이다.

나의 세 번째이자 마지막 상실은 원수님을 잃은 일이다. 그 후에는 잃어버릴 친구가 더 이상 남아 있지 않았으니 말이다. 그는 죽은 것이 아니다. 단지 배은망덕한 자들을 도와주다 지쳐서 뇌샤텔을 떠난 것이다. 그 이후 그를 다시 만나지 못했다. 그는 아직 살아 있으며 바라건대 나보다 더 오래 살 것이다. 그분 덕분에 지상에서의 나의 애정이 모두 단절되지는 않았다. 아직도 이 세상에 내 우정을 받을 만한 사람이 남아 있는 것이다. 왜냐하면 그 우정의 진정한 가치는 그것을 불러일으키는 데보다는 느끼는 데 있기 때문이다. 하지만 나는 그가 우정으로 아낌없이 내게 쏟은 즐거움을 상실했고, 그래서 그를 아직 좋아하면서도 더 이상 관계를 맺지 않는 사람들 사이에 둘 수밖에 없다. 그는 국왕의 사면을 받고 예전에 몰수당한 재산을 되찾고자 영국으로 갔다. 우리는 반드시 다시 만날 것을 기약하며 헤어졌는데, 그 계획은 두 사람 모두에게 똑같이 즐거운 일인 듯싶었다. 그는 애버딘 근방에 있는 자신의 키스홀 성에 거처를 정하고자 했으며 나는 그의 곁에 머물고자 그곳에 갈 참이었다. 하지만 그 계획은 내게 너무나 허망한 것이어서 실현을 기대하기가 어려웠다. 그는 스코틀랜드에 머무르지 않았다. 프로이센 왕은 애정 어린 간청으로 그를 베를린에 다시 불러들였다. 내가 어떻게 해서 그를 만나러 그곳에 가지 못했는지는 곧 알게 될 것이다.

떠나기 전에 그는 사람들이 내게 반발하여 일으키기 시작한 험악한 소동을 예상하고 내게 자진하여 귀화 허가증을 보내주었다. 그것은 나를 그 나라에서 쫓아낼 수 없도록 막아주는 아주 확실한 대비책인 듯싶었다. 르 발 드 트라베르의 쿠베 지역사회는 지사의 사례에 따라 귀화 허가증으로서 시민증을 나에게 무료로 발급해주었다. 그리하여 완전히 이 나라의 시민이 된 나는 법률상의 모든 추방이나 심지어 왕이 내린 추방으로부터도 보호받을 수 있었다. 하지만 모든 사람들 가운데 언제나 법을 가장 존중했던 사람이 괴롭힘을 당할 수 있었던 것은 결코 정당한 수단을 통해서가 아니었다.

이와 같은 시기에 마블리 신부를 잃은 것을 내가 입은 상실로 꼽아야 한다고는 생각하지 않는다. 나는 그의 형 집에 머물기도 했고 그와도 어느 정도 관계를 유지하고 있었지만 결코 그리 친밀한 관계는 아니었다. 내가 그보다 더 명성을 얻고 난 다음에는 나에 대한 그의 감정이 자연스레 변했다고 생각할 만한 이유가 있었다. 하지만 그가 나에게 악의를 품었다는 표시가 드러난 것은 《산에서 쓴 편지》가 출간되었을 때였다. 제네바에서는 '살라댕Saladin 부인에게 보내는 편지'가 퍼져 나갔는데, 그 편지는 그가 쓴 것으로 짐작되며 그는 편지에서 그 작품을 주체할 줄 모르는 어느 선동가의 불온한 아우성이라고 표현했다. 나는 마블리 신부에게 존경심을 품고 있었고 그의 학식을 존경하던 터라 그가 그런 말도 안되는 편지를 썼다고는 단 한 순간도 믿을 수 없었다. 나는 그 일에 대해 마음에서 일어나는 솔직함 그대로 결정을 내렸다. 나는 그에게 편지의 사본을 한 통 보내서 사람들은 그 편지를 그가 쓴 것으로 여기고 있다고 알려주었다. 그는 나에게 어떤 대답도 하지 않았다. 나는 그러한 침묵에 놀랐다. 그런데 슈농소 부인이 나에게 알려주기를, 그 편지는 실제로 그가 쓴 것이고 내 편지를 받고 상당히 놀랐다고 했으니 내가 얼마나 놀랐겠는지 짐작해보기 바란다. 설령 그가 옳다 하더라도 자신이 늘 호의를 베풀고 결코 자신의 애정을 잃은 적이 없던 사람이 가장 큰 불행 속에 있는데 그럴 의무도 그럴 필요도 없으면서 오직 그 사람을 괴롭히려고 그런 뻔하고 공공연한 수법을 의도적으로 쓴 사실을 어떻게 변명할 수 있겠는가? 얼마 후에 《포시옹의 대화Dialogues de Phocion》가 출간되었는데, 그 책은 내 글을 주저 없이 되는 대로 표절하고 있었다. 나는 그 책을 읽고 그 저자가 나에 대한 자신의 방침을 정했고 그 후로 나의 가장 지독한 적이 될 것이라고 생각했다. 내 생각에 그는 자기 능력으로 도저히 쓸 수 없는 《사회계약론》을 내가 썼다는 사실이 용서되지 않았던 것이다. 《영구평화론》에 대해서도 마찬가지였는데, 그는 내가 그 일을 그렇게 잘 해내지 못할 것이라고 전제하고 그저 생피에르 신부의 발췌본을 만드는 일 정도나 할 것이라 기대한 듯싶다.

내 이야기를 해나갈수록 그 순서와 일관된 맥락을 점점 더 잡을 수 없게 된다. 내게는 남은 삶의 동요 때문에 사건들을 머릿속에 정리할 시간이 남아 있지 않았다. 사건들은 너무나 많고 이리저리 뒤엉켜 있으며 너무나 언짢은 나머지 혼란스러운 채로 이야기할 수밖에 없었다. 그 사건들 때문에 내가 갖게 된 유일한 인상은 그 원인들을 숨기고 있는 끔찍한 비밀과 그 때문에 몰릴 수밖에 없게 된 내 비참한 처지에 관한 것이다. 내 이야기는 이제 두서없이 머릿속에 떠오르는 대로 전개될 수밖에 없다. 지금 언급하고 있는 이 시기에 나는 《고백》에 완전히 빠져서 아주 경솔하게도 그 작품에 대해 모든 사람들에게 말해버린 기억이 난다. 누군가가 이 계획에 대해 이해관계나 의도, 힘을 가지고 있으리라고는 생각조차 하지 못한 채 말이다. 설사 그런 생각을 했다고 하더라도 성격상 내가 느끼고 생각하는 바가 무엇이든 숨기는 것이 도통 불가능했으므로 그 일에 대해 더 사려 깊지는 못했을 것이다. 내가 판단할 수 있는 범위에서 보면 이 계획이 알려진 것이야말로 나를 스위스에서 추방하고 이 계획의 실행을 방해하는 사람들의 손에 넘겨주기 위해 일으킨 풍파의 진짜 이유였다.

　내게는 또 다른 계획이 있었는데, 그것이라고 나의 첫 번째 계획을 두려워하던 사람들에게 더 좋게 보일 리 없었다. 그것은 바로 내 작품들을 전집으로 출간하려는 계획이었다. 내가 전집을 내는 일이 필요하다고 생각한 이유는 내 이름으로 된 책들 중에서 정말로 내가 쓴 책들을 확인하고 나의 적들이 나의 권위와 품위를 떨어뜨리기 위해 내 것이라고 둘러대는 가명으로 된 저서들과 진짜 내 작품을 대중들이 구분할 수 있도록 하는 데 있었다. 그것 말고도 전집의 출간은 나의 생계를 해결해주는 우직하면서도 정직한 수단이었고 또 유일한 수단이었다. 왜냐하면 책 쓰는 일은 그만두었고 회고록은 내 생전에 출간될 수 없을 것이며, 다른 방법으로도 돈 한 푼 벌지 못하는데 돈은 늘 들어갔으니, 내 최근 저서에서 나오는 수입마저 끊어지면 생계 수단이 없어진다는 사실을 알았기 때문이다. 그런 이유에서 나는 아직 미완성인 《음악 사전》의 간행을 서둘렀다. 그 책은 내게 현금 100루이와 종신연금 100에퀴의 수입을 가져다주었지만 해마다 60루이 이상을 소비하면 100루이는 곧 바닥날 것이 분명했다. 100에퀴의 연금도 아무짝에도 소용없는 거지 같은 작자들이 새 떼처럼 끊임없이 몰려드는 사람에게는 아무것도 아니었다.

　내 전집의 기획을 위해 뇌샤텔의 출판업자조합이 나섰다. 리옹의 인쇄업자인지 출판업자인지 하는 르기야Reguillat라는 사람이 와서 어찌 된 일인지는 몰라도 기획에 참여하겠다며 그들 사이에 끼어들었다. 합의는 내 목적을 충분히 이룰 정도로 합리적이면서 만족스러운 수준에서 이루어졌다. 내게는 인쇄된 저작들과 아직 원고 상태로 있는 것을 합치면 사절판으로 여섯 권 분량이 있었다. 뿐만 아니라 나는 출판에 신경을 쓰겠다는 약속도 했다. 나는 출판을 통해 그들로부터 프랑스 돈으로 1,600리브르의 종신연금과 일시불로 1,000에퀴의 사례를 받게 되었다.

　계약이 이루어졌지만 아직 서명은 되지 않은 상태에서 《산에서 쓴 편지》가 출간되었다. 이 끔찍한 작품과 그 가증스러운 저자를 두고 일어난 무시무시한 폭발은 출판업자조합을 공포에 빠뜨렸고 결국 기획은 수포로 돌아가고 말았다. 나는 이 최근 작품의 결과와 《프랑스 음악에 대한 편지》의 결과를 비교해볼 수도 있을 것이다. 과거에는 내가 그 '편지' 때문에 증오를 사고 위험에 처하기도 했지만, 적어도 존경과 평판은 그대로 유지했으니 말이다. 하지만 제네바와 베르사유에서는 이 최근 작품이 출간된 뒤에도 나 같은 괴물이 숨을 쉬도록 내버려두는 것에 놀랐던 듯 싶다. 소위원회는 프랑스 변리공사의 부추김과 검사장의 지휘를 받아 내 작품에 대해 발표한 성명서에서 가장 참기 어려운 모욕적인 표현을 써가며 그것은 형리를 시켜 불태워버릴 만한 가치도 없다고 선언했다. 소위원회는 터무니없는 술책을 써서 덧붙여 말하기를 여기에 반박하거나 토를 달기만 해도 명예가 손상되고 말 것이라 했다. 그 이상한 서류를 여기에 옮겨 적을 수 있으면 좋겠다. 하지만 불행히도 내 수중에는 그것이 있지 않으며 나는 단 한 마디도 기억하지 못한다. 진실과 공정함에 대한 열의에 사로잡힌 내 독자들 중 누군가가 《산에서 쓴 편지》를 다시 읽어주기를 간절히 바란다. 감히 말하건대 그 독자는 사람들이 고통스럽고 잔인한 모욕으로 서로 앞다투어 저자를 괴롭힌 후임에도 그 작품에서 유지되고 있는 의연한 절제를 느낄 것이다. 하지만 그 작품에는 모욕적인 언사가 전혀 없기 때문에 그것에 대해 비난할 수 없고, 일리가 있는 것에 대해서는 반론의 여지가 없어서 뭐라 반박할 수 없으므로, 그들은 너무나 화가 나서 반박조차 하지 않으려는 듯이 보이려는 전략을 세웠다. 만약 그들이 반박할 수 없는 논거를 모욕으로 간주했다면 그들은 심한 모욕을 당했다고 생각했음이 분명하다.

대표파는 이 가증스러운 선언에 일말의 불평도 없이 그 선언이 자기들에게 제시한 방침에 따랐다. 그들은 자신들의 방패로 세우려고 감추어둔 《산에서 쓴 편지》를 자랑하기는커녕 자신들을 지켜주려고 자신들의 간곡한 부탁에 따라 쓴 이 글에 비겁하게도 경의를 표하지도, 그 정당함을 인정하지도 않았다. 그들은 자신들의 모든 논거를 암암리에 이 글에서 끌어왔고, 오직 이 저서의 마지막에 있는 조언을 정확하게 따른 덕에 안녕과 승리를 얻었음에도 불구하고 이 글을 인용하지도 않고 책의 제목조차 언급하지 않았다. 그들은 그 의무를 나에게 강제로 지웠고 나는 그 의무를 다했다. 나는 끝까지 조국과 그들의 입장을 위해 봉사했다. 나는 그들의 분쟁에서 내 입장은 상관하지 말고 오직 자신들만 생각하라고 부탁했다. 그들은 내 말을 있는 그대로 받아들였고, 나는 그들에게 끊임없이 화합을 권고하려는 경우를 제외하고는 그들의 일에 더 이상 개입하지 않았다. 그들이 계속 고집을 부린다면 프랑스가 그들을 진압할 것임을 의심하지 않았으니 말이다. 그런 일은 일어나지 않았다. 나는 그 이유를 깨달았지만 여기가 그런 말을 할 자리는 아니다.

《산에서 쓴 편지》가 뇌샤텔에 일으킨 반향은 처음에는 아주 잠잠했다. 나는 책 한 부를 몽몰랭 씨에게 보냈다. 그는 그것을 기꺼이 받았고 읽은 뒤에도 아무런 반박을 하지 않았다. 그는 나와 마찬가지로 병이 있었다. 몸이 회복되자 친절하게도 나를 만나러 왔는데, 나에게 아무 말도 해주지 않았다. 그렇지만 소문이 돌기 시작했다. 어디에서인지는 모르지만 그 책을 불태웠다고 했다. 비등하는 기운의 온상이 제네바에서, 베를린에서, 베른에서, 아마도 베르사유에서 곧 뇌샤텔로 특히 르 발 드 트라베르로 넘어왔다. 그곳에서는 목사 집단이 어떤 눈에 띄는 움직임을 보이기 전에 은밀하게 민중들을 선동하기 시작했다. 감히 말하지만 나는 이 고장 사람들에게 분명히 사랑받을 수 있었다. 내가 거주한 모든 고장에서 그랬던 것처럼 말이다. 나는 아낌없이 온정을 베풀었고, 내 주변의 가난한 사람들 전부를 반드시 도와주었으며, 내가 도와줄 수 있고 올바른 일이면 누구의 어떤 도움도 거절하지 않았고, 모든 사람들과 어쩌면 지나칠 만큼 친했으며, 시기심을 일으킬 수 있는 일체의 특별 대우는 가능한 한 피했다. 이러한 노력도 소용없이 누가 부추긴 것인지는 모르겠으나 마음속으로 적대감을 갖게 된 하층민들은 나에 대한 태도가 점차 격해지더니 분노를 표출할 정도가 되었고 들판이나 거리에서뿐 아니라 백주에 길 한가운데서 대놓고 나를 모욕하기까지 했다. 내게 가장 도움을 많이 준 사람들이 가장 극심한 증오심을 품었고, 내게 지속적으로 도움을 받던 사람들까지도 감히 자신을 드러내지는 못했지만 다른 사람들을 부추겼는데, 그 사람들은 내게 은혜를 입었다는 굴욕을 그런 식으로 갚아주려는 듯싶었다. 몽몰랭은 아무것도 못 본 체했고 아직 앞에 나서지 않았다. 하지만 성찬식 시기가 가까워오자 우리 집에 와서 내가 성찬식에 참석하지 않았으면 좋겠다고 충고를 했다. 게다가 나를 조금도 나쁘게 생각하지 않으며 나를 내버려두겠다고 약속하기도 했다. 나는 그 의례적인 말을 이상하게 생각했다. 그 말은 부플레르 부인이 편지에서 했던 말을 떠오르게 했다. 나는 나의 성찬식 참석 여부가 도대체 누구에게 중요한 것인지 납득할 수가 없었다. 나는 내 쪽에서 그런 호의를 보이는 것을 비겁한 행동으로 생각했고 더구나 민중들에게 신앙이 없는 사람을 비난하게 만드는 새로운 구실을 주고 싶지 않았던 까닭에 목사의 말을 단호하게 거절했다. 그는 내가 후회하게 될 것이라며 불만스러운 모습으로 돌아갔다.

그 사람 혼자만의 권한으로 내가 성찬식에 참석하는 것을 막을 수는 없었다. 나를 받아들인 장로회의의 권한이 필요했던 것이다. 장로회의에서 아무 말도 하지 않는 한 나는 거절당할 염려 없이 과감하게 모습을 드러낼 수 있었다. 몽몰랭은 내가 장로회의에서 신앙 고백을 하도록 나를 그곳에 소환하고 내가 거절할 경우 나를 파문할 권한을 목사 집단에게서 부여받았다. 이 파문 역시 장로회의가 다수결로 결정하지 않고는 이루어질 수 없었다. 하지만 장로라는 이름으로 이 회합을 구성한 촌사람들은 자기네 목사를 의장으로 추대했고 생각대로 그의 인도를 받고 있어서 자연히 그와 의견이 다를 수 없었다. 특히 목사보다 훨씬 이해력이 떨어지는 신학적인 문제에 있어서는 더욱 그러했다. 따라서 나는 소환을 받고 출두할 결심을 했다. 만일 내가 말을 잘했더라면 이를테면 내 펜이 입에 붙어 있었다면, 나로서는 얼마나 유리한 기회였는지 또 얼마나 대단한 승리를 거두었을지 모르겠다! 여섯 명의 촌사람 사이에 있는 그 불쌍한 목사를 얼마나 거만하게, 얼마나 가볍게 해치웠을까! 개신교 성직자는 지배욕 때문에 종교개혁의 모든 원칙을 잊어버렸는데, 나는 그들이 어리석게도 비난하는 내 《산에서 쓴 편지》의 첫 부분을 언급하는 것만으로도 그 원칙을 잊지 않게 해주고 그의 말문을 막을 수 있었다. 내가 쓴 본문은 다 작성되어 있었고, 나는 그것을 자세히 설명하기만 하면 되었다. 그 사람은 당황하여 어쩔 줄 몰라 했다. 나는 수세적인 태도를 취할 정도로 어리석지는 않았을 것이다. 그가 알아차리지도 못하거나 자신을 방어할 수 없도록 공격자가 되는 것은 나에게 쉬운 일이었다. 무지할 뿐만 아니라 경솔한 목사 집단의 신중하지 못한 성직자들은 내가 자신들을 원 없이 굴복시킬 수도 있을 더없이 유리한 위치에 그들 스스로 나를 세운 것이다. 아니 뭐라고! 나는 말하지 않으면 안 되었고 그것도 당장 말을 해야만 했다. 또 필요한 순간에 생각과 표현과 말을 찾아야 했다. 항상 긴장하고 있어야 했고 늘 침착해야 했으며 한순간도 당황해서는 안 되었다. 즉흥적으로 내 생각을 표현할 수 없다는 것을 절감하는 내가 나 자신에게 무엇을 기대할 수 있었겠는가? 나는 모두가 내게 호의적이고 모든 것을 승인하기로 이미 결정된 제네바의 회합[168]에서도 가장 창피스러운 침묵을 지켜야만 했다. 여기에서는 상황이 완전히 달랐다. 나는 억지로 트집을 잡는 사람을 상대하고 있는데, 그는 지식 대신에 계략을 썼고 내가 한 가지 함정을 알아차리기도 전에 백 가지 함정을 팠으며, 어떤 대가를 치르더라도 내가 잘못을 저지르는 현장을 덮치려고 단단히 작정하고 있었다. 내가 그 입장을 검토할수록 그것이 내게 위태로워 보였다. 이러한 난관에서 성공적으로 벗어나기가 불가능하다고 느낀 나는 다른 수단을 모색

했다. 나는 장로회의를 거부하고 답변을 하지 않으려고 장로회의에서 하게 될 연설을 심사숙고했다. 그 일은 무척 쉬웠다. 나는 연설문을 써서 더할 나위 없이 열심히 암기하기 시작했다. 테레즈는 내가 같은 문장을 중얼거리고 끊임없이 반복하여 암기하는 소리를 듣고 나를 놀려댔다. 마침내 나는 연설을 할 수 있다는 희망을 품게 되었다. 성주(城主)가 왕의 관리로 장로회의에 참석한다는 것과 몽몰랭의 술책과 음모에도 불구하고 장로들 대부분은 나에게 호감을 갖고 있다는 것을 알았다. 이성, 진리, 정의, 왕의 보호, 참사원의 권한, 이런 종교재판에서 내려질 결정에 관심이 있는 모든 선량한 애국자들의 소원 등도 나에게 호의적이었다. 모든 것이 내 용기를 북돋우는 데 기여했다.

가기로 한 전날 밤 드디어 연설문을 외울 수 있게 되었다. 나는 실수 없이 암송했고 밤새도록 머릿속에 그것을 떠올렸다. 정작 아침이 되자 전혀 기억이 나지 않는다. 말끝마다 더듬거린다. 벌써 그 유명한 회의에 나와 있는 것 같아 당황하여 말이 우물우물하고 머리가 돌아버릴 지경이다. 마침내 가야 할 시간이 다가오자 완전히 용기를 잃어버린다. 나는 집에 남아서 장로회의에 편지를 쓰기로 했다. 편지에는 서둘러서 내 논지를 말하고 몸이 불편하다는 구실을 댔다. 사실 당시의 몸 상태로는 회합 시간 내내 견뎌내기가 어려웠을 것이다.

내 편지에 당황한 목사는 그 문제를 다음 회합으로 미루었다. 그는 그사이에 장로들을 매수하려고 자신이 직접 나서거나 자기 앞잡이들을 내세워 온갖 짓을 다했다. 장로들 중에는 목사의 권고보다는 오히려 자기 양심이 시키는 대로 목사 집단과 목사의 뜻에 반대하는 사람도 있었던 것이다. 그의 술 저장고에서 찾아낸 논거가 이런 부류의 사람들에게 아무리 설득력이 있다고 해도, 그는 이미 충성을 맹세하고 그의 명이면 지옥에라도 갈 자들이라던 두세 명 말고는 어느 누구도 자기편으로 만들지 못했다. 이 사건에 대단한 열의를 가지고 나섰던 왕의 관리와 퓌리 대령은 다른 사람들이 자기 본분을 벗어나지 않도록 했고, 그 몽몰랭이라는 작자가 파문을 선고하려 하자 장로회의는 다수결로 단호하게 그것을 거부했다. 그리하여 하층민들을 선동하는 마지막 수단만 남게 된 그는 자신의 동업자들은 물론 또 다른 사람들과 함께 공공연하게 그 일에 매달리기 시작하여 꽤 성공을 거두었다. 왕의 단호하고 지속적인 칙서에도 불구하고, 참사원의 모든 명령에도 불구하고 결국 나는 이 고장을 떠날 수밖에 없었다. 왕의 관리가 나를 보호하려다가 자칫 암살당하는 위험에 처하지 않게 하기 위해서였다.

이 사건의 전모는 아주 어렴풋한 한 가지 기억밖에 없는 까닭에 머릿속에 떠오르는 생각들을 어떤 순서나 관련성에 따라 정리하는 것이 불가능하다. 사건들이 머릿속에 떠오르는 대로 흐트러져 있어 서로 동떨어진 채로 재현할 수밖에 없다. 내가 기억하기로 목사 집단과 모종의 협상이 있었는데, 몽몰랭이 그 중재자였다. 그는 나에게 본심을 숨긴 채, 내가 저술로 이 고장의 안정을 깨뜨릴까 봐 사람들이 두려워하고 있으며, 내가 누리는 저술의 자유에 대해 그들이 과연 누구에게 책임을 돌리겠느냐고 말했다. 그는 내가 글을 쓰지 않겠다고 약속한다면 나의 과거에 대해서는 문제 삼지 않을 것이라고 의중을 비쳤다. 나는 이미 나 자신과 그 약속을 했다. 그러므로 주저하지 않고 목사 집단과 그렇게 하겠다는 약속을 했다. 단지 조건을 달았는데, 오직 종교 문제에 한해서였다. 그는 자신이 변경을 요구한 문서를 두 부로 만들어 가질 방법을 찾았다. 하지만 목사 집단이 그 조건을 거부했으므로 나는 문서의 반환을 요구했다. 그는 둘 중 한 부는 돌려주었으나 다른 한 부는 분실했다는 핑계로 돌려주지 않았다. 그런 일이 있은 다음 공공연하게 목사들의 부추김을 받은 민중은 왕의 칙서와 참사원의 지시에도 아랑곳하지 않고 제멋대로 움직였다. 나는 설교단에서 훈계를 들었고 적그리스도로 거명되었으며 늑대인간처럼 들판에서 쫓겨 다녔다. 나의 아르메니아풍 복장은 하층민들에게 표적 역할을 했다. 나는 그 복장 때문에 혹독하게 불편함을 느꼈다. 하지만 이런 상황에서 옷을 벗어버리는 것은 비겁해 보였다. 차마 그런 결심을 할 수 없었다. 나는 카프탄을 입고 모피로 안을 댄 챙 없는 모자를 쓴 채 하층민들의 야유를 받으며 종종 돌팔매질을 당하면서도 잠자코 산책을 했다. 여러 집 앞을 종종 지나다니다 그곳에 사는 사람들에게 이런 말도 들었다. "저자를 쏘아죽이게 총을 가져다줘." 그렇다고 내가 더 빨리 걷지는 않았다. 그럴수록 그들의 화만 더 북돋을 뿐이었다. 하지만 항상 위협으로만 그쳤다. 적어도 총을 두고는 그랬다.

이런 온갖 소동 가운데서도 나는 상당히 큰 두 가지 기쁨을 맛보았고 그것에 무척이나 감사했다. 첫 번째 기쁨은 원수님을 통해 감사의 표시를 할 수 있었다. 뇌샤텔의 정직한 사람들은 모두 내가 받는 대접과 내가 희생물이 된 술책에 분노하여 목사들을 증오했다. 그들은 목사들이 외부의 충동질에 따르고 있고 숨어서 조종하는 또 다른 이들의 추종자일 뿐이라는 사실을 잘 알고 있었으며, 나의 사례가 진짜 종교재판을 시작하는 전례가 되지 않을지 걱정했다. 사법관들, 특히 검사장을 맡았던 디베르누아 씨의 후임인 뫼롱Meuron 씨는 나를 보호하려고 모든 노력을 다했다. 퓌리 대령은 비록 개인적으로이긴 하지만 더 많은 노력을 기울였고 더 좋은 성과를 거두었다.

장로들에게 자기 본분을 지키게 함으로써 장로회의에서 몽몰랭을 강제로 단념시키는 방법을 찾아낸 사람도 바로 그였다. 그는 영향력이 있었으므로 가능한 한 소요를 막을 수 있는 데까지 영향력을 행사했다. 하지만 그가 돈과 술의 힘에 맞서기 위해 내세울 수 있는 것이라고는 법률과 정의, 이성의 권한 말고는 없었다. 도무지 승부가 되지 않았고 그런 관점에서 보면 몽몰랭이 그를 압도했다. 그럼에도 그의 배려와 열의에 감사한 나는 그의 수고에 수고로 보답하고 싶었고 어떻게 해서라도 그에게 진 빚을 갚을 수 있기를 바랐다. 나는 그가 참사원의 자리에 상당히 눈독을 들이고 있다는 사실을 알았다. 하지만 그는 프티피에르 목사 사건 때 궁정의 뜻에 맞서는 행동을 해서 왕과 지사의 총애를 잃은 상태였다. 그렇지만 나는 위험을 무릅쓰고 그를 위해 원수님에게 편지를 썼고 감히 그가 원하는 자리에 대해서까지 말했다. 너무나 다행스럽게도 모든 사람들의 예상을 뒤집고 왕은 곧 그 자리를 그에게 수여했다. 항상 나를 지나치게 들어 올렸다가 동시에 내려놓던 운명은 그런 식으로 나를 양극단에서 계속 요동치게 만들었다. 하층민들이 내게 욕을 하는 동안 나는 참사원 회원을 뽑아준 셈이다.

나의 또 다른 큰 기쁨은 베르들랭 부인이 자기 딸과 함께 나를 방문하러 온 일이었다. 그녀는 딸을 부르본의 온천에 데리고 갔다가 그곳에서 모티에까지 왔고 우리 집에서 2, 3일을 묵었다. 그녀는 친절과 정성을 다했고 마침내 나는 그녀에 대한 오랜 반감을 버리게 되었다. 그녀의 호의에 무너진 내 마음은 그녀가 나에게 그토록 오랫동안 보여준 온갖 우정에 보답했다. 나는 그 여행에 감동을 받았는데, 특히 내가 처한 상황에서는 용기를 북돋는 데 우정이라는 위안이 대단히 필요했던 것이다. 내가 하층민들로부터 받은 모욕에 그녀가 가슴 아파할까 봐 나는 걱정이 되었고, 그녀의 마음을 슬프게 하지 않으려고 그런 광경을 감추고 싶었다. 하지만 나로서는 그렇게 하기가 어려웠다. 우리가 산책할 때는 그녀가 있어서 무례한 자들이 어느 정도 자제했지만, 다른 때에는 무슨 일이 있었는지 판단하기에 충분할 정도로 그녀는 무뢰배들의 소행을 보았다. 부인이 우리 집에 머물던 바로 그 기간 동안 나는 나의 거처에서 밤새 공격을 받았던 것이다. 어느 날 아침 부인의 하녀는 밤새 날아든 돌들로 창문이 막힐 정도가 된 것을 보았다. 또 문 옆으로 난 길에 단단히 고정되어 있던 아주 육중한 벤치는 뽑혀나가 문에 기대어 세워져 있었다. 무심코 밖에 나가려고 처음 출입문을 열게 될 사람은 당연히 그것에 깔려 죽을 수밖에 없었다. 베르들랭 부인도 무슨 일이 벌어지고 있는지 전혀 모르는 것은 아니었다. 부인이 직접 본 일 외에도 그녀의 심복인 하인이 마을을 뻔질나게 드나들어 마을 사람들과 가까이 지냈고, 심지어 몽몰랭과 의견을 나누는 모습이 눈에 띄기까지 했기 때문이다. 그럼에도 그녀는 내게 일어난 일에 아무런 관심도 두지 않는 듯싶었고 내게 몽몰랭이나 누구에 대해서도 전혀 말이 없었으며 내가 종종 그에 대해 한 말에도 거의 대답하지 않았다. 다만 그녀는 내가 다른 나라보다는 영국에 머무르는 것이 내게 유익할 것이라고 확신한 듯싶었고, 당시 파리에 있던 흄 씨에 대해, 나에 대한 그의 우정에 대해, 그가 자기 나라에서 내게 도움을 주고 싶다고 한 바람에 대해 많은 이야기를 했다. 이제 흄 씨에 대해 무언가 말할 때가 되었다.

　그는《상업과 정치에 관한 논설》과 결정적으로는《스튜어트 왕가의 역사》로 프랑스에서, 특히 백과전서파들 사이에서 명성이 자자했다.《스튜어트 왕가의 역사》는 내가 프레보 신부의 번역으로 어느 정도 읽은 그의 유일한 저서였다. 그의 다른 저서들은 읽지 않았지만 그에 대해 전해 들은 바로는 흄 씨가 대단히 공화주의적인 정신을 사치에 호의적인 영국식 역설과 결합시키고 있음이 확실했다. 이런 견해를 토대로 나는 찰스 1세에 대한 그의 일체의 옹호를 공정함의 극치로 간주했고 그의 천재성만큼이나 그의 미덕을 대단히 높게 평가했다. 그런 뛰어난 인물을 알게 되고 그의 우정을 얻고 싶은 욕심이 생겼으므로 영국으로 가야겠다는 마음이 한층 커졌다. 영국에 가는 일은 흄 씨의 절친한 친구인 부플레르 부인이 나에게 간청한 바이기도 했다. 스위스에 도착한 나는 부인 편에 그에게서 너무나 기분 좋은 편지를 받았다. 그는 편지에서 내 천재성을 더없이 칭송하면서 영국에 와달라는 간곡한 초대의 말과 함께 자신의 모든 영향력과 친구들을 동원하여 나의 영국 체류를 즐겁게 해주겠노라고 약속했다. 그곳에는 흄의 친구이자 같은 나라 사람인 원수님도 있었는데, 그는 내가 흄에 대해 생각한 좋은 점 모두를 확인시켜주었다. 또 그 사람에 관한 문학적 일화까지 들려주었는데 그와 마찬가지로 나도 그 일화에 강한 인상을 받았다. 고대의 인구 문제에 대해 흄에 반대하는 글을 썼던 월리스Wallace[169]는 자신의 저서가 인쇄되는 동안 다른 곳에 있었다. 흄은 원고를 검토하고 출판을 감독하는 일을 맡았다. 그런 행동은 나의 사고방식과도 같았다. 그런 식으로 나도 나를 깎아내리려고 만든 노래를 한 편에 6수씩 받고 사본을 만들어 넘긴 적이 있다. 그래서 흄에게 호의적인 온갖 종류의 편견을 지니게 된 것이다. 그 무렵에 베르들랭 부인이 내게 와서 그가 나에 대해 품고 있다는 우정과, 그가 나를 영국에 모시려고 하는 열의에 대해 열을 올리며 말했다. 실제로 그녀는 그런 식으로 표현했다. 그녀는 그런 열의를 이용하라며 흄 씨에게 편지를 쓰라고 나를 강하게 압박했다. 나는 본래 영국을 좋아하지 않고 궁지에 몰리지 않고는 그런 결심을 하고 싶지 않았으므로, 편지를 써서 약속하는 것을 거절했다. 하지만 흄의 기분을 맞춰주려고 그녀가 적절하다고 판단하는 것은 무엇이든지 그녀의 뜻대로 하도록 맡겨두었다. 그녀는 모티에를 떠나면서 자신이 그 유명인에 대해 내게 말한 모든 것을 통해 그가 내 친구들 중 한 사람이며 자신은 그의 여자 친구들 중 훨씬 더 가까운 사이라는 것을 내게 납득시켰다.

그녀가 떠난 뒤 몽몰랭은 자신의 술책을 밀어붙였고, 하층민들은 더이상 자제하지 않았다. 그렇지만 나는 야유를 들으면서도 태연하게 산책을 계속했다. 또한 나는 디베르누아d'Ivernois 박사[170] 옆에서 갖기 시작한 식물학 취미 덕분에 산책에 새롭게 흥미를 붙이게 되어 식물 채집을 하며 모든 천민들의 아우성에도 마음이 동요되지 않은 채로 온 고장을 돌아다녔다. 그런 냉정함은 그들의 분노를 고조시켰을 따름이다. 나를 가장 슬프게 한 일들 중 하나는 내 친구들의 가족*이나 친구라 불리는 사람

---

* 그와 같은 숙명은 내가 이베르됭에 머물면서부터 시작되었다. 왜냐하면 이 도시를 떠나고 1, 2년 뒤

들의 가족이 내 박해자들의 대열에 아주 공공연하게 가담하는 모습을 보게 되는 것이었다. 내 친애하는 이자벨의 아버지와 오빠까지도 예외 없이 포함된 디베르누아 집안사람들, 내가 전에 집에도 묵었던 여자 친구의 친척인 부아 드 라 투르, 그녀의 시누이인 지라르디에 부인처럼 말이다. 그 피에르 부아Pierre Boy라는 사람은 너무나 버릇없고 어리석었으며 너무나 난폭하게 행동한 나머지 나는 화를 내기보다는 차라리 그를 조롱하기로 했다. 나는《소예언자》[171]풍으로《예언자라고 불리는 산중 베드로의 환상La Vision de Pierre de la Montagne, dit le Voyant》이라는 몇 쪽 안 되는 작은 책자를 썼다. 이 책자에서 당시 나에 대한 박해의 큰 구실이 된 경이로운 성과를 상당히 익살스럽게 조롱의 대상으로 만드는 방법을 찾아냈다. 뒤 페루는 그 보잘것없는 글을 제네바에서 인쇄했는데, 이 지역에서는 별다른 성과를 거두지 못했다. 뇌샤텔 사람들은 온갖 재기를 다 발휘해도 세련된 기지는 물론 농담도 조금만 세련되면 거의 이해하지 못했다.

같은 시기에 나는 또 다른 글에 좀 더 정성을 쏟았는데, 그 원고는 내 문서들 사이에 있을 것이다. 여기서는 그 주제에 대해 말하려 한다.

교회령과 박해의 광란이 최고조에 달했을 때 제네바 사람들은 있는 힘껏 비난의 소리를 외치며 유달리 주목을 끌었다. 그중에서도 내 친구인 베른은 참으로 신학적인 아량을 베풀어 마침 이 시기를 골라 나에게 반

<hr />

에 기사 로갱이 죽자, 늙은 아빠 같은 로갱이 괴로워하면서도 선의를 가지고 나에게 알려준 바에 따르면, 자기 친척의 서류 속에서 그가 이베르됭과 베른에서 나를 추방하려는 음모에 가담했다는 증거가 발견되었다고 했다. 그런 사실로 미루어볼 때 그 음모가, 사람들이 그렇게 믿게 하려고 했던 것처럼, 거짓 신앙에서 비롯된 사건이 아니었음이 아주 명백했다. 왜냐하면 기사 로갱은 독실한 신자는 결코 아니었고 유물론과 불신앙을 배타적인 맹신으로까지 밀고 갔기 때문이다. 더구나 이베르됭에서 그렇게 강하게 내 마음을 지배하고 그 정도로 나에게 호의와 칭찬과 아첨을 아끼지 않은 사람은 이 기사 로갱이라는 사람 말고는 아무도 없었다. 그런데 바로 그가 나의 박해자들이 집착하던 계획에 충실하게 따른 것이다.

대하는 편지[172]를 발표하면서 내가 기독교인이 아니라는 것을 증명하겠다고 주장했다. 거만한 어조로 쓰인 이 편지는, 자연과학자 보네Bonnet[173]가 손을 본 것이 틀림없다는 말이 있었지만, 그렇다고 더 나아지지는 않았다. 이 보네라는 자는 유물론자이면서도 내가 관련되면서부터는 대단히 편협한 정통적 교리에서 빠져나오지 못했다. 나는 분명 그 저술에 반박할 마음이 없었다. 하지만《산에서 쓴 편지》에서 그 저술에 대해 한마디 할 기회가 있어서, 상당히 경멸적인 짧은 주석을 끼워 넣었는데, 그 때문에 베른은 분노했다. 온 제네바가 그의 분노에 찬 고함으로 떠나갈 듯했는데, 디베르누아는 그가 화가 나서 주체할 줄 모른다고 내게 알려주었다. 얼마 후에 익명의 글이 나왔는데 그 글은 잉크가 아니라 지하세계의 불의 강물로 쓰인 듯싶었다. 나는 이 편지에서 자식들을 길거리에 내다버리고 경비대 주변에서 몸을 파는 여자를 데리고 다니며 방탕한 짓으로 몸이 곯고 매독으로 몸이 썩어들어 가고 있다는 식의 이런저런 비방을 받았다. 그자가 누구인지 알아내는 것은 어렵지 않았다. 그런 비방문을 읽고 처음으로 떠오른 생각은 세간에서 명성과 평판이라 부르는 모든 것의 진정한 가치를 밝혀보겠다는 것이었다. 평생 매음굴에 간 적이 없고 가장 큰 결점이 늘 처녀처럼 수줍고 부끄러움을 타는 것이 전부인 사람을 매음굴의 난봉꾼으로 취급하고, 살아오면서 매독 같은 병은 걸린 적이 없고 의사들이 그런 종류의 병에 걸릴 수 없도록 태어났다고까지 생각했던 내가 매독으로 몸이 썩어들어 간다는 말을 들었으니 말이다. 나는 심사숙고한 끝에 이 비방문을 제대로 반박하려면 내가 가장 오래 산 도시에서 반박문을 인쇄하는 길밖에는 없다고 생각했다. 나는 그것을 뒤셴에게 보내어, 있는 그대로 인쇄하게 하면서 베른 씨를 거명하는 머리말과 사실을 해명하는 몇몇 짧은 주석을 덧붙였다. 그 글을 인쇄하는 것으로 만족하지 못한 나는 그것을 여러 사람에게 보냈는데, 그들 중에는 뷔르템베르크의 루이Louis 대공[174]도 있었다. 그는 무척 예의를 갖추어 내게 접근했고 당시 나와 편지 교환도 했다. 루이 대공과 뒤 페루, 그 밖에 다른 사람들도 베른이 비방문의 저자라는 사실을 의심하는 듯싶었다. 그래서 너무 경솔하게 그의 이름을 거명했다며 나를 나무랐다. 그들의 충고에 나도 마음이 께름칙하여 뒤셴에게 편지를 써서 그 유인물을 폐기하라고 일렀다. 기는 나에게 편지를 보내와 그것을 그렇게 했다고 알렸다. 그가 실제로 그렇게 했는지는 모른다. 나는 그가 거짓말하는 것을 수없이 봐와서 이번에도 그랬다 하더라도 새삼 놀랄 게 없었다. 그때 이후 나는 깊은 어둠에 파묻혀 그런 어둠을 뚫고 어떤 진실도 파고들 수 없게 되었다.

베른 씨는 놀라울 만큼 온건하게 그런 혐의를 견뎌냈다. 예전에는 감정을 폭발시키기도 했고 지금도 여전히 그럴 만한 사람이 아닌데도 말이다. 그는 나에게 매우 절제된 편지를 두세 차례 보내왔는데, 편지의 목적은 내 답장을 통해 내가 어느 정도로 알고 있고 자신에게 불리한 어떤 증거를 가지고 있는지 파악하려는 것인 듯싶었다. 나는 그에게 짧고 건조하며 내용적으로는 거친 답장을 두 번 보냈지만 표현상으로는 무례한 말이 없어서 그는 그 답장에 전혀 화를 내지 않았다. 나는 그의 세 번째 편지에서 그가 일종의 편지 왕래를 원한다는 것을 알고 더 이상 답장을 하지 않았다. 그가 디베르누아를 통해 내게 알려온 바였다. 크라메르 Cramer 부인[175]은 뒤 페루에게 편지를 써서 자신은 베른이 그 비방문을 쓰지 않았다는 것을 확신한다고 말했다. 그런 모든 일 때문에 내 확신이 조금이라도 흔들린 것은 아니다. 하지만 내가 착각했을 수도 있고 그럴 경우 베른에게 진정으로 사죄해야 했기 때문에, 그가 비방문을 쓴 진짜 장본인을 가르쳐주거나 적어도 자신이 그런 사람이 아님을 증명해 보일 수 있다면, 그가 만족할 정도의 사죄를 하겠다는 말을 디베르누아를 통해 그에게 전했다. 그뿐만이 아니었다. 결국 그가 죄가 없다면 그에게 어느 것도 증명하라고 요구할 권리가 없다는 사실을 확실히 깨닫고, 내가 확신하는 이유를 진정서에 충분히 상세하게 밝혀서 그것을 베른이 거부할 수 없는 중재자의 판단에 맡기기로 작정했다. 내가 선택한 중재자가 누구인지 짐작하지 못할 것이다. 바로 제네바 시의회였다. 진정서의 마지막 부분에서, 만일 시의회가 이 진정서를 검토하고 스스로 필요하다고 판단하여 성공적으로 수행할 수 있는 진상 조사를 한 다음 베른 씨가 비방문을 쓴 장본인이 아니라는 판결을 내린다면, 나는 그가 필자라는 생각을 진심으로 당장 접고 그를 찾아가 발치에 몸을 던지고 그가 용서할 때까지 빌겠노라고 선언했다. 감히 말하지만, 공정성에 대한 나의 타오르는 열정이, 내 영혼의 올바름과 관대함이, 모든 사람들의 정신에 처음부터 있던 정의를 사랑하는 마음에 대한 나의 신뢰가 사려 깊고 감동적인 이 진정서에서보다 더 완전하고 더 분명하게 나타난 적은 결코 없었다. 진정서에서 나는 나의 냉혹한 적들을 비방자와 나 사이의 중재자로 주저 없이 선택했다. 나는 그 글을 뒤 페루에게 읽어주었다. 그는 그것을 없애 버리라는 의견이어서 나도 그렇게 했다. 그는 나에게 베른이 약속한 증거를 기다려보자고 조언했다. 나는 그것을 기다렸고 아직도 기다리고 있다. 그는 그때까지 입을 다물고 있으라고 나에게 조언했다. 나는 베른에게 근거 없이 중대하고 거짓된 혐의를 씌웠다는 비난을 들으면서도 입을 다물었고 앞으로도 입을 다물 것이다. 비록 그가 비방문을 쓴 장본인임을 나 자신의 존재만큼이나 마음속으로 확신하고 믿어 의심치 않지만 말이다. 내 진정서는 뒤 페루 씨가 가지고 있다. 만일 내 진정서가 출간된다면 내가 그렇게 생각하는 이유를 알게 될 것이고, 나와 동시대인들이 그토록 알고 싶지 않아 하던 장 자크의 영혼을 알게 될 것이라고 기대한다.

결국 모티에에서 파국을 맞고 르 발 드 트라베르에서 떠나게 된 이야기를 할 때가 되었다. 그곳에서 2년 반을 머물고, 더없이 치욕스러운 대접을 받으면서도 여덟 달을 꿋꿋하게 참아낸 다음의 일이었다. 그 불쾌한 시절에 일어난 세세한 일들을 명확하게 기억해내기란 불가능하다. 하지만 뒤 페루가 발표한 보고에서 그 일을 알게 될 것이고, 그 후에 나도 그 일들에 대해 이야기해야 할 것이다.

베르들랭 부인이 떠난 이후 동요는 더욱 극심해졌다. 왕의 반복된 칙령과 참사원의 빈번한 명령, 성주와 현지 행정관들의 노고에도 불구하고, 나를 진짜 적그리스도로 여긴 민중들은 자신들이 아무리 아우성쳐봐야 소용이 없는 것을 알고 급기야 무력을 쓰려는 듯싶었다. 이미 길거리에서 내 뒤로 돌이 날아들기 시작했지만 아직은 너무 먼 곳에서 날아와서 나에게까지 미치지는 못했다. 마침내 모티에 장이 서는 9월 초순의 어느 밤에 내 거처가 공격을 받아서 집안사람들의 목숨까지 위태로워졌다.

자정 무렵이 되었을 때 집 뒤쪽으로 이어져 있는 복도에서 시끄러운 소리가 들려왔다. 돌멩이가 복도로 난 창문과 문을 향해 쏟아지듯이 날아들더니 굉음을 내며 떨어지는 바람에 거기서 자고 있던 개가 짖기 시작했고 겁을 먹었는지 조용해졌다가 구석으로 나와 달아나려고 마룻바닥을 물어뜯고 발톱으로 긁어댔다. 나는 요란한 소리에 잠을 깼고 주방으로 가려고 침실을 나섰다. 그때 있는 힘껏 던진 돌이 창문을 깨고 주방을 통과해 방문으로 날아와서 내 침대 아래 떨어졌다. 만약 한순간만 서둘렀다면 나는 가슴에 돌을 맞고 쓰러졌을 것이다. 나는 그 소리가 나를 끌어내려고 낸 것이고 돌은 내가 나오면 나를 맞히려고 던진 것이라고 판단했다. 나는 주방으로 뛰어 내려갔다. 잠에서 깬 테레즈도 와들와들 떨면서 나에게로 급히 달려왔다. 우리는 창문 쪽을 벗어난 벽에 비켜서서 날아드는 돌을 피했고 어떻게 행동해야 할지 고민했다. 왜냐하면 구조를 요청하러 나간다는 것은 맞아 죽으러 나가는 것이나 다름없었기 때문이다. 다행히도 우리 집 아래에 살고 있던 나이 많은 영감의 하녀가 시끄러운 소리에 깨어나 성주를 부르러 달려갔다. 그들과 이웃지간이었던 것이다. 그는 침대에서 뛰어나와 서둘러 실내복을 입고 당장 경비원을 데리고 왔다. 경비원은 장터 일로 그날 밤 순찰을 돌고 있어서 언제든지 부를 수 있었다. 성주는 피해 상황을 보고 너무나 두려움에 사로잡혀 얼굴이 창백해졌고, 복도 곳곳에 떨어져 있는 돌멩이를 보고는 "아니! 채석장이잖아!"라고 외쳤다. 아래쪽으로 가보니, 작은 안뜰의 문을 부수고 복도를 통해 집 안으로 침입하려고 했던 정황이 발견되었다. 경비원이 왜 폭동을 알아차리지 못하고 막지 못했는지 조사해보니, 모티에 사람들이 자기들 순서가 아니고 다른 마을 순서였는데도 굳이 경비를 서겠다고 고집을 부린 사실이 밝혀졌다. 다음 날 성주는 참사원에 보고서를 제출했다. 참사원은 이틀 후 그에게 지시를 내려 이 사건에 관한 죄상을 조사하고 범인들을 고발하는 사람들에게 보상과 비밀 보장을 약속하도록 했다. 그리고 그때까지 왕의 부담으로 우리 집과 그 옆에 인접한 성주의 집에 경비원들을 두도록 했다.

다음 날 퓌리 대령, 검사장 뫼롱, 성주 마르티네, 징세관 기네Guyenet, 회계 관리인 디베르누아와 그의 아버지, 한마디로 이 고장의 유지들 전부가 나를 만나러 왔다. 그들은 이구동성으로 그런 소동에 굴복하지 말되 안전하지도 않고 명예롭게도 살 수 없는 이 교구에서 잠시나마 떠나 있으라고 권유했다. 나는 광분한 민중들의 소란에 겁을 먹고 그런 광란이 본인에게까지 미칠까 봐 두려워하던 성주가 가능한 한 빨리 내가 이곳을 떠나는 것을 보면 무척 기뻐하리라는 점까지 알아차렸다. 내가 떠난 뒤에 곧바로 그가 떠난 것을 보아도 알 수 있듯이 나를 보호해야 하는 난처함을 더 이상 겪지 않아도 되고 자기 자신도 이곳을 떠날 수 있었던 것이다. 그래서 나는 양보를 했고 별로 마음 아파하지는 않았다. 왜냐하면 민중들이 나를 증오하는 모습을 보면서 가슴이 찢어지는 것 같았고 그것을 더 이상 견딜 수 없었기 때문이다.

은신처로는 여러 곳을 선택할 수 있었다. 베르들랭 부인은 파리로 돌아간 이후 여러 차례 보낸 편지에서 월폴Walpole 씨[176]라는 사람에 대해 이야기해주었다. 그녀는 그를 월폴 경이라고 불렀는데, 그가 나를 위해 대단한 열의를 지니고 자기 영지의 한 곳에 은신처를 제안했다는 것이다. 그녀는 나에게 더없이 호감이 가도록 은신처를 묘사하고 거처와 생계에 대해서도 자세히 설명을 해주어서 앞서 말한 월폴 경이 그녀와 더불어 이 계획에 어느 정도로 신경을 썼는지 알 수 있었다. 키스 경은 항상 나에게 영국이나 스코틀랜드 행을 권했는데, 자기 영지에서 은신처까지 제공하겠다고 말해왔다. 하지만 지금은 자신이 사는 곳에서 가까운 포츠담에 은신처를 제공하겠다고 말했고, 나는 그곳이 훨씬 더 마음에 들었다. 그는 좀 전에 왕이 내 문제에 대해 일러준 말을 나에게 알려왔는데, 그 말은 나더러 그곳으로 오라는 일종의 초대였다. 삭스고타Sax-Gotha 공작부인은 이 여행에 무척 기대를 걸고 내게 편지를 써서 가는 길에 자신에게 들러서 얼마간 머물다 가라고 재촉했다. 하지만 나는 스위스에 상당한 애착을 품고 있었으므로 거기서 살 수 있을 때까지는 떠날 결심을 할 수 없었다. 나는 이때를 틈타 몇 달 전부터 내가 몰두했던 어떤 계획을 실천하기로 했는데, 이야기의 흐름을 끊지 않으려고 지금까지는 그것에 대해 말할 수 없었다.

그 계획이란 비엔 호수 가운데에 있는 베른 보호소의 소유지인 생피에르 섬에 가서 정착하는 일이었다. 지난여름에 뒤 페루와 나는 도보로 탐방을 하다가 그 섬을 방문한 일이 있었다. 나는 그 섬이 너무나 마음에 들어 그때 이후 그곳에 머물 방도를 끊임없이 생각했다. 가장 큰 난관은 그 섬이 베른 사람들의 소유지라는 것이었다. 그들은 3년 전에 그 고장에서 나를 비열하게 쫓아낸 터였다. 나를 그렇게 냉대하던 사람들이 사는 곳에 돌아간다는 것에 자존심이 상했을 뿐만 아니라, 그들이 이베르됭에서 그랬듯이 이 섬에서도 나를 가만두지 않으리라는 염려를 하는 것은 당연했다. 나는 그 문제를 원수님과 상의했는데, 그도 나와 같은 생각이었다. 말하자면 베른 사람들은 내가 섬에 유배된 것을 보면 내가 쓰려 할 수 있는 글을 두고 나를 위협할 수 있게 되어 무척 기뻐할 것이라고 생각했다.

그래서 그는 콜롱비에에서 이웃으로 지내던 스튀를러Stürler 씨177를 시켜 그들의 의도를 알아보게 했다. 스튀를러 씨는 지역의 지도자들에게 의중을 물어본 뒤 그들의 대답을 듣고 원수님에게 단언하기를, 자기들의 지난 행동을 부끄러워하는 베른 사람들은 내가 생피에르 섬에 정착하여 그곳에서 안심하고 살아가기만 하면 더 이상 바랄 것이 없다고 했다. 나는 더욱 신중을 기하려고 위험을 무릅쓰고 그곳에 거주하러 가기 전에, 샤이에Chaillet 대령에게 새로운 정보를 얻어오도록 했다. 그는 같은 사실을 확인해주었다. 또한 섬의 징세관이 자기 주인들로부터 나를 섬에 거주하게 해도 좋다는 허가를 받은 터여서 나는 주권자들과 소유자들로부터 묵인까지 받았기 때문에 징세관의 집에 거처를 정하러 가도 아무런 위험이 없다고 생각했다. 베른의 유지들이 내게 저지른 부당한 일을 공개적으로 인정하고 나서도 모든 주권자들이 지키는 절대 불가침의 원칙을 그렇게 위반한다는 것은 생각할 수조차 없었기 때문이다.

생피에르 섬은 뇌샤텔에서는 라 모트 섬으로 불렸는데, 비엔 호수 한가운데에 있으면서 둘레가 약 2킬로미터 정도 되었다. 하지만 이 작은 면적의 섬에서도 주요 생필품들은 모두 생산되었다. 섬에는 들판과 목초지, 과수원, 숲, 포도밭 등이 있었다. 또한 변화무쌍하고 산이 많은 지형 덕분에 모든 것이 더욱 멋지게 배치되어 있었다. 그 부분들이 한꺼번에 드러나지 않으면서 서로를 돋보이게 했고 섬을 실제보다 더 크게 보이도록 만들었던 것이다. 상당히 높이 솟은 구릉이 서쪽 지역에 형성되어 글르레스와 라 본빌을 굽어보고 있었다. 이 구릉지에 긴 산책로를 만들어놓고 그 길 가운데에 큰 정자를 세워놓아 포도 수확기 동안 사람들은 일요일마다 인근의 모든 호숫가에서 모여들어 춤을 추며 즐겁게 놀았다. 섬에는 집이 단 한 채였지만 넓고 편리했다. 징세관이 거주하는 그 집은 바람을 피할 수 있는 해안의 안쪽에 위치하고 있었다.

섬에서 남쪽으로 500 내지 600보 떨어진 곳에 경작도 하지 않고 사람도 살지 않는 훨씬 작은 또 다른 섬이 있었다. 그 섬은 예전에 폭풍우 때 큰 섬에서 떨어져 나온 듯싶었는데, 자갈들 사이에서는 버드나무와 버들 여뀌밖에 자라지 않았다. 하지만 섬에는 잔디가 잘 깔려 있었고 무척 마음에 드는 작은 언덕이 솟아 있었다. 호수의 형태는 거의 일정한 타원형으로 이루어져 있었다. 호수의 연안은 제네바나 뇌샤텔에 있는 호수의 그것만큼 다채롭지 못했지만 그래도 상당히 아름다운 경관을 이루고 있었는데, 특히 서쪽 지대가 그랬다. 그곳은 사람이 많이 살았고 산맥의 기슭을 따라 포도나무가 늘어서 있는 것이 로티 포도원과 거의 흡사했다. 하지만 그곳에서는 그 정도로 좋은 포도주가 나오지 않았다. 남쪽에서 북쪽으로 가다 보면 생장 구역, 라 본빌, 비엔과 니도가 호수의 끝자락까지 이어져 있었고 이 모든 것이 매우 멋진 마을들과 한데 어울렸다.

내가 마련한 은신처가 이와 같았는데, 나는 르 발 드 트라베르를 떠나 그곳에 자리 잡으러 갈 결심을 했다.* 그런 선택은 평온한 내 취향이나 고독하고 게으른 내 기질과 잘 맞아떨어져서 나는 그것을 내가 가장 열광한 감미로운 몽상들로 간주했다. 나는 그 섬에서 사람들로부터 더욱 멀어지고 그들의 모욕에서 더욱 벗어나며 그들에게서 더욱 잊혀져, 한마디로 무위와 관조의 삶이 주는 즐거움에 한층 푹 빠질 수 있을 것이다. 나는 사람들과 더 이상 교제를 하지 않으려고 이 섬에 틀어박혀 살기를 바랐다. 확실히 그들과의 관계를 계속할 필요성에서 벗어나고자 생각할 수 있는 모든 수단을 취하기도 했다.

생계가 문제였다. 물가가 비싸고 운반에도 어려움이 있어 이 섬에서는

---

* 내가 그곳에 뒤 테로du Terreaux 씨라는 개인적인 적을 남겨두었다고 이야기하는 것이 어쩌면 쓸데없는 일은 아닐 것이다. 그는 레 베리에르 지역의 시장으로 그 지방에서 아주 형편없는 평가를 받았다. 하지만 그에게는 생플로랑탱 씨의 사무실에 있으면서 정직한 사람이라는 평가를 받는 형제가 한 사람 있었다. 시장은 내 사건이 일어나기 얼마 전에 그를 만나러 갔다. 이런 종류의 사소한 지적은 그 자체로는 아무것도 아니지만 후에 여러 음모를 밝혀내는 계기가 될 수 있을 것이다.

생활비가 많이 들었다. 게다가 섬에서는 징세관의 영향력이 절대적이었다. 그런 어려움은 뒤 페루와의 계약 체결로 사라졌는데, 내 전집을 계획했다가 포기한 출판업자조합을 대신하여 뒤 페루가 나와의 출판 계약을 몹시 바랐던 것이다. 나는 출판을 위한 일체의 자료를 그에게 넘겨주었다. 나는 그 자료를 정리하고 분류했다. 그것 말고도 내 회고록을 그에게 넘겨주겠다는 약속도 덧붙였으며 그를 내 모든 자료의 총괄 관리자로 정했다. 대중들이 더 이상 나를 기억하지 못하게 하고 삶을 조용히 마치려는 열망에서 사후에만 그것을 사용한다는 단호한 조건을 달고서 말이다. 그런 방식으로 그가 내게 지불할 책임이 있는 종신연금은 내가 생활하기에 충분했다. 또한 재산을 전부 되찾은 원수님은 내게 1,200프랑의 연금을 주었는데, 나는 그것을 절반으로 줄이고서야 받았다. 그는 내게 연금의 원금을 보내주려 했으나 그것을 예금하기가 곤란하여 거절했다. 그는 그 원금을 뒤 페루에게 건네주었고, 뒤 페루는 돈을 맡아두었다가 법정 지정인과 합의된 비율에 따라 거기서 나오는 이자로 내게 종신연금을 지급하고 있다. 그래서 내가 뒤 페루와 맺은 계약과 그 3분의 2는 내가 죽은 뒤 테레즈에게 승계할 수 있는 원수님의 연금, 뒤셴에게 받은 300프랑의 연금을 합치면 나나 또 내가 죽은 뒤 테레즈가 웬만큼 살아가리라고 기대할 수 있었다. 나는 테레즈에게 레와 원수님의 연금 700프랑을 남겨두기도 했다. 그렇게 해서 그녀도 나도 빵이 떨어질 일을 더 이상 걱정할 필요가 없었다. 하지만 행운과 노동으로 들어올 돈도 모두 명예 때문에 거절해야 하고 지금껏 살아온 것처럼 가난하게 죽게 되는 것이 피치 못할 내 운명이었다. 사람들은 내게 불명예가 되는 일에 억지로 동의하도록 만들려고 공들여 다른 모든 돈을 빼앗으면서 항상 계약을 내게 수치스러운 것이 되도록 만들려고 애썼는데, 내가 천하에 비열한 인간이 아닌 이상 그런 계약을 지킬 수 있었을지는 여러분이 판단할 수 있을 것이다. 내가 이런 궁지에서 취하게 될 결정을 그들이 어찌 짐작했겠는가? 그들은 항상 자신들의 생각으로 내 생각을 짐작했던 것이다.

생활이 안정되자 다른 것은 걱정할 일이 없었다. 세상에서는 적들이 마음껏 휘젓고 다니도록 내버려두었지만, 나는 내가 글을 쓰도록 만든 숭고한 열정 속에 그리고 내 원칙의 변함없는 일관성 속에 내 영혼의 증거를 남겨두었는데, 이 증거는 내 모든 행동이 내 천성을 보여주는 증거와 일치했다. 이것만 있으면 나를 중상모략하는 자들에 대한 다른 방어물은 필요하지 않았다. 그들은 내 이름을 써가며 다른 인간을 그릴 수는 있었다. 하지만 그들은 속아 넘어가려고 하는 사람들만을 속일 수 있었다. 나는 그들에게 내 인생을 철두철미하게 파헤쳐보도록 내보일 수 있었다. 나의 결점과 약점을 통해, 어떤 속박도 참아내지 못하는 나의 무력함을 통해 사람들이 올바르고 선량한 한 인간을 늘 발견하게 될 것임을 나는 확신했다. 원한도 증오도 질투도 없고, 나의 잘못을 곧바로 인정하고 다른 사람의 잘못은 더욱 빨리 잊어버리며, 다정하고 감미로운 정열 속에서 나의 완전한 모든 행복을 찾으며, 무슨 일에나 진실함을 무모할 정도로 밀고 나가 도무지 믿을 수 없을 정도의 무사무욕에 이르는 한 인간을 말이다.

그래서 어떤 의미로는 나의 시대와 동시대인들과 이별하고 남은 삶 동안 이 섬에 은둔함으로써 세상과 작별을 고했다. 왜냐하면 내 결심이 바로 그런 것이었고, 나는 바로 이곳에서 이러한 무위의 삶이라는 위대한 계획을 끝내 실행할 생각을 했기 때문이다. 그때까지 나는 신이 나에게 부여한 미력한 활동 모두를 그 계획에 쏟으려 했지만 소용이 없었다. 그 섬은 나에게 사람이 잠드는 신의 축복을 받은 고장, 파피마니의 섬[178]이 될 것이다.

이곳에서 더 많이 하는 일이 있다면 아무 일도 하지 않는 것이다.[179]

내게는 그 '더 많이 하는 일'이 전부였다. 왜냐하면 잠이 부족한 적은 별로 없었기 때문이다. 나는 한가로운 것으로 족하고, 아무것도 하지 않기만 한다면 자면서 꿈을 꾸기보다 깨어서 몽상하는 편이 훨씬 더 좋았다. 비현실적인 계획을 세울 나이는 지났고 허영심에 도취되는 것은 나를 기쁘게 하기보다는 더욱 어리둥절하게 만들었으므로, 내게 남은 마지막 희망은 오직 영원한 한가로움 속에서 자유롭게 사는 것밖에 없었다. 그것은 신의 축복을 받은 사람들이 저세상에서 누리는 삶인데 그 후로 나는 그것을 이 세상에서 내 최고의 행복으로 삼았다.

너무나 많은 모순이 있다고 나를 비난하는 사람들은 여기서 또 한 가지 모순을 잊지 않고 비난할 것이다. 나는 모임에서 한가롭게 있는 것을 견딜 수 없다고 말했는데, 그런 내가 오직 한가로움에 빠져들기 위해 고독을 찾고 있는 것이다. 그렇지만 이것도 있는 그대로의 내 모습이다. 이것에 모순이 있다면 자연의 탓이지 내 탓은 아니다. 하지만 모순을 거의 찾아볼 수 없어서 바로 그런 이유 때문에 나는 항상 나 자신인 것이다. 모임에서의 무위는 불가피하기 때문에 진력이 난다. 고독할 때의 무위는 자유롭고 의지에 따른 것이기 때문에 매력적이다. 사람들 틈에서 아무것도 하지 않는 것은 내게 끔찍한 일이다. 그곳에서는 그렇게 할 수밖에 없으니 말이다. 나는 그곳에서 못에 박힌 듯이 의자에 앉아 있거나 말뚝처럼 꼼짝 않고 서 있어야 하고 옴짝달싹 못 한 채 감히 내가 하고 싶은 대로 달리지도, 뛰지도, 노래하지도, 소리를 지르지도, 몸짓을 하지도 못했으며 심지어 몽상에 잠기지도 못했다. 아무것도 하지 않는 지루함과 속박에서 비롯된 고통을 동시에 겪어야 하는 것이다. 또한 온갖 어리석은 말과 의례적인 말이 오가는 데 신경을 써야 하고, 알 듯 모를 듯싶은 말과 거짓말을 내 차례가 되면 대화 속에 끼워 넣으려고 머리를 끊임없이 피곤하게 만들어야 하는 것이다. 여러분은 그것을 무위라고 부를 수 있는가? 그것은 강제 노역자의 노동이다.

내가 좋아하는 무위는 게으름뱅이의 무위가 아니다. 팔짱을 낀 채 완전히 아무것도 안 하면서 움직이지도, 생각하지도 않고 그대로 있는 그런 게으름뱅이 말이다. 그것은 아무것도 하지 않으면서 끊임없이 움직이는 어린아이의 무위이며 동시에 팔은 쉬고 있으면서 공상에 빠져 같은 말을 지루하게 되풀이하는 사람의 무위이다. 내가 좋아하는 일은 별것 아닌 일에 몰두하는 것, 수없이 많은 일을 시작하고도 아무 일도 끝내지 못하는 것, 마음 내키는 대로 오가는 것, 끊임없이 계획을 바꾸는 것, 날아다니는 파리 한 마리의 모든 행적을 쫓아다니는 것, 그 아래에 무엇이 있는지 보려고 바위를 들어내는 것, 10년이 걸릴 일을 열심히 시도하다가 10분 후에 그 일을 미련 없이 포기하는 것, 되는대로 그러니까 온종일 빈둥거리는 것, 매사에 오직 순간적이고 일시적인 기분만을 따르는 것 등이다.

내가 항상 염두에 두고 있었고 내게 열정이 되기 시작한 식물학과 같은 것이 바로 아무 일도 하지 않는 연구이며 내 한가한 때의 공백을 전부 채우기에 적합한 일이었다. 상상력에서 비롯된 망상이나 무력감에서 오는 권태를 허용하지 않도록 말이다. 만사태평으로 숲과 들판을 떠돌아다니는 것, 생각 없이 이곳저곳에서 때로는 꽃 한 송이를 때로는 잔가지를 집어 드는 것, 거의 되는대로 건초를 뜯어 먹는 것, 항상 잊어버리기 때문에 같은 것들을 똑같이 흥미롭게 수없이 관찰하는 것 등이 한순간도 지루하지 않은 채 아주 긴 시간을 보내는 데 필요한 것들이었다. 식물의 구조가 아무리 우아하고 아무리 감탄할 만하며, 아무리 다양하다고 하더라도 무지한 눈으로 보면 관심을 불러일으킬 정도로 강한 인상을 주지는 못한다. 식물의 조직을 유지하고 있는 그 변함없는 유사성, 그와 상반된 놀라운 다양성은 식물 체계에 대해 어느 정도 개념을 가지고 있는 사람들만을 흥분시킨다. 그 외의 사람들은 자연의 이 모든 보물들을 보고도 그저 터무니없고 천편일률적인 감탄밖에 할 줄 모른다. 그들은 무엇을 관찰해야 하는지도 모르는 까닭에 세세한 부분까지는 전혀 보지 못하며, 관찰자의 정신을 경이로움으로 지배하는 관계와 결합의 이러한 연쇄에 대해 아무런 개념이 없는 까닭에 전체도 보지 못한다. 나는 기억력이 부족하여 그런 행복한 상태에, 즉 그에 대해 별로 아는 것이 없어 모든 것이 새롭지만 모든 것을 느낄 수 있을 정도로는 충분히 아는 그런 상태에 항상 머물러 있을 것이 분명하다. 섬은 비록 작지만 다양한 토양으로 이루어져 있어 내가 평생 연구하고 즐기기에 충분할 정도로 다양한 식물이 자라고 있었다. 이곳에서 풀 한 포기에 난 솜털도 꼼꼼히 들여다보지 않은 채 내버려두고 싶지 않았다. 나는 흥미로운 관찰로 엄청난 수집을 하여 《피에르 섬의 식물상*Flora Petrinsularis*》을 집필할 준비를 이미 해놓았다.

나는 테레즈에게 내 책들과 옷가지를 가져오게 했다. 우리는 징세관의 집에 하숙을 들었다. 그의 아내는 니도에 자매들이 있었는데 그녀들이 차례로 부인을 만나러 와서 테레즈의 친구가 되어주었다. 나는 이곳에서 달콤한 인생을 맛보려 했고 그런 생활 속에서 나의 삶을 보내려고 했다. 그런데 내가 그런 생활 속에서 갖게 된 취향은 그토록 신속하게 뒤이어 나타날 고통스러운 삶을 더 절실히 느끼는 데 소용되었을 따름이다.

나는 항상 물을 열정적으로 좋아했다. 그래서 물을 보면 종종 대상을 정해놓지도 않은 채 달콤한 몽상에 젖어들었다. 날씨가 좋을 때면 잠자리에서 일어나 반드시 잊지 않고 평평한 구릉지로 달려가 몸에 좋은 신선한 아침 공기를 들이마시며 그 아름다운 호수의 수평선을 내려다보았다. 그 호수를 따라 이어져 있는 연안과 산들이 나의 시선을 매료시켰다. 나는 신이 만든 것을 응시할 때 일어나는, 잘 쓴 기도문으로도 전혀 표현되지 못하는 이런 무언의 감탄보다 훌륭한, 신에 대한 찬양은 없다고 본다. 담장 벽과 길거리, 죄악밖에 보지 못하는 도시의 주민들이 왜 신앙심이 별로 없는지 이해가 간다. 하지만 시골 사람들 특히 혼자 사는 사람들이 왜 신앙심을 전혀 가지지 못하는지는 이해할 수 없다. 왜 그들의 영혼은 자신에게 깊은 인상을 준 경이로움의 창조자를 향해 하루에 백번이고 황홀감에 빠져 고양되지 못하는가? 내 경우는 잠자리에서 일어날 때면 늘 불면으로 쇠약해져 있지만 오랜 습관 덕분에 이런 마음의 고양 상태에 이르게 되는데, 이러한 고양 상태는 생각하는 수고를 필요로 하지 않는다. 하지만 그렇게 되려면 내 눈은 자연의 황홀한 광경에서 깊은 인상을 받아야만 한다. 내 방에서는 기도하는 일이 더 드물고 더 무뚝뚝하게 기도한다. 하지만 아름다운 풍경을 보고는 뭐라 말할 수 없는 감동을 받는다. 어떤 현명한 주교가 자기 교구를 방문하여 할머니 한 사람을 만난 이야기를 읽은 적이 있다. 할머니는 할 줄 아는 기도라고는 '오!' 말고는 없었다. 그는 할머니에게 이렇게 말했다. "훌륭한 어머니, 항상 그렇게 기도하십시오. 당신의 기도가 우리 기도보다 낫습니다." 그 훌륭한 기도는 나의 기도이기도 했다.

아침식사를 하고 나서 마지못해 하찮은 편지들을 몇 통 서둘러 썼다. 더 이상 그런 편지를 쓰지 않을 다행스러운 때를 열렬히 고대하면서 말이다. 나는 내 책들과 자료들을 읽기보다는 꺼내서 정리하기 위해 그것들을 옆에 두고 잠시 분주히 움직였다. 내게는 페넬로페[180]의 일거리가 된 그러한 정리가 한동안 빈둥거리는 즐거움을 주었다. 그 후 지루해지면 그 일을 팽개치고 식물학, 특히 린네Linné의 분류법 연구에 아침나절의 나머지 서너 시간을 보냈다. 나는 린네의 분류법에 푹 빠져서 그것이 무가치하다는 것을 느끼고 나서도 그것에서 좀처럼 벗어날 수 없었다. 내 생각으로 그 위대한 관찰자는 지금까지 루트비히Ludwig[181]와 더불어 박물학자이자 철학자로서 식물학을 본 유일한 사람이다. 하지만 그는 식물학을 너무 식물표본과 식물원에서만 연구했고 자연 그 자체에서는 충분히 연구하지 못했다. 섬 전체를 식물원으로 여긴 나로서는 어떤 것을 관찰하거나 확인할 필요가 생기면 곧장 책을 옆에 끼고 숲이나 풀밭으로 달려갔다. 그곳에서 관찰 대상인 식물 옆에 누워 살아 있는 그 식물을 마음껏 관찰했다. 이런 방식은 인간의 손에 재배되어 변질되기 이전의 자연 상태에 있는 식물들을 아는 데 큰 도움이 되었다. 루이 14세의 주치의인 파공Fagon은 왕실 식물원 내 식물의 이름을 전부 열거하고 완벽하게 알고 있었지만 야외로 나가면 너무나 무지했던 나머지 전혀 아는 것이 없었다고 한다. 나는 정확히 그 반대였다. 나는 자연이 만들어낸 것은 어느 정도 알았지만 정원사가 만들어낸 것은 전혀 몰랐으니 말이다.

점심식사 후에는 한가롭고 무기력한 기분에, 규칙 없이 순간의 충동에 따르는 데 완전히 몸을 맡겼다. 종종 바람이 잔잔할 때면 식탁에서 빠져나와 곧장 작은 배로 가서 혼자 몸을 던졌다. 징세관이 노 하나만으로 배를 젓는 방법을 나에게 가르쳐준 터였다. 나는 호수 한가운데로 나아갔다. 물 흐르는 대로 배가 흘러가는 순간 몸에 전율이 일 정도로 기쁨을 느꼈다. 그 순간에 대해 원인을 말할 수도, 제대로 이해할 수도 없었다. 어쩌면 그것은 이런 상황에서 악인들의 공격에서 벗어났다는 비밀스러운 기쁨일지도 몰랐다. 그런 다음 호수를 혼자 돌아다니다가 이따금 호숫가에 가까이 가기도 했지만 결코 그곳에 배를 대지는 않았다. 종종 배를 바람 부는 대로 물이 흐르는 대로 내버려둔 채 막연한 몽상에 빠지기도 했는데, 그런 몽상은 어리석으면서도 상당히 감미로운 것이었다. 나는 감동하여 종종 이렇게 소리쳤다. "오, 자연이여! 오, 나의 어머니! 나는 오직 당신의 보호 아래 있습니다. 이곳에서 당신과 나 사이에 끼어들 교활하고 음흉한 사람은 전혀 없습니다." 나는 이렇게 육지에서 2킬로미터를 떨어져 있었다. 나는 이 호수가 대양이기를 바랐다. 그렇지만 나의 불쌍한 개가 나와는 달리 물에서 그렇게 오래도록 머물러 있는 것을 좋아하지 않아서 개의 환심을 사려고 보통은 산책의 목적지를 따라서 갔다. 평상시의 산책은 작은 섬에 가서 배를 대고 그곳에서 한두 시간 산책하거나 작은 언덕 꼭대기의 잔디밭 위에 드러눕는 것이었다. 그동안 나는 그 호수와 근방을 보며 감탄하는 기쁨을 충족시켰고, 손이 닿는 데 있는 온갖 풀들을 살펴보고 낱낱이 조사했으며 또 다른 로빈슨 크루소처럼 이 작은 섬에 상상으로 거처를 지어보기도 했다. 나는 이 작은 언덕에 몹시도 애착을 느꼈다. 내가 징세관의 아내와 그 자매들과 더불어 테레즈를 산책시키러 나갈 수 있었을 때, 그들의 키잡이와 안내인이 된 것에 얼마나 뿌듯해했던가! 우리는 섬에 토끼들을 번식시키려고 시끌벅적하게 토끼 떼를 데리고 왔다. 장 자크에게는 또 다른 축제였던 것이다. 토끼를 이주시킨 덕분에 이 섬이 더욱더 흥미롭게 여겨졌다. 이때부터 나는 새로운 주민들의 성장 과정의 흔적을 조사하려고 더욱 자주, 더욱 즐겁게 그곳에 가곤 했다. 내게는 이런 즐거움 말고도 레 샤르메트에서의 달콤한 삶을 떠올리게 하는 또 다른 즐거움이 있었는데, 특히 이런 즐거움으로 나를 이끈 것은 계절이었다. 그것은 야채와 과일 수확을 위한 시골의 자질구레한 일들이었다. 테레즈와 나는 징세관의 아내와 그녀의 가족들과 더불어 기꺼이 그 일을 했다. 나는 키르슈베르거Kirchberger라는 베른 사람이 나를 만나러 왔을 때, 큰 나무 위에 앉아 허리에는 이미 사과가 그득한 자루를 차고 있어서 움직이지 못하던 모습을 그에게 보인 일이 기억난다. 나는 그런 식의 만남이나 그와 비슷한 또 다른 만남도 불쾌하지 않았다. 내가 여가를 어떻게 보내는지 알려는 베른 사람들이 더 이상 그 평온을 깨뜨릴 생각을 하지 말고 나를 고독 속에 편안히 내버려두기를 바랐다. 나는 내 의지보다는 그들의 의지로 고독 속에 갇히는 것을 훨씬 더 좋아했을 것이다. 그러면 그곳에서 나의 평온이 전혀 방해받지 않는다는 것을 더욱 확신했을 것이기 때문이다.

내가 앞서 확신하는 바이지만, 독자들이 믿지 못할 그런 고백들 중 하나가 더 있다. 정작 독자들은 지금까지의 내 삶 속에서 자기 내면의 감정과 전혀 닮지 않은 수많은 내면의 감정을 볼 수밖에 없었으면서도 항상 자기 생각으로 나에 대해 판단하기를 고집한다. 더욱 이상한 일이 있다면 그들은 자신들에게는 있지도 않은 선량하고 공정한 일체의 감정이 내게 있다는 것을 부정하면서, 사람의 마음속에는 들어설 수조차 없을 너무나 고약한 감정을 내 것으로 몰아붙일 태세가 늘 되어 있다는 것이다. 그러면서 그들은 나를 자연에 반하는 존재로 만들고 나를 존재할 수조차 없는 그런 괴물로 만드는 일을 너무나 간단하게 여긴다. 나를 비방하는 것을 목표로 삼자마자 그들에게는 어떤 부조리한 것도 터무니없는 것으로 보이지 않는다. 나를 영광스럽게 하는 것을 목표로 삼자마자 그들에게는 어떤 좋은 일도 가능해 보이지 않는다.

하지만 그들이 장 자크 루소에 대해 어떻게 생각하든 어떻게 말을 하든, 나는 여전히 계속해서 그가 어떤 사람이었고 무엇을 했으며 어떤 생각을 했는지 충실히 설명할 것이다. 그의 독특한 감정과 생각에 대해서는 설명하거나 정당화하지 않고, 다른 사람들도 그와 마찬가지로 생각했는지 알아보지도 않은 채 말이다. 나는 생피에르 섬을 무척 좋아했고, 섬 체류가 상당히 마음에 든 나머지 내 모든 바람을 이 섬에 남겨놓고 이 섬에서 결코 나가지 않겠다는 욕망을 품게 되었다. 가까운 곳을 방문한다거나 뇌샤텔, 비엔, 이베르됭, 니도에서 장을 봐야 한다는 생각을 하니 벌써부터 머리가 아파왔다. 내게는 섬 밖에서 지내야 하는 하루가 행복을 등지고 있는 시간인 듯싶었고, 이 호수의 울타리 밖으로 나가는 것은 나로서는 나의 생활 영역 밖으로 나가는 일이었다. 더구나 나는 과거의 경험 탓에 겁쟁이가 되었다. 어떤 행복이 내 마음을 기분 좋게 만들기만 해도 그것을 잃게 될 것을 예상하지 않을 수 없었고, 이 섬에서 내 삶을 마치려는 열렬한 욕망과 이곳을 떠나야만 한다는 두려움을 따로 떼어놓고 생각할 수 없었다. 저녁 무렵이면, 특히 호수가 일렁거리고 있을 때면 나는 모래사장으로 가서 앉아 있는 습관이 있었다. 내 발치에 닿아 부서지는 물결을 보면서 묘한 기쁨을 느꼈다. 나는 그것에서 혼란스러운 세상과 내 거주지의 평온한 영상을 떠올리곤 했다. 이런 감미로운 생각이 들면 때때로 두 눈에 눈물이 흐르는 것이 느껴질 정도로 감동을 받았다. 내가 열광적으로 누리고 있는 이러한 안식은 오직 그것을 잃을지 모른다는 두려움 때문에만 깨질 뿐이었다. 하지만 이러한 두려움이 그 즐거움을 해칠 정도가 되어버렸다. 내 처지가 너무나 불안하게 느껴진 까닭에 감히 거기서 기대할 것이 없었다. 이런 생각을 했다. '아! 영원히 이곳에서 살 수 있다는 확신만 있다면, 여기서 나갈 수 있는 자유를 기꺼이 단념할 것이다! 그런 자유에 대해서는 전혀 관심이 없다. 호의로 이곳에 있는 것이 묵인되기보다는 억지로라도 억류당하는 편이 좋으련만! 내가 여기 있는 것을 묵인해주는 것이 전부인 사람들은 언제든지 나를 여기서 쫓아낼 수 있다. 내가 이곳에서 행복한 것을 본 박해자들이 계속 행복하도록 나를 내버려두리라고 기대할 수 있는가? 나를 이곳에 살도록 허락해준 것에만 만족할 수 없다. 나는 그런 강요를 받았으면 좋겠고, 여기서 나가라는 강요를 받지 않기 위해 이곳에 머물러 있으라는 강요를 받고 싶다.' 나는 행복한 미슐리 뒤크레du Crest[182]를 부러운 눈길로 바라보았는데, 그는 아르베르 성에 평온하게 있으면서 행복하기 위해 행복을 바라기만 하면 되었다. 말하자면 나는 이런 생각에 골몰했고, 항상 나에게 닥쳐올 태세가 된 새로운 폭풍우 때문에 불안감에 빠져 있던 나머지, 사람들이 내가 이 섬에 사는 것만 묵인해준다면 이 섬을 나에게 영원한 감옥으로 맡겨주기를 믿을 수 없을 만큼 열렬히 바라게 되었다. 나에게 그런 형을 선고하는 것이 오직 나에게만 달려 있다면, 나는 더없이 큰 기쁨으로 그렇게 했으리라 맹세할 수 있다. 여기서 쫓겨날 위험보다는 이곳에서 여생을 보내야만 하는 불가피함을 천배는 더 선호했으니 말이다.

이런 걱정이 오래도록 터무니없는 것으로 남아 있지는 않았다. 전혀 예상하지 않은 때에 나는 생피에르 섬을 관리하는 니도의 집행관에게서 편지 한 통을 받았다. 그는 이 편지를 통해 각하들을 대리하여 섬과 그들의 구역에서 떠나라는 지시를 통지했다. 나는 편지를 읽으면서 꿈을 꾸고 있는 듯했다. 이 같은 지시보다 부자연스럽고 이치에 맞지 않는 뜻밖의 일은 없었다. 왜냐하면 나는 내 예감을 아주 사소한 근거라도 있는 선견지명이라기보다는 차라리 자기 불행에 질겁한 사람의 불안으로 간주했기 때문이다. 내가 국왕의 암묵적 승인을 얻으려고 취했던 수단들, 내가 자리를 잡도록 조용히 내버려둔 점, 여러 명의 베른 사람은 물론 내게 우정과 세심한 배려를 충분히 베풀어준 집행관 자신이 방문한 점, 혹한의 계절에 몸이 불편한 사람을 내쫓는 비인간적인 처사 등 이런 모든 점에서 볼 때, 나는 많은 사람들과 마찬가지로 이 지시에는 어떤 오해가 있고 악의를 가진 사람들이 갑자기 내게 일격을 가하려고 일부러 포도 수확기와 상원이 열리지 않는 시기를 택했다고 믿게 되었다.

만일 내가 처음으로 일어난 분노에 반응을 보였다면 나는 당장 떠나버렸을 것이다. 하지만 어디로 간단 말인가? 초겨울에 갈 곳도, 준비도, 마부도, 마차도 없이 어떻게 한단 말인가? 나의 자료들과 옷가지, 소지품 전부를 되는대로 내버려두지 않는 한 내게는 그것들을 처리할 시간이 필요했다. 그런데 명령에는 내게 그럴 시간을 준다는 말도 안 준다는 말도 없었다. 나는 계속된 불행으로 용기를 잃기 시작했다. 처음으로 나의 타고난 자존심이 어쩔 수 없는 속박에 굴복하는 것을 느꼈다. 마음속에 불만은 있지만 몸을 낮추고 유예기간을 부탁해야만 했다. 나는 내게 지시를 전한 그라펜리드Graffenried 씨에게 그 지시에 대해 설명을 요청해야만 했다. 그의 편지에는 더없이 유감스럽게 내게 통지할 수밖에 없었던 바로 그 지시에 대한 격한 비난이 들어 있었고, 그 편지에 가득 차 있는 고뇌와 존경의 표시들은 허심탄회하게 말해달라는 매우 다정한 권유인 듯싶었다. 나는 그렇게 했다. 나는 내 편지가 이 불공정한 사람들에게 몰상식함을 깨닫게 하여, 그토록 잔인한 지시를 철회하지는 않을지라도 적어도 퇴거할 준비를 하고 그럴 만한 장소를 선택하기에 적당한 유예기간을 주고 어쩌면 겨울이 지날 때까지 여유를 주리라는 것을 의심하지 않았다.

답장을 기다리는 동안 나는 내 처지에 대해 곰곰이 생각하고 내가 내려야 하는 결심에 대해서도 숙고해보기 시작했다. 나는 모든 면에서 상당한 어려움을 겪었고 슬픔으로 극심한 충격을 받았으며, 당시 건강까지 너무 나빠서 완전히 낙담하고 말았다. 낙담한 결과 그나마 마음속에 남아 있을지 모르는 얼마 안 되는 기력마저 빠져버려 내 서글픈 처지에서 가능한 최선의 해결책을 찾아낼 수도 없었다. 내가 어떤 은신처로 피하려 하든지 나를 쫓아내려고 그들이 취한 두 가지 방법 중 어느 하나도 벗어날 수 없음이 분명했다. 한 가지 방법은 은밀한 술책을 써서 하층민들이 내게 적대감을 갖도록 만드는 것이다. 다른 한 가지 방법은 어떤 이유도 달지 않은 채 공공연하게 무력을 써서 나를 쫓아내는 것이다. 그래서 나는 어떤 안전한 은신처도 기대할 수 없었다. 내 체력과 계절이 허용할 것 같은 곳보다 더 멀리 있는 은신처를 찾으러 가지 않는 한 말이다. 이런 모든 상황 때문에 나는 막 몰두했던 생각으로 다시 돌아가서, 내가 선택하게 될 모든 은신처에서 쫓겨나 끊임없이 지상을 방랑하기보다는 차라리 나를 영원한 감금 상태에 두기를 대담하게 바랐고 그렇게 하기를 제안했다. 첫 번째 편지를 쓰고 이틀이 지난 후 그라펜리드 씨에게 두 번째 편지를 써서 각하들에게 그런 제안을 해줄 것을 간청했다. 두 번의 편지에 대한 베른으로부터의 답장은 가장 분명하고 가장 강경한 말로 작성된 명령으로 되어 있었다. 즉 24시간 내에 공화국의 직간접적인 관할구역 전체와 섬에서 떠나야 하고, 다시 돌아온다면 가장 엄중한 처벌을 면치 못할 것이라는 명령이었다.

그 순간은 끔찍했다. 그때 이후 나는 더 심한 공포에 시달리기도 했지만 이보다 더 큰 곤란을 겪은 적은 결코 없었다. 하지만 가장 상심했던 일은 섬에서 겨울을 보내려고 했던 계획을 단념할 수밖에 없게 된 것이었다. 지금이야말로 나를 파탄의 절정에 치닫게 하고 어느 불행한 민족을 몰락에 이르게 한 숙명적인 일화를 이야기할 때다. 막 싹트기 시작한 그 민족의 미덕은 언젠가 스파르타와 로마의 미덕에 필적할 것임을 이미 예고하고 있었던 것이다.

나는 《사회계약론》에서 코르시카 사람들이 신흥 국민으로서 유럽의 국민들 가운데서 입법을 하는 데 무기력하지 않은 유일한 민족이라고 말한 적이 있다. 또한 그 민족이 운이 좋아 현명한 입법자를 발견한다면 그런 민족에게 큰 희망을 품어야 한다고 말하기도 했다. 몇몇 코르시카 사람들은 내 저서를 읽고 내가 자신들에 대해 존경할 만한 태도로 말한 것에 고마워했다. 그들은 자신들의 공화국을 세우려고 애쓰던 입장이었으므로, 그들의 지도자들은 그 중대한 과업에 대한 나의 견해를 물으려는 생각을 하게 되었다. 그 나라 최고 명문가 중 한 집안의 출신이며 프랑스에 있는 루아얄 이탈리앵 연대의 대위인 부타포코Buttafoco 씨[183]가 그 문제에 대해 내게 편지를 보내왔고 내가 그에게 요구한 여러 자료들도 제공해주었다. 그 민족의 역사와 그 나라의 상황을 알기 위한 자료였다. 파올리Paoli 씨[184]도 내게 여러 차례 편지를 보내왔는데, 나는 그와 같은 계획이 내 역량을 넘어서는 일이라고 느꼈지만 그 일에 필요한 모든 명령서를 얻게 되면 그토록 위대하고 훌륭한 과업에 협력해달라는 그들의 요구를 거절할 수 없다고 생각했다. 바로 그런 뜻에서 나는 두 사람에게 답장을 보냈는데, 그런 편지 교환은 내가 떠날 때까지 계속되었다.

바로 같은 시기에 프랑스가 코르시카에 군대를 파병하고 제노바와 조약을 맺었다는 사실을 알았다.[185] 이런 조약과 군대의 파병 문제로 나는 불안해졌다. 내가 이 모든 일과 어떤 관련이 있다는 점을 아직 상상조차 하지 못한 나는 한 민족이 정복당할지도 모르는 순간에 그 민족의 제도와 같이 절대적인 안정을 요구하는 작업에 몰두한다는 것은 불가능하면서도 우스꽝스러운 일이라고 판단했던 것이다. 나는 나의 불안을 부타포코 씨에게 숨기지 않았다. 그는 그 조약에 자기 민족의 자유를 거스르는 것들이 있다면 자신과 같은 선량한 시민이 자신이 그런 것처럼 프랑스군에서 복무하지는 않을 것이라는 확신을 통해 나를 안심시켰다. 사실 코르시카의 입법에 대한 그의 열의와 그와 파올리 씨와의 긴밀한 관계 때문에 나는 그 사람에 대해 어떤 의심도 품을 수 없었다. 나는 그가 베르사유와 퐁텐블로를 빈번하게 다니고 슈아죌 씨와도 교류가 있다는 것을 알고 나서, 그가 프랑스 왕국의 진정한 의도에 확신이 있었다는 것 말고 다른 결론은 내리지 못했다. 그는 나에게 그런 확신을 암시했지만 편지로 그에 관한 자신의 생각을 솔직히 밝히려고 하지는 않았다.

이런 모든 정황 덕분에 일정 부분은 안심했다. 그렇지만 프랑스군의 파병에 대해 전혀 아는 바가 없었고, 코르시카 사람들만으로도 제노바 사람들에게 맞서 자신들의 자유를 충분히 지킬 수 있음에도 프랑스군이 그들의 자유를 지키기 위해 그곳에 있다는 것은 상식적으로 생각할 수 없었으므로, 나는 완전히 마음을 놓을 수 없었다. 또 모든 것이 나를 조롱하기 위한 장난이 아니라는 확고부동한 증거를 갖게 되기까지는 제안받은 입법에 대해서도 진심으로 참여할 수 없었다. 나는 부타포코 씨와의 면담을 몹시도 바랐다. 그것이야말로 내가 필요로 했던 해명을 그에게 얻어내는 가장 좋은 방법이었다. 그는 나에게 면담에 대한 기대를 하게 만들었고, 나는 애가 타게 면담을 기다렸다. 나는 그가 정말로 그런 계획이 있었는지 알지 못한다. 설령 그가 그런 계획을 가지고 있었다 하더라도 나는 내게 일어난 재앙 때문에 그것을 이용하지 못했을 것이다.

나는 제안받은 계획에 대해 깊이 생각해볼수록, 내 수중에 있는 자료들에 대한 검토가 진척될수록, 제도를 만들어주어야 할 민족과 그들이 사는 토양, 이 제도를 그들에게 적용시키기 위해 필요한 일체의 관계를 가까이에서 연구할 필요성을 느꼈다. 그리고 날이 갈수록 내 작업을 이끌어주기 위해 필요한 모든 지식을 멀리서 얻는 것이 불가능하다는 사실을 점점 깨닫게 되었다. 나는 그런 사실을 부타포코 씨에게 편지로 알렸다. 그도 그런 사실을 느꼈다. 나는 코르시카에 갈 결심을 분명하게 한 것은 아니지만, 그 여행을 할 방법에 대해서는 많은 관심을 두었다. 예전에 그 섬에서 마이유부아Maillebois 씨[186]를 도와 일한 적이 있는 다스티에 씨에게 그 여행에 대해 말했는데, 그는 섬에 대해 알고 있음이 분명했다. 그는 내 계획을 단념시키려고 할 수 있는 일이면 무슨 일이든 다 했다. 솔직히 고백하면, 그가 코르시카 사람들과 그 나라에 대해 내게 묘사한 끔찍한 광경 때문에 그들 틈에 가서 살려고 했던 나의 욕구가 상당히 식어버렸다.

하지만 모티에에서 당한 박해로 스위스를 떠나려고 생각했을 때 그런 욕구가 되살아난 것은 사람들이 어디에도 허락해주기를 원치 않던 나의 안식을 결국 섬사람들에게서 찾을 것이라는 기대 때문이었다. 이 여행에서 꼭 한 가지 일이 겁이 났다. 그것은 내가 억지로 하게 될 활동적인 삶에 대해 내가 항상 지니고 있던 부적응과 반감이었다. 나는 고독 속에서 여유롭게 명상하도록 태어났지 사람들 틈에서 말을 하고 행동하며 일을 처리하도록 태어나지는 않았다. 자연은 나에게 첫 번째 재능을 주었지만 두 번째 재능은 인정하지 않았던 것이다. 그럼에도 나는 공적인 일에 직접적으로 참여하지는 않더라도 코르시카에 가자마자 민중들의 열의에 호응하고 지도자들과 매우 빈번히 협의를 해야만 하는 상황에 처하게 될 것임을 느꼈다. 내 여행의 목적 자체도 은신처를 찾는 것이 아니라 민족 내부에서 내가 필요로 하는 지식을 찾을 것을 요구했다. 내가 더 이상 내 마음대로 할 수 없고, 전혀 내 성향이 아닌 소용돌이 속에 내 뜻과 무관하게 말려들어 가 내 취향과 완전히 상반되는 생활을 하며, 내 결점만을 드러낼 것이 분명했다. 그들이 내 저서를 통해 얻었을지도 모르는 내 능력에 대한 평가가 내가 나타남으로 인해 제대로 유지되지 못하여 코르시카 사람들에게서 신용을 잃게 되고 나만큼이나 그들에게도 손해가 되겠지만, 그들이 내게 보낸 신뢰를 잃게 되리라고 예상했다. 그런 신뢰가 없다면 나는 그들이 기대하는 과업을 성공적으로 수행할 수 없을 것이다. 이렇게 내 영역을 떠나게 되면 나는 그들에게 무익한 존재가 될 것이고 나자신도 불행해질 것이라 확신했다.

여러 해 전부터 온갖 형태의 폭풍우에 시련을 당하고 타격을 입은데다 여행과 박해에 지쳐 있던 터라 나는 휴식의 필요성을 절실히 느꼈다. 하지만 나의 잔인한 적들은 장난삼아 내게서 그것마저도 빼앗아버렸다. 나는 그 어느 때보다도 마음에 흡족한 한가로움과 정신과 육체의 그 달콤한 평온함을 갈망했다. 이것들이 내가 그토록 탐내던 것이며, 사랑과 우정의 망상에서 깨어난 내 마음의 지고한 행복은 이것들을 넘어서지 못했다. 내가 시도하려는 일들과 함께 빠져들게 될 시끌벅적한 삶을 떠올리면 두려운 생각이 들 뿐이었다. 또한 목적의 위대함과 아름다움과 유용성이 내게 용기를 불러일으켰다면, 어떤 노력을 해도 성공할 수 없다는 사실은 완전히 용기를 잃게 만들었다. 마음속으로 20년 동안 깊은 성찰을 하며 고독하게 지내는 것이 사람들과 사건들의 틈바구니 속에서 성공하지 못할 것을 확신한 채 여섯 달을 분주하게 사는 것보다 차라리 덜 고통스러웠을 것이다.

나는 모든 것을 양립시키기에 적절한 듯싶은 궁여지책 하나를 생각해냈다. 드러나지 않게 나를 박해하는 사람들의 음모 때문에 모든 은신처에서 쫓겨 다녔고, 그들이 어느 곳에도 그대로 두고 싶어 하지 않는 내 노후의 안식을 기대할 수 있는 곳은 이제 코르시카밖에는 없다고 판단했으므로, 부타포코의 지시에 따라 여건이 되면 곧장 그곳에 갈 결심을 했다. 하지만 그곳에서 조용히 살려면 적어도 겉으로는 입법 작업을 그만두고, 어떤 의미로는 나를 맞아준 사람들의 환대에 대한 대가로 현지에서 그들의 역사를 쓰는 것에 만족하기로 했다. 다만 성공할 가능성만 있다면 그들에게 더 유용하게 쓰일 필요한 자료들은 조용히 수집하기로 했다. 그런 식으로 처음에는 무엇에도 얽매이지 않고 시작하여 그들 마음에 들

계획을 비밀리에 그리고 더 자유롭게 심사숙고할 수 있기를 희망했다. 내 소중한 고독을 크게 포기하지 않고, 내가 참지 못하고 나의 적성에도 맞지 않는 생활방식을 따르지 않으면서도 말이다.

하지만 이 여행은 내가 처한 상황에서 감행하기에 쉬운 일이 아니었다. 다스티에 씨가 코르시카에 대해 말해준 바에 따르면 그곳에서는 내가 가져가는 것 말고는 가장 간단한 생필품조차 구하지 못할 것이었다. 속옷, 의복, 식기, 주방도구, 종이, 책 등 이 모든 것들을 직접 가져가야만 했다. 내 가정부와 그곳으로 이주하자면 알프스 산맥을 넘어야 하고 2,000리나 되는 여정을 온갖 짐을 끌고 가야만 했다. 게다가 여러 군주들이 다스리는 나라들도 지나가야만 했다. 온 유럽이 보여준 태도로 볼 때 나는 불행을 겪은 뒤에 당연히 다음과 같은 어려움을 예상하지 않을 수 없었는데, 가는 곳마다 난관에 부딪치고 사람들마다 어떤 새로운 치욕으로 나를 괴롭히고 나를 상대로 모든 국제법과 인권을 위반하는 행동을 명예로 삼을 것이었다. 이런 여행으로 생겨날 엄청난 비용, 고역스러움, 위험들 때문에 나는 이 모든 어려움을 미리 예상하고 신중히 검토할 수밖에 없었다. 결국 내 나이에 혼자서 지인들 모두에게서 멀리 떨어져 다스티에 씨가 내게 묘사한 것처럼 거칠고 사나운 민족에게 예속되어 지내야 한다는 생각을 했으니, 그런 결심을 실행하기 전에 이런저런 생각을 해보는 것은 당연했다. 나는 부타포코 씨가 내게 기대하게 만든 면담을 몹시 바랐고 완전히 결정을 내리기 위해 그 결과를 기다렸다.

이렇듯 내가 주저하는 사이에 모티에에서 일어난 박해 때문에 나는 퇴거할 수밖에 없었다. 나는 장거리 여행, 특히 코르시카 여행을 위한 준비가 되어 있지 않았다. 나는 부타포코로부터의 소식을 기다리다가 생피에르 섬으로 피난했다. 그리고 앞서 말한 대로 그 섬에서 초겨울에 쫓겨난 것이다. 당시 나로서는 눈 덮인 알프스 산맥에 가로막혀 이주가 불가능했고, 특히 그들이 내게 요구한 대로 서두르기는 더욱 힘들었다. 사실 그런 말도 안 되는 지시는 실행 불가능한 것이었다. 호수 한가운데 갇혀 있는 이런 인적이 드문 곳에서 명령을 통고받은 뒤 24시간 내에 출발 준비를 하고, 배와 마차를 구해서 섬과 모든 관할구역을 떠나라니 말이다. 내게 날개가 있다고 해도 그런 지시는 따르기 어려웠을 것이다. 나는 니도의 집행관에게 그의 편지에 대한 답장으로 이런 사정을 알렸다. 한편으로는 서둘러 이런 부정이 저질러지는 고장을 빠져나오려고 했다. 바로 그런 사정으로 나는 소중한 계획을 단념해야만 했고, 낙담한 가운데 코르시카 사람들로부터 나를 부르겠다는 약속을 받아내지 못하고 결국 원수님의 초청을 받아들여 베를린 여행을 하기로 결심했다. 테레즈는 내 옷가지와 책들을 맡아 생피에르 섬에서 겨울을 나게 하고 내 자료들은 뒤 페루의 손에 맡겨두었다. 나는 급히 서둘러서 다음 날 아침에 섬을 떠나 정오가 되기도 전에 비엔에 이르렀다. 그런데 어떤 사건 때문에 그곳에서 여행이 중단될 뻔했다. 그 이야기를 빼놓아서는 안 될 것이다.

내가 은신처를 떠나라는 명령을 받았다는 소문이 퍼지자마자 부근에서 방문객들이 구름 떼처럼 몰려들었다. 특히 베른 사람들이 많이 찾아왔는데, 그들은 더없이 가증스러운 위선을 떨며 내게 아첨을 하고 나를 위로했다. 그리고 상원이 휴정하거나 자주 열리지 않을 때를 이용하여 박해자들이 그런 명령을 내게 통고한 것이며 200인 평의회 모두는 그런 명령에 분노하고 있다고 우겨댔다. 나를 위로하러 온 수많은 사람들 중에 베른 지방에 둘러싸인 작은 독립국가 비엔 시에서 온 사람들도 몇 명 있었다. 그중에는 그 작은 도시에서 가장 명망이 높은 명문가 출신인 윌드르메Wildermeth라는 청년이 있었다. 윌드르메는 시민들을 대표하여 다음과 같은 것들을 약속하면서 자신들이 사는 곳에 내 은신처를 두도록 열렬히 간청했다. 즉 그들은 나를 그곳에 맞이하기를 기꺼이 열망하고 있고, 내가 겪은 박해를 하루빨리 잊게 하는 것을 영광이자 의무로 여길 것이며, 내가 그 나라에서 베른 사람들의 영향력을 걱정할 일은 조금도 없고, 비엔은 누구의 지배도 받지 않는 도시이며, 모든 시민들은 내게 불리한 어떤 청원도 듣지 않기로 만장일치로 결정했다는 것이다.

월드르메는 자신이 내 마음을 움직이지 못했다는 것을 알고 다른 여러 사람들은 물론 비엔과 인근 지역 사람들, 베른 사람들에게까지 도움을 청했다. 그들 중에는 내가 말한 적이 있는 키르슈베르거도 있었는데, 그는 내가 스위스에 은둔한 이후로 나를 찾으려 애썼고 나도 그의 재능과 원칙에 관심을 갖게 되었다. 하지만 더욱 예상치 못하고 영향력이 컸던 간청은 프랑스 대사관의 서기관인 바르테스Barthès 씨가 했는데, 그는 월드르메 씨와 함께 나를 만나러 와서 그의 초청을 받아들일 것을 강하게 권고했다. 나는 그가 내게 보여주는 듯싶었던 열렬하면서도 다정한 관심에 깜짝 놀랐다. 그 전까지 바르테스 씨를 전혀 알지 못했는데 말이다. 그렇지만 그가 온정과 우정의 열의가 담긴 말을 하고, 내가 비엔에 자리 잡도록 설득하는 것에 진정으로 마음을 쏟고 있다는 것을 느꼈다. 그는 그 도시와 그곳 사람들에 대해 더없이 근사한 찬사를 보냈다. 그는 그들과의 두터운 친분을 과시하여 내 앞에서 그들을 여러 차례 자신의 보호자라, 아버지라 부를 정도였다.

바르테스의 이런 요청에 어떻게 해야 할지 갈피를 잡을 수 없었다. 나는 슈아죌 씨를 스위스에서 내가 받은 모든 박해의 숨은 장본인이라고 항상 의심했다. 제네바 주재 프랑스 변리공사와 솔뢰르 주재 대사의 행동으로 볼 때 그런 의심은 더욱더 확고해질 따름이었다. 나는 프랑스가 베른과 제네바, 뇌샤텔에서 내게 일어난 모든 일에 비밀리에 영향을 미친 것을 알았고 프랑스에서 권력을 쥔 적은 슈아죌 공작 말고는 없다고 생각했다. 그렇다면 바르테스의 방문과 그가 내 운명에 보인 다정한 관심을 두고 내가 무슨 생각을 할 수 있었을까? 지금까지 겪은 불행으로도 내 마음에 있던 타고난 신뢰는 아직 사라지지 않았다. 수없이 경험을 하고도 어디에서든 호의 뒤에 감춰진 함정을 발견하는 법을 아직 배우지 못했다. 나는 바르테스가 그런 호의를 보이는 이유를 짐짓 당황하여 찾아보려 했다. 나는 그가 자기 권한으로 이런 교섭을 한다고 믿을 정도로 어리석지는 않았다. 나는 거기서 숨은 의도를 드러내는 과장된 선전과 가식까지도 보았다. 또한 하찮은 이 모든 하급 직원들에게서 내가 비슷한 위치에 있을 때 종종 내 마음을 흥분시켰던 그런 관대한 대담성을 발견하게 될 리는 만무했다.

예전에 나는 뢱상부르 씨 댁에서 보트빌Beauteville 기사[187]와 다소 안면이 있었다. 그는 나에게 어느 정도 호의를 보여주기도 했다. 대사가 된 뒤에도 이따금 나에게 안부를 물어왔고 자신을 만나러 솔뢰르에 오라고 나를 초대하기도 했다. 나는 초대를 받아들이지는 못했지만 요직에 있는 사람들에게서 그토록 정중한 대접을 받는 것에 익숙하지 않았으므로 적잖이 감동했다. 그래서 보트빌 씨가 제네바에서의 사건과 관련된 일에는 자기 나라의 훈령을 따를 수밖에 없었지만 불행 속에 있는 나를 동정하여 각별한 배려로 나에게 비엔의 이 안식처를 마련하고 자신의 후원 아래 조용히 살 수 있도록 해준 것이라고 추측했다. 나는 그런 배려에 감사했지만 그것을 이용하고 싶지는 않았다. 베를린을 여행하기로 완전히 결심한 나는 이제 원수님 옆에서만 진정한 안식과 지속적인 행복을 발견할 수 있다고 확신하고 그와 재회할 순간만을 학수고대했다.

섬을 떠날 때 키르슈베르거가 비엔까지 나를 배웅해주었다. 그곳에는 배에서 내리는 나를 기다리고 있던 윌드르메와 또 다른 비엔 사람 몇 명이 있었다. 우리는 모두 주막에서 점심식사를 했다. 그곳에 도착하여 내가 처음으로 신경을 쓴 것은 역마차를 구하는 일이었다. 다음 날 아침이 되자마자 떠나고 싶었기 때문이다. 식사를 하는 동안 그 신사들은 다시금 간청을 하여 나를 자신들 사이에 붙들어두려고 했다. 그들이 어찌나 열성적으로 그리고 어찌나 감동적인 맹세를 하면서 간청을 하는지 호의를 결코 뿌리칠 수 없는 내 마음은 자못 동요했다. 그들은 내가 흔들리는 것을 보자마자 노력을 배로 쏟았고 결국 나는 그들에게 넘어가고 말았다. 그리고 적어도 이듬해 봄까지는 비엔에 머물러 있기로 동의했다.

월드르메는 서둘러서 거처를 마련해주었는데, 4층 뒤편의 지저분하고 작은 방을 찾아놓고 의외의 성과인 것처럼 내게 자랑했다. 그 방은 안뜰을 향해 나 있었는데 그곳에 샤무아 가죽 직공의 악취 나는 가죽이 진열되어 있는 것은 내게 좋은 구경거리였다. 집주인은 천해 보이는 얼굴에 키가 작은 사람이었고 상당히 교활했다. 내가 그다음 날 듣기로 그는 난봉꾼에 도박꾼으로 동네에서 평판이 상당히 좋지 않았다. 그는 아내도 자식들도 하인들도 없었다. 나는 아무도 없는 내 방에 처량하게 갇힌 채 더없이 아름다운 고장에 묵고 있으면서도 며칠 지나지 않아 우울증으로 죽을 지경이 되었다. 무엇보다 충격을 받은 것은 주민들이 친절하게 맞아줄 것이라는 말을 들었음에도 불구하고, 거리를 지날 때 나에 대한 그들의 태도와 시선에서 공손함이나 호의라고는 전혀 발견하지 못했다는 사실이다. 그렇지만 나는 이곳에 머무르기로 완전히 결심을 굳힌 상황이었다. 그런데 바로 그다음 날부터 도시 안에서 나에 대해 극심한 동요가 일어나고 있다는 것을 듣고 보고 느끼게 되었다. 고맙게도 친절한 사람들 몇몇이 나를 찾아와서 내일이면 곧 이 나라 밖으로, 말하자면 이 도시 밖으로 당장 떠나라는 명령이 가차 없이 통고될 것이라고 알려주었다. 믿을 만한 사람이 아무도 없었다. 나를 붙들어두었던 사람들은 모두 흩어졌다. 월드르메도 사라졌다. 바르테스에 대한 말도 더 이상 듣지 못했다. 또한 그가 내 앞에서 자신의 보호자와 아버지라고 부르던 사람들에게 나를 추천했다고 하지만 내가 그들로부터 대단한 호의를 끌어낸 듯싶지는 않았다. 시에서 가까운 곳에 예쁜 집을 가지고 있는 보트라베르 Vautravers 씨라는 베른 사람은 한동안 그곳을 은신처로 제공해주겠다면서, 그곳에서라면 내가 돌에 맞아 죽는 일은 피할 수 있을 것으로 생각한다고 말했다. 나는 그런 특혜를 준다고 하더라도 손님 접대를 좋아하는 이런 주민들이 사는 곳에서 체류를 연장하고 싶을 만큼 기분이 좋지는 않았다.

그렇지만 이렇게 꾸물거리면서 사흘을 허비하는 바람에 베른 사람들이 자신들의 모든 영토에서 떠나라고 준 24시간을 훌쩍 넘겨버리고 말았다. 나는 그들의 냉혹함을 잘 알고 있었기 때문에 내가 그들의 영토를 지나갈 때 그들이 취하게 될 태도에 대해 걱정하지 않을 수 없었다. 때마침 니도의 집행관이 와서 나를 곤경에서 벗어나게 해주었다. 그는 각하들의 난폭한 행동을 공공연하게 비난했던 까닭에 용기를 내어 자신은 그런 행동에 전혀 가담하지 않았음을 내게 공개적으로 보여주어야만 한다고 생각하고 주저 없이 자기 관내를 떠나 나를 방문하러 베른에 온 것이다. 그는 내가 떠나기 전날 밤에 당도했다. 그가 남몰래 온 것은 전혀 아니었고 의전을 가장하기까지 하여 정장을 차려입고 비서와 함께 마차를 타고 왔다. 또한 그는 자신의 이름으로 발급된 여권을 내게 가져다주어 내가 자유롭게 그리고 불안해할 염려 없이 베른 주를 통과하게 해주었다. 나는 여권보다는 그의 방문에 더 감동을 받았다. 그 방문이 나 말고 다른 사람을 목적에 두고 있었다 하더라도 그에 대한 나의 감동이 덜해지는 일은 전혀 없을 것이다. 부당하게 탄압받는 약자를 위해 때맞춰 취해진 용감한 행동보다 내 마음을 크게 움직인 것을 나는 알지 못한다.

마침내 역마차 한 대를 간신히 얻은 나는 다음 날 아침 나를 영광스럽게 해준다던 대표단이 도착하기 전에, 테레즈를 다시 만나기도 전에 이 살인의 땅을 떠났다. 테레즈에게는 내가 비엔에 들르겠다는 생각을 했을 때 그곳에서 서로 만나자고 전갈을 넣었는데, 나에게 일어난 새로운 재난을 알리고 한마디 편지로라도 만남을 취소할 시간 여유조차 이제는 거의 없었다. 만일 내가 3부를 쓸 여력이 있다면 여러분은 그것을 통해 다음과 같은 사실들을 알게 될 것이다. 즉 베를린으로 떠나려던 내가 어떻게 실제로는 영국으로 넘어갔는지, 나를 마음대로 움직이려던 두 부인이 나에게 충분한 영향력을 발휘할 수 없었던 스위스에서 어떻게 술책을 써서 나를 쫓아내고 마침내 자기네 친구에게 넘겨주는 데 성공했는지 말이다.[188]

나는 이 글을 데그몽d'Egmont 백작 부부, 피냐텔리Pignatelli 대공, 멤 Mesme 후작부인, 쥐네Juigné 후작 앞에서 낭독하고 다음과 같은 말을 덧붙였다.[189]

나는 진실을 말했습니다. 만일 누군가가 이제 막 진술한 내용과 다른 사실을 알고 있다면, 그것이 수없이 입증되었다 하더라도 그가 알고 있는 사실은 거짓과 중상모략입니다. 만일 그 사람이 내가 살아 있는 동안 나와 함께 그것을 조사해보고 명백하게 밝히기를 거부한다면 그는 정의도 진실도 사랑하지 않는 것입니다. 나는 큰 소리로 두려움 없이 이렇게 선언하겠습니다. 어느 누구든, 내 작품을 읽지 않은 사람이더라도 자기 눈으로 나의 성격, 나의 품행, 나의 성향, 나의 즐거움, 나의 습관을 면밀히 살펴보고도 나를 정직하지 못한 사람이라고 생각할 수 있다면 그자는 죽어 마땅한 인간입니다.

이렇게 나는 낭독을 마쳤다. 모두 아무 말이 없었다. 내가 보기에 데그몽 부인만이 감동을 받은 듯싶었다. 그녀는 눈에 띌 정도로 몸을 떨었지만 아주 빠르게 평상심을 되찾았고 같이 있는 모든 사람들과 마찬가지로 침묵했다. 내가 낭독과 고백을 통해 얻은 성과는 이와 같았다.

고백을 통한 독자와의 소통의 욕구*

박아르마

장 자크 루소Jean-Jacques Rousseau의 《고백*Les confessions*》은 저자
의 삶의 주요 시기에 대한 기록으로서, 그의 사상 형성 과정에 대한 자료
로서, 자서전 문학의 전범으로서 문학적 가치를 지니고 있다. 루소는 전
체 2부 12권으로 구성된 《고백》에서 자신이 태어난 1712년부터 영국으
로 망명을 떠나기 전인 1765년까지의 시기를 다루었다. 특히 1부는 그의
출생과 성장, 교육, 어린 시절의 잘못에 대한 고백, 바랑 부인과의 만남과
헤어짐 등 28년간의 기록으로서, 2부는 철학자들과의 교류, 학문과 음악
세계로의 본격적인 입문과 발전 과정, 루소 자신과 《에밀*Émile*》에 가해
진 박해에 대한 그의 입장 등으로 구성된 24년간의 기록으로서 그 중요
성이 있다. 1권에서 12권까지 각 권에 할애된 서술의 길이는 일정하지 않

---

* 이 글은 2013년 12월 《불어불문학연구》 96집에 게재한 〈장 자크 루소의 《고백》에 나타난 고백의
전략〉을 수정 보완한 것임을 밝혀둔다.

다. 짧게는 1년, 길게는 16년의 기간으로 이루어진 각 권은 대체로 서술의 기간이 길어지면 사건의 기술에, 반대의 경우는 사건의 의미에 대한 이해와 감정의 기술에 치중된다.

루소의 《고백》은 저자와 1인칭 시점의 화자, 책의 표지에 기록된 이름이 서로 일치하고, 저자와 독자 사이에 자전적 삶과 관련된 일종의 '규약'이 이루어진다는 점에서 자서전 문학의 거의 전형적인 특징을 드러내고 있다. 특히 《고백》의 경우는 이야기의 진실성과 관련된 화자의 독자에 대한 이른바 진실 서약이 다소 난폭할 정도로 분명하게 드러나고 있다.

나는 일찍이 전례가 없고 어떤 모방자도 결코 실행하지 못할 계획을 세우고 있다. 나는 나를 닮은 사람들에게 한 인간을 온전하게 있는 그대로 보여주고 싶다. 그 인간은 바로 나일 것이다.

(……)

"이것이 제가 한 행적이고, 제가 한 생각이며 과거의 제 모습입니다. 저는 선과 악을 모두 솔직하게 고했습니다. 나쁜 점을 전혀 숨기지 않았고 좋은 점이라 해도 전혀 덧붙이지 않았습니다. 어쩌다 사소한 윤문을 했더라도 그저 제 부족한 기억력 탓에 생긴 공백을 메우려 했던 것일 따름입니다. 저는 제가 알기로 진실일 수 있는 것은 진실이라고 여길 수 있었지만 거짓이라고 아는 것은 결코 그렇게 할 수 없었습니다. 저는 과거의 제 모습을 있는 그대로 드러냈습니다. 제가 비열하고 비천했을 때는 비열하고 비천하게, 선량하고 관대하고 고귀했을 때는 선량하고 관대하고 고귀하게 말입니다. 저는 제 내면을 당신께서 몸소 보신 그대로 드러냈습니다……."(《고백》1부, 17~18쪽)

루소의 《고백》 1부에 대한 분석을 중심으로 한 《자서전의 규약Le Pacte autobiographique》의 저자이자 자서전 연구의 전문가 필리프 르죈

Philippe Lejeune 역시 일반적으로 저자가 자서전 작품에서 '과격하고 전체적인' 방식으로 진실 서약을 하는 경우는 드물다는 점을 지적한다. 그러한 점에서《고백》의 독자는 이 진실의 법정에서 자신이 읽게 되는 기록의 사실 여부를 확인하거나 의심하도록 직간접적으로 요구받는 입장에 놓이게 된다. 결과적으로《고백》의 저자는 자기 작품을 자기 삶의 진실을 밝혀줄 '증거'로서 내놓는 것이며 반면에 독자는 그것을 '검증'할 의무를 지니게 된다.

루소가 자신의 진실성을 담보하기 위해 내세운 '고백'의 외적인 조건은 자신의 신분이다. 그는 프랑스에서 외국인으로서 살고 있으며, 제3신분에 속해 있고, 경제적으로 궁핍하지만 타인에게 예속되어 있지 않기 때문에 진실을 말하기에 적합한 위치에 있다고 생각한다. 다른 한편으로 그가 진실성을 담보하기 위해 제시하는 객관적인 증거에는 서간과 같은 자료와 기록이 있고, '오류의 가능성'은 있지만 '의도적인 왜곡의 가능성'은 없는 기억이 있다. 하지만 루소가 진정으로 내세우고 싶었던 증거는 자신의 '내면의 감정'으로 했던 일과 '진실을 말하고자 하는 순수한 의지'였다. 왜냐하면 루소에 따르면 기억은 오류의 가능성은 있지만 내면의 감정과 진실에 대한 의지만은 변할 수 없는 것이기 때문이다.

결국 우리가 루소의《고백》에서 관심을 두어야 할 것은 고백의 증거로서의 자료와 기억의 정확성이 아니라, '사실'에 대한 그의 '내면의 감정'이 무엇이고 '진실을 말하고자 하는 의지'가 어떻게 나타나는가이다. 루소의 고백은 크게 세 가지 차원에서 이루어진다. 첫 번째는 1부 전체에 걸쳐 이루어지며 대략적으로 보아 19세 이전의 고백으로 어린 시절과 청년기에 저지른 잘못에 해당한다. 두 번째 고백은 루소의 아이 유기에 대한 고백으로 그 중요성을 말해주는 것인지 2부 7권에서 시작되어 10권을 제외한 전권에 걸쳐 나타난다. 마지막 고백은 루소의 친구들과 지인들 사이에서 빚어진 오해, 루소 스스로 그렇다고 믿고 있는 그들의 중상

모략, 루소 자신과 그의 작품에 가해진 세상의 박해에 대한 그의 입장을
밝히는 것 등으로 이루어진다.

1. 성년 이전의 잘못에 대한 고백

루소의 고백들 중 성년 이전에 저지른 잘못에 관한 고백은 대략 1부 3
권까지, 즉 19세 이전까지의 기간에 일어난 사건에 속한다. 고백의 유형
을 나누자면 첫째 '성적 취향의 형성'과 둘째 자신이 저지르지 않은 잘못
때문에 '누명을 쓰게 된 억울함', 마지막으로 자신이 저지른 '명백한 잘
못'에 대해 입장을 밝히는 것으로 분류된다. '성적 취향의 형성'과 관련된
고백은 루소가 교육을 위해 머물고 있던 랑베르시에 목사의 집에서 랑베
르시에 양에게 엉덩이를 맞는 체벌을 당하면서 느꼈던 최초의 피가학적
성적 쾌감을 말한다.

랑베르시에 양은 우리에게 어머니 같은 애정을 갖고 있었으므로 그만큼
권위도 있었다. 그래서 이따금 권위를 행사하여 우리가 벌 받을 만한 행동
을 하면 자녀에게 하듯이 우리에게 벌을 주기도 했다. 그녀는 상당히 오랫
동안 겁을 주는 것으로 그쳤지만 나로서는 새로운 벌을 주겠다는 위협만으
로도 상당한 공포감이 들었던 듯싶다. 하지만 체벌이 끝나고 나서 생각해
보니 체벌이 예상보다는 심하지 않았다. 더욱 이상한 일은 내가 벌을 받고
나서 체벌한 여인을 더 좋아하게 되었다는 것이다. 벌 받을 만한 짓을 저질
러서 같은 체벌을 받으려 하지 않도록 막으려면 진실한 애정과 나의 타고난
온순함을 아낌없이 발휘해야 했다. 왜냐하면 나는 괴로워하면서도 심지어
는 수치스러워하면서도 혼재된 관능을 발견했는데, 그 관능 때문에 같은 손
에 당하는 체벌을 무서워하기보다는 오히려 욕망했다. 사실 그런 생각에는

아마도 조숙한 성적 본능이 뒤섞여 있어서 같은 체벌을 그녀의 오빠에게서 받았다면 전혀 기분 좋게 생각하지 않았을 것이다.(《고백》1부, 30쪽)

어린 시절 루소의 성적 취향은 청년기에 이르러 성적 욕망을 충족시키기 위해 자기 엉덩이를 여자들에게 노출시키는 방식으로 나타난다.

내 욕망을 만족시킬 수 없었으므로 그것을 더없이 엉뚱한 술책으로 들쑤실 정도로 내 흥분은 커져만 갔다. 나는 좁고 어두운 길이나 잘 드러나지 않는 외진 곳을 찾아다녔다. 나는 그곳에서 여자들에게, 내가 그녀들 옆에 있다면 하고 싶은 모습으로 멀리서 몸을 노출할 수 있었다. 그녀들이 본 것은 음란한 것이 아니었으며 나는 그렇게까지 할 생각도 없었다. 그것은 우스꽝스러운 부위였다. 내가 여자들이 보는 데서 그 부위를 자랑삼아 드러내며 느꼈던 터무니없는 쾌락은 말로 표현할 수 없다.(《고백》1부, 130쪽)

루소는 자신의 성적 욕망의 형성 과정을 고백하면서 자신의 성적 취향을 '변태성욕과 광기'로 비교적 솔직하게 평가했지만, 뒤이어 "그 기이한 취향은 성장한 이후에도 여전히 지속되었고 변태성욕과 광기로까지 이어져서 내게 정숙한 품행을 벗어버리게 하는가 싶었지만 오히려 그런 품행을 유지하게 해주었다"(《고백》1부, 31쪽)라든지 "타고난 수줍음과 결합된 그 격정 때문에 여자들 옆에서는 아주 소극적이 되어서 감히 모든 것을 다 말하거나 행할 수 없게 되었다"(《고백》1부, 33쪽)라는 식으로 자신의 성적 욕망이 현실에서는 결코 실행되지 않은 것이었다고 말한다. 즉 그는 성적 욕망을 상상적으로 충족시켰거나, 대인관계에서의 타고난 소심함 때문에 그 욕망을 실행에 옮기지는 못했다고 주장한다. 심지어는 훗날 바랑 부인과의 성적인 관계가 시작되고 나서도 두 사람의 관계를 '관능적 쾌락'으로 보는 '독자들의 잘못된 생각'을 바로잡기 위해 그 관계는 '의무와 책임감에서 나온 사랑'이라고 해명한다.

　자신이 저지르지 않은 잘못에 관한 루소의 고백은 '부러진 빗살'과 관련된 에피소드에서 찾을 수 있다. 루소는 랑베르시에 양의 빗살을 부러 뜨린 장본인으로 지목되고 자신의 무죄를 항변하지만 그의 말은 어느 누구에게도 받아들여지지 않는다. 증거가 없는데 죄를 추궁당하니 어린아이가 느꼈을 억울함과 부당한 태도에 대한 분노는 짐작이 가지만, 루소는 50년이 지난 후에도 "이 글을 쓰면서 아직도 맥박이 빨라지는 것을 느낀다. 이런 순간들은 내가 십만 년을 살아도 내 마음에 여전히 남을 것이다. 폭력과 부당함에 관한 이 최초의 감정은 내 마음속에 너무나 깊이 새겨진 나머지 그와 관련된 모든 생각들은 내가 처음 느꼈던 흥분을 되살아나게 한다"(《고백》 1부, 36쪽)라고 고백할 정도로 자신의 억울함과 분노를 한없이 드러낸다. 명백한 잘못을 저질렀거나 잘못은 했지만 나름의 이유가 있었음을 해명할 때와는 사뭇 다른 태도이다. 어린 시절에 저지른 또다른 잘못과 그 죄를 고백하는 태도를 앞서의 사건과 비교해보는 것도 흥미로울 것이다.

　루소의 고백 중 '명백한 잘못'에 속하는 것은 뒤코묑이라는 장인 집의 도제로 일하면서 저지른 '아스파라거스 도둑질'과 이른바 '사과 사냥' 그리고 16세에 베르첼리스 부인 집의 하인으로 있으면서 리본을 훔치고 그 죄를 다른 사람에게 뒤집어씌운 사건 등이다. '아스파라거스 도둑질'의 경우, 루소는 같은 장인 밑에서 일하는 직인의 설득으로 그를 대신하여 도둑질과 물건의 처분을 맡게 된다. 루소는 비록 도둑질을 했지만 자신의 행동을 아스파라거스를 "거두러 가는" 행위로 평가하고 그 대가를 조금도 얻지 않았으므로 죄의식에서 자유로운 듯이 생각한다. 나아가 그는 "나는 더없이 충실하게 좀도둑질을 저질렀다. 그 짓을 저지르게 된 동기는 오직 내게 그 짓을 시킨 사람의 비위를 맞추려는 것이었다"(《고백》 1부, 53쪽)라고 고백함으로써 자신의 행위가 범죄라기보다는 타인의 지시에 따른 것이고 그와 원만한 관계를 유지하기 위해 불가피하게 저지른 일종의 사회적 행동으로 평가하기에 이른다. 곧이어 일어나는 사건이 바로 '사과 사냥'이다. 루소는 장인의 집에 있는 과일 저장고에서 사과를 꺼내기 위해 격자 문 사이로 긴 꼬챙이를 집어넣는다. 그의 사과 서리는 거의 성공 직전에 주인에게 발각되고 만다. 루소는 잘못된 행동을 저지르고 그것이 발각된 이후 죄와 처벌에 대한 두려움을 느끼기보다는 자신의 행동을 장인의 폭력에 대한 보상으로 간주한다.

나는 학대를 당한 나머지 곧 그것에 둔감해졌다. 학대는 결국 내게 도둑질에 대한 일종의 주고받기인 듯싶었고 내게 도둑질을 계속할 권리를 주었다. 나는 뒤를 돌아보며 벌을 생각하는 대신 앞을 보며 복수를 꿈꾸었다. 나를 도둑놈이라고 두들겨 패는 것은 내게 도둑놈이 되어도 좋다는 것이라 판단했다. 내 생각에 도둑질하는 것과 얻어맞는 것은 서로 어울리는 일이어서 어떻게 보면 하나의 상황을 이루게 되는데, 나는 내가 처한 그 상황의 일부를 충족시키고 나머지 부분은 내 장인이 책임져야 한다고 보았다.(《고백》1부, 55쪽)

말하자면 '아스파라거스 도둑질'과 '사과 사냥' 모두 타인의 설득 혹은 폭력이라는 불가피한 이유가 전제되었고, 그것이 비록 잘못된 행위였지만 그 대가를 취하지 않았거나 '사냥'이라는 단어가 말해주듯이 '놀이'에 가까운 행동으로 평가되고 있으므로 루소의 머릿속에 죄의식이 자리 잡을 자리는 애초에 없었다. 반면에 리본을 훔치고 그 죄를 타인에게 뒤집어씌운 사건은 도둑질 자체의 심각성보다 죄가 타인에게 전도되고 그 죄를 끝내 고백하지 않았다는 점에서 더 중요한 문제로 제기된다. 성년기 이전의 마지막 고백에 속하는, 리본을 훔치고 그 죄를 타인에게 뒤집어씌운 일은 루소가 하인으로 일했던 주인집에서 일어났다. 루소는 별 죄의식 없이 리본을 훔치고 그 일이 발각되자 요리사로 일하던 마리옹이 훔쳐서 자기에게 준 것이라고 말한다. 그는 자신의 행위에 대해, "그런 부담에서 해방되고자 하는 바람이 내가 고백록을 쓰고자 한 결정에 큰 역할을 했다고 말할 수 있다"(《고백》 1부, 124~125쪽)라고 고백할 정도로 양심의 가책으로 평생을 괴로워했다고 말한다. 하지만 루소가 《고백》을 쓰고 있는 현 시점에서 내세우는 과거의 사건에 대한 입장은 양심의 가책하고는 거리가 있다.

> 내가 그 불행한 처녀를 고발한 것은 터무니없어 보일지 모르겠지만 사실 그녀에 대한 나의 우정 때문이었다. 그녀가 항상 내 머릿속에 있었고 나는 처음으로 떠오른 상대를 두고 나를 변호한 것이다. 내가 하고 싶었던 것을 그녀가 했다고, 말하자면 내가 그녀에게 리본을 줄 의도가 있었으니 그녀가 내게 리본을 준 것이라고 그녀를 고발한 것이다.(《고백》 1부, 125쪽)

요컨대 루소의 입장은 자신이 처음부터 마리옹을 마음에 두고 있었고 실제로 그녀에게 그 리본을 줄 의도가 있었으니 결과적으로 그녀가 그것을 훔친 것과 다를 바 없다는 것이다. 그는 자신의 마음속에서 일어났을지도 모르는 생각을 현실의 일인 것처럼 받아들이고 아직 실행하지 않은 행동까지도 실행 의도가 있었으니 현실의 사건으로 간주하는 것이다. 루소가 마리옹에게 고백하지 못한 것은 그의 과오일 수도 있고 그녀에 대한 사랑일 수도 있지만, 적어도 고백은 진정성이라는 측면에서 그의 행위는 당사자가 아닌 독자들을 향한 자기 잘못의 '정화 행위'에 가깝다. 또한 루소는 죄 없는 사람에게 누명을 씌운 이유를 많은 사람들 앞에서 추궁당하는 수치심과 엄청난 불안 탓으로 돌리고, 단지 마음이 유약해서 잘못을 저질렀다면 그 죄는 훨씬 더 가볍다고 스스로 평가하기에 이른다. 이와 같이 루소의 고백은 사실의 진술이라는 측면에서는 진실만을 말하겠다는 그의 서약을 뒷받침해주지만 잘못된 행위에 대한 진솔한 해명보다는 마음의 부담을 덜고자 하는 자기 위안이나 '모든 것을 다 말해야 한다는' 의무감에 치중해 있음을 알 수 있다. 다만 루소 자신이, "나는 어린아이 시기를 갓 벗어났을 뿐이고 정확히 말하면 아직 어린아이였다"(《고백》1부, 125~126쪽)라고 항변하고 있듯이 죽고 싶을 정도의 수치심을 무릅쓰고 고백을 한 어린아이에게 그 진정성을 묻는 일은 지나친 추궁이 될 수도 있을 것이다.

2. 아이 유기에 대한 고백

《고백》2부에서 가장 중요하고 핵심적인 고백은 루소가 자기 아이들을 유기한 사실에 관한 것이다. 그 중요성만큼이나 고백의 빈도도 빈번하여 7권에서 시작해 12권으로 끝나는 2부 전체에서 '아이 유기'에 관한 언급은 10권을 제외하고 전권에 걸쳐 지속적으로 나타난다. 그도 그럴 것이 루소 자신도 언급하고 있듯이 그는 자식을 버린 과오로 인해 하루도 마음 편한 날이 없었고, 《에밀》의 서두에서 자신의 잘못을 공개적으로 고백할 수밖에 없었다고 말할 정도로 중요한 사건이기 때문이다. 다만 루소가 '아이 유기'에 대해 언급하면서 전면에 내세운 이유와 고백의 방식은 일반적으로 잘못을 인정할 때의 태도와는 차이가 있다. '아이 유기'에 대한 첫 번째 고백은 7권에서 시작된다. 루소는 그의 평생의 반려자 테레즈와의 사이에서 아이를 갖게 되고 출산 이후의 문제로 고민을 하게 된다. 그는 온갖 손님들이 모여들어 통속적인 이야기를 늘어놓는 식사 자리에서, 아이 문제와 관련된 고민에서 벗어날 수 있는 궁여지책을 찾아낸다. 즉 선량한 사람들조차 고아원에 아이를 보낸 것을 자랑삼아 이야기하는 세상의 풍속에 편승하여 "이 나라의 방식이니, 이곳에 살고 있는 이상 그 방식을 따르는 것이 좋다"(《고백》2부, 102쪽)라는 편리한 해결책을 찾아낸다. 루소는 "눈곱만큼의 양심의 가책도 없이 대담하게 그런 결심"(《고백》2부, 102쪽)을 했고, 처음의 행동에 이어 그다음 해에도 '불가피한 행동'을 계속한다. 말하자면 두 번째 아이 유기가 행해진 것이다. 하지만 행위의 엄중함과 사건의 중요성에 비해 루소의 해명은 그다지 구체적이지 않다. 그는 '아이 유기'에 관한 고백만큼은 어차피 '지나칠 정도로' 계속할 수밖에 없으니 그 이유에 관한 해명은 8권으로 미루자고 독자들에게 양해를 구한다. 루소는 테레즈가 세 번째로 임신을 하자 뒤로 미룬 해명을 더 이상 늦출 수 없는 처지에 놓이게 된다. 그는 계속된 '아이 유기'에 대해 세 가지 불가피한 이유를 제시한다. 첫 번째는 아이를 직접 기를 수 없으니 공교육에 맡기는 것이 시민이자 아버지로서의 도리에 맞는다는 것이다. 두 번째는 아이를 고아원 혹은 공교육에 맡기게 되면 그들을 아버지의 운명으로부터 지켜줄 수 있다는 것이다. 마지막으로는 후원자들에게 아이를 맡기게 되면 아이들이 자라서 부모를 증오할 수도 있기 때문에 차라리 부모를 모르고 자라는 편이 낫다는 것이다. 물론 독자들은 루소의 잘못에 대한 고백과 해명을 듣고 비난을 할 수도 있을 것이다. 하지만 루소가 "진실해야 할 사람은 나이고 공정해야 할 사람은 독자이다"(《고백》2부, 124쪽)라고 말하는 순간 그는 진실을 말했다는 자신의 책임을 다한 것이 되고 독자는 그것에 대해 섣부른 판단을 하면 안 된다는 부담을 암묵적으로 지게 된다. 한편으로 루소는 극소수의 지인들에게만 털어놓은 '아이 유기'에 관한 비밀이 새어나간 것을 두고 주위 사람들에게 강한 의심을 품는다.

나는 내 비난받을 만한 소행을 정당화하고 싶지 않다. 나는 그들의 악행에서 비롯된 비난보다는 내 잘못에 대한 비난을 떠안고 싶다. 내 잘못은 크다. 하지만 그것은 실수다. 나는 나의 의무를 게을리했다. 하지만 다른 사람을 해치려는 마음은 추호도 없다. 또한 아버지로서의 인정이 결코 본 적도 없는 아이들에게 크게 미칠 수도 없었을 것이다. 하지만 우정에 대한 믿음을 배신하는 행위, 모든 약속들 가운데 가장 신성한 것을 유린하는 행위, 가슴속에 털어놓은 비밀을 폭로해버리는 행위, 배신당하고 헤어졌어도 여전히 그를 존경하는 친구를 재미 삼아 능멸하는 행위, 그런 것들은 도대체 실수가 아니다. 그런 행위들은 영혼이 비열하고 흉악해서 하는 짓이다.(《고백》 2부, 123~124쪽)

이와 같은 루소의 분노에 찬 말을 듣는 순간 독자는 더 이상 아무 말도 할 수 없게 된다. 《고백》의 저자 자신이 잘못을 저지른 사람보다는 어렵게 털어놓은 그 비밀을 폭로하고 그것을 이용하여 그를 능멸한 사람이 더 비열하고 흉악하다고 선언함으로써 독자는 비열한 자와 동일시될 위험에 놓이게 된 것이다. 독자는 루소의 고백을 듣고 나서, 그가 독자에게 공정성 말고는 그 이상의 것을 요구하지 않듯이, 그에게 진실 이상의 것을 요구해서는 안 될 것이다. 참으로 손쉬운 해결책이다.

루소에게도 아이들은 근원적인 마음의 공허함을 채워줄 수 있는 가족임이 틀림없겠지만 그 아이들을 버릴 수밖에 없었던 또 다른 이유로 그는 테레즈의 가족 문제를 제기한다. 그는 9권에서 "막돼먹은 가족에게 아이들을 넘겨주어 그들이 더욱더 잘못 자랄지 모른다는 생각에 치가 떨렸다. 차라리 고아원 교육이 훨씬 덜 위험했다"(《고백》 2부, 197쪽)라고 유기의 이유를 설명한다. 실제로 테레즈의 어머니인 르 바쇠르 부인과 그녀의 자식들은 하는 일 없이 루소와 테레즈에게 기대어 살면서도 두 사람을 끊임없이 괴롭힌 것으로 《고백》에서 언급되고 있다. 아이를 기를 수 없는 경제적, 사회적 이유에 보태어 교육적 환경마저 열악하니 루소는 고아원 교육을 차선책으로 선택하며 마음의 부담을 조금이나마 덜어낼 수 있게 된 것이다. 11권에서 루소는 유기된 아이들을 다시 데리고 올 수 있는 가능성이 생기자 아이들을 유기했을 때의 외부적인 요인을 언급하는 대신 내부적인 요인을 제시하며 자기 선택의 불가피성을 다시 한 번 해명한다.

만일 정보를 얻어 누군가가 어떤 아이를 내 아이로 내세운다면 나는 그 아이가 정말 내 아이가 맞는지 혹 다른 아이를 내 아이와 바꾸어온 것은 아닌지 의심하고 불안으로 가슴 조였을 것이다. 그리하여 자연스럽게 생기는 참다운 정(情)을 온전한 매력 속에서 맛보지 못했을 것이다. 그런 감정이 유지되기 위해서는 적어도 아이가 어릴 때만이라도 그 감정에 익숙해질 필요가 있다. 아직 친해지지 않은 아이와 오래 떨어져 있으면 부모로서의 정이 약해져서 결국 사라지고 만다. 그러므로 유모에게서 자란 아이는 부모가 직접 기른 아이만큼 결코 사랑을 받지 못할 것이다.(《고백》2부, 386쪽)

말하자면 직접 기르지 않은 아이와 부모 사이에는 참다운 정이 생겨나기 어렵기 때문에 지금에 와서 그 아이를 다시 맞이하는 것은 부질없는 일이라고 말한다. '아이 유기'와 관련된 해명은 12권에서도 계속된다. 루소는 《에밀》 1권에서 자신은 아버지로서의 의무를 다하지 못한 일 때문에 오래도록 고통을 당할 것임을 예언하듯이 말한 바 있다.* 자식을 키우고 직접 교육시키는 그 '신성한 의무'를 저버린 자가 누구인지는 직접적으로 언급되어 있지 않지만 루소 자신의 고백임은 충분히 짐작이 간다. 그러면서도 루소는 의무에 대한 불성실함 혹은 통한의 후회보다는 고백

---

* "아버지의 의무를 다할 수 없는 사람은 아버지가 될 자격이 전혀 없다. 가난과 일 때문에, 다른 사람들의 이목 때문에 자기 아이들을 먹여 살리지 않고 직접 기르지 않아도 되는 것은 아니다. 독자여, 나를 믿어도 된다. 예언컨대 양심이 있으면서 그토록 성스러운 의무를 소홀히 하는 자는 누구나 자신의 잘못 때문에 쓴 눈물을 오래도록 흘릴 것이며 그렇게 한다고 해도 결코 위로받지 못할 것이다." (장 자크 루소, 《에밀Émile ou de l'éducation》(Paris : Flammarion, 2009), 1부, 64쪽.)

이후에 일어난 사실에 더 마음을 쓴다.

나는 《교육론》을 계획하면서 내가 무슨 이유로도 벗어날 수 없는 의무를 저버렸다는 것을 느꼈다. 끝내는 후회가 극심해진 나머지 《에밀》의 서두에서 나의 잘못을 거의 공개적으로 고백할 수밖에 없었다. 그 표현조차 너무나 분명했는데 그런 구절을 보고도 사람들이 용기 있게 나의 잘못을 비난한 것은 놀라운 일이다.(《고백》2부, 434쪽)

《고백》의 독자들은 루소의 용기 있는 고백을 들은 이상 그를 이해하고 그의 말을 받아들여야만 하는 것처럼 보인다. 그를 이해하는 대신 비난하는 것은 온당하지 않은 태도처럼 간주된다. 잘못을 저지른 사람보다 타인의 고백을 듣고서 그것을 다시 폭로하거나 이용한 사람이 더 나쁘다고 했던 것처럼 말이다. 우리는 "진실해야 할 사람은 나이고 공정해야 할 사람은 독자이다'라는 루소의 독자와의 소통 방식과 다시 만나게 된다. '루소에게 진리는 일방통행의 특권"처럼 보인다. 루소는 독자에게 끊임없이 말을 걸고 있다. 하지만 독자는 그의 행동의 모호한 측면을 두고 그를 추궁할 수 있는 권리 대신 그를 이해해야 하는 의무만을 지게 된다.

3. 박해에 대응하기 위한 고백

루소에게 가해지거나 그의 피해의식 속에 드러나 있는 박해는 대략 두가지 차원으로 나타난다. 첫 번째 박해는 루소의 은둔 생활을 비롯한 사생활과 관련된 것이고 두 번째 박해는 《에밀》의 출간을 비롯한 사회적 영역과 관련이 있다. 루소가 주위 사람들의 비난을 유발한 은둔 생활은 1756년 4월 9일, 그가 파리를 떠나 레르미타주에 정착하면서부터 시작된다. 그가 몽모랑시 숲 근처에서 산책 중에 황폐화된 오두막집을 발견하고 마음에 들어 하자, 데피네 부인은 그 집을 수리하여 그에게 선물한다. 저자로서의 삶을 산 이후 루소가 도시를 떠나 시골에 정착한 것은 그때가 처음이지만 그는 그 전에도 독립적으로 살고자 하는 의지를 여러 번 드러낸 바 있다. 루소는 〈마을의 점쟁이Le Devin du village〉의 성공으로 유명세를 타고 나서부터 자기 시간을 갖기 힘들게 되자, "가난하면서 독립적으로 사는 일이"《고백》2부, 134쪽) 어렵다는 것을 깨닫고 사회와 거리를 두고 자기 일을 하며 살고 싶어 한다. 더구나 그는 자신의 곡이 퐁텐블로에서 공연되어 성공을 거두고 나서도 왕을 접견할 기회를 스스로 거부한다. 그는 왕에게서 연금을 받게 되면 그것에 예속되어 자유롭게 살지 못할 것이라고 생각한다. 사실 루소가 작가로서 음악가로서 사회적인 삶을 살고 있으면서도 내면의 삶과 고독을 예찬하는 경우는 빈번하게 있었다. 루소와 그의 친구 디드로 사이에서 '혼자 사는 문제'를 두고 시작된 감정 대립은 디드로의 〈사생아Le Fils naturel〉의 한 구절에서 비롯되었다. 루소는 자신에게 보내온 그의 저서에서 "악인만이 혼자 지낸다"라는 구절을 발견하고 몹시 불쾌해한다. 그도 그럴 것이 루소는 레르미타주에서 은둔하여 살고 있던 터라 그 구절이 자신을 향한 것으로 생각할 만한 충분한 여지가 있었기 때문이다. 이에 대한 루소의 반박 논리는 정연하다. 즉, 그는 "혼자 있고자 하는 사람은 어느 누구를 해치거나 해치기를 바라는 것이 불가능하므로 결과적으로 그자는 악인일 수 없다"《고백》2부, 248쪽)라고 말한다. 말하자면 혼자 사는 사람은 사회적 교류 자체가 없기 때문에 타인에게 해를 끼칠 기회조차 없다는 논리다. 이후 루소와 디드로 사이에 화해가 이루어진 것처럼 보였지만 데피네 부인의 제네바행을 둘러싸고 두 사람의 의견 충돌은 다시 시작된다. 즉, 데피네 부인은 건강이 나빠져 제네바행을 결정하면서 루소에게 동행을 부탁하지만 그 역시 건강상의 이유로 동행을 거절한다. 이 일을 두고 디드로를 비롯한 루소의 지인들은 그의 배은망덕함을 비난하게 된다. 루소는 《고백》을 통해 자신이 레르미타주에서 은둔하여 사는 것과 데피네 부인과의 사이에서 일어난 일에 대해 자신의 박해자들과 독자들을 향해 해명할 필요를 느낀 것이다. 루소는 자신에 대한 세상의 비난이 네 가지 이유 때문일 것이라고 추리한다. 물론 루소의 해명도 그가 비난의 이유라고 생각한 이와 같은 네 가지 문제에 집중된다.

내가 여론을 통해 추리해낼 수 있었던 것은, 그 여론이 결국은 네 가지 주요 잘못으로 귀착된다는 것이 전부였다. 즉 내가 저지른 잘못은, 첫째 시골에 가서 은둔한 것, 둘째 두드토 부인을 사랑한 것, 셋째 데피네 부인의 제네바 행 동반을 거절한 것, 넷째 레르미타주를 나온 것 등이었다. 그들이 그것 말고도 다른 이유를 덧붙였지만 아주 적절한 조치를 그들 나름대로 취했기 때문에 나로서는 그 이유가 무엇인지 전혀 알 수 없었다.(《고백》2부, 298쪽)

루소가 처하게 된 은둔과 고독은 레르미타주에 정착한 과정, 권력에 예속되지 않고 자유롭게 살고자 하는 그의 의지, 파벌과 분파에 대한 그의 견디기 힘든 반감, 경제적 이유로 상류사회의 생활방식을 좇아갈 수 없었다는 그의 고백 등을 고려할 때 자발적인 선택에 가까운 것임을 짐작할 수 있다. 하지만 그의 은둔과 고독의 성격은 11권에서부터는 자발적인 것에서 외부적인 요인에 의해 강요된 것으로 바뀐다. 즉, 루소는 《에밀》의 출간으로 그에 대한 박해가 본격적으로 시작되고 체포영장이 발급되기에 이르자 테레즈와도 헤어져 몽모랑시를 떠나지 않을 수 없는 처지에 놓이게 된다. 이제 그가 2부 7권 첫 장에서 말한 세상의 박해에 대한 불안과 공포가 더 이상 피해의식이 아닌 현실의 사건이 된 것이다.

내 머리 위 천장에는 눈이 있고 나를 둘러싼 벽에는 귀가 있다. 호시탐탐

노리는 악의적인 염탐꾼들과 감시자들에게 둘러싸인 나는 불안하고 얼이 빠져 있다.(《고백》 2부, 20쪽)

53세까지의 기록인 12권에서부터는 제네바에서도 루소에 대한 체포령이 내려지고 사건의 긴박함만큼이나 서술의 속도도 빨라진다. 루소는 길거리를 다닐 수 없을 만큼 심한 박해를 받게 되고 민중들에게 돌팔매질까지 당할 정도가 되어 비엔 호수 한가운데 있는 생피에르 섬으로 이주하게 된다. 루소는 생피에르 섬을 자신의 마지막 안식처로 간주하며 여생을 은둔 속에 살겠다고 결심한다.

그래서 어떤 의미로는 나의 시대와 동시대인들과 이별하고 남은 삶 동안 이 섬에 은둔함으로써 세상과 작별을 고했다. 왜냐하면 내 결심이 바로 그런 것이었고, 나는 바로 이곳에서 이러한 무위의 삶이라는 위대한 계획을 끝내 실행할 생각을 했기 때문이다. 그때까지 나는 신이 나에게 부여한 미력한 활동 모두를 그 계획에 쏟으려 했지만 소용이 없었다. 그 섬은 내게 사람이 잠드는 신의 축복을 받은 고장, 파피마니의 섬이 될 것이다.(《고백》 2부, 491쪽)

물론 세상과 단절하고 은둔해 살면서 여생을 고독과 안식, 평화 속에서 보내고자 한 그의 바람은 이루어지지 않는다. 다만 루소 자신도 인정하고 싶지 않겠지만 그곳에서의 평화가 일시적이고 새로운 공격이 언제 가해질지 모르는 긴박한 상황에서, 그가 생피에르 섬의 아름다운 자연을 묘사하고 산책과 식물 채집을 한가로이 즐기는 것은 진정 고독의 화신으로서의 그의 면모를 보여주는 듯하다. 고백의 전략 측면에서 보면, 외부에서 가해진 박해와 그에 따른 은둔은 루소에게 자신의 '죄 없음'과 책임 벗어나기, 무기력에 대한 하나의 구실을 제공해준다는 측면에서 굳이 마다할 이유가 없어 보인다. 장 스타로뱅스키Jean Starobinski는 루소가 타인에게 책임을 전가함으로써 그 책임에서 자유로울 수 있고 외부의 박해 역시 그로서는 어쩔 수 없는 것이니 과오를 외부로 돌릴 수 있다고 분석한다.* 과오와 책임에서 벗어나기 위한 고백의 전략 차원에서 보면, 박해라는 외부적 원인은 루소의 은둔을 설명하기 위한 훌륭한 구실이 될 것이다. 다만 루소의 고독과 은둔은 그가 차라리 감옥에서의 평화를 원할 정도로 항구적인 것이 못 되며, 스스로 '우정을 위해 태어났다'고 말하고 있듯이, 그는 교제 자체를 싫어한다기보다는 '진정한 소통과 피상적인 소통'을 구분한다고 볼 수 있을 것이다.

4. 불완전한 고백 혹은 소통의 욕구

루소는 《고백》의 서두에서 오직 진실만을 말하겠다는 정직 서약을 한 바 있지만 그의 고백의 방식과 전략은 상당히 치밀하게 계획된 것이고 '독자에게 말 걸기'를 통해서 완성되는 특성을 지닌다. 그의 고백을 위한 서술의 전략은 대개 세 가지로 나타난다. 첫째, 저질러진 잘못을 일단 말하고 나서 죄에 대한 고백이나 그 이유에 대한 해명은 시간적으로 유보시키기 방식을 택한다. 둘째, 기억의 오류 가능성을 말함으로써 잘못된 사실 관계 때문에 빚어질 비난 가능성을 미리 차단하는 방식을 택한다. 셋째, 저자 자신은 모든 것을 있는 그대로 다 말해야 한다는 의무를 다했

---

* "박해라는 외부의 과중한 무게만이 책임이라는 내부의 중압감을 그에게서 덜어줄 수 있을 것이기 때문이다. 루소는 고발하면서 자신의 무죄를 밝힌다. 말하자면 모든 잘못은 밖에, 악착스럽게 따라다니는 그 음모 안에, 자신의 존재를 지배하는 그 운명에 있는 것이다." 〔장 스타로뱅스키, 《장 자크 루소 : 투명성과 장애Jean-Jacques Rousseau : la transparence et l'obstacle》(Paris : Gallimard, 1976), 289~290쪽.〕

으니 그것을 공평무사하게 판단할 책임은 독자에게 물어야 한다는 회피적 태도를 취한다.

루소는 잘못을 저지르고 나서 그 죄에 대한 고백이나 해명을 곧바로 하지 않으며 일정한 시간이 경과한 뒤 그 사건에 대해 평가한다. 그것은 그의 말대로 "우리가 비열한 행동 때문에 괴로워하는 것은 그런 행동을 막 저질렀을 때가 아니라 한참 뒤에 그것을 떠올렸을 때이다. 그 기억은 절대 사라지지 않기 때문"(《고백》 1부, 190쪽)일지도 모른다. 말하자면 사건이 일어났을 당시에는 자신의 행동의 의미를 미처 알지 못했다는 것이다. 루소가 3권에서 어려움에 빠진 음악가 르 메트르를 길거리에 버리고 달아난 일도 그와 같은 성격의 사건에 속한다. 루소는 같은 집에서 지내던 음악가 르 메트르가 다른 고장으로 떠나게 되자 그와 동행하여 리옹까지 갔다가 그가 발작을 일으키자 길거리에 버리고 그대로 집으로 돌아간다. 루소는 자신이 친구를 버렸다는 것을 인정할 뿐 잘못을 고백하는 대신 오직 바랑 부인의 곁으로 다시 돌아가고자 하는 바람만을 드러낸다. 루소가 친구를 버리고 나서 "하느님의 은혜로 나는 이 고통스러운 세 번째 고백을 마쳤다. 만일 내게 이와 같이 고백해야 할 일들이 아직 많이 남았다면, 나는 시작한 이 작업을 포기하고 말 것이다"(《고백》 1부, 183쪽)라고 말하는 것을 보면 그에게는 당장 잘못을 고백하는 것보다 '모든 것을 말했다'는 의무를 지키는 것이 더 중요한 듯싶다. 로잔에서 가명을 써가며 거짓 작곡가 행세를 하다가 음악회에서 망신을 당한 일에 대해 말할 때도 루소는 사람들을 속인 잘못에 대해 고백하기보다는 '모든 것을 다 말했다'는 의무에 충실하려는 태도를 보인다. 4권에서 이루어진 이 고백은 8권에서도 이어진다. 즉, 루소는 퐁텐블로에서 자신의 곡이 연주되고 성공을 확신하는 순간 과거의 치욕스러웠던 음악회를 떠올린다. 결과적으로 그는 음악가로서 성공함으로써 과거의 잘못을 어느 정도 희석시키고 명예 회복까지 이룬 다음에야 그 수치스러운 기억을 말할 수 있게 된 것으로 보인다.

다음으로 우리는 루소가 고백을 하면서 기억의 오류 가능성에 대해 언급하는 대목을 여러 차례 목격한다. 즉, 그는 온전히 기억에 의존해 글을 썼기 때문에 누락되고 비어 있는 사건들도 있을 수 있고 때로는 과오를 범할 수도 있다고 말한다. 루소는 비록 기억의 오류 혹은 불충분한 자료 때문에 실수를 저지를 수 있지만 감정과 내면의 기록만큼은 충실하게 전했음을 자부한다. 말하자면 루소는 기억의 오류 가능성을 미리 말함으로써 고백의 진실성 시비를 사전에 차단하고 중요한 것은 내면의 감정을 알리는 것이라고 전제한다. 스타로뱅스키의 지적처럼* 이제 우리는 진실의 영역이 아닌 진정성의 영역에 서 있게 된다. 본의 아니게 왜곡할 가능성이 있는 진실보다는 영혼의 이야기를 진정성 있게 들려주겠다는 루소의 말은 설득력이 있다. 다만 이제부터 독자는 자료나 기록으로는 판단이 어려운 그의 진정성을 이해해야 하는 어려운 책임을 지게 된다. 결과적으로《고백》의 독자들이 감당하게 될 책임의 범위와 정도는 결코 가볍지 않다. 루소는 이미 4권에서 "사실들의 중요성을 판단하는 사람은 내가 아니며, 나는 사실들을 모두 말하고 그것을 선택하는 수고는 독자들에게 맡겨두어야 한다"(《고백》 1부, 245쪽)는 원칙을 분명하게 제시한 바 있다. 그는《고백》을 마무리하는 12권에 이르러 자신을 중상모략하는 자들은 "속아 넘어가려고 하는 사람들만을 속일 수 있었다. 나는 그들에게 내 인생을 철두철미하게 파헤쳐보도록 내보일 수 있었다. 나의 결점과 약점을 통해, 어떤 속박도 참아내지 못하는 나의 무력함을 통해 사람들이 올바르고 선량한 한 인간을 늘 발견하게 될 것임을 나는 확신했다"(《고백》 2부, 491쪽)고 말하는 것으로 독자의 의무를 구체적으로 알려준다. 즉,

---

* "우리는 더 이상 진실의 영역에 있지 않다. 우리는 이제 진정성의 영역에 있는 것이다." (장 스타로뱅스키, 같은 책, 237쪽.)

참다운 독자라면 루소의 박해자들의 말에 속아 넘어가서는 안 되며 그가 자신의 내면을 솔직히 드러낸 만큼 그의 진정성과 선량함을 온전히 발견해야만 한다는 것이다. 독자들이 루소가 부과한 의무를 거부하기에는 그에 대해 이미 너무 많은 사실들과 내밀한 감정까지도 알아버렸다. 독자는 그가 들려준 인생의 온갖 우여곡절과 수치스러운 이야기부터 대수롭지 않은 소소한 이야기까지 들어버린 터라, 그의 고백 전체를 종합적으로 판단하고 이해한 뒤 그의 진정성과 선량함을 인정하지 않을 수 없는 처지에 놓이게 된 것이다. 나아가 루소는 자신의 결백을 굳이 '현실의 독자'에게 인정받을 필요를 느끼지 않는다. 어차피 《고백》의 출간은 루소 사후에 이루어지는 만큼 그와 동시대인인 독자들이 그의 결백을 믿어줄 필요는 더더욱 없다. 고백의 대상이 '현실의 독자'가 아니라면 그 대상은 그의 진정성을 믿어줄 '이상적인 독자' 혹은 '신의 법정'*이 될 것이다.

루소가 《고백》의 서두에서 독자에게 오직 진실만을 말하겠다는 서약을 하는 순간, 저자는 '모든 것을 다 말해야 하는' 책임을 지게 되었고 독자는 그의 말을 듣고 검증할 간접적인 의무를 지게 되었다. 하지만 우리는 진실만을 말하겠다는 수많은 고백과 자전적 저작들에 나타난 진실 서약이 헛된 다짐으로 끝난 경우를 수없이 많이 지켜보았다. 우리가 루소의 《고백》을 읽으면서 주목한 것도 그의 고백의 진실 여부에 대한 증명보다는 고백의 내용과 양상, 서술의 방식 등이었다. 그는 《고백》 1부에서 어린 시절의 수치스러운 기억을 말했지만 그의 말은 잘못된 행위에 대한 진솔한 고백이라기보다는 '모든 것을 다 말해야 한다'는 의무에 가까운

---

* "루소에게 인정받는다는 것은 무엇보다도 정당성과 무죄를 증명받는 일이다. (하지만 그가 재판권이 없음을 선언하지 않을 유일한 법정은 정의와 진리가 존재하는 유일한 법정인 신의 법정일 것이다. 그가 따르겠다고 받아들일 유일한 판결은 최후의 심판일 것이다.) 그래서 루소는 자신의 존재와 결백 그리고 진정한 자신의 존재와 도덕적 가치를 확고하게 최종적으로 확인해줄 선고 효력 정지를 요구한다." (장 스타로뱅스키, 같은 책, 221쪽.)

것이었고, 그의 잘못은 '어린아이 시기를 갓 벗어난' 아이의 행동으로서 비난이 아닌 이해의 대상이었다. '아이 유기'에 대한 고백과 관련해서는 루소가 "진실해야 할 사람은 나이고 공정해야 할 사람은 독자이다"라고 말하는 순간 독자는 권리 대신 의무만을 지게 되었다. 더구나 그는 자신이 어렵게 행한 고백을 폭로하고 이용한 사람들의 비열함을 말함으로써 자신에 대해 공정할 것을 독자들에게 경고한 바 있다. 루소는 자신의 은둔과 세상의 박해에 대해서도 입장을 밝혔다. 처음의 은둔이 개인의 행복과 고독을 추구하는 그의 타고난 성향에서 비롯된 것이었다면 외부에서 가한 박해 이후의 도피 혹은 은둔은 강요된 것이었다. 스타로뱅스키는 은둔에 있어 세상의 박해라는 외부적 요인이 그의 무기력과 '죄 없음'을 드러내기 위한 하나의 구실이 되었다고 말한다. 하지만 루소가 고독에서 벗어나기를 거부하는 태도를 보이고 있다고 지적하고 그가 스스로 고독의 행복을 추구한다고 주장하기에는 끊임없이 도피하지 않을 수 없었던 그의 처지가 너무나 가혹했다.

고백을 위한 서술의 전략 측면에서도 루소는 저지른 잘못 자체는 고백하면서도 그것에 대한 해명이나 평가는 유보하고, 기억의 오류 가능성을 지적하며 자신의 진정성과 선량함을 발견해줄 의무를 독자들에게 부가한다. 루소가 독자들과 맺은 계약은 저자 중심의 불공정한 계약이었으며, 그가 독자와 소통하는 방식도 일방적인 것이라 지적하지 않을 수 없다. 하지만 루소는 침묵하게 되면 자신의 잘못을 인정하거나 진실이 왜곡당하는 위험에 빠질 수 있다고 믿기 때문에 끊임없이 고백하지 않을 수 없었다. 또한 그는 세상으로부터 인정받기를 갈망하는 까닭에 지칠 줄 모르고 말을 해야 했다. 이와 같이 루소의 《고백》에 나타난 고백은 저자와 독자와의 관계, 잘못을 저지른 다음에 그가 취한 불공정한 태도 등의 측면에서 보면, 모순으로 가득 찬 기록으로 보인다. 하지만 루소가 《고백》에서 고백을 통해 끊임없이 추구하고 있는 본질적인 욕망은 타인들과의 소통이었다. 그는 고독과 은둔을 추구하면서도, 독자들에게 자기를 이해해달라고 일방적으로 요구하면서도, 여전히 그들에게 말을 걸고 있다.* 결국 루소가 《고백》에서 추구하고 있는 것은 스스로를 유폐시키거나 타인들과 단절하는 것이 아니라 그들과 소통하고 그들에게 이해받는 것이다.

---

* "그렇지만 독자들 역시 '타인들'이지 않은가! 루소는 그들에게 더 이상 말을 하고 싶지 않다고 끊임없이 말을 하고 있는 것이다. 그래서 그들은 그가 '혼자가 되자마자 행복해진다'라고 자기 자신에 대해 서술할 때 의심을 품을 수밖에 없는 것이다." (츠베탕 토도로프Tzvetan Todorov, 《불완전한 정원Le jardin imparfait : La pensée humaniste en France》(Paris : Grasset, 1998), 147쪽.)

옮긴이주

1) 루소는 〔 〕 안의 글을 꼼꼼하게 삭제했다. 이 주석은 제네바 판 원고로 된 《고백》 2부 시작 부분에 나와 있다. 하지만 파리 판 원고에는 나와 있지 않다.

2) 레르미타주L'Ermitage는 '외딴 집'이라는 뜻으로 루소는 1756년에 데피네d'Épinay 부인의 도움으로 파리 교외의 마을 몽모랑시에 있는 이 별장에 머물게 된다.

3) 1766년 루소는 철학자 흄David Hume의 초청을 받아 영국으로 간다. 당시 그는 우턴에서 본격적으로 자선을 집필한다.

4) 1767년 루소는 영국을 떠나 파리 북부의 트리에 성에 머문다.

5) 프랑스 샹베리 지방에 있는 집으로 루소는 이곳에서 1736년과 1742년 사이에 거주했다.

6) 마블리 신부와 콩디야크 신부는 형제이며 두 사람 모두 철학자이기도 했다.

7) 보르드Charles Bordes(1711~1781)는 리옹 출신의 작가이다. 루소는 1740년 파리로 가기 전에 그를 리옹에서 만났다. 홉스Thomas Hobbes의 사상에 영향을 받은 보르드는 '사회계약설'을 두고 루소와 대립했다.

8) 리슐리외 공작Louis-François-Armand de Vignerot du Plessis de Richelieu(1696~1788)은 리슐리외 추기경의 종손으로 프랑스의 원수이다. 프랑스군 원수를 역

임할 당시 자신의 관할인 랑그도크로 가면서 리옹을 들렀다.

9) 다비드Jacques David(1683~1750?)는 파리에서 악장을 했으며 스페인에서 펠리페 5세의 악사로도 활동했다. 1714년 리옹의 미술 아카데미의 악장을 맡았다.

10) 본명은 피에르 조제프 베르나르Pierre-Joseph Bernard이며 시인이자 극작가이다. '친절한 베르나르'는 볼테르가 그에게 붙인 별칭이다.

11) 카스텔Louis-Bertrand Castel(1688~1757)은 예수회 신부인데, 음을 색으로 나타내는《눈으로 보는 클라브생》은 디드로의 소설《입싼 보석들Les Bijoux indiscrets》에도 묘사되어 있다.

12) 그들은 각기 수학자, 화학자, 천문학자였다.

13) 고대 그리스의 과학자 헤론이 사이펀의 원리를 이용해 고안한 분수 장치이며 여기서는 '기발하고 창의적인 발견'을 뜻한다.

14) 마리보Pierre Carlet de Chamblain de Marivaux(1688~1763)는 프랑스의 극작가이자 소설가이다. 언론인으로서나 소설가로서는 성공을 거두지 못했지만 많은 희극 작품들로 관객들의 호응을 얻었고 후대에도 좋은 평가를 받았다. 루소가 마리보를 만났을 때 그의 나이는 56세였다. 주요 작품으로는 〈사랑과 우연의 장난Le Jeu de l'amour et du hasard〉,《마리안의 일생La Vie de Marianne》,《벼락부자가 된 농부Le Paysan parvenu》등이 있다.

15) 파리 출신의 프랑스 시인 장 바티스트 루소Jean-Baptiste Rousseau(1670~1741)를 가리킨다.

16) 말제르브Chrétien Guillaume de Lamoignon de Malesherbes(1683~1772)는 1750년에 파리 고등법원장을 지냈다.

17) 루소의 친구가 된 뒤클로Charles Pinot Duclos의 저술이다.

18) 루아예Joseph Royer(1700?~1795?)는 클라브생 연주자이자 작곡가이며 〈사랑의 힘Le pouvoir de l'Amour〉(1743)을 만들었다.

19) 보논치니Giovanni Bononcini(1670~1747)는 이탈리아 출생의 작곡가로 헨델Georg Friedrich Hendel과 경쟁 관계에 있기도 했다.

20) 타소Torquato Tasso(1544~1595)는 이탈리아 소렌토 출신의 시인이다. 대표작으로는 목가극 〈아민타Aminta〉(1573)와 웅대한 서사시《해방된 예루살렘Gerusalemme liberata》(1581)이 있다.

21) 아나크레온Anacreon(BC 582~BC 485)은 그리스의 가장 위대한 서정시인들

중 한 사람이다. 주로 사랑과 연회에 관한 시를 썼으며, 아테네 시민들은 그를 디오니소스에게서 영감을 받은 시인으로 생각했다.

22) 1744년 봄의 일이다.

23) 자네토는 장 자크에 대한 애칭이다.

24) 스피넷은 17~18세기에 보급된 소형 피아노의 일종이다.

25) 550킬로그램 정도이다.

26) 22.5킬로그램 정도이다.

27) 테레즈 르 바쇠르Thérèse Le Vasseur(1721~1801)는 오를레앙 태생으로 1745년에 루소와 만났다. 그녀는 1778년 루소가 죽을 때까지 33년 동안 그를 정성껏 돌보았다.

28) 프랑쾨르François Francoeur(1698~1787)는 파리 오페라 극장의 악장이었고 왕실 음악 총감독관이 되었다.

29) 헤시오도스Hesiodos는 기원전 8세기 무렵에 활동한 그리스의 서사 시인이다. 지금까지 전해지는 그의 작품으로는 《신통기》와 《노동과 나날》이 있다.

30) 레시터티브는 오페라에서 낭독하듯 부르는 대화체 노래를 말한다. 극의 주요 상황을 묘사하는 데 사용된다.

31) 실제로 루소의 아버지는 1747년 그의 나이 75세에 세상을 떠났다.

32) 쥘리요트Pierre Jelyotte(1711~1782)는 프랑스의 가수이자 작곡자이다. 그는 툴루즈에서 성가대원을 했으며 파리 오페라 극장에서도 노래를 불렀다.

33) 본명은 루이즈 플로랑스 페트로니유 타르디외 데클라벨Louise Florence Pétronille Tardieu d'Esclavelles(1726~1783)이며 프랑스의 여성 작가이다. 그녀는 1745년 사촌인 드니 조제프 랄리브 데피네Denis-Joseph Lalive d'Épinay(1724~1782)와 결혼했다.

34) 본명은 엘리자베스 소피 프랑수아즈 랄리브 드 벨가르드Elisabeth Sophie Françoise Lalive de Bellegarde(1730~1813)로, 프랑스 파리에서 태어났으며 1748년 두드토Claude Constant César d'Houdetot(1724~1806) 백작과 결혼했다.

35) 디드로는 1743년 11월 6일 안 앙투아네트 샹피옹Anne-Antoinette Champion과 결혼했다.

36) 달랑베르Jean le Rond D'Alembert(1717~1783)는 프랑스에서 태어난 수학자이자 철학자이다. 디드로와 함께 《백과전서》 발간을 주도했다.

37) 시인 장 바티스트 루소를 말한다.

38) 그림Friedrich Melchior von Grimm(1723~1807)은 남부 독일 태생으로 1748년 이후 파리에서 외교관, 문인으로 활동했다.

39) 가이우스 파브리키우스Gaius Fabricius는 로마 공화정의 집정관으로 청렴결백한 관리의 상징으로 언급된다. 루소는 머릿속을 스치는 생각을 〈파브리키우스의 변론〉이라는 제목으로 급하게 써서 디드로에게 보여준다. 루소는 이 글을 가다듬고 정리하여 디종 학술원에 보낸다.

40) 루소는 동거녀이자 배우자인 테레즈를 '나의 아주머니'라고 불렀다.

41) 5상팀 정도 되는 소액 화폐이다.

42) 《신엘로이즈Julie ou la Nouvelle Héloïse》 2부에서 생프뢰가 술에 취해 몸 파는 여자와 함께 보낸 에피소드를 말한다.

43) 조스는 몰리에르Molière의 희곡 〈사랑의 의사L'Amour médecin〉에 등장하는 금은세공사로 자기 이익만 추구하는 인물이다.

44) 폴 앙리 티리 돌바크Paul-Henri Thiry d'Holbach(1723~1789)는 유물론 철학자이다. 《백과전서》의 많은 항목을 작성했다.

45) 펠Marie Fel(1713~1794)은 프랑스의 오페라 가수이다. 1733년 파리 오페라 극장에서 등단했다. 애인인 화가 라 투르가 그녀의 초상화를 그렸다.

46) 카위자크Louis de Cahusac(1706~1759)는 프랑스의 극작가이다. 그는 라모의 서정 비극을 비롯해 수많은 연극과 오페라의 대본들을 썼다. 가수 펠 양의 구혼자로도 알려져 있다.

47) 뒤클로Charles Pinot Duclos(1704~1772)는 프랑스의 작가이자 역사가이다. 브로이유Broglie 부인이 그의 작품 《모(某) 백작의 고백》을 루소에게 주었다.

48) 소랭Bernard-Joseph Saurin(1706~1781)은 프랑스의 극작가이자 시인이다. 대표작으로 〈스파르타쿠스Spartacus〉와 〈베베를레Béverlei〉가 있다. 그의 아버지는 실제로 장 바티스트 루소를 끊임없이 공격했다.

49) 프레보Prévost 신부(1697~1763)는 프랑스의 소설가이자 역사가, 종교인이다. 대표작에는 기사 데 그리외Des Grieux와 매혹적이지만 방탕한 여인 마농과의 숙명적인 사랑을 다룬 《마농 레스코Manon Lescaut》(1731)가 있다.

50) 프로코프Procope Couteau(1722~1759)는 프랑스의 의사이자 연극인이다.

51) 오페라 부파는 이탈리아에서 만들어진 가벼운 내용의 희극적 오페라를 뜻한다.

막간극으로 출발했다가 인기를 얻게 되어 독립된 오페라로 사용되었다. 대표작으로는 페르골레시Giovanni Battista Pergolesi의 〈마님이 된 하녀La Serva padrona〉(1733)가 있다.

52) 오페라 발레 〈라공드의 사랑〉은 무레Jean-Joseph Mouret가 작곡하고 네리코 데 투슈Philippe Néricault Destouches가 대본을 써서 1742년에 초연되었다.

53) 1부 4권에 언급되어 있는 에피소드이다. 루소는 트레토랑 씨 집에서 자신의 곡으로 연주회를 하여 망신을 당한 일이 있다.

54) 루소는 테레즈와 그녀의 어머니를 '가정부들'이라고 부르기도 했다.

55) 〈마님이 된 하녀〉는 이탈리아의 작곡가 페르골레시의 오페라 부파이다.

56) 몽동빌Jean-Joseph Cassanéa de Mondonville(1711~1772)은 프랑스의 바이올린 연주자이자 작곡가이다.

57) 타키투스Publius Cornelius Tacitus(56~117)는 로마의 역사가로《역사Historiae》,《게르마니아Germania》등을 저술했다.

58) 부아에Marc-Pierre de Voyer de Paulmy d'Argenson(1696~1764)는 파리의 치안감독관과 출판총감을, 나중에는 국방장관을 지냈다. 그는 파리를 관할함으로써 왕립 인쇄소와 극장 및 도서관을 감시하게 되었다.

59) 드 뤼크Jacques François De Luc(1698~1780)는 제네바의 시계공이다.

60) 제네바 공화국은 시민 대표로 200명의 평의원을 선출했다. 200인 평의회는 정부의 주요 현안에 대해 입법·사법·행정 분야로 나뉘어 결정을 내렸다.

61) 루크레티아Lucretia는 고대 로마의 여인으로 아름다움과 정절을 지녔다. 그녀는 폭군 타르퀴니우스Tarquinius의 아들에게 겁탈당한 뒤 자결했는데, 이 사건으로 로마의 왕정이 붕괴하고 공화정이 수립된다.

62) 루소는《에밀》의 출간 이후 제네바에서 그에 대한 체포령이 내려지자 1763년 5월 12일 수석 시장에게 편지를 써서 제네바 시와 공화국에서의 시민권을 포기한다.

63) 툰Toune은 프랑스 남동부 론 알프스 지역에 있다.

64) 〈사부아 보좌신부의 신앙 고백Profession de foi du Vicaire savoyard〉이 나오는《에밀》4부는 사랑과 신앙의 문제를 다루고 있으며 신앙의 기원을 탐색함으로써 다양한 논쟁의 대상이 되었다.

65) 생랑베르Jean-François de Saint-Lambert(1716~1803)는 군인이자 철학자이며 작가이다. 그는 〈계절들Les Saisons〉이라는 시로 아카데미 프랑세즈의 회원이 되

었다. 1751년 이래 두드토 부인의 연인이었다.

66) 《학문예술론Discours sur les sciences et les arts》을 말한다.

67) 〈인간혐오자〉는 프랑스 작가 몰리에르의 희극이다. 작품의 무대는 젊은 나이에 혼자가 된 셀리멘Célimène의 살롱으로 귀족들은 그녀를 두고 경쟁을 벌인다. 오롱트Oronte는 자신이 쓴 소네트를 두고 알세스트Alceste와 논쟁을 벌이다가 상대를 법원에 제소한다. 재판에서 패소한 알세스트는 인간과 사회를 혐오하게 된다.

68) 다원합의제는 귀족들에게 권력을 돌려주고 그들이 국사를 심의하도록 만든 제도이다. 1715년 루이 14세가 죽은 후 필리프 도를레앙Philippe d'Orléans이 섭정 (1715~1723)을 하게 되었다. 그는 절대왕정 아래에서 억눌려왔던 귀족들의 불만이 터져 나오자 권력을 귀족들에게 되돌려주었다.

69) 생피에르 신부는 섭정을 찬양하고 루이 14세의 전제 체제를 비판한 〈다원합의제〉를 썼다는 이유로 1718년 섭정에 반대하는 사람들에 의해 아카데미 프랑세즈에서 만장일치로 제명되었다.

70) 들레르Alexandre Deleyre(1726~1796)는 프랑스의 문인으로 예수회의 저술들을 연구했으며 무신론자가 되었다. 계몽주의 철학자들과도 친분이 있었다.

71) 철학자 볼테르가 1755년에 리스본에서 일어난 지진에 영감을 얻어 이듬해 발표한 《리스본의 재앙에 관한 시Le Poème sur le désastre de Lisbonne》를 말한다.

72) 《캉디드Candide》(1759)는 철학자 볼테르가 쓴 풍자소설이다. 그는 이 소설에서 유순하고 고지식하며 순박한 소년 캉디드를 주인공으로 삼아 라이프니츠Gottfried Wilhelm Leibniz의 틀에 박힌 낙천주의를 공격했다.

73) 테살리아는 그리스 북부 지방으로 올림포스 산, 오사 산, 핀두스 산맥, 에게 해에 둘러싸인 지역이다.

74) 보로메 섬은 이탈리아와 스위스에 접한 라고 마조레 호수의 섬이다.

75) 브베Vevey는 스위스의 레만 호수에 접해 있는 마을이다.

76) 1759년 《백과전서》에 대한 특권은 엘베시우스Claude-Adrien Helvétius의 《정신론De l'Esprit》(1758)에 처벌이 내려짐으로써 폐지되었다. 사방에서 공격을 받은 백과전서파들은 루소가 디드로와 절교하고 1758년 봄에 《달랑베르에게 보내는 연극에 관한 편지Lettre à M. d'Alembert sur les spectacles》를 발표한 것을 배신으로 간주했다.

77) 볼마르는 루소의 소설 《신엘로이즈》에 등장하는 인물로 가정교사인 생프뢰와 헤어진 쥘리와 결혼한다.

78) 그리스 신화에 등장하는 피그말리온은 실제 여자가 아닌 자신이 만든 조각상인 갈라테이아를 사랑했다.

79) 《신엘로이즈》에 등장하는 쥘리와 그녀의 사촌 언니인 클레르Claire를 말한다.

80) 1757년 1월 4일 다미앵Robert-François Damiens이 루이 15세를 살해하고자 공격한 사건을 말한다. 다미앵은 이후 능지처참의 형벌로 처형당했다.

81) 〈사생아〉는 디드로가 1757년에 발표한 희극이다.

82) 골도니Carlo Osvaldo Goldoni(1707~1793)는 베네치아 출신의 이탈리아 희극 작가이다. 디드로의 〈사생아〉(1757)는 골도니의 희극 〈진정한 친구Il vero amico〉(1751)의 표절이라는 비판을 받았다.

83) 그라피니Françoise de Graffigny(1695~1758)는 18세기 프랑스 문학에서 가장 중요한 여성 작가들 중 한 사람이다. 대표작으로는 《페루인의 편지Lettres d'une Péruvienne》(1747)가 있다.

84) 돌바크의 두 번째 부인인 샤를로트 쉬잔 덴Charlotte-Suzanne d'Aine을 말한다.

85) 튀피에르는 데투슈의 희곡 〈거만한 사람Glorieux〉의 주인공이다.

86) 라 플뢰르는 데투슈의 희곡 〈거만한 사람〉에 등장하는 튀피에르 백작의 하인이다.

87) 카탈루냐의 중세 기사도 소설 《희멀건한 폭군Tirant lo Blanch》의 주인공이다.

88) 몰리에르의 희곡 〈조르주 당댕George Dandin〉(1668)의 등장인물이다. 조르주 당댕은 부유한 농민으로 귀족 칭호와 젊은 아내 앙젤리크Angélique를 얻지만 그녀는 그와의 결합을 원하지 않는다. 그는 장인 장모 앞에서 자신을 질책하는 아내에게 무릎을 꿇고 사과할 수밖에 없는 처지에 놓이게 된다.

89) 볼펜부텔Wolfenbutel은 독일 중북부 하노버 인근의 도시이다.

90) 티니앙Tinian 섬은 서태평양 북마리아나 제도의 섬으로 사이판과 인접해 있다.

91) 카티나Nicolas Catinat(1637~1712)는 프랑스 군대의 원수로 혁혁한 전공을 세웠다.

92) 아폴론은 올림포스 12신 중 한 명으로 시와 음악을 관장한다.

93) 투르느민René-Joseph de Tournemine(1661~1739)은 프랑스의 예수회 수도사이다. 그는 《페르시아인의 편지Lettres persanes》 문제로 몽테스키외와 마찰을 빚었다. 몽테스키외는 자신은 투르느민 신부가 누구인지 모른다는 말로 그에게

복수했다.

94) 구약성서 외경에 나오는 〈집회서〉 21, 22장에는 이런 구절이 있다. "친구에게 칼을 뽑아 들었다 하더라도 절망하지 마라. 우정을 돌이킬 길이 있다. 친구와 다투었다고 걱정하지 마라. 다시 화해할 수 있는 길이 있다. 그러나 모욕과 멸시와 비밀 폭로와 배신 행위, 이런 것들은 친구를 영영 잃게 한다."

95) 《신엘로이즈》의 사본 작업을 뜻한다.

96) 마르몽텔Jean-François Marmontel(1723~1799)은 프랑스의 역사가이며 백과전서 운동의 일원이었다. 1672년에 창간된 프랑스 잡지 《메르퀴르》의 책임자로 활동했다.

97) 르벨과 프랑쾨르를 말한다.

98) 데모스테네스Demosthenes(BC 384~BC 322)는 고대 그리스의 웅변가이자 정치가이다.

99) 소랭Joseph Saurin(1659~1737)은 프랑스의 수학자로, 불경한 시를 썼다는 죄목으로 장 바티스트 루소에게 고발당했다. 하지만 그는 자신의 무죄를 입증했고 오히려 루소가 고발당한 뒤 추방되었다.

100) '파뉘르주의 양'은 추종자를 뜻하며 라블레François Rabelais의 작품 《제4서Le Quart Livre》에 나오는 에피소드에서 유래했다. 파뉘르주는 팡타그뤼엘Pantagruel과 여행을 하다가 양을 파는 상인 댕드노와 말다툼 끝에 양 한 마리를 바다에 집어 던졌다. 그러자 남은 양들도 모두 뒤따라 바다에 뛰어들었다.

101) 멜기세덱은 구약성서에 등장하는 하느님의 사제이다. 여기서 '멜기세덱의 자손들'은 '아무도 누구인지 모르는 사람'을 의미한다.

102) 예수회에 대항하기 위해 은밀하게 간행된 《교회신문Nouvelles ecclésiastiques》을 말하는 것으로 추정된다.

103) 보드빌vaudeville은 풍자적인 속요이다.

104) 콩티 대공의 정부인 부플레르Boufflers 백작부인을 말한다.

105) 《지식인 신문》은 1665년에 드니 드 살로Denis de Sallo가 창간한 유럽 최초의 학술 잡지이다.

106) 실루엣Étienne de Silhouette(1709~1767)은 루이 15세 때의 프랑스 재무장관이다.

107) 클라랑Clarens은 프랑스 남서부 피레네 지방의 소도시이다.

108) 뒤센Nicolas-Bonaventure Duchesne(1711~1765)은 파리의 서적 상인이다. 루소와 볼테르의 책을 출판했다. 현재의 스톡Stock 출판사의 모태가 되었다.

109) 포르메Jean-Henri-Samuel Formey(1711~1797)는 프랑스 위그노 가문 출신의 목사이자 독일 문인이다. 루소의 반대자로서 그에 대해 여러 편의 비판적인 책을 썼다.

110) 《클레브 공작부인》은 1678년에 라 파예트Marie-Madeleine de La Fayette 부인이 쓴 연애심리 소설이다.

111) 1767년 6월 21일 루소는 트리 성과 쇼몽 엉 벡생 사이에 있는 고메르퐁텐 수도원에서 나다이야크 부인을 만나 여러 원고들을 맡겼다. 1768년 6월 12일 루소는 트리 성을 떠나 파리로 간다.

112) 리처드슨Samuel Richardson(1689~1761)은 영국의 소설가이며 1740년에 서간체 소설 《파멜라Pamela》를 발표했다.

113) "비록 내가 이 책에서 단지 발행인의 신분을 취하고 있기는 하지만 나 자신이 이 책을 만들려고 노력했으며, 나는 그 점을 숨기지 않겠다. 내가 다 만들었는가? 그리고 이 편지들 전체가 허구인가? 사교계의 인사들이여, 그게 당신들에게 무슨 상관이 있는가? 당신들에게는 분명 허구일 것이다."(김중현 옮김, 《신 엘로이즈》 1권(책세상, 2012), 15쪽.)

114) 보르되Théophile de Bordeu(1722~1776)는 프랑스의 의사이다.

115) 피로스는 고대 그리스의 왕으로 로마의 군대와 싸워 많은 승리를 거두었다. 하지만 전쟁에서 많은 피해를 입었기 때문에 승리를 거두고도 패전과 다름없다는 의미의 '피로스의 승리'라는 경구가 만들어졌다. 시네아스는 피로스에게 왜 끊임없이 전쟁을 해야 하고 승리의 목적은 무엇인지 물음으로써 그의 전쟁 욕구를 간접적으로 비난한다.

116) 슈아죌Étienne-François, duc de Choiseul-Stainville(1719~1785)은 프랑스의 외교관이자 정치인이며 루이 15세 때 재상을 역임했다.

117) 가족협정이란 슈아죌이 외무대신으로서 프랑스와 에스파냐 양국의 부르봉 왕조 사이에 체결한 조약을 말한다.

118) 《오루노코》는 영국작가 에이프러 벤Aphra Behn이 쓴 소설로, 노예가 된 왕자의 이야기를 다루었다.

119) 르 사주Alain-René Le Sage의 소설 《질 블라스Gil Blas》에서 주인공이 주교에

게 바른말을 했다가 불이익을 당한 이야기를 암시한다.

120) 에노 다르모르장Charles-Jean-François Hénault d'Armorezan(1685~1770)은 프랑스의 작가이자 역사가이다. '법원장 에노le président Hénault'라는 이름으로도 불렸다.

121) 데팡 부인La Marquise du Deffand(1697~1780)은 프랑스의 여류 문인으로 많은 서간을 남겼다. 그녀는 살롱을 열어 볼테르를 비롯한 문인들과 교류했으며 볼테르, 달랑베르, 레스피나스 등과 편지를 교환했다. 레스피나스Julie de Lespinasse(1732~1776) 역시 여류 문인으로 여러 문인들과의 서간을 남겼다. 1764년 살롱을 열어 콩디야크, 콩도르세Condorcet, 튀르고Turgot 등과 교류했다.

122) 루브르Louvre는 당시 왕립 인쇄소가 있던 곳이다.

123) 퐁파두르 부인을 의미한다.

124) 슈아죌을 뜻한다.

125) 콜레주collège는 프랑스 혁명 전에 교회에서 관장하던 초중등 교육기관이다.

126) 국새상서는 말제르브의 아버지 샹슬리에 기욤 드 라무아뇽 드 말제르브Chancelier Guillaume de Lamoignon de Malesherbes를 가리킨다.

127) 루소의 판단과 역사적 사실과는 차이가 있다. 1761년 8월 6일 파리 고등법원의 판결에 따라 예수회 학교인 콜레주는 문을 닫아야 했기 때문이다.

128) 10권에 등장하는 장세니스트 페랑 씨와 미나르 씨를 말한다.

129) 《사회계약론》은 1762년 4월 초에, 《에밀》은 같은 해 5월 말에 출간되었다.

130) 바세이아크Jean Baseilhac(1703~1781)는 외과의사이며 '콤 수도사'라는 이름으로 불렸다.

131) 투렌Touraine은 투르를 중심으로 한 프랑스 중서부 지방이며 좋은 기후와 토양으로 '프랑스의 정원'으로 불린다.

132) 타소의 《해방된 예루살렘》I, XII, 5~6에서 인용한 시구이다.

133) 라 콩다민Charles Marie de La Condamine(1701~1774)은 프랑스의 수학자이자 측지학 기술자이다.

134) 클레로Alexis Claude Clairaut(1713~1765)는 프랑스의 수학자이다.

135) 발렉세르Jacques Balexert는 제네바 출신의 의사이며 《어린아이의 출생에서 사춘기까지 아이들의 신체 교육에 관한 논고Dissertation sur l'éducation physique des enfants, depuis leur naissance jusqu'à l'âge de puberté》의 저자

이다. 그의 책을 표절이라고 볼 수 없다는 의견이 지배적이다.

136) 디베르누아François-Henri d'Ivernois(1722~1778)는 제네바 대표파의 수장들 중 한 사람이다.

137) 고아Goa는 인도 중서부의 아라비아 해에 면한 주로 1510년 포르투갈의 식민지가 되었다. 가혹한 종교재판으로도 유명했다.

138) 흄David Hume(1711~1776)은 영국의 철학자이다. 파리에 머무르던 3년 동안《인성론The Treatise of Human Nature》을 써서 1737년에 1, 2부를 완성한다. 같은 해 그는 저서를 거의 완성하지만 3부는 1740년이 되어서야 출간된다. 그는 프랑스의 계몽주의 철학자들과 좋은 관계를 유지했으며 1766년 프랑스에 머물다 돌아가는 길에 루소와 함께 귀국한다. 두 사람은 한때 친밀한 관계였으나 서로에 대한 오해로 결별한다.

139) 샹포Champeaux는 현재 몽모랑시의 성채가 있는 자리이다.

140) 1762년 6월 9일을 말한다.

141) 리옹의 지사인 빌루아 공작을 말하며 뤽상부르 부인과 남매 사이이다.

142) 게스너Salomon Gessner(1730~1788)는 스위스 취리히 출신의 화가이자 시인이다.

143) 독일의 번역가이자 문인인 위베르Michel Hubert(1727~1804)를 말한다. 그는 게스너의《목가》를 프랑스어로 번역했다.

144) 부아 드 라 투르Julie-Anne Boy de La Tour(1715~1780) 부인은 리옹의 도매상인 피에르 부아 드 라 투르와 결혼했다가 혼자가 되었다. 그녀는 루소가 모티에에 체류하는 동안 안식처를 제공해주었고 그와 오랫동안 서신을 교환했다.

145) 《주르날 드 트레부Journal de Trévoux》는 1701년 예수회가 창간한 문학비평, 과학, 역사, 지리, 종교에 관한 18세기의 정기간행물이다.

146) 프랑스의 철학자 엘베시우스의 저서《정신론》(1758)을 말한다. 그는 절대왕정과 그 질서에 반대하다가 저서가 불태워지는 형벌을 받았다.

147) 당시 프로이센 왕은 뇌샤텔 공국을 개인 자격으로 소유하고 있었다.

148) 앞 시구의 내용은 다음과 같다. "명예와 이익, 바로 그것이 그의 신이자 법이다."

149) 페늘롱Fénelon의 작품《텔레마크Télémaque》에 등장하는 다우니아인들의 왕 아드라스토스는 신을 무시하는 잔인하고 믿을 수 없는 인물로 사람들을 속이는

데 혈안이 되어 있다.

150) 플루타르코스에 따르면 고대 로마의 장군 가이우스 마르키우스 코리올라누스 Gaius Marcius Coriolanus는 볼스크족의 도시 코리올리를 점령했지만 로마에서 추방당한다. 그는 자신의 적이었던 볼스크족에게 가서 은신하게 되는데, 적군의 지도자는 그를 관대하게 받아들인다. 루소는 자신이 추방당한 코리올라누스의 처지가 되었음을 상기시키고 프로이센의 왕이 적에게도 호의를 베푼 볼스크족의 지도자처럼 자신을 관대하게 대해줄 것을 기대하고 있다.

151) 오스트리아와 프로이센의 7년 전쟁을 종결시킨 1763년 2월 10일의 파리 평화조약과 2월 15일의 후베르투스부르크 평화조약을 말한다.

152) 터키의 인사말로 '당신에게 평화가 깃들기를'이라는 뜻이다.

153) 퓌리Abraham de Pury(1724~1807)는 퇴역 장교이며 루소는 그의 살롱에 '철학자들의 살롱'이라는 별칭을 붙였다.

154) 뒤 페루Pierre-Alexandre du Peyrou(1729~1794)는 루소와 사이가 틀어지기도 하지만 가장 충실하고 관대한 친구로 남는다.

155) 《메르퀴르 드 프랑스》에 견줄 수 있는 잡지라는 뜻으로 《스위스의 역사, 정치, 문학, 연예 기자le Nouvelliste suisse, historique, politique, littéraire et amusant》를 지칭한다.

156) 루소는 부플레르 백작부인에게서 이미 여러 통의 편지를 받은 적이 있다.

157) 네덜란드 대사관에서는 프랑스에서는 아직 금지되어 있던 개신교 예배를 드렸다.

158) 파리 주교인 크리스토프 드 보몽Christophe de Beaumont이 1762년 8월 20일에 작성한 교서로 《에밀》의 내용을 두고 루소를 비난했다.

159) 루소는 1763년 5월 12일 수석 시장에게 편지를 써서 제네바 시와 공화국에서의 시민권을 포기한다고 밝히는데, 제네바 사람들을 사랑했던 그로서는 고통스러운 결정이었다.

160) 트롱셍Jean-Robert Tronchin(1710~1793)은 검사장으로 그의 《시골에서 쓴 편지》는 1763년 9월과 10월에 출간되었다. 그는 웅변적이고 섬세한 논고로 이름을 떨쳤다.

161) 르 무안Jean-Baptiste Lemoyne(루소는 'le Moine'으로 표기한다)(1704~1778)은 프랑스의 조각가이다. 흉상은 1938년 런던에서 발견되어 현재 취리히

미술관에 보관되어 있다.

162) 트리Trye는 파리 북부 피카르디 지역의 소도시이다. 루소는 1767년 6월 콩티 대공의 보호 아래 트리에 정착한다.

163) 실제로는 세 달 동안으로 보인다.

164) 퐁타르리에Pontarlier는 스위스에 인접한 프랑스의 소도시이다.

165) 그는 1764년 5월 18일에 사망한다.

166) 사실 바랑 부인이 죽은 날은 뤽상부르 씨보다 2년여 앞선 1762년 7월 29일이 었다.

167) 베르네Michel Gabriel de Bernex는 안시 지방의 주교로 바랑 부인은 그의 인도 아래 개종했다.

168) 1754년 8월 루소가 제네바 교회에서 다시 신교로 돌아가기 위해 열린 회합을 말한다.

169) 월리스Robert Wallace(1697~1771)는 스코틀랜드 교회의 목사이며 인구에 관한 저술을 남겼다. 1735년 《고대와 현대의 인구수에 관한 논고Dissertation on the Numbers of Mankind in Ancient and Modern Times》를 저술했다.

170) 디베르누아Jean-Antoine d'Ivernois(1703~1765)는 뇌샤텔 출신의 의사이자 식물학자이다.

171) 《소예언자》는 그림이 부퐁 논쟁 당시 이탈리아 오페라를 옹호하기 위해 쓴 풍자적인 작품이다.

172) 제네바 출신의 신학자이자 개신교 목사인 베른Jacob Vernes(1728~1791)이 1763년 제네바에서 《루소 씨의 기독교에 대한 편지Lettres sur le Christian-isme de M. J. J. Rousseau》를 발표한 사실을 말한다.

173) 보네Charles Bonnet(1720~1793)는 제네바 출신의 자연과학자이자 철학자이다.

174) 루이 외젠Louis-Eugène, 일명 뷔르템베르크의 루이 대공Prince Louis de Wur-temberg(1731~1795)은 프랑크푸르트에서 태어났으며 1793년 형을 이어 뷔르템베르크 공작이 되었다. 그는 세 명의 딸을 두었으며 루소와 자녀 교육에 관한 서신을 오랫동안 주고받았다.

175) 크라메르Claire Cramer 부인은 볼테르가 자주 이용했던 인쇄업자인 가브리엘 크라메르의 부인이다.

176) 월폴Horace Walpole(1717~1797)은 영국의 작가이다. 중세적 분위기를 배경으로 공포와 신비감을 불러일으키는 이른바 '고딕소설'의 창시자이며 시대상을 묘사한 방대한 분량의 서간문을 남겼다.

177) 스튀를러Carolus Stürler(1711~1793)는 베른 소위원회의 의원이다. 키스 경은 그에게 편지를 써서 루소를 부탁했다.

178) 라 퐁텐Jean de La Fontaine의 우화《파프피기에르의 악마Le Diable de Papefiguière》에서 인용했다.
"프랑수아 선생이 말했다. 파피마니는 행복한 사람들이 사는 나라라고. 참다운 잠은 오직 그들을 위해 있다고."

179) 루소는 위의 시 7행을 인용했다.

180) 페넬로페는 스파르타의 왕 이카리오스의 딸이었다. 그녀는 오디세우스와 결혼을 하지만 전쟁으로 헤어지게 된다. 전쟁 중에 오디세우스의 생사가 불분명해지자 많은 구혼자들이 그녀에게 청혼을 한다. 그녀는 구혼자들을 물리치기 위해 시아버지의 수의를 짜고 나면 결혼할 사람을 고르겠다는 구실을 댄다. 그녀는 낮에는 베를 짜고 밤에는 베를 풀어 시간을 지체시켰는데 이것이 '페넬로페의 베 짜기'이다.

181) 루트비히Chrétien Ludwig(1709~1773)는 독일의 식물학자이다.

182) 미슐리 뒤크레Jacques-Barthélemy Micheli du Crest(1690~1766)는 제네바 출신의 물리학자이자 지도 제작 전문가, 정치인이다. 정치적 이유로 도피와 추방을 반복하다 1746년 이후 구금된다.

183) 부타포코Matteo Buttafoco(1731~1806)는 코르시카의 귀족으로 프랑스의 코르시카 합병에 찬성했다. 그는 1764년 루소에게《코르시카 헌법 초안Projet de constitution pour la Corse》의 작성을 부탁하기도 했다.

184) 파올리Pascal Paoli(1725~1805)는 코르시카의 장군으로 조국의 독립을 위해 프랑스군에 맞서 싸웠다.

185) 1764년 8월 6일의 일이다. 이 조약에서 제노바는 프랑스 군대가 제노바에 종속된 코르시카의 여러 지역에 주둔하면서 적대 관계에 있는 제노바와 코르시카의 중재자 역할을 하도록 요청했고, 그 대가로 프랑스는 제노바에 진 부채를 탕감받기로 한다.

186) 마이유부아Maillebois(1682~1762) 후작은 1739년 코르시카 주둔 프랑스군

을 지휘했고 섬을 평정하는 데 성공했다.

187) 보트빌Pierre de Buisson de Beauteville은 1763년부터 1775년까지 스위스 주
재 프랑스 대사를 지냈다. 그는 제네바에서 대표파와 이들의 항의를 거부할 권
리가 있다고 주장하는 거부파 사이에서 프랑스 왕의 중재인 자격으로 중요한
역할을 했다.

188) 루소는 스트라스부르에서 6주를 보낸 뒤 부플레르 부인과 베르들랭 부인에게
설득당해 영국으로 간다. 그는 흄이 제공한 은신처에서 지내게 된다.

189) 낭독은 1771년 5월에 파시에서 혹은 프랑스 북동부 수아송 근처에 있는 부렌
성에서 이루어졌다.

장 자크 루소 연보

1712년	6월	28일, 스위스 제네바의 라 그랑 뤼 거리 40번지에서 아버지 이자크 루소와 어머니 쉬잔 베르나르 사이에서 장 자크 루소 출생. 7월	베드로 사원에서 영세를 받음. 계속된 열병으로 어머니 사망. 고모 쉬잔 루소에 의해 길러짐.
1718년	아버지 이자크 루소, 생제르베 구의 쿠탕스로 이사.
1719년	아버지와 함께 여러 소설을 읽음.
1720년	겨울	역사와 윤리 서적들을 읽음. 특히 플루타르코스를 탐독.
1722년	10월	아버지, 한 퇴역 장교와 싸운 뒤 제네바를 떠나 니옹으로 이사. 루소, 사촌 아브라함 베르나르와 함께 제네바 근처 보세에 있는 랑베르시에 목사 집에 기숙 학생으로 들어감.
1724년	겨울	제네바로 다시 돌아와 외숙 가브리엘 베르나르의 집에 거주. 그 도시의 사법 서사 마스롱의 집에서 수습 서기로 일하나 별로 흥미를 느끼지 못함.
1725년	4월	조각가 아벨 뒤코묑의 집에서 5년간 수련하기로 계약.
1726년	3월	아버지 재혼.
1728년	3월	산책에서 돌아오던 중 도시 출입문이 폐쇄된 것을 발견하고는, 뒤코묑의 집에 돌아가지 않기로 작정하고, 다음 날 제네바를 떠남. 안시에 도착해

콩피뇽 사제의 소개서를 들고 바랑 부인의 집을 찾음. 24일, 걸어서 토리노로 출발.

4월 | 12일, 토리노 소재 성령 수도원에 들어감. 신교를 버리고 가톨릭으로 개종.

여름부터 가을까지 토리노 주위를 떠돌며 3개월간 베르첼리스 부인 집에서 하인으로 일함. 이때 리본을 하나 훔쳤는데, 발각되자 하녀 마리옹에게 덮어씌움. 훗날《고백》과《고독한 산책자의 몽상》에서 이를 고백하게 됨. 다시 구봉 백작의 하인으로 들어가 일하다가 그의 아들 구봉 사제의 비서로 자리를 바꿈.

1729년 **6월** | 바랑 부인이 살고 있는 안시로 돌아옴.

8~9월 | 성 나자로회 신학교에 두 달간 다님. 이어 성가대원 양성소의 기숙생이 됨.

1730년 **4월** | 성가대장 르 메트르와 함께 리옹에 감. 간질병 발작을 일으킨 르 메트르를 버리고 안시로 돌아옴. 바랑 부인을 찾지 않고 파리로 떠남.

7월 | 프리부르까지 바랑 부인의 하녀를 따라감.

겨울 | 로잔을 거쳐 도착한 뇌샤텔에서 음악 개인 교사 노릇을 함.

1731년 **5월** | 여러 개의 소개서를 지니고 다시 파리로 옴.

6~8월 | 한 스위스 대령의 조카 집에서 하인 노릇을 함.

9월 | 몇 주 동안 리옹에서 지내다가 샹베리로 바랑 부인을 찾아감.

10월 | 사부아 지방의 측지소(測地所)에서 일하기 시작.

1732년 **6월** | 8개월 동안 일한 측지소를 떠나 음악 개인 교사가 됨.

1733년 **6~7월** | 브장송으로 잠시 여행을 다녀옴.

1735년 **혹은 1736년** 여름이 끝날 무렵부터 가을까지 레 샤르메트 계곡의 시골집 '노에레'에서 바랑 부인과 함께 체류.

1737년 **6월** | 시각을 잃을 뻔한 실험실 사고 뒤 유언장 작성.

7월 | 유산 상속 문제를 해결하기 위해 사람들 몰래 제네바에 다녀옴.

9월 | 의사 피즈에게 용종에 대해 진찰을 받기 위해 샹베리를 떠나 몽펠리에로 감. 라르나주 부인을 만나 잠시 사랑함.

1738년 **2~3월** | 샹베리로 돌아오나 환대받지 못함. 전해(1737) 여름부터 루소 대신 빈첸리드가 바랑 부인의 모든 일을 맡아 처리함.

1739년 **3월** | 혼자 레 샤르메트 계곡에 남아 독서를 하며 독학.

1740년 **4월** | 샹베리를 떠나 리옹으로 가 리옹 법원장 마블리의 두 아들의 가정교사가 됨.

11~12월│《생트 마리 씨의 교육에 대한 연구*Projet pour l'éducation de M. de Sainte-Marie*》를 씀.

1741년   3월│마블리의 집 가정 교사를 그만두고 샹베리로 돌아옴.

1742년   1월│새로운 음악 체계 수립을 위해 계속 연구.

7월│자신이 고안한 숫자 악보 체계를 가지고 파리로 감. 리옹에서 마블리 사제가 추천서를 여러 장 써줌.

8월│레오뮈르의 소개로 과학 아카데미에서 자신의 《새로운 악보에 관한 연구*Projet concernant de nouveaux signes pour la musique*》를 낭독.

9월│아카데미가 《새로운 악보에 관한 연구》에 대한 심사 후 루소에게 음악 자격증을 수여.

9~10월│《새로운 악보에 관한 연구》를 출판하기 위해 개작.

1743년   1월│《근대음악론*Dissertation sur la musique moderne*》을 키요 출판사에서 출간. 《보르드 씨에게 보내는 편지*Épître à M. Bordes*》출간.

봄│뒤팽 부인에게 소개됨.

5월│오페라 〈바람기 많은 뮤즈들Les Muses galantes〉 작곡 시작.

6월│베네치아 대사에 임명된 몽테귀 백작에게 비서 자리를 제안받음. 그 자리를 수락.

7월│10일, 파리를 출발. 이후 리옹, 마르세유, 제노바, 밀라노, 파도바를 거쳐 베네치아로 감.

9월│4일, 베네치아에 도착. 토마 키리니 궁에 있는 대사관에 거주.

1744년   8월│몽테귀 백작과의 심한 갈등 끝에 대사관을 떠남. 베네치아를 떠나 생플롱, 발레, 제네바를 거쳐 10월에 파리 도착.

겨울│고프쿠르의 소개로 징세청부인 라 포플리니에르의 집에 체류.

1745년   3월│오를레앙 출신인 24세의 여관 하녀 테레즈 르 바쇠르를 알게 됨. 이후 이 여인은 루소와 사실혼 관계를 이루게 되며, 1768년 8월 정식으로 결혼식을 올림.

7월│〈바람기 많은 뮤즈들〉 완성.

9월│라 포플리니에르의 집에서 〈바람기 많은 뮤즈들〉 부분 공연. 이어 본느발의 집과 리슐리외 공작 앞에서 전곡 공연. 디드로와 콩디야크를 알게 됨.

10~11월│볼테르와 라모가 함께 만든 〈라미르의 축제Les Fêtes de Ramire〉를 가필.

12월│그것을 계기로 볼테르와 정중하고 공손한 편지를 교환.

1746년   가을│슈농소에 있는 뒤팽 부부 집에 체류. 그곳에서 뒤팽 부인과 그녀의 조카의 비서처럼 일하면서 〈실비의 산책길L'allée de Sylvie〉을 씀.

겨울 | 테레즈와의 사이에서 첫째 아이가 출생하나 아이를 고아원에 보냄.

1747년 5월 | 아버지 사망. 루소, 어머니의 남은 재산을 상속받음.

가을 | 다시 슈농소에 체류하면서 희극 〈무모한 약속L'engagement témé-raire〉을 씀.

1748년 2월 | 전해에 알게 된 데피네 부인이 곧 두드토 백작과 결혼할 시누이 벨가르드 양에게 루소를 소개함. 루소, 둘째 아이를 낳지만 역시 고아원에 보냄.

1749년 1~3월 | 달랑베르가 부탁한《백과전서》의 음악 관련 항목들을 집필.

7월 | 디드로, 무신론적인 글 〈맹인에 관한 편지Lettres sur les aveugles à l'usage de ceux qui voient〉를 발표했다가 체포되어 뱅센 감옥에 감금됨.

8월 | 그림과 알게 됨.

10월 | 뱅센 감옥으로 디드로를 면회하러 가는 도중 '학문과 예술의 부흥이 풍속의 순화에 기여했는가?'라는 디종 아카데미의 논문 공모 주제를《메르퀴르 드 프랑스》지(誌)에서 읽음. 그때부터《학문예술론Discours sur les sciences et les arts》을 쓰기 시작.

1750년 7월 | 디종 아카데미 논문 공모에서《학문예술론》으로 일등상을 수상.

겨울에서 다음 해 초 사이에《학문예술론》출판.

1751년 2~3월 | 뒤팽 부인의 집에서 일하는 것을 그만두고 생활비를 벌기 위해 악보 베끼기를 시작함.

봄 | 셋째 아이를 낳고 고아원에 보냄.

9~10월 |《학문예술론》에 대한 폴란드 왕의 반박문이《메르퀴르 드 프랑스》에 익명으로 실림. 루소가 그 반박문에 답함.

11월 |《고티에 씨의 〈학문예술론〉 반박문에 관하여 그림에게 보내는 편지 Lettre de J.-J. R. à Grimm sur la réfutation de son Discours par M. Gautier》출간.

1752년 봄에서 여름 사이에 〈마을의 점쟁이Le devin du village〉 작곡.

8월 | 라 슈브레트에 있는 데피네 부인 집에 거주.

10월 | 퐁텐블로에서 왕 앞에서 공연된 〈마을의 점쟁이〉가 대성공을 거둠. 하지만 루소는 다음 날 왕의 알현을 거부하고 퐁텐블로를 떠남.

12월 | 프랑스 극장에서 청년기 작품 〈나르시스Narcisse ou l'amant de lui-même〉를 공연.

1753년 3월 | 오페라 극장에서 〈마을의 점쟁이〉 초연.

11월 | 디종 아카데미, '인간 불평등의 기원은 무엇인가, 그 불평등은 자연

법에 의해 허락될 수 있는가?'라는 논문 공모 주제를 《메르퀴르 드 프랑스》
에 발표. 루소는 숲 속을 산책하며 그 주제에 대해 명상하기 위해 생제르맹
에서 일주일을 보냄. 1752년에 쓴 《프랑스 음악에 대한 편지Lettre sur la
musique française》 출간.

12월 | 이탈리아 음악에 적대적인 입장을 보인 것에 대한 보복으로 오페라 극
장 무료 출입권을 박탈당함.

1754년　6월 | 테레즈와 고프쿠르와 함께 제네바로 떠남. 리옹에서, 바랑을 보기 위해
테레즈와 함께 샹베리로 감. 이어서 제네바에 도착.

8월 | 제네바 교회에서 다시 신교로 복귀. 제네바 시민권을 되찾음.

9월 | 테레즈와 배를 타고 레만 호를 돌아봄. 《정치 제도Institutions poli-
tiques》와 산문 비극 〈루크레티우스Lucrèce〉 구상.

10월 | 파리로 돌아와 암스테르담 출판인 마르크 미셸 레에게 디종 아카데미
논문 공모에서 떨어진 《인간 불평등 기원론Discours sur l'origine de l'in-
égalité parmi les hommes》 원고를 넘겨줌.

1755년　2월 | 볼테르, 제네바 근교에 그가 '희열의 집'이라고 이름 붙인 집을 빌림.

4월 | 《인간 불평등 기원론》 출간.

8월 | 볼테르, 《인간 불평등 기원론》을 받은 뒤 루소에게 "인류에 반하는 당신
의 신간을 고맙게 잘 받았습니다……"라고 편지를 씀.

9월 | 친절하게 볼테르에게 답장함. 라 슈브레트에 체류. 데피네 부인이 자신
의 정원에 루소를 위해 마련한 작은 집 '레르미타주'에 거주하기로 약속.

1756년　4월 | 테레즈와 함께 레르미타주에 체류. 볼테르에게 자신의 책 《신에 대한
편지Lettre sur la Providence》를 보냄. 볼테르, 회답으로 자신의 《자연법
에 대하여Sur la loi naturelle》와 《리스본 참사에 대하여Sur le désastre de
Lisbonne》를 보냄.

여름에서 가을에 걸쳐 《신엘로이즈Julie, ou la nouvelle Héloïse》의 인물
들을 구상함.

레르미타주에서 겨울을 보냄.

1757년　1월 | 두드토 백작 부인, 레르미타주로 첫 방문.

3월 | 디드로의 〈사생아Le Fils naturel〉의 한 부분을 파리를 떠난 자신에 대
한 직접적인 비난으로 해석해 비판.

4월 | 디드로와 화해.

봄에서 여름에 걸쳐 두드토 부인에게 정열을 쏟음.

10월 | 두드토 부인과의 관계로 그림에게 절교의 편지를 보냄.

11월 | 두드토 부인, 루소에게 레르미타주를 떠나지 말 것을 간청.

12월 | 디드로, 레르미타주를 방문. 루소는 데피네 부인과 작별하고 테레즈와 함께 몽모랑시에 거주. 《백과전서》 7권을 받음.

1758년 3월 | 《달랑베르에게 보내는 연극에 관한 편지 *Lettre à M. d'Alembert sur les spectacles*》 완성.

5월 | 두드토 부인과의 모든 관계 청산.

9월 | 출판인 레에게 6부로 된 《신엘로이즈》의 완성을 알림.

1759년 1월 | 볼테르, 루소에게 《캉디드 *Candide*》를 보냄.

4월 | 몽모랑시에 사는 뤽상부르 원수, 부활절에 루소를 방문. 루소가 테레즈와 함께 살고 있던 곳(몽루이 정원)이 보수 공사에 들어가자 루소에게 근처 작은 저택을 제공. 루소는 5월부터 그곳에 거주.

5월 | 그 '황홀한 집'에서 《에밀 *Émile ou de l'éducation*》 5부 집필.

7월 | 몽루이 정원 보수 공사가 끝나자 전에 살았던 집으로 돌아감. 많은 사람의 방문을 받음.

11월 | 말제르브의 부추김으로 마르장시가 루소에게 《지식인 신문 *Journal des savants*》의 편집부 자리를 제안하나 루소는 거절.

1760년 1월 | 《에밀》과 《사회계약론 *Le contrat social*》에 힘을 기울임.

12월 | 《신엘로이즈》가 영국 런던에서 시판됨.

1761년 1월 | 《신엘로이즈》가 파리에서 시판되어 큰 성공을 거둠.

6월 | 자신의 종말이 임박했다고 믿고 테레즈를 뤽상부르 원수 부인에게 부탁함.

9월 | 《언어 기원론 *Essai sur l'origine des langues*》을 말제르브에게 맡김.

11월 | 레에게 《사회계약론》 원고를 넘김. 《에밀》의 원고가 예수회의 손에 넘어갔다고 생각하며 그들이 원고를 훼손할까 봐 심각하게 걱정함.

12월 | 《에밀》, 암스테르담 네올프 출판사에서 인쇄.

1762년 4월 | 《사회계약론》 출간.

5월 | 《에밀》, 암암리에 판매되기 시작.

6월 | 경찰이 《에밀》을 압수. 소르본 대학이 《에밀》을 비난. 9일, 국회에서 《에밀》의 발행 금지령 통과. 루소에게 체포 영장 발부. 그날 오후에 루소 도피. 11일, 파리에서 《에밀》이 불태워짐. 제네바에서 《에밀》과 《사회계약론》의 판매가 금지됨.

7월 | 스위스 베른 근처 이베르됭에 있는 친구 집에 도착. 흄, 지지와 우정을 담은 편지를 보내 옴. 이베르됭을 떠나 모티에로 감. 프로이센 왕 프리드리

히 2세에게 피신 요청. 테레즈, 모티에에 도착. 샹베리에서 바랑 부인 사망.

8월 | 프리드리히 2세, 루소의 체류를 허락. 루소, 몽몰랭 목사에게 신앙 고백. 소르본 대학, 《에밀》견책. 28일, 《에밀》을 비난하는 파리 대주교 크리스토프 드 보몽의 교서가 발간됨.

9월 | 제네바 목사 자코브 베른, 《에밀》의 〈사부아 보좌신부의 신앙 고백〉부분을 철회해줄 것을 요구.

1763년   3월 | 《보몽에게 보내는 편지Lettre à Christophe de Beaumont》출판.

4월 | 포츠담으로 출발.

1764년   5월 | 레에게 자신의 전집 출간을 권유.

7월 | 식물학에 정열을 쏟음.

9~10월 | 크르시에의 뒤 페루 집에서 지냄.

11월 | 뇌샤텔의 포슈 출판사가 전집 출간 의사 표명.

12월 | 《고백Les confessions》을 쓸 것을 결심. 이해 말부터 다음 해 초 사이에 《고백》서두 집필.

1765년   2월 | 《음악 사전Dictionnaire de musique》원고를 뒤셴 출판사에 보냄.

3월 | 《산에서 쓴 편지Lettres écrites de la montagne》가 파리에서 불태워짐.

7월 | 비엔 호수 가운데 있는 생피에르 섬에서 10여 일간 지냄.

9월 | 베르들랭 부인의 방문을 받음. 그녀는 루소에게 영국으로 가서 흄을 만나보기를 권유. 6일, 모티에 장날 저녁, 루소의 집에 사람들이 돌을 던짐. 12일, 다시 생피에르 섬으로 가 몽상에 젖으며 식물 채집을 함. 29일, 테레즈가 루소와 합류.

10월 | 베른 정부에 의해 추방됨. 흄, 루소에게 편지를 써서 영국으로의 피신을 제안. 25일, 생피에르 섬을 떠나 비엔에서 며칠을 보냄. 29일, 베를린으로 출발. 바젤을 거쳐 스트라스부르에 도착.

12월 | 여권을 교부받아 파리에 도착. 탕플 광장 콩티 왕자의 집에서 거주. 파리의 많은 사람들이 그를 만나기 위해 방문.

1766년   1월 | 흄, 드 뤼즈와 함께 파리를 출발해 런던에 도착. 치즈윅에 정착.

2월 | 테레즈, 루소와 합류.

3월 | 테레즈와 함께 우턴으로 떠남. 그곳에서 《고백》앞부분 집필.

7월 | 흄과 불화.

11월 | 흄, 루소와의 불화와 관련해 루소에 대한 중상을 담은 《간략한 진상Exposé succinct》을 출간.

1767년   3월 | 영국 왕 조지 3세, 루소에게 매년 100파운드의 보조금을 지불키로 함.

5월 | 테레즈와 함께 우턴을 떠나 칼레로 가기 위해 도버에 도착.

6월 | 플뢰리수뫼동에 있는 미라보 후작의 집에 잠시 머물렀다가 트리에 있는 콩티 왕자의 집으로 감.

11월 |《음악 사전》이 파리에서 시판됨.

1768년 6월 | 리옹으로 떠남.

7월 | 식물 채집을 위해 라 그랑드샤르트뢰즈에 감. 이어 그르노블에 도착. 25일, 샹베리에 있는 바랑 부인의 묘를 찾음.

8월 | 도피네의 부르구앵에 정착. 테레즈가 루소에게 옴. 두 사람은 그 도시의 시장 앞에서 결혼식을 올림.

1769년 1월 | 부르구앵 근처 몽캥에 있는 한 농가에서 지냄.

4월 | 레에게 편지를 써서 중상모략을 불러일으키고 있는《고백》의 집필을 그만두겠다는 의사를 표명.

8월 | 르 비바레로 식물 채집을 하러 감.

11월 |《고백》집필을 다시 시작함. 몽캥에서 7～11장과 12장 일부를 집필.

1770년 1월 | 익명으로 서명하던 것을 중단하고 다시 본명 J. J. Rousseau로 서명하기 시작.

4월 | 몽캥을 떠나 리옹에 도착.

7월 | 파리에 돌아와 다시 플라트리에르 거리에 정착. 악보 베끼기와 식물 채집을 계속함.

9월 | 자신의 전집을 보내준 레에게 감사를 표함.

12월 |《고백》완성.

1771년 2월 | 스웨덴 왕자 앞에서《고백》낭독.

5월 | 데피네 부인,《고백》낭독을 금지시킬 것을 경찰에 요청.

7월 | 베르나르댕 드 생 피에르와 교류 시작.

1772년 《루소, 장 자크를 심판하다―대화 Rousseau juge de Jean Jaques. Dialogues》를 집필하기 시작.

1773년 악보 베끼기와 식물학에 많은 시간을 할애하며《루소, 장 자크를 심판하다―대화》를 계속 집필. 이 글의 집필에 애를 먹음.

1774년 4월 | 오페라 극장에서 공연된 글루크의 〈이피게네이아〉 초연 관람.

8월 | 글루크의 〈오르페우스와 에우리디케〉 초연 관람.

1775년 10월 | 루소의 허락도 받지 않은 채 코메디 프랑세즈 극장이 그의 오페라 〈피그말리온 Pygmalion〉을 상연해 대성공을 거둠.

1776년 2월 | 자신에 대한 세간의 중상모략에 맞서 자신을 변호하려는 의도로 쓴

《루소, 장 자크를 심판하다—대화》의 원고를 노트르담 성당의 대제단에 놓아두러 갔다가 문이 닫혀 있음을 보고 하느님도 인간들의 부정한 행위를 돕고 있다고 생각하지만 그 사건에 대한 성찰은 그 또한 '하느님의 은혜'임을 깨닫게 함.

4월 | 거리에서 〈아직도 정의와 진실을 사랑하는 모든 프랑스인에게À tout Français aimant encore la justice et la vérité〉라는 전단을 나누어 줌.

5월 | 그 전단을 지인들에게 우송함.

가을 | 《고독한 산책자의 몽상Les rêveries du promeneur solitaire》'첫 번째 산책' 집필.

10월 | 메닐몽탕 언덕에서 개와 부딪히는 사고.

12월 | 《아비뇽 통신Courrier d'Avignon》이 루소의 사망을 잘못 보도. 루소는 이달 말에서 다음 해 초 사이에 《고독한 산책자의 몽상》'두 번째 산책'을 집필.

1777년   2월 | 물질적인 어려움 표명. 테레즈가 오래전부터 아팠기에 하녀를 둘 필요가 있었음.

봄에서 여름 사이에 《고독한 산책자의 몽상》'세 번째~일곱 번째 산책' 집필.

8월 | 악보 베끼기 포기.

1778년   겨울이 끝나갈 무렵에 《고독한 산책자의 몽상》'여덟 번째 산책' 집필.

3월 | '아홉 번째 산책' 집필.

4월 | 12일, '열 번째 산책'(미완성) 집필.

5월 | 에름농빌의 르네 드 지라르댕 후작의 초대에 응해 의사 르 베그 뒤 프렐과 함께 그곳에 감. 다음 날 테레즈도 합류.

6월 | 에름농빌 주위에서 식물 채집을 함.

7월 | 몸 여러 곳이 불편했지만 특히 심한 두통에 시달림. 2일, 공원을 산책하고 테레즈와 함께 아침을 먹은 뒤 오전 11시경에 사망. 3일, 우동이 루소의 데스마스크를 뜸. 4일, '포플러나무 섬Île des Peupliers'에 안장.

1794년   10월 | 팡테옹으로 이장.

찾아보기

옮긴이 **박아르마**
서울대학교 대학원 불문학과에서 미셸 투르니에 연구로 불문학 박사학위를 받았다. 지금은 건
양대학교 기초교양교육대학에 재직하면서 글쓰기와 토론 강의를 하고 있다. 지은 책으로《투르
니에 소설의 사실과 신화》(한국학술정보),《글쓰기란 무엇인가》(공저, 여름언덕)가 있고 번역한
책으로《로빈슨》,《유다》,《살로메》(이상 이룸),《노트르담 드 파리》(공역, 구름서재),《레 미제라
블》(공역, 구름서재),《춤추는 휠체어》,《까미유의 동물 블로그》(이상 한울림),《에드몽 아부의
오리엔트 특급》(그린비),《축구화를 신은 소크라테스》(함께읽는책) 등이 있다.

루소전집 2

고백 2

펴낸날 초판 1쇄 2015년 1월 20일
        초판 2쇄 2019년 9월 25일

지은이 장 자크 루소
옮긴이 박아르마
펴낸이 김현태
펴낸곳 책세상

주소   서울시 마포구 잔다리로 62-1, 3층(04031)
전화   02-704-1251(영업부), 02-3273-1333(편집부)
팩스   02-719-1258
이메일 bkworld11@gmail.com
광고제휴 문의 bkworldpub@naver.com

홈페이지 chaeksesang.com   페이스북 /chaeksesang
트위터 @chaeksesang   인스타그램 @chaeksesang   네이버포스트 bkworldpub

등록   1975. 5. 21. 제1-517호

ISBN 978-89-7013-905-0 04860
      978-89-7013-807-7(세트)